KNAUR

Im Knaur Taschenbuch Verlag sind bereits folgende Bücher der Autorin erschienen:

Die Wanderhure
Die Rache der Wanderhure
Die Kastellanin
Das Vermächtnis der Wanderhure
Die Tochter der Wanderhure
Töchter der Sünde
Die List der Wanderhure
Die Wanderhure und die Nonne

Die Goldhändlerin
Die Kastratin
Die Tatarin
Die Löwin
Die Pilgerin
Die Feuerbraut
Die Rose von Asturien
Die Ketzerbraut
Feuertochter
Die Fürstin
Die Rebellinnen

Die Flammen des Himmels
Die steinerne Schlange

Dezembersturm
Aprilgewitter
Juliregen

Das goldene Ufer
Der weiße Stern
Das wilde Land
Der rote Himmel

Die Wanderapothekerin
Die Liebe der Wanderapothekerin
Die Entführung der Wanderapothekerin
Die Tochter der Wanderapothekerin

Tage des Sturms
Licht in den Wolken
Glanz der Ferne

Im Knaur HC sind erschienen:
Das Mädchen aus Apulien
Die Widerspenstige
Die Saga von Vinland
Der Fluch der Rose

Die Perlenprinzessin. Rivalen
Die Perlenprinzessin. Kannibalen

Über die Autorin:
Hinter dem Namen Iny Lorentz verbirgt sich ein Münchner Autorenpaar, das mit »Die Wanderhure« seinen Durchbruch feierte. Seither folgt Bestseller auf Bestseller, die auch in zahlreiche Länder verkauft wurden. »Die Wanderhure« und fünf weitere Romane sind verfilmt worden. Dazu wurde »Die Wanderhure« für das Theater adaptiert und auf vielen Bühnen in Deutschland, Österreich und der Schweiz aufgeführt. Für die Verdienste um den historischen Roman wurde Iny Lorentz 2017 mit dem »Wandernden Heilkräuterpreis« der Stadt Königssee geehrt und in die »Signs of Frame« des Fernwehparks Oberkotzau aufgenommen.
Besuchen Sie auch die Homepage der Autoren:
www.inys-und-elmars-romane.de

INY
LORENTZ

DIE PERLEN PRINZESSIN

– Missionare –

Roman

KNAUR

Besuchen Sie uns im Internet:
www.knaur.de

Originalausgabe März 2022
Knaur Taschenbuch

Ein Imprint der Verlagsgruppe
Droemer Knaur GmbH & Co. KG, München

Redaktion: Regine Weisbrod
Covergestaltung: ZERO Werbeagentur, München
Coverabbildung: Collage unter Verwendung von Motiven von Richard Jenkins, Getty Images und Shutterstock.com
Abbildungen im Innenteil: Maria Averburg / Shutterstock.com
Satz: Adobe InDesign im Verlag
Druck und Bindung: CPI books GmbH, Leck
ISBN 978-3-426-52607-1

2 4 5 3 1

WAS VOR BAND 3 GESCHAH

BAND EINS

RIVALEN

Die beiden Hamburger Kapitäne Simon Simonsen und Jörgen Mensing sind Rivalen um die Gunst der schönen Mina Thadde. Als Mensing die Reedertochter durch Intrigen und Lügen gewinnt, wird aus der Rivalität bittere Feindschaft. Mensing kann sich dank Minas Mitgift eine kleine Reederei aufbauen, während Simon Simonsen von seinem einstigen Schiffer Hauke Lüders eine neue Chance bekommt, indem er dessen Tochter Erna heiratet.

In den nächsten Jahren macht Simonsen sich mit dem Handelsschiffer Samuel Bartlett und dem englischen Seeoffizier Gervase Smyth zwei weitere Feinde, doch mit seiner kleinen Reederei geht es trotzdem aufwärts. Sein Sohn Jakob Simonsen rettet französische Royalisten vor der Guillotine. Unter diesen befindet sich Frieda, seine spätere Ehefrau.

Als Napoleon Bonapartes Truppen Hamburg besetzen, folgen schlimme Jahre. Simon Simonsen wird von Jörgen Mensings Sohn Derek als englischer Spion denunziert und von den Franzosen standrechtlich erschossen. Jakob und Frieda Simonsens kleine Tochter Ruth erschießt mit der Pistole einen französischen Soldaten, der ihre Mutter vergewaltigen wollte.

Nach dem Sieg über Napoleon kehren wieder geordnete Verhältnisse ein. Jörgen Mensing ist mittlerweile gestorben. Sein Sohn Derek gilt wegen der Denunzierung Simon Simonsens als Verräter und stirbt durch einen Treppensturz, bei dem sein ältester Sohn Mathias nachgeholfen hat.

Simon Simonsens einstige Liebe Mina Mensing will eine Aussöhnung zwischen den beiden Familien herbeiführen und schlägt vor, dass einer ihrer Enkel und Jakob Simonsens Tochter Ruth heiraten.

Mathias, ihr Ältester, will die Simonsens jedoch vernichten und gleichzeitig seinen Bruder Hinrich aus dem Weg schaffen, um alleiniger Herr der Reederei zu werden. Er schlägt daher vor, dass Hinrich, der auf Veranlassung der Großmutter Theologie studiert, sich um Ruth bemühen soll. Beide verlieben sich ineinander, und so stimmt Jakob einer Heirat zu.

Da Mathias Mensing seinem Bruder den Posten eines Missionars in der Südsee verschafft hat, müssen Ruth und Hinrich Hamburg noch am Tag nach ihrer Hochzeit verlassen. Ein englisches Schiff bringt sie zu der Insel, auf der Hinrich die Bewohner bekehren soll, die angeblich sanften Gemüts und leicht zu lenken sein sollen.

Der Kapitän dieses Schiffes ist Gervase Smyth, der mittlerweile zum Handlanger von Samuel Bartletts Sohn Zechariah geworden ist. An Bord ist mit James Hutton auch ein Verwandter von Zechariah Bartletts Ehefrau Ellinor. Aufgrund der komplizierten Erbregelung der Huttons steht nur noch James zwischen Ellinor und deren Nachfolge ihres Vaters als Countess of Huttonsfield. Sowohl Ruth und Hinrich Mensing wie auch James Hutton sollen den Befehlen Zechariah Bartletts und Mathias Mensings zufolge die Südsee nicht mehr lebend verlassen.

BAND ZWEI

KANNIBALEN

Ruth und Hinrich gelangen in die Südsee und heuern auf Tahiti den Eingeborenen Tahitoa als Diener und Dolmetscher an. Sowohl Tahitoa wie auch James Hutton warnen sie vor Hiva Oa, wo Hinrich missionieren soll. Dieser nimmt ihre Warnungen jedoch nicht ernst.

Auf Hiva Oa empfängt der Stamm der Hanatea Hinrich und Ruth freundlich. Beide gewinnen einen gewissen Einfluss auf ihre Gastgeber, so dass Hinrich glaubt, diese befänden sich bereits auf dem Weg, gute Christen zu werden. Es gibt allerdings Probleme zwischen Ruth und Hinrich. Damit sie sich von den Hanatea-Frauen abhebt, verlangt Hinrich, dass Ruth ihre für das Klima viel zu schweren Kleider trägt. Als sie schwanger wird, wird das für sie zur Qual.

In der Zeit landen die Walfänger um Rave Wally auf der Insel an. Sie geben vor, Vorräte kaufen zu wollen, machen eine Vielzahl der Inselbewohner samt Hinrich jedoch betrunken und wollen mit ihrer Beute verschwinden. Ihre Gefangenen sollen als Sklaven verkauft werden. Doch Ruth verhindert dies mithilfe der Waffen, die ihr Mann von James Hutton erhalten hat. Der Preis ist jedoch hoch, denn sie verliert danach ihr Kind.

In den folgenden Monaten scheint sich alles zu bessern. Ruth wird erneut schwanger und bringt mit Jan ihren ersten Sohn zur Welt. Allerdings lauern erneut Gefahren auf sie. Der Stamm der Hanamate will die Hanatea angreifen. Ein Verbündeter der Hanamate erscheint, angeblich, um die Hanatea gegen deren Feinde zu unterstützen. Doch deren Ziel ist es, Hinrichs Schuppen mit den

Feuerwaffen zu zerstören. Ruth, Hinrich und Tahitoa können dies jedoch verhindern.

Es kommt zum Großangriff, und es zeigt sich, dass die Feinde Hinrich und dessen Waffen nicht gewachsen sind. Die Überlebenden fliehen, doch ihr oberster Häuptling wird gefangen und soll in einer großen Zeremonie rituell verspeist werden. Als Hinrich dies erkennt, dreht er durch und zertrümmert die Götterstatuen der Hanatea. Darauf wird er von den empörten Eingeborenen getötet und soll nun ebenfalls verspeist werden.

Ruth gelingt es, seinen Leichnam zu retten. Sie flieht mit ihrem Sohn, Tahitoa und dessen Frau Aipua aufs Meer hinaus. Die Hanamate entdecken und verfolgen sie. In letzter Not retten Ruth und ihre Begleiter sich auf die verfluchte und unter Tapu stehende Insel Mohotani. Dorthin wagen sich die Hanamate nicht. Als diese durch einen Sturm vertrieben werden, können Ruth und ihre Begleiter mit ihrem Kanu Kurs auf Tahiti nehmen.

Unterdessen konnte Captain Smyth James Hutton heimlich niederschlagen und über Bord werfen. James trägt allerdings den Spitznamen Lucky Jim nicht zu Unrecht, denn er kann sich auf ein winziges Atoll retten und muss dort warten, ob ein Schiff erscheint, das ihn von dort wegbringen kann. Anschließend macht Smyth sich auf, um Ruths Vater Jakob Simonsen aufzulauern, der mit seinem neuen Schiff aufgebrochen ist, um seine Tochter aufzusuchen.

ERSTER TEIL

DIE WITWE

1.

Mildred Wiggles betrachtete ihren Gast mit zwiespältigen Gefühlen. Es war ein schweres Schicksal, in so jungen Jahren bereits Witwe geworden zu sein, dachte sie mitleidig. Doch dann rief sie sich in Erinnerung, wie Ruth Mensing vor einer knappen Woche auf Tahiti erschienen war. Zwar hatte diese ihren Körper nicht unziemlich präsentiert. Aber in Bastmatten gehüllt und mit der sonnengebräunten Haut hätte man sie eher für eine Einheimische als für eine Europäerin halten können. Zwar trug die Witwe nun ein Kleid, das ihrer Trauer angemessen war, wirkte darin aber viel zu schön, als dass sie als Mutter einer mit weitaus weniger Reizen gesegneten Tochter es gutheißen könnte.

Eine schöne, junge Witwe mit Kind weckte in einem wohlerzogenen Herrn unweigerlich den Wunsch, sie zu beschützen. Selbst ihr Ehemann war dagegen nicht gefeit, denn er hatte Ruth angeboten, so lange als ihr Gast auf Tahiti zu bleiben, wie sie es wünschte. Bei diesem Gedanken hätte Mildred Wiggles am liebsten ihrem Ärger laut Luft gemacht. Immerhin war es ihr gelungen, mit Hiram Perell einen kürzlich in Tahiti eingetroffenen jungen Missionar für ihre Tochter Heather zu interessieren. Aber seit diese rothaarige Ausländerin aufgetaucht war, hatte Hiram Perell keinen Blick mehr für Heather, sondern starrte Ruth Mensing an wie ein Mondkalb.

Da Mistress Wiggles ihren Gedanken nachzuhängen schien, unterhielt Ruth sich notgedrungen mit deren Tochter. Allerdings brachte Heather kaum mehr als drei oder vier zusammenhängende Worte heraus und wirkte danach so, als müsse sie sich auch noch dafür entschuldigen.

Nach gut zwei Jahren auf Hiva Oa erschien Ruth Tahiti nun so fremd wie der Mond. Dabei hatte sich nichts verändert, seit Hinrich und sie hier einen kurzen Aufenthalt hatten einlegen müssen, bevor sie auf der Fregatte HMS Hesione nach Hiva Oa weitergereist waren.

»Papa sagt, dort … äh, mmh, die Eingeborenen … Sie seien alle … äh, Menschenfresser!«, sagte Heather Wiggles.

Über Ruths Gesicht huschte ein Schatten. Wenn es ihr nicht gelungen wäre, den Leib ihres Mannes zu entführen, wäre dieser tatsächlich ein Opfer des Kannibalismus geworden. Es schmerzte immer noch, an seinen Tod zu denken, und sie wünschte sich nichts mehr als ein Häuschen, in dem sie mit ihrem Sohn zusammenleben konnte. Für ihre Behaglichkeit würden Aipua und Tahitoa sorgen.

Bei dem Gedanken an ihre Dienerin traten ihr Tränen in die Augen. Sie hatten glücklich Tahiti erreicht, aber nur ein paar Tage später war Aipuas Kind zu früh geboren worden und hatte nicht überlebt. Ruth wäre auch heute lieber bei Aipua geblieben, um sie zu trösten. Mildred Wiggles' Einladung hatte sie jedoch nicht ablehnen dürfen, da sie auf das Wohlwollen des Ehemanns der Dame angewiesen war.

Ruth ahnte längst, dass sie der Missionarsfrau nicht willkommen war, ohne jedoch den Grund dafür zu begreifen. In ihrer Trauer um Hinrich nahm sie Hiram Perells scheue Bewunderung nicht einmal wahr.

Heather Wiggles hingegen hatte das sehr wohl bemerkt und verglich ihre eigene, blasse Erscheinung mit der ihres Gastes. Dabei fand sie, dass Gott seine Gaben äußerst ungerecht verteilt hatte. Zudem war Ruth Mensing die Tochter eines wohlhabenden Reeders in Hamburg und hatte ein angenehmes Erbe zu erwarten. Auch wenn sie Hiram Perell nicht für einen Mann hielt, der bei seiner Auserwählten auf die Mitgift schaute, so war dies ein weiterer Vorteil, den Ruth ihr voraushatte.

Es war nicht christlich, damit zu hadern, dass die Kannibalen auf Hiva Oa Ruths Ehemann erschlagen, seine Frau aber am Leben gelassen hatten. Das sagte Heather sich, wenn ihr Gewissen sie plagte, und doch gelang es ihr nicht, diesen Gedanken gänzlich zu vertreiben.

»Gott ist wahrlich ungerecht!«, stieß sie unbewusst hervor.

»Was sagten Sie, Miss Wiggles?«, fragte Ruth verwundert.

Heathers Gesicht wurde blutrot. »Äh, ich dachte gerade, wie ungerecht Gott ist, da er … äh, weil er Ihren Ehemann töten ließ.«

»Gott ist niemals ungerecht!«, tadelte Mildred Wiggles ihre Tochter. »Wir Menschen wissen lediglich seine Absichten nicht zu deuten. Und deshalb sollten wir das auch gar nicht erst versuchen, sondern uns seinem Willen beugen und gutheißen, was er uns beschert, mag es uns auch noch so schlimm erscheinen.«

»Ich glaube nicht, dass ich den Tod meines Mannes gutheißen kann«, antwortete Ruth mit einer gewissen Schärfe.

Mildred Wiggles hob beschwichtigend die Rechte. »So meinte ich es nicht! Wir sollen aus ehrlichen Herzen um jene trauern, die von uns gegangen sind, dennoch dürfen wir Gottes Willen niemals anzweifeln.«

»Wir müssen … äh, beten und uns … mmh, seiner Herrschaft beugen«, stimmte Heather ihrer Mutter zu.

»So ist es!« Mildred klatschte in die Hände. »Sally, wo bleibt der Tee?«

Die Dienerin eilte herbei und stellte drei Tassen auf den Tisch. Danach brachte sie den Tee und goss ein. Mildred Wiggles betrachtete den Inhalt ihrer Tasse mit einem gewissen Misstrauen. »Es ist ein Jammer mit diesen Eingeborenen! Immer muss man darauf achtgeben, dass sie auch alles richtig machen. Letzte Woche war das Wasser für den Tee nicht heiß genug, und er hat nach nichts geschmeckt. Obwohl es mir in der Seele wehtat, musste ich meinen Ehemann bitten, den Dienerinnen dafür je fünf Rutenhiebe zu versetzen.«

So zufrieden, wie du lächelst, scheint es dir nicht leidzutun, fuhr es Ruth durch den Kopf. Erneut empfand sie den Unterschied zwischen Hiva Oa und Tahiti als drastisch. Dort lebten die Menschen noch nach ihren alten Sitten, während ihnen auf Tahiti das Christentum aufgezwängt worden war wie einem Gaul der Zaum. Obwohl sie an Gott glaubte, bezweifelte Ruth, dass es in seinem Sinne war, die hiesigen Bewohner als Belohnung für ihre Bekehrung mit Musketen auszurüsten, damit sie Nachbarvölker unterwerfen und zum Christentum zwingen konnten. Wer so bekehrt wurde, betete insgeheim weiter zu seinen Ahnengöttern, zu Oro, Hiro, Pere oder Tangaroa. Das Christentum war für ihn nur eine Fessel, die ihn zwang, anders zu leben, als seine Vorfahren es getan hatten, und auch anders, als er es selbst wollte.

Ruth seufzte. Mit dieser Einstellung würde es ihr schwerfallen, sich auf Tahiti einzuleben, denn ihre Überlegungen standen im Gegensatz zu dem, was Reverend Wiggles und seine Missionare anstrebten. Schon um ihres Sohnes willen durfte sie diese Menschen nicht verärgern. Jan war noch zu klein, um die lange Reise in die Heimat überstehen zu können. Daher musste sie noch mindestens drei Jahre auf Tahiti verbringen, vielleicht sogar vier. Daher antwortete sie freundlich auf die Fragen, die Mildred Wiggles ihr nun stellte, und bog die Wahrheit nur an den Stellen ein wenig zurecht, an denen ihr die Frau zu neugierig war.

Zwischendurch trank sie von dem Tee und fand ihn ausgezeichnet. Auch der Kuchen, den Mistress Wiggles dazu reichen ließ, schmeckte ihr. So schlecht, wie die Frau tat, waren die hiesigen Dienerinnen wohl nicht. Lächelnd nickte sie Sally zu. »Maite'a mauruuru – Es ist sehr gut, danke!«

Mildred Wiggles verzog das Gesicht. Ihrer Meinung nach hatten die Eingeborenen Englisch zu lernen. Für einen zivilisierten Menschen war es daher unnötig, deren Gebrabbel zu beherrschen. Sie warf ihrer Tochter, die gelegentlich einen tahitianischen Ausdruck in ihre Reden mischte, einen warnenden Blick zu, sich die Witwe nicht zum Vorbild zu nehmen, und war schließlich froh, als die Zeit für einen Höflichkeitsbesuch vorbei war und Ruth sich für ihre Gastfreundschaft bedankte.

»Es war mir ein Vergnügen! Ich würde mich freuen, wenn Sie mich morgen wieder besuchen könnten«, antwortete sie nicht ganz wahrheitsgemäß. Sie musste jedoch auf ihr Ansehen achten, und das würde leiden, wenn sie einer bedauernswerten Witwe Zuspruch und Hilfe versagte. Während sie sich von Ruth verabschiedete, dachte sie daran, dass mit Archibald Collins ein weiterer Jungmissionar auf der Insel eingetroffen war. Dessen Familie aber war bei Weitem nicht so wohlhabend wie die Perells, und so beschloss sie, alles daranzusetzen, Hiram Perell für ihre Heather zu gewinnen.

2.

Ruth war froh, als sie Wiggles' Haus verlassen konnte, und fragte sich bang, ob sie es aushalten würde, drei oder vier Jahre lang täglich zum Nachmittagstee bei Mistress Wiggles zu erscheinen.

»Solange der Tee und der Kuchen so gut sind, schaffe ich das schon«, sagte sie leise zu sich selbst und nahm sich vor, sich in der nächsten Zeit etwas mehr um Heather zu kümmern. Die junge Frau war fast so alt wie sie, benahm sich aber wie ein ängstliches

Schulmädchen und brachte keinen einzigen Satz ohne Ähs und Mmmhs heraus. Ruth wünschte sich, dass Heather etwas munterer würde, denn sie hätte gerne eine Freundin, mit der sie das, was ihr auf dem Herzen lag, teilen konnte. Das kannst du auch mit Aipua, mahnte sie sich. Außerdem hatte diese weitaus mehr Anspruch auf ihre Fürsorge als die Missionarstochter. Ohne Hinrichs Tod und ihre Flucht von Hiva Oa hätte Aipua ihr Kind gesund zur Welt bringen können. Dies war eine Schuld, die nur schwer zu begleichen war. Ruth musste daran denken, wie sie selbst ihr erstes Kind verloren hatte und darüber fast verzweifelt war.

Ruths Weg zu dem kleinen Häuschen, das Reverend Wiggles ihr zur Verfügung gestellt hatte, war kurz, denn es gehörte noch zu der Siedlung der Missionare. Wie die Häuser der meisten Inselbewohner bestand es aus einem Balkengestell mit Palmblattdach. Gewebte Bastmatten, die man abnehmen konnte, bildeten die Außenwände. Es gab nur einen einzigen Raum, doch auf dem Boden liegende Matten zeigten an, wo gegessen und wo geschlafen wurde.

Tahitoa und Aipua hatten kein Haus erhalten, doch Ruths Diener hatte sich darangemacht, neben ihrem Haus eine Heimstatt zu bauen. Bis dahin schlief Aipua bei Ruth. Im Augenblick saß sie auf einer Matte, hielt Jan in den Armen und sang leise ein Lied.

»Geht es dir besser?«, fragte Ruth sanft.

Aipua sah traurig zu ihr auf. »Ihr seid alle so lieb zu mir – du, Tahitoa und auch der kleine Ianoa. Er spürt, dass mein Herz schwer ist, und hat mich gestreichelt.«

»Ich wünschte, ich könnte es ungeschehen machen!«, brach es aus Ruth heraus.

»Du darfst dir keine Vorwürfe machen! Viele Frauen verlieren ein Kind. Ich hätte es auch in meiner Heimat verlieren können. So ist es mir lieber, als wenn Hinrich und mit ihm auch Tahitoa aufgegessen worden wären.«

Aipua setzte Jan ab, fasste nach Ruths Händen und hielt sie fest. Eine Träne floss ihre Wange herab, doch auf ihren Lippen lag der Anflug eines Lächelns. Sie liebte Ruth fast ebenso, wie sie Tahitoa liebte, und bedauerte, dass ihre Freundin ihretwegen traurig war.

»Ich mache mir aber Vorwürfe! Du hast auf Hiva Oa oft gesagt, dass du nicht verstehst, weshalb ich über so viele Dinge nachsinne. Es ist nun einmal meine Art.« Ruth setzte sich zu Aipua und legte einen Arm um sie. »Ich wünsche mir so sehr, dass du wieder glücklich wirst.«

»Wenn Ianoa auf meinem Schoß sitzt, bin ich es fast.« Erneut huschte ein Lächeln über Aipuas Gesicht, das sich verstärkte, als Ruth den Kleinen aufhob und ihn ihr reichte.

Während Aipua den Jungen wiegte, steckte Tahitoa den Kopf zur Tür herein, sah Ruth und grinste. »Sind Sie dem alten Drachen entkommen, Madam?«

»Wenn du mit diesem Ausdruck Mistress Wiggles meinst, ist es sehr ungehörig«, tadelte Ruth ihn mit einer gewissen Nachsicht, da sie die Frau des Missionars nicht anders genannt hätte.

Tahitoa winkte ab. »Sie war früher schon ein Ekel und soll, wie Sally mir erzählte, in der Zwischenzeit noch schlimmer geworden sein. Erst vor ein paar Tagen hat sie neben ihr auch Mary und die anderen Dienerinnen aus Strafe wegen eines zu kalten Tees verprügeln lassen.«

»Sie hat sie verprügeln lassen?« Aipua verstand, wenn jemand zornig wurde und eine Schlägerei anzettelte. Dass Schläge als Strafe verabreicht werden konnten, war ihr jedoch fremd. »Jemandem absichtlich Schmerzen zufügen, ist schlecht«, sagte sie mit Nachdruck.

Ruth nickte. »Das ist es! Dennoch werden wir mit Mistress Wiggles leben müssen.« Sie wandte sich Tahitoa zu. »Weißt du schon, was du in Zukunft machen willst?«

Auf Hiva Oa hatte er ihrem Mann als Dolmetscher gedient. Hinrich aber war tot, und sie selbst hatte die Sprache von Tahiti mit seiner Hilfe gut genug gelernt, um zurechtzukommen.

Tahitoa zögerte. Eigentlich wusste er selbst nicht, was er wollte. Er hätte wie früher in einer einfachen Hütte schlafen, fischen und ein wenig Gemüse ziehen können. Eine andere Möglichkeit wäre gewesen, auf einem Walfänger oder einem anderen Schiff anzuheuern. Dafür aber hätte er Aipua zurücklassen müssen, und das wollte er ihr, nachdem sie das Kind verloren hatte, nicht antun.

»Am liebsten«, sagte er daher nach einiger Zeit, »wäre es mir, wenn ich bei Ihnen als Diener und Aipua als Dienerin bleiben könnten, Madam.«

Ruth war von seiner Treue gerührt, vor allem, da sie ungern auf Aipua verzichtet hätte. Auch fühlte sie sich für die Hanatea-Frau verantwortlich, weil sie sie von ihrer Heimat Hiva Oa nach Tahiti gebracht hatte. Das einzige Problem war, dass sie kaum Arbeit für einen Diener hatte. Allenfalls konnte Tahitoa Fische für sie fangen. Wenn es ihr gelang, ein wenig Land zu pachten, konnte er es gemeinsam mit Aipua bestellen, so dass sie stets frische Taroknollen und Süßkartoffeln hatten.

»Es wäre mir sehr lieb«, sagte sie daher. »Wir müssen nur zusehen, wie wir zurechtkommen. Es wird ein paar Jahre dauern, bis Jan und ich Tahiti verlassen können.«

»Sie werden auch dann einen Diener und eine Dienerin brauchen, Madam«, erklärte Tahitoa.

Ruth nickte. »Gewiss. Nur müssen wir erst die nächsten Jahre hinter uns bringen und danach ein Schiff suchen, das uns nach Europa bringt.«

Seit Hinrichs Tod spürte sie wachsende Sehnsucht nach der Heimat. Wäre Jan nicht gewesen, hätte sie ein Schiff zu finden versucht, das zu einem europäischen Hafen segelt. Da dies nicht möglich war, musste sie überlegen, wie sie die Jahre auf Tahiti gestalten konnte. Bereits auf Hiva Oa hatte sie über einen gewissen Mangel an Beschäftigung geklagt. Dabei hatte sie dort gelernt, im Meer zu schwimmen, Matten und Körbe zu flechten und einiges mehr.

All das zählte jedoch nicht zu den Tätigkeiten, denen eine weiße Frau auf Tahiti nachgehen konnte, ohne als äußerst verschroben zu gelten. Hier waren die Frauen denselben Einschränkungen unterworfen wie in England, allerdings ohne die Abwechslungen, die es dort gab. Wenn sie sich Mildred Wiggles zum Vorbild nahm, würde sie bald noch an Langeweile eingehen, dachte sie und ließ sich von Tahitoa eine Banane reichen, um Jan damit zu füttern.

»Wir werden noch einiges zu bereden haben, mein Freund. Da du diese Insel kennst, wirst du mir hoffentlich raten können«, sagte sie zu Tahitoa und hoffte, dass er wenigstens eine versteckte Bucht kannte, in der sie von Zeit zu Zeit schwimmen gehen konnte.

3.

Nicht nur Ruth machte sich ihre Gedanken. Kaum hatte diese Wiggles' Haus verlassen, als dessen Frau ihre Tochter bat, ihre Freundinnen zusammenzurufen. Heather wusste nicht, was ihre Mutter vorhatte, erfüllte aber brav den Auftrag, so dass sich wenig später fünf Damen um Mistress Wiggles versammelten, von denen zwei ebenfalls Mütter heiratsfähiger Töchter waren.

»Heather, geh du bitte zu Abigail und besticke mit ihr das Altartuch, welches ihr beide Vater versprochen habt!«, beschied Mildred Wiggles ihrer Tochter und wartete, bis diese gehorsam das Haus verlassen hatte.

Danach befahl sie Sally und Mary, auch für die neu hinzugekommenen Gäste Tee zuzubereiten und Kuchen aufzutragen.

Nachdem der Tisch gedeckt war und die Damenrunde sie fragend ansah, ergriff Mildred Wiggles das Wort. »Liebe Freundinnen! Gott ist mein Zeuge, dass ich euch aus ehrlicher Sorge zu mir rufen ließ. Wie ihr wisst, ist vor einer Woche ein Kanu gelandet und diesem die Witwe eines von heidnischen Wilden brutal ermordeten Missionars entstiegen. Auch wenn Mr Henry Mensing nicht unserer eigenen erhabenen Missionsgesellschaft angehörte, sondern einer anderen, so bedauern wir seinen Tod aus tiefstem Herzen.«

»So ist es!«, stimmte ihr Harriet Baker zu. Abigails Mutter hatte ebenso wie ihre Gastgeberin Hiram Perell als möglichen Ehemann für ihre Tochter ins Visier genommen. Seit Ruths Ankunft hatte Perell jedoch nur noch Augen für die Fremde, und allein die Kürze ihrer Witwenschaft schien ihn daran zu hindern, seine Bewunderung für sie deutlicher zum Ausdruck zu bringen. »Auch wenn Mr Mensing nicht zu unserer Missionsgesellschaft zählte, so hätte ich ihm doch gewünscht, er hätte die gesamten Marquesas-Inseln bekehren können!«, setzte sie hinzu.

»Sie meinen, dann wäre seine Frau auf diesen Menschenfresserinseln geblieben und nicht hierhergekommen?«, warf die Jüngste der Runde ein. Da sie keine Tochter, sondern nur einen halbwüchsigen Sohn hatte, konnte sie über die Sorgen von Mildred Wiggles und Harriet Baker lächeln.

Harriet Baker aber dachte nicht daran, ein Blatt vor den Mund zu nehmen. »Wenn Sie mich so ehrlich fragen, meine Liebe, so sage ich Ja! Mistress Mensing ist nun einmal keine Britin, sondern eine Ausländerin, und wir wissen, dass deren Manieren nicht mit den unseren zu vergleichen sind. Ich will ihr nichts Schlechtes nachsagen, doch ich fürchte, es wird noch die eine oder andere Kalamität mit ihr geben. Erinnert euch nur, in welchem Aufzug sie nach Tahiti gekommen ist! Natürlich war sie auf der Flucht, doch selbst dafür hätte sie sich passender kleiden können!«

»Sie ist sehr schön, aber noch in Trauer! Doch diese wird sich legen, und so befürchte ich, dass sie das Mitgefühl des einen oder anderen Herrn falsch auslegen und diesen in Gewissenskonflikte bringen wird«, fügte Mildred Wiggles hinzu. Auch sie war bereit, ihre Karten auf den Tisch zu legen, benötigte sie doch die Hilfe ihrer Freundinnen, wenn sie die jungen Missionare von Ruth fernhalten wollte.

»Ich will meinen Gatten nicht tadeln, denn er handelte aus christlicher Nächstenliebe, als er der Witwe Obdach bot. Für die Zeit, bis das nächste Schiff nach England fährt, würde ich dies auch gutheißen. Nur will diese jedoch fünf und vielleicht noch mehr Jahre auf Tahiti bleiben, angeblich mindestens so lange, bis ihr Sohn alt genug für die Reise ist. Ich befürchte, dass die Ritterlichkeit einiger junger Herren diese dazu zwingen wird, der schönen, jungen und hilflos erscheinenden Witwe ihren Schutz anzubieten.«

»Mit diesen jungen Herren meinen Sie wohl die Herren Perell und Collins«, sagte die Mutter des dritten heiratsfähigen Mädchens bei den Missionarsfamilien mit schiefer Miene. Ihre Tochter war zwar hübscher als Heather und Abigail, doch diese waren verwandt mit Adelskreisen und daher für junge, aufstrebende Herren interessanter als die Enkelin eines Grobschmieds aus Colchester. Da aber das Wunder geschehen und sich einer der unverheirateten Missionare in ihre Tochter verlieben könnte, sah auch sie Ruth als unerwünschte Konkurrenz an. Doch wie man diese Frau loswerden konnte, wusste sie nicht. Man konnte sie wohl kaum zwangsweise auf ein Schiff schleppen, das in Richtung Europa fuhr.

»Ich habe nichts gegen Mistress Mensing«, ergriff wieder Mildred Wiggles das Wort. »Auch wenn sie selbst eine Ausländerin ist, so war ihr Ehemann doch der Sohn einer Engländerin, nämlich Heather Bartletts, der Schwägerin der Tochter des Earls of Huttonsfield.«

»Ganz recht! Ich habe Lady Ellinor bei einem Ball in London kennengelernt. Eine wundervolle Frau, sage ich euch! Ein Jammer, dass ihr Vater sie wegen seiner Schulden an diesen Krämer Bartlett verkaufen musste!« Harriet Baker liebte es, mit ihren Bekanntschaften in England zu prahlen, auch wenn sie es dabei mit der Wahrheit nicht immer so genau nahm. Vor allem Mildred Wiggles hatte sie schon einige Male spüren lassen, dass ihre Beziehungen höher reichten als die der Wiggles.

Auch jetzt zuckte es kurz auf Mistress Wiggles' Gesicht. Sie beherrschte sich jedoch und sah die Damen auffordernd an. »Wir sind Gefangene unserer eigenen Höflichkeit! Es ist uns unmöglich, Mistress Mensing aus unserer Gesellschaft auszuschließen. Die Herren würden es nicht verstehen und wir uns in ein ungünstiges Licht setzen.« Sie schnaubte leicht, und das galt nicht zuletzt ihrem Ehemann, der vor Mitleid mit der jungen Witwe förmlich zerfloss. Wenn Ruth Mensing bereits auf ihn, der immerhin ein gesetzter und prinzipientreuer Mann war, einen solchen Einfluss ausübte, wie würde es dann erst bei jungen Männern wie Perell und Collins sein?

Dieselbe Frage bewegte auch die anderen Frauen. Die Mütter bangten um die Aussichten ihrer Töchter und mehrere Frauen um die Moral ihrer Männer. Immerhin war Ruth Mensing eine Ausländerin, und was man von solchen zu halten hatte, wussten alle.

»Wir können sie weder von der Insel vertreiben, noch können wir sie vergiften. Daher sollten wir uns überlegen, auf welch andere Weise wir sie dem Augenmerk der Herren entziehen können«, erklärte Harriet Baker.

»Wir sollten sie nicht mehr einladen«, schlug die Jüngste vor.

Mildred Wiggles schnaubte erneut. »Dann würden wir vor unseren Männern und allen anderen als missgünstige Kreaturen ohne Mitleid mit einer armen Witwe dastehen!«

»Sie bräuchte eine Beschäftigung, die sie von uns fernhält«, setzte die Jüngste im Kreis ihre Überlegungen fort. »Es wäre auch in ihrem Interesse, da eine Betätigung – was auch immer es sein mag – den Kummer über den Verlust ihres Gatten lindern wird.«

»Was soll sie tun? Altartücher besticken? Wenn sie diese Aufgabe übernimmt, tut sie das hier bei uns und gewiss nicht an einer Stelle, die unsere Männer nicht betreten«, fuhr Harriet Baker auf.

Mildred Wiggles hingegen rieb sich die Stirn. »Vor ein paar Tagen haben wir doch mit Landers den Leiter der Handelsstation zu Grabe getragen!«

»Er war ein Sauf- und Raufbold, den man bereits vor Jahren zum Verlassen der Insel hätte zwingen müssen«, stieß Harriet Baker angewidert aus.

»Er hat den einzigen Laden auf dieser Insel geführt. Auch war er für den Verkauf von Proviant an die Walfänger verantwortlich. Nun haben wir niemanden, der seinen Posten übernehmen kann«, erklärte Mistress Wiggles.

»Soviel ich weiß, hatte er einen chinesischen Helfer. Kann der nicht diese Aufgabe übernehmen?«

»Einem Gelben kann man nicht trauen!« Mildred Wiggles hob die Hand. »Da Mistress Mensing einige Jahre auf Tahiti bleiben will, braucht sie Geld für neue Kleider und andere Dinge des täglichen Bedarfs – und natürlich für die Heimreise. Schon aus diesem Grund muss sie sich einen Gelderwerb suchen. Eine Möglichkeit wäre, Gesellschafterin bei Ihrer Majestät, der Königin, zu werden, eine andere, als Gouvernante bei einer unserer Familien zu wirken.«

»Ich lehne beide Vorschläge ab, da sie die Witwe Mensing nicht aus unserem Kreis ausschließen würden«, widersprach Harriet Baker resolut.

Mildred Wiggles hatte es nicht anders erwartet. Auf ihr Gesicht trat ein spitzes Lächeln, als sie weitersprach. »Da Ruth Mensing die Tochter eines Krämers aus Hamburg ist und dort gewiss bereits im Laden gestanden hat, wäre sie meiner bescheidenen Meinung nach geeignet, Landers' Handelsstation zu übernehmen!«

»Aber sie ist doch eine Frau!«, wandte eine Nachbarin ein.

Eine andere schüttelte ablehnend den Kopf. »Außerdem betrieb Landers nicht nur den Laden, sondern auch anrüchigere Geschäfte. Denkt nur an diese Kaschemme, für die er die Konzession erhielt, um die Matrosen der einlaufenden Schiffe aus dem Ort fernzuhalten. Außerdem soll er dafür gesorgt haben, dass diese ungewaschenen Seeleute mit einheimischen Frauen – verzeihen Sie mir, wenn ich dies erwähne – Unmoral betreiben konnten.«

Es lag Mildred Wiggles auf der Zunge zu sagen, dass Ruth Mensing ihretwegen selbst hinter der Schanktheke stehen und den Matrosen Schnaps einschenken sollte, wenn sie die Witwe damit als Konkurrenz für ihre Tochter verhindern konnte. Außerdem, sagte sie sich, lag der Handelsposten ein Stück außerhalb des Ortes, und die Witwe würde sich als dessen Leiterin dort ansiedeln müssen. Damit würde sie Mr Perell kaum mehr unter die Augen kommen.

Ganz ähnliche Gedanken schossen Harriet Baker durch den Kopf. »Ich finde den Vorschlag gut! Mistress Mensing braucht Geld, und mit der Handelsstation kann sie es verdienen!«, sagte sie mit der festen Überzeugung, dass Hiram Perell und Archibald Collins sich gewiss nicht für eine Kneipenwirtin interessieren würden, und etwas anderes sollte Ruth in ihren Augen nicht sein.

»Wir können dies jedoch nicht selbst empfehlen. Die Herren wären darüber schockiert«, wandte eine der Frauen ein.

»Das habe ich bereits bedacht«, sagte Mildred Wiggles lächelnd. »Daher werde ich mich an einen der Berater der Königin wenden. Ari'iheiva hasst Mistress Mensings Diener, da dieser es gewagt hat, seine Tochter zu deflorieren. Also wird er mir gewiss den Gefallen erweisen, den ich von ihm erhoffe.«

Im Allgemeinen mied sie die Bekanntschaft mit den Einheimischen. Der Kreis um die Königin war jedoch davon ausgenommen, und Ari'iheiva zählte zu diesem Kreis. Wie etliche andere im Hofstaat der Königin wusste er, dass allein die Musketen der Europäer ihm Rang und Einfluss sicherten, und würde schon aus diesem Grund offen sein für einen Wunsch, den sie an ihn richtete. Mit diesem Gedanken beendete Mildred Wiggles die Versammlung und sagte sich, dass Ruth Mensing im Kreis sündiger Matrosen am besten aufgehoben war.

4.

Ruth ahnte nichts von der sich gegen sie anbahnenden Verschwörung und hätte in ihrem Leid wohl auch kaum darauf geachtet. Obwohl sie selbst des Trostes bedurft hätte, musste sie sich um Aipua und Tahitoa kümmern, die den Verlust ihres Kindes nur schlecht verkrafteten. Als Ruth dann auch noch zu Ohren kam, der tahitianische Edelmann Ari'iheiva habe erklärt, er gönne Tahitoa dieses Unglück, war sie kurz davor, den Mann aufzusuchen und zur Rede zu stellen. Denn selbst wenn der Adelige mit Tahitoa verfeindet war, war dies kein Grund, dessen Frau eine Fehlgeburt zu wünschen.

Ruth musste sich daher wieder dem Leben stellen. Auch wenn Hinrichs Tod furchtbar war, so bedurfte zudem Jan, der nun ohne Vater aufwachsen würde, all ihrer Kraft und ihrer Aufmerksamkeit.

»Ich wünschte, mein Kleiner wäre schon etwas älter«, sagte sie am Abend zu Aipua.

Ihre Freundin seufzte tief. »Dann würdest du noch eher von hier fortgehen!«

»Sagen wir es so: Ich müsste Mistress Wiggles' Teegesellschaften und die ihrer Freundinnen weniger lange ertragen, wenn Jan ein paar Jahre mehr zählen würde. Ich weiß nicht, ob ich es auf Dauer aushalten werde, stets das gleiche Geschwätz zu hören.«

»Ist es so schlimm?«

Ruth nickte. »Es ist noch schlimmer! Sie beginnen mit den Klagen über das Personal, das nicht so gut sei wie das in England, danach werden die kleinen Fehler der Ehemänner durchgekaut, aber nur die kleinen, denn schließlich sind sie Missionare Gottes und damit eigentlich frei von Sünden. Da dies nicht lange dauert, werden die Vorzüge der eigenen Kinder herausgestellt, wobei man nicht zögern darf, eifrig zuzustimmen, damit einem die Gastgeberin gewogen bleibt.«

»Dann sollten Sie ein paarmal nicht zustimmen, damit Ihnen diese Einladungen in Zukunft erspart bleiben«, schlug Tahitoa vor.

Wäre die Trauer um Hinrich nicht gewesen, hätte Ruth gelacht. So aber schüttelte sie nur den Kopf. »So einfach, wie du dir das vorstellst, ist es nicht. Die Europäer und vor allem die Missionare bilden nur eine kleine Gruppe auf Tahiti, aber sie sind sehr einflussreich. Sich gegen sie zu stellen, würde bedeuten, auf Tahiti nicht willkommen zu sein.«

Tahitoa zuckte schuldbewusst zusammen. »Ich hoffe, Sie verzeihen mir, wenn ich es jetzt erwähne, Madam, aber Sie müssen um eine Audienz bei Königin Aimata Pomare IV. ansuchen. Diese – oder, besser gesagt, ihre Berater – werden entscheiden, ob Sie auf Tahiti bleiben dürfen. Das ist nicht so einfach, da Ari'iheiva zu diesen Beratern zählt, und er hat seinen Zorn auf mich nicht vergessen. Wenn es nicht anders geht, werde ich die Insel verlassen, damit er Ruhe gibt.«

»Nein, nicht!«, rief Aipua erschrocken.

Ruth ballte verärgert die Faust. »Du bleibst! Sollte Ari'iheiva versuchen, dich oder uns zu vertreiben, werde ich …«

»Was tun?«, unterbrach Aipua sie.

»Bei Ihrer Majestät um eine Audienz ansuchen und mich über Ari'iheiva beschweren. Vielleicht hilft das. Sonst müssen wir uns eine andere Insel suchen, auf der sein Einfluss geringer ist, Moorea oder Bora Bora zum Beispiel.«

Auf Ruths Gesicht lag ein entschlossener Zug, der Aipua und Tahitoa verriet, dass sie dies nur im Notfall ins Auge fassen würde. Da die Schiffe aus fernen Ländern hier vor Tahiti Anker warfen, bestand nur an diesem Ort die Möglichkeit, eine Botschaft in die Heimat zu senden.

Ruth überlegte kurz und sah dann Tahitoa an. »Du wirst zum Palast gehen und in meinem Namen um eine Audienz bitten. Auch wenn Ari'iheiva dich hasst, kann er nicht verhindern, dass ich vor Königin Aimata trete.«

»Sehr wohl, Madam!« Tahitoa war erleichtert, dass Ruth aus der Erstarrung, die sie nach dem Tod ihres Mannes erfasst hatte, wieder zu erwachen begann.

Ruths Gedanken wanderten zu ihrem ersten Aufenthalt auf Tahiti. Damals hatte Hinrich noch gelebt und auf dem Thron ein kleiner Junge gesessen, der lieber mit anderen Kindern gespielt hätte, als stillsitzen und Leute empfangen zu müssen. Der Knabe war verstorben, und seine Schwester nahm seine Stellung ein. Ihres Wissens war Aimata Vahine Pomare IV. zwölf oder dreizehn Jahre alt, und das erschien ihr viel zu jung, um den Aufgaben gerecht zu werden, die die Herrschaft über Tahiti und die Inseln mit sich brachte.

Sie tat diesen Gedanken mit einer kurzen Handbewegung ab. Das Mädchen mochte den Titel einer Königin von Tahiti führen, doch die wichtigen Entscheidungen wurden von anderen getroffen. Da waren zum einen die Missionare als ihre religiösen Lehrer sowie Aimatas Angehörige, zu denen auch Ari'iheiva zählte. Damit ihr Sohn und sie unbehindert auf Tahiti leben konnten, musste sie sich gegen diesen Mann durchsetzen.

Sie schickte Tahitoa los, beendete dann das Essen und nahm Aipua in die Arme, um sie zu trösten. Die junge Frau aus Hiva Oa spürte jedoch, dass auch Ruths Herz eine offene Wunde war, und spendete ihr ebenso Trost.

5.

Die dramatischen Umstände von Ruths Ankunft sowie das Schicksal ihres Ehemanns hatten sich auf Tahiti herumgesprochen. So war es nicht nur christliche Nächstenliebe, sondern auch ein gerütteltes Maß an Neugier, das ihr zu einer raschen Audienz bei der Königin verhalf.

Wie zu ihren Besuchen bei den Missionarsfrauen der Missionare wählte sie ein europäisches Kleid. Und Aipua hatte sich Mühe gegeben, ihre Haare aufzustecken und darüber ein kleines Strohhütchen zu befestigen. Dieses war nach dem Vorbild eines Hutes in einer Modezeitschrift geflochten worden, die eine der Damen aus England mitgebracht hatte. Ob Hüte dieser Art in London überhaupt noch Mode waren, bezweifelte Ruth. Hier aber schien es unabdingbar, so gekleidet bei Hof zu erscheinen.

Als Ruth am Rand der Halle darauf wartete, zur Königin geführt zu werden, stellte sie fest, dass sich in den mehr als zwei Jahren, die seit ihrem ersten Aufenthalt auf Tahiti vergangen waren, einiges geändert hatte. Wohl gab es am Hof der Königin immer noch Adelige wie Ari'iheiva, die sich nach alter Sitte kleideten und europäische Kleidung ablehnten. Aber die Zahl derer, die in Hosen, uniformartigen Röcken und hohen Hüten erschienen waren, war sichtlich größer geworden. Ein Vetter der Königin trug den dunkelblauen Rock eines Marineoffiziers mit den Epauletten eines Admirals und einen Zweispitz, dessen sich auch der Lord der Admiralität in London nicht hätte schämen müssen.

Die Königin war ebenfalls europäisch gekleidet und hatte den Gürtel aus roten Federn, der allein ihr als Herrscherin zukam, genauso umgelegt, wie ein christlicher Monarch seine Schärpe trug. Auch ihre Krone hätte von einem Goldschmied aus Europa stammen können, war aber mit roten Blumen und Perlmuttscheiben drapiert. Die Zahl der Perlmuttscheiben wies auf die Anzahl der großen Inseln hin, über die Aimata als Königin herrschte. Die kleineren Inseln wurden durch Perlen symbolisiert.

Aimata wirkte somit königlicher als ihr Bruder, fand Ruth. Sie war auch kein Kind mehr, sondern stand an der Schwelle zur Frau. Sie war groß und kräftig gebaut, die Haut relativ hell, und ihr Haar glänzte in einem makellosen Schwarz, gegen das sogar Rabenfedern blass gewirkt hätten.

Eine Handbewegung des Zeremonienmeisters zeigte Ruth an, dass sie nun an der Reihe war. Sie wandte sich zu Tahitoa um, der vor dem Eingang stand. »Komm mit!«, forderte sie ihn auf.

»Das wird nicht gut sein!«, wehrte er ab. »Ari'iheiva …«

»… muss akzeptieren, dass du in meinen Diensten stehst«, antwortete Ruth.

Tahitoa folgte ihr unglücklich. Er glaubte nicht, dass Ari'iheiva sich Ruth so leicht geschlagen geben würde.

In den Augen des Adeligen war es ein Affront, dass Ruth den Diener mit in die Halle der Königin brachte. Er wollte schon einschreiten, begriff dann aber, dass er damit Aimata verärgern könnte, und beließ es bei einer gemurmelten Verwünschung.

Ruth sank vor der Königin in ihren tiefsten Knicks und erhob sich erst auf deren Aufforderung wieder.

»Wir haben von deinem großen Verlust gehört und bitten Gott, dass er sich deiner und deines Sohnes annimmt«, sprach die Königin Ruth in gutem Englisch an.

»Mauruuru roa – herzlichen Dank«, antwortete Ruth in der Sprache der Tahitianer und rief damit Verwunderung hervor.

Die Missionare und deren Frauen verlangten von ihren Bediensteten, aber auch von den einheimischen Helfern, dass sie sich der englischen Sprache befleißigten. Diese übersetzten dann auch für den Rest der Bewohner, die kein Englisch konnten.

Es entspann sich eine Unterhaltung, in der Königin Aimata ihre Fragen auf Englisch stellte und Ruth sie auf Tahitianisch beantwortete. Rasch wurde ihr klar, dass die Königin, von den Missionaren beeinflusst, eine abschätzige Meinung von den Stämmen auf Hiva Oa besaß, die für Reverend Wiggles schlicht und einfach Wilde und Menschenfresser waren. Andererseits war Aimata so stolz auf ihre Heimat und ihre Dynastie, dass sie sich nicht in einen engmaschig christlichen Käfig einsperren lassen wollte. Auch wenn der überwiegende Teil des Hofstaats europäische Kleidung vorzog, so trugen die Dienerinnen und Diener einheimische Tracht. Zwar waren bei den Frauen die Brüste und die Beine bis zu den Knien bedeckt und die Kleider aus Stoffen genäht und keine Tapamatten. Doch die Federn, Blumen und Muscheln schmückten sie so, wie es wohl schon bei den Bediensteten von König Pomare I. der Fall gewesen war.

Nach einer Weile forderte Aimata einen Diener auf, Ruth einen Stuhl zu bringen. Während Ruth sich mit Dankesworten setzte, verzog Ari'iheiva verärgert das Gesicht. In seinen Augen war Hinrichs Scheitern auf Hiva Oa in erster Linie der Tatsache geschuldet, dass dieser den üblen Sünder Tahitoa mit dorthin genommen hatte. Am liebsten hätte er durchgesetzt, dass der Kerl Tahiti und das Reich der Inseln für immer verlassen musste. Tahitoa galt aber als Diener dieser Missionarswitwe, und diese zeigte wenig Neigung, auf ihn zu verzichten.

Mehrere Missionarsfrauen hatten bereits angedeutet, sie sähen es gerne, wenn die junge Witwe das nächste Schiff nach Europa bestieg. Bis jetzt hatte er gehofft, dies in die Wege leiten zu können. Eine Frau jedoch, der Königin Aimata einen Stuhl hatte anbieten lassen, konnte er nicht einfach aus ihrem Haus holen und auf ein Schiff schaffen lassen.

Ari'iheiva war froh, als Ruth sich endlich verabschiedete. Statt jedoch den Nächsten zur Audienz bitten zu lassen, befahl die Königin, die Musiker zu holen, und unterhielt sich mit Freundinnen. Auf Ari'iheiva wirkte sie dabei wie eine kichernde Göre. Dabei war ihre Macht groß genug, jemanden in den exklusiven Kreis ihres Hofstaats aufzunehmen oder auszuschließen, auch wenn ihre Berater für sie Regierungsaufgaben übernahmen. Da Ari'iheiva nicht nur Freunde an ihrem Hof hatte, bestand auch für ihn die Gefahr, als Berater entlassen zu werden, und so verließ er die Halle mit der Ausrede, sich um etwas kümmern zu müssen.

6.

Ari'iheiva folgte Ruth und Tahitoa in einem gewissen Abstand. Für ihn war es eine Niederlage, dass er nichts gegen den jungen Mann unternehmen konnte. Dieser stand unter dem Schutz der Missionarswitwe und diese wiederum unter dem Schutz der Königin.

Als Ruth und Tahitoa den Bereich des Ortes erreichten, in dem die Missionare mit ihren Familien lebten, kam ihnen ein junger, hagerer Mann mit schwarzem Rock entgegen und lüpfte bei Ruths Anblick seinen Zylinder. »Guten Tag, Mistress Mensing! Sie kommen wohl von einer Audienz bei der Königin?«

Ruth blieb stehen. »Sie gehen richtig in der Annahme, Mr Perell. Ihre Majestät, Königin Aimata, war so freundlich, mich zu empfangen.«

»Werden Sie jetzt bald nach Hause fahren? Soviel ich gehört habe, hofft Captain Smyth von der Hesione, bald abgelöst zu werden. Ich hoffe, es ist noch nicht geschehen, denn sein Schiff war schon mehrere Wochen nicht mehr in Tahiti.«

In Wirklichkeit hoffte Hiram Perell, dass die Hesione bereits nach Europa unterwegs war, damit Ruth bleiben und er seine Bekanntschaft mit ihr vertiefen konnte. Sie war nicht nur weitaus hübscher als die jungen Mädchen, die hier lebten, sondern hatte in seinen Augen als Witwe eines von den Wilden ermordeten Missionars einen besonderen Anspruch auf den Schutz eines gottesfürchtigen Mannes wie ihn.

Ruth bemerkte nicht einmal, wie sehr sie Perell gefiel, während Tahitoa ein spöttisches Grinsen zeigte. Gegen einen Mann wie Hinrich Mensing war Perell ein linkischer Bursche, der einer Frau wie Ruth niemals imponieren konnte. Kopfschüttelnd ging er weiter und trat wenig später ins Haus.

Dort wechselte Aipua gerade Jans Windeln. Tahitoa schnupperte und zog sich bis an die Tür zurück. Als seine Frau es sah, schüttelte sie in gespielter Verzweiflung den Kopf.

»Manchmal weiß ich nicht, was mit euch Männern ist! Du bist zwar bereit, mit einem Hai zu kämpfen, aber vor den Ausscheidungen eines kleinen Kindes weichst du zurück.«

»Ein Hai stinkt nicht.« Tahitoa grinste, wurde aber rasch wieder ernst. »Dieser elende Ari'iheiva treibt sich draußen herum. Mögen Oro und Gott geben, dass er bei seiner nächsten Bootsfahrt ins Wasser fällt und von einem Hai gefressen wird.«

Aipua blickte nun ebenfalls hinaus und sah Ari'iheiva weggehen.

»Das ist kein guter Mensch«, sagte sie allein schon aus dem Grund, weil er Tahitoas Feind war.

Unterdessen war es Ruth mit einer gewissen Mühe gelungen, Hiram Perell abzuschütteln. Ari'iheiva war ihr nicht aufgefallen, auch bemerkte sie nicht, dass Mildred Wiggles vor ihrem Haus stand und mit verbissener Miene hatte zusehen müssen, wie Hiram Perell mit der »rothaarigen Witwe«, wie sie Ruth insgeheim nannte, gesprochen hatte. Als sie jetzt Ari'iheiva entdeckte, schickte sie Heather, um Harriet Baker zu holen. Sie selbst gab vor, einen Spaziergang zu unternehmen, und näherte sich unauffällig dem tahitianischen Edelmann.

»Oh, guten Tag, Mr Ari'iheiva!«, grüßte sie freundlich.

Auch wenn dieser sich noch immer wie ein Wilder kleidete und seine Haut etliche Tataus trug, so war er ein eifriges Mitglied der Kirchengemeinde ihres Mannes und hatte den christlichen Taufnamen George nach dem englischen König erhalten.

»Guten Tag!«, antwortete Ari'iheiva höflich. Er war öfter bei Wiggles zu Gast und hatte diesem einen Teil seines Einflusses zu verdanken.

Da er zu den Adeligen Tahitis gehörte, empfand Mistress Wiggles eine gewisse Achtung vor ihm. Zwar war auch er ein »Kanake«, wie ihr Mann gelegentlich zu sagen pflegte. Doch man brauchte Leute wie ihn, um das Volk zu beherrschen und dazu zu bewegen, brav sein Scherflein zu bezahlen, damit Missionare nicht nur leben, sondern sich gelegentlich auch ein wenig Luxus aus England kommen lassen konnten.

»Darf ich Sie zu einer Tasse Tee einladen?«, fragte sie, nachdem sie sich mit einem raschen Blick überzeugt hatte, dass Heather eben Harriet Baker in ihr Haus geführt hatte.

»Mit größtem Vergnügen!«, antwortete Ari'iheiva und folgte ihr ins Haus.

Dort hatte Harriet Baker im Teesalon Platz genommen und sah verwundert auf, als ihre Gastgeberin mit dem Berater der Königin hereinkam.

»Guten Tag, Mr George Ari'iheiva«, begrüßte sie ihn und sprach dabei seinen Namen eingekürzt auf englische Weise als »Erihieiwa« aus.

Mildred Wiggles klatschte in die Hände und befahl ihren herbeihuschenden Dienerinnen, Tee zu bereiten und zusammen mit Kuchen zu servieren.

Danach sah sie Ari'iheiva mit einem listigen Blick an. »Der Tee wird gleich gebracht werden. Nun zu etwas, das für uns alle von Interesse ist. Wie ich hörte, soll Mr Landers, der den Laden und … nun ja, auch das Gasthaus geführt hat, verstorben sein. Haben Sie schon einen Nachfolger für ihn ausgewählt? Es ist ein wichtiger Posten. Der Leiter der Handelsstation versorgt immerhin die Walfänger mit Vorräten und anderen wichtigen Dingen.« In Gedanken sah Mildred Wiggles gefüllte Becher vor sich, die alkoholische Getränke enthielten.

Ari'iheiva war verwundert, denn diese Frage hätte er eher von ihrem Mann erwartet. Da er annahm, dass diesem die Sache ebenfalls am Herzen lag, hob er bedauernd die Hände. »Wir hatten gehofft, dass Mr Reverend Wiggles uns einen geeigneten Nachfolger empfehlen kann. Ein großer Teil der Einnahmen des Königreichs stammen von der Handelsstation. Daher muss diese von einem zuverlässigen Mann betrieben werden.«

Reverend Wiggles hätte ihm sofort zugestimmt, da der »Zehnte« dieser Einnahmen an die Missionare ging und ihnen in Verbindung mit den Abgaben der einfachen Leute ein angenehmes Leben ermöglichte. Seiner Frau jedoch ging es darum, zu verhindern, dass Ruth zu einer Konkurrenz für ihre Tochter wurde. Zudem war sie ihr als Ausländerin suspekt, und da hörte ihre christliche Nächstenliebe auf.

»Muss es unbedingt ein Mann sein?«, fragte sie.

»Nun, ich denke doch …«, brachte der verblüffte Tahitianer mit einer gewissen Mühe heraus.

»Es gibt mehrere Bedingungen für den Leiter der Handelsstation: Er muss absolut zuverlässig sein und darf nicht in seine eigene Kasse wirtschaften. Bei Mr Landers hatte mein Ehemann so seine Bedenken. Zweitens muss diese Person etwas vom Handel verstehen, um gute Geschäfte machen zu können, und zum Dritten muss sie in der Lage sein, sich gegen Walfänger und anderes Gesindel durchzusetzen.«

Mildred Wiggles hob mahnend die Hand, damit Ari'iheiva sie auch richtig verstand. Zwar hielt sie Ruth für halbwegs zuverlässig, glaubte aber nicht, dass diese sich im Laden und in der Schenke gegen Rabauken würde durchsetzen können. Wenn Ruth den Handelsposten jedoch nicht so führen konnte, wie die Tahitianer es erwarteten, würden Königin Aimatas Getreue rasch dafür sorgen, dass sie von ihrem Posten abberufen wurde und die Insel mit dem nächsten Schiff verlassen musste, das von hier aus in die Ferne fuhr.

»Ich frage nicht ohne Grund, ob es ein Mann sein muss, denn ich kenne derzeit niemanden, der mir dafür geeignet erscheint. Allerdings hat die Witwe Mensing mir erzählt, sie sei die Tochter eines Händlers und habe bereits selbst hinter dem Ladentisch gestanden. Vielleicht könnte sie den Handelsposten übernehmen, bis ein ehrlicher, gottesfürchtiger Mann dafür aus England geholt worden ist.«

Zunächst konnte Ari'iheiva mit Mildred Wiggles' Vorschlag nichts anfangen. Er hielt die Ehefrauen von Missionaren zwar für ehrbar, aber auch von geringem Verstand. Dann aber begriff er die Chance, über Ruth auch Tahitoa zu treffen. Wenn die Frau versagte, musste sie Tahiti verlassen und ihn mitnehmen. Außerdem bestand die Möglichkeit, dass Tahitoa schon vorher mit einem betrunkenen Walfänger aneinandergeriet und von diesem erstochen wurde. Damit wäre er diesen Kerl endlich los.

»Es wäre zu überlegen«, antwortete er daher mit einem Lächeln. Ruth Mensing hatte ihn brüskiert, indem sie Tahitoa mit zur Audienz bei Aimata mitgenommen hatte. Sich dafür rächen zu können, war fast so schön, wie auf Tahitoas Leichnam zu blicken. Beides hoffte er, in Kürze erleben zu können.

7.

Nach Hinrichs Tod hätte Ruth sich nicht vorstellen können, sich je nach Hiva Oa zu sehnen. Aber nach nicht einmal zwei Wochen auf Tahiti war es so weit. Im Hanatea-Tal auf Hiva Oa hatte sie einheimische Freundinnen besucht, mit diesen geredet, Matten geflochten oder war im Meer schwimmen gegangen. Hier war ihr dies alles unmöglich. Zum einen kannte sie keine Insulanerinnen, die sie hätte besuchen können, und zum anderen fürchteten viele, sie könnten sich Ari'iheivas Zorn zuziehen, wenn sie mit ihr gesehen wurden. Tahitoa stand in ihren Diensten, und diesen hatte der Adelige bereits früher mit seinem Zorn verfolgt. Auch im Meer zu baden war ihr nicht möglich, denn noch hatte sie keine abgeschiedene Bucht gefunden.

Ruth fehlte auch ihr »Badezimmer« auf Hiva Oa. Dort hatte sie durch einen Schuppen und eine Mattenwand geschützt unter einem kleinen Wasserfall nackt baden können. Hier musste sie sich mit dem Wasser aus einem Eimer säubern, da dies den Vorstellungen von Reverend Wiggles und seinen Missionaren zufolge zivilisierter wäre und sich für Menschen aus Europa gehörte.

»Entweder haben mich die beiden Jahre auf Hiva Oa verwildern lassen oder was auch immer …«, sagte sie, als sie sich an diesem Abend in ihrer Hütte wusch.

Die Tür war geschlossen und die Mattenwände wieder angebracht. Anders als Mistress Wiggles und die anderen Engländerinnen entfernte sie am Morgen einen Teil davon, damit ein gewisser Luftzug Erleichterung brachte. Nun staute sich die Luft wieder, und Ruth beschloss, einen Teil der Wand noch einmal zu öffnen, wenn sie mit ihrer Körperpflege fertig war.

»Mögen die Missionarsfrauen sich doch darüber das Maul zerreißen!«

Sie sprach Deutsch, doch Aipua hatte genug gelernt, um sie zu verstehen. »Es sind seltsame Weiber, nicht wahr?«, sagte sie. »Mein Volk hätte sie spätestens nach drei Tagen ins Meer geworfen und zugesehen, wie die Haie sie fressen.«

Aipua stammte von Hiva Oa und war das Christentum tahitianischer Prägung nicht gewohnt. Auch begriff sie den Hochmut der Engländerinnen nicht, die über ihresgleichen hinwegsahen, als wären sie Schmutz unter ihren Füßen.

»Ganz so schlimm sollten wir nicht über Mistress Wiggles und ihre Gefährtinnen urteilen«, mahnte Ruth sie und wollte noch etwas hinzufügen, als jemand draußen an der Tür kratzte.

»Ich bin es, Mary! Ich bringe das Abendessen«, vernahm Ruth und gab Aipua einen Wink, die junge Frau hereinzulassen.

Sie trocknete sich ab und zog den Morgenmantel über, den Mildred Wiggles ihr großzügig geschenkt hatte. Er war aus brauner Jägerwolle und kratzte, aber bei einem überraschenden Besuch wie jetzt erwies er sich als äußerst praktisch.

Mary balancierte ein großes Tablett herein und stellte es ab. Danach kam sie auf Ruth zu und fasste nach deren Hand. »Sie sind immer so freundlich zu mir. Daher muss ich es Ihnen sagen!«

»Was?«

»Mistress Wiggles mag Sie nicht und will Sie weghaben!«

Im ersten Augenblick schüttelte Ruth den Kopf. Dann aber erinnerte sie sich an die eine oder andere Spitze, die Mildred Wiggles ihr versetzt hatte, und auch an den einen oder anderen nicht allzu freundlichen Blick.

Sie seufzte und sah Mary fragend an. »Was bringt dich darauf?«

»Sie will, dass Sie den Handelsposten übernehmen. Da sie nicht glaubt, dass Sie damit fertigwerden, hofft sie, dass Sie deswegen von Tahiti fortgeschickt werden.«

Ruths Gedanken wirbelten. »So gemein kann sie nicht sein! Ich habe ihr gesagt, dass mein Sohn noch zu klein ist, um eine so lange Seefahrt zu überstehen.«

»Sie ist böse!«, erklärte Mary eifrig. »Um Sie loszuwerden, hat sie sich mit Ari'iheiva zusammengetan. Dieser hasst Tahitoa und will Sie bestrafen, weil Sie ihm helfen.«

Ruth brauchte einige Augenblicke, um das alles fassen zu können. Sie begriff nicht, aus welchem Grund Mildred Wiggles sie loswerden wollte. Zudem fand sie es in höchstem Maße schäbig, dass Ari'iheiva seinen Zorn auf Tahitoa an ihr und ihrem Sohn auslassen wollte. Wenn ihr nicht rasch etwas einfiel, würden die beiden sie zwingen, Tahiti lange vor der Zeit zu verlassen, die sie angedacht hatte. Für Jan würde dies verheerend enden.

Ihr Blick suchte den Jungen, der fröhlich krähend in einer Ecke mit einem Holzfisch spielte. Teomo, der beste Holzschnitzer von Hiva Oa, hatte das Ding gefertigt, und es war irgendwie in das Bündel geraten, das sie auf ihrer Flucht mitgenommen hatte. Erneut kam Sehnsucht nach dem Hanatea-Tal in ihr auf, obwohl sie wusste, dass sie es niemals wieder würde betreten können. Wohl hatte sie Erinnerungen an schöne Zeiten dort, doch dass ihr Mann in jenem Tal sein Leben hatte lassen müssen, würde das stets überlagern. Nun galt es, sich hier auf Tahiti zu behaupten. Doch wie sollte sie das, wenn sie in Mildred Wiggles und dem Höfling Ari'iheiva zwei Feinde hatte, die auf dieser Insel so viel mehr Einfluss besaßen als sie?

»Erzähle mir genau, was du gehört hast«, forderte sie Mary auf.

Diese nickte, fügte jedoch hinzu, dass sie nicht viel Zeit habe, weil sie bei Wiggles den Tisch decken müsse.

Ruth beschränkte sich daher auf wenige Fragen und begriff nach und nach, dass Mistress Wiggles sie als Ausländerin verabscheute. Der Erwähnung der beiden jungen Missionare Perell und Collins maß sie weniger Bedeutung zu, da sie nicht ahnte, dass diese beiden der ausschlaggebende Grund für diese Intrige waren. Hinrichs Tod lag noch zu kurz zurück, als dass sie auch nur einen Gedanken auf eine Verbindung mit einem anderen Mann verschwendet hätte.

Eine Überlegung beherrschte nun ihr Denken: Sie musste auf Tahiti bleiben, bis sie mit Jan zusammen in die Heimat zurückkehren konnte. Doch wie sollte ihr dies gelingen, wenn von ihr verlangt wurde, den Handelsposten zu führen? Davon verstand sie nun einmal nichts.

»Halt!«, mahnte sie sich selbst. »Ich kann lesen, schreiben und rechnen. Auch weiß ich, wie ein Rechnungsbuch geführt wird, und habe zu Hause genug über Verträge und Geschäfte gehört, um mich zurechtzufinden.«

Nach Marys Weggang bat sie Aipua, Tahitoa zu holen. »Bringe ihn aber erst herein, wenn ich mich vollständig angezogen habe«, setzte sie hinzu und suchte ihre Kleidung zusammen. Ihr Kopf verfolgte dabei eigene Wege, denn sie grübelte, wie sie dieser Intrige die Spitze abbrechen konnte.

8.

Zu Ruths Verwunderung dauerte es ein wenig, bis Tahitoa erschien. Er wirkte bedrückt. »Sie haben mich rufen lassen, Madam?«

»Du hast doch schon früher auf Tahiti gelebt. Was weißt du über den Faktor Landers?«

»Sie wissen es also schon?«

»Was?«

»Nun, das mit dem Handelsposten! Ich habe vorhin mit Lu Po gesprochen, dem Chinesen, der Landers im Handelsposten geholfen hat. Dieser hat erfahren, dass Sie als Landers' Nachfolgerin vorgesehen sind. Angeblich will man Ihnen die Gelegenheit bieten, ein wenig Geld zu verdienen, um in der Heimat nicht auf die Fürsorge der Verwandten angewiesen zu sein.«

Es war ein vorgeschobener Grund, das war Ruth klar. »Kannst du mir mehr über diesen Lu Po berichten. Ist er zuverlässig?«

Tahitoa wiegte unschlüssig den Kopf. »Wenn Sie mich fragen, ob er ein wenig in die eigene Tasche arbeitet, so muss ich das bejahen. Landers selbst hat das allerdings in weit höherem Maße getan. So zahlte er der Krone weniger als die Hälfte dessen, was sie hätte bekommen müssen. Sein gespartes Geld ist jedoch verschwunden. Lu Po glaubt, dass Reverend Wiggles es an sich gebracht hat.«

»Diese Insel ist ja das reinste Schlangennest!«, entfuhr es Ruth, und sie forderte Tahitoa auf, weiterzuerzählen. Dabei wurde rasch klar: Ihr Diener mochte Lu Po und schien ihm zu vertrauen.

»Glaubst du, dass Lu Po auch für mich arbeiten wird?«, fragte sie.

Tahitoa nickte eifrig. »Das wird er gerne tun! Er sagt, Madam müssten sich um gar nichts kümmern. Da Landers zuletzt kaum noch etwas anderes getan hat, als zu trinken, habe er den Handelsposten so gut wie alleine geführt.«

Ruth wurde ruhiger. Wenn es Lu Po wirklich gelang, den Handelsposten für sie zu führen, bedeutete dies, dass Jan und sie auf der Insel bleiben konnten. Sie nahm sich allerdings vor, die Bücher zu prüfen und nach dem Rechten zu sehen, damit ihr von jenen, die sie abschieben wollten, keine Steine in den Weg gelegt werden konnten.

»Ich will selbst mit ihm sprechen«, erklärte sie.

Tahitoa wiegte unschlüssig den Kopf. »Weiße Damen gehen nicht persönlich zum Handelsposten, sondern haben immer jemanden zu Landers geschickt, damit dieser ihnen die Waren bringen lässt. Wenn er etwas von einem Schiff kaufen oder eintauschen konnte, kam er auch von selbst auf die Frauen der Missionare zu. Diese haben ihn zwar verachtet, waren aber auf ihn angewiesen, so wie sie jetzt auf Sie angewiesen sein werden, Madam.«

»Wenn ich den Handelsposten übernehmen soll, muss ich ihn mir wohl auch ansehen und vor Ort sein«, erwiderte Ruth mit harter Stimme.

»Es gibt noch einen Grund, weshalb Mistress Wiggles und die anderen Engländerinnen den Handelsposten meiden: Es gehört eine Schenke dazu. Die Matrosen, die sich dort aufhalten, sind oft betrunken und haben Mistress Baker belästigt, als diese doch einmal in den Laden gehen musste. Mistress Baker, aber auch Mistress Wiggles und einige andere forderten damals, Landers die Konzession zu entziehen. Es kam jedoch nicht dazu, da es niemanden gab, der ihn hätte ersetzen können.«

Auch Tahitoas Bericht vermochte Ruth nicht abzuschrecken. »Ich will mit Lu Po reden, um mehr über die Handelsstation zu erfahren. Man kann mit Handel viel Geld verdienen, aber auch verlieren. Daher ist es wichtig, ein Auge darauf zu haben.«

Auch wenn Tahitoa das verstand, wandte er ein, dass Ruth die Handelsstation erst dann aufsuchen dürfe, wenn sie zu deren Verwalterin ernannt worden sei. »Es könnte Madam in jenes schlechte Licht setzen, in dem die Frauen der Missionare Sie sehen wollen. Das heißt aber nicht, dass Sie sich nicht mit Mr Lu Po treffen können. Sie haben mir doch gesagt, dass Sie Tuch für ein neues Kleid brauchen. Es wird sich niemand etwas dabei denken, wenn Mr Lu Po mit zwei oder drei Stoffballen hierherkommt, damit Sie sich etwas aussuchen können.«

Zum ersten Mal seit Hinrichs Tod musste Ruth lachen, wurde aber rasch wieder ernst. »Wenn es auf eine so geheimnisvolle Weise geschehen soll, dann soll es so sein. Richte Lu Po aus, dass ich ihn hier erwarte. Er soll einen Tuchballen mitbringen. Nur sollen die Kleider, die ich daraus nähe, bei dem hiesigen Klima leichter zu tragen sein als jene, die Mistress Wiggles mir nach unserer Ankunft auf Tahiti aus wahrer christlicher Nächstenliebe zur Verfügung gestellt hat.« In Ruths Stimme schwang kaum verhohlen Verachtung für die intrigante Missionarsgattin mit, aber auch der unerschütterliche Wille, sich weder von Mildred Wiggles noch von Ari'iheiva vertreiben zu lassen.

9.

Lu Po erschien bereits am nächsten Vormittag und wirkte auf Ruth zunächst so skurril, dass sie nicht wusste, was sie von ihm halten sollte. Er war um mehr als einen halben Kopf kleiner als sie und so schlank, dass man ihn hager hätte nennen können. Seine Hosen flatterten um die Beine, und er hatte eine viel zu weite Jacke um den Leib geschlungen. Auf der Stirn waren seine Haare rasiert, wuchsen dafür auf dem Hinterkopf so lang, dass er sie zu einem Zopf geflochten hatte. Seine Schuhe waren einfache Stoffdinger in der gleichen dunkelblauen Farbe wie Hose und Jacke und wohl auch aus dem gleichen Tuch genäht. Als sie ihm ins Gesicht sah, ahnte Ruth, dass sie ihn besser nicht unterschätzen sollte.

Er verneigte sich tief und musterte sie mit einem gewissen Misstrauen. »Ich grüße Madam sehr viel«, begann er in einem nur schwer verständlichen Singsang, den Ruth mit Mühe als Englisch erkannte.

»Guten Tag, Mister Lu Po!«, antwortete sie kühl. »Mir wurden einige Gerüchte mitgeteilt, von denen auch Sie erfahren haben dürften.«

Lu Po verneigte sich erneut. Da die Dame ihn höflich angesprochen hatte, verkniff er sich das verstümmelte Englisch, das er im Verkehr mit den anderen Europäern benutzte, und wechselte zu einem leicht akzentuierten Englisch über.

»Madam sprechen die Wahrheit!«

»Sie haben mir Tuch mitgebracht?«, fragte Ruth ansatzlos.

Lu Po nickte eifrig und winkte zwei einheimischen Helfern, mehrere Ballen auszulegen.

Da Aipua die Matte, die als Hauswand diente, aufgerollt hatte, konnten alle, die vorbeikamen, sehen, wie Ruth den Stoff betrachtete und dessen Qualität mit den Fingern prüfte.

»Ist das Seide?«, fragte sie Lu Po.

Dieser nickte. »Das ist es, Madam. Seide ist dünn, kühl und angenehm zu tragen. Für ein Klima wie dieses gibt es nichts Besseres. Mistress Wiggles und die anderen Damen weigern sich jedoch, Seide zu tragen, da es eitel wäre und Gott erzürnen würde.«

Ebenso wie Tahitoa schien auch Lu Po nicht viel von den Frauen der Missionare zu halten. Insgeheim stimmte Ruth den beiden zu. Die englischen Ladys wollten beweisen, dass sie dem zivilisiertesten Volk der Erde entstammten, und sahen sich weit über den Einheimischen und auch über einen Chinesen wie Lu Po stehend. Aus dieser Überheblichkeit heraus hatten sie einen Säufer wie Landers als Leiter auf dem Handelsposten belassen, obwohl Ruth darauf gewettet hätte, dass Lu Po diesen weitaus besser hätte führen können. Für Wiggles und die anderen Missionare war es jedoch undenkbar, einen Nichteuropäer mit diesem Posten zu betrauen. Sie hielt es für Dummheit, die ihr jetzt aber zugutekam.

Während sie die Tuchballen musterte und sich scheinbar nicht entscheiden konnte, welchen Stoff sie wählen sollte, stellte sie Lu Po Fragen über den Handelsposten.

Der Chinese wirkte erstaunt angesichts ihres Fachwissens.

»Wie groß war der Umsatz im letzten Jahr?«, fragte Ruth weiter.

Lu Po nannte ihr die Summe, die Landers in seine Bücher eingetragen hatte.

Um Ruths Lippen spielte ein kaltes Lächeln. »War dies, bevor Mr Landers und Sie Ihre Unkosten abgezogen haben, oder danach?«

Lu Po stellte sich dumm. »Das verstehe ich nicht!«

»Mr Landers und im geringeren Maße gewiss auch Sie haben einen Teil des eingenommenen Geldes einbehalten, um für härtere Zeiten gerüstet zu sein. Ich hörte, dass Reverend Wiggles die Summe, die Mr Landers sich erspart hatte, an sich genommen hat.«

»Nicht nur die! Er hat auch die Kasse der Handelsstation in Verwahrung genommen. Das bringt mich in Schwierigkeiten, weil kein Geld mehr da ist, um von Schiffen, die aus Europa oder Südamerika hierherkommen, Waren ankaufen zu können. Aus diesem Grund werden wir in nächster Zeit schlechter verdienen, als es sonst der Fall wäre.«

Lu Po sagte es in einem Tonfall, als hätte er Zahnschmerzen. Damit der Handel nicht stockte, würde er wohl einen Teil seines beiseitegeschafften Geldes einsetzen müssen, und dabei lief er Gefahr, sich nicht mehr in dem Maße bedienen zu können wie bisher.

»Mr Wiggles hat also das Geld. Dann will ich hoffen, dass ihn seine christliche Bescheidenheit dazu bringt, es wieder herauszurücken.«

Als Lu Po Ruths Worte hörte, hätte er am liebsten gelacht. Wiggles mochte als Mann der Religion ausgezogen sein, um die Insulaner zu seinem Glauben zu bekehren. Er hatte jedoch absolut nichts dagegen, wenn sich diese Aufgabe nicht nur als segensreich für seine Neubekehrten, sondern auch für seine eigene Börse erwies. Lu Po selbst hatte bereits mehrfach mit dem Reverend gesprochen und erklärt, dass er das Geld für den Handel brauche, war aber damit beschieden worden, dass der neue Faktor gewiss eine Lösung finden werde. Der neue Faktor sollte diese Frau werden, und er wusste genau, dass sie nicht nur die Witwe eines Missionars war, sondern auch so arm wie jene Kirchenmaus, von der Mistress Wiggles gelegentlich sprach.

Ruth deutete auf den Ballen mit der dunkelsten Seide. »Ich nehme davon genug für drei Kleider. Bei diesem Klima ist es besser, rasch zu wechseln!«

Während Lu Po das Tuch abmaß, trat Ruth neben ihn. »Bei der Handelsstation soll es auch eine Schenke geben?«

Lu Po nickte. »Das stimmt, Madam.«

»Ich will, dass sie ehrbar und nicht wie eine Kaschemme geführt wird!«

»Was meinen Madam mit ehrbar?«

»Brauchbare Getränke, die nicht durch üble Zutaten gestreckt werden, ehrliche Preise – und keine Huren!«

Lu Po entspannte sich sichtlich. »Ich werde zusehen, dass Madams Wunsch Rechnung getragen wird.«

»Ich werde nachsehen, ob das auch der Fall ist. Eines steht von Anfang an fest: Es wird eine Schifferschenke geben, aber kein Bordell«, erklärte Ruth mit Nachdruck.

»Sehr wohl, Madam!«, antwortete Lu Po und sagte sich, dass diese Europäerinnen allesamt weltfremd waren. Wenn Matrosen in einen fremden Hafen kamen, so wollten sie neben Schnaps auch Frauen haben. Daher würde er sich überlegen müssen, wie er dieses Bedürfnis befriedigen konnte. Notfalls setzte er etwas von seinem eigenen Geld ein und ließ ein Gebäude in der Nähe der Handelsstation errichten. Die Genehmigung von Reverend Wiggles und damit auch der Krone würde er mit dem Hinweis erhalten, dass dadurch die ehrbaren Frauen und Mädchen auf der Insel vor der Nachstellung durch betrunkene Matrosen bewahrt blieben.

Langsam formte sich in Lu Po der Gedanke, dass er mit Ruth Mensing als Vorgesetzte kaum schlechter fahren würde als unter Landers. Er sprach noch mehrere Punkte an, die ihm wichtig erschienen, schnitt dann das Tuch ab und verließ unter einem Dutzend Verbeugungen Ruths Haus.

Diese machte sich anschließend Notizen, wie sie sich den Handelsposten vorstellte. Sie griff den Gedanken an mögliche Handelsfahrten von Hamburg in die Südsee wieder auf. Von Tahiti aus erschien ihr dies eher möglich als von Hiva Oa, denn in diesem Hafen trafen sich alle Schiffe, die die Südsee befuhren. Es musste möglich sein, kleinere Schiffe zu anderen Inseln zu schicken, um von dort Waren zu holen, die es lohnte, nach Europa zu schicken.

Während Ruths Gedanken der Zeit vorauseilten, kehrte Heather Wiggles, die sich neugierig in der Nähe herumgetrieben hatte, zu ihrer Mutter zurück und berichtete ihr voller Entrüstung, dass diese Ausländerin einen ganzen Ballen dunkler Seide erstanden habe, um ihrer Eitelkeit frönen zu können.

10.

Am nächsten Tag hatte sich die Nachricht, Ruth werde die Führung des Handelspostens übernehmen, in der ganzen Europäersiedlung verbreitet. Noch vor dem Mittagessen erschien Hiram Perell bei Ruth. Er wirkte äußerst erregt.

»Mistress Mensing, Sie wissen gar nicht, wie verwirrt ich bin! Sagen Sie, dass es nicht stimmt«, rief Perell, kaum, dass er vor ihr stand.

»Was soll nicht stimmen?«, antwortete Ruth.

»Es heißt, Sie wollen die Handelsstation übernehmen. Das kann ich nicht zulassen! Sie sind eine Frau, ja, eine Dame, und dürfen nicht in den Schmutz solcher Geschäfte steigen. Immerhin sind Sie die Witwe eines Mannes, der sein Leben für Gott gelassen hat.«

»Sie sagen es, Mr Perell! Ich bin eine Witwe und muss als solche meinen Unterhalt verdienen.« Ruth empfand den Mann als aufdringlich und reagierte entsprechend verärgert.

Perell rang die Hände. »Auch wenn der Verlust Ihres Gatten noch nicht lange zurückliegt, ist es wohl besser, wenn Sie sich in den Schutz einer weiteren Ehe begeben.«

Das kam so überraschend, dass Ruth sich setzen musste. Sie starrte Perell an und schüttelte den Kopf. »Das können Sie doch nicht im Ernst meinen!«

»Ich meine es vollkommen ernst und biete Ihnen meinen Schirm und meinen Schutz an, Mistress Mensing!«, rief Perell und sah dabei so aus, als mache er ihr damit das größte Geschenk.

Bevor sie zu antworten vermochte, musste Ruth ihre wirbelnden Gedanken einfangen. Eine weitere Ehe war für sie undenkbar. Und selbst wenn sie eine Heirat in Erwägung ziehen würde, dann gewiss nicht mit Hiram Perell. Zum einen wollte sie nicht noch einmal einen Missionar ehelichen, und zum anderen hielt sie ihn für einen Stockfisch, mit dem vielleicht Heather Wiggles oder Abigail Baker zurechtkommen würden, aber gewiss nicht sie. Immerhin hatte sie sich von Hinrich einige Freiheiten erkämpft und dachte nicht im Traum daran, diese für einen derart engstirnigen Mann aufzugeben.

»Ich fühle mich von Ihrem Antrag sehr geehrt«, sagte sie nach einer Weile. »Allerdings liegt, wie Sie selbst zu erwähnen pflegten, der Verlust meines Ehemanns zu kurz zurück, als dass ich an eine Verbindung mit einem anderen Mann denken könnte.«

»Sie können dieses Sündenbabel nicht führen! Es besteht nicht nur aus dem Laden, sondern auch aus einer elenden Spelunke. Zudem geschehen dort Dinge, von denen eine anständige Frau nichts wissen sollte!«

»Wenn Sie die Huren meinen, die sich dort herumtreiben, so lassen Sie sich gesagt sein, dass ich die Tochter und Enkelin von Männern bin, die zur See gefahren sind. Ich habe genug darüber gehört, um mir mein eigenes Urteil bilden zu können«, antwortete Ruth und wies zornig zur Tür. »Ich muss Sie bitten, mich nun zu verlassen. Ich habe zu tun!«

Perell starrte sie mit wachsender Empörung an. »Ich habe Ihnen angeboten, Sie und Ihren Sohn unter meinen Schutz zu stellen, und Sie weisen mich wie einen Bettler von Ihrer Tür? Es sieht so aus, als hätten Mistress Wiggles und Mistress Baker bei der Beurteilung Ihres Charakters recht gehabt. Ich habe mich von Ihnen blenden lassen!«

Für diese Bemerkung gab es für Ruth nur eine Antwort, und die bestand aus einem einzigen Wort: »Raus!«

Perells Adamsapfel hüpfte protestierend auf und ab, das Gesicht färbte sich rot, und für Augenblicke sah es so aus, als wolle er lospoltern. Da traten Tahitoa und zwei seiner tahitianischen Freunde ein und stellten sich grinsend neben ihn.

»Wollten Sie nicht gehen, Mr Perell?«, fragte Tahitoa freundlich.

Perell schnaubte empört und stiefelte davon.

»Was für ein unmöglicher Mensch!«, stieß Ruth zornig aus. »Er glaubte, mich durch eine Heirat mit ihm vor den Niederungen des Handelsgeschäftes erretten zu müssen. Wäre es nicht so empörend, würde ich vor Lachen platzen. Wie kann ein Wicht wie er es wagen, den Platz einnehmen zu wollen, den Hinrich innehatte!« Auch wenn Ruth sich gelegentlich über ihren Ehemann geärgert und einige Male mit ihm gestritten hatte, so war die Ehe mit ihm doch eine gute gewesen. Perell hingegen war eine Marionette der Wiggles und voller Vorurteile, was die Eingeborenen betraf.

Tahitoa wusste zwar, dass Hinrich nicht der ideale Ehemann für Ruth gewesen war, doch im Gegensatz zu Perell, der ihn höchstens mit »He du« anredete, hatte er ihn als freundlichen und höflichen Menschen kennengelernt.

»Nun ja!«, sagte er mit krauser Miene. »Er wollte sich wohl als edelmütig erweisen, um jeden Morgen beim Rasieren mit einem angenehmen Gefühl in den Spiegel schauen zu können. Allerdings hätte er sich damit die Todfeindschaft von Mistress Wiggles zugezogen, die unbedingt will, dass er ihre Heather heiratet.«

»Die kann ihn haben, meinetwegen auch in Gold gefasst«, fauchte Ruth und zwang sich dann zur Ruhe. »Wie es aussieht, ist der Kreis meiner Freunde klein geworden, nachdem ich dem armen Mr Perell eine so große Enttäuschung bereiten musste.«

»Hier in der Siedlung der Europäer sollten Sie nicht wohnen bleiben, Madam, man würde Ihnen das Leben zur Hölle machen. Allerdings ist Landers' Wohnung nichts für Sie, denn die liegt über der Schenke. Es geht dort laut zu, und er hatte auch nichts dagegen, wenn Matrosen mit einem Mädchen nach oben gingen!« Tahitoa zeigte auf seine beiden Begleiter. »All meine Freunde konnte auch Ari'iheiva nicht verscheuchen. Wir sind daher nicht ohne Helfer, und die werden wir brauchen.«

»Wofür?«, fragte Ruth.

»Wir werden ein neues Haus für Sie bauen! Wir müssen nur noch überlegen, wo. Hier geht es nicht, doch direkt bei der Handelsstation sollte es auch nicht erbaut werden.«

»Aber nicht allzu weit davon entfernt, damit ich, wenn es nottut, eingreifen kann«, erklärte Ruth, die sich vor allem nach Hiram Perells Auftritt mehr und mehr mit der Idee anfreundete, die Führung der Handelsstation nicht nur pro forma anzutreten, sondern selbst mit anzupacken.

»Wir haben doch noch unser Kanu«, sagte sie zu Tahitoa.

Dieser nickte. »Auch meine Freunde stellen Ihnen ihre Boote gerne zur Verfügung!«

»Die werden wir vielleicht noch brauchen, aber erst später!« Erneut wanderten Ruths Gedanken in die Zukunft.

Sie fing sie wieder ein und nickte Tahitoa zu. »Du wirst mich mit dem Kanu zum Handelsposten bringen, denn ich will ihn mir von der See aus ansehen. Vielleicht entdecke ich eine Stelle, an der ich mir ein Haus bauen lassen kann.«

»Sehr wohl, Madam!«, antwortete Tahitoa. »Aipua sollte Sie begleiten. Die Damen der Missionare gehen nur selten ohne eine Dienerin aus, um nicht in den Ruf zu kommen, leichtfertig zu sein.«

Diesmal konnte Ruth der Lust zum Lachen nicht widerstehen. Die Vorstellung, Mildred Wiggles oder Harriet Baker könnten leichtfertig sein, war gar zu amüsant. Sie hatte selten prüdere Menschen erlebt als diese Frauen.

11.

Nach all den Tagen, in denen Ruth, abgesehen von den Einladungen zum Tee bei den Missionarsfrauen, zu Hause gesessen und gegrübelt hatte, war es ein Genuss, im Kanu zu sitzen, den Seewind auf der Haut zu spüren und auf die Insel zu schauen. Hinter einem schmalen Uferstreifen erhoben sich die ersten Hügel, und anschließend strebten die Berge fast bis in den Himmel empor. Ruth gestand sich ein, dass sie Tahiti nicht weniger schön fand als Hiva Oa. Nicht der beste Maler hätte es besser schaffen können.

Nach einer Weile zeigte ihr Tahitoa die Handelsstation. Das Gebäude war im europäischen Stil errichtet und wirkte auf Ruth hässlich, da es einfach nicht zur Insel passte. Allerdings war es gut gelegen, denn ein Wall aus Korallen schützte die Bucht vor den Stürmen des Meeres, und die Schiffe konnten unweit der Station ankern.

Zu diesem Zeitpunkt lagen drei Schiffe auf Reede, darunter zwei Walfänger, die neue Vorräte einhandeln wollten. Ruth musste an Captain Wally von der Newport denken. Dem wollte sie nicht begegnen, es sei denn mit einer Pistole in jeder Hand. Dann aber winkte sie ab. Ein Mann wie Wally würde nicht hierherkommen, um sich neu zu bevorraten. Der überfiel lieber die Bewohner der kleineren Inseln.

Einem der Schiffe kamen sie so nahe, dass die Matrosen ihnen zuwinkten. Ein paar riefen »Vahine« herüber. Mittlerweile wusste Ruth, dass das Wort zwar Frau bedeutete, von den Matrosen aber als Bezeichnung für Hure verwendet wurde. Sie deutete Tahitoa an, etwas mehr Abstand zu den Schiffen zu halten, und musterte den Handelsposten. Noch befanden sich Laden, Lager und Schenke in einem Gebäude. Es war das Erste, was sie als neue Leiterin ändern wollte. Ebenso wichtig war, einen Platz zu finden, an dem sie sich ansiedeln konnte.

Da fiel ihr Blick auf einen Hügel, der wie eine kleine Halbinsel in die Bucht hineinragte. Seine Krone lag etwa fünfhundert Yards vom Handelsposten entfernt. Diese Strecke war rasch zurückgelegt, und zudem bot der Hügel einen guten Aussichtspunkt, von dem aus sie ankommende Schiffe schon aus weiter Entfernung würde sehen können.

»Glaubst du, dass deine Freunde auf diesem Hügel ein Haus für mich errichten können?«, fragte sie Tahitoa.

Dieser wiegte unschlüssig den Kopf. »Können würden sie es! Nur ob man sie dort bauen lässt? Man braucht die Erlaubnis der Königin, wenn einem das Grundstück nicht gehört.«

»Wenn ich schon den Handelsposten führen soll, werden sie mir wohl eine Wohnstatt zuweisen können, wie ich sie benötige. Wie du schon sagtest, wäre es ungehörig, wenn ich in der Schenke nächtige.« Ruth lächelte, doch in ihrem Herzen verspürte sie heiße Wut, weil Mildred Wiggles und deren Verbündete ihr nicht einmal die Zeit ließen, ihren Ehemann so zu betrauern, wie Hinrich es verdient hätte. Gleichzeitig wusste sie längst, dass sie das Leben in der Europäersiedlung nicht mehrere Jahre lang würde durchstehen können.

Die Frauen der Missionare mussten geistig abgestumpft sein, um so dahinzuvegetieren. Ihres Wissens übte keine von ihnen eine wirkliche Beschäftigung aus. Dabei gäbe es gewiss Möglichkeiten.

»Bring das Kanu dort an Land und warte auf uns«, befahl Ruth Tahitoa und sagte sich, dass sie an die Vergangenheit denken konnte, wenn Zeit dafür war. Jetzt galt es, sich um das Hier und Jetzt zu kümmern.

Tahitoa steuerte das Boot an Land, sprang heraus und zog es so weit auf den Sand, dass Ruth aussteigen konnte. Sie winkte Aipua, ihr zu folgen, und fasste nach deren Hand. »Wir gehen auf den Hügel. Ich will mich dort oben umsehen, ob es wirklich der Platz ist, an dem ich wohnen will.«

»Der Hügel ist jedenfalls weit genug von den Hütten der Missionare entfernt«, sagte Aipua, während sie langsam in die Höhe stiegen.

Da der Weg nicht allzu steil war, kamen sie nicht außer Atem. Der Blick von der Hügelkuppe reichte weit aufs Meer hinaus, man konnte sogar die Nordspitze von Moorea erkennen. Von diesem Platz aus konnten sie auch auf das Dach der Handelsstation hinabsehen. Es war nicht mehr als eine Baracke mit einem Obergeschoss nach europäischer Art. Ruth konnte sich nicht vorstellen, dort angenehm leben zu können. Auch hätten der Laden und das Lager größer und repräsentativer gestaltet sein müssen.

»Es sieht so aus, als hätten wir hier einiges an Arbeit vor uns«, sagte sie leise.

Aipua sah sie erstaunt an. »Aber ich dachte, du willst alles Lu Po überlassen?«

»Er hat mir angeboten, dass ich mich nicht darum kümmern muss! Doch wenn ich eine Pflicht übernehme, will ich sie so angehen, dass ich mich dafür nicht zu schämen brauche.«

Ruth klang entschlossen, und das war für Aipua ein gutes Zeichen. Zwar litt sie selbst unter dem Verlust ihres Kindes, sagte sich aber, dass weitere kommen und sie damit glücklich sein würde. Den ermordeten Hinrich hingegen würde kein anderer Mann so schnell ersetzen können. Bei dem Gedanken an Perell, der Ruth einen Heiratsantrag gemacht hatte, schnaubte sie leise. Er sah weder so gut aus wie Hinrich, noch besaß er dessen Verstand. Daher erschien es ihr besser, wenn Ruth eine Aufgabe erhielt, die sie ausfüllte. Auf diese Weise konnte sie über den Tod ihres Mannes hinwegkommen.

Während die Gedanken ihrer Dienerin ihre eigenen Wege gingen, blickte Ruth über das Land. Sie nahm die vor Anker liegenden Schiffe wahr und mehrere Boote, die am Strand vor der Handelsstation lagen. An dieser Stelle musste dringend ein richtiger Anlegesteg errichtet werden, dachte sie, während ihr Blick weiterschweifte. Jenseits der Handelsstation entdeckte sie zwischen Palmen die ersten Häuser der Missionarssiedlung. Noch ein gutes Stück tiefer im Land und hinter Palmen verborgen befanden sich der Palast der Königin und die Hütten der Eingeborenen.

Der Hügel, auf dem sie standen, war im Vergleich zu den Bergen im Innern der Insel nicht allzu hoch. Dafür aber schien die Lage optimal, und Ruth glaubte, sich hier wohlfühlen zu können. In Gedanken stellte sie sich vor, wie dieses Haus einmal aussehen sollte. Es musste mehrere Zimmer aufweisen, und sie wollte es in dem Stil halten, den sie auf Hiva Oa kennengelernt hatte.

»Ich muss Tahitoa fragen, ob er einen guten Holzschnitzer kennt. Leider befindet Teomo sich auf Hiva Oa!«, sagte sie zu Aipua.

Diese blickte auf den grünlich schimmernden Ring an ihrem rechten Ringfinger. Er war das sichtbare Zeichen ihrer Ehe mit Tahitoa und von Teomo, dem besten Bildhauer der Hanatea, angefertigt worden. Damit war der Ring auch eine Erinnerung an ihre Heimat, die sie verlassen hatte, um Ruth zu folgen.

»Tahitoa kennt gewiss jemanden.« Aipua lächelte und legte den Arm um Ruths Schulter. »Es ist schön, dass wir beide uns gegenseitig trösten können. Doch es wird hoffentlich auch wieder eine Zeit kommen, in der Freude unsere Herzen erfüllt.«

Um Ruths Lippen zuckte es schmerzhaft. Freude, so sagte sie sich, würde sie wohl nie mehr empfinden. Dann aber dachte sie an ihren Sohn, den Tahitoa unten beim Kanu auf den Armen wiegte, und sie fühlte, wie ein warmer Strom zu ihrem Herzen floss. Jan würde ihre Freude sein, und sie würde alles tun, damit er glücklich und zufrieden aufwachsen konnte. Mit diesem Gedanken sah sie Aipua auffordernd an. »Wir sollten jetzt wieder hinuntergehen und heimkehren. Ianoa wird Hunger haben, doch bis wir zu Hause sind, wird er sich mit einer Banane zufriedengeben müssen.«

»So wie ich ihn kenne, wird er auch noch eine zweite schaffen«, sagte Aipua und brachte Ruth nun doch zum Lachen.

12.

Ruth verzichtete darauf, die Handelsstation zu betreten. Dies wollte sie erst, wenn es ihr Ansehen nicht mehr schmälern würde. Stattdessen kehrte sie in ihre Unterkunft zurück. Während sie dort über die nächsten Schritte grübelte, streckte Heather Wiggles den Kopf herein. »Mein Vater … äh, bittet Sie … mmh, zu ihm zu kommen, Mistress Mensing.«

»Ich komme!« Ruth blickte prüfend an ihrem Kleid hinunter, setzte den Hut aus geflochtenen Palmrippen auf, der ihr als Sonnenschutz diente, und folgte der jungen Frau. Sie fragte sich, ob Reverend Wiggles in die Intrige gegen sie eingeweiht war, hatte er ihr doch erklärt, sie könne unbesorgt mehrere Jahre auf Tahiti verbringen, bis sie und Jan in der Lage wären, in die Heimat zurückzukehren. Hatte er seine Meinung geändert und sich der seiner Ehefrau angeschlossen?

Sie erreichte Wiggles' Haus und wurde dort von dessen Gattin aufs Freundlichste empfangen. Was für eine falsche Schlange!, dachte Ruth und war bemüht, sich diesen Gedanken nicht anmerken zu lassen. Stattdessen antwortete sie höflich und fragte scheinbar verwundert, weshalb der Reverend sie hatte kommen lassen.

»Das weiß ich leider auch nicht«, log Mildred Wiggles und wies auf die Tür des Zimmers, in das ihr Mann sich zu seinen Bibelstudien zurückzog und in dem weder sie noch Heather ihn stören durften.

»Heather, sei so gut und sage Vater, dass Mistress Mensing gekommen ist. Sie bleiben doch gewiss zum Abendessen?«

Die Einladung galt Ruth und zeigte dieser, dass Mildred Wiggles den Anschein aufrechterhalten wollte, es solle sich wegen der Übertragung der Handelsstation an sie nichts ändern. Dabei hatte Mary ihr berichtet, dass ihre Herrin alles tat, um ihrem Ruf zu schaden. Ruth musste einen verächtlichen Laut unterdrücken. Da mich, sagte sie sich, die Missionare auf Tahiti nicht mehr kümmern werden, wenn ich erst wieder in Hamburg bin, kann mir das Ganze, wie Großvater immer sagte, am Achterkastell vorbeischwimmen.

Da trat Wiggles aus seinem Studierzimmer und reichte Ruth die Hand. »Ich danke, dass Sie so rasch gekommen sind. Mildred, hast du Mistress Mensing zum Abendessen eingeladen?«

»Selbstverständlich, mein Lieber!«, antwortete seine Frau mit sanfter Stimme.

»Ich danke Ihnen«, antwortete Ruth lächelnd. Kurz fragte sie sich, ob sie nicht doch darauf dringen sollte, drei bis vier Jahre in der Siedlung der Missionare bleiben zu können, ohne sich mit dem Handelsposten belasten zu müssen. Dann aber schüttelte sie unmerklich den Kopf. Wenn sie das tat, würde Mildred Wiggles eine andere Möglichkeit finden, ihr zu schaden, und das konnte schmerzhaft werden.

Sie folgte Wiggles in dessen Zimmer, setzte sich auf den Stuhl, den er ihr zurechtrückte, und wartete auf das, was nun kommen würde.

Der Missionar schien nicht so recht zu wissen, wie er beginnen sollte. Er wanderte durch das Zimmer und kniff mehrfach die Lippen aufeinander. Schließlich drehte er sich zu ihr um. »Wie Sie wissen, Mistress Mensing, leben wir Missionare und unser Gefolge als Gäste der Königin auf dieser Insel, um ihren Untertanen die heidnischen Praktiken auszutreiben und dafür zu sorgen, dass ihnen das himmlische Heil zuteilwird.« Er machte eine bedeutungsschwangere Pause und lächelte dann. »Wir sind daher auf die Gunst der Königin und ihrer Berater angewiesen.«

Ruth fragte sich, wann er endlich zum Kern der Angelegenheit gelangen würde. Sie war es gewohnt, frei von der Leber zu sprechen, weil keine Sache besser wurde, wenn man lange darum herumredete.

»Nun ist es nicht so, dass Sie auf Tahiti nicht willkommen wären, ganz im Gegenteil! Ihre Majestät ist entzückt von Ihnen. Nun aber will man Ihnen nicht nur Gastfreundschaft erweisen, sondern Ihnen auch die Gelegenheit geben, eine gewisse Summe zu erwerben, die Ihnen in der Heimat zugutekommen soll. Aus diesem Grund ernennt die Königin Sie zur Leiterin des hiesigen Handelspostens. Diese Aufgabe ist für Sie mit keinerlei Mühen verbunden, denn den Laden führt ein Chinese namens Lupo. Er hatte dieses Amt bereits bei Ihrem Vorgänger Landers inne, da der Mann der Flasche mehr zugetan war, als es ihm und dem Geschäft gutgetan hat.«

»Will man nun eine Frau auf diesen Posten setzen, weil wir der Trunksucht weniger erliegen als Männer?«, fragte Ruth mit heimlichem Vergnügen.

Wiggles überlegte kurz und atmete dann sichtlich auf. »Dies ist wohl der Fall! Wie ich bereits erwähnte, ist es für Sie nicht mit den geringsten Mühen verbunden. Ich bin gerne bereit, das Kontobuch der Handelsstation zu überprüfen und Ihnen Bescheid zu geben, damit Sie die Zahlen in Ihren Gesprächen mit der Königin nennen können.«

So wie Ruth Aimata Pomare IV. kennengelernt hatte, waren die Zahlen der Handelsstation in etwa das Letzte, was diese zu hören wünschte. Wiggles berichtete weiter, dass es nur eine Art Pfründe sei, die ihr zugutekommen solle. Sie müsse sich selbst nicht darum kümmern. Er selbst halte ein Auge auf Lu Po und trage dafür Sorge, dass dieser ehrlich abrechnete.

»Sie können selbstverständlich in dem Haus bleiben, das man Ihnen zur Verfügung gestellt hat«, schloss er, und Ruth begriff, dass er das, was er gesagt hatte, auch tatsächlich meinte. Von dem hinterhältigen Plan seiner Ehefrau ahnte er offenbar nichts.

»Ich danke Ihnen!«, antwortete sie. »Sie werden aber verstehen, dass diese Sache etwas überraschend für mich kommt und ich erst sehen muss, wie ich sie bewältigen kann. Vor allem hielte ich es für geboten, meinen Wohnsitz etwas näher an der Handelsstation aufzuschlagen.«

»Aber doch gewiss nicht in diesem Sündenbabel selbst?«, rief Wiggles entsetzt.

Auf Ruths Lippen trat ein sanftes Lächeln. »Selbstverständlich nicht, Reverend! Ich könnte mir vorstellen, mir ein Häuschen auf dem Hügel neben der Handelsstation errichten zu lassen. Wenn Sie so freundlich wären, die Minister Ihrer Majestät zu bitten, mir das zu gestatten.«

»Das werde ich selbstverständlich tun!«, versprach Wiggles.

»Dann gibt es noch etwas: Ich bin im Handel nicht ganz unerfahren. Mein Vater ist Reeder in Hamburg, und ich musste längere Zeit die Bücher führen. Ich würde sie daher gerne auch selbst kontrollieren, natürlich mit Ihrer Unterstützung. Schließlich bin ich Ihrer Majestät doch für den Handelsposten verantwortlich.«

Wiggles nickte unwillkürlich. »Es wäre mir durchaus recht, wenn Sie gelegentlich nach dem Rechten sähen. Die Schenke sollten Sie jedoch nicht betreten. Die Leute, die dort verkehren, sind ungewaschenes Gesindel und – fast noch schlimmer – Rebellen aus den nordamerikanischen Kolonien, die unserem guten König George den Gehorsam aufgesagt haben.«

Da Ruth den Handelsposten umbauen und die Taverne neu errichten lassen wollte, stimmte sie zu. Dann aber sah sie Wiggles mit einem gekünstelten Lächeln an. »Mir wurde berichtet, dass Sie dankenswerterweise die Kasse des Handelspostens an sich genommen haben, damit sich niemand daran bereichern kann. Sollte nun ein Schiff aus Europa kommen und Waren mit sich bringen, die auf Tahiti und den Inseln gebraucht werden, wird Lu Po diese bezahlen müssen. Es ist daher nötig, für ein gewisses Betriebskapital zu sorgen.«

»Das ist selbstverständlich!«, stimmte Wiggles Ruth zu ihrer Erleichterung zu. »Ich werde Ihnen die Kasse übergeben, das heißt, ich werde sie in Ihr Haus bringen, damit Sie sie nicht selbst tragen müssen.« Er wies zur Tür. »Nachdem wir diese Angelegenheit zu aller Zufriedenheit erledigt haben, sollten wir uns zu Tisch begeben. Meine Mildred ist eine Seele von Mensch, doch wenn ich zu spät zum Essen komme, kann sie zu einem Drachen werden.«

Ruth wunderte sich, denn sie hätte bei diesem hageren und stocksteifen Mann nicht den geringsten Sinn für Humor erwartet. Wie es aussah, hatte sie sich getäuscht.

Als sie das Studierzimmer verließen, stand Mildred Wiggles direkt vor der Tür. Nur mit Mühe konnte sie ihre Verärgerung verbergen. Ruth lächelte. Ganz offensichtlich hatte sie gelauscht, und es passte ihr nicht, dass ihr Mann sie bei dem Handelsposten nach Kräften unterstützen wollte. Ruth blieb während des Essens freundlich und unterhielt sich eifrig mit Wiggles, während dessen Frau kaum ein Wort herausbrachte.

»Ihr Essen schmeckt heute wieder ausgezeichnet, Mistress Wiggles!«, lobte Ruth sie schließlich, obwohl die Hausfrau mit Gewissheit keinen Handgriff getan, sondern alles Mary und Sally überlassen hatte.

»Dem stimme ich zu, meine Liebe«, erklärte nun auch Wiggles und bedachte seine Frau mit einem liebevollen Blick.

Sonst hatte Mildred Wiggles sich immer aufgeplustert und erklärt, wie schwer es auf diesen abgelegenen Inseln sei, ein brauchbares Mahl auf den Tisch zu bringen. Diesmal beließ sie es bei einer kurzen Bemerkung und sah anschließend voller Zorn zu, wie ihr Mann die Kasse des Handelspostens aus seinem Studierzimmer holte und Ruth aufforderte, mit ihm zu kommen. Sie hatte dieses Geld bereits dem eigenen Vermögen zugerechnet und musste es nun abschreiben.

Kaum hatten ihr Mann und Ruth das Haus verlassen, wandte sie sich mit empörter Miene ihrer Tochter zu. »Ich hätte nie gedacht, dass ausgerechnet dein Vater auf die glatte Larve dieses ausländischen Biestes hereinfällt. Wir hätten die Sache mit dem Handelsposten sein lassen und sie gleich vergiften sollen!«

ZWEITER TEIL

STURMTAGE

1.

Der Sturm heulte in den Wanten, und die Wellen gingen so hoch, dass eine nach der anderen über das Deck hinwegfegte und alles mit sich riss, was nicht sorgfältig festgelascht worden war. Die meisten Segel waren bereits geborgen, und nur das Sturmsegel am Fockmast sorgte dafür, dass das Ruder noch halbwegs griff. Hinten am Kreuzmast versuchten mehrere Matrosen, das letzte widerstrebende Segel zu bergen. Immer wieder entriss der Sturm es ihren Händen, so dass es wie eine weiße Fahne flatterte, als wolle die Scharhörn der Hamburger Reederei Simonsen sich den Gewalten der Natur ergeben.

»Wird das Schiff untergehen? Werden wir sterben?«, fragte David Simonsen den Matrosen, der ihn festhielt, damit die Wellen ihn nicht mit über Bord spülten. Er war noch nicht ganz vierzehn und damit in einem Alter, in dem Jungen wie er noch ihr ganzes Leben vor sich hatten. Im Augenblick aber sah es so aus, als käme das Ende eher in Minuten als in Stunden.

»Jetzt mach dir nicht in die Hosen, David. So ein kleiner Sturm macht einem Hamburger Kauffahrer doch nichts aus. Du solltest jetzt aber trotzdem unter Deck gehen und in deiner Koje bleiben!« Wie der Knabe musste auch der Matrose schreien, um verstanden zu werden.

»Aber ich bin zur Wache eingeteilt«, wandte David ein.

»Der Befehl wurde belegt! Also kannst du runtergehen. Der

Käpt'n hat mich geschickt, damit ich dafür sorge. Also marsch! Ein Seemann muss einem Befehl gehorchen.«

Der Matrose drängte, schließlich war David nicht irgendein Schiffsjunge, sondern der jüngere Sohn ihres Reeders, der auf dieser Fahrt lernen sollte, wie es auf einem Schiff zuging. Bis jetzt war auch alles gut gelaufen. Doch nun waren sie in einen Hurrikan geraten, und niemand an Bord wusste, ob die Scharhörn diesen Gewalten gewachsen war. Und wenn sie es tat, sollte der Sohn des Reeders am Leben bleiben.

Einem Befehl musste unter allen Umständen Folge geleistet werden, das hatte David an Bord gelernt. Er wandte sich dem Niedergang zu, sah dort aber zwei Matrosen, die die Luke geschlossen hatten und eben verschalkten.

»Ich soll nach unten!«, rief er den Männern zu.

Da tauchte wie aus dem Nichts der Kapitän neben ihm auf. »Ich belege den Befehl! Du wirst am Kreuzmast festgebunden, damit die Wellen dich nicht kriegen. Ins Schiff hinab können wir erst wieder, wenn wir den Sturm überstanden haben.«

»Werden wir ihn überstehen?«, fragte David bang.

»Natürlich!«, antwortete der Kapitän und setzte für sich ein »wenn Gott uns hilft und den Sturm abflauen lässt« hinzu.

Ein paar Minuten später war David mit einer kräftigen Leine am Mast befestigt, konnte aber die Arme bewegen, um sich im Notfall losschneiden zu können. Sein Messer trug er so auf dem Rücken, dass er es sowohl mit der rechten wie auch mit der linken Hand greifen konnte. David blickte nach oben, wo die Matrosen noch immer mit dem Segel kämpften. Da traf eine Sturzsee das Schiff. Es tauchte mit dem Bug ins Wasser, und es dauerte für David unendlich lange, bis dieser wieder herauskam. Er glaubte, einen Schrei gehört zu haben. Als er erneut nach oben schaute, war die Rah, auf der eben noch drei Matrosen gestanden hatten, leer. Der heftige Aufprall der Welle hatte sie ins Meer geschleudert.

Erneut tauchte der Bug unter und kam fast nicht mehr hoch. Der Kapitän winkte die verbliebenen Matrosen zu sich. »Es hat keinen Sinn mehr. Das Schiff nimmt Wasser und wird in Kürze sinken. Wir müssen in die Boote!«

»Bei dem Sturm und dem Seegang wäre das Selbstmord!«, rief der Steuermann entsetzt.

»Uns bleibt keine Wahl!« Der Kapitän wies auf das Deck, das sich mittlerweile fühlbar zum Bug neigte.

Nun begriff der Letzte, dass die schweren Wellenschläge Lücken in die Verplankung gerissen hatten und Wasser ins Schiffsinnere strömte. Auch wenn es lebensgefährlich war, sich mit offenen Rettungsbooten in den Sturm hineinzuwagen, so bestand zumindest eine gewisse Hoffnung, mit dem Leben davonzukommen. An Bord bleiben hieß jedoch, auf jeden Fall sterben zu müssen.

Bei dem Sturm konnten die Boote nicht ordnungsgemäß ausgeschwenkt werden. Als die Matrosen es beim ersten versuchten, wurde das Boot so hart gegen den Schiffsrumpf geworfen, dass es zerbrach.

»So wird das nichts!«, rief der Kapitän. »Schafft das zweite Boot nach vorne zum Bug. Sobald der unter Wasser gerät, werden wir freikommen.«

Sofort machten sich die Männer ans Werk. Eine weitere hohe Welle traf das Schiff und riss das Boot ein Stück mit sich. Zwei Männer, die es festhielten, wurden über Bord gespült und verschwanden in der tosenden See.

Von Grauen geschüttelt, machten die Verbliebenen weiter. Die Matrosen setzten sich schließlich ins Boot und beteten, während der Kapitän und der Steuermann zum Heck eilten, wo David Simonsen noch immer an den Kreuzmast gebunden war.

Der Kapitän schnitt ihn eigenhändig los und fasste ihn bei der Hand. »Komm mit, Junge, und halte dich gut an mir fest! Nicht, dass du mir verloren gehst!«

Er versuchte zu grinsen, doch es wurde eine angsterfüllte Grimasse. Eine weitere Welle rollte über das noch tiefer liegende Schiff und schwemmte das Beiboot mit den Matrosen fort. Auch den Steuermann, der dem Kapitän hatte helfen wollen, erfasste die See und riss ihn mit sich.

»Wir müssen zusehen, dass wir das Boot erwischen. Komm, wir springen über Bord!«, schrie der Kapitän und strebte mit David der Bordwand zu. Einige Augenblicke lang war das Boot noch zu sehen, dann packte eine Welle es und trug es rascher fort, als der schnellste Mann schwimmen konnte. Kurz darauf war es in dem Grau und Schwarz des Sturmes und der brodelnden See verschwunden.

»Was machen wir jetzt, Herr Kapitän?«, fragte David voller Angst.

Da entdeckte der Kapitän ganz in der Nähe die Reste des zerschlagenen Bootes und sprang, den Jungen mit sich reißend, in die See. Nach ein paar Schwimmstößen hatte er das Wrack erreicht und packte es.

»Du musst dich festhalten, David! Möge Gott uns beistehen«, schrie er in den Sturm und sah dann mit Tränen in den Augen zu, wie seine Scharhörn unweit von ihnen versank. Eine Welle, die über die Trümmer des Beiboots schlug und sie beinahe mit sich riss, erinnerte ihn daran, dass es im Augenblick wichtigere Dinge gab, als um sein Schiff zu trauern.

»Wir müssen uns festbinden, min Jung, und dann heißt es oben bleiben! Verstehst du? Oben bleiben!«

David nickte. Aber er brauchte die Hilfe des Kapitäns, um sich mit dem Rest des Stricks, der ihm noch um die Hüften hing, ans Bootswrack zu binden. Der Kapitän hatte nur seinen Gürtel, doch dieser war zum Glück lang genug für ihn. Als sie beide gesichert waren, krochen sie noch ein Stück weiter auf das zertrümmerte Boot und klammerten sich fest.

»Wenn du beten willst, Junge, dann tu dir keinen Zwang an! Auch wenn der Sturm braust, dass einem Hören und Sehen vergeht, so wird unser Herr im Himmel dich hören und uns retten«, sagte der Kapitän nach einer Weile.

David hatte zunächst zu viel Angst, um sich überhaupt an ein Gebet erinnern zu können. Doch dann begann er mit dem Vaterunser und wiederholte es ein Dutzend Mal, bis ihm das nächste Gebet einfiel.

»So ist es gut, min Jung! So ist es gut«, lobte ihn der Kapitän. »Wenn der Sturm vorbei und die See wieder ruhig ist, werden wir gewiss unser Beiboot entdecken, und die Schiffskameraden werden uns aus dem Wasser ziehen.«

Längst glaubte der Kapitän jedoch selbst nicht mehr daran, doch er musste dem Jungen Mut machen. Er konnte sich nicht vorstellen, dass die Matrosen mit dem Leben davongekommen waren – nicht bei diesem Orkan. Ebenso wenig hielt er es für wahrscheinlich, dass David und er diesen Tag überstehen würden. Das Bootswrack wurde von den Wellen hin und her geworfen und immer wieder überspült. Zudem kam nun die Nacht, und der Sturm nahm sogar an Stärke zu.

Das ist unser Ende!, durchfuhr es den Kapitän, und er sagte sich, dass er mit der Schande sterben würde, den jüngeren Sohn seines Reeders mit in den Tod genommen zu haben.

2.

Entgegen der Befürchtung des Kapitäns lebten sie am nächsten Morgen noch, aber sie hatten eine höllische Nacht hinter sich. Immer wieder hatten Wellen das Bootswrack unter sich begraben, und es war jedes Mal eine schier endlos lange Zeit vergangen, bis es wieder an die Oberfläche gekommen war und sie wieder atmen konnten.

Irgendwann war der Sturm schwächer geworden und David in einen unruhigen Schlaf gefallen. Der Kapitän hatte noch einmal die Leine überprüft, mit der der Junge an dem Bootswrack festgebunden war, und diesen noch weiter darauf geschoben, so dass er nicht ins Wasser rutschen konnte. Er selbst war erst eingeschlafen, als der Wind die Wolken vertrieben hatte und die ersten Sterne am Himmel zu sehen gewesen waren.

Mit dem Erwachen kam die Erinnerung an den Schiffbruch zurück, und er haderte mit Gott. Tausend Schiffe befuhren die sieben Meere, und ausgerechnet das seine hatte untergehen müssen. Ein Fluch wollte ihm über die Lippen, doch er hielt ihn zurück, um den Jungen nicht zu wecken. Stattdessen sah er sich um, erblickte aber nur Wasser, das sich immer noch zu stattlichen Wellen auftürmte. Die verheerende Wucht, die der Sturm entfesselt hatte, war jedoch geschwunden.

»Ist das Boot mit unseren Kameraden zu sehen, Herr Kapitän?« David war wach geworden und stellte die Frage, die ihm als Erstes in den Sinn kam.

Der Kapitän schüttelte den Kopf. »Noch ist die See zu bewegt, um weit schauen zu können. Dafür bräuchten wir einen Mast, auf den du hinaufklettern könntest.«

»Wir haben aber keinen Mast«, erwiderte David mutlos.

»Daher müssen wir warten, bis wir mehr sehen können. Bleib ruhig liegen, min Jung, und trink um Gottes willen kein Salzwasser, auch wenn dich noch so sehr dürsten mag. Du wärst danach schneller tot, als du denken kannst.«

»Aber das Wasser ist doch nicht giftig«, wandte David ein, dem beim Baden im Meer das eine oder andere Mal versehentlich Salzwasser in den Mund gelangt war. Allerdings hatte er es nicht getrunken, sondern wieder ausgespuckt und danach Süßwasser oder Saft getrunken.

»Das Salz im Meerwasser verstärkt den Durst noch. Man trinkt mehr und noch mehr und stirbt dann schneller, als man es täte, wenn man seinen Durst beherrscht«, belehrte der Kapitän ihn.

»Ich werde kein Meerwasser trinken, Herr Kapitän!«

»Du bist ein guter Junge!«, sagte der Kapitän und setzte für sich selbst traurig ein »es ist sehr schade, dass du hier wohl dein Ende finden wirst« hinzu.

Es waren für längere Zeit die letzten Worte, die zwischen ihnen gesprochen wurden. Der Kapitän sorgte dafür, dass David relativ sicher auf dem Stück Treibgut lag, das aus dem zerstörten Beiboot geworden war, und band ihn, als der Seegang es zuließ, so fest, dass er nicht verloren gehen konnte. Dann hielt er Ausschau nach Schiffen. Doch sosehr er auch umherschaute – die See blieb leer.

Der Tag verging, und David schlief ein. Der Kapitän wünschte ebenfalls den Schlaf herbei, um wenigstens für kurze Zeit die schreckliche Lage zu vergessen, in der sie sich befanden. Gleichzeitig schlug er sich mit Selbstvorwürfen herum. Er hatte die Anzeichen des Sturms nicht ernst genug genommen, um seinen Kurs zu ändern, und damit die Scharhörn ins Verderben gesteuert. Während er sinnierte, wurde sein Schuldenkonto beim Herrgott immer größer, so dass er es für zweifelhaft hielt, ob dieser ihm überhaupt den Weg ins Paradies ebnen würde. Wahrscheinlich würde er in die Hölle kommen, und dies erschien ihm beinahe sogar besser, weil er dort nicht Jakob und Frieda Simonsens Frage, was aus ihrem Sohn geworden war, würde beantworten müssen.

Der nächste Morgen kam, und die See lag so ruhig um das Bootswrack, als wolle sie die beiden Menschen darauf verhöhnen. Nichts erinnerte mehr an den Sturm, der vor zwei Tagen gewütet hatte. Der Kapitän wagte es sogar, sich loszubinden und sich aufzustellen, um nach Schiffen Ausschau halten zu können. Doch da gab es nichts, weder ein Schiff noch eine Insel, auf die sie sich hätten retten können.

»Wir werden wohl warten müssen, bis jemand kommt«, meinte er mit schiefer Miene.

Mittlerweile fiel ihm das Sprechen schwer, und er verging fast vor Durst. Er warf einen besorgten Blick zum Himmel, doch dieser war so blau wie auf den Gemälden in den Kirchen und versprach einen heißen Tag.

»Du solltest versuchen, wieder zu schlafen, min Jung. Es ist das Beste für dich«, riet er David und legte sich mutlos auf die Bootsreste.

Dabei vergaß er, sich wieder festzubinden, und fiel bald darauf in einen der Bewusstlosigkeit ähnlichen Schlaf. Auch David schlief wieder ein. Keiner von beiden bemerkte, dass der Wind etwas auffrischte und die Wellen wieder höher wurden. Plötzlich hing das Wrack schief auf einer Welle. Da David darauf festgebunden war, wurde er nicht fortgespült. Der Kapitän rutschte jedoch hinab und wachte erst auf, als ihm das Meerwasser in Kehle und Luftröhre drang.

Verzweifelt schlug er mit den Armen um sich, um wieder an die Oberfläche zu kommen, und sah plötzlich einen Schatten über sich. Augenblicke später traf das Holz des Bootswracks mit großer Wucht seinen Kopf und raubte ihm die Besinnung. Er merkte nicht einmal mehr, wie er immer tiefer sank und es mit ihm zu Ende ging.

Als David erwachte, befand er sich allein auf dem Wrack. Erschrocken blickte er sich um. »Herr Kapitän, wo sind Sie?«

Doch er erhielt keine Antwort. Es dauerte lange, bis er begriff, dass sein Kapitän verschwunden war und er sich mutterseelenallein auf dem Meer befand. Zu Hause hatte er über seine jüngeren Schwestern gespottet, wenn diese in Tränen ausgebrochen waren. Nun aber weinte er selbst zum Herzerweichen. Gelegentlich rief er nach dem Kapitän, in der Hoffnung, dieser könnte doch irgendwo in der Nähe sein.

Die Sonne zog unbeirrt ihre Bahn, und als die Nacht hereinbrach, begriff David, dass er den Kapitän in diesem Leben nicht mehr wiedersehen würde. Schwach und verzweifelt krallte er sich an dem Holz fest und wünschte sich, zu sterben, um dem grauenhaften Durst, dem Hunger und der Not, in der er sich befand, zu entgehen. Mehrfach dachte er daran, doch Meerwasser zu trinken. Es wäre dann schneller vorbei, dachte er. Noch während dieses Gedankens übermannte ihn eine Ohnmacht, und er trieb auf den Resten des Bootes dahin.

3.

Die Namasket, ein Walfangschiff aus New Bedford, lief bei gutem Wind nach Süden. Captain Ismael Queek stand auf dem Achterdeck, die Hände in den Taschen seines Rockes, und blickte zufrieden zu den geblähten Segeln hinauf. »Das alte Mädchen macht sich gut, meinen Sie nicht auch, Mr Asher?«

»Sehr wohl, Captain, das tut sie!«, antwortete sein Steuermann und suchte die See mit seinem Fernrohr ab.

»Halten Sie etwa bereits nach Walen Ausschau, Mr Asher? Mir scheint das in diesen Breiten ein bisschen früh!«, sagte Queek mit einem nachsichtigen Grinsen.

»Mir geht es nicht um Wale, Captain Sir! Ich habe Trümmerstücke gesehen. In diesen Breiten, wie Sie sagen, muss erst vor Kurzem ein Schiff … « Er unterbrach sich und stieß einen hastigen Ruf aus. »Da liegt ein Mensch auf einem Stück Treibgut!«

»Wo?« Queek nahm ihm das Fernrohr ab. »Tatsächlich! Sieht aber aus, als wenn er tot wäre.«

»Es wäre christlich gedacht, ihn aus dem Wasser zu holen, damit er ein ehrliches Seemannsbegräbnis bekommt«, wandte Asher ein.

»Aus dem Wasser herauszuholen, um ihn wieder hineinzuwerfen? Na ja … Aber Sie haben natürlich recht, Mr Asher! Wir sollten als Christenmenschen handeln. Lassen Sie ein Boot aussetzen und den armen Kerl holen. Er hat zwar nichts mehr davon, aber wir müssen uns keine Vorwürfe machen.«

Auf Queeks Worte hin rief der Steuermann mehrere Matrosen zu sich und ließ eines der Walfangboote ausschwenken. Er nahm selbst darin Platz.

»Pullt, Männer! Sonst muss der Captain noch ein paar Segel mehr reffen lassen! Und dann kommen wir zu spät zu unserem ersten Rendezvous mit einem Wal, weil ihn schon ein anderes Schiff gefangen hat.«

Die Matrosen lachten, legten sich aber in die Riemen und erreichten das Stück Treibgut in kurzer Zeit.

Einer schüttelte traurig den Kopf. »Es ist noch ein Junge, Mr Asher. Den hat es viel zu früh erwischt!«

»Ich glaube, er lebt noch!«, rief da einer seiner Kameraden. »Eben hat er den Arm bewegt.«

Ein Matrose stieg auf das Trümmerstück, schnitt den Jungen los und reichte ihn seinen Kameraden. Dann kehrte er ins Boot zurück und nahm seinen Platz auf der Ruderbank wieder ein.

»Und jetzt noch schneller, Männer! Wir wollen das Bürschlein doch lebend zur Namasket bringen!«, spornte Asher die Matrosen an. Er bedauerte, dass sie kein Wasser bei sich hatten, das sie dem Jungen einflößen konnten, denn er sah schlimm aus. Die Lippen waren aufgesprungen, die Haut von der Sonne und dem Salz verbrannt. Und tatsächlich kamen nun Laute aus seinem Mund. »Durst! Wasser!«

»Es sieht so aus, als hätten wir einen German fish gefangen«, meinte einer der Matrosen.

»Woher auch immer er stammt, jetzt kommt er erst einmal an Bord, und dort wird sich zeigen, ob die See ihn behält oder wir!« Asher winkte zur Namasket hinüber. »Es ist ein Junge, und er lebt noch!«

»Dann schafft ihn an Bord! Der Koch soll sich um ihn kümmern«, rief Queek zurück.

»Ich will nicht hoffen, dass es in der nächsten Zeit Frischfleisch zum Essen gibt. Der Smutje soll das Bürschlein zuerst einsalzen, wenn er ihn schlachtet, so dass man glauben kann, es wäre das Fleisch einer ehrlichen Sau«, meinte einer der Matrosen an Bord mit einer arg großen Portion Galgenhumor.

Damit zog er sich den Zorn des Kapitäns zu. »Solche Reden will ich auf meinem Schiff nicht hören, verdammt noch mal! Und jetzt mach, dass du auf die Rah kommst, damit wir wieder Segel setzen und weiterfahren können. Oder glaubst du, die Wale warten auf uns?«

Kurz darauf trugen die Männer den Jungen an Bord und befestigten das Boot wieder an seinem Platz. Die Segel schwollen unter der Brise, und die Namasket ging erneut auf Kurs.

Unterdessen brachten zwei Matrosen den bewusstlosen Jungen in die Kombüse. Der Koch, ein älterer, aber immer noch kräftiger Mann mit dunkler Hautfarbe, erwartete sie bereits und nahm ihn auf die Arme. »Der sieht nicht gut aus! Ich glaube nicht, dass er noch lange durchgehalten hätte. Er ist jetzt schon ziemlich tot.«

»Wenn er tot ist, bekommt er ein Seemannsgrab, wie es sich gehört«, antwortete einer der Matrosen.

Der Koch wandte sich ihm grinsend zu. »Wenn ich einmal Frischfleisch brauche, halte ich mich an dich. Dieser Hänfling hier würde nicht einmal für eine Mahlzeit reichen.«

»Lasst so was nicht den Kapitän hören! Er mag solche Reden gar nicht«, tadelte ein anderer Matrose die beiden.

Der Koch sagte nichts mehr, sondern trug den Jungen in seinen kleinen Verschlag und legte ihn auf sein Bett. Fast unhörbar flehte der Junge in seiner Ohnmacht nach Wasser.

»Kriegst du alles!«, meinte der Koch, tauchte einen Lappen in einen Eimer Wasser und tupfte dem Schiffbrüchigen die Lippen ab. Ein wenig von dem Wasser träufelte er auch in dessen Kehle. Ohne wach zu werden, schluckte der Junge gierig.

»Noch ein wenig, dann ist es fürs Erste genug«, sagte der Koch und tauchte das Tuch erneut ins Wasser.

Nachdem er dem Jungen noch ein paar Tropfen eingeflößt hatte, machte er sich daran, ihm das Gesicht zu waschen, und zog die vom Salzwasser steife Kleidung vom Körper. Er wusch den Jungen ganz, um die Salzkruste zu beseitigen, die sich an einigen Stellen gebildet hatte. Danach legte er die Hand auf dessen Stirn und fand seine Temperatur zu hoch.

»Mit dem Fieber musst du selbst fertigwerden, Junge! Ich kann dir nur ein Tuch auf die Stirn legen und Wadenwickel machen. Vielleicht hilft es. Wenn nicht, wird der gute Moses ein Gebet für dich sprechen, damit du in den Himmel kommst. Das wirst du auch, denn der gute Moses ist gut Freund mit dem da droben.« Der Koch zeigte mit dem Daumen zur Decke. Danach flößte er dem Jungen noch ein wenig Wasser ein, legte ihm die Wadenwickel an und zog eine Decke über ihn.

»Was ich machen konnte, habe ich getan. Jetzt heißt es warten, ob das Jüngelchen es übersteht oder ob wir ihn dem Meer zurückgeben müssen«, erklärte er den Matrosen.

»Wenn du so gut Freund mit dem dort oben bist, kannst du ihn doch bitten, dass er das Bürschchen am Leben lässt«, spottete einer und zuckte im nächsten Augenblick erschrocken zusammen, als Moses mit einem raschen Griff eines seiner Messer packte und so warf, dass es keine zwei Zoll neben dem Ohr des Spötters in die hölzerne Wand einschlug.

»He, das war aber gar nicht nett!«

»Das ist immer noch besser, als wenn du versalzenes Essen bekommst! Ich glaube nicht, dass der Captain danach deine Trinkwasserration erhöhen würde.«

Moses lachte und schob die beiden Matrosen zur Tür hinaus. Danach machte er sich ans Kochen, schaute dabei aber immer wieder nach ihrem Findling. Dieser lag vollkommen ruhig auf dem Bett, und nur seine Lippen, die lautlos Worte formten, verrieten, dass noch Leben in ihm war.

4.

Die Namasket segelte weiter nach Süden auf Kap Hoorn zu, um es zu umrunden und im Südpazifik auf Walfang zu gehen. Während dieser Zeit veränderte sich der Zustand des aufgegriffenen Schiffbrüchigen kaum. Gelegentlich wachte er auf, so dass Moses ihm Wasser und etwas Brühe einflößen konnte. Meist aber lag er in tiefer Ohnmacht. Seine Stimme, die zunächst kaum zu vernehmen gewesen war, wurde jedoch von Tag zu Tag ein wenig kräftiger, so dass Moses das, was er sagte, auch in der Küche hören konnte. Das meiste waren deutsche Ausdrücke, die der Schiffskoch nicht verstand. Das Wort »Sturm« aber begriff er, da es dem englischen »storm« so ähnlich war. Außerdem wiederholte der Junge Worte, in denen Moses Namen zu erkennen glaubte. Einige davon prägten sich ihm ein. Der Erwähnung von Vater und Mutter, die er als »father« und »mother« zu erkennen glaubte, maß er dabei weniger Gewicht bei als Jeremias, Esther, Anna und Ruth, nach denen der Junge am häufigsten rief.

Eines Morgens kam der Kapitän herein. »Nun, Moses, wie steht es? Wird der Junge wieder? Zum Sterben hätte er mittlerweile Zeit genug gehabt.«

»Ich weiß nicht, Captain Sir. Einmal glaube ich, er würde bald aufwachen, dann liegt er wieder starr da, und ich muss genau hinsehen, um zu erkennen, dass er noch atmet. Wir können nur auf Gott vertrauen. Wenn dieser will, dass das Jüngelchen gesund wird, wird er es auch. Ist Gott anderer Ansicht, werden wir das Büblein dem Meer übergeben müssen.«

»Aber wie kann er so lange bewusstlos bleiben? Er müsste doch verdursten oder verhungern«, fragte Queek verwundert.

Moses hob abwehrend die Hand. »So ist das nicht, Sir. Ich krieg ihn dazu, ein wenig Wasser und auch Fleischbrühe zu trinken. Aber es wäre doch besser, wenn er wieder wach würde. So ist er wie eine Kerze, bei der irgendwann einmal kein Wachs mehr da sein wird.«

»Du mit deinen Gleichnissen! Du hättest Prediger werden sollen«, spottete der Kapitän und blickte in den Verschlag.

»Und wo schläfst du?«, fragte er Moses.

»Ich befestige jeden Abend eine Hängematte in der Kombüse und schlafe darin«, erklärte der Koch und wies dann auf den Jungen. »Sehen Sie, Captain Sir! Das Jüngelchen hat die Augen offen!«

»Tatsächlich! Wie es aussieht, hätte ich eher kommen sollen. Dann wäre er auch früher erwacht!« Queek lachte und legte dem Jungen die rechte Hand auf die Schulter. »Na, Junge, wie heißt du und woher kommst du?«, fragte er auf Englisch.

»Her? Weiß nicht!«, murmelte der Junge in der gleichen Sprache. Sein Verstand jedoch weigerte sich, wach zu werden und Informationen preiszugeben. Er starrte alles an, ohne es wirklich wahrzunehmen. Er war aber so weit wach, dass Moses ihm einen Becher Wasser geben konnte. Er trank diesen gierig und schüttelte dann den Kopf. »Wo bin ich hier?«

»Auf dem Walfänger Namasket aus New Bedford, Massachusetts«, antwortete der Kapitän.

»Walfänger? Massachusetts? Aber wie komme ich hierher? Ich war doch gestern noch in der Schule«, flüsterte der Junge ratlos.

»Gestern noch in der Schule? Das bezweifle ich!«, meinte der Kapitän lachend. »Du bist seit fünf Tagen hier und hast dich nicht gerührt, Junge.«

»Fünf Tage?« Noch während der Junge den Kapitän erschreckt ansah, begriff er, dass er wegen des Klangs der englischen Worte sich ebenfalls dieser Sprache bedient hatte. Nun wechselte er ins Deutsche und fragte mit Kinderstimme nach seinen Eltern und seinen Geschwistern.

»Junge, du konntest doch vorhin auch reden wie ein Mensch! Also tu es jetzt wieder«, forderte der Kapitän.

Moses hingegen schüttelte den Kopf. »Wir sollten den Jungen jetzt in Ruhe lassen, Captain Sir! Er hat Schlimmes erlebt, und da braucht der Kopf seine Zeit, um das zu begreifen.«

»Dann sieh zu, dass du ihn wieder hinbekommst! Unnütze Fresser können wir an Bord nicht brauchen.« Das Lachen, mit dem Queek seine Worte begleitete, nahm ihnen ein wenig die Schärfe. Er klopfte dem Jungen auf die Schulter und verließ die Kombüse wieder.

Moses reichte seinem Schützling einen zweiten Becher Wasser und füllte dann einen Teller aus einem Kessel. »Eine Kleinigkeit solltest du zu dir nehmen, Jüngelchen, aber wirklich nur eine Kleinigkeit, damit dein Magen sich wieder an festes Essen gewöhnt. Du bist ganz schön mager. Da werde ich dich kräftig herausfüttern müssen.«

»Danke schön!«, antwortete er auf Deutsch und wiederholte es dann auf Englisch.

»Du hast den Kapitän gehört! Er will keine unnützen Fresser an Bord haben. Vorerst bleibst du bei mir in der Kombüse. Wenn es dir besser geht, kannst du mir beim Kochen helfen. Für einen Harpunier bist du noch ein wenig zu mager.« Nachdenklich musterte Moses den Jungen. »Wenn ich nur wüsste, wie ich dich nennen soll.«

»Ich heiße David«, antwortete der Junge, dem in diesem Moment sein Name eingefallen war.

»David? Das ist ein schöner Name. Der passt zu Moses«, meinte der Schiffskoch lachend, half ihm dann, sich aufzurichten, und reichte ihm den Teller mit der Suppe.

5.

Etwa zur selben Zeit, in der Ruth auf Tahiti neue Pläne schmiedete und ihr Bruder David als Schiffbrüchiger von dem amerikanischen Walfänger Namasket aufgenommen wurde, saß Mathias

Mensing in der guten Stube seines Hauses in Hamburg. Sein Blick ruhte scheinbar mitfühlend auf Ruths Mutter Frieda, die von einem heftigen Weinkrampf geschüttelt wurde. Ihr Sohn Jeremias stand mit hilfloser Miene daneben.

»Es tut mir leid, aber Mutter regt sich in letzter Zeit immer so leicht auf«, sagte dieser um Entschuldigung heischend zu Mathias.

Das ist bei der Droge, die ich ihr untermische, kein Wunder, dachte Mathias zufrieden. Das Zeug stammte aus Südamerika und war in Europa unbekannt. Einer der südamerikanischen Geschäftspartner seines Onkels Zechariah Bartlett hatte es ihm besorgt. Zu Beginn hatte er überlegt, wie er es Frieda Simonsen beibringen sollte, ohne sich wie die Borgia-Päpste eines Ringes bedienen zu müssen, den man öffnen konnte, um eine Winzigkeit Gift in einen Becher oder ein Glas träufeln zu können. Auch war es wichtig gewesen, dass nur die Frau es einnahm und nicht die anderen Familienmitglieder, denn das hätte auffallen können.

Nun erhielt Frieda Simonsen die Droge immer dann, wenn sie und ihr Sohn in seinem Haus zu Gast waren. Sie steckte in dem feinen englischen Konfekt, welches Frieda so gerne naschte. Auf die Weise würde es zwar länger dauern, bis ihr Verstand endgültig zerrüttet war, doch die ersten Anzeichen waren bereits zu erkennen.

Mathias erfüllte es mit grimmiger Zufriedenheit. Fünfzig Jahre lang war seine Familie mit der Familie Simonsen bitter verfeindet gewesen. Schon sein Großvater Jörgen Mensing hatte alles versucht, um Jeremias' Großvater Simon Simonsen zu übertrumpfen, doch es war ihm nicht gelungen. Sein Vater Derek hatte den alten Simon schließlich bei den Franzosen als englischen Spion denunziert, so dass der Mann erschossen worden war. Bedauerlicherweise aber hatte Napoleon seine letzten Schlachten verloren und die Franzosen Hamburg aufgeben müssen. Danach hatte Simon Simonsen für die Hamburger als Held gegolten – und Derek Mensing als lumpiger Verräter. Daher hatte er seinen Vater, als dieser betrunken gewesen war, die Treppe hinabstoßen müssen, um die Reederei und das Handelshaus zu retten, bevor alles zugrunde hatte gehen können.

»Mein Jakob ist jetzt schon so lange fort, und wir haben noch nichts von ihm gehört«, sagte Frieda weinerlich.

Sofort schob Mathias alle störenden Gedanken beiseite, um die richtige Antwort geben zu können.

Doch da tätschelte Jeremias bereits die Hand seiner Mutter »Das stimmt nicht, liebste Mama! Papa hat in Buenos Aires einen Brief geschrieben und einem Kapitän mitgegeben, der nach Europa zurückgefahren ist. Du hast diesen Brief selbst gelesen.«

»Es ist schon so lange her!«, klagte Frieda.

»Liebe Frau Simonsen, Sie sollten sich wirklich keine Sorgen machen! Ihr Gatte hat mit der Neuwerk gewiss schon vor Monaten Kap Hoorn umrundet und befindet sich nun am anderen Ende der Welt. Die Südsee wird nur von wenigen Schiffen befahren, und daher ist es ungewiss, ob er überhaupt eines findet, das vor ihm nach Europa zurückkehrt. Selbst Seiner britischen Majestät Fregatte Hesione, mit der mein Bruder und Ihre Tochter in die Südsee aufgebrochen sind, ist von dort noch nicht zurückgekehrt. Zwar hätte sie längst abgelöst werden sollen, doch der Kapitän des Schiffes, das dazu bestimmt wurde, ist erkrankt und musste schließlich seinen Dienst quittieren. Mittlerweile wurde ein neuer Kapitän eingesetzt, und die Fregatte ist unterwegs. Sobald sie Tahiti erreicht hat, wird sie auf Captain Smyths Hesione treffen und dieser in die Heimat aufbrechen. Ich verspreche Ihnen, in weniger als vier Monaten erhalten Sie Nachricht von Hinrich und Ruth, und vielleicht sogar von Ihrem Ehemann, der bis dorthin gewiss die Insel erreicht hat, auf der die beiden leben.«

»Ich danke Ihnen, Herr Mensing, dass Sie meiner Mutter so gut zureden. Es ist manchmal wirklich schwierig mit ihr!«

Jeremias war dreiundzwanzig Jahre alt und noch zu unerfahren, um Mathias Mensings Schliche zu durchschauen. Selbst sein Vater Jakob hatte dies nicht vermocht, sondern war auf dessen Zureden hin mit der Neuwerk in die Südsee aufgebrochen. Mathias Mensing hoffte, dass es Smyth mit der Hesione gelungen war, das Schiff abzufangen und Jakob Simonsen zu den Fischen zu schicken. Ruths und Jeremias' Vater hatte einen scharfen Verstand, ihn hätte er nicht mehr lange an der Nase herumführen können. Bei Jeremias hingegen musste er nicht befürchten, dass dieser sein Intrigenspiel durchschaute.

Mit einer scheinbar mitfühlenden Geste legte er den Arm um Friedas Schulter. »Sie sollten sich keine Gedanken machen, Frau Simonsen. Es ist ungewiss, ob Ihr Mann in Valparaiso ein Schiff gefunden hat, das in Richtung Europa segeln wollte, und wenn doch, kann dieses durch Stürme an der Umrundung von Kap Hoorn gehindert worden sein, und er muss warten, bis die Jahreszeit es wieder zulässt. Und aus der Südsee erhalten wir frühestens Nachricht, wenn die HMS Hesione in London eintrifft. Wer weiß, vielleicht ist die Neuwerk sogar schneller wieder zurück als die englische Fregatte.«

»Herr Mensing hat recht, liebste Mama! Du musst bedenken, dass eine Nachricht, die aus der Südsee geschickt wird, nicht schneller ist als das Schiff, das sie mit sich führt. Auch wollte Papa dort nachsehen, ob es sich lohnt, die Handelsfahrten über Batavia und Formosa hinaus auszudehnen. Er kann bis zu zwei Jahre ausbleiben, vielleicht sogar noch ein paar Monate länger.«

Auf diese Weise hatte Jeremias seine Mutter schon mehrmals zu beruhigen versucht. Ein paar Tage lang ging es dann gut, bis ihre Ängste wieder durchbrachen. Er konnte daher nur hoffen, dass sein Vater sich unterwegs nicht zu lange aufhielt und bald wieder die Heimat erreichte.

Jeremias ahnte nicht, dass das Warten auf seinen Vater vergebens sein würde. Mittlerweile zählte die Neuwerk unter neuem

Namen zur Schiffsflotte des peruanischen Reeders Corello, und sein Vater war seit Monaten tot.

Obwohl Mathias Mensing den Anschlag auf die Neuwerk veranlasst hatte, wusste er nicht, ob sein Plan aufgegangen war. Er wartete daher nicht weniger begierig als Jeremias auf eine Nachricht und hoffte, dass sie in seinem Sinne sein würde.

Nun reichte er Frieda die Schale mit dem vergifteten Konfekt und lächelte, als sie gleich zwei Stücke nahm. Jeremias trank einen Schluck von dem Portwein, den Mensing ihm hatte kredenzen lassen, und schien nachzudenken. Schließlich sah er Mathias fragend an. »Glauben Sie, dass Ihr Oheim in London auch mit unserer Reederei Geschäfte tätigen wird? Sie wissen ja, mein Großvater ist einmal mit dessen Vater aneinandergeraten.«

»Sie meinen Großvater Samuel Bartlett? Der hat es dem Rum zugeschrieben, dass er damals gestolpert ist und es so aussah, als hätte der alte Simon Simonsen ihn niedergeschlagen. Nein, das trägt Onkel Zechariah Ihnen gewiss nicht nach.« Dabei wusste Mathias nur zu gut, dass Zechariah Bartlett fast noch mehr auf Rache aus war als er selbst. Und er war auf dem besten Wege. Da es ihm gelungen war, einen erfahrenen Mann wie Jakob Simonsen zu täuschen, gelang es ihm bei Jeremias gewiss noch leichter. War auch dieser beseitigt, würde ihn niemand mehr daran hindern können, sich der Reederei Simonsen zu bemächtigen und sie mit seiner eigenen zu vereinen.

Kurz glitten seine Gedanken zu seinem Bruder und dessen Ehefrau Ruth. Beide, so hoffte er, waren bereits im Bauch der Kannibalen gelandet, denen Hinrich das Christentum hatte nahebringen wollen. Auch darüber, so hoffte er, würde er bei der Rückkehr der Hesione eine zufriedenstellende Nachricht erhalten.

6.

Anders als von ihrem Schwager Mathias Mensing erhofft, erfreute Ruth sich auf Tahiti bester Gesundheit und ging mit Feuereifer daran, ihre Pläne bezüglich des Handelspostens in die Tat umzusetzen. Aipua und Tahitoa ahnten, dass sie es vor allem tat, um den Schmerz über den Tod ihres Mannes zu betäuben. Hinrich war zwar nicht, wie sein Bruder für sich spottete, im Magen von Kannibalen gelandet. Doch diese hatten ihn getötet und hätten ihn auch gegessen, um die gewaltige geistige Kraft, die sie ihm zugeschrieben hatten, selbst aufnehmen und dadurch noch stärker werden zu können.

Mit Aipuas und Tahitoas Hilfe war es Ruth gelungen, seinen Leichnam zu bergen und auf der verfluchten Insel Mohotani zu begraben, dem einzigen Ort, an dem er sicher ruhen konnte. Danach war Ruth mit ihren beiden Getreuen nach Tahiti geflohen und sah sich nun vor die Aufgabe gestellt, sich für die nächsten Jahre hier einzurichten.

An diesem Tag stand sie auf dem Hügel, auf dem ihr neues Wohnhaus stehen sollte, und sah den einheimischen Handwerkern zu, die eben die letzten Balken setzten. Da Ruth offiziell mit der Führung des Handelspostens betraut worden war, wagte es Tahitoas Feind Ari'iheiva nicht, ihr weiter Steine in den Weg zu legen, sondern begnügte sich damit, den Verhassten durch Nichtbeachtung zu strafen.

Es gab daher keinen Mangel an Insulanern, die für Ruth arbeiten wollten. Einer von Tahitoas Freunden war ein guter Holzschnitzer und hatte die Balken nach ihren Vorgaben verziert.

Lu Po, ihr chinesischer Untergebener in der Handelsstation, stand neben Ruth und Aipua und nickte anerkennend. »Das wird ein schönes Haus, anders als die paar Kammern, die Mr Landers in der Handelsstation bewohnt hat.«

»Es ist auf jeden Fall größer als das Haus von Mr Wiggles oder die der anderen Europäer«, setzte Tahitoa stolz hinzu. Er konnte ebenfalls nicht klagen, denn keinen Steinwurf von Ruths Haus entfernt wurde eines für Aipua und ihn errichtet. Dieses würde um einiges größer werden als die Hütte, die sie im Hanatea-Tal von Hiva Oa bewohnt hatten, und stand der Wohnstatt von Reverend Wiggles in nichts nach.

»Wie ist es mit Ihnen, Mr Lu Po? Benötigen Sie auch ein Heim?«, fragte Ruth den Chinesen.

Auf dessen Gesicht trat ein listiger Ausdruck. »Mr Landers wollte, dass ich in der Handelsstation schlafe. Das werde ich wohl noch eine Weile tun, doch wir sollten uns überlegen, wie wir an ein paar Helfer kommen. Es ist schwierig, den Laden und die Schenke gleichzeitig zu führen. Ich bin mir sicher, dass der eine oder andere Gast in der Schenke sich selbst bedient hat, während ich im Laden zu tun hatte.«

»Wen könnten wir da nehmen?«, fragte Ruth nachdenklich. Sie konnte sich kaum vorstellen, dass einer der Einheimischen sich stundenlang hinter einen Ladentisch stellen und auf Kunden warten würde.

Dies wusste auch Lu Po. »Ich habe schon mehrmals mit Mr Landers über diese Angelegenheit gesprochen, doch der wollte nichts tun, außer trinken und sich mit seiner Vahine zu vergnügen. Dabei wäre es wichtig, Änderungen vorzunehmen.«

»Wo ist seine Frau jetzt?«, fragte Ruth.

Lu Po schüttelte nachsichtig den Kopf. »Mr Landers war nicht verheiratet. Fancy ist nach seinem Tod zu ihrer Familie nach Huahine zurückgekehrt. Mir geht es darum, den Handelsposten auszubauen. Wir bräuchten dafür die Erlaubnis, einige meiner Vettern nach Tahiti zu holen. Dabei könnten wir auch in China Waren besorgen. Vieles von dem, was wir hier benötigen, wird dort hergestellt. Es käme uns weitaus billiger, es dort zu kaufen, als auf die Sendungen aus England zu warten.«

»Wie sollen wir das tun? Wir haben keine Schiffe«, wandte Ruth ein.

Lu Po wies auf die Männer, die das Haus errichteten. »Die hiesigen Handwerker sind geschickt und haben auch schon ein paar Schiffe gebaut. So verfügt die Mission über drei kleine Schiffe für Fahrten zwischen den Inseln.«

»Warum sind diese dann nicht zu uns nach Hiva Oa gekommen?«, rief Ruth empört. Hätten Wiggles und seine Leute Kontakt zu Hinrich und ihr gehalten, wäre vielleicht alles anders gelaufen. Da sie aber die Vergangenheit nicht ändern konnte, blickte sie auf die See hinaus. Eben lief eines der von Lu Po genannten Schiffe in die Bucht ein. Es war wirklich sehr klein und für eine längere Seefahrt ungeeignet. Als sie dies laut aussprach, hob dieser beschwichtigend die Hände. »Ich dachte an ein etwas größeres Schiff, das Fracht tragen kann. Es muss jedoch flach genug sein, um die Einfahrten in die Lagunen zu schaffen. Wir könnten damit den Handel ausweiten, und zwar nicht nur mit Tahiti und den Nebeninseln, sondern auch mit den anderen Inselgruppen wie den Tuamotu-Atollen.«

»Auf den Tuamotus leben doch die schlimmsten Menschenfresser«, wandte Ruth ein.

»Wenn man es richtig anfängt, kann man mit ihnen auch Handel treiben. Es würde sich lohnen!« Lu Po griff in eine Tasche und brachte drei schwarze Perlen von makelloser Schönheit zum Vorschein. »Ich weiß nicht, ob Sie diese Perlen bereits kennen. Die Muscheln, in denen sie zu finden sind, wachsen in den Gewässern vieler Inseln hier. Die meisten und vor allem die schönsten gibt es beim Tuamotu-Archipel.«

»Ich verkaufe keine Musketen und Pulver für Perlen!«, erklärte Ruth harsch.

»Ich dachte eher an Messer, Töpfe und anderen Tand. Es würde sich lohnen, die Atolle anzufahren. Aber ohne Missionare! Als

Priester gelten sie als Männer mit großer geistiger Kraft und landen daher leicht im Erdofen, um die geistige Kraft derer zu stärken, die sie essen.«

Ruth hätte nicht zu sagen vermocht, ob Lu Po es ernst meinte. Da die Missionare auf Tahiti offenbar in der Lage gewesen wären, Hinrich und sie aufzusuchen, ärgerte sie sich nun höllisch über diese Leute. Mehr als zwei Jahre hatten sie ohne jeden Kontakt mit anderen Europäern auf Hiva Oa verbringen und dort etlichen Gefahren widerstehen müssen. Doch nun schüttelte sie den Gedanken ab.

»Sie meinen, ich soll ein Schiff bauen lassen, so, wie Sie es eben beschrieben haben?«

Lu Po nickte. »Das meine ich, Madam! Man muss etwas wagen, wenn man etwas erreichen will. Wir können dafür den Umbau des Handelspostens verschieben. Noch reicht das Gebäude aus.«

Ruths Blick fiel auf den Handelsposten, und sie schüttelte den Kopf. »Ich will das Gasthaus vom Laden trennen und es dort bei jener einzeln stehenden Palme errichten lassen. Dann kann der Handelsposten auch über die Räume verfügen, die jetzt noch die Schenke einnimmt.«

»Das ist ein guter Vorschlag! Um ihn verwirklichen zu können, brauchte ich dringend mehrere Vettern, damit sie hier arbeiten können. Die Erlaubnis, sie zu holen, müssen Sie von den Beamten der Königin erbitten. Täte ich es, würden sie mich schneller hinauswerfen, als ich zur Türe hineingekommen bin.« Lu Po klang drängend.

»Ich werde zusehen, was ich tun kann«, versprach Ruth und sah dann Reverend Wiggles den Weg herankommen.

Da er ihr angeboten hatte, sie zu unterstützen, war es verständlich. Trotzdem wunderte sie sich über seine missmutige Miene. Hoffentlich bekomme ich nicht doch noch Prügel zwischen die Beine geworfen, dachte sie besorgt und ging ihm ein paar Schritte entgegen. »Guten Tag, Reverend!«, grüßte sie.

Wiggles' Miene hellte sich auf. »Gott sei mit Ihnen, Mistress Mensing! Ich sehe, Sie kommen mit Ihrem Haus gut voran.« Dann zog er die Stirn kraus. »Wird das Haus nicht etwas zu groß für Sie?«

»Da ich hier mein Kontor und einen Lagerraum für wertvolle Güter einrichten will, glaube ich das kaum«, antwortete Ruth, die auf Hiva Oa gelernt hatte, dass bei den Einheimischen die Größe eines Hauses einige Bedeutung hatte. Das Haus eines Häuptlings oder Priesters war nun einmal größer als das eines Fischers oder gar die Hütte eines Pekio. Aus diesem Grund ließ sie ihr Haus auch im hier üblichen Baustil errichten. Die Arbeiter waren dies gewohnt, und sie musste ihnen nicht andauernd erklären, was sie anders haben wollte.

Wiggles sah noch einmal zu dem aus Balken bestehenden Rohbau hin, machte dann aber eine unwillkürliche Handbewegung und wandte sich wieder Ruth zu. »Ich weiß nicht, ob Lupo bereits mit Ihnen gesprochen hat?«

»Nun, wir haben über vieles geredet, aber …«, antwortete Ruth, die ahnte, dass Wiggles eine Sache vorbringen wollte, die ihm selbst zuwider war.

»Um was geht es?«, fragte sie geradeheraus.

»Um das Haus der Sünde!«, brachte Wiggles mit knirschender Stimme hervor. »Mr Landers sorgte dafür, dass die Matrosen der hier ankernden Schiffe sich damit begnügten, gefallene Frauen auf ihren Schiffen zu empfangen oder ihrem sündhaften Tun in seiner Spelunke nachzugehen.«

»In meinem Gasthaus wird dies nicht geschehen!«, erklärte Ruth mit eisiger Stimme, denn sie hasste es, wenn Männer Frauen als Ware ansahen, derer sie sich für ein paar Pfennige bedienen konnten.

»Nun, das verlangt ja auch niemand!«, erklärte Wiggles. »Es bleibt jedoch die Tatsache, dass so ein Haus unabdingbar ist, um die Moral der Bevölkerung dieser Insel zu bewahren. Wenn den Matrosen nicht die Möglichkeit gegeben wird, ihren Trieben an einem dafür bestimmten Ort nachzugehen, stellen sie den ehrbaren Frauen und Mädchen dieser Insel nach, und es kann zu Notzucht und anderen Verbrechen kommen.«

»Ich werde trotzdem kein Bordell einrichten und auch nicht zulassen, dass in meiner Handelsstation eines aufgemacht wird!« Ruth war bereit, in dieser Sache notfalls bis zur Königin zu gehen.

»Ich sagte doch, das wird nicht von Ihnen verlangt!«, rief Wiggles beschwörend. »Da jedoch ein solches Haus gebraucht wird, hat Lupo den Vorschlag gemacht, es dort hinten etwas abseits von der Handelsstation zu errichten. Er würde sich darum kümmern und ein paar chinesische Huren kommen lassen.«

Ruth bedachte Lu Po mit einem Blick, der keinen Zweifel daran ließ, dass er kurz davor war, seinen Posten als ihr Stellvertreter in der Handelsstation zu verlieren.

Daher hob er beschwichtigend die Hände. »Ich will es nicht selbst führen, Madam. Darum habe ich ja gebeten, dass Sie mir die Erlaubnis besorgen, ein paar meiner Angehörigen kommen zu lassen. Die einen können sich um das Haus der Freuden kümmern und die anderen mich im Laden und dem Gasthaus unterstützen.«

Da Ruth nicht glaubte, dass ihr der Sinn für Zahlen abhandengekommen war, fand sie, dass Lu Po in einem Satz aus zwei oder drei auf einmal fünf oder sechs Vettern gemacht hatte, und sie fragte sich, wie Wiggles darauf reagieren würde.

Dieser musterte den Chinesen, schnaubte kurz und nickte. »Ich werde dafür sorgen, dass du zwei Huren und ein paar deiner Verwandten holen kannst.«

»Ich danke Ihnen, Mr Reverend!« Lu Po strahlte so, als hätte der englische König ihn in Wiggles' Gestalt zum Ritter geschlagen.

Ruth ahnte, dass der Missionar ihm den kleinen Finger hatte reichen wollen. Nun aber schätzte sie, würde Lu Po mindestens eine ganze Hand, wenn nicht gar beide ergreifen. Ihr konnte es nur recht sein, denn sie würde in Form von Helfern für die Handelsstation davon profitieren. Zwar passte ihr das geplante Bordell nicht, aber auch ihr war klar, dass sie es nicht würde verhindern können.

Ich werde ein Auge darauf halten, und wehe, die Frauen werden schlecht behandelt!, dachte sie und verabschiedete sich von Wiggles und Lu Po mit dem Gefühl, dass sie die Zügel der Handelsstation fest in der Hand halten musste.

7.

Am nächsten Tag befand Ruth sich wieder auf der Baustelle. Mittlerweile wurde bereits am Dach gearbeitet, und sie konnte die Tage, bis sie einziehen würde, bereits an einer Hand abzählen. Während sie mit Aipua darüber sprach, ob sie für die Trennwände zwischen den einzelnen Zimmern das gleiche Flechtmuster wählen sollte wie für die Matten der Außenwand, blickte Tahitoa aufs Meer hinaus und stieß einen leisen Ruf aus.

»Ein weiteres Schiff kommt!«

»Wo?« Ruth nahm ihr Fernrohr, zog es aus und sah hindurch. »Es sieht aus wie ein Kriegsschiff! Eine Fregatte, würde ich sagen, also ein Engländer.«

»Ist es die Hesione?«, fragte Tahitoa, der mit Ruth und Hinrich zusammen auf diesem Schiff nach Hiva Oa gefahren war.

Ruth schüttelte den Kopf. »Nein! Ich kann den Namen noch nicht erkennen, dafür aber seine Flagge. Es handelt sich, wie ich schon sagte, um eine englische Fregatte.«

»Wahrscheinlich das Schiff, das die Hesione ablösen soll. Aber die ist nicht hier!«, sagte Tahitoa.

Ruth dachte an Captain Gervase Smyth, an den Schiffsarzt Merrick sowie an Midshipman Simmons, der damals als angeblich

Kranker in Kapstadt zurückgeblieben war, um dem Duell mit Hinrich zu entgehen, und schnaubte leise. Diese Männer vermisste sie ebenso wenig wie ihr Schiff. Noch während sie dies dachte, sah sie von der Bordwand des Schiffes ein kleines, weißes Wölkchen aufsteigen. Augenblicke später rollte der Knall des Schusses auf sie zu. Es war ein Salut für den Hafen, den es anlaufen würde, und ein Zeichen, dass es in Frieden kam.

Ein Gedanke glomm in ihr auf. Brachte das Schiff womöglich Briefe für ihren Mann und sie mit? Hinrich war immerhin ein Neffe des reichen Londoner Reeders Bartlett gewesen. Zwar besaß dieser Name in ihrer Familie keinen guten Klang, doch durch ihre Heirat mit Hinrich hatte sich einiges geändert. Vor allem aber hatte Hinrich ihr erzählt, dass Bartlett über gute Kontakte zur Royal Navy verfügte. Daher würde man ihm gewiss den Gefallen tun, Briefe an Bord zu nehmen. Vielleicht hatte dieses Schiff sogar den Auftrag, nach Hiva Oa zu segeln, um Hinrich und sie von dort abzuholen. Kurz entschlossen wandte sie sich ihren Begleitern zu. »Tahitoa, wenn dieses Schiff Anker geworfen hat, solltest du hinrudern und fragen, ob sie eine Nachricht für Missionar Hinrich Mensing und dessen Frau bei sich haben. Halt, warte! Wir kehren nach Hause zurück, damit ich dir die Namen aufschreiben kann!«

Ruth winkte Aipua und ihrem Mann, ihr zu folgen. Da die Engländer viele Worte anders aussprachen, als es in Hamburg der Fall war, und auch Tahitoa Mühe hatte, sie zu verstehen, erschien es ihr am klügsten, wenn er dem Kapitän einen Zettel mit ihren Namen überreichte.

Während sie mit dem Kanu zurückpaddelten, wurde Ruth bewusst, dass sie sehr enttäuscht sein würde, wenn die Fregatte keine Botschaft aus der Heimat brachte. Sie sehnte sich so sehr nach einer Nachricht von ihren Lieben, dass sie überlegte, selbst mit dem Kanu zu diesem Schiff zu fahren und dort nachzufragen. Dann aber sah sie die Boote und die Schwimmer, die auf die Fregatte zuhielten, und ahnte, dass dort im Augenblick niemand Zeit haben würde, ihre Fragen zu beantworten oder gar nach einem Brief zu schauen. Daher wies sie Tahitoa an, erst zum Schiff zu paddeln, wenn der Rummel nachgelassen hatte.

Als sie an Land stieg, nahm sie Jan auf den Arm und lächelte Aipua an, die den Jungen am liebsten getragen hätte. Die Nähe ihres Sohnes half ihr jedoch, mit ihrer inneren Unruhe fertigzuwerden. Sie war nun drei Jahre von zu Hause weg und hatte seitdem nichts von ihren Lieben gehört.

Aipua bedachte sie mit einem nachsichtigen Lächeln und zupfte Tahitoa am Ärmel des Rocks, den er hier trug, um neben Ari'iheiva nicht auch noch die Missionare gegen sich aufzubringen. Er ging auch regelmäßig in die Kirche und sang die fremden Lieder mit, die einer der ersten Schüler der Missionare in die hiesige Sprache übersetzt hatte. Die Eingeborenen auf Englisch singen zu lassen, hatten die Missionare aufgegeben, da die seltsame Umsetzung der fremden Worte diese völlig unverständlich gemacht hätten.

»Ich glaube, du kannst jetzt aufbrechen!«, sagte Ruth.

»Ich brauche noch die geschriebenen Namen«, erinnerte Tahitoa sie.

Mit einem missglückten Lachen nahm Ruth ein Blatt Papier und eine Feder und schrieb sowohl ihren wie auch Hinrichs Namen auf. Danach wartete sie, bis die Tinte trocken war, und reichte Tahitoa den Zettel. »Hier!«

Mit einem Grinsen auf den Lippen verabschiedete ihr Diener sich. Am Strand rief er einige Freunde zusammen und ließ sich von ihnen zu der englischen Fregatte bringen. Dort lagen bereits etliche Kanus, aber der Kapitän hatte verboten, dass Einheimische an Deck kamen. Daher zeigten einige der Frauen in den Booten, wie sie gestaltet waren, und wiesen auf einen Teil des Strandes, hinter dem ein ausgedehnter Kokoshain zu sehen war.

Da keine Jakobsleiter ausgehängt war, versuchte Tahitoa, einige Matrosen auf sich aufmerksam zu machen. »Bitte an Bord kommen zu dürfen!«, rief er auf Englisch.

»Das kann ich nicht entscheiden.«

»Ich komme vom Handelsposten und soll nach Briefen fragen!«

Da Ruth mit deren Führung betraut war, war dies auch keine Lüge, dachte Tahitoa und setzte hinzu, dass Mr und Mistress Mensing ihn aufgefordert hatten, bei neu angekommenen Schiffen nach Post zu fragen.

»Ich frage Mr Meriweather«, scholl es zurück.

Wenig später erschien ein Leutnant an der Reling und blickte zu Tahitoa herab. »Du kommst von der Handelsstation?«

Tahitoa nickte. »Ich bin geschickt worden, um nach Post zu fragen.«

»Lasst ihn an Bord!«, befahl der Offizier und wandte sich wieder Tahitoa zu. »Komm herauf, aber bleibe hier stehen. Der Captain will deinesgleichen nicht an Deck sehen!«

Es war für Tahitoa zwar ein Widerspruch, dass er an Deck kommen, aber gleichzeitig dort nicht gesehen werden sollte. Aber er nahm es hin, wartete, bis die Jakobsleiter ausgerollt war, und kletterte hinauf.

Einige Frauen wollten ihm folgen und stiegen dafür auf sein Kanu, doch die Matrosen trieben sie wieder nach unten. »Ihr dürft nicht herauf!«, rief einer. »Aber wir dürfen bald hinunter. Wie wäre es, Schätzchen, treffen wir uns dann dort bei diesen Kokosbäumen?«

»Du kommen wirklich?«, fragte die angesprochene Frau.

Der Matrose nickte eifrig. »Ich schwöre es bei King Georges Bart!«

»Aber der hat doch gar keinen Bart«, wandte einer seiner Kameraden ein.

»Ich glaube nicht, dass das hier jemanden interessiert. Die Hauptsache ist, dass genügend Weiber auf uns warten, wenn wir von diesem elenden Kahn herunterkommen.«

Tahitoa kümmerte sich nicht weiter um diese Unterhaltung, sondern sah sich um. Auf diesem Schiff schien ein anderer Geist zu herrschen als auf der Hesione. Er bemerkte einen zweiten Leutnant und mindestens fünf Midshipmen. Auch übertraf die Zahl der Matrosen die auf der Hesione um mindestens ein Fünftel. Wie es aussah, hatte dieser Kapitän es nicht nötig, eine höhere Mannschaft anzugeben als die, die tatsächlich vorhanden war, und so ein paar Sovereigns in die eigene Tasche stecken zu können. Dass die Fähigkeiten seiner Leutnants jedoch an die von James Edward Hutton heranreichten, bezweifelte Tahitoa, denn sie waren beide noch sehr jung. Der, der ihm nun ein ganzes Bündel Briefe überreichte, konnte kaum älter als achtzehn sein.

»Hier ist alles!«, sagte er barsch. »Und nun verschwinde wieder, bevor der Captain dich sieht.«

»Selbstverständlich, Sir!«, antwortete Tahitoa, klemmte sich das Bündel unter den Arm und kletterte nach unten.

Kaum hatte er das Kanu erreicht, wurde die Jakobsleiter wieder eingeholt, und oben erklang eine schnarrende Stimme, dass Leutnant Meriweather gefälligst dafür sorgen sollte, dass kein Ungeziefer an Bord kam.

Als Tahitoa diesen Ausdruck vernahm, verzog er angewidert das Gesicht. Gleich darauf lachte er wieder. Engländer waren ein seltsames Volk – und englische Seekapitäne gleich gar.

8.

Ruth starrte verwirrt auf den dicken Packen, den Tahitoa vor sie hingelegt hatte. »Aber das kann doch nicht alles für mich sein!«

»Der Offizier hat sie mir so gegeben. Ich musste ihm nicht einmal den Zettel zeigen«, antwortete Tahitoa.

Unterdessen ergriff Ruth ein Messer und schnitt die Umhüllung auf. Innen befanden sich mehr als zwei Dutzend Briefe, alle sorgfältig beschriftet und versiegelt. Sie las die ersten Namen und schüttelte den Kopf.

»Dieser Offizier hat dir alle Briefe für Tahiti übergeben. Dieser hier geht an Reverend Wiggles, dieser an Mr Collins, dieser an Mr Perell, der ist für Mistress Baker, und der hier ist für Mr Pritchard bestimmt. Wie es aussieht, wirst du den Postmeister spielen und diese Briefe ihren Empfängern überbringen müssen.«

Mit einem Auflachen sah Ruth die Adressen weiter durch und fand schließlich einen dicken Umschlag, der an Hinrich adressiert war.

»Das hier ist, was ich suche!«, rief sie erleichtert und schob die anderen Briefe beiseite.

Sie brauchte das Messer erneut, um die Umhüllung aufzuschneiden, und fand zwei Briefe darin. Der eine war an Hinrich und sie adressiert, der andere an Hinrich allein. Sie öffnete den ersten, blickte auf die Handschrift ihres Vaters und musste sich die Tränen aus den Augen wischen, die in ihr aufstiegen. Es dauerte eine Weile, bis sie in der Lage war, den Brief zu lesen.

»Geliebte Tochter, lieber Hinrich, wir haben Hinrichs Brief, den er in Kapstadt dem dortigen Residenten zur Weiterbeförderung übergeben hat, erhalten und freuen uns, dass Cap. Smyth darauf verzichtet hat, Kap Hoorn zu umfahren. Wir hätten uns doch Sorgen gemacht, dass euer Schiff dort scheitern könnte. Wir bitten Gott, den Herrn, dass ihr gut nach Dominica gekommen seid und die dortigen Eingeborenen das Knie vor Gott, dem Herrn, beugen. Sollte es euch möglich sein, uns eine Antwort zu senden, wären wir überglücklich.«

Unter den Text, der in der Handschrift ihres Vaters verfasst worden war, hatte die Mutter noch zwei Sätze hinzugeschrieben, in denen sie Hinrich und sie bat, vorsichtig mit dem Essen zu sein, da man bei falschen Speisen oft schlimme Folgen zu gegenwärtigen habe.

Ruth brach erneut in Tränen aus. Wie gerne wäre sie jetzt bei ihren Eltern und Geschwistern gewesen. Noch aber war Jan zu klein, und sie wollte nicht riskieren, dass er unterwegs krank wurde und die Reise nicht überlebte. Mit diesem Gedanken trocknete sie ihre Tränen und bat Aipua, ihr das Schreibzeug zu reichen.

Tahitoa sah ihr lächelnd zu, als sie die ersten Sätze einer Antwort schrieb. »Da Sie warten müssen, bis die Fregatte wieder nach England segelt, haben Sie noch genug Zeit für viele Briefe!«

»Das weiß ich!«, antwortete Ruth. »Aber ich muss das, was ich jetzt fühle, schreiben, sonst verzehrt mich die Sehnsucht nach der Heimat.«

Sie schrieb weiter und berichtete, dass ihr Mann tot sei, sie aber einen Sohn geboren habe, mit dem sie noch ein paar Jahre in der Südsee bleiben wolle, bis er alt und kräftig genug für die lange Reise wäre. Auch bat sie ihren Vater, wenn es ihm möglich wäre, ihr durch ein Schiff, das nach Tahiti kam, etwas Geld zukommen zu lassen, da sie nicht untätig bleiben, sondern ein wenig Handel treiben wolle. Sie faltete den Brief sorgfältig und versiegelte ihn mit Kerzenwachs. Nun wandte sie sich dem zweiten Brief zu. Er stammte von Mathias Mensing und war in kühlerem Ton gehalten.

»Lieber Bruder«, las sie. »Ich hoffe, dass du und deine Ehefrau euer Ziel gut erreicht habt und es dir gelungen ist, die dortigen Heiden zum Christentum zu bekehren. Es wird dich freuen zu hören, dass unsere Großmutter ihre schwere Krankheit überwunden hat und es ihr so gut geht, wie ihr Alter es zulässt. Sie lässt dich tausendmal grüßen!« Unter Mathias Mensings Unterschrift waren noch ein paar kaum lesbare Krakel zu sehen, die Ruth mit Mühe als Segenswünsche für den geliebten Enkel entziffern konnte.

Erneut weinte sie. Selbst falls Mina Mensing noch lebte, wenn Jan und sie nach Hause kamen, so würde diese Hinrich niemals mehr wiedersehen.

»Briefe sind nicht gut!«, fand Aipua. »Du weinst dabei.«

»So schlimm ist es nicht«, antwortete Ruth und bat um ein Tuch, um die Tränen trocknen zu können.

Anschließend verfasste sie noch einen kurzen Brief an Mathias, in dem sie ihm Hinrichs Tod mitteilte, ihn aber bat, es der Großmutter zu verheimlichen, da sie Angst hatte, die alte Dame könnte diesen Schicksalsschlag nicht überleben.

Aipua reichte ihr eine Tasse Tee und legte zwei Stücke von Mistress Wiggles' Teekuchen hinzu, an dessen Qualität nicht das Geringste auszusetzen war. »Du wirst jetzt etwas trinken und essen!«

»Gleich! Vorher will ich die anderen Briefe noch sortieren, damit Tahitoa sie zu den Empfängern bringen kann.« Da Ruth ihrem Diener auf Hiva Oa die Grundzüge des Lesens und Schreibens beigebracht hatte, war er in der Lage, die Briefe jenen zu geben, für die sie bestimmt waren.

»Die letzten Briefe sind für Mr Landers. Dem kann ich sie nicht mehr übergeben«, sagte sie und überlegte, ob sie Tahitoa auffordern sollte, sie Reverend Wiggles zu überbringen.

Allerdings hatte dieser nicht mehr Anrecht auf den Inhalt als sie. Eigentlich weniger, denn immerhin war sie Landers' Nachfolgerin als Faktor der Handelsstation. Daher öffnete sie diese Briefe ebenfalls. Es handelte sich um Antworten für Bestellungen, die er in England getätigt hatte. Da sie darüber nicht Bescheid wusste, reichte sie die Schreiben an Tahitoa weiter.

»Bringe sie Lu Po! Er wird wissen, was er zu tun hat. Auf jeden Fall scheint es so, als hätte dieses Schiff auch Fracht für uns.«

9.

Ruths Annahme war richtig. Die Fregatte war zwar ein Kriegsschiff, wurde aber auch zur Versorgung eines so vorgeschobenen Postens wie Tahiti eingesetzt. In erster Linie schien Wiggles' London Missionary Society dahinterzustecken, denn das meiste war für die Missionare und deren Angehörige bestimmt. Hinzu kamen Geschenke an Königin Aimata und ihre Höflinge. Doch auch Lu Po konnte ein paar Kisten an Land schaffen lassen und erstattete Ruth dann Bericht.

Sie hatte ihm noch nicht verziehen, dass er in eigener Regie ein Bordell aufziehen wollte. Allerdings war sie auf ihn angewiesen, da sie sich nicht selbst in den Laden stellen und Tahitoa die Führung des Gasthauses überlassen konnte.

Lu Po sah sich die Listen durch, die er erstellt hatte, und schüttelte mehrmals den Kopf. »Man hat uns viel weniger geschickt, als Mr Landers bestellt hat. Ich wiederhole daher meinen Vorschlag, die Waren, die wir dringend brauchen, aus meiner Heimat zu holen.«

»Dazu benötigen wir zum einen ein Schiff und zum Zweiten einen Mann, der es führen kann!« Ruth wusste, dass sie unter Tahitoas Freunden genügend Matrosen finden würde. Diese brauchten jedoch einen Kapitän und Navigator, und diese waren in diesen Breiten dünn gesät. »Vielleicht überwirft sich der Steuermann eines Walfängers mit seinem Kapitän«, sprach sie ihren Gedanken laut aus.

Eine andere Möglichkeit sah sie nicht. Den Kapitän der Fregatte konnte sie jedenfalls nicht darum bitten. Von Lu Po wusste sie, dass dieser mehrere Wochen hier auf Tahiti warten wollte, ob die Hesione zurückkommen würde. Sollte dies nicht der Fall sein, würde er den Befehlen der Admiralität zufolge andere Inseln anlaufen, um dort die Ansprüche Englands auf diesen Teil der Welt zu bekunden.

Lu Po erneuerte daher seinen Vorschlag, Ruth solle ein Schiff mit flachem Boden auf Kiel legen lassen, mit dem sie sowohl die

Inseln der Südsee wie auch einen jener chinesischen Häfen anlaufen konnten, mit denen Handel möglich war. Außerdem machte er Ruth noch einmal darauf aufmerksam, dass er unbedingt Landsleute bräuchte, um den Handelsposten ausbauen und ertragreicher machen zu können.

»Ihre Vorschläge in allen Ehren, Mr Lu Po. Diese erfordern jedoch Geld, das wir nicht haben«, antwortete Ruth, die seine Pläne grundsätzlich guthieß.

»Würden wir noch über Mr Landers' private Kasse verfügen, wäre dies kein Problem. Die aber hat Mr Reverend Wiggles an sich genommen, und ich glaube nicht, dass er sie wieder hergibt.«

»Wahrscheinlich nicht«, sagte Ruth bedauernd.

»Ich habe Mr Landers immer wieder Vorschläge gemacht, was wir verbessern könnten, doch er hat sie rundweg abgelehnt und alles beim Alten belassen. Dem ging es nur darum, genug Schnaps und seine Vahine zu haben. Mehr hat ihn nicht interessiert!«, schloss Lu Po und unterstrich das verächtliche Urteil über seinen früheren Vorgesetzten mit einer abwertenden Geste.

»Beides müssen Sie bei mir nicht befürchten. Allerdings werden wir Ihre Anregungen nur Stück für Stück umsetzen können. Für mich ist es erst einmal wichtig, das Gasthaus zu errichten, damit das jetzige Gebäude ganz dem Handel dienen kann.« Aus Ruths Worten sprach eine gewisse Enttäuschung, denn das Geld, das Hinrich ihr hinterlassen hatte, reichte bei Weitem nicht aus, um alle Pläne ausführen zu können. Auch wollte sie einen Notgroschen behalten, damit sie notfalls die Heimreise bezahlen konnte. Ihre Perlen halfen ihr an diesem Ort nur wenig, denn einen guten Preis dafür würde sie nur in Europa erzielen.

»Wir müssen uns auf das Geld beschränken, das in der Kasse der Handelsstation ist. Hoffen wir, dass uns der Verkauf der Waren, die mit der Fregatte gekommen sind, weiterhilft.« Ruth war schon bereit, das Thema zu beenden, als Tahitoa sich einmischte.

»Vielleicht gibt es doch eine Möglichkeit: Wir könnten den Männern, die unser Schiff bauen, anbieten, dass sie den Lohn dafür nach unseren ersten Handelsfahrten erhalten.«

»Wenn das ginge, würde es uns gewaltig weiterhelfen«, rief Lu Po erleichtert.

Ruth hingegen schüttelte den Kopf. »Wir hätten dann zwar ein Schiff, aber immer noch keinen Kapitän, der es führen kann!«

»Mit jedem Schiff, das hier vor Anker geht, kommen neue Leute in unsere Schenke. Es sind immer wieder Männer dabei, die der Navigation und der Seefahrt mächtig sind. Ich könnte versuchen, einen davon für uns zu gewinnen«, schlug Lu Po vor.

»Das wäre ein Glücksspiel«, erwiderte Ruth abwehrend. Dann aber sagte sie sich, dass sie etwas wagen musste, wenn sie mehr sein wollte als das Feigenblatt, mit dem Reverend Wiggles und dessen Gesellschaft jene Dinge verbrämten, die im Widerspruch zu ihren Lehren standen. Wiggles und seine Missionare mieden den Alkohol und nannten ihn ein Geschenk des Teufels. Auch verachteten sie Huren und Bordelle. Gleichzeitig aber sorgten sie dafür, dass die Besatzungen der Schiffe, die hierherkamen, Schnaps und Huren in Hülle und Fülle vorfanden.

Ruth beschlich das Gefühl, als wäre dies Wiggles und seinen Missionaren sogar recht, da sie sich im Vergleich zu den Matrosen, denen der Sinn nach Schnaps und Frauen stand, als bessere Menschen fühlen konnten. Dieser Gedanke gab den Ausschlag. Sie klopfte auf die Tischplatte und nickte.

»Mr Lu Po! Tahitoa! So machen wir es! Ein wenig verstehe ich auch von Seefahrt und werde eine Zeichnung des Schiffes erstellen, so wie ich es mir vorstelle. Sie können sie sich dann ansehen und sagen, was Sie davon halten.«

Auch wenn Lu Po sich nicht vorstellen konnte, dass Ruth einen geeigneten Plan würde erstellen können, stimmte er zu. Ein Schiff, das zwischen den Inseln herumsegeln und den Handel in Gang bringen konnte, war dringend erforderlich. Auch hielt er es für besser, Waren aus chinesischen Häfen zu holen, als sich mit dem zufriedenzugeben, was europäische Schiffe gelegentlich mitbrachten.

»Ich danke Ihnen, Madam! Dies würde uns sehr helfen. In der Hinsicht freue ich mich, dass Mr Landers sich zu seinen Ahnen versammelt hat. Nun können wir endlich so handeln, wie wir es schon vor Jahren hätten tun sollen.«

»Dann will ich nur hoffen, dass wir damit nicht auf die Nase fallen!« Ruth wusste nur zu gut, dass sie sich auf eine Sache einließ, die auch schlecht ausgehen konnte. Es erschien ihr jedoch besser, etwas zu tun, als nur in einem Gästehaus der Königin zu sitzen und um Hinrich zu trauern. Dies tat sie auch so, doch durfte es sie nicht daran hindern, ihre Zukunft zu gestalten.

10.

Eine gute Woche später lief die Hesione ein und ankerte neben der anderen Fregatte. Sie sah mitgenommen aus, denn Captain Smyth war einige Wochen, nachdem er die Neuwerk geentert hatte, nach Süden aufgebrochen, um Kap Hoorn zu umrunden. Widrige Stürme hatten sein Schiff jedoch immer wieder zurückgetrieben, so dass er schließlich aufgegeben und Kurs auf Tahiti genommen hatte. Als er jetzt das Schiff sah, das seines in der Südsee ablösen sollte, war er erleichtert. Als größte Tat hatte er die Aufbringung der Piratenbark Santa Maddalena in seinem Logbuch verzeichnet.

Als weiteren Erfolg konnte er verbuchen, dass der Schiffsarzt Merrick bestätigt hatte, sein Neffe Simmons wäre in Kapstadt zu krank gewesen, um sich dem Duell mit Hinrich Mensing stellen zu können. Dadurch bestand Hoffnung, dass Simmons erneut in die Royal Navy aufgenommen werden konnte. Dieser war der strengen Disziplin an Bord eines Kriegsschiffes längst überdrüssig und hätte seine Zukunft lieber als Kapitän auf einem von Zechariah Bartletts Schiffen gesehen. Als solcher wäre er am Gewinn beteiligt und könnte reich werden. Das erschien ihm wichtiger als ein hoher Rang bei der Marine, den er wahrscheinlich ohnehin niemals erreichen würde.

Während Gervase Smyth und sein Neffe unterschiedliche Zukunftspläne schmiedeten, war Ruth hin- und hergerissen. Die Hesione würde nach den nötigen Reparaturen auf Heimatkurs gehen. Es war vielleicht die einzige Möglichkeit bis zur Ablösung der neu angekommenen Fregatte, nach Hause zu gelangen.

Ein Blick auf ihren Sohn brachte sie jedoch davon ab, Captain Smyth zu bitten, sie und Jan mitzunehmen. Da sie sich jedoch dafür interessierte, was in der Zwischenzeit auf der Hesione geschehen war, schickte sie Tahitoa los, damit er den Schiffszimmermann Cribbic suchen und möglichst ohne Aufsehen zu ihr bringen sollte. Sie hatte schon überlegt, James Hutton holen zu lassen, sich dann aber gesagt, dass dieser viel zu tun hatte und kaum die Möglichkeit finden würde, zu ihr zu kommen.

»Mr Cribbic? Das ist doch der Mann mit dem seltsamen Bart und der Narbe auf der Hand«, meinte Tahitoa.

»An den Bart kann ich mich erinnern. Er war zweigeteilt und hatte die Form einer Gabel. Aber die Narbe ist mir nicht aufgefallen.«

Ruth wunderte sich, dass Tahitoa, der nur ein paar Tage auf der Hesione verbracht hatte, sich besser an das Aussehen des Schiffszimmermanns erinnern konnte als sie, die diesen Mann etliche Monate erlebt hatte.

»Ich wünsche dir Glück! Aber trink bitte nichts. Du weißt, dass du es nicht verträgst«, mahnte sie Tahitoa noch.

Dieser verzog das Gesicht. Er war in seinem Leben genau zweimal betrunken gewesen. Das erste Mal auf dem englischen Schiff, auf dem er gefahren war, und das zweite Mal in jener verhängnisvollen

Nacht auf Hiva Oa, als Rave Wallys Walfänger die Hanatea betrunken gemacht hatten und es ihnen beinahe gelungen wäre, neben Vorräten auch noch die Frau des Häuptlings, einige andere junge Frauen und mehrere Männer zu rauben. Damals hatte Ruth eingegriffen und dies mithilfe von halbwüchsigen Knaben und ein paar Frauen verhindert.

Tahitoa schüttelte den Gedanken an diese Nacht ab und sah Ruth treuherzig an. »Ich werde mich nicht betrinken, ganz gewiss nicht!«

»Wenn du es trotzdem tust, werde ich dich nicht bedauern!«, rief seine Frau. Sie war eine Hanatea aus Hiva Oa und hatte erlebt, wie ihre Stammesmitglieder durch Wallys Rum zu lallenden Narren geworden waren und sich teilweise selbst beschmutzt hatten.

»Du sollst Mr Cribbic holen und keinen anderen«, schärfte Ruth ihrem Diener noch einmal ein. Sie dachte dabei vor allem an den Schiffsarzt Merrick, der ihr als Saufkumpan des Kapitäns fast ebenso unsympathisch gewesen war wie dieser.

»Mr Cribbic! Selbstverständlich, Madam!« Tahitoa lächelte ein wenig über Ruths Besorgnis. Die Auskünfte, die sie sich erhoffte, hätten ihr auch andere Männer geben können. Da sie aber auf dem Schiffszimmermann bestand, würde er eben so lange suchen, bis er diesen fand. Mit diesem Gedanken verabschiedete er sich von Ruth und Aipua und ging zum Strand.

Ein paar seiner Freunde paddelten ihn zur Handelsstation. Dort begriff Tahitoa, weshalb Ruth die Schenke neu bauen lassen wollte. Der Raum, in dem Landers den Ausschank eingerichtet hatte, war viel zu klein für die große Zahl an Seeleuten, die hier ihren Schnaps trinken und sich amüsieren wollten. Mehrere Tahitianer halfen aus, um all diese Männer zu bedienen. Darunter waren auch Frauen, die gelegentlich mit einem Matrosen über die Treppe nach oben verschwanden.

Auf der Suche nach Cribbic zwängte Tahitoa sich zwischen den Matrosen hindurch. Einem passte es nicht, und er stieß mit dem Ellenbogen gegen ihn. Als Tahitoa sich jedoch zu seiner vollen

Größe aufrichtete und dabei seinen Rock so hängen ließ, dass das Tatau auf der Schulter sichtbar wurde, wandte ihm der Mann rasch den Rücken zu und widmete sich sehr betont seinem Glas.

Weiter hinten entdeckte Tahitoa einen Tisch, an dem der Schiffsarzt Merrick saß. Dieser trank gerade und schüttelte sich danach. »Das Zeug können auch nur die Wilden auf dieser Insel Rum nennen. Ich bringe es kaum über die Lippen.«

»Ich finde es nicht so übel«, meinte ein untersetzter Mann im schlecht sitzenden Uniformrock eines Leutnants.

»Es hat nicht jeder einen so feinen Gaumen wie ich, Mr Simmons«, antwortete der Arzt und winkte einem Einheimischen, ihm nachzuschenken.

»Ich brauche auch neuen Rum!«, rief Simmons, der sich auf der Hesione James Huttons Kajüte ebenso unter den Nagel gerissen hatte wie dessen Ersatzrock. Da sein Onkel ihn zu seinem ersten Offizier ernannt hatte, wollte er auch wie einer aussehen.

Zwei Tische weiter sah Tahitoa Cribbic und sprach ihn an. »Guten Tag, Mr Cribbic.«

Der Schiffszimmermann drehte sich zu ihm um und musterte ihn durchdringend. »Dich habe ich doch schon einmal gesehen!«

»Ich bin Mistress Mensings Diener, Sir, und soll Sie bitten, zu ihr zu kommen.«

»Mistress Mensing, sagst du?« Cribbic brauchte einen Augenblick, um sich an Ruth zu erinnern, und wirkte dann noch verwirrter. »Die ist doch auf Dominica?«

Tahitoa schüttelte den Kopf. »Wir sind vor einigen Wochen nach Tahiti gekommen. Doch wenn Sie mir jetzt folgen wollen. Ich bringe Sie zu ihr!«

Cribbic war gekommen, um zu trinken und sich danach eine Ecke zu suchen, in der er seinen Rausch ausschlafen konnte. Dann aber sagte er sich, dass das auch noch später möglich war, und folgte Tahitoa nach draußen.

Kurz darauf saß er im Kanu und sah die Handelsstation hinter sich verschwinden. Als sie ein Stück weiter in der Nähe der europäischen Siedlung landeten, hatte er den leichten Rausch, den er sich angetrunken hatte, halbwegs überstanden und fragte sich neugierig, was die Frau des Missionars von ihm wollte.

11.

Ruth hatte Essen bringen lassen, um Cribbic etwas vorsetzen zu können. Auf starke Getränke würde er verzichten müssen, denn Wein und dergleichen waren bei den Missionaren verpönt. Als er eintrat, ging sie ihm entgegen und reichte ihm die Hand.

»Ich freue mich, Sie zu sehen, Mr Cribbic!«

»Die Freude ist ganz meinerseits«, antwortete der Zimmermann. »Es geht Ihnen und Ihrem Mann doch hoffentlich gut?«

Ein Schatten zog über Ruths Gesicht. »Mein Mann ist leider tot.«

»Das tut mir leid! Er war ein so freundlicher Mensch.« Cribbic zog seinen Hut und sah Ruth treuherzig an. »Sie wollen jetzt sicher mit der Hesione zurück nach England. Ich würde mich ja freuen, wenn Sie dabei wären, glaube aber nicht, dass Sie sich über diese Fahrt freuen würden. Mr Simmons ist wieder an Bord – und aufgeblasener denn je, seit der Captain ihn zum ersten Offizier ernannt hat.«

»Erster Offizier? Aber das ist doch Mr Hutton«, rief Ruth verwundert aus.

»Er war es, denn leider ist auch er tot. Ist einfach über Bord gegangen – und das bei ruhiger See! Keiner von uns kann es sich erklären. Er hat ja im Gegensatz zum Captain und zu Mr Simmons nie etwas getrunken. Der Arzt meint, er könnte in der Verwirrung seines Geistes über Bord gesprungen sein. Aber das hätte Lucky Jim niemals getan.«

Während Cribbic redete, empfand Ruth einen Schmerz, der fast an die Trauer über Hinrichs Tod heranreichte. James Edward Hutton, genannt Lucky Jim, sollte tot sein? Es ist, als würde die Südsee die besten Männer fressen, dachte sie und brauchte einige Zeit, um sich zu sammeln. Nun war sie erleichtert, sich entschieden zu haben, wegen Jan auf Tahiti zu bleiben. Auf einem Schiff, das von Gervase Smyth geführt wurde und auf dem dessen Neffe Trevor Simmons erster Offizier war, würde sie nicht einmal die kurze Strecke zwischen Tahiti und Moorea zurücklegen, geschweige denn die lange Reise nach England.

Während ihres Gesprächs mit Cribbic erfuhr sie, dass die Hesione vor der chilenischen Küste ein Piratenschiff aufgebracht hätte. Dabei ahnte sie nicht, dass es die Neuwerk ihres Vaters gewesen und dieser von Simmons erschossen worden war.

Aus einer gewissen Scheu heraus wagte sie es nicht, Genaueres über James Huttons Schicksal zu erfragen, sondern legte zuletzt die Briefe auf den Tisch, die sie an ihre Familie und an Hinrichs Bruder geschrieben hatte.

»Sie würden mir einen großen Gefallen tun, wenn Sie meine Briefe mitnehmen und in London dem dortigen Reeder Zechariah Bartlett übergeben könnten, damit er sie nach Hamburg weiterleitet.«

»Das mache ich gerne!«, versprach Cribbic und fragte dann, wie es Ruth auf Hiva Oa ergangen wäre.

Sie berichtete in kurzen Worten über ihren Aufenthalt auf der Insel, blieb jedoch recht oberflächlich. Der Schiffszimmermann ahnte, dass ihr Mann keines natürlichen Todes gestorben war, und sah sie mitleidig an. »Ich hoffe, Sie konnten Ihren Ehemann in allen Ehren begraben.«

»Wenn Sie wissen wollen, ob die Eingeborenen ihn verspeist haben, so kann ich Sie beruhigen. Ich habe meinen Mann auf der Insel Mohotani in ein Grab gelegt.«

Da Cribbic begriff, dass Ruth nicht weiter darüber reden wollte, nahm er die Briefe ohne Nachfrage an sich. »Ich werde sie in ein Stück geteerte Leinwand packen, damit ihnen unterwegs nichts zustößt«, sagte er und sah Ruth dann fragend an. »Sie wollen wahrscheinlich mit der Penelope heimkehren, die unsere Hesione abgelöst hat.«

Ruth schüttelte lächelnd den Kopf. »Es mag sein, dass ich sogar länger auf dieser Insel bleibe, denn ich habe einen kleinen Sohn und möchte, dass er alt genug ist, eine so lange Seefahrt überstehen zu können.« Ein weicher Ausdruck trat auf ihr Gesicht, als sie Jan erwähnte, und sie war ihrem Sohn dankbar, weil er es ihr ersparte, auf der Hesione heimkehren zu müssen. Ohne den Schutz eines Ehemanns hätte sie sich dort jederzeit der Übergriffe durch Midshipman Simmons und vielleicht sogar seines Onkels, des Kapitäns, erwehren müssen. Was Simmons betraf, so nahm sie an, dass er mit dem ablösenden Schiff gekommen und nun wieder auf die Hesione gewechselt war.

12.

Tausende Seemeilen von der Südsee entfernt, aber auf dem Weg dorthin, durchpflügte der Walfänger Namasket die Wogen. Da es David Simonsen besser ging, konnte er Moses bereits in der Kombüse helfen. Mittlerweile war auch seine Erinnerung wiedergekehrt, und er wusste, wer er war.

An dem Tag hatte Captain Queek ihn zu sich rufen lassen und musterte ihn nachdenklich. »Du willst also der Sohn eines Hamburger Reeders sein, my boy!«

Der Junge nickte. »So ist es, Sir! Mein Vater ist der Reeder Jakob Simonsen. Er hat mich auf die Scharhörn geschickt, damit ich lerne, was Seefahrt bedeutet. Nach dieser Fahrt sollte ich weiter zur Schule gehen und später mein Kapitänspatent machen.«

»Gleich das Kapitänspatent!«

Für Queek trug David etwas zu dick auf. Er hielt ihn für einen Schiffsjungen, der sich wichtigmachen wollte. Und selbst wenn David der Sohn des Hamburger Bürgermeisters oder gar eines Grafen oder Herzogs gewesen wäre, würde dies nichts an seiner Situation ändern.

»Höre mir gut zu, my boy! Du bist hier auf der guten, alten Namasket aus New Bedford, und wir sind unterwegs, um im Südpazifik Wale zu jagen. Wir werden vor Kap Hoorn keinen Hafen mehr anlaufen und erst in Valparaiso wieder Proviant aufnehmen. Es wäre der erste Punkt, an dem ich dich an Land setzen könnte. Aber ohne Geld und jemanden, der sich um dich kümmert, hättest du dort einen schlechten Stand, und nach Hause kämest du von dort auch nicht. Dir bleibt nur die Möglichkeit, hier auf meinem Schiff zu bleiben und als Schiffsjunge zu arbeiten. Nächstes Jahr, vielleicht auch in zweien, wenn wir nach New Bedford zurückkehren, sorge ich dann dafür, dass du nach Boston gebracht wirst. Da dort immer wieder Schiffe aus Hamburg anlegen, wirst du sicher jemanden finden, der dich oder deine Familie kennt und mitnimmt.«

»Zwei Jahre sagten Sie, Sir?« David schluckte. Eigentlich hatte er in diesem Herbst wieder zu Hause sein sollen. Die Eltern und seine Geschwister würden sich Sorgen machen, wenn er fortblieb, umso mehr, wenn sie vom Untergang der Scharhörn erfuhren. Er wusste jedoch genug über die Seefahrt, um zu wissen, dass Captain Queek nicht einfach den Kurs seines Schiffes ändern und nach Europa segeln konnte, um ihn dort abzuliefern. Queek war den Eignern der Namasket gegenüber verantwortlich, sein Schiff so zu führen, dass es ihnen den besten Gewinn brachte. Mit einem gewissen Galgenhumor dachte er, dass ihn auch ein anderes Schiff als dieser Walfänger aus dem Meer hätte fischen können, am besten eines mit Hamburg als Zielhafen. Andererseits konnte er froh sein, dass er überhaupt noch lebte. Den Kapitän der Scharhörn hatte die See verschlungen, und ob die Matrosen in ihrem offenen Boot diesen Orkan überstanden hatten, wusste er nicht.

David sah Queek daher mit entschlossener Miene an. »Ich danke Ihnen, Sir, dass Sie mich an Bord behalten wollen, und werde mich bemühen, meine Aufgaben so zu erfüllen, wie es einem Simonsen aus Hamburg zukommt.«

»Das hoffe ich auch! Sonst muss ich dich doch noch über Bord werfen lassen«, antwortete der Kapitän.

David spürte, dass der letzte Satz ein Scherz sein sollte, und war froh, dass ein Mann wie Queek ihn gerettet hatte. Dieser schien ganz in Ordnung zu sein, und das konnte man nicht von jedem Schiffskapitän behaupten.

DRITTER TEIL

AUF WALFANG

1.

Bei der Royal Navy hätte jeder Kommandant angesichts eines so nachlässig gereinigten Decks einen Tobsuchtsanfall bekommen, dachte James Edward Hutton kopfschüttelnd. Die Mannschaft des Walfängers Newport aus Nantucket mochte durch Verluste ausgedünnt sein, trotzdem hätte Captain Wally mehr auf gute Seemannschaft achten müssen.

James befand sich nun schon mehrere Monate an Bord und war froh, von der winzigen Insel gerettet zu sein, auf die er sich nach dem heimtückischen Mordanschlag gerettet hatte, den sein früherer Captain Smyth und dessen Neffe Simmons auf ihn ausgeübt hatten. Allerdings hätte er sich für seine Rettung ein besseres Schiff gewünscht als dieses.

Auch Craven, dem verkrüppelten einstigen ersten Harpunier der Newport, passte die Art nicht, in der ihr Kapitän das Schiff führte. Als James und er an diesem Vormittag an der Reling lehnten und auf das Meer hinausblickten, schüttelte er den Kopf. »Es ist zum Verzweifeln, Jim! Dabei sah es zu Beginn so gut für uns aus. Wir hatten eine gute Fahrt hierher, und selbst die gefährliche Passage um Kap Hoorn konnten wir ohne Probleme bewältigen. Als wir die ersten Wale jagten, wurden unsere Fässer schnell so voll, dass wir hoffen konnten, innerhalb eines Jahres mit reichlich Tran, Walrat und Ambra wieder nach Hause segeln zu können. Doch dann kam Captain Wally auf den glorreichen Gedanken, die

Eingeborenen auf dieser verdammten Insel Dominica zu betrügen. Er wollte ihnen Vorräte, Weiber und auch einige Männer rauben. Diese sollten zuerst an Bord mithelfen, um dann während der Heimfahrt irgendwo als Sklaven verkauft zu werden.«

James hatte die Geschichte von dem missglückten Raubzug auf Hiva Oa schon mehrmals gehört, ließ Craven aber reden. Mittlerweile war er fast sicher, dass es sich bei der Frau, die sich den räuberischen Walfängern entgegengestellt und ihnen mit Musketen und einem Sprengsatz empfindliche Verluste beigebracht hatte, um Ruth Mensing gehandelt haben musste. Sie hatte sich bereits auf der Seereise von London in die Südsee als beherzt und als treffsichere Schützin erwiesen.

»Von dem Tag an war es mit unserem Glück vorbei«, fuhr Craven fort. »Seit zwei Jahren haben wir keinen einzigen Wal mehr erlegt. Kannst du dir das vorstellen? Zwei ganze Jahre lang? Wenn es so weitergeht, wird die Newport irgendwann an einer fremden Küste stranden, und wir werden froh sein müssen, wenn die dortigen Eingeborenen uns nicht als Hauptgang zum Dinner einladen.«

»Ich hoffe doch, dass es anders kommt. Allerdings werde ich die erste Gelegenheit nützen, um abzumustern«, antwortete James. Ihn hielt nicht das Geringste auf der Newport. Er wusste zwar nicht, wie er ohne Geld durchkommen sollte, doch er hoffte, ein Schiff zu finden, das besser geführt wurde und dessen Kapitän einen Matrosen brauchen konnte.

»Du bist noch jung! Doch schau mich an! Meine rechte Hand ist nichts mehr wert, und daher wird mich kein Kapitän mehr anheuern. Eigentlich hatte ich vor, mir in meiner Heimat ein Häuschen zu bauen und in den letzten Jahren meines Lebens mein gespartes Geld zu verprassen. Jetzt aber sieht es eher so aus, als müsste ich auf ewig in dieser Gegend bleiben.«

James empfand Cravens Worte als zu trübsinnig. Auch wenn dieser eine verkrüppelte Hand hatte, war er immer noch ein besserer Seemann als die meisten Männer an Bord. Er überlegte, ob es ihm gelingen würde, Craven mit auf ein anderes Schiff zu nehmen. Da stieß dieser einen Laut aus, der sowohl Spott wie auch Ärger bedeuten konnte.

»Thoulder, unser Steuermann, würde den Captain am liebsten absetzen und das Schiff mit halber Ladung nach Hause bringen, in der Hoffnung, den Fluch damit brechen zu können. Aber die Männer ziehen nicht mit. Sie wissen, dass sie danach kein Kapitän mehr auf sein Schiff nehmen würde«, erklärte Craven.

James sah ihn neugierig an. »Glaubst du an Flüche?«

»Aber ja doch! Wenn kein Fluch auf uns läge, hätten wir längst alle Fässer voll und würden in die Heimat segeln.«

»Und ich hockte noch auf meiner Insel und würde Gott anflehen, endlich ein Schiff kommen zu lassen, das mich errettet«, warf James mit einem gequälten Grinsen ein.

»Viel Glück hat dir die Rettung nicht gebracht. Jetzt sitzt du mit uns zusammen auf diesem elenden Kahn. Aber noch mal zu den Flüchen: Thoulder behauptet, die Missionarsfrau oder eine der Eingeborenenfrauen hätte uns verflucht. Aber das glaube ich nicht. Für mich war es der Zauberpriester dieser Leute. Das sind üble Burschen, sage ich dir! Die kennen Geheimnisse, von denen wir nicht einmal etwas ahnen. Ich habe es schon einmal erlebt. Da …«

James hatte diese Geschichte auch schon mehrfach gehört und ließ ihn daher reden, ohne richtig zuzuhören. Im nächsten Augenblick erschien Captain Wally an Deck und blickte den Hauptmast hoch.

»Haben wir jetzt einen Ausguck, oder ist das Krähennest ein Platz, um ungestört ein Schläfchen halten zu können? Siehst du etwas, zum Teufel noch mal?«

»Sie sollten sich nicht versündigen, Captain Sir!«, rief der Steuermann beschwörend.

»Unser Mr Thoulder lässt auch mal wieder etwas von sich hören. Sie haben bei Ihrer Wache wohl ebenfalls geschlafen! W dammt noch einmal, hier treiben sich Tausende Wale herum, aber ihr seid zu dumm, sie zu entdecken.«

»Wo sind hier tausend Wale?«, fragte Thoulder rebellisch. »Ich habe seit Monaten keinen mehr gesehen, und, bei Gott im Himmel, ich habe wahrlich oft genug Ausschau gehalten.«

Wally wandte sich dem Steuermann mit bitterem Hohn zu. »Nun, Mr Thoulder, dann sagen Sie mir, weshalb Gott die Wale auch vor Ihren Augen verbirgt, obwohl Ihren Worten zufolge nur ich verflucht worden sein soll?«

»Es ist Ihr Schiff, Captain, und wir alle sind an sein Schicksal gebunden!«

Auf Wallys Gesicht zuckte es. »Soll das heißen, dass das Schiff nicht mehr verflucht ist, wenn ich nicht mehr der Captain bin?«

Thoulder saß in der Falle. Er musste entweder den Kampf mit Wally suchen und darauf hoffen, dass sich genug Matrosen auf seine Seite stellten, oder wie ein geprügelter Hund den Schwanz einziehen. Als er sah, wie mehrere Matrosen, auf deren Hilfe er gehofft hatte, sich fast unmerklich zurückzogen, gab er auf. »Sie wissen, dass ich es so nicht gemeint habe.«

»Das will ich Ihnen auch geraten haben!«

Wallys Blick verriet ihm, dass diese Sache für ihn noch lange nicht ausgestanden war. Da klang auf einmal der Ruf des Mannes im Ausguck über das Schiff.

»Wal, da bläst er!«

Wally stürzte zur Reling. »Wo hast du hier einen Wal gesehen?«, brüllte er.

»Eben war er noch da. Dort ist er! Es ist aber ein Zwergwal!« Enttäuschung schwang in der Stimme des Mannes im Ausguck mit.

Auch Wally empfand für einen Augenblick so, dann aber gellten seine Befehle über das Deck. »Ob klein oder groß – wir holen ihn uns! Macht die drei Walboote fertig, und dann drauf und dran!«

Da er sich erst seit Kurzem an Bord befand, war James noch keiner Bootsmannschaft zugeteilt worden. Als er jetzt auf Wally zuging, um zu fragen, mit welchem Boot er mitfahren sollte, krallte Craven die restlichen zwei Finger seiner Rechten um sein Handgelenk. »Ich würde es nicht tun! Das ist noch ein Kalb, und da kann die Mutter in der Nähe sein. Wenn die zornig wird, bleibt von den Booten nur Kleinholz übrig.«

»Ich bin kein Feigling!«, stieß James aus.

»Das bist du nicht! Aber wenn es dem Captain einfällt, dass wir auch das vierte Boot bemannen sollen, will ich dich bei mir haben«, sagte Craven und wies auf die Gruppe, die sich um die Walboote sammelte. »Es sind genug Männer für die drei Boote. Bei dem ersten Wal, den wir auf dieser Reise gefangen haben, sind wir mit fünf losgefahren. Jetzt sind es noch drei, und es sitzen nicht die besten Leute darin.«

James sah mit verbissener Miene zu, wie ein Boot nach dem anderen zu Wasser gelassen wurde. Als das dritte freischwamm, blickte er sich auf dem Schiff um. Neben dem Ausguck, der bleiben musste, um den Wal sofort wieder melden zu können, wenn dieser nach dem Abtauchen wieder an die Oberfläche kam, waren außer ihm nur noch Craven, der Koch und drei Männer zurückgeblieben, die durch Ruths Handgranate verstümmelt worden waren. Nun ärgerte er sich doch, weil er in den Augen von Wally und den anderen als feige gelten musste.

»Mit den Leuten kannst du kein viertes Boot bemannen«, sagte er ärgerlich zu Craven.

»Nur weil uns ein paar Finger oder der Teil eines Fußes fehlt, sind wir keine schlechteren Männer als die, die mit Wally fahren. Du wirst es erleben, wenn die Mutter des Wales kommt. Dann wird Wally froh sein, uns zu haben!«, antwortete Craven, den es nun doch in den verbliebenen Fingern zwickte, die Harpune zu werfen.

James trat an die Reling und sah zu, wie die drei Boote auf den kleinen Wal zufuhren, der nur wenige Hundert Schritte von der Newport aufgetaucht war und das Schiff anzustarren schien. Der Ausguck mochte das Tier einen Zwergwal genannt haben, doch war er länger als eines der Walboote und gut genährt.

»Ich würde das Vieh in Ruhe lassen«, murmelte Craven, der neben ihn getreten war.

2.

Trotz Cravens Warnung gelang es den drei Walbooten, den jungen Wal einzukreisen. Dieser blieb ohne Arg an der Oberfläche, so dass Wally und seine beiden Harpuniere ihre Harpunen werfen konnten. Danach war es rasch vorbei. Wally ließ sich nahe genug an den schwer verletzten Wal rudern, um ihm die Lanze ins Herz stoßen zu können.

Auch wenn es ein kleiner Wal war, der höchstens ein Viertel des Trans eines ausgewachsenen Pottwals brachte, herrschte bei den Walfängern ausgelassene Stimmung. Endlich hatten sie wieder ein Tier erlegt und würden weitere Fässer füllen können.

Wally befahl, den Wal an der Bordwand zu befestigen. Danach wandte er das Gesicht dem kalten Wind zu, der aus dem eisigen Süden der Antarktis bis zu ihnen blies. »Wir zerlegen den Wal gleich hier! Dann sind wir schneller bei unserem Stützpunkt und können dort den Speck auskochen!«

Thoulder wiegte unschlüssig den Kopf. »Kommt es wirklich auf einen Tag an, Captain?«, fragte er. »Wenn wir ihn zur Insel bringen, können wir ihn besser zerteilen als hier auf dem Meer!«

»Das ist ein Jungwal, Mr Thoulder!«, antwortete Wally in einem Tonfall, als müsse er einem Knaben etwas erklären. »Es ist daher wahrscheinlich, dass die Mutter in der Gegend ist. Wenn die sich sehen lässt, werden wir auch sie erwischen. Zwei Wale können wir jedoch nicht schleppen. Also macht euch an die Arbeit, ihr Schurken! Je schneller der Wal an Bord geschafft ist, umso eher können wir Jagd auf die Alte machen!«

Die Männer jubelten erneut und ließen Wally hochleben. Wenn sie jetzt noch das Muttertier erlegten, würden ihre Fässer voll werden, und sie konnten dieses Meer endlich verlassen.

»Weißt du, Jim«, sagte Craven zu James, »wir könnten durchaus zwei Wale schleppen. Wally geht es jedoch darum, dass das Kalb aus dem Wasser kommt und die Alte nicht merkt, dass wir es waren, die es getötet haben. Wenn eine Walmutter in Zorn gerät, ist es für jedes Schiff besser, nicht in ihrer Nähe zu sein.«

»Ich weiß zu wenig über den Walfang, um dazu etwas sagen zu können«, erwiderte James.

Da klang Thoulders Stimme auf. »Steht nicht so dumm an Deck, sondern helft mit, das Tier festzubinden. Jim, du steigst mit auf den Wal und hilfst, ihn zu zerlegen. Craven kann mit zwei anderen Krüppeln zusammen die abgetrennten Stücke an Bord hieven! Bringt sie in den Laderaum, damit das Deck frei ist. Sollten wir die Walmutter sehen, müssen wir die Boote rasch zu Wasser bringen, um auch sie zu erwischen.«

Craven spuckte ins Wasser und sah dann James an. »Hör ihn dir an! Jetzt tut er so, als wäre er mit allen Befehlen des Captains einverstanden. Dabei hätte er ihn vorhin am liebsten ins Meer geworfen, um die Newport heimwärts steuern zu können. Aber so sind nun einmal die Menschen. Eben noch so und nun schon wieder anders!«

James kam nicht dazu, zu antworten, denn einer der Männer drückte ihm ein lanzenartiges Werkzeug in die Hand, das in seinen Augen mehr wie eine Sense mit gerader Klinge aussah. Ein Walfänger stand bereits auf dem Leib des Tieres und machte sich daran, mit einem ähnlichen Werkzeug die ersten Stücke herauszuschneiden.

Es war eine harte Arbeit, bei der James trotz des kühlen Windes bald der Schweiß ausbrach. Während die Männer der Newport den Jungwal zerlegten, hielten sie Ausschau nach dem Muttertier. Wenn sie dieses fingen, würden sie ihre Fässer bis zum Rand füllen und sich in Richtung Heimat aufmachen können. Sie hatten genug von der Südsee, und einige schworen sich, nie wieder auf einem Walfänger anzuheuern.

James gab nicht viel auf dieses Gerede. Spätestens, wenn das bisschen Geld aufgebraucht war, das sie als Anteil an dieser Fangfahrt erhielten, würden sie wieder nach einem Schiff Ausschau halten, das auf Walfang ging und Matrosen oder Harpuniere brauchen konnte. Die vier verkrüppelten Männer hingegen würden sich schwertun, es sei denn, es gelang ihnen, als Koch auf einem Schiff anzuheuern. Wahrscheinlicher war es jedoch, dass sie in der Heimat auf den Kirchenstufen saßen und die zum Gottesdienst strömenden Menschen um ein Almosen anbettelten.

Um Craven tat es ihm leid, und so überlegte er sich erneut, wie er ihm helfen konnte. Solange er jedoch froh sein musste, als einfacher Matrose unterzukommen, war es fast unmöglich.

Kurz dachte er daran, dass er, wenn Lord Humphrey mittlerweile gestorben war, der neue Earl of Huttonsfield war. Dessen Platz einzunehmen war für ihn jedoch ebenso unmöglich, wie mit einem Schiff zum Mond zu segeln. Auch wenn sein Wunsch nach Vergeltung für den feigen Mordanschlag noch immer in ihm brannte, konnte es im Moment nur darum gehen, diesen Wal in Stücke zu schneiden.

»Macht schneller, sonst fressen die Haie alles auf«, rief Wally, um die Männer anzuspornen.

James hackte und schnitt an dem Kadaver herum und wurde angeblafft, als ein Stück Walspeck in der Tiefe versank. Er biss die Zähne zusammen, um nicht ähnlich grob zu antworten, und stellte für sich nicht zum ersten Mal fest, dass der Walfang nichts für ihn war. Als die Gedärme des Tieres und der größte Teil seines Gerippes im Meer versunken waren, stieg James wieder an Bord der Newport. Für einen Augenblick glaubte er, in der Ferne einen Wal zu sehen. Als er jedoch erneut hinschaute, war das Tier verschwunden. Er überlegte, ob er es melden sollte. Da jedoch der Ausguck im Krähennest schwieg, glaubte er, sich getäuscht zu haben, und gesellte sich zu Craven. Unterdessen gab Wally den Befehl, die Insel anzusteuern, auf der sie ihren Stützpunkt errichtet hatten. Dabei wies er den Mann im Mastkorb an, sorgsam nach Walen Ausschau zu halten.

»Weit kann das Muttertier nicht sein«, meinte er zu Thoulder.

Dieser zog eine bedenkliche Miene. »Was ist, wenn sie bereits von einem anderen Fangschiff erlegt worden ist und der Kleine allein war?«

»Wenn dieser Jungwal miterlebt hätte, wie seine Mutter erlegt wurde, hätte er uns niemals so nahe an sich herangelassen, ohne zu tauchen. Wale sind nicht dumm – im Gegensatz zu einigen Menschen!«

Es war deutlich zu erkennen, wen Captain Wally damit meinte. Sein Steuermann ballte die Fäuste, beherrschte sich aber. Nachdem es ihnen gelungen war, diesen kleinen Wal zu fangen, würden sich noch weniger Männer gegen den Kapitän stellen. Für Thoulder hieß dies, dessen Gemeinheiten zu schlucken, wenn er die Heimfahrt nach Nantucket nicht angekettet im Kielraum erleben wollte.

3.

Etliche Hundert Meilen nördlich der Newport besichtigte Ruth den Bauplatz ihres Schiffes. Sie hatte Lu Pos Überlegungen auf ihre Weise umgesetzt und ein zweimastiges Schiff entworfen, das mit Gaffelsegeln ausgerüstet werden sollte. Es war auch größer geworden, als Lu Po vorgeschlagen hatte. Doch wenn die Hiva Oa bis nach China segeln sollte, musste sie mehr Ladung fassen können, als wenn sie nur für den Warentransport zwischen den Inseln vorgesehen gewesen wäre.

Die Arbeit ging gut voran, denn sie hatte von der Königin Bauholz auf Kredit erhalten. Auch die Arbeiter arbeiteten auf Kredit, und so hoffte sie, bald einen Mann zu finden, der dieses Schiff führen konnte. Um eine Mannschaft brauchte sie sich nicht zu sorgen. Tahitoa hatte genügend Freunde, denen das Meer im Blut lag und die sich bereits darauf freuten, mit der Hiva Oa zu fernen Küsten segeln zu können.

»Es wird ein schönes Schiff«, meinte Tahitoa. »Fara glaubt, dass es in drei Monaten fertig sein wird.«

Bis dorthin brauchte sie einen Kapitän. Für einen Augenblick überlegte Ruth, ob sie das Schiff selbst steuern sollte, denn sie hatte die Grundlagen der Navigation erlernt. Allerdings brauchte sie dann Seekarten, und die waren schwer zu bekommen.

»Ich werde es schon schaffen«, sagte sie leise und sah dann mit einem gewissen Ärger Reverend Wiggles herankommen.

Er hatte ihr angeboten, die meisten Dinge, die mit der Handelsstation zu tun hatten, für sie zu erledigen, und zeigte nun kaum verhohlen seinen Ärger, weil sie Dinge in Gang gesetzt hatte, ohne ihn darüber zu informieren. Da sie aber von seinem Wohlwollen abhängig war, grüßte sie ihn freundlich. »Guten Tag, Reverend! Es freut mich, Sie zu sehen. Gefällt Ihnen das Schiff?«

Wiggles musterte kurz die im Bau befindliche Hiva Oa, wandte sich dann in die Richtung, in der gerade die Bodenplattform für das Gasthaus gesetzt wurde, und sah Ruth anschließend kopfschüttelnd an. »Ich glaube, Sie haben sich zu viel vorgenommen, Mistress Mensing. Die Trennung von Handelsposten und Schenke kann ich ja verstehen, doch was wollen Sie mit einem eigenen Schiff?«

»Mr Lu Po war der Ansicht, dass es den Handel zwischen den Inseln beleben könnte. Mehr Einnahmen bedeuten auch mehr Steuern für die Königin und mehr Abgaben für die Mission«, antwortete Ruth freundlich.

»Vorerst aber laden Sie dem Handelsposten sehr viele Schulden auf. Ich fürchte, Sie werden diese nicht zurückzahlen können. Außerdem besitzt die Mission drei eigene Schiffe. Für ein kleines Entgelt hätten wir sie Ihnen gerne zur Verfügung gestellt!«

Ruth spürte die Angst in Wiggles' Worten, die Handelsstation würde die fälligen Steuern nicht mehr zahlen können. Dies würde die Missionsstation treffen und seinen Einfluss auf die Berater der Königin schmälern, da er sie als Landers' Nachfolgerin vorgeschlagen hatte.

Es war ein Risiko, doch glaubte sie, dieses eingehen zu können. Laut Lu Po musste dieses Schiff nur ein Mal nach China fahren und genug Waren mitbringen, dann hatte sich der Bau bereits gelohnt. Sie war nicht ganz so zuversichtlich, hoffte jedoch, dass die Einnahmen dieser Reise zumindest ausreichen würden, um die drängendsten Schulden zu begleichen. Dies einem Mann wie Wiggles zu sagen, war sinnlos. Er war ein Mann des Glaubens und nicht des Handels, sonst hätte er niemals Landers mit der Leitung des Handelspostens betraut. Ohne Lu Pos Einsatz, dessen war sie sich sicher, wäre der Handel über diese Station längst zusammengebrochen.

Insofern wäre Lu Po der natürliche Nachfolger gewesen. Einem Chinesen aber hätten Wiggles und die anderen Engländer niemals diesen Posten übertragen. Da war ihnen sogar die Witwe eines Missionars lieber, obwohl sie in den Augen dieser Herren nicht das Geringste vom Handel verstand. Wiggles hatte sich vorgestellt, dass sie als Witwe versorgt gewesen wäre, Lu Po die Arbeit tun würde, während Reverend Wiggles alles überwachte. Nun hatte sie selbständig Entscheidungen getroffen, ohne sie abzusprechen, und das nahm der Missionar ihr übel. Um ihn zu versöhnen, mussten die Einnahmen des Handelspostens in absehbarer Zeit in Höhen steigen, die den Anteil für die Mission spürbar vergrößerten.

»Mein Vater sagte immer, ein Kaufmann dürfe nie die Zügel schießen lassen, sich aber auch nie eine Gelegenheit entgehen lassen, Profit zu machen. Dies ist auch mein Ziel, Reverend. Ich mag zu Beginn Geld investieren, doch wird sich dies doppelt und dreifach auszahlen«, antwortete Ruth lächelnd und wies auf die Stelle, an der ihr Gasthaus errichtet werden sollte. »Ich hoffe, dass das Gebäude in einer guten Woche steht. Es bietet fünfmal so viel Platz wie die alte Schenke in der Handelsstation. Die Matrosen sollen sich dort wohlfühlen und gutes Bier und guten Schnaps trinken.«

»Alkohol ist des Teufels«, murmelte Wiggles.

»Bis jetzt war der Verkauf geistiger Getränke die Haupteinnahmequelle der Handelsstation. Das will ich ändern!« Ruth lächelte, doch ihr Blick war kalt. Wiggles und die anderen Missionare wetterten zwar über die Unmoral, die durch den Verkauf von Schnaps an die Matrosen verstärkt wurde, forderten aber trotzdem ihren Anteil an dem Verdienst. Wie hatte laut ihrem Bruder Jeremias ein römischer Kaiser gesagt? »Pecunia non olet« – Geld stinkt nicht! Diesem Motto schienen auch Wiggles und seine Getreuen zu folgen.

»Ich will hoffen, dass Sie wissen, was Sie tun!«, sagte Wiggles mürrisch. Er ärgerte sich längst über seine Gattin, die ihn überredet hatte, Ruth als Landers' Nachfolgerin vorzuschlagen. Diese hätte es nur dem Namen nach sein sollen. Alles Wichtige, so hatte er es sich vorgestellt, wollte er entscheiden. Doch nun stellte diese Frau ihn immer wieder vor vollendete Tatsachen. Mit einer entschiedenen Geste wies er auf das halb fertige Schiff. »Es ist vollkommen unnütz, da die Mission selbst gute Schiffe besitzt.«

»Das sagten Sie bereits. Sie sehen jedoch selbst, dass meine Hiva Oa doppelt so lang und breit ist wie Ihre Schiffe. Sie kann mehr

Ladung aufnehmen, und das heißt, sie kann die gesamten Inseln abfahren, ohne zurückkommen und neu laden zu müssen.«

»Verehrte Frau Mensing, womit wollen Sie denn hier handeln?«, fragte Wiggles vergrätzt. »Die Eingeborenen brauchen kaum etwas, Europäer leben nur wenige hier, und um den Bedarf des Hofstaats der Königin zu befriedigen, brauchen Sie kein eigenes Schiff. Diese Sachen werden aus England geliefert.«

Ruth gab es auf, den Mann über die Gesetze des Handels aufzuklären. »Wir werden sehen, wer von uns beiden recht behält, Reverend. Sie sollten beten, dass nicht Sie es sind! Es würde nämlich den Konkurs des Handelspostens bedeuten, und das will keiner von uns.«

»Gewiss nicht!«, gab Wiggles zu. »Aber Sie verstehen meine Bedenken, dass es besser gewesen wäre, alles so zu belassen, wie es war.«

Dann grab Landers' Leiche aus und stelle sie hinter den Ladentisch, dachte Ruth mit bissigem Spott, lächelte aber und erklärte, dass sie sicher sei, das Richtige zu tun, um die Einnahmen der Handelsstation und damit die Steuern für die Königin und die Abgaben für die Mission zu erhöhen.

Wiggles hielt ihr noch einen Vortrag über ihre Verpflichtungen der Krone und der Mission gegenüber und wies dann auf eine Stelle, an der etwas seitlich hinter der Handelsstation versetzt ein Gebäude errichtet wurde. »Ich hoffe, dass das Bordell bald fertig ist und dieser Lupo mehrere chinesische Huren besorgen kann. Bisher kommen immer wieder Frauen aus den umliegenden Dörfern auf die Schiffe, um sich für geringen Lohn den Matrosen hinzugeben. Dies muss aufhören, denn es ist sündhaft vor dem Herrn!«

»Was ist mit den Chinesinnen? Ist es nicht auch sündhaft, wenn diese als Huren kommen?«, fragte Ruth bissig.

Auf Wiggles' schmales Pferdegesicht trat ein überheblicher Zug. »Bei einer Frau ist diese Frage verständlich. Nur ist es so, dass die Chinesen allesamt Heiden sind, die zu ihrem Konfuzius beten und sich dem Heil Jesu Christi verweigern. Wenn eine Frau aus diesem Volk eine Hure wird, kümmert es Gott im Himmel nicht. Anders ist es jedoch, wenn eine getaufte Frau es tut. Es könnte sie das Himmelreich kosten.«

Da für Ruth eine Frau eine Frau war, ganz gleich, aus welchem Volk sie stammte und zu welchem Gott sie betete, schien ihr diese Unterscheidung an den Haaren herbeigezogen. Ihrer Ansicht nach sollte keine Frau gezwungen sein, auf eine solch beschämende Art und Weise ihr Brot zu verdienen. Wiggles wollte jedoch das Bordell erbauen lassen, um die Wölfe, sprich die Matrosen, von seinen weiblichen Schafen fernzuhalten.

Als sie versucht hatte, Hurerei in der Handelsstation zu verbieten, war Wiggles ihr sofort in die Parade gefahren und hatte Lu Po die Erlaubnis besorgt, ein Haus der Sünde in eigener Regie einzurichten. Die Leitung des Handelspostens hatte man ihm nicht anvertrauen wollen, als Bordellwirt aber war er den Missionaren willkommen. Auch dies war eine Diskrepanz, über die sie insgeheim den Kopf schüttelte, und sie war froh, als Wiggles sich empfahl.

Tahitoa sah ihm grinsend nach. »Mr Reverend Wiggles ist ein kluger Mann, doch Madam ist klüger als er.«

»Das wird sich noch zeigen«, antwortete Ruth, denn sie spürte mit einem Mal den gesamten Druck, der auf ihr lastete. Hoffentlich habe ich nicht zu viel auf einmal gewollt, fuhr es ihr durch den Kopf. Immerhin hatte sie drüben auf dem Hügel bereits ihr neues Wohnhaus und unweit davon eines für Tahitoa und Aipua errichten lassen. Auch wenn die tahitianischen Handwerker freiwillig für sie arbeiteten und nur ein paar Geschenke dafür erwarteten, so musste das Geld dafür verdient werden.

Wenn sie keinen Kapitän für die Hiva Oa fand, musste sie so viel über die Meere und Inseln erfahren, die zwischen hier und China lagen, um selbst das Schiff führen zu können. Aufgeben und sich Wiggles unterordnen würde sie jedenfalls nicht.

4.

Als Ruth ihr Haus betrat, fühlte sie, wie die Anspannung von ihr wich. Das Haus bot ausreichend Platz für sie und Jan und das Mädchen, das Aipua für sie als Zofe ausgesucht hatte. Alles war so, wie sie es sich vorgestellt hatte. Nun stieg sie die kleine Treppe nach unten, die zu einem eingefriedeten Platz führte, an dem eine Quelle entsprang. Es war zwar kein kräftiger Wasserfall, wie sie es von Hiva Oa kannte, denn es gab kaum mehr als einen dichten Sprühnebel, in den man sich stellen musste, doch sie konnte sich hier waschen und in einer hölzernen, einem Boot nachempfundenen Wanne, der mit einer hölzernen Röhre frisches Wasser zugeführt wurde, sogar baden.

Da sie sich verschwitzt fühlte, zog sie sich aus und wusch sich von oben bis unten. Ihre jugendliche Zofe Vaimiti eilte mit einem Tuch herbei.

»Mauruuru – Danke«, sagte Ruth und stieg dann, in das Tuch gehüllt, wieder nach oben. Dort wählte sie ein einfaches, bequemes Kleid und zog sich an.

»Soll ich das Essen holen?«, fragte Vaimiti.

Ruth schüttelte den Kopf. »Noch nicht!« Ein Lächeln spielte um ihren Mund, denn Aipua wollte es sich nicht nehmen lassen, für sie und Jan zu kochen.

Jetzt wirst du schon wie Mistress Wiggles, dachte Ruth. Für diese arbeiteten sechs Mägde, und mit keiner von ihnen war sie zufrieden. Mary hatte bereits angefragt, ob sie nicht zu Ruth kommen könnte. Um Mildred Wiggles nicht zu verärgern, hatte sie abgelehnt.

Gerade, als sie an die junge Frau dachte, sah sie diese mit raschen Schritten den Hügel heraufkommen. Augenblicke später trat Mary fröhlich lachend ein. »Jetzt kann ich für Sie arbeiten, Madam! Mistress Wiggles hat zu mir gesagt, ich soll mich zum Teufel scheren. In ihrem Haus will sie mich nicht mehr sehen.«

»Soll das etwa heißen, dass ich für dich der Teufel bin?«, fragte Ruth mit zuckenden Lippen.

Mary schüttelte eifrig den Kopf. »Aber natürlich nicht, Madam! Zu dem wäre ich nicht gegangen, auch wenn Mistress Wiggles es von mir verlangt hätte. Aber sie will mich nicht mehr, da ich zu ungeschickt bin. Ich habe ihre heiß geliebte Teekanne fallen lassen, und die ist dabei zerbrochen.«

Schuldbewusst hörte sich das nicht gerade an, dachte Ruth. Ihr kam der Verdacht, dass Mary die Kanne absichtlich zerbrochen hatte, um aus dem Haus gejagt zu werden. Ruth überlegte nun, was sie tun sollte. Sie konnte die Sünderin entweder behalten oder wegschicken. Tat sie Letzteres, würde Mary bei keinem europäischen Haushalt mehr angestellt werden. Damit würde ihr irgendwann nichts anderes übrig bleiben, als sich in Lu Pos Bordell zu verdingen. Dieser Gedanke gab den Ausschlag.

»Also gut, du darfst bleiben! Bei mir kannst du auch keine Teekanne zerschlagen, da ich keine besitze.«

Ruth lächelte, doch ihre Gedanken galten den Haushaltsgegenständen, die sie bei ihrer Flucht aus dem Hanatea-Tal von Hiva Oa hatte zurücklassen müssen. Ihre Mutter hatte die Sachen in Hamburg ausgesucht und sie diese um die halbe Welt mitgenommen. Nun fehlten sie ihr sehr, und es gab vorerst auch keine Möglichkeit, sie zu ersetzen.

Mary wirkte mit einem Mal sehr ernst. »Ich muss Sie warnen, Madam! Mistress Wiggles und einige andere Frauen wollen morgen zu Ihnen kommen, um sich Ihr neues Haus anzusehen. Wir werden uns überlegen müssen, was wir ihnen anbieten.«

»Den Saft von jungen Kokosnüssen und Früchte, die du und Vaimiti pflücken könnt. Etwas anderes habe ich nicht.«

»Aber Sie führen doch den Handelsposten. Dort liegt alles, was Sie brauchen«, rief Mary überrascht.

Dies erinnerte Ruth daran, dass sie sich den Laden bislang noch nicht angesehen hatte. Selbst jetzt scheute sie davor zurück, da die

Hesione noch immer vor Anker lag und sie weder deren Kapitän noch dessen Neffen begegnen wollte.

»Wenn Sie wollen, Madam, schauen Aipua und ich noch heute im Laden nach, was wir brauchen«, schlug Mary vor.

Sie war klug genug, Aipua mit einzubeziehen. Diese war mit Ruth und deren Vorlieben vertraut und hatte sie auf ihrer Flucht von Hiva Oa hierher begleitet.

Ruth ging die Summe durch, die sie glaubte, ausgeben zu können, und nickte. »Macht das! Aber gebt acht, dass es nicht zu viel wird. Ich muss erst Geld verdienen, bevor ich mir mehr leisten kann.«

Mary nickte und verschwand dann bestens gestimmt. Wenig später hörte Ruth, wie sie Vaimiti erklärte, dass sie nun ebenfalls für Madame Mensing arbeite. Bevor Ruth sich wieder ihren weiteren Planungen hingab, fiel ihr auf, dass Mary ihr gegenüber ein recht gutes Englisch verwendet hatte, während sie bei Mistress Wiggles so getan hatte, als könne sie diese Sprache nur sehr schlecht sprechen. Wie es aussah, hatte es Folgen, wenn man Bedienstete so behandelte wie Mildred Wiggles. Damit weckte man deren Trotz und den Willen, sich die Arbeit leicht zu machen. Mistress Wiggles hielt ihre Bediensteten deswegen für dumm, und diese nützten das fröhlich aus. Bei ihr, sagte sie sich, sollte Mary es nicht versuchen. Doch so, wie die junge Frau sich hier eingeführt hatte, konnte sie sich das ohnehin nicht vorstellen.

5.

Am nächsten Vormittag suchte Ruth die kleine Schiffswerft auf und lobte die Männer, die zügig an dem Schiff arbeiteten. Wieder zu Hause, beobachtete sie die Hesione durch ihr Fernrohr. Die meisten Reparaturen schienen mittlerweile erledigt, und die

Mannschaft machte sich bereit, Tahiti zu verlassen, um nach England zurückzukehren. Ruth kämpfte für ein paar Minuten mit Heimweh, hob dann Jan auf ihren Schoß und blickte in die Ferne.

Zur Mittagszeit brachte Aipua das Essen und nahm Jan Ruth ab, um den Kleinen zu füttern. Während der Junge bei Ruth oft alles ausspuckte, aß er bei Aipua brav sein Essen auf. Auch Ruth ließ es sich schmecken und fragte dann: »Hat Mary dir gesagt, dass Mistress Wiggles und einige ihrer Damen heute hier erscheinen wollen?«

Aipua nickte lächelnd. »Das hat sie – und wir haben auch alles vorbereitet! Wann werden sie wohl eintreffen?«

»So, wie ich sie kenne, genau zur Teezeit.« Ruth hoffte, dass Aipua und Mary eine Kleinigkeit auf den Tisch bringen konnten, damit sie sich vor Mildred Wiggles und deren Begleiterinnen nicht zu schämen brauchte. Da Mary deren Haushalte kannte, wusste sie gewiss, worauf sie achten musste. Dazu war Aipua eine ausgezeichnete Köchin. Auch wenn sie die Rezepte ihrer Heimat verwendete, würden ihre Gerichte den Damen aus der Missionarssiedlung schmecken.

»Welches Kleid soll Vaimiti für dich herauslegen?«, fragte Aipua.

Ruth überlegte, ob sie sich überhaupt umziehen sollte. Allerdings trug sie ein Kleid, das ihr eine der Damen nach ihrer Ankunft auf Tahiti aus Barmherzigkeit abgetreten hatte. Nach kurzem Nachdenken forderte sie Aipua auf, das neue Seidenkleid zu holen.

Als sie sich umgezogen hatte und an sich hinabschaute, erschien es ihr nun doch zu elegant, doch da sah sie bereits Mildred Wiggles an der Spitze einer ganzen Schar den Hügel heraufkommen. Die Frauen hatten sich von einem Boot zum Strand bringen lassen, waren aber so weit entfernt von der Handelsstation wie möglich ausgestiegen.

Wie es aussieht, wollen sie mich überraschen und verhindern, dass ich etwas vorbereiten kann, dachte Ruth mit einem gewissen Ärger. Mistress Wiggles galt als die Anführerin der europäischen Frauen und hätte solche Winkelzüge wirklich nicht nötig gehabt. Nun hoffte Ruth, dass es Aipua und Mary gelungen war, im Laden wenigstens Tee und brauchbare Becher zu bekommen, weil sie ihren Gästen ungern halbe Kokosnussschalen als Trinkgefäße anbieten wollte. Sie selbst benützte diese ohne Scheu, doch der Kreis um Mildred Wiggles würde sofort rumerzählen, dass sie sich nicht einmal ein Teeservice und Teller leisten konnte.

Da die Gruppe eben vor dem Haus stehen blieb, um es zu betrachten, trat Ruth ins Freie. »Mistress Wiggles, Mistress Baker, welch eine Überraschung! Kommen Sie doch herein. Nach dem beschwerlichen Weg werden Sie eine kleine Erfrischung gewiss nicht ausschlagen wollen.«

Harriet Baker versicherte ihr sofort, dass sie sich über ein Tässchen Tee freuen würde. Das zufriedene Lächeln auf Mistress Wiggles' Lippen verstärkte Ruths Verdacht, dass die Missionarsgattin sie durch ihren unangekündigten Besuch blamieren wollte. Ohne Marys Warnung wäre es ihr gelungen, dachte sie und ließ die Gruppe ein, zu der auch Harriet Bakers Tochter Abigail und Heather Wiggles zählten.

Zum Glück hatte sie mehrere Stühle und ein paar Hocker anfertigen lassen, so dass alle Platz fanden. Ruth wusste allerdings selbst nicht, was sie ihnen anbieten konnte.

Noch während Ruth überlegte, erschien Vaimiti und knickste vor ihr. »Soll ich den Tee servieren, Madam?«, fragte sie auf Tahitianisch.

»Tu das!«, sagte Ruth aufatmend und wandte sich ihren Besucherinnen zu. »Der Tee wird gleich serviert!«

»Ich bewundere Sie, weil Sie diese Sprache verstehen! Mein Mann sagt immer, diese Kanaken sollen Englisch lernen, damit sie wenigstens auf halbem Weg zu einem zivilisierten Menschen sind«, sagte Harriet Baker kopfschüttelnd.

»Mistress Mensing und ihr Mann waren als einzige Europäer auf dieser Kannibaleninsel. Da dürften sie wohl kaum viel Englisch gesprochen haben, obwohl dies den Eingeborenen gewiss zugutegekommen wäre«, wandte Mildred Wiggles ein.

»Ach ja, Sie waren ganz allein auf dieser Insel! Diese Leute sollen ja ganz eigene Sitten und Gebräuche haben. Was ich da gehört habe … Ich wage es kaum auszusprechen, da noch halbe Kinder bei uns sind.«

Der Blick, mit dem Heather Wiggles und Abigail Baker die Sprecherin maßen, zeigte deutlich, dass die beiden sich längst nicht mehr als halbe Kinder fühlten. Mehrere andere Frauen hatten nichts dagegen, anzügliche Details zu erfahren, und so entspann sich eine angeregte Unterhaltung, zu der Ruth selbst nichts beitrug.

Schließlich sah Harriet Baker sie neugierig an. »Man sagt, auf solchen Inseln würden die Missionare gezwungen, Unzucht mit den dortigen Weibern zu treiben. Aus diesem Grund muten wir unseren Missionaren nicht zu, dorthin zu gehen. War das bei Ihrem Ehemann auch der Fall, und hat man wenigstens Sie in Ruhe gelassen?«

»Hinrich und ich haben keine solchen Erfahrungen gemacht. Wir standen unter Tapu, wie man so sagt«, antwortete Ruth kühl.

»Es muss trotzdem ungeheuer gefährlich gewesen sein! Immerhin hat man Ihren Ehemann getötet.« Der Sprecherin war anzumerken, dass sie glaubte, die Insulaner hätten Hinrich verzehrt.

Ruth empfand die Neugier und mangelnde Zurückhaltung der Damen als peinlich, zumal Hinrichs Tod sie noch immer wie eine tiefe Wunde schmerzte. Daher war sie kurz davor, harsch zu antworten. Doch da erschien Vaimiti mit drei weiteren Mädchen. Diese stellten kleine, schön bemalte Tassen samt Untertassen auf den Tisch, während Vaimiti aus einer großen, ebenfalls bemalten Kanne Tee eingoss.

Den Frauen fielen beim Anblick des hübschen Services fast die Augen aus dem Kopf. Auf dem Herweg hatte Mildred Wiggles noch gespottet, dass Ruth nicht einmal genügend halbe Kokosnussschalen für sie alle haben dürfte. Jetzt standen Teetassen von einer Qualität auf dem Tisch, wie keine von ihnen sie ihr Eigen nannte.

Auch Ruth wunderte sich und sah Vaimiti fragend an. Diese schien ihren Blick jedoch anders aufzufassen. »Gleich bringe ich den Kuchen, Madam!«

Mit den Worten verließ sie den Raum, während Ruth als Opfer widersprüchlicher Gefühle zurückblieb. Woher hatten Aipua, Mary und Vaimiti dieses Service, und wer hatte den Kuchen gebacken? Es gab weder in ihrem noch in Aipuas Haus einen Ofen, der dafür geeignet war.

Ihre Verwunderung wuchs, als Aipua und Vaimiti zwei unterschiedliche Kuchen auftischten, die, wie Ruth schon beim ersten Bissen merkte, ausgezeichnet schmeckten. Dies schienen auch ihre Besucherinnen zu empfinden, denn eine von ihnen stupste Mildred Wiggles an. »Dieser Kuchen ist ebenso gut wie der, den Sie uns immer auftischen lassen!«

»Nein, noch besser!«, erklärte Harriet Baker nicht gerade diplomatisch.

Mistress Wiggles fiel siedend heiß ein, dass die Kuchen, die ihre Gäste immer so sehr lobten, stets von Mary gebacken worden waren. Doch sie hatte die junge Frau am Vortag wegen einer zerbrochenen Teekanne aus dem Haus gewiesen, und das Mädchen war bis jetzt nicht zurückgekehrt. Dabei war sie auf sie angewiesen, denn ihre anderen Dienerinnen konnten zwar kochen, doch die Kunst des Backens beherrschte keine von ihnen. Mildred Wiggles ahnte nicht, dass Mary sich in Aipuas Haus aufhielt, um nicht gesehen zu werden.

Während ihre Begleiterinnen wacker zugriffen und sowohl den Tee, den Kuchen wie auch Ruths neues Haus lobten, wurde Mildred Wiggles von Ärger zerfressen. Sie hatte es so darstellen wollen, als wäre diese während ihres Aufenthalts auf der Kannibaleninsel selbst zu einer halben Wilden geworden. Stattdessen trank sie einen Tee, wie er besser auch nicht in England gereicht wurde, aß ausgezeichneten Kuchen und befand sich in einem Haus, das zwar auf einheimische Art errichtet worden war, aber sehr gediegen wirkte.

»Ist das Haus nicht ein bisschen zu groß für Sie und Ihren Sohn?«, fragte sie. »Ich glaube, es ist fast so groß wie das unsere.«

»Es ist größer! Und was für einen herrlichen Ausblick Sie von hier aus haben, Mistress Mensing. Verzeihen Sie mir, aber ich beneide Sie direkt um Ihr Heim.« Mistress Baker lächelte, denn ihre Worte waren Salz in den Wunden von Mildred Wiggles.

»Ich hoffe, wir dürfen Sie noch oft besuchen«, entfuhr es Abigail Baker, der es hier auf dem Hügel sehr gefiel.

»Es wäre mir eine Freude«, antwortete Ruth, obwohl sie genau das Gegenteil dachte. Vor allem trieb sie die Frage um, wo ihre Dienerinnen das schöne Teegeschirr aufgetrieben hatten und woher der Kuchen stammte. Er schmeckte so gut, dass sie sich ein weiteres Stück nahm.

Unterdessen kam Aipua mit Jan herein und steckte diesem kleine Stückchen Kuchen in den Mund. Beim Anblick des kleinen Jungen schmolzen die Herzen der Besucherinnen förmlich dahin.

»Was für ein liebes Kind!«, rief eine noch nicht lange auf Tahiti lebende Frau. Sie war ihrem Vetter gefolgt, der hier als Missionar tätig war, um ihn zu heiraten. Auch wenn die anderen Frauen sie in ihren Kreis aufgenommen hatten, fühlte sie sich noch ein wenig fremd. Ihrer Gastgeberin musste es ähnlich ergehen, auch wenn sie bereits länger in der Südsee lebte. Sie bewunderte Ruth auch wegen der Eleganz ihres Kleides und wünschte sich, ihr Ehemann würde ihr so viel Geld geben, dass sie sich ein wenig Seide für ein Kleid kaufen konnte.

Mildred Wiggles spürte, dass sie mit vollen Segeln auf eine Niederlage zusteuerte, und versuchte zu retten, was zu retten war. »Verzeihen Sie, wenn ich delikat werde, Mistress Mensing, doch wurde mir zugetragen, dass Sie hier auch ein Haus der Sünde einrichten wollen?«

»Sie sollten nicht alles glauben, was man Ihnen erzählt, Mistress Wiggles. Ich habe mich strikt geweigert, dies auch nur im Entferntesten in Erwägung zu ziehen. Aus diesem Grund hat Ihr Ehemann diese Angelegenheit in seine Obhut genommen.«

Dieser Stich saß. Mildred Wiggles wurde purpurrot und verschluckte sich an dem Tee. Zwar klopfte Harriet Baker ihr sofort auf den Rücken, dennoch dauerte es einige Minuten, bis sie wieder halbwegs Luft bekam, und sie sah danach so elend aus, dass Ruth ein schlechtes Gewissen bekam.

»Reverend Wiggles wird diese Angelegenheit selbstverständlich nicht in eigener Person erledigen, sondern jemanden suchen, der dafür geeignet ist«, setzte sie daher hinzu.

Das rettete nichts mehr, denn in den Augen der Frauen war der Reverend jetzt der Mann, der als Missionar Keuschheit und christlicher Tugend verpflichtet war und hier trotzdem ein Bordell einrichten wollte.

»Sie Ärmste!«, versuchte Harriet Baker, Mildred Wiggles zu trösten. Doch auch sie wirkte verunsichert. Landers' Spelunke hätte kein Mann aus der Missionarssiedlung je betreten. Wenn Ruth jetzt jedoch ein solides Gasthaus errichten ließ, würde dieses eine gewisse Anziehungskraft auf die schwachen Männer entwickeln, welche vom genossenen Rum moralisch zerrüttet auf dem Heimweg das Haus der Sünde aufsuchen konnten.

»Es hätte alles so bleiben sollen, wie es war«, murmelte Mildred Wiggles, und die meisten ihres Damenflors stimmten ihr zu.

Nachdem die Gruppe das Haus verlassen hatte, hätte Ruth nicht zu sagen vermocht, ob ihre Teestunde ein Erfolg gewesen war oder ob sie sich Mildred Wiggles endgültig zur Todfeindin gemacht hatte. Entschlossen klatschte sie in die Hände und sah zufrieden, dass Aipua, Mary und Vaimiti umgehend erschienen. Sie strahlten um die Wette.

»Haben wir das nicht gut gemacht?«, fragte Aipua.

»Ihr habt mich auf jeden Fall sehr überrascht. Von wem habt ihr die Tassen und die Kanne?«, wollte Ruth wissen.

»Die hat uns Lu Po geliehen. Er hat sie aus China mitgebracht, aber noch nie benutzt. Er sagt, Sie können sie behalten. Sie können ihm ja dafür neue Tassen aus China holen lassen«, erklärte Mary.

»Erst einmal muss das Schiff fertig werden und ich einen Kapitän dafür finden«, antwortete Ruth kopfschüttelnd und wies auf die wenigen Krümel, die von den Kuchen geblieben waren. »Und wo habt ihr die Kuchen her?«

»Die habe ich in der Küche der Schenke gebacken. Dort steht ein schöner, gemauerter Ofen. Landers' Vahine konnte nicht backen und hat ihn nur zum Kochen verwendet. Der Ofen ist viel besser als der von Mistress Wiggles. Wir sollten uns einen ähnlichen besorgen«, schlug Mary vor und zeigte damit deutlich, wie sehr sie sich Ruths Haushalt zugehörig fühlte.

Ruth musste lachen. »Bei Gott, ihr habt damit Mistress Wiggles eine Niederlage bereitet, an der sie noch lange zu knabbern haben wird.«

»Sie hätte nicht so hinterhältig sein dürfen, ohne Ankündigung zu kommen«, erwiderte Mary verächtlich. »Ich habe gehört, wie sie vor ihrer Tochter und Mistress Baker damit geprahlt hat, Sie mit diesem Besuch in größte Verlegenheit bringen zu wollen. Ist das christlich gedacht?«

»Es ist eher menschlich! Doch ich glaube, sie hat dafür bezahlt. Wir sollten daher auch in Zukunft freundlich zu ihr sein.« Ruth wollte keinen Streit mit den Frauen aus der Missionarssiedlung. Daher nahm sie sich vor, ihnen weiterhin höflich zu begegnen und sie gelegentlich zu sich einzuladen.

Erst einmal aber galt es, ihre Pläne weiterzuverfolgen. Dafür würde sie eine Menge Glück brauchen. Bei dem Gedanken erinnerte sie sich an James Hutton, den man Lucky Jim genannt hatte und der seinem Beinamen zum Spott nun doch ein nasses Grab in der Südsee gefunden hatte.

6.

James Edward Hutton war weitaus lebendiger, als Ruth, aber auch Captain Gervase Smyth und vor allem Ellinor und Zechariah Bartlett es ahnten. Im Augenblick befand er sich auf einer kleinen, kahlen Insel weit südlich von Tahiti und schöpfte Waltran aus dem Kessel, um ihn in ein Fass zu füllen. Es war eine harte Arbeit, bei der er auf der einen Seite von dem unter dem Kessel brennenden Feuer gebraten wurde, während er auf der vom Feuer abgewandten Seite durch den mörderisch kalten Wind schier zu Eis erstarrte.

Wenn er sich jedoch zu dick anzog, kam er ins Schwitzen, und das war bei dem scharfen Wind gefährlich. Einer der Matrosen der Newport hatte diesen Fehler begangen und hustete sich in seiner Hängematte nun die Seele aus dem Leib. Cravens Worten zufolge würde der Mann die Weiterfahrt des Schiffes nicht mehr erleben. Dabei war die Newport wegen der Verluste, die sie bei ihrem missglückten Überfall auf Hiva Oa erlitten hatte, bereits jetzt gefährlich unterbesetzt.

»Siehst du nicht, dass das Feuer herunterbrennt? Leg gefälligst ein paar Knochen nach!« Die harsche Stimme des Steuermanns riss James aus seinen Gedanken. Er stellte den Schöpfer ab und steckte mehrere Walknochen unter den Kessel. Die Knochen brannten nicht so gut wie Holz, doch wenn es auf dieser Insel einmal Sträucher oder sogar Bäume gegeben hatte, so waren diese längst abgeholzt worden. So mussten sie sich mit Walknochen behelfen. Der Speck der Tiere wurde ausgekocht und als Tran in Fässer gegossen, damit er in Lampen gefüllt Licht in dunkle Stuben brachte.

Zwei weitere Walfänger lagen in benachbarten Buchten und kochten dort ebenfalls ihren Walspeck aus. Inseln wie diese gab es laut Craven etliche. Überall war es kalt, eine Voraussetzung dafür, dass der Walspeck nicht zu rasch verdarb, und auf jeder brannten die Feuer aus Walknochen unter den Kesseln. Dabei beteten die Matrosen, die hier arbeiten mussten, zu Gott im Himmel, ihnen rasch den nächsten Wal zu bringen, damit sie diese felsige Einöde wieder verlassen und in die Heimat zurückkehren konnten.

Die einzige Abwechslung auf diesen Fahrten bestand darin, Tahiti oder eine der anderen bewohnten Inseln anzulaufen, um dort die Vorräte zu ergänzen. Wie Captain Wally dabei vorging, hatte James schon einmal miterleben müssen. Er verachtete den Mann mit einer Inbrunst, dass ihn nur die Selbstbeherrschung, die er sich im jahrelangen Dienst auf der Hesione angeeignet hatte, davon abhielt, ihm in die Parade zu fahren. Selbst Thoulder hatte es mittlerweile aufgegeben, sich gegen Wally zu stellen, doch besser war ihr Verhältnis nicht geworden. James befürchtete, dass der Steuermann noch vor Beendigung der Reise die Nerven verlieren und Wally herausfordern würde. Solange die meisten Matrosen zum Kapitän hielten, war dies ein aussichtsloses Unterfangen. Man würde Thoulder in den Kielraum sperren, so dass er von Glück sagen konnte, wenn er in Nantucket nicht wegen Meuterei an die nächste Rah gehängt wurde.

Seine Gedanken frei laufen zu lassen, war die einzige Möglichkeit, die stumpfsinnige Arbeit durchzuhalten. Daher schöpfte James weiter, bis das nächste Fass voll war, und schlug den Stopfen ein. Zwei Matrosen rollten das Fass zur Anlegestelle und hievten es auf das Deck der Newport. Von dort wurde es in den Laderaum geschafft. Diese Arbeiten erforderten zwar Kraft, doch konnte man zwischen den Fässern ein wenig verschnaufen, während James auch dann keine Pause machen konnte, wenn der Speck ausgekocht war, denn der Kessel musste sofort neu gefüllt werden.

»Langsam könnte dich einer ablösen!« Craven war herangekommen und sah zu, wie James schöpfte. »Bei Gott, auf den Walfangschiffen, auf denen ich früher war, hätte es so etwas nicht gegeben«, setzte er mürrisch hinzu. Der alte Harpunier haderte mit der Tatsache, dass die Matrosen den Streit zwischen dem Kapitän und dem Steuermann ausnützten, um sich vor der Arbeit zu drücken. Die beiden gesunden Harpuniere, die der Newport noch verblieben waren, saßen eine Meile weiter in der jämmerlichen Schenke, die ein Seemann hier eingerichtet hatte, und tranken nach Tran stinkenden Rum. Auch Wally hielt sich dort auf. Er hatte dem Wirt die beiden Weiber verkauft, die er bei seinem letzten Angriff auf ein Atoll gefangen hatte. Um aber selbst nicht auf sie verzichten zu müssen, hatte er sich während ihrer Liegezeit ausbedungen, ihnen jederzeit beiwohnen zu dürfen.

»Und so etwas will der Schwiegersohn eines christlichen Predigers sein«, sagte Craven kopfschüttelnd.

»Um was geht es?«, fragte James, ohne beim Transchöpfen innezuhalten.

»Um Captain Raphael Wally, genannt Rave!«, antwortete Craven. »Er müsste an Bord sein und diese faulen Kerle an die Arbeit treiben.«

»Meinst du mit faulen Kerlen etwa uns?«, fragte einer der Männer, die die Fässer an Bord brachten.

»Und wenn es so wäre? Ihr hättet Jim längst ablösen müssen!«

»Reiß das Maul nicht zu weit auf, sonst setzt es was, Alter«, drohte der Matrose. »Du magst einmal ein guter Harpunier gewesen sein, aber jetzt bist du nur noch ein nutzloser Krüppel, der nicht einmal seinen Löffel in der rechten Hand halten kann.« Er trat ein paar Schritte auf Craven zu und holte mit der Hand aus, um ihm einen Schlag zu verpassen. In selben Augenblick drehte James sich so, dass der Schöpfer mit dem heißen Tran gegen ihn stieß. Ein paar Tropfen spritzten hoch und trafen seine Wange und seine Hand.

»Kannst du nicht achtgeben, du Hundesohn?«, schrie er James an.

Dieser stellte den Schöpfer ab und ballte die Fäuste. »Bis jetzt hat mich noch keiner ungestraft Hundesohn genannt, und ich glaube nicht, dass es hier das erste Mal sein wird!«

Der Matrose starrte ihn an und begriff, dass er es bei ihm nicht mehr mit einem zwanzig Jahre älteren Mann mit verkrüppelter Hand zu tun hatte, sondern mit einem, der jünger war als er und der seine Gewandtheit bereits mehrfach bewiesen hatte. Andererseits nahm James in der Rangliste der Matrosen den untersten Platz ein, und so wollte er nicht vor ihm zurückstecken.

»Wenn du es nicht ertragen kannst, Hundesohn genannt zu werden, wärst du besser nicht auf die Newport gekommen«, sagte er wütend.

Augenblicke später traf ihn der Stiel des Schöpfers in den Kniekehlen, und er setzte sich mit Wucht auf den Hosenboden. Noch ehe er begriff, wie ihm geschehen war, goss James ihm heißen Tran auf den Schoß. Kreischend sprang er auf, wischte sich den Tran ab und starrte James an. Dieser schöpfte den nächsten Tran, goss ihn aber nicht durch das Spundloch des Fasses, sondern sah den Mann herausfordernd an.

»Willst du noch mehr davon, oder hast du genug?«

»Lass es gut sein! Gegen Jim kommst du nicht an. Der ist hart wie Granit, mein Freund, während es bei dir nur bis zum Sandstein gereicht hat«, sagte Craven.

Am liebsten hätte der Matrose beide verprügelt. Da erklang vom Schiff her erneut die Stimme des Steuermanns. »Gebt Ruhe, zum Teufel noch mal! Sonst lasse ich euch beide in den Kielraum sperren!«

»Dann kannst du den Tran selbst auskochen und eigenhändig in die Fässer schaufeln!«, rief Craven und brachte damit nicht nur James, sondern auch dessen Gegner zum Lachen.

»Verdammt! Sollen wir uns wirklich streiten?«, entfuhr es diesem.

»Ich streite nicht mit dir, sondern schöpfe nur Tran«, antwortete James und goss den Inhalt des Schöpfers nun doch in das Fass. Kurz überlegte er, ob er auf eine Entschuldigung bestehen sollte. Matrosen waren jedoch ein raues Volk, und wenn er da jedes Wort krummnahm, würde er sich täglich zehnmal prügeln müssen.

»Das Fass ist voll!«, rief er wenig später und schlug den Stopfen ein. Der Matrose winkte einen Kameraden herbei, und sie rollten das Fass gemeinsam zum Schiff.

Craven trat neben James. »Ich hätte nicht gedacht, dass Pete so schnell den Schwanz einzieht. Du hast aber auch eine Art an dir, dass jeder, der dich herausfordern will, Angst bekommt. Vorsehen solltest du dich trotzdem. Pete ist keiner, der so etwas so schnell vergisst!«

»Ich werde mich vorsehen«, versprach James und zog das nächste Fass heran. Als er dabei kurz auf das Meer hinausschaute, glaubte er, in der Ferne einen Wal zu sehen. Da es aber auch ein tief hängender Wolkenfetzen am Horizont sein konnte, arbeitete er weiter. Eines war für ihn längst ausgemacht: Er würde die Newport spätestens in einem südamerikanischen Hafen mit Craven zusammen verlassen und sich von dort aus auf eigene Faust durchschlagen. So, wie er Wally, dessen Mannschaft und den Zustand des Schiffes einschätzte, würden sie sehr viel Glück brauchen, um den Weg um Kap Hoorn herum zu schaffen.

7.

Irgendwann war auch diese Schinderei zu Ende. James füllte den letzten Tran in ein Fass und kennzeichnete es, damit man erkennen konnte, dass es noch nicht voll war. Zusammen mit einem älteren Matrosen wusch er den großen Kessel aus und brachte ihn in die Hütte, die vor Jahren für die Walfänger zu diesem Zweck errichtet worden war.

»Beim nächsten Mal werden wir einige Walgräten mitbringen müssen. Sonst gehen uns die Knochen zum Heizen des Kessels aus«, meinte der Matrose, schloss zu und wies in Richtung der kleinen Schenke. »Ich gehe schon mal los, um mir die Kehle zu befeuchten. Das Fass ist leicht genug, das kannst du allein an Bord schaffen!«

James zuckte mit den Schultern und packte das Fass, um es zum Anlegesteg zu rollen. Dieser war primitiv aus Steinen und alten Brettern errichtet, doch er reichte aus, damit der Walspeck aus- und der abgekochte Tran wieder eingeladen werden konnte.

Craven half ihm, das Fass an Bord zu bringen und in den Laderaum hinabzulassen. Als sie es dort festbanden, schüttelte der alte Mann enttäuscht den Kopf. »Viele Fässer hat der Jungwal nicht gebracht. Wir werden einen sehr großen Wal fangen müssen, wenn wir das Schiff vollkriegen wollen. Sonst geht die Jagd endlos weiter.«

»Dann hoffen wir, dass wir auf einen großen Wal treffen«, antwortete James, der so rasch wie möglich von diesem Schiff herunterkommen wollte.

Seine Aussichten, sich gegen Zechariah Bartlett durchzusetzen und den Titel eines Earls of Huttonsfield zu erringen, waren allerdings so gering, dass er den Gedanken an eine Rückkehr nach England mittlerweile verworfen hatte. Doch wenn er weiterhin als Seemann die Meere befahren wollte, wollte er es auf einem besseren Schiff tun als auf der Newport.

»Lass uns auch in die Schenke gehen und einen Schluck trinken«, schlug Craven vor.

»Ohne Geld wird der Wirt kaum etwas rausrücken.« James war ohne einen Cent auf die Newport gekommen und erhielt auf dieser keinen Lohn. Laut Wally sollte er ein Zweitausendstel des Erlöses ihrer Ladung bekommen. Kam diese auf zwanzigtausend Dollar, so stand ihm die unglaubliche Summe von zehn Dollar zu. Für diesen Hungerlohn würde er gewiss nicht bis Nantucket auf dem Schiff bleiben. Ebenso wenig wollte er Schulden machen und schlug daher Cravens Angebot, ihn einzuladen, zunächst aus.

»Höre mir gut zu, mein Junge. Wenn ich dich einlade, hast du zu kommen!«, erklärte der alte Harpunier streng. »Außerdem bist du der Einzige an Bord, der es wert ist, von mir einen Drink bezahlt zu bekommen. Also hab dich nicht wie eine alte Jungfer, die auch als solche in die Grube fahren will!«

James musste lachen. »Also gut, du alter Quälgeist! Du darfst mir einen Becher spendieren, aber nur einen, hast du gehört?«

»Laut und deutlich!«, antwortete Craven, doch sein Grinsen bewies, dass er James' Worte nicht ernst nahm.

Sie hatten eine Meile über Stock und Stein zu gehen. Die Schenke war primitiv aus ein wenig Holz, Steinen und etlichen Walrippen erbaut worden und gerade so groß, dass die Besatzungen zweier Schiffe wie Heringe in einem Fass zusammensaßen.

Craven und James fanden an der hinteren Wand zwei freie Plätze. Daher musste der Wirt die Becher von anderen Gästen zu ihnen durchreichen lassen und wurde fuchsteufelswild, als einer der Männer einen Schluck davon trank.

»Lass das, oder du zahlst die Hälfte!«, schalt er den Mann.

James fragte sich, wie der Wirt darauf gekommen war, sich buchstäblich hier am Ende der Welt anzusiedeln und Schnaps auszuschenken. Von Craven erfuhr er, dass er nur während der Fangsaison hier weilte. Den südlichen Winter verbrachte er unter Palmen auf einer der Inseln, die zu Tahiti gehörten.

»Das wäre ein Leben für mich! Allerdings kann ich keinen Schnaps brennen«, setzte Craven entsagungsvoll hinzu.

»Für mich wäre es kein Leben. Und Schnaps kann ich auch nicht brennen«, antwortete James lachend.

»Du würdest es schon lernen.« Craven prostete ihm grinsend zu.

Nach kurzer Zeit wurde die Tür geöffnet, und der Kapitän eines anderen Walfängers kam herein. Als er Wally sah, spuckte er ihm verächtlich vor die Füße.

»He, was soll das?«

»Ich zeige damit nur, dass du für mich ein Lump bist«, antwortete der andere mit eisiger Miene.

Wally wollte aufspringen, saß jedoch so eingeklemmt, dass er nicht auf Anhieb hochkam. Bevor er auf den Ankömmling losgehen konnte, trat der Wirt dazwischen, in der Hand eine Pistole mit trichterförmigem Lauf.

»In meinem Gasthaus herrscht Frieden! Habt ihr verstanden?«

Wally sah die Mündung der seltsamen Waffe auf sich gerichtet und setzte sich wieder. Der Lauf der Schrotpistole wanderte nun auf den anderen Kapitän zu. Mit einem ärgerlichen Grummeln nahm dieser ein ganzes Stück von Wally entfernt Platz.

»Auch wenn du hier deine Ruhe haben willst, werde ich meine Meinung über Wally nicht ändern. Er ist ein Lump«, erklärte er, noch bevor er seinen Becher erhielt.

»Soll ich mir das gefallen lassen?«, schrie Wally den Wirt an.

»Ihr könnt es austragen, wo ihr wollt, aber nicht hier!«, antwortete dieser kalt und schwenkte seine Pistole. Dann sah er den anderen Kapitän an. »Welche Laus ist dir über die Leber gelaufen, dass du Captain Wally beschimpfst? Ihr seid schließlich Landsleute!«

»Er ist trotzdem ein Lumpenhund! Anstatt seine Vorräte von den Eingeborenen zu kaufen oder einzutauschen, überfällt er Inseln und raubt sie aus. Damit bringt er die Wilden auf den Inseln gegen uns auf. Als wir letztens Frischwasser auf einer Insel holen wollten, auf der wir noch nie Probleme gehabt hatten, sind die Bewohner plötzlich mit Speeren auf uns losgegangen. Einen meiner Männer hat es erwischt! Und das nur, weil dieser Schurke eine Nachbarinsel überfallen hat.«

Auch James hielt die Art, mit der Wally seine Vorräte auffüllte, für ein Verbrechen. Daher überlegte er, diesen Kapitän zu fragen, ob er ihn brauchen konnte. Die Verachtung aber, die Wallys Männern und damit auch ihm von der Besatzung des anderen Schiffes entgegenschlug, ließ ihn davon Abstand nehmen.

8.

Zwei Tage später lief die Newport auf Westkurs, und die Besatzung hielt verzweifelt Ausschau nach dem Wal, dessen Tran die letzten leeren Fässer füllen sollte. Anders als auf der Insel herrschte nun bessere Disziplin. Das Jagdfieber hatte die Männer erfasst, und auch James hoffte, sie würden bald auf einen Wal treffen. War der Laderaum der Newport voll, würde das Schiff Richtung Südamerika segeln und Wally dort noch einmal Frischwasser und Vorräte an Bord nehmen. Das wäre für ihn die Gelegenheit, der Newport Ade zu sagen. Auch wenn er kein Geld hatte, würde er sich schon irgendwie durchschlagen. Immerhin, so dachte er mit bitterer Selbstverspottung, war er Lucky Jim.

Im Augenblick aber hockte er oben im Krähennest und hielt nach Walen Ausschau. Ein-, zweimal glaubte er, in der Ferne einen wahrzunehmen. Sie waren jedoch zu weit entfernt, um die Boote zu Wasser lassen zu können.

»He, du da! Schlaf ja nicht ein«, hörte er Thoulder von unten heraufbrüllen.

Es erinnerte James an seine letzten Augenblicke auf der Hesione. Captain Smyth hatte den Matrosen Stanley wegen seines Fluchtversuchs auspeitschen lassen und ihn dann als zusätzliche Strafe die nächsten Nächte über in den Ausguck befohlen. Um nachzusehen, ob Stanley auf Wache eingeschlafen war, hatte er den Matrosen der Deckwache auf den Mast schicken müssen. Damit war der Weg für Smyth und dessen Neffen Simmons frei geworden, ihn hinterrücks niederzuschlagen und über Bord zu werfen. Für ihn würde es eine schwärende Wunde bleiben, falls Smyth, Simmons und ihr Anstifter Zechariah Bartlett unbehelligt davonkämen. Nun aber antwortete er Thoulder, dass er wach sei und es sofort melden würde, wenn ein Wal sich sehen ließ.

»Das will ich dir auch geraten haben! Je eher wir dieses verfluchte Meer verlassen, umso besser ist es«, rief der Steuermann zurück.

Im nächsten Moment sah James erneut einen Wal, und zwar sehr viel näher. Als das riesige Tier die verbrauchte Atemluft und Wasser wie eine Fontäne ausstieß, wies er in die Richtung. »Wal! Da bläst er!«

Sogleich wurde es auf dem Deck lebendig: Befehle gellten, Harpunen wurden geholt und das erste Boot ausgeschwenkt. Dessen Mannschaft bestand aus Wally und den kräftigsten Matrosen. Kurz darauf schwamm das zweite und danach das dritte Walboot neben der Newport.

Cravens Forderung, auch das vierte Boot zu benützen, wurde von Wally harsch zurückgewiesen. »Bis ihr Krüppel hinter uns herkommt, haben wir den Wal längst erwischt!« Wally befahl seinem Bootssteuerer, auf den Wal zuzuhalten.

Craven stieß ein paar Flüche aus, musste aber ebenso wie James an Bord bleiben.

»Was ist? Siehst du den Wal noch?«, rief er zu James hoch.

James beschattete die Augen mit der Hand, damit ihn die tief stehende Sonne nicht blendete, und sah den Wal langsam auf das Schiff zukommen. Damit verkürzte er die Strecke, die Wally und dessen Boote brauchten, um in Wurfdistanz für ihre Harpunen zu gelangen.

»Ich sehe ihn noch«, antwortete er Craven. »Er ist nicht mehr weit von den Booten entfernt. Halt, jetzt taucht er!« Vor einem Augenblick hatte er das Tier noch gesehen, doch nun war die See bis auf die Newport und ihre drei Boote leer.

»Melde sofort, wenn er wieder auftaucht!«, forderte Wally ihn mit lauter Stimme auf.

James biss die Zähne zusammen und ließ seinen Blick schweifen. Wie lange konnte ein Wal unter Wasser bleiben?, fragte er sich, und wie weit konnte dieser tauchen?

Die Sache wurde zu einem Geduldsspiel. Die drei Boote hatten sich etwas verteilt, um ein größeres Gebiet unter Beobachtung halten zu können. Craven und die an Bord verbliebenen Männer hingen an der Reling und starrten so gebannt aufs Meer, als wollten sie den Wal an die Wasseroberfläche zaubern, während James von einer Seite zur anderen schaute, um das Auftauchen des Tieres keinesfalls zu verpassen.

Plötzlich glaubte er, in der Nähe des dritten Walboots einen Schatten im Wasser zu sehen. Bevor er auch nur einen Warnruf ausstoßen konnte, schoss der Wal hoch, stemmte sich fast ganz aus dem Wasser und fiel genau auf das Boot. Augenblicke später war er wieder in den Tiefen der See verschwunden.

»Bei Gott, was war das?«, rief James.

»Es muss die Mutter des kleinen Wals sein! Sie ist uns gefolgt und will ihr Junges rächen. Bei Gott, hoffentlich kommen Wally und die anderen rasch genug zum Schiff zurück, bevor sie auch noch deren Boote angreift.« Craven wurde leichenblass und schrie zu den Booten hinaus, sie sollten die Jagd aufgeben und zurückkehren.

Dazu aber war Wally nicht bereit. »Mr Thoulder!«, rief er seinem Steuermann zu. »Rudern Sie zu den Resten des anderen Bootes und sehen Sie nach, wer von den Männern noch lebt. Geben Sie aber auf den Wal acht. Der soll nicht denken, dass er uns ein zweites Mal überraschen kann.«

»Wir sind verflucht!«, schrie Thoulder wie von Sinnen. »Er wird uns alle holen. Wir werden …«

Der förmlich aus dem Meer herauswachsende Wal beendete seine Worte jäh. Das Tier rammte das Boot, warf es um und schnappte nach den im Wasser schwimmenden Männern.

James sah mit Grauen zu, wie das verzweifelte Schreien der Männer nacheinander verstummte. Während von den Walfängern nur noch ein paar kleine, rote Flecken auf dem Wasser zeugten, schwamm das Boot kieloben daneben.

Mittlerweile hatte auch Wally begriffen, wie gefährlich seine Lage war, und er rief seinen Männern zu, so schnell zu rudern, wie es nur ging. Eine gewisse Zeit sah es so aus, als würde der Wal ihm folgen. Dann aber schoss dieser an dem Boot vorbei und raste auf die Newport zu. Im ersten Schreck wollte James das Krähennest verlassen und nach unten klettern, begriff aber, dass er nicht einmal den halben Weg schaffen würde. Entsetzt kauerte er sich in den Mastkorb und klammerte sich mit beiden Händen fest.

Augenblicke später rammte der Wal das Schiff mit aller Wucht. James hörte Planken krachen, und der Mast schwankte wie ein Schilfrohr im Sturm. Hätte er gestanden, wäre er unweigerlich hinausgeschleudert worden. So aber konnte er sich festhalten und betete, noch immer Lucky Jim zu sein, der selbst dem Teufel von der Bratpfanne zu springen vermochte.

Als das Schwanken des Mastes aufhörte, richtete James sich vorsichtig auf und schaute nach unten. An der Stelle, an der Craven und die anderen Versehrten gestanden hatten, war die Bordwand eingedrückt, und er sah nur noch einen einzigen, in Stücke gebissenen Körper dort liegen. Im nächsten Moment hörte er das Gurgeln, mit dem Wasser in den Rumpf der Newport strömte, und sah, wie der Mast sich langsam neigte und das Meer immer näher kam.

Da das Schiff so schnell sank, musste das Leck riesig sein. Ich muss springen, sonst zieht mich die Newport mit in die Tiefe, durchfuhr es James. Mit einem gepressten Laut stellte er sich auf den Rand des Mastkorbs und hechtete ins Wasser. Der Aufschlag war hart, doch er blieb bei Bewusstsein und schwamm vom Schiff weg.

Ein grauer Schatten tauchte an seiner Seite auf, und er glaubte schon, es wäre aus mit Lucky Jim. Der Wal schoss jedoch an ihm vorbei auf Wallys Boot zu. Für einen kurzen Moment sah James eine einzelne Harpune aus dem Leib des Wals ragen. Die Harpuniere der beiden versenkten Boote waren nicht dazu gekommen, die ihren zu werfen, und Wally hielt die seine noch in der Hand.

»Es muss Craven gewesen sein«, stieß er hervor. Dieser hatte seine Harpune geholt, war aber von Wally nicht mitgenommen worden. Wie es aussah, hatte der alte Mann den Wal in dem Augenblick getroffen, in dem dieser die Newport gerammt hatte.

Unterdessen hatte Rave Wally fassungslos mit ansehen müssen, wie der Wal sein Schiff auf den Grund des Meeres geschickt hatte. Die Harpune wurfbereit, wartete er nun darauf, bis der Wal nahe genug herangekommen war, und warf. Er traf, doch der Wal wälzte sich herum und hämmerte seine Schwanzflosse gegen das Boot. Es zerbrach, und die gesamte Bootsmannschaft versank schreiend im Meer. Alle erwarteten, dass der zornige Wal sie ebenso töten würde wie ihre Kameraden.

Doch es schien, als habe das Tier damit seine Kraft verbraucht, denn es schwamm langsam davon. Wally sah noch die beiden Harpunen aus seinem Leib ragen, dann verschwand der Wal in der Ferne.

Unterdessen hatte James das umgekippte, sonst aber intakte Boot erreicht. Als er sich hinaufzog, sah er nicht weit entfernt Wally und dessen Mannschaft, die sich an die Trümmer ihres Bootes klammerten, und winkte ihnen zu.

»Kommt hierher! Vielleicht können wir dieses Boot gemeinsam aufrichten!«

Wally war am schnellsten bei ihm. Als er sich an dem Boot festkrallte, sah er James verzweifelt an. »Wie willst du das Boot umdrehen? Das schaffen wir niemals!«

»Wenn wir es nicht versuchen, können wir es ja nicht schaffen«, antwortete James.

»Versuchen sollten wir es!«, meinte Wallys Bootssteuerer, der als Nächster herankam.

»Wir sollten auf die anderen Männer warten. Je mehr wir sind, umso leichter wird es uns fallen, das Boot zu drehen.«

In Wallys Boot waren acht Ruderer gewesen, der Mann an der Steuerpinne und er. Sie fanden noch drei von ihnen. Die restlichen hatte das Meer verschlungen.

»Verfluchter Wal! Der Teufel soll dich holen«, schrie Wally außer sich vor Wut.

Die anderen hingegen waren still, während James nach weiteren Überlebenden der Newport Ausschau hielt. Noch immer hoffte er, Craven könnte überlebt haben. Doch auch auf seine Rufe hin blieb das Meer um sie herum stumm.

»Wie soll das mit dem Boot jetzt gehen? Wir haben keine Möglichkeit, es so weit hochzustemmen, dass es umschlägt«, fragte einer der Männer.

»Ich will es auch nicht hochstemmen, sondern im Gegenteil herabziehen. Es wird sich zwar zu einem großen Teil mit Wasser füllen, doch das können wir lenzen«, erklärte James.

»Wir hätten nur unsere Hände dafür. Bei Gott, was für ein irrsinniger Vorschlag!«, rief Wally.

Gewohnt, ihrem Kapitän zu gehorchen, taten auch die vier anderen nichts. James' Hoffnung war es gewesen, mit dem Boot bis zu der Insel zurückzurudern, auf der sie ihren Tran ausgekocht hatten. Von den endlosen Rückschlägen der letzten zwei Jahre zermürbt, hatten die Männer sich jedoch aufgegeben. Selbst Wally sagte mürrisch, dass es nun wohl zu Ende ging.

»Warum sollen wir uns da noch zum Narren machen?«, meinte er mit einem spöttischen Seitenblick auf James.

»Thoulder hatte recht! Wir sind verflucht, und nun ist es so weit, für alle Sünden zu bezahlen, die wir in unserem Leben begangen haben«, sagte ein anderer und begann zu beten.

Zwei weitere fielen darin ein, während James verzweifelt den Kopf schüttelte. Noch waren sie am Leben und hätten eine gewisse Chance gehabt. Bei solchen Schiffskameraden konnte jedoch selbst Lucky Jim nichts mehr ausrichten.

9.

Als James am Morgen aus seinem unruhigen Schlaf erwachte, waren sie nur noch zu fünft auf dem umgeschlagenen Boot. Einer der Männer war in der Nacht verschwunden. Aus Angst, sonst qualvoll verschmachten zu müssen, hatte der Matrose den nassen Tod vorgezogen.

James hatte immer bis zum letzten Augenblick durchgehalten, und das wollte er auch jetzt tun. Er richtete den Oberkörper auf und sah sich um. Die See schien im ersten Moment leer zu sein. Dann aber entdeckte er einen Schatten am Horizont, der sich im Lauf der nächsten Minuten als fernes Schiff entpuppte.

»Aufwachen!«, rief James. »Ich sehe ein Schiff!«

»Ein Schiff? Wo?«, fragte Wally und sah zunächst in die falsche Richtung.

»Dort! Wir müssen uns an das Boot hängen und damit auf das Schiff zuschwimmen. Wenn wir Glück haben, sehen sie uns!«

Am Vortag hatten sie sich geweigert, auf seinen Vorschlag einzugehen. Angesichts einer möglichen Rettung waren nun alle bereit, mitzuhelfen. Als sie sich zu fünft an das Boot klammerten und verzweifelt auf das fremde Schiff zustrebten, ärgerte James sich doch. Wären sie auf seinen Vorschlag eingegangen und hätten das Boot umgedreht, hätten sie zu dem Schiff rudern können und wären auch eher entdeckt worden. So aber brannte ihnen die Zeit unter den Fingernägeln, und sie konnten nur hoffen, dass irgendjemand auf dem Schiff das umgeschlagene Walboot bemerkte.

Sie hatten Glück, denn es war ein Walfänger, der eben Beute gemacht hatte und nun dabei war, einen großen Wal am Schiff zu befestigen. Sie kamen daher nahe genug, so dass Rave Wally auf den Rumpf des umgeschlagenen Bootes steigen und winken konnte. Wenig später wurde ein Boot ausgesetzt und kam auf sie zu.

»Wen haben wir denn da?«, rief einer der fremden Matrosen. »Wenn das nicht der famose Captain Wally ist, der Freund und Wohltäter aller Eingeborenen, dann soll mich doch gleich ein Haifisch fressen!«

Der Spott in der Stimme des Mannes war unverkennbar, und James begriff, dass die Männer zu dem Schiff gehörten, mit dessen Kapitän Wally erst vor wenigen Tagen auf der Traninsel aneinandergeraten war.

Wally fluchte, stieg aber, als das Boot herankam, als Erster über. James folgte ihm als Letzter und dachte sich, dass der Mann, der in der Nacht den Tod gesucht hatte, ein Narr gewesen war. Für ihn war es eine Warnung, die Hoffnung niemals zu früh aufzugeben. Auch wenn es noch so unwahrscheinlich erscheinen mochte, so konnte immer noch Rettung kommen.

Ihr Boot wurde in Schlepp genommen, und dann ging es zum Schiff. Dort stiegen sie die Jakobsleiter hoch und waren erst einmal dankbar um den Becher Trinkwasser, der jedem von ihnen gereicht wurde. Währenddessen wurden die Boote an Deck gehievt. Bei ihrem, das kieloben schwamm, mussten die Männer sich anstrengen, doch schließlich lag es neben den anderen.

Wally trank seinen Becher leer und schrie dann wutentbrannt auf, als er sich den gefangenen Wal näher ansah. »Das ist unser Wal! Wir haben ihn erlegt, und nicht ihr verfluchten New-Bedford-Ratten! Am Schaft der Harpune dort ist mein Zeichen eingeschnitten und in dem der anderen dort das meines ersten Harpuniers Craven. Ihr werdet uns gefälligst das Geld für seinen Tran geben!«

»Der gute Rave Wally – höflich wie immer!«, sagte der Kapitän des Schiffes und trat mit einer Mischung aus Verachtung und Spott auf die Geretteten zu. »Die Ratten seid eher ihr, da ihr euer sinkendes Schiff verlassen habt. Was für ein Pech aber auch, dass euer Kahn ausgerechnet in meiner Nähe abgesoffen ist. Hätte ich gewusst, dass ihr es seid, hätte ich es mir zwei Mal überlegt, ob ich ein Boot aussetzen soll.«

Der Mann schien Wally am liebsten wieder ins Meer werfen zu wollen. Und James konnte ihn verstehen. Er hatte einen seiner Männer verloren, weil Insulaner, die früher friedlich gewesen waren, nach Wallys Überfall auf eines ihrer Dörfer jeden Weißen als Feind angesehen hatten.

Einer der Geretteten von der Newport trat auf den Kapitän zu und sah ihn mit kläglicher Miene an. »Wenn Sie mich brauchen können, Sir. Ich würde gerne auf Ihrem Schiff bleiben!«

Der Kapitän spie über die Reling ins Wasser, bevor er antwortete: »Ich will keinen von Wallys Männern auf meinem guten Schiff sehen. Auch werdet ihr nicht lange darauf bleiben. Sobald der Wal fest vertäut ist, segeln wir zum Stützpunkt zurück, um seinen Tran auszukochen. Dort könnt ihr zusehen, wo ihr bleibt. Vielleicht findet ihr einen Narren, der euch mitnimmt.«

»Das können Sie nicht tun!«, rief einer der Newport-Matrosen entsetzt. »Die Fangsaison ist bald vorbei, und die meisten Schiffe sind bereits auf dem Heimweg oder haben sich einen Hafen zum Überwintern gesucht.«

»Die Maid of New Bedford liegt noch bei der Insel. Vielleicht kommt ihr auf der unter! Ich nehme jedenfalls keinen von euch auch nur eine einzige Meile weiter mit als bis zu der Insel. Das bin ich meinem toten Matrosen schuldig. Er war mein Neffe, und es wird mir schwerfallen, meiner Schwester von seinem Tod zu berichten.« Für einen Augenblick war Verzweiflung auf dem Gesicht des Kapitäns zu erkennen. Dann wurde seine Miene wieder hart, und er befahl seinen Männern, rasch zu arbeiten. »Je schneller wir wieder bei unserem Stützpunkt sind, desto eher sind wir diese stinkenden Newport-Ratten los!«, setzte er hasserfüllt hinzu.

James hatte ihn ebenfalls fragen wollen, ob er auf dem Schiff bleiben könnte. Da jedoch der andere Matrose so harsch abgefertigt worden war, ließ er es sein. Ich will auch nicht länger auf einem Walfänger bleiben, dachte er. Es gab in der Südsee noch andere Schiffe, und Matrosen wurden immer gebraucht.

10.

Auf Tahiti gingen die Arbeiten sowohl an Ruths Schiff wie auch an ihrem Gasthaus voran. Ruth hatte den Handwerkern versprochen, sie später zu bezahlen, sorgte aber dafür, dass sie in den Pausen etwas zu essen bekamen. Auch die Männer, die sie mit Bauholz und dergleichen versorgten, hatte sie auf später vertröstet. In Hamburg wäre sie damit auf ganzer Linie gescheitert, denn dort hätten die Menschen das Geld für ihren Lebensunterhalt benötigt. Hier auf Tahiti halfen immer noch die Verwandten aus. Auch gab es Tage, an denen nur wenig gearbeitet wurde, da die Männer andere Tätigkeiten verrichteten. Wiggles und andere Europäer wären darüber verzweifelt. Ruth aber hatte die Bewohner von Hiva Oa erlebt und wusste, dass der Zeit hier weniger Wert beigemessen wurde als in ihrer Heimat.

Reverend Wiggles nannte die Einheimischen unzuverlässig, das aber waren sie Ruths Erfahrungen zufolge nicht. Daher lobte sie die Männer, die das Schiff bauten, ebenso wie jene, die die Balken des Gasthofs zimmerten. Im Dorf wurden bereits die Matten für dessen Wände gewebt. Obwohl Ruth die Frauen nicht bezahlen konnte, arbeiteten diese fröhlich und sangen ihre Lieder.

Auch an diesem Tag schien alles zu Ruths Zufriedenheit vonstattenzugehen, bis sie Reverend Wiggles zum Bauplatz des Gasthauses kommen sah. Er musterte das Gerüst und schüttelte den Kopf. »Das sieht ja aus wie eine zu groß geratene Eingeborenenhütte! Dabei dachte ich, Sie würden den Matrosen ein Gebäude hinstellen, das sie an ihre Heimat erinnert«, sagte er naserümpfend.

»Ich lasse das Gasthaus so errichten, wie es für die Handwerker am leichtesten ist. Hätte ich einen anderen Stil gewählt, wären sie es nicht gewohnt, und sie kämen nicht so gut voran. Außerdem«, setzte sie mit einem mahnenden Blick hinzu, »würde es um einiges teurer kommen.«

Dieser Hinweis war die beste Waffe, über die Ruth verfügte. Da die Handelsstation Gewinn bringen sollte, endete Wiggles' Kritik meistens nach ihrem Hinweis auf die Kosten, die seine Vorschläge nach sich ziehen würden.

»Es geht wohl nicht anders!«, sagte er missmutig. »Bedauerlicherweise gibt es auf der Insel keine Manufaktur, die Ziegelsteine herstellen kann. Diese aus England kommen zu lassen, wäre zu teuer, selbst dann, wenn sie als Ballast geladen würden.«

»So sehe ich es auch!«, stimmte Ruth ihm zu. »Daher halte ich es für besser, die Handwerker nach ihrer Tradition arbeiten zu lassen, da dies schneller geht und die Kosten im Rahmen bleiben.«

»Bei dem Schiff haben Sie sich aber nicht an die Tradition dieser Wilden gehalten«, wandte Wiggles ein. »Diese besaßen früher große Kanus mit zwei Rümpfen und einer Plattform dazwischen. Sie haben bei Ihrer ersten Ankunft auf Tahiti doch selbst eines gesehen.«

»Das stimmt! Aber Sie haben mehrere Schiffe im europäischen Stil erbauen lassen. Ich konnte daher auf die Bootsbauer zurückgreifen, die bereits für Sie gearbeitet haben. Mein Schiff wird nur ein wenig größer als die Ihren«, antwortete Ruth lächelnd.

»Ein wenig!« Wiggles schnaubte, denn die Hiva Oa würde doppelt so lang sein wie das größte Schiff der Mission. Auch hatte er mittlerweile begriffen, dass seine Missionsgesellschaft damit das Monopol des Transports zwischen den Inseln verlieren würde. Die Kanus der Eingeborenen waren keine Konkurrenz, denn sie konnten nur wenig Fracht tragen, und die großen Doppelrumpfboote wurden nicht mehr gebaut. Stattdessen planten die Berater der Königin, eigene Schiffe nach europäischem Vorbild auf Kiel legen zu lassen, darunter sogar mehrere kleine Kriegsschiffe. Einer von Königin Aimatas Verwandten hatte bereits Walfängern Kanonen abgekauft. Der Grund dafür war offensichtlich: Das Königreich Tahiti wollte seine Grenzen ausdehnen und Inseln erobern, die weiter entfernt lagen als jene, die es bereits beherrschte.

Auch Ruth wusste dies. Sie hatte vor Kurzem erfahren, dass ihr die Materialien zum Bau der Hiva Oa nicht zuletzt aus diesem Grund relativ billig und auf Kredit geliefert worden waren, damit die einheimischen Schiffsbauer lernten, wie an größeren Schiffen gearbeitet wurde.

VIERTER TEIL

NEUE WEGE

1.

Aipuas mahnendes Räuspern ließ Ruth aufschauen. Ihre Vertraute hielt Jan zunächst bei den Händen, ließ ihn dann aber los. Stramm stapfte er auf seine Mutter zu. Dabei strahlte sein Gesicht voller Freude, weil er ihr das neu Erlernte zeigen konnte.

»Mein Kleiner, du kannst schon so gut marschieren!«, rief Ruth und klatschte begeistert in die Hände.

»Wir haben das ein paarmal geprobt«, berichtete Aipua stolz.

»Das ist aber schön!«, lobte Ruth die beiden.

Seit Mary, die sich nun nach ihrem tahitianischen Namen Maire nannte, bei ihr war, kümmerte Aipua sich in erster Linie um Jan. Diesem tat die Fürsorge gut, und er lernte rasch. Auch begann er bereits zu sprechen. Allerdings war sie für ihn nicht die Mama, sondern die Me'uvahi, wie er den hiesigen Begriff »Metua Vahine« aussprach.

Ich sollte Jan mehr zu mir nehmen, damit er auch Deutsch lernt, sagte sie sich. Andererseits betreute Aipua ihn gut, und sie selbst hatte nicht viel Zeit für ihr Kind. Mit einem stillen Seufzer nahm sie den Kleinen auf die Arme und herzte ihn. »Du bist alles, was ich noch habe«, sagte sie leise.

Der Schmerz über Hinrichs Tod war in den vier Monaten, die sie bereits auf Tahiti weilte, ein wenig geringer geworden. Und doch wurden ihr die Augen feucht, wenn sie an ihn dachte und an seine Träume, der Prophet der Südsee zu werden. Stattdessen hatte ihr Mann auf Hiva Oa den Tod gefunden, und sie war mit weniger als zweiundzwanzig Jahren Witwe geworden.

Bei dem Gedanken rief sie sich zur Ordnung. Hinrich war tot, daran konnte sie nichts ändern. Er hatte ihr jedoch mit Jan ein heiliges Vermächtnis hinterlassen, dessen sie sich würdig erweisen musste. Noch war ihr Sohn zu klein, als dass sie bereits seine Zukunft planen konnte. Doch wenn er alt genug für die Reise war, würde sie mit ihm nach Hamburg zurückkehren. Dort musste sich dann zeigen, ob er in die Fußstapfen seines Vaters treten und Pastor werden wollte oder ob es ihn zur Seefahrt zog, die vielen Generationen seiner Vorväter ihr Auskommen beschert hatte.

Unterdessen zauberte Aipua mehrere Bananen aus einer Tasche und schälte sie. Sofort streckte der Junge die Hände danach aus. Wenn man ihm eine Banane in die Hand drückte, zerquetschte er sie meistens, und sie mussten ihm danach Hände und Gesicht säubern.

Daher nahm Ruth eine der Bananen und hielt sie ihm hin. »Mach jetzt brav den Mund auf, mein Kleiner«, bat sie.

Jan tat es und gluckste zufrieden, als der erste Bissen gegessen war.

»Es sind Augenblicke wie diese, in denen man merkt, dass das Leben uns auch schöne Augenblicke schenkt«, sagte Ruth zu Aipua.

»Das ist wahr! Du musst die Augenblicke aber auch erkennen.« In Aipuas Stimme schwang ein leichter Tadel mit, weil Ruth aus ihrer Sicht wegen der vielen Pläne, die sie umzusetzen begonnen hatte, ganz vergaß, dass sie noch jung war und es schönere Dinge gab, als in Rechnungsbüchern zu blättern oder sich Gedanken über Schiffe zu machen, die irgendwann einmal gebaut werden sollten.

»Ianoa und ich gehen schwimmen. Kommst du mit?«

Ruth wollte zuerst verneinen, sah dann ihre Vertraute an und seufzte. »Also gut! Aber ob ich schwimmen will, weiß ich nicht.«

Ruth war klar, dass Mistress Wiggles und die anderen Bewohner der Missionarssiedlung eine weiße Frau, die im Meer schwamm, für äußerst exzentrisch hielten. In der Hinsicht war es auf Hiva Oa schöner gewesen. Als Hinrich erst einmal davon überzeugt worden war, seine Einwilligung zu geben, hatte sie mit Noha'aia und Noelani eine kleine Bucht aufsuchen und dort ins Wasser gehen können. Hier war das nur auf der dem Dorf abgewandten Seite des Hügels möglich, da man sie dort nicht beobachten konnte. Doch auch so ahnten die Europäer, dass sie im Meer badete, und wetzten die Mäuler.

Dabei war nach Ruths Erfahrungen ein Bad im Meerwasser sogar gesund. Das konnte sie auch an Jan sehen, den Aipua jeden Tag mit ans Ufer nahm und der mit wahrer Begeisterung im Wasser planschte. Obwohl er noch keine zwei Jahre alt war, konnte er sogar schon schwimmen und weinte auch nicht, wenn ihm Salzwasser in die Augen geriet. Bei den Kindern der anderen Europäer wäre dies unmöglich gewesen. Mädchen stiegen grundsätzlich nie ins Meerwasser, und den Knaben wurde es erst gelehrt, wenn sie bereits Lesen und Schreiben beherrschten. Dabei stellten sie sich weitaus dümmer an, als Jan es je getan hatte.

Mit dem Gefühl, das Beste für ihren Sohn zu wollen, ließ Ruth sich von Vaimiti ein weites Hemd reichen und seufzte erneut. Ihre Freundinnen auf Hiva Oa waren stets nackt geschwommen und dabei weitaus besser vorwärtsgekommen als sie. Die Schicklichkeit hatte ihr dies jedoch verboten. Auch jetzt war es unmöglich, unbekleidet ins Wasser zu gehen. Gelegentlich überlegte sie, es doch einmal zu tun, und wäre es nur, um Wiggles und die um ihn versammelten Europäer zu schockieren.

Sie kicherte bei dem Gedanken an das Gerede, das dadurch ausgelöst würde, schüttelte dann aber den Kopf. Da sie hier lebte, musste sie mit den Menschen auskommen, auch wenn dies einige Einschränkungen mit sich brachte. Mit diesem Gedanken erreichte sie das Ufer, stieg ins Wasser der Lagune und lachte über Jan, der unbedingt auch ins Meer wollte. Als ihr das Wasser bis zur

Hüfte reichte, setzte sie den Jungen ab und sah, wie geschickt er sich drehte und fröhlich mit Armen und Beinen paddelnd auf Aipua zuschwamm, die etliche Yards von ihm entfernt stand.

Anders als Ruth badete Aipua nackt. Vaimiti blieb am Ufer, hatte aber ihr Kleid über die Knie gezogen und ließ die Beine ins Wasser baumeln. Zwar badete auch sie gerne, doch sie wollte bereit sein, wenn Ruth das Wasser verließ, um ihr die Decke zu reichen, in die sie sich einhüllen konnte. Das Hemd allein würde außerhalb des Wassers Ruths Formen zu deutlich erkennen lassen. Auf Tahiti war der Einfluss der Missionare bereits unter der Herrschaft von König Pomare II. so gewachsen, dass sie als Kind gelernt hatte, höchstens in der heraufziehenden Nacht nackt zu baden. Wenn sie es am Tag tat, blieb ihr nur, genauso wie ihrer Herrin, ein Hemd überzuziehen.

2.

Nach dem Bad schritt Ruth leichtfüßig den Hügel hoch. Vaimiti folgte ihr, während Aipua noch ein wenig am Strand blieb und mit Jan spielte. Mit einem Mal sah sie Tahitoa auf sich zukommen.

»Du solltest aus dem Wasser steigen und dich anziehen«, rief er ihr zu.

»Es ist also jemand auf dem Weg zum Haus. Wer ist es, Reverend oder Mistress Wiggles?«, fragte Aipua neugierig.

»Weder noch! Es ist Mr Hiram Perell. Wir wollen doch nicht, dass ihm bei deinem Anblick die Zunge feucht wird.«

Ihr Mann grinste, und Aipua begriff, dass mit dem Wort Zunge etwas anderes gemeint war. Schon die Tahitianer wunderten sich über die prüde Art der Missionare. Aipua hingegen stammte von Hiva Oa und war noch die ursprünglichen Sitten ihres Volkes gewohnt. Daher spottete sie mit Tahitoa und auch mit Ruth über Wiggles und die anderen Bewohner der Missionarssiedlung.

»Das wird Ruhutia wenig freuen«, meinte sie kopfschüttelnd, während sie Jan ans Ufer brachte und zuerst ihn und dann sich selbst abtrocknete.

»Bleiben Ianoa und mir noch die Zeit, uns oben zu waschen, oder müssen wir warten, bis Mr Perell das Haus wieder verlassen hat?«, fragte sie Tahitoa.

»Wenn du dich beeilst, wird es noch gehen. Mr Perell ist wie immer nicht gerade hurtig unterwegs.«

Aipua kicherte, denn um die Würde und Bürde seines Amtes zu betonen, bewegte Perell sich nur gemächlichen Schrittes vorwärts. Ruth hatte ihn mit einem Storch verglichen, einem Vogel, der ähnlich gestelzt gehen sollte wie der junge Missionar.

Nun nahm Aipua die Decke, die ihr Mann ihr reichte, und legte sie sich über die Schulter. Danach hob sie Jan auf und trug den kleinen Nackedei nach oben. Dort hatte Ruth bereits den nur von einer Stelle des Hauses einsehbaren Badeplatz benützt und saß in einem leichten Seidenkleid an ihrem Tisch. Vor ihr lag das Rechnungsbuch der Handelsstation, daneben stand ein Tintenfass mit einer Feder.

Augenblicke später kam Vaimiti herein und knickste. »Madam, Mr Hiram Perell wünscht, Ihnen seine Aufwartung machen zu dürfen.«

»Oh, Mr Perell! Bitte ihn herein!«

Ruth lächelte, doch erreichte es nicht ihre Augen. Perell gehörte zu jenen Männern, für die eine Frau unbedingt den Schutz seines überlegenen Geschlechts gegen alle möglichen Gefahren benötigte, welche der weiblichen Sittsamkeit schaden konnten. Sie hatte ihn schon einmal abgewiesen, musste ihn aber empfangen, weil er bei Reverend Wiggles hoch angesehen war.

»Guten Tag, Mr Perell«, grüßte sie freundlich, als der Missionar eintrat.

»Guten Tag, Mistress Mensing! Ich hoffe, Sie wohl zu finden?«

Perell sah sich um und fand die Aussicht von hier oben recht angenehm. In diesem Haus wohnte man besser als in jenem, das er mit Archibald Collins teilte. Da eine Frau seiner Ansicht nach nicht allein leben konnte, hielt er es für das Beste, wenn er Ruth heiratete und ihr die Aufgaben abnahm, die für eine Frau ohnehin unverständlich waren. Er hatte von Reverend Wiggles gehört, wie sehr Ruth sich in Pläne verwickelte, die ihr nur Schulden einbrachten. Bereits der Bau dieses Schiffes war Wahnsinn, da die Mission drei eigene Schiffe besaß und sie ihr für billiges Geld vermieten würde. Auch der Gasthof war viel zu groß. Mit den paar Matrosen, die dort ihren Rum tranken, würde er niemals Gewinn abwerfen. Dies hatte er Ruth schon mehrfach erklärt, doch sie war zu sehr Frau, um seinen scharfsinnigen Schlüssen folgen zu können. Er …

Perell rief sich zur Ordnung, da er als Gast nicht einfach seinen Gedanken nachhängen konnte. »Guten Tag, Mistress Mensing. Ich hoffe, Sie wohl zu finden?«, wiederholte er daher und sah sie forschend an.

»Ich fühle mich sehr wohl«, antwortete Ruth und unterließ dabei jeden Hinweis auf die Trauer, die sie noch immer über Hinrichs Tod empfand. Perell hätte es womöglich zum Anlass genommen, ihr zu erklären, wie sehr es ihn dränge, sie über diesen Verlust hinwegzutrösten.

»Das freut mich!«, sagte Perell. »Wie ich hörte, ist Ihr Schiff mittlerweile fertig, und Sie haben noch keinen Kapitän gefunden.«

»Noch sind ein paar Arbeiten daran zu tun«, erklärte Ruth. Im Augenblick war das Schiff nur ein Ärgernis für sie, und sie bedauerte mittlerweile, dass sie sich von Lu Po dazu hatte überreden lassen. Andere Vorschläge des Chinesen hatten sich besser angelassen. Doch im Grunde hing der Erfolg von der Hiva Oa ab, die in wenigen Tagen zu Wasser gelassen werden sollte.

»Aber Sie haben noch immer keinen Mann, der das Kommando auf dem Schiff übernehmen kann«, bohrte Perell nach.

»Ich bin mir gewiss, in Bälde jemanden dafür zu finden«, sagte Ruth, obwohl sie nicht die geringste Ahnung hatte, wie ihr dies gelingen sollte.

»Nun, vielleicht kann ich Ihnen helfen«, sagte Perell zu ihrer großen Überraschung.

»Wenn Sie mir einen erfahrenen Kapitän nennen könnten, wäre ich Ihnen sehr verbunden!«

Perell legte sich die rechte Hand auf die Brust. »Ich maße mir an, mit der Seefahrt vertraut zu sein.«

»Sie?«

»Ja, ich! Ich bin als Knabe mit meinem Bruder auf dem Meer gesegelt und habe dabei einiges an Wissen über die Seefahrt gesammelt, das ich Ihnen mit dem größten Vergnügen zur Verfügung stelle.«

Da stelle ich mich lieber selbst aufs Achterdeck, durchfuhr es Ruth. Hiram Perell mochte seinen Bruder auf Segeltouren begleitet haben, doch aus Gesprächen mit ihm wusste sie, dass er weit weniger von Seefahrt verstand als sie, und selbst sie würde die Hiva Oa nur im Notfall kommandieren. In der Hinsicht wünschte sie sich Perells Selbstbewusstsein. Es speiste sich aus dem Gedanken an seine vermeintliche Überlegenheit gegenüber anderen Männern, die nicht wie er Theologie studiert hatten.

Ruth traute ihm zu, jeden Vers der Bibel kommentieren zu können, aber mit Gewissheit war er nicht in der Lage, eine Seekarte zu lesen. Trotzdem brachte sein Angebot sie in eine missliche Lage. Wiggles würde Perell glauben, Erfahrungen als Seemann zu besitzen, und es ihr verübeln, wenn sie sich weigerte, ihm ihr Schiff zu überlassen. Bevor sie das tat, konnte sie es genauso gut selbst auf ein Riff setzen. Bei dem Gedanken korrigierte sie sich. Im Gegensatz zu Perell würde sie alles daransetzen, dass es nicht dazu kam.

Er berichtete jetzt von den Fahrten, die er mit seinem Bruder unternommen hatte. Für einen Knaben mochten sie abenteuerlich gewesen sein. Allerdings hatte er keine einzige Nacht auf See verbracht und verwechselte mehrmals Begriffe, die ihr selbst in Fleisch und Blut übergegangen waren. Sie antwortete ihm ausweichend und war schließlich froh, als er auf ein anderes Thema zu sprechen kam.

»Ich bin sehr erfreut darüber, dass Sie sich so vehement gegen dieses Haus der Sünde ausgesprochen haben. Es ist einer Dame nicht würdig, an so etwas überhaupt zu denken. Ich habe Reverend Wiggles, obwohl ich ihn sehr verehre, deutlich zu erkennen gegeben, wie ungehörig ich es finde, dass er von Ihnen gefordert hat, so etwas in Erwägung zu ziehen!«

»In dieser Hinsicht muss ich den Reverend verteidigen. Er war mit mir einer Meinung, dass ich mich unmöglich damit befassen kann, daher hat er die Angelegenheit in die eigene Hand genommen«, antwortete Ruth, die es Wiggles noch nicht verziehen hatte, dass dieser Lu Po den Auftrag erteilt hatte, ein Bordell einzurichten. Auch wenn es nicht mehr zur eigentlichen Handelsstation zählte, so war es doch mit ihr verbunden.

»Sie haben Ihr Frauentum damit würdig verteidigt«, lobte Perell. »Allerdings hat der Reverend recht, wenn er sagt, es müsse hier ein Haus der Sünde geben, um die Matrosen aus dem Ort fernzuhalten. Es sind primitive Menschen, deren Begierden nicht vom Verstand gelenkt werden und bei denen man sonst Notzucht und Mord zu erwarten hat.«

Perell klang so überheblich, dass es Ruth förmlich in den Fingern juckte, ihm Kontra zu geben. Sie kannte genug Matrosen, um zu wissen, dass nur die wenigsten dem Bild entsprachen, das der junge Missionar von ihnen zeichnete. Natürlich gab es unter ihnen üble Kerle, doch die fanden sich auch unter anderen Männern. Wenn man jedoch Perell zuhörte, kamen auf einen Gerechten tausend Sünder, und das war ganz gewiss nicht richtig.

Perell fand dieses Thema zu schlüpfrig, um es vor Ruth weiter verfolgen zu wollen. Im Grunde hatte er ihr nur ein Lob aussprechen wollen, weil sie sich gegen das Bordell ausgesprochen hatte. Mittlerweile war es fertig und wurde von den Matrosen der vor Anker liegenden Schiffe bereits kräftig frequentiert. Wenn hier in wenigen Wochen Walfänger vor Anker gehen würden, um ihre Schiffe zu reparieren, bevor sie im südlichen Frühjahr wieder in den antarktischen Gewässern auf Walfang gehen konnten, würden die Frauen, die Lu Po auf Tahiti und einigen Nachbarinseln rekrutiert hatte, kaum ausreichen, um alle Matrosen zufriedenzustellen.

Zwar würden diese in der Gaststätte der Handelsstation ihren Schnaps trinken. Richtig verdienen jedoch würde nur Lu Po mit seinen Huren. Aus diesem Grund wäre Perell bereit gewesen, seine Bedenken zu überwinden, wenn dieses Geld in Ruths Kasse gewandert wäre, um ihre Schulden zu vermindern. So aber zahlte sie um ihrer Frauenehre willen einen hohen Preis, und er wollte alles tun, damit ihr dies nicht zum Schlechten ausfiel. Gewohnt, dass Frauen ihm zumeist zuhörten und nur gelegentlich etwas sagten, sprach er weiter.

Ruth ließ Hiram Perell reden, achtete dabei darauf, dass Vaimiti im Zimmer blieb, damit die gebotene Schicklichkeit gewahrt wurde, und war schließlich froh, als Aipua und Jan hereinkamen und ihr Sohn munter auf sie zueilte.

»Vaimiti, wärst du so freundlich, Mr Perell eine kleine Erfrischung zu reichen?«, bat sie ihre Zofe, da Aipua an deren Stelle über ihre Sittsamkeit wachen konnte. Bei dem Gedanken hätte sie beinahe gelacht. Hiram Perell mochte zwar bereit sein, sie zu heiraten, doch selbst ein Kuss wäre für ihn erst nach vollzogener Trauung möglich gewesen.

»Ich trinke keinen Alkohol, denn er ist des Teufels!«, rief Perell aus.

Ruth sah ihn erstaunt an. »Wie kommen Sie darauf, ich würde Ihnen Schnaps anbieten? Sie haben doch bis jetzt immer Tee erhalten.«

»Verzeihen Sie, Mistress Mensing, ich war in Gedanken«, entschuldigte Perell sich.

Ruth lächelte freundlich und nahm dann die Tasse entgegen, die Vaimiti ihr reichte. Auch der Tee kam sofort, da Maire ihn bereits zubereitet hatte. Zusammen mit einem Stück Kuchen war es für Perell ein Genuss, wie es ihn auf dieser Insel kein zweites Mal gab, und er fand, dass Ruth Mensing nicht nur eine sehr schöne Frau war, sondern ebenso eine ausgezeichnete Hausfrau und Gastgeberin. Auch ihr Haus gefiel ihm, und er sagte sich, dass sie unter der Anleitung eines ehrenhaften Mannes wie ihm das beste Eheweib werden konnte, das es gab.

3.

Ruth war erleichtert, als es ihr endlich gelungen war, Hiram Perell loszuwerden. Wie es aussah, würde sie wohl selbst das Kommando über die Hiva Oa übernehmen müssen, nur um eine gewisse Zeit Ruhe vor dem jungen Mann zu haben. Zwar glaubte dieser, alles zu können, doch sie hielt ihn kaum für fähig, einen Nagel gerade in ein Brett zu schlagen.

Sie verscheuchte den hartnäckigen Verehrer aus ihren Gedanken und nahm Jan auf den Arm. »Wollen wir uns die Hiva Oa ansehen?«, fragte sie ihn und sah ihn eifrig nicken. Auch wenn er vielleicht noch nicht alles verstand, was sie sagte, so begriff er doch, dass es um das Schiff ging, und das fand er sehr spannend.

»Soll nicht besser ich Ianoa tragen?«, fragte Aipua, die wusste, dass Ruth auf der Hiva Oa herumklettern wollte und der Junge sie behindern würde.

»Bis zum Schiff werde ich es tun.« Ruth verließ mit dem Jungen das Haus und schritt den Weg zur Werft hinab. Da das meiste bereits getan war, hielten sich an diesem Tag nur zwei Handwerker dort auf und erledigten noch ein paar Kleinigkeiten. Als sie Ruth und Jan sahen, winkten sie ihnen fröhlich zu.

»Das Schiff ist so weit fertig, Madam. Wir könnten es morgen zu Wasser lassen«, rief einer der Männer.

»Dann soll es so sein!« Noch während Ruth es sagte, überlegte sie, dass sie mit der Hiva Oa als Erstes eine Fahrt von Tahiti aus zu den anderen Inseln des Archipels unternehmen sollte. Dabei würde sie lernen, es zu führen, und konnte danach die längere Reise nach China antreten.

»Wenn Sie sehen wollen, Madam? Wir haben die Kapitänskajüte fertig eingerichtet.« Der Tahitianer wies zum Niedergang.

Ruth reichte ihm den Jungen und stieg nach unten. Aipua kam hinterher, denn sie war nicht weniger neugierig als ihre Freundin.

Zuerst musterte Ruth den Laderaum. Sie hatte ihn zweimal unterteilen lassen, um verschiedene Güter laden zu können. Die Planken und Spanten waren fest gefügt, das Schiff selbst sehr gut gearbeitet, und sie spürte förmlich, dass es auf die See hinausfahren wollte.

»Tahitoa hat mit Lu Po gesprochen. Dieser schlägt vor, als Erstes Moorea und die anderen Inseln anzulaufen, um von dort Kokosnüsse, Kopra und andere Waren einzuhandeln, die er in China verkaufen will«, erklärte Aipua.

Ruth stellte zufrieden fest, dass Lu Pos Gedanken dieselben Wege einschlugen wie die ihren. Er war ein fähiger Mann, wenn auch von einer fremdartigen Moral. So hatte er keinerlei Skrupel, das Bordell zu führen, sondern sah es nur als eine Möglichkeit an, damit rasch viel Geld zu verdienen. Wahrscheinlich würde er, wenn sie und Jan einmal Tahiti verließen, um in die Heimat zurückzukehren, um vieles reicher sein als sie. Dass ihm sein Geld jedoch die Achtung von Reverend Wiggles und Hiram Perell einbringen würde, bezweifelte sie. Für diese würde er immer ein chinesischer Kuli bleiben, dem der Zugang zu ihren Kreisen verwehrt bleiben musste.

Während ihre Gedanken wieder auf Reisen gingen, betrat Ruth die Achterkabine. Sie hatte darauf gedrungen, dass diese nicht zu groß wurde, da sie sonst wertvolle Ladefläche gekostet hätte.

Trotzdem war sie beeindruckt. Es gab ein festes Bett mit erhöhtem Rand. Dazu hatten die Handwerker einen Schrank eingebaut, in dem Teller und Becher festgelascht werden konnten. Ebenfalls angefügt hatte man die Schiffstruhe, und unter dem Bett befand sich ein verriegelbares Schubfach.

Die Verzierungen waren nach tahitianischem Vorbild geschaffen worden, wirkten aber nicht aufdringlich. Alles in allem, stellte sie fest, würde sie sich hier wohlfühlen können.

»Sehr schön! Meinst du nicht auch?«, fragte sie Aipua.

Diese nickte. »Es ist ein schönes Schiff, aber du brauchst einen Mann, der es für dich über die Meere steuert.«

»Bei der ersten Fahrt werde ich selbst den Kurs angeben.« Ruths Entschluss stand fest. Sie hatte einige Dinge in die Wege geleitet und wollte nicht auf halbem Weg stehen bleiben.

Aipua verstand ihre Haltung, doch in ihren Augen waren Schiffe für Frauen immer noch tapu. Sie erinnerte sich nur mit Grauen an ihre Flucht von Hiva Oa. Diese hatte sie schließlich ihr ungeborenes Kind gekostet, und der Gedanke tat immer noch weh. Da sie Ruth jedoch nicht im Stich lassen wollte, fühlte sie sich von der Angst, die Gesetze ihres Volkes zu verletzen, und ihrer Treue zu ihrer Herrin wie entzweigerissen.

Unterdessen begutachtete Ruth die anderen Schiffsräume und war so zufrieden, wie sie es nur sein konnte. Sie hatte sich zu Hause oft genug die Pläne angeschaut, die ihr Vater für seine Schiffe gezeichnet hatte, und sich bei der Hiva Oa danach gerichtet. Allerdings war ihr Schiff kleiner und durch den flachen Unterboden für Fahrten zwischen diesen Inseln am besten geeignet. Es erschien ihr zudem stabil genug, um auch weitere Strecken zurücklegen zu können, daher galten ihre Gedanken nicht nur China, sondern auch Batavia. Da von dort aus reger Handel mit Europa betrieben wurde, würde sie in dieser Stadt etliche Dinge kaufen können, die hier in der Südsee Gewinn versprachen.

Mit diesem Gedanken stieg sie wieder an Deck und fand dort Tahitoa und Lu Po vor. Der Chinese trug wie immer einfache Kleidung und schlichte Stoffschuhe und verbeugte sich vor ihr. »Es ist ein sehr schönes Schiff geworden, Madam«, lobte er es mit einem anerkennenden Blick.

Lu Po wusste, dass sie die Pläne für die Hiva Oa gezeichnet hatte, und das war etwas, von dem Frauen im Allgemeinen nichts verstanden. Doch längst hatte er gelernt, dass er Ruth nicht mit den Europäerinnen vergleichen konnte, die er auf Tahiti kennengelernt hatte. Sie erinnerte ihn an seine Großmutter, die ihn und seine Geschwister sowie seine Cousins und Cousinen allein aufgezogen hatte, nachdem sein Vater und zwei von dessen jüngeren Brüdern von den Soldaten des Provinzgouverneurs getötet und seine Mutter und zwei Tanten verschleppt worden waren. Obwohl sie schon damals nicht mehr jung gewesen war, hatte Lu An alles getan, um die Schar ihrer Enkel durchzubringen und zu guten Menschen zu erziehen. Wie auch Ruth hatte sie sich von nichts und niemandem aufhalten lassen.

»Es ist wirklich ein schönes Schiff«, wiederholte er und hoffte, dass es spätestens im nächsten Jahr die Fahrt nach China würde antreten können. Er reichte Ruth eine aus Leinen gefertigte Tasche. »Ich habe mich bemüht, von den Seeleuten, die im Gasthaus ihren Schnaps trinken, Seekarten zu erhalten. Ein paar haben die Karten auf ihren Schiffen kopiert, andere sie aus dem Gedächtnis gemalt. Ich hoffe, Sie kommen damit zurecht, Madam.«

Ruth öffnete die Tasche und zog die ersten Blätter heraus. Die meisten waren grob gezeichnete Skizzen ohne die Angaben von Breiten- und Längengraden. Ein paar aber sahen so aus, als wären sie brauchbar. Nach und nach entdeckte Ruth auf einigen von ihnen Gemeinsamkeiten, die ihr helfen konnten, selbst eine Karte anzufertigen. Sie erinnerte sich daran, dass die frühesten Erforscher der Südsee, darunter auch der berühmte Captain James Cook, ihren Weg ohne Karten und ohne das Wissen, was vor ihnen lag, angetreten hatten, und sagte sich, dass sie im Gegensatz dazu wenigstens wusste, wo die Inseln lagen, die sie auf ihrer ersten Fahrt ansteuern wollte. Also würde sie auch den Seeweg nach China finden.

4.

James Edward Hutton konnte keinen Waltran mehr riechen. Seit er mit den Überlebenden der Newport auf die Felseninsel zurückgebracht worden war, hatten sie hier arbeiten müssen, bis ihnen die Schwarte krachte. Keiner von ihnen, und das galt auch für Captain Wally, hatte auch nur einen einzigen Dollar in der Tasche. Essen und Trinken aber gab es hier, bis auf das eiskalte Wasser aus einer Quelle, nicht umsonst. Hopkins, der Wirt, schickte sie daher zu den Walfängern, die ihren Fang auskochten, um sich ein paar Dollars zu verdienen. Obwohl Wally jeden Tag mindestens drei Mal schwor, dem Wirt den Wanst aufzuschneiden und ihm die eigenen Gedärme zu fressen zu geben, waren sie auf den Mann angewiesen.

Das Schiff, das sie gerettet hatte, war längst weitergefahren, um in Chile die günstigste Zeit für die Umrundung von Kap Hoorn abzuwarten. Wally hatte erwartet, die Maid of New Bedford würde sie in die Vereinigten Staaten mitnehmen, doch auch dieses Schiff war ausgelaufen, ohne ihnen Bescheid zu geben. Wie es aussah, war Wallys Ruf so verheerend, dass niemand ihn an Bord haben wollte. Dabei ging es den Kapitänen weniger um seine Überfälle auf die Inseln. Weitaus schlimmer fanden sie, dass ihn seit über zwei Jahren eine Pechsträhne verfolgte, die ihn zuletzt auch noch das Schiff gekostet hatte. Er galt als jemand, der das Unglück anzog, und deswegen wollte keiner ihn oder einen seiner Männer an Bord haben.

James dachte an den Spruch »Mitgegangen, mitgefangen, mitgehangen«. Für die Walfänger zählte er zu Wallys Besatzung, und so behandelten sie ihn auch. Längst hatte er das Gefühl, dass es mit seinem Spitznamen Lucky Jim nicht mehr weit her war. Wenn der Wirt und der norwegische Walfänger, das letzte Schiff, das hier noch vor Anker lag, sie nicht mitnahmen, stand ihm, Wally und den drei Matrosen, die als Einzige der Newport überlebt hatten, ein eisiger Winter bei minimalen Nahrungsvorräten bevor. Da er Wally mittlerweile alles Schlechte zutraute, nahm er an, dass dieser auch vor Kannibalismus nicht zurückschreckte, nur um ein paar Wochen länger auf dieser Insel durchhalten zu können. Da die Crew bereits mehrere Fahrten miteinander unternommen hatte, war er das wahrscheinlichste Opfer solch einer verabscheuungswürdigen Tat.

Ich hätte auf Lucky Island bleiben und mich weiterhin von Kokosnüssen und rohem Fisch ernähren sollen, dachte er bedrückt, als er den Stopfen ins letzte Tranfass schlug.

»So, jetzt kannst du noch mithelfen, den Kessel auszuwaschen und in die Hütte zu bringen«, sagte ein Matrose zu ihm.

James nickte, während sich Wally und seine Matrosen von der Newport rasch verdrückten. Er vermisste den alten Craven. Mit ihm hätte er reden und Pläne schmieden können. Mit den anderen war dies unmöglich. In ihren Augen war er ein Außenseiter, der nun, da ihr Schiff auf dem Grund des Meeres lag, nicht mehr zu ihnen gehörte.

James arbeitete weiter, während sich die Matrosen zur Schenke aufmachten, um dort ihren Abschiedsschluck zu trinken. Er selbst würde nichts bekommen, es sei denn, der Wirt hatte ausnahmsweise einmal gute Laune. Da er sich nicht viel aus Schnaps machte, würde er sich in eine Ecke setzen und seine Gedanken schweifen lassen. So übel, wie er jetzt in der Patsche saß, war es selbst auf Lucky Island nicht gewesen.

Mit diesem Gedanken brach er schließlich auf. Erst nach einer Weile nahm er wahr, dass jemand ihm folgte. Es war der Kapitän des Norwegers, der von hier aus Tahiti anlaufen und dann weiter in die Heimat segeln würde. James betete, dass der Mann sich wenigstens so weit erweichen ließ, sie bis Tahiti mitzunehmen. Dort konnte er sich von Wally trennen und seiner eigenen Wege gehen.

»Du hast gut mitgearbeitet, anders als deine Kameraden«, sagte der Norweger.

»Wenn ich etwas tue, mache ich es richtig.«

»Du bist anders als Rave Wally und die drei Schurken, die noch bei ihm sind. Soviel ich gehört habe, warst du nicht lange auf der Newport?«

James spürte eine gewisse Neugier bei dem Kapitän und nickte. »Es waren nur ein paar Wochen. Ich bin nach einem Schiffbruch auf eine kleine Insel verschlagen worden. Die Newport kam zufällig vorbei und hat mich aufgenommen.«

»Das war Pech! Es hätte ein besseres Schiff sein sollen.« Der Norweger schüttelte den Kopf. »Ich kenne viele Kapitäne. Es sind etliche harte Burschen dabei, doch so übel wie Wally ist keiner. Am liebsten würde ich ihn hier auf der Insel verrecken lassen!« Er spie aus. »Doch ich werde es nicht tun, denn damit würde ich mich auf eine Stufe mit ihm stellen.«

»Sie nehmen uns also mit?«, fragte James hoffnungsvoll.

Dabei war ihm vollkommen klar, dass Rave Wally es nicht tun würde, wenn es andersherum gewesen wäre. Der Mann war gemein wie eine Ratte, auch wenn er andauernd von seinem Schwiegervater, dem Prediger, faselte. Was christlich war und was nicht, hatte dieser ihm jedenfalls nicht beigebracht.

»Ich nehme euch mit bis nach Tahiti. Aber dort müsst ihr von Bord. Du leider auch! Ich persönlich würde dich gerne behalten, aber da dir der Ruf der Newport anhaftet, würden meine Männer es nicht verstehen. Auf jeden Fall wünsche ich dir zehnmal so viel Glück wie Wally und seinen Lumpen zusammen!« Der Norweger griff in die Tasche und zog einen kleinen Lederbeutel heraus. »Du hast gute Arbeit geleistet, und das muss belohnt werden. Für Wally und die anderen reicht ein Teller Suppe und ein Schnaps.«

»Haben Sie vielen Dank!«, rief James verblüfft.

»Versauf es aber nicht! Wer morgen bei Tagesanbruch nicht an Bord ist, bleibt unweigerlich hier.«

»Ich werde an Bord sein«, versprach James und nahm sich vor, notfalls die Nacht bei eisiger Kälte auf dem Deck des Norwegers zu verbringen, um ja nicht in Gefahr zu geraten, zu spät zu erwachen und hinter dem Schiff herschauen zu müssen. Eines wusste er mit absoluter Sicherheit: Weder Wally und seine Männer noch der Wirt würden ihn wecken, wenn er hier verschlief.

5.

Die Hiva Oa schwamm. Damit schwand Ruths Angst, sie hätte sich beim Zeichnen der Pläne geirrt und ein unbrauchbares Schiff bauen lassen. Nein, sagte sie sich, das Verdienst gebührte den Handwerkern aus Tahiti. Immerhin blickte die Insel auf eine große Seefahrertradition zurück, zudem hatten die Männer die Schiffe für die Missionare gebaut. Das ihre war nur ein wenig größer und konnte mehr Last tragen.

»Ein stolzer Anblick!«, sagte Reverend Wiggles zu ihr. Er war mit einigen Bewohnerinnen und Bewohnern der Europäersiedlung gekommen, um dem Stapellauf der Hiva Oa beizuwohnen.

Ruth hätte auf Zuschauer gerne verzichtet, doch eine solche Nachricht war auf Tahiti nicht geheim zu halten. »Ja!«, sagte sie. »Es ist ein schönes Schiff.«

»Es ist groß genug, um vielleicht sogar zu einem europäischen Außenposten zu gelangen, sei es Java oder Luzon. Wenn wir dort Waren erstehen könnten, käme uns das billiger, als wenn sie von englischen Schiffen hierhergebracht werden«, meinte Wiggles nachdenklich. Er war kein dummer Mann, sondern wusste seinen Vorteil zu wahren. Als Missionar missfiel ihm das Hurenhaus ebenso wie das unzüchtige Treiben auf den Schiffen. Doch statt es ganz zu verbieten, hatte er Lu Po erlaubt, ein Haus der Sünde zu errichten. Obwohl Engländer, war er bereit, benötigte Güter bei Holländern und sogar katholischen Spaniern zu besorgen, da ihm die Preise seiner eigenen Landsleute zu hoch waren.

Da Ruth ihm nicht verraten wollte, dass sie ähnliche Pläne hegte, hob sie die Hand. »Ich bin froh, wenn mein Schiff die anderen Inseln anfahren kann. Es sind bereits Bestellungen aus Bora Bora eingetroffen.«

»Den Handel zwischen den Inseln des Königreichs zu verbessern, wäre eine gute Tat«, erklärte Wiggles. Dabei fragte er sich, weshalb er nicht schon früher auf den Gedanken gekommen war. Die Schiffe der Mission waren zwar kleiner als Ruths Hiva Oa, doch die eine oder andere Last konnten sie tragen. Seine Missionsgesellschaft hätte sich damit das Monopol für den Handel zwischen den Inseln sichern können. Stattdessen hatte er Ruth Mensing das Feld überlassen, und sie würde es mit Sicherheit nicht räumen.

Wiggles' Blick suchte Hiram Perell. Obwohl er wusste, dass seine Frau den jungen Mann liebend gerne als Ehemann ihrer Tochter sähe, so hoffte er doch, dass es diesem gelingen würde, die junge Witwe für sich zu gewinnen. Wenn es ihnen damit möglich war, den Handel unter ihre Kontrolle zu bekommen, würden die Einnahmen der Missionsstation so steigen, dass sie die Missionierung weiterer Inseln in Angriff nehmen konnten.

Unterdessen trat Ruth zu den einheimischen Zimmerleuten und bedankte sich. »Sobald ich Geld einnehme, werde ich euch bezahlen!«

»Wir danken Ihnen, Madam. Doch das hat Zeit. Keiner von uns will in nächster Zeit etwas erwerben, für das er Geld bräuchte«, antwortete der junge Schiffsbauer Fara und betrachtete das Schiff mit leuchtenden Augen. »Wenn Sie damit nach Bora Bora fahren, würde ich gerne mitkommen.«

Mehrere seiner Mitarbeiter meldeten sich ebenfalls und brachten Ruth damit in die Bredouille. Sie hatte eine Besatzung ausbilden wollen, mit der sie bis nach China gelangen konnte. Diese Männer waren jedoch Handwerker und keine Seefahrer. Auch wenn sie an einer Fahrt zu den nächstgelegenen Inseln teilnahmen, würden sie niemals mit ihr bis nach China segeln. Sie deshalb von der Jungfernfahrt des größten Schiffes auszuschließen, das sie bisher gebaut hatten, hätte sie jedoch als ungerecht empfunden.

Daher nickte sie. »Ihr kommt mit! Wir werden in drei Tagen lossegeln. Tahitoa ist unser Kapitän!«

So ganz stimmte dies nicht, denn sie wollte das Schiff selbst führen. Doch wenn sie das offen sagte, hatte sie erneut Perell am Hals, der darauf drängen würde, zum Kapitän ernannt zu werden. Für eine Fahrt zwischen den Inseln konnte sie jedoch einen Einheimischen dazu bestimmen.

Tahitoa trat mit stolzgeschwellter Brust neben sie und erklärte wortreich, welche Inseln und Länder er bereits bereist habe. Die Tahitianer hörten aufmerksam zu. Als Ruth ihn vor drei Jahren kennengelernt hatte, war er ein Außenseiter gewesen, fast ein Paria, da Ari'iheiva, ein Verwandter der Königsfamilie, ihn mit seinem Hass verfolgte. Mittlerweile hatte Ari'iheiva viel von seinem Einfluss verloren, während Tahitoa durch die Tatsache, dass er in ihren Diensten stand, einiges an Ansehen gewonnen hatte.

Die Hiva Oa wurde nun von einem Dutzend kräftiger Männer an einem Tau zum Anlegesteg gezogen, den sie ebenfalls hatte bauen lassen. Dort wurde das Schiff befestigt und ein paar Bretter als Zugang ausgelegt. Nun konnte sie an Bord gehen. Wiggles und Perell drängten als Nächste auf die Hiva Oa und sahen sich um.

»Wirklich ein schönes Schiff!«, murmelte Wiggles.

Die Hiva Oa war aus dem besten Holz gebaut worden, das es hier zu finden gab. Zwar verfügte sie nicht über einen Kupferboden, der gegen Schiffsbohrwürmer und Muschelbewuchs schützen sollte, würde aber gewiss etliche Jahre ihren Dienst erfüllen.

»Hier zwischen den Inseln kann ein Eingeborener das Schiff führen. Sollten Sie jedoch längere Fahrten ins Auge fassen, benötigen Sie einen europäischen Kapitän«, erklärte Wiggles und sah zu Hiram Perell hin, der aus seiner Absicht, sich Ruth als Seefahrer und darüber hinaus als Ehemann anzudienen, keinen Hehl machte.

Auch wenn seine Frau deswegen wetterte, war es in Wiggles' Augen sehr viel klüger, wenn seine Missionsgesellschaft die Seefahrt zwischen den Inseln und zu nahe gelegenen europäischen Handelsposten in eigener Hand behielt.

Ruths Gedanken gingen längst in eine andere Richtung. Sie wollte noch in dieser Woche mit der Hiva Oa aufbrechen. Allerdings würde sie dies mit einer ungeübten Mannschaft tun, die erst lernen musste, wie das Schiff zu bedienen war. Daher wandte sie sich an Tahitoa. »Ich will in den nächsten Tagen mehrfach das Aufziehen der Segel, ihre Stellung und die auf See benötigten Kommandos proben.«

»Meine Freunde werden hier sein«, antwortete Tahitoa. Da er bereits auf einem europäischen Schiff gefahren war, wusste er, wie es dort zuging. Er würde Ruth beim Navigieren zwischen den Inseln helfen. Im Gegensatz zu ihr kannte er die Korallenriffe, die die Inseln umgaben, und auch jene Stellen, an denen man in die Lagunen einfahren konnte.

»Lu Po wird uns die Waren nennen, die wir zu den anderen Inseln bringen sollten, und auch, was wir von dort holen können.« Ruth klang zufrieden, während Wiggles und Perell sich darüber ärgerten, dass sie die Ratschläge eines Eingeborenen wie Tahitoa und des Chinesen Lu Po ernster nahm als die ihren. Immerhin waren sie Engländer und damit anderen Völkern an Verstand und Können weit überlegen.

Ruth spürte die Missstimmung der beiden Herren, sagte sich aber, dass sie darauf nichts geben durfte, wenn sie ihrem Weg folgen wollte. Wiggles und seinem Trabanten wäre ein Mann wie Landers, der alles so beließ, wie es war, auf jeden Fall lieber als sie, die ihre Vorstellungen verwirklichen wollte, um den Handel ausweiten zu können. Darum waren die ersten Fahrten für sie so wichtig. Sie musste ihre Schulden begleichen, sonst konnten diese für Wiggles der Hebel werden, ihr die Handelsstation wieder aus den Händen zu nehmen und das Geschäft von jemandem übernehmen zu lassen, der seinen Vorstellungen entsprach.

Durch Maires Freundinnen, die als Hausangestellte für die Missionare arbeiteten, wusste sie, dass es bereits einen Kandidaten dafür gab, und der wurde in Kürze auf Tahiti erwartet. Es handelte sich um einen Mann namens Hopkins, der auf einer der Inseln, auf denen die Walfänger ihren Tran auskochten, eine Schenke betrieb. Da nun in jenen Breiten der südliche Winter bevorstand, würde er hierherkommen, um die kalten Monate auf Tahiti zu verbringen.

»Wir haben viel zu tun, Tahitoa. Packen wir es an!«, sagte sie fest entschlossen, sich durch nichts und niemanden aufhalten zu lassen.

Wiggles schnaubte und fragte sich, wie er sich so in Ruth Mensing hatte täuschen können. Er hatte Dankbarkeit dafür erwartet, dass er ihr mit der symbolischen Leitung der Handelsstation ein eigenes Einkommen verschafft hatte. Stattdessen wirbelte sie herum und fing tausend Dinge an, die zu stemmen bereits einem Mann schwerfallen würden. Einer Frau hingegen konnte dies niemals gelingen.

6.

Ruth war angespannt. Die Hände fest um das Steuerrad geklammert, sah sie zu, wie die Leinen gelöst wurden, die die Hiva Oa mit dem Anlegesteg verbanden, und das Schiff sich unter dem Druck des Windes leicht zur Seite drehte.

»Das Vorsegel setzen!«, rief sie, um genug Wind in die Segel zu bekommen, damit das Ruder griff.

Tahitoa hatte seine Freunde offenbar gut gedrillt, denn das Segel war rasch festgemacht, und das Schiff nahm Fahrt auf.

»Setzt das Focksegel!«, befahl Ruth und drehte das Steuerruder, während sich der Bug auf das Land zubewegte.

Die Geschwindigkeit der Hiva Oa nahm zu. Allerdings reagierte sie schlechter auf das Ruder, als Ruth es erwartet hatte. Sie drehte es bis zum Anschlag und ließ das Vorsegel anders trimmen, um das Schiff an den Riffen vorbeizulenken. Doch so stur, als hätte es einen eigenen Willen, steuerte die Hiva Oa direkt auf ein Riff zu.

Tahitoa trat besorgt zu ihr. »Ist etwas mit dem Ruder, da das Schiff nicht darauf reagiert?«

»Ich weiß es nicht«, antwortete Ruth mit gepresster Stimme. Sie schaute nach vorne und erkannte, dass es ihr nicht gelingen würde, die Hiva Oa auf ihren Kurs zu zwingen. Für einige Augenblicke sah sie sich schon bei ihrer ersten Fahrt gescheitert und hörte in Gedanken bereits das Hohngelächter von Mildred Wiggles und deren Freundinnen. Da warf sie einen Blick auf die schmale Durchfahrt auf der anderen Seite des Riffs, drehte das Ruder zurück und rief einige Befehle, um die Segel anders setzen zu lassen.

»Was machen Sie da?«, rief Tahitoa erschrocken, da sie direkt auf das Riff zuzuhalten schien. Dann aber begriff er, was sie vorhatte, und betete in seiner Verzweiflung zu sämtlichen Göttern, die er kannte.

Auch Ruth betete, während sie das Ruder festhielt. Hatte die Hiva Oa sich zuerst zu schnell gedreht, reagierte sie nun auf einmal viel zu langsam.

»Gott, hilf mir doch!«, entfuhr es Ruth, als das erste Riff nur wenige Schritte vor ihnen auftauchte. Sie zerrte am Ruder, doch es befand sich erneut am Anschlag, und sie konnte nur noch zusehen, was geschah.

Plötzlich gab es einen leichten Ruck. Ruth glaubte bereits, das Schiff wäre auf das Riff aufgelaufen. Doch es fehlte das knackende Geräusch berstenden Holzes. Nur ein paar Herzschläge später sah sie, wie die Hiva Oa das Riff im Abstand von wenigen Yards passierte und kurz darauf die offene See gewann.

Tahitoa und die Matrosen jubelten ausgelassen, während Ruth innerlich zitterte. Erneut war sie kurz davor gewesen, zu scheitern, doch mit Gottes Hilfe hatte sie das Verhängnis abwenden können. Sie blickte nach Moorea hinüber, das sie nach kurzer Fahrt zu erreichen hoffte, und rief dann Tahitoa zu sich. »Erinnere mich daran, dass wir nach unserer Rückkehr nach Tahiti ein größeres Ruderblatt anbringen müssen, damit das Schiff besser auf das Steuer anspricht. Nun aber nenne mir den Kurs, den ich einschlagen muss, um auf Moorea landen zu können!«

»Aye, aye, Sir Madam«, antwortete der Tahitianer grinsend und wies in die Richtung, in die sie segeln musste. »Sie haben das übrigens ausgezeichnet gemacht, Madam. Meine Anerkennung!«

»Es war der Verzweiflung geschuldet. Aber wenigstens wissen wir, dass wir die Ruderanlage verändern müssen, bevor wir längere Fahrten wagen können. Dann werden wir auch diese schaffen!«

»Das werden wir, Madam! Das werden wir ganz bestimmt«, antwortete Tahitoa und war auf das gespannt, was noch alles vor ihnen liegen mochte.

7.

In dem kleinen Lederbeutel, den der Kapitän des Norwegers James Hutton gegeben hatte, steckten zwanzig Dollar. Es war keine große Summe, aber ausreichend, um eine gewisse Zeit auf Tahiti zu überstehen. James hoffte, als Matrose oder Maat auf einem Schiff unterzukommen.

Wally und dessen Gesellen durfte er das Geld nicht zeigen, denn sie würden es ihm gewiss abnehmen. Wären sie ihm sympathischer gewesen, hätte James mit ihnen geteilt. In seinen Augen aber waren sie der Bodensatz, den schlechte Häfen nun einmal ausspuckten. Craven war aus anderem Holz geschnitzt gewesen, doch den hatte die See geholt. Obwohl er den Tod des alten Harpuniers bedauerte, musste er sich sagen, dass es für diesen wohl nicht das schlechteste Ende gewesen war. Wegen seiner verkrüppelten Hand wäre er auf kein Schiff mehr gekommen und hätte sein Leben als Bettler fristen müssen.

James musste daran denken, wie Craven drei Finger seiner Rechten verloren hatte. Um Geld zu sparen, hatte Rave Wally die Bewohner einer Insel mit schlechtem Rum betrunken gemacht und dann nicht nur Vorräte, sondern auch noch Einheimische, vor allem Frauen, als Sklaven mitnehmen wollen. Laut den Berichten der Walfänger hatte dies die Frau eines Missionars mit Musketenfeuer und dem Einsatz von Handgranaten verhindert. Für James konnte es nur Ruth Mensing gewesen sein. Ihr traute er die Entschlossenheit und das kalte Blut zu, die dafür nötig gewesen waren. Sie hatte allerdings nicht nur die üblen Schurken in Wallys Mannschaft getötet oder verstümmelt, sondern leider auch Craven, dem dieser Raubzug seines Kapitäns zutiefst zuwider gewesen war.

Wie mochte es Ruth Mensing nun gehen?, fragte er sich, während Rave Wally fluchte, weil die verdammten Norweger ihnen kaum Schnaps gönnten. Dabei erhielten sie ebenso viel Rum wie die norwegischen Seeleute. Das aber war Wally und seinen Männern nicht genug.

Neben Wally hasste James auch Henry. Cravens Bericht zufolge hatte dieser mit zwei Kumpanen versucht, die Frau des Missionars zu vergewaltigen. Den beiden anderen hatte es den Tod durch eine Musketenkugel eingebracht und ihm eine Pistolenkugel, die noch immer in seinem Rücken steckte und ihm bei jedem Wetterwechsel Schmerzen bereitete. Die beiden anderen Überlebenden der Newport waren nicht viel besser. Man hatte sie zusammen mit dem Wirt Hopkins und den zwei Frauen, die dieser als Huren gekauft hatte, in eine Ecke des Laderaums gesteckt. Wally und seine Männer ließen die Frauen jedoch nicht in Ruhe, sondern fielen immer wieder über sie her.

Ob Hopkins dies gegen den Strich ging oder nicht, konnte James nicht erkennen. Der Wirt wirkte mürrischer als sonst und beteiligte sich kaum an den Gesprächen, in denen Wally, Henry und die anderen überlegten, was sie tun sollten, wenn sie die Jarl Egil verlassen hatten.

»Ich werde auf Tahiti mit Landers sprechen«, erklärte Wally eben. »Er führt dort die Handelsstation und hat mal überlegt, ein Schiff bauen zu lassen, das Handel mit den anderen Inseln betreiben kann.«

»Der Vorschlag kam nicht von Landers, sondern von dem Chinesen, der bei ihm arbeitet. Aber Landers waren die Kosten für ein Schiff zu hoch«, wandte Henry ein.

»Das war, weil er keinen Kapitän hatte, der das Schiff für ihn führen konnte. Aber jetzt komme ich, und da wird er darauf eingehen«, behauptete Wally selbstbewusst. »Der alte Landers ist mir nämlich noch einen Gefallen schuldig.«

»Da werden Sie aber warten müssen, bis Sie tot sind, bevor Landers Ihnen diesen Gefallen tun kann. Er ist nämlich krepiert«, warf Hopkins verdrießlich ein.

»Landers ist tot?«

»Er hat sich ins Grab gesoffen. War ja auch ein Narr, selbst sein bester Kunde zu sein. Bei mir gibt es das nicht. Die Gäste eines Wirts sollen saufen, doch er selbst muss nüchtern bleiben«, antwortete Hopkins um keinen Deut freundlicher.

»Was bist du so verärgert? Ist Landers dir etwa auch einen Gefallen schuldig geblieben?«, fragte Henry verwundert.

»Ich ärgere mich, weil er abgekratzt ist, als ich nicht auf Tahiti war! Ich hätte diese Missionare und ihre Eingeborenen schon dazu gebracht, mir seinen Posten zu übertragen. Das wäre ein anderes

Leben geworden, als euch nach Tran stinkenden Molchen Schnaps auszuschenken, und das auf einer Insel, auf der es das ganze Jahr so kalt ist, dass du dich nicht mit nacktem Arsch auf einen Stein setzen kannst, weil er sonst anfriert.«

»Und wer hat den Posten übernommen? Kenne ich ihn?«, fragte Wally.

Hopkins stieß ein missratenes Lachen aus. »Das glaube ich kaum. Es soll sich um die Witwe eines Missionars handeln, die es aber nur dem Namen nach macht. Das Sagen hat jetzt dieser verdammte Wiggles, der am liebsten Huren und Schnaps auf Tahiti verbieten würde. Der Teufel soll ihn holen!«

»Der soll lieber dieses Weibsstück holen! Dann könntest du die Stellung doch noch kriegen«, meinte Henry spöttisch.

»Wenn du glaubst, dich über mich lustig machen zu können, hast du dich getäuscht. Ich …«, fuhr Hopkins auf, wurde aber von Wally unterbrochen.

»Jetzt mach mal halblang! Außerdem sind wir zu viert, wenn du das vergessen haben solltest.«

Da sie zu fünft gerettet worden waren, schloss James aus diesen Worten, dass er für Wally und die anderen nicht mehr zu ihnen zählte, und war nicht traurig darüber. Dafür fand der die Information über die Handelsstation auf Tahiti interessant. Wenn diese tatsächlich Schiffe losschicken wollte, brauchte sie Matrosen. Bis zum Kapitän wollte er nicht greifen, da er keine Papiere besaß, die ihn als Navigator auswiesen, und er seine wirkliche Identität nicht preisgeben wollte.

Wenn jedoch die Gefahr bestand, dass Rave Wally dieses Schiff übernahm, musste er sich etwas anderes suchen. Dafür, so sagte er sich, war Tahiti auf jeden Fall besser geeignet als die unbenannte Felseninsel, auf der er hatte Tran kochen müssen. Mit dieser Überlegung lehnte er sich zurück und versuchte zu schlafen. Die anderen redeten noch eine Weile aufeinander ein, dann verstummten auch sie.

8.

»Das Schiff benimmt sich wie eine störrische Jungfrau«, schimpfte Ruth, während sie die Hiva Oa zwang, durch die Einfahrt im Korallenring um Bora Bora zu fahren. Sie hatten nur ein Segel gesetzt, damit das Schiff nicht zu sehr abtrieb, trotzdem schwitzte sie nicht nur der Hitze wegen.

Tahitoa stand vorne am Bug und meldete ihr, wie viel Freiraum sie besaßen. Schließlich aber war es geschafft, und er deutete ihr die Richtung an, in die sie die Hiva Oa steuern sollte, um guten Ankergrund zu erreichen. Einen Steg gab es hier nicht. Dafür aber kamen ihnen mindestens ein Dutzend Kanus entgegen. Den Insassen war anzusehen, wie sehr sie sich wunderten, ein Schiff unter der Flagge Tahitis einlaufen zu sehen, denn Wiggles' Missionsschiffe fuhren unter der von England.

Auf dem vordersten entdeckte Ruth mehrere Weiße. Zwei davon sahen in ihren dunklen Röcken und Hosen wie Missionare aus, der Dritte trug einen verschossenen blauen Rock und einen Dreispitz, der sie fatal an den von Captain Wally erinnerte.

»He! Hallo! Wer seid ihr?«, rief einer der Missionare.

»Das Handelsschiff Hiva Oa unter Kapitän Tahitoa«, rief dieser. »Wir haben von Ihrer Majestät Aimata Vahine Pomare IV. das Privileg erhalten, Handelsfahrten zwischen den Inseln zu unternehmen.«

Die Männer sahen verwundert zu ihm her. Bislang hatten die Schiffe der Mission den Kontakt zwischen den Europäern auf den Inseln aufrechterhalten, wenn diese sich nicht gleich der Insulaner und ihrer Kanus bedient hatten, die den größten Teil des Warentransports übernommen hatten.

»Das hier ist Captain Barrows, und er lässt anfragen, ob ihr ihn nach Tahiti mitnehmen könnt. Sein Schiff ist letztens im Sturm gescheitert, und er wurde beim Motu Ahuna angetrieben.«

»Genauso ist es!«, rief Barrows mit dröhnender Stimme. »Hätte nicht gedacht, dass ich mit dem Leben davonkomme. Bin doch etliche Tage auf dem Meer getrieben. Jetzt wäre ich froh, wenn ich wieder unter zivilisierte Leute käme.«

Obwohl er auf Ruth nicht gerade einen sympathischen Eindruck machte, überlegte sie, ob er vielleicht der Kapitän sein könnte, der die Hiva Oa nach China steuerte. Sie wollte jedoch nichts übers Knie brechen und winkte daher ab, als Tahitoa sie aufforderte, an seiner statt zu antworten.

»Nein, tue es selbst! Ich will den Mann beobachten, ohne dass er weiß, wer ich bin.«

Tahitoa begriff ihre Absicht, denn auch ihm gefiel Captain Barrows nicht besonders. Weigern, ihn mitzunehmen, konnten sie sich jedoch nicht. »Captain Barrows wird uns an Bord willkommen sein«, antwortete er.

»Ich danke dir, mein braunhäutiger Freund. Wie kommt die Königin dazu, deinesgleichen mit solchen Fahrten zu betrauen? Hat sie keinen richtigen Seemann dafür gefunden?«

Barrows' Antwort war nicht geeignet, Ruths Meinung über ihn zu verbessern. Wie die meisten Europäer schien auch er zu glauben, meilenweit über den Einheimischen zu stehen.

»Was soll ich dem Kerl sagen?«, fragte Tahitoa, der sich über Tonfall des Captains ebenfalls ärgerte.

»Nur, dass wir hier Handel treiben und dann nach Tahiti zurückkehren wollen. Wenn er fragt, wer ich bin, so bin ich die Witwe eines Missionars, die diese Seefahrt unternommen hat, um ihren trüben Gedanken zu entfliehen.«

»Wer übernimmt dann das Steuer, wenn Sie als Passagierin gelten wollen?«, fragte Tahitoa.

Da zeigte Vaimiti, die als Ruths Zofe mitgekommen war, grinsend auf ihn. »Du bist doch der Kapitän!«

Tahitoa schenkte ihr einen vernichtenden Blick, musste dann

aber lachen. »Dann hast du mich aber mit Captain und Sir anzureden! Madam aber sollte es nicht tun.«

»Doch, das werde ich, Captain Tahitoa Sir«, antwortete Ruth und lachte ebenfalls.

Unterdessen waren die Kanus näher gekommen, und Barrows enterte das Deck, ohne die Erlaubnis dafür einzufordern. Auf dem Schiff angekommen, wirkte er verwirrt. Ruth hatte Tahitoa nämlich mit einer Art Uniformrock ausgestattet, der ihn als Kapitän kennzeichnete. Statt Hosen trug er jedoch ein knapp bis über die Knie reichendes Lendentuch aus buntem Baumwollstoff. Damit sah er jedenfalls nicht so aus, wie sich ein Europäer eine Respektsperson vorstellte.

Barrows grüßte ihn nachlässig und ließ den Blick über das Deck der Hiva Oa gleiten. Er schien verwundert, weil die gesamte Besatzung aus Tahitianern bestand. Dann entdeckte er Ruth und trat grinsend auf sie zu.

»Was sehen meine entzückten Augen, Miss? Captain Charles Barrows zu Ihren Diensten. Wie kommen Sie hier unter diese … äh, auf dieses Schiff?« Er hatte »unter diese Wilden« sagen wollen, es aber unterdrückt, da er diese Männer und ihren Kapitän brauchte, um von Bora Bora wegzukommen.

Ruth durchschaute ihn und nahm endgültig davon Abstand, ihn zu fragen, ob er für sie tätig werden wolle. »Mein Name ist Mensing«, antwortete sie, da sie nicht glaubte, dass man hier bereits von der neuen Leiterin des Handelspostens auf Tahiti gehört hatte.

»Guten Tag, Miss Mensing!«, grüßte Barrows mit einem Grinsen, das bei Ruths Antwort rasch erstarb.

»Mistress Mensing, bitte!«

»Sie sind verheiratet?«, fragte Barrows sichtlich enttäuscht.

»Ich war es. Ich bin Witwe und in Trauer!« Dies war deutlich und sollte ihm zeigen, dass sie keinen näheren Kontakt zu ihm suchte.

Barrows war jedoch zu dickfellig, um sich davon abschrecken zu lassen. »Witwe? Na, so was! Hätte Sie keinen Tag älter als achtzehn geschätzt. Was treiben Sie denn hier auf dem Schiff?«

»Ich bin hier, weil die Fahrt meinen angegriffenen Nerven guttut«, erklärte Ruth.

»Allein?«

Nun wurde Barrows unverschämt, fand Ruth und gab Vaimiti den Wink, näher zu treten.

»Ich habe meine Zofe bei mir!« Und meine Pistole, falls du dir Frechheiten erlauben willst, setzte sie insgeheim verärgert hinzu. Sie hatte auf eine schöne Handelsfahrt gehofft und musste nun einen Kerl an Bord nehmen, dem sie nicht einmal eine faule Kokosnuss anvertraut hätte. Sie fragte sich, wie die hiesigen Missionare mit ihm zurechtgekommen waren. Oder wollten diese ihn einfach nur loswerden? Verstehen konnte sie es.

»Verzeihen Sie, aber ich habe von Reverend Wiggles die Aufgabe übertragen bekommen, den Handel zu beobachten!« Ruth neigte knapp den Kopf und trat an die Reling. »Wir haben einige nützliche Dinge dabei, die wir eintauschen wollen«, sagte sie zu den Missionaren und hörte zu, wie einer von ihnen einem Einheimischen befahl, ihre Worte zu übersetzen.

Dieser tat es, und so riefen etliche gleichzeitig, dass sie Messer, Beile und andere wichtige Werkzeuge bräuchten. Bereits auf Tahiti gab es nicht genug davon, doch hier schienen sie absolute Mangelware zu sein. Da Messer und Beile nicht zu den Dingen gehörten, die unbedingt aus England geholt werden mussten, verstand Ruth, weshalb Lu Po darauf drängte, Handelsfahrten zu einem chinesischen Hafen zu machen.

Da nun etliche an Bord kommen wollten, ließ Ruth durch Tahitoa erklären, dass immer nur fünf von ihnen zugleich das Deck betreten durften. Auch nannte er einige Güter, die sie selbst von hier mitnehmen wollten. Da war zum einen das getrocknete Mark der Kokosnüsse, aus dem ein angenehm riechendes Öl gepresst werden konnte, sowie Noni-Früchte, die ebenfalls ein gutes Öl ergaben, und schließlich fragte er, ob jemand schwarze Perlen anzubieten habe. Dies ging über die von Ruth genannten Waren hinaus, doch Tahitoa kannte ihre Vorliebe für diese Perlen.

Der Handel kam rasch in Gang. Ruth hatte bereits auf Moorea, Huahine und Tahaa gut verdient, doch hier auf Bora Bora war der Gewinn fast genauso hoch wie auf den anderen Inseln zusammen. Sie erhielt sogar mehrere schwarze Perlen von besonderer Güte. Während sie diese betrachtete, trat Barrows hinzu.

»Die Dinger sind hier nicht viel wert, aber in London würde so manche Lady etliche Guineen für jede einzelne ausgeben«, sagte er mit kaum verhohlenem Neid.

»Sie sind recht hübsch, doch man kann sie nicht zu allem tragen«, antwortete Ruth und stieg nach unten, um die Perlen in Sicherheit zu bringen.

Barrows folgte ihr bis in den Laderaum, blieb aber zurück, da sie ihm die Tür ihrer Kajüte vor der Nase zumachte. Als sie wieder heraustrat, stand er vor den gestapelten Säcken mit Kopra und kratzte sich am Kinn. »Hier geht einiges herein. Das hat man dem Schiffchen von draußen gar nicht angesehen!«, sagte er.

Da Ruth mit den Insulanern handeln und nicht mit Barrows reden wollte, stieg sie wortlos wieder nach oben und nahm sich die nächste Gruppe vor, die einiges von ihr erwerben wollte. Man bot ihr geschnitzte Eberzähne und Angelhaken aus Stein und Holz dafür an. Da es in der Heimat Kunden gab, die für exotische Relikte gut bezahlten, tauschte Ruth auch diese ein und erstand noch ein Paar wunderschön verzierter Paddel. Derjenige, der sie angefertigt hatte, hatte gewiss viele Stunden damit zugebracht. Nun verkaufte er sie für ein kleines Beil und war auch noch glücklich darüber.

Ruth hingegen verspürte Gewissensbisse. Hinrich und sie waren vor bald drei Jahren nach Hiva Oa gekommen, nicht zuletzt, um die Menschen dort auch vor der Ausbeutung durch betrügerische Walfänger und Händler zu beschützen. Jetzt machte sie Geschäfte, deren Gewinn das moralisch zu verantwortende Maß zu übersteigen drohte.

Sobald Lu Po Waren aus China besorgt hat, wird es besser werden, tröstete sie sich, als die letzte Gruppe das Schiff verlassen hatte. Sie trat zu Tahitoa und wies auf die Teavanui-Passage, durch die sie die Lagune wieder verlassen mussten. »Fühlst du dich sicher genug, die Hiva Oa hierdurch zu steuern?«

Tahitoa schätzte die Breite der Passage und nickte. »Ich glaube, hier kann ich es. Bei Tahiti sollten jedoch Sie das Steuer in die Hand nehmen, Madam!«

»Mal sehen!«, erwiderte Ruth.

Barrows sollte dann ruhig erfahren, dass das Schiff ihr gehörte. Nun prüfte sie den Wind. »So, wie es jetzt aussieht, kämen wir gut von der Insel frei. Ich will mich nur noch von den hiesigen Missionaren verabschieden und sie fragen, ob sie mir eine Botschaft für Reverend Wiggles mitgeben wollen, dann lichten wir Anker.«

»Ich lasse alles vorbereiten.« Tahitoa rief seine Befehle über das Deck. Während die tahitianischen Matrosen zugriffen, trat Ruth an die Reling und winkte den Missionaren zu. »Wir brechen gleich auf, um den guten Wind auszunützen. Soll ich Reverend Wiggles oder jemand anderem in der Mission etwas von Ihnen mitteilen?«

Die beiden Männer sprachen kurz miteinander. Dann winkte einer zurück. »Wenn Sie noch einen Augenblick warten, bringen wir Ihnen unseren Bericht und einige Briefe an die Heimat, die der Reverend dem nächsten Schiff mitgeben soll, das diese Gewässer verlässt.«

»Die halbe Stunde haben wir noch Zeit«, rief Ruth und setzte ihnen damit eine Frist.

9.

Ruth blieb neben Tahitoa stehen, um notfalls eingreifen zu können, während dieser das Schiff durch die Passage steuerte. Da der Wind günstig blies und die Hiva Oa dem Ruder gehorchte, war es nicht nötig. Das Schiff wies zwar immer noch einen leichten Drall nach Backbord auf, doch hatten sie mittlerweile die Erfahrung, um ihn ausgleichen zu können. Draußen auf See hingegen hieß es, gegen den Wind zu kreuzen. Trotzdem glaubte Ruth, nicht mehr als einen Tag zu verlieren, bis sie Tahiti erreichten.

»Wie es aussieht, hat sich die Fahrt für uns doppelt gelohnt. Wir haben mehr verdient, als wir erwartet haben, und zudem Übung mit dem Schiff bekommen. Jetzt können wir an mehr denken!«, sagte Ruth zufrieden und meinte damit die Fahrt nach China. Diese kleine Handelsreise hatte ihr gezeigt, dass sie dringend Waren brauchten, um die Bedürfnisse der Einheimischen zu befriedigen. So waren Messer, Scheren, Beile, Kochtöpfe und andere Gegenstände des täglichen Gebrauchs auch noch Jahrzehnte nach der Entdeckung dieser Inseln durch die Europäer Mangelware.

Tahitoa war nicht ganz so optimistisch, da die Hiva Oa doch gelegentlich gebockt hatte. Doch auch ihn lockten die lange Seefahrt und die fremden Häfen, die sie unterwegs anlaufen würden. Da weder Ruth noch er das Seegebiet kannten, durch das sie segeln mussten, hätte er sich gewünscht, dass Captain Barrows sympathischer und vertrauenswürdiger wäre. Eben stolzierte dieser auf das Achterdeck zu und blieb neben Ruth stehen.

»Ich habe das Gefühl, als wenn Sie sozusagen die Anführerin dieser Ni… Eingeborenen wären«, sagte er.

»Das mag sein!«

»Gehört Ihnen der Kahn hier?«, bohrte Barrows weiter.

»Er gehört der Handelsstation!«

»Ach ja, dem guten, alten Landers! Hat er sich von seinem schlitzäugigen Knecht doch dazu überreden lassen, ein Schiff zu bauen, um damit Handel mit den anderen Inseln zu treiben.« Barrows' Bemerkung verriet Ruth, dass dieser ihren Vorgänger kannte. Sie fragte sich, woher er gekommen sein mochte. Laut den Missionaren auf Bora Bora war er allein in einem kleinen Boot auf einer vorgelagerten Insel angetrieben worden.

»Wie sind Sie eigentlich nach Bora Bora gelangt?«, fragte sie.

Barrows zog ein schiefes Gesicht. »Ich glaube nicht, dass das eine Geschichte ist, die ich einer Dame erzählen will. Es war jedenfalls übel. Ich hätte nicht gedacht, dass ich überleben werde. Aber was anderes: Wir werden einige Tage bis Tahiti brauchen. Es wäre mir recht, wenn Sie mir eine Kabine auf diesem feudalen Schiff zuweisen lassen könnten. Sie wollen doch nicht einen weißen Mann wie diese Ni… Eingeborenen unter freiem Himmel auf dem Deck schlafen lassen.«

»Da es unter Deck nur eine Kabine gibt – und zwar die meine! –, wird Ihnen wohl nichts anderes übrig bleiben, als unter freiem Himmel zu schlafen.« Ruth ärgerte sich mittlerweile so über den Mann, dass sie sich gewünscht hätte, er wäre auf Bora Bora geblieben.

»Sie werden mich aber sicher zum Essen in Ihre Kabine einladen!«, fuhr Barrows fort.

»Das wird nicht möglich sein, da ich mit den Matrosen zusammen an Deck esse«, antwortete Ruth mit dem Rest an Höflichkeit, den sie noch zusammenkratzen konnte. Eines war für sie gewiss: Sobald Captain Charles Barrows auf Tahiti ihr Schiff verlassen hatte, würde sie ihn aus ihrem Gedächtnis streichen. Sollte er doch zusehen, wie er von dort wegkam.

Eine Stunde später löste sie Tahitoa am Steuer ab. Sofort war Barrows wieder bei ihr.

»Ist das nicht zu schwer für eine Frau? Wenn Sie erlauben, übernehme ich das Ruder!«

»Ich erlaube nicht!«

»Jetzt seien Sie nicht so stachlig, Madam, und lassen Sie einen Mann, der seit zwanzig Jahren zur See fährt, das tun, was er kann!« Noch während er es sagte, griff Barrows ihr ins Ruder.

»Lassen Sie das!«, herrschte Ruth ihn an.

Stattdessen versuchte er, sie ganz wegzudrängen.

Als Tahitoa dies sah, winkte er zwei seiner Freunde zu sich. Es waren kräftige Burschen und jeder um einen Kopf größer als Barrows. Tahitoa legte diesem grinsend die Hand auf die Schulter. »Sollten Sie je zur See gefahren sein, Mr Barrows, müssten Sie wissen, dass den Befehlen des Kapitäns unbedingt Folge zu leisten ist. Captain Madam hat Ihnen gesagt, Sie sollten das Ruder loslassen. Sollten Sie das nicht augenblicklich tun, könnte dies als Meuterei angesehen werden.«

»Verdammter Nigger!«, stieß Barrows wütend hervor, ließ aber das Ruder los.

»Sie sollten sich bei Mr Tahitoa entschuldigen, Mr Barrows.« Ruths Stimme klang so scharf wie eine Peitsche.

»Ich bin immer noch Captain Barrows«, biss dieser zurück.

»Im Augenblick sind Sie Passagier auf diesem Schiff und zählen nicht mehr als ein Sack mit Kopra. Eigentlich weniger, da wir diesen verkaufen können, was bei Ihnen nicht möglich ist. Da fällt mir ein: Was zahlen Sie überhaupt dafür, dass wir Sie nach Tahiti mitnehmen?« Ruth hatte nichts verlangen wollen, doch nun bedauerte sie es fast, dass ihr Gewissen es nicht zuließ, ihn einfach ins Meer zu werfen, so dass er versuchen konnte, die Küste von Tahaa, die steuerbords sichtbar wurde, zu erreichen.

Barrows hatte geglaubt, mit den Eingeborenen und der Frau an Bord leicht fertigzuwerden, um bei seiner Ankunft auf Tahiti so viel Eindruck zu machen, dass Landers als Leiter der Handelsstation gar nichts anderes übrig blieb, als ihn zum Kapitän dieses Schiffes zu machen. Diese Chance wollte ihm dieses Weibsstück jedoch nicht geben. Da die Nigger, wie er Tahitoa und die anderen Tahitianer nannte, zu ihr hielten, musste er damit rechnen, dass diese Schufte ihn auch noch gefesselt an Land brachten. Er fluchte und überlegte dann, ob er versuchen sollte, die schwarzen Perlen, die Ruth auf Bora Bora eingehandelt hatte, an sich zu bringen. Er gab diesen Gedanken jedoch rasch auf. Wenn sie das bemerkte, lief er Gefahr, ins Meer geworfen zu werden, und zwar mitten in einen Schwarm hungriger Haifische.

Daher beschloss Barrows, zu warten und auf Tahiti mit Landers zu reden. Wenn der Leiter der Handelsstation ihn dann zum Kapitän dieses Schiffes ernannte, würde dieser Nigger, der sich mit dem Weib am Steuer ablöste, auf jeder Fahrt mindestens einmal die neunschwänzige Katze zu kosten bekommen.

Es war für Barrows gut, dass weder Ruth noch Tahitoa seine Gedanken ahnten. Er wäre sonst wirklich Gefahr gelaufen, ein rasches Bad im Meer zu nehmen. So aber hielt er sich in den nächsten Tagen zurück, aß, was ihm gereicht wurde, und sah sich auf dem Schiff aufmerksam um.

»Er will anscheinend ein eigenes Schiff nach dem Muster des unseren bauen«, spottete Tahitoa, während Ruth froh war, die Tür ihrer Kabine mit einem Schloss versehen zu haben. Sie hatte Barrows schon einmal davor erwischt.

»Ich wollte mir die Kabine nur einmal ansehen«, versuchte dieser sich herauszureden.

»Bitte!« Ruth öffnete und machte die Tür auf, damit er hineinschauen konnte. Obwohl die Kajüte klein war, hatte sie diese durch eine Mattenwand teilen lassen, so dass ihr Bett hinter dieser Wand lag. Barrows entdeckte nur einen kleinen, am Boden befestigten Tisch, einen ebenfalls angeschraubten Stuhl und einen

Schrank. Alles war gute Handwerksarbeit und mit Schnitzereien verziert.

»Das sieht ja aus wie die Kabine eines Eingeborenenhäuptlings«, meinte er verächtlich.

»Das ist immer noch besser, als keine Kajüte zu haben«, sagte Ruth, um ihn daran zu erinnern, dass er sich zwar Captain Barrows nannte, aber kein Schiff besaß.

Es war die einzige erwähnenswerte Begebenheit auf der Rückreise. Vor Tahiti übernahm Ruth wieder das Ruder und steuerte die Hiva Oa sicher durch die Taunoa-Passage in die Lagune. Während sich die Hiva Oa unter dem Zug eines letzten Segels dem Anleger näherte, bemerkte Ruth, dass neue Schiffe vor Anker lagen. Es handelte sich augenscheinlich um Walfänger, die hier entweder den antarktischen Winter verbringen oder nach Abschluss der Fangsaison in die Heimat zurückkehren wollten. Nach ihren Flaggen zu urteilen, waren es ein Yankee, ein Engländer und ein Schiff aus Norwegen. Da der Laden und das Gasthaus von Lu Po geführt wurden, würde sie mit diesen Neuankömmlingen wenig zu tun haben und richtete ihre Aufmerksamkeit darauf, sachte am Steg anzulanden und den Zuschauern an Land nicht das Schauspiel zu bieten, diesen über den Haufen zu fahren.

10.

James Edward Hutton war gut nach Tahiti gelangt. Es hätte vielleicht nur einen Anstoß gebraucht, und der Norweger hätte ihn doch mitgenommen. Er wollte jedoch nicht mittellos nach Europa kommen. Wäre die Jarl Egil in die Vereinigten Staaten gefahren, hätte er darum gebeten, dorthin gebracht zu werden. Selbst der Gedanke, dass er ja von einem europäischen Hafen nach Amerika hätte fahren können, reizte ihn nicht. Europa bedeutete für ihn

Ellinor und Zechariah Bartlett sowie Captain Gervase Smyth und Trevor Simmons. In deren Nähe zu gelangen und gleichzeitig hilflos zu sein, brachte er nicht über sich.

Nun saß er auf der neu errichteten Terrasse des Gasthauses. Ein Sonnendach aus einer gewebten Matte spendete Schatten, und er hatte sogar etwas zu trinken, denn Hopkins hatte jedem einen Drink spendiert, gleichzeitig aber erklärt, dass es der einzige wäre, den sie von ihm erhoffen konnten.

Nicht weit von ihm entfernt überlegten Wally und seine drei Kumpane, ob sie nicht besser zur Missionsstation gehen und dort um ein Almosen betteln sollten.

»Wäre der gute, alte Landers noch am Leben, würde er uns sicher helfen«, erklärte Rave Wally eben. »Aber von diesem Schlitzauge, das jetzt die Sache leitet, bekommen wir nicht einmal einen angeschimmelten Nickel!«

Hopkins, der bei den Männern der Newport saß, kratzte sich am Kinn. »Der Kerl ist nicht einmal der neue Leiter der Handelsstation, sondern nur dessen Untergebener, wie er es bereits bei Landers war.«

»Er führt sich aber auf, als ob er es wäre!«, schnaubte Wally und sah Hopkins fragend an. »Wer ist dann der neue Faktor?«

»Die Witwe, von der ich bereits gesprochen habe! Die hat aber nichts zu sagen. Das macht dieser verdammte Wiggles, und der würde einen ehrlichen Wirt wie mich am liebsten verhungern lassen.«

Wally zeigte mit sichtlichem Neid auf das neue Gasthaus. »Dafür, dass Wiggles keine Wirte mag, hat er einen feinen Palast für durstige Kehlen hinstellen lassen.«

Hopkins, der Wiggles seit Jahren kannte, wunderte sich ebenfalls darüber. Auch das Bordell, das ein Stück vom Gasthaus eingerichtet worden war, entsprach nicht gerade Reverend Wiggles' christlichem Sinn.

Während Hopkins und Wally ihren Gedanken nachhingen, deutete Henry auf ein Schiff, das eben in die Lagune einfuhr. »Wenn das mal nicht dieser neue Inselhüpfer der Handelsstation ist, werde ich die nächsten Wochen nur noch Wasser trinken.«

»Das wirst du sowieso, es sei denn, du findest jemanden auf dieser verfluchten Insel, der dir aus reiner Menschenfreundlichkeit einen Drink spendiert«, spottete Hopkins und sah ebenfalls zu der einlaufenden Hiva Oa hinüber.

James folgte seinem Blick und fand, dass es ein hübsches, kleines Schiff war. Für große Fahrten verfügte es über zu wenig Laderaum, doch er schätzte, dass es bis zu den nächstgelegenen Häfen in Asien gelangen konnte. Die Besatzung bestand, wie er zu erkennen glaubte, aus Einheimischen. Allerdings war auch ein Europäer in einem blauen Rock an Bord. Das musste der Kapitän sein, dachte er. Wallys Hoffnung, sich der Handelsstation als Kapitän anzudienen, würde sich demnach wohl nicht erfüllen.

Für einen Moment stellte James sich vor, er könnte der Kapitän des Schiffes werden und hier in der Südsee alles vergessen, was ihn belastete. Dabei ahnte er, dass ihm das wohl niemals gelingen würde. Zechariah Bartlett und dessen Handlanger Smyth hatten zehn Jahre lang versucht, ihn zu beseitigen. Längst hatte er begriffen, weshalb Smyth ihn immer wieder auf Himmelfahrtskommandos geschickt hatte. Er hatte Kameraden sterben sehen, war selbst aber jedes Mal davongekommen.

Unterdessen legte die Hiva Oa an. Der Mann, den er für den Kapitän hielt, stieg als Erster an Land, sah sich kurz um und stiefelte schnurstracks auf den Gasthof zu. Als er die Gruppe auf der Terrasse sah, trat er mit einem schiefen Grinsen näher.

»Sieht aus, als hätte der alte Landers hier kräftig investiert«, sagte er. »Habt ihr etwas dagegen, wenn sich ein alter Fahrensmann zu euch setzt?«

»Nehmen Sie Platz, Captain Barrows! Was für eine Überraschung, Sie hier zu sehen. Ich dachte, Sie wollten in die Karibik segeln?«, antwortete Wally.

Barrows brauchte einige Augenblicke, um ihn zu erkennen, und musste dann lachen. »Hol mich doch der Teufel, wenn das nicht mein alter Freund Raphael Wally ist! Scheint Ihnen in letzter Zeit aber auch nicht gut gegangen zu sein. Ihr Rock sieht nicht gerade wie der eines Gentleman aus, und von den Schiffen auf Reede scheint mir keines die Newport zu sein!«

»Der alte Kahn ist abgesoffen, und die meisten meiner Männer mit ihm«, erklärte Wally, ohne auf die näheren Umstände einzugehen. »Jetzt wollte ich Landers fragen, ob er nicht ein Kommando für mich weiß, aber der hat schon vor etlichen Monaten ins Meerwasser gebissen. Der Teufel soll ihn dafür holen!«

»Das hat er schon getan!«, warf Hopkins lachend ein.

Während auf Wally und die Matrosen ein ungewisses Schicksal wartete, konnte er im südlichen Frühjahr auf seine kalte Insel zurückkehren. Auch war er im Gegensatz zu den anderen nicht mittellos. Mit diesem Gedanken stand er auf. »So, ich werde zu dem Schlitzauge, äh … zu Mr Lupo gehen und mit ihm über den Verkauf meiner beiden Hübschen verhandeln. Er kann sie in seinem Puff sicher brauchen!«, sagte er und ging.

Wally sah ihm nach und stieß dann einen wüsten Fluch aus. »Landers soll wirklich der Teufel holen, weil er krepieren musste. Von ihm hätte ich das Kommando über dieses Schiff bekommen. Ein paar Jahre Handel hier in der Südsee, und ich wäre als gemachter Mann nach Nantucket heimgekehrt. Aber jetzt hat dieser verdammte Missionar das Sagen, und bei dem brauche ich erst gar nicht anzuklopfen.«

»Aber wieso nicht?«, fragte Henry. »Immerhin bist du der Schwiegersohn eines Predigers, und das müsste ihm doch gefallen!«

»Idiot!«, schnaubte Wally. Sein Ruf als rücksichtsloser Kapitän, der Eingeborene überfiel, um billig an Vorräte und Sklaven zu kommen, von denen er die Frauen an Bordelle und die Männer an Erzminen verkaufte, half ihm vielleicht in seiner Heimat. Für Wiggles und dessen Missionare hingegen war er der fleischgewordene Gottseibeiuns. Sein einziger Trost war, dass Barrows' Ruf noch schlechter war als der seine.

»Was ist eigentlich mit Ihnen passiert? Als ich Sie das letzte Mal gesehen habe, waren Sie der Kapitän einer Sloop mit zwanzig Kanonen und etlichen guten Verstecken auf abgelegenen Inseln«, fragte er Barrows geradeheraus.

»Das ist eine längere Geschichte, die ich ein anderes Mal erzählen werde«, wich Barrows einer direkten Antwort aus. »Aber jetzt etwas anderes: Hopkins hat behauptet, die Leitung der Handelsstation wäre einer Frau übertragen worden.«

»Ja, aber nur zum Schein, um sie zu versorgen! So viel zur christlichen Nächstenliebe dieser Pfaffen. Von ihrem eigenen Geld geben die nichts her«, spottete Wally.

Barrows dachte an Ruth, die sich auf der Hiva Oa ihm gegenüber recht selbstherrlich benommen hatte. Wenn sie die neue Leiterin der Handelsstation war, brauchte er nicht zu fragen, ob sie ihn als Kapitän haben wollte. Noch während er überlegte, was er tun sollte, stieß Henry einen überraschten Ruf aus. »Die Hexe von Hiva Oa! Mich soll der Teufel holen, wenn sie das nicht ist!«

Alle blickten in die Richtung, in die er wies. Eine Frau ging keine hundert Schritte vom Gasthaus entfernt auf den nahen Hügel zu und stieg den Weg zu einem großen Haus hinauf, das wie eine Krone auf der Hügelkuppe stand. Wally erkannte Ruth ebenfalls und fluchte lästerlich, während in James' Kopf die Gedanken rasten. Er hatte Ruth und deren Ehemann auf der Hesione nach Hiva Oa gebracht, wo Hinrich Mensing als Missionar tätig sein sollte. Später hatte er von dem alten Craven gehört, sie habe Wally und dessen Männer ganz allein von der Insel vertrieben. Und jetzt hieß es, sie wäre Witwe und die Leiterin der Handelsstation.

Das alles war zu verwirrend für ihn, und er wusste nicht, was er glauben sollte. Doch als er ihr mit seinem Blick folgte, schien ein Irrtum ausgeschlossen: Ihre Haare leuchteten in der Sonne wie Gold mit einer leichten Kupfernote, und er hätte sie an ihrem Gang und ihrer Haltung überall erkannt.

Wally fluchte und wünschte ihr die Pest an den Hals. Als Barrows das hörte, sah er ihn interessiert an. »Offenbar kennen Sie die Frau und können sie nicht ausstehen!«

»Nicht ausstehen?«, schrie Wally. »Wenn ich so könnte, wie ich wollte, würde ich sie auf mein Schiff schleppen, mich mit ihr einige Wochen auf meine ganz spezielle Art vergnügen und sie dann an den übelsten Puff verkaufen, den ich kenne! Mit diesem Miststück hat mein Unglück begonnen! Der Teufel soll sie holen!«

»Auf Ihr Schiff schleppen dürfte schwierig sein, weil Sie derzeit keines haben«, spottete Barrows und beugte sich dann zu Wally hin.

Er sprach so leise auf den Walfänger ein, dass James nichts mehr verstehen konnte.

Als James daher etwas näher rückte, hob Wally den Kopf. »Du kannst hineingehen und dem Schankknecht sagen, er soll noch eine Lage bringen!«

Es war deutlich, dass Wally ihn nicht in der Nähe haben wollte. Um keinen Verdacht zu erregen, blieb James nichts anderes übrig, als zu gehorchen. Er stand auf, ging in den Gasthof und fing den einheimischen Kellner ab.

»Noch einmal Rum für alle!«, sagte er rasch, eilte dann zu der Wand, hinter der die Terrasse lag, und lauschte. Zwar konnte er nicht alles verstehen, aber die Botschaft war klar: Barrows schlug ein Verbrechen gegen Ruth Mensing vor und rannte damit bei Wally offene Türen ein. Anscheinend wollten die beiden Schurken sie in ihrem Haus überfallen, ausrauben und auf ihr eigenes Schiff verschleppen, um sie zu missbrauchen.

»Sind wir erst einmal auf diesem Kahn, holt uns niemand mehr ein«, hörte er Barrows sagen. »Wir segeln nach Batavia oder einen ähnlichen Hafen und verkaufen dort das Schiff. Mit etwas Glück kann sich danach jeder von uns eine Sloop besorgen. Was halten Sie davon?«

»Sehr viel!«, antwortete Wally, um dann zu fragen, wo der Schnaps blieb.

James gab seinen Horchposten auf, nahm dem Kellner den Krug ab, den dieser eben gefüllt hatte, und brachte ihn selbst nach draußen.

»Diesen Einheimischen muss man auch dreimal hinterherlaufen, bis sie das tun, was man von ihnen will«, meinte er mit einem missratenen Grinsen.

Am liebsten hätte er dieser verkommenen Bande ins Gesicht gesagt, was er von ihnen hielt. Doch er stand allein gegen fünf, und das war auch für Lucky Jim zu viel.

11.

Ruth war glücklich, als sie ihr Haus betrat und ihr Jan auf seinen kleinen Beinen entgegenwetzte. »Amma!«, rief er.

Es sollte wohl Mama heißen, dachte sie und zog ihn an sich. »Da bin ich wieder, mein Süßer! Hast du mich sehr vermisst?«

Sie hatte ein schlechtes Gewissen, weil sie ihren Sohn gut zwei Wochen allein gelassen hatte. Zwar war er abgestillt und entwickelte sich unter Aipuas Obhut vorzüglich. Sie hatte ihn während der Fahrt mit dem Schiff jedoch arg vermisst und fragte sich, wie sie es anfangen sollte, ohne ihn nach China zu segeln.

Noch während sie darüber grübelte, trat Tahitoa ein. Er wirkte sehr ernst. »Sie sollten Ihre Pistolen laden und am besten auch die beiden Musketen, die wir von Hiva Oa mitgebracht haben!«

»Wieso? Was ist geschehen?«

»Da mir Captain Barrows während der Fahrt nicht geschmeckt hat, habe ich ihn nicht aus den Augen gelassen. Er ist sofort zum Gasthaus und hat sich zu ein paar Männern auf die Terrasse gesellt. Sie erraten nie, wer sie sind!«

»Sag es!«, forderte Ruth ihn ungeduldig auf.

»Captain Rave Wally von der Newport und eine Handvoll seiner Männer! Sie sahen alle arg mitgenommen aus und haben bei ihrem Gespräch immer wieder hier heraufgeschaut. Wenn Sie mich fragen, haben die Kerle eine Schurkerei vor – und dagegen müssen wir uns wappnen!«

»Und ob wir das tun werden!«, rief Ruth zornig. Sie hatte Wallys Heimtücke bei seinem versuchten Raubzug gegen die Hanatea nicht vergessen, und ebenso wenig, dass sie, um sich zu verteidigen, mehrere seiner Matrosen hatte töten müssen.

»Da ist noch etwas«, fuhr Tahitoa zögerlich fort.

»Ja?«

»Als ich schon gehen wollte, kam ein Mann aus dem Schankraum und goss den Kerlen Schnaps ein. Ich könnte schwören, dass es sich dabei um Leutnant James Hutton gehandelt hat!«

»Lucky Jim? Der soll doch tot sein«, rief Ruth erstaunt und fragte sich, wie dieser überlebt haben und zu Captain Rave Wally gekommen sein sollte. Was den Charakter der beiden betraf, so hätte sie ihn und Wally bis jetzt an den entgegengesetzten Enden jener Skala angesiedelt, mit der man solche maß.

FÜNFTER TEIL

LUCKY JIM

1.

Da Rave Wally James nicht traute, schloss er ihn von allen Gesprächen über seine Pläne aus. Zudem hielten seine Männer James unter Beobachtung, so dass er keine Gelegenheit fand, Ruth aufzusuchen und sie zu warnen.

Als es dann doch einmal so aussah, als könnte es ihm gelingen, klopfte ihm einer von Wallys Matrosen auf die Schulter. »Komm, wir wollen uns den neuen Segler ansehen, den sich die Handelsstation geleistet hat.«

James war zwar neugierig auf die Hiva Oa, doch weitaus lieber hätte er sich zu Ruths Haus geschlichen oder versucht, Wally und Barrows zu belauschen, um herauszufinden, was diese im Schilde führten. Da beides unmöglich war, folgte er dem Matrosen zur Hiva Oa und stieg an Deck.

Es war ein gutes Schiff, fester gebaut als viele andere, die dieses Meer durchpflügten, und groß genug, um Handelsfahrten bis zu den nächsten asiatischen Häfen unternehmen zu können. Obwohl es einem europäischen Vorbild nachempfunden worden war, wirkte es durch das verwendete Holz und die Schnitzereien exotisch.

Unter Deck kamen sie nicht, da die Luken verschalkt waren, doch auch so hätte sich die Besichtigung der Hiva Oa in James' Augen gelohnt, wären Wally, Barrows und Henry nicht gleichzeitig auf der Terrasse des Gasthauses gesessen und hätten Dinge beredet, die ihn brennend interessierten.

Er wusste nicht, dass Wally Henry losgeschickt hatte, um mehr über Ruth Mensing in Erfahrung zu bringen. Als angeblichem Matrosen eines der vor Anker liegenden Walfänger war es ihm gelungen, mehrere Tahitianer und sogar ein paar Europäer aus der Missionssiedlung auszuhorchen.

Nun berichtete er Wally und Barrows, was er erfahren hatte. »Die Frau lebt allein mit ihrem Sohn in dem Haus auf dem Hügel. Sie hat nur einen Eingeborenen und dessen Ehefrau als Diener sowie zwei weitere einheimische Weiber bei sich. Das Dorf der Europäer ist mehr als eine Meile entfernt, und zu den ersten Eingeborenenhütten ist es auch fast eine Meile. Bis da jemand zu Hilfe kommt, sind wir längst mit ihr und ihrem Schiff auf See. Wir sollten auch ihr Balg mitnehmen! Wenn wir ihr androhen, ihm etwas anzutun, wird sie alles tun, was wir von ihr verlangen.«

Wally nickte, brachte aber einen Einwand: »Was ist mit den Matrosen in der Kneipe? Es braucht nur eines der Weiber um Hilfe zu rufen, dann sind sie schnell oben beim Haus!«

»Es muss zu einer Zeit geschehen, in der sich keine Matrosen hier herumtreiben«, schlug Barrows vor.

»Und wann soll das sein? Nach Mitternacht? Selbst mit einem Schiff, das ich gut kenne, würde ich um die Zeit die Ausfahrt aus der Lagune nicht wagen, geschweige denn mit diesem!« Wally war laut geworden, beruhigte sich aber wieder, während über Barrows' Gesicht ein überheblicher Zug huschte.

»Ich meine am Morgen bei Sonnenaufgang. Da schlafen die Matrosen auf den Schiffen ihren Rausch aus. Die Eingeborenen, die in der Schenke und im Laden helfen, sind noch nicht da, und so kann der armen, bemitleidenswerten Mistress Mensing bedauerlicherweise keiner helfen, wenn sich so böse Buben wie wir ihrer und ihres Schiffes bemächtigen.«

»Das ist keine schlechte Idee«, fand Henry und sah zum Strand hin, wo seine Kameraden mit James Hutton von ihrer Schiffsbesichtigung zurückkehrten.

»Den Neuen will ich nicht dabeihaben! Der hat mir zu sehr mit dem wunderlichen Craven zusammengesteckt, und wie ehrpusslig der war, wissen Sie selbst, Captain Sir.«

Wally nickte. »Der Kerl wäre damals, wenn unsere Aktion auf Hiva Oa gelungen wäre, beinahe mit Bert und dir zusammengerasselt, nur weil euch der Sinn nach frischem weißen Weiberfleisch stand. Jim dürfte genauso sein!«

»Und? Soll ich ihn …?«, fragte Henry und streichelte erwartungsvoll seinen Messergriff.

Barrows schüttelte mit einem nachsichtigen Lächeln den Kopf. »Das müssen wir eleganter lösen! Ein Mord könnte bemerkt werden, und das wäre für unseren Freund Henry fatal, und ebenso für uns, da wir jeden Mann brauchen, um mit diesem Schiff in See zu stechen.«

»Wir müssen rasch handeln! Das Schlitzauge hat bereits angemahnt, dass wir für Kost und Logis zahlen sollen«, warf Wally ein.

»Daher sollten wir gleich morgen früh zuschlagen. Bis die Leute merken, was geschehen ist …«

»… sind wir auf hoher See! Das haben Sie schon vorhin gesagt. Aber was ist mit Jim? Wenn er versucht, uns zu behindern, muss ich ihn doch abstechen«, unterbrach Henry Barrows rüde.

Barrows lehnte sich zurück und lächelte. »Jim schicken wir morgen früh zur Missionsstation, um Reverend Wiggles, Mr Baker und die anderen Missionare um eine kleine Spende zu bitten. Immerhin sind wir arme, auf dieser Insel gestrandete Seeleute und so mittellos, dass Gott schon Manna vom Himmel regnen lassen müsste, damit wir nicht verhungern.«

Henry musste schallend lachen. »Das ist eine sehr gute Idee! Wenn wir uns das Schiff unter den Nagel gerissen haben, halten sie ihn sicher für unseren Komplizen und hängen ihn auf.«

Auch Wally musste lachen. Er sah sich bereits im Besitz der Hiva Oa und überlegte, wie er Barrows um dessen Anteil bringen konnte.

Barrows jedoch kannte ihn gut genug, um dies vorauszusehen, ging aber davon aus, dass er auf jeden Fall schlauer war als Wally, und streckte diesem die Hand hin. »Dann sind wir uns also einig!«

Wally ergriff sie, sah ihn dann aber fragend an. »Bevor wir darangehen, dieses verfluchte Weib und ihr Schiff zu kapern, würde ich gerne wissen, wie Sie in diese beschissene Lage geraten sind. Als ich Sie vor fünf Jahren das letzte Mal gesehen habe, besaßen Sie Ihr eigenes Schiff und wollten in der Karibik von Schmuggel und dergleichen leben.«

Barrows winkte ab. »Das ist eine längere Geschichte! Auf jeden Fall war es so, dass meine Anwesenheit in den karibischen Gewässern nicht erwünscht war. Ich habe mich eine gewisse Zeit vor Afrika herumgetrieben, dann vor Indien, bis ich auf den Gedanken kam, wieder einmal die Südsee aufzusuchen. Ich hätte es mir verkneifen sollen, denn hier wurde ich das Opfer einer schamlosen Meuterei. Mein Steuermann und mehrere andere Schufte in meiner Mannschaft waren der Ansicht, dass sie ohne meine Begleitung in der Karibik willkommen wären. Daher haben sie mich des Nachts aus meiner Koje gezogen, mich ohne Geld und Vorräte in das kleinste Beiboot gesetzt und sind davongesegelt.«

Barrows trank einen Schluck Rum, bevor er weitersprach. »Ich hatte vorher unsere Position bestimmt und wusste, dass Inseln in der Nähe sein mussten. Zwei Tage war ich mein eigener Mast und habe meinen Rock als Segel benützt. Und siehe da, Gott war der Meinung, dass der gute alte Charles Barrows nicht auf dem Meer verschmachten sollte, und ließ mich nach Bora Bora gelangen. Von dort kam ich mit jenem Schiff dort hierher und habe es mir unterwegs ganz genau angesehen. Ich traue mir zu, diesen Kahn in jeden Hafen zu steuern, den ich anlaufen will.«

Zwar verschwieg Barrows ein paar Tatsachen, zum Beispiel die, dass er als Sklavenhändler und Pirat das Interesse der englischen Behörden auf sich gezogen hatte. Seine Mannschaft hatte ihn auch nicht aus Sehnsucht nach der Karibik abgesetzt, sondern ganz einfach, weil er in den letzten zwei Jahren zu erfolglos gewesen war.

Wally sah unterdessen zu James hin, der mit den beiden anderen Matrosen unweit des Gasthauses am Strand stand. »Soll ich Jim gleich sagen, dass er morgen früh zu den Missionaren soll?«

»Morgen früh reicht vollkommen!«, antwortete Barrows lächelnd. »Sonst kommt er womöglich noch darauf, dass wir etwas vorhaben, bei dem wir ihn nicht dabeihaben wollen.«

2.

Weder Barrows noch Wally ahnten, dass James längst Verdacht geschöpft hatte, und auch nicht, dass Ruth ihre Pistolen und Musketen geladen hatte, damit Tahitoa und sie sich beim ersten Anzeichen einer Gefahr bewaffnen konnten. Während der letzten Stunden hatte sie die Gruppe durch ihr Fernrohr beobachtet und festgestellt, dass die Kerle ein besonderes Interesse für ihr Haus und für ihr Schiff zeigten.

Das Einzige, worüber sie sich wunderte, war die Tatsache, dass James Hutton zu dieser Gruppe gehörte. Zwar freute sie sich für ihn, weil er seinem Spitznamen Ehre gemacht hatte und dem nassen Tod entkommen war. Damals auf der Hesione hatte sie einen guten Eindruck von ihm gewonnen, und nun ärgerte sie sich, weil sie sich arg in ihm getäuscht haben musste.

Sie bemerkte, dass er sich mit zwei anderen aus der Bande die Hiva Oa ansah. Dabei fiel ihr auf, dass seine Begleiter hinter seinem Rücken immer wieder miteinander sprachen. Fast sah es so aus, als gehöre er nicht zu ihnen.

Als die drei Matrosen zum Gasthaus zurückkehrten, setzten sich zwei zu Wally und Barrows auf die Terrasse. James ging in den Schankraum und kehrte mit Bechern und einem kleinen Krug zurück. Mittlerweile wusste Ruth, dass die Gruppe sich dort auf Pump eingenistet hatte. Sie hatten Lu Po erzählt, dass sie von dem Kapitän, der sie bis hierher mitgenommen hatte, noch Geld zu bekommen hätten. Ruth bezweifelte das und überlegte, Tahitoa und ein paar von dessen Freunden zu Lu Po zu schicken, damit er die Kerle aus dem Haus wies.

Doch was hätte sie damit gewonnen? Sie würde sich Wally und Barrows damit nur noch mehr zu Feinden machen. Da war es klüger, ruhig, aber wachsam zu bleiben. Da es ihr unwahrscheinlich erschien, nur mit Tahitoa an ihrer Seite sechs Männern die Stirn bieten zu können, schickte sie Vaimiti los, damit diese ihn holte.

Als er durch die Tür trat, grinste er übers ganze Gesicht. »Hallo, Madam! Ich habe mir den Kopf zerbrochen, wie wir die Kerle daran hindern können, uns im Schlaf zu überraschen, und bin auf die Idee gekommen, eine Schnur über den Weg zu spannen, die bis zu meinem Haus reicht und dort für ein Geräusch sorgt.«

»Tu das!«, forderte Ruth ihn auf. »Kannst du die Schnur auch bis zu meinem Haus weiterführen, damit auch ich gewarnt werde?«

Tahitoa überlegte kurz und schüttelte den Kopf. »Ich muss die Schnur weiter unten anbringen, sonst sind die Kerle schon zu nahe, bevor ich sie bemerke. Aber ich könnte von mir zu Ihnen eine Schnur legen und an dieser ziehen, damit Sie merken, wenn ich von meiner Anlage alarmiert werde.«

»Tu auch das!«, sagte Ruth und richtete ihr Fernrohr wieder auf die Terrasse, auf der die Schurken saßen. Irgendwie glich die Situation der im Hanatea-Tal auf Hiva Oa zu jener Zeit, als sie auf den Überfall der feindlichen Stämme gewartet hatten, ohne zu wissen, wann dieser ausgeführt werden würde. Die Ungewissheit zehrte an den Nerven.

»Kannst du ein paar deiner Freunde herholen, die uns, wenn es hart auf hart kommt, unterstützen?«, fragte sie Tahitoa.

»Das werden sie gerne tun. Sie sollen aber von der anderen Seite des Hügels kommen, damit Wallys Bande sie nicht sehen kann.«

»Wir müssen damit rechnen, dass Wally es von dieser Seite aus versucht«, gab Ruth zu bedenken.

»Das glaube ich nicht. Zum einen kennen sich die Kerle hier nicht aus, zum anderen muss er damit rechnen, dass einer von uns in Richtung des Handelspostens flieht. Also werden sie von dort kommen.«

So ganz war Ruth nicht überzeugt, andererseits sah auch sie ein, dass es für Wally und seine Männer in der Nacht sehr beschwerlich sein würde, den Hügel zu umgehen. Über Land war es schon im Hellen nicht einfach, und die Schurken verfügten über keine Kanus. Sie traute ihnen außerdem nicht zu, die Strecke schwimmend zu bewältigen. Trotzdem forderte sie Tahitoa auf, auch den Weg auf der anderen Seite mit einer Alarmschnur zu versehen.

»Ich werde es tun«, versprach er, obwohl er nicht glaubte, dass es nötig sein würde. »Captain Wally soll sich vorsehen!«, setzte er mit einem bösen Grinsen hinzu. »Diesmal bin ich dabei, und er hat bei mir noch eine hübsche Rechnung offen!«

Er dachte daran, wie Wally sich das Vertrauen des Hanatea-Stammes erschlichen hatte, um die Krieger betrunken zu machen und danach mit erbeuteten Vorräten sowie mehreren gefangenen Frauen und Männern abziehen zu können. Wäre das dem Walfänger gelungen, so hätten Ruths Ehemann Hinrich und er selbst Häuptling Matahi und dem Priester Aitu'ha'anui mit großer Sicherheit als – wie hatte Hinrich Mensing es einmal genannt? – als Bauernopfer gedient und wären hingerichtet worden, damit diese ihre Macht im Stamm erhalten konnten. Als er darüber nachdachte, fand er, dass Captain Wally und seine Bande bei ihm noch einiges im Salz liegen hatten. Diese Rechnung würde er, wenn sie es tatsächlich wagten, Ruths Haus anzugreifen, mit aller Macht einfordern.

Ihm fiel noch etwas ein. »Was ist, wenn die Kerle gar nicht hier heraufkommen wollen, sondern es auf die Hiva Oa abgesehen haben?«

Daran hatte Ruth bislang nicht gedacht. Nun aber fand sie, dass Tahitoa recht haben konnte. Zwar waren die Luken verschalkt, doch die konnte man aufbrechen. Sie hatte allerdings nicht genug Leute, um zwei Stellen gleichzeitig bewachen zu lassen.

Kurz entschlossen hob sie den Kopf. »Richte deinen Freunden aus, sie sollen heute so tun, als würden sie auf der Hiva Oa arbeiten. Dabei sollen sie eine Luke offen lassen und, sobald es dunkel ist, zum Schiff zurückkehren, es heimlich besteigen und sich im Laderaum verbergen. Sollten Wally und seine Kumpane das Schiff stehlen wollen, können wir ihnen zu Hilfe eilen, ist dieses Haus hier Wallys Ziel, sollen sie hierherkommen und uns beistehen.«

Tahitoa fand diesen Vorschlag gut und eilte los. Unterdessen blieb Ruth als Opfer ihrer wirbelnden Gedanken und Gefühle zurück. Nach den entsetzlichen Dingen, die auf Hiva Oa passiert waren, hatte sie gehofft, hier auf Tahiti Ruhe und Frieden zu finden. Wie es jedoch aussah, war ihr dies nicht vergönnt.

3.

Nicht nur Ruth und Tahitoa, sondern auch James machte sich seine Gedanken, wie er Wally und Barrows daran hindern konnte, Ruth ein Leid zuzufügen. Seine Möglichkeiten waren jedoch äußerst begrenzt. Außer seinem alten und bereits ziemlich lädierten Dolch besaß er keine Waffe. Zudem kannte er die genauen Pläne der Schurken nicht und hatte daher Angst, diese könnten ihren Plan in die Tat umsetzen, ohne dass er es bemerkte.

James verbrachte den Tag in großer Sorge und nahm sich, als sie alle sechs in einem der beiden Gasträume im Anbau des Gasthauses ihre Decken ausbreiteten, vor, so lange wie möglich wach zu bleiben. Eine gewisse Zeit schaffte er es auch, irgendwann aber schlief er doch ein.

Als er erwachte, war es draußen bereits hell. James schreckte hoch und atmete auf, da er Wally und die anderen noch im Raum liegen sah.

Er ging nach draußen, um sich in einer Rinne, die vom Bach abgeleitet worden war, zu waschen. Henry und Barrows kamen ihm nach und benetzten kurz ihre Gesichter.

»Unser schlitzäugiger Freund Lu Po will heute Geld von uns haben. Wenn wir ihm nichts geben können, ist es aus mit dem Rum, und wir müssen unser Nachtquartier unter einer Kokospalme aufschlagen. Daher sollte einer von uns zu den Missionaren gehen und sie bitten, uns mit ein paar Dollars auszuhelfen«, schlug Henry vor.

Unterdessen war Wally zu ihnen getreten und nickte. »Es bleibt uns nichts anderes übrig, als dieses Pfaffengesindel anzubetteln. Für einen Captain ist das aber nichts. Daher sollte einer von euch gehen. Wie wäre es mit dir?«, fragte er Henry.

Der wehrte sofort ab. »Das sind doch alles verdammte Engländer! Die geben einem aufrechten Yankee nicht einmal einen Hosenknopf, geschweige denn Geld! Das muss einer machen, der das Englisch ihres Königs genauso spricht wie sie.«

Sofort wandten alle ihre Köpfe James zu. »Du bist doch ein Engländer! Lass dir eine rührselige Geschichte einfallen, damit die Herrschaften ihre Börse zücken. Sonst ist unser schönes Leben auf Tahiti vorbei, noch bevor es richtig begonnen hat!«, sagte Wally und klopfte James auf die Schulter.

James fing den kurzen Blick auf, den Wally mit Henry wechselte, und begriff, dass es den beiden nicht um ein Almosen der Missionare ging. Sie wollten die frühe Stunde ausnützen, um Ruth

Mensing zu entführen und mit deren Schiff zu fliehen. Da war er natürlich im Weg.

James wurde klar, dass sie die beste Zeit dafür gewählt hatten. Der Laden war noch geschlossen, im Gasthaus waren sie die einzigen Gäste, und von den Männern, die auf Ruth Mensings Schiff gearbeitet hatten, war noch keiner zu sehen. Damit war die Frau bis auf zwei, drei Dienstboten allein in ihrem Haus. Bis Hilfe kommen konnte, hatten Wally und seine Bande sie längst aufs Schiff verschleppt und abgelegt. Die englische Fregatte, die die Hesione abgelöst hatte, war unterwegs, und die hier vor Anker liegenden Walfänger waren viel zu plump und zu langsam, um einem schnittigen Schiff folgen zu können.

»Hast du nicht gehört? Der Captain hat dir den Befehl erteilt, die Missionare um eine milde Gabe für ein paar unverschuldet in Not geratene Seeleute zu bitten!«, fuhr Henry ihn an.

»Das schon, aber ich habe mir überlegt, ob ich nicht vorher frühstücken sollte«, wandte James ein.

»Das kannst du später tun! Mit hungrigem Magen bettelt es sich besser.« Wally lachte.

Auch Barrows lachte kurz, bevor er James leutselig auf die Schulter klopfte. »Ich würde ja mit dir mitgehen. Aber du hast Captain Wally gehört. Es ist unter der Würde eines Captains, betteln zu müssen!«

»Na gut! Wenn ihr meint, dann gehe ich eben. Aber ich bekomme von dem, was man mir gibt, doppelt so viel wie die anderen Matrosen«, sagte James scheinbar nachgiebig.

»He, so haben wir nicht gewettet!«, rief Henry erbost. Für einen Augenblick hatte er vergessen, dass sie Tahiti längst verlassen haben wollten, wenn James zurückkam.

Wally hob beschwichtigend die Hand. »Jetzt sei nicht so geizig, Henry. Auch du würdest einen erhöhten Anteil fordern, wenn du gehen müsstest.«

»Ja, schon gut!«, brummte der Mann und kehrte ins Gasthaus zurück.

Dort hielt sich nur eine Tahitianerin auf, die mindestens zweihundertfünfzig Pfund wog. Sie hatten überlegt, sie umzubringen oder wenigstens zu fesseln und zu knebeln, damit sie nicht Alarm schlagen konnte. Das war ihnen jedoch zu riskant erschienen. Wenn die Frau auch nur einen Schrei ausstoßen konnte, würde dies die Witwe warnen. Wie gut diese mit Waffen umzugehen wusste, hatten sie auf Hiva Oa leidvoll erfahren. Wenn sie auch nur einen oder zwei von ihnen tötete, war die Gruppe zu klein, um das Schiff bedienen zu können. Daher würden sie das fette Weibsstück notgedrungen in Ruhe lassen. Sie schien zwar kräftig wie ein Bulle, aber zu schwerfällig, um auf Ruth Mensings Seite eingreifen zu können.

»Du essen?«, fragte sie Henry.

»Noch nicht! Erst, wenn die anderen da sind. Jetzt will ich einen Schnaps«, antwortete Henry.

Die Frau füllte einen Becher, schob ihm diesen hin und machte dann einen Kreidestrich zu den vielen anderen, die bereits auf einem an der Wand hängenden Brett standen.

»Es wird an der Zeit zu verschwinden«, murmelte Henry, trank seinen Schnaps und verließ die Schankstube. Draußen sah er, dass James in Richtung Missionssiedlung ging. Gelegentlich blieb dieser stehen und blickte auf die Walfänger, die in der Bucht geankert hatten.

»Du denkst wohl, dass du auf einem von denen anheuern kannst. Das kannst du vergessen«, sagte Henry spöttisch, als er sich wieder zu seinen Kumpanen gesellte.

Barrows erklärte eben, wie sie vorgehen sollten. Als er Henry herankommen sah, runzelte er unwillig die Stirn. »Wo bist du gewesen? Ich habe keine Lust, alles doppelt und dreifach sagen zu müssen!«

»Ich hatte was zu erledigen. Außerdem wollte ich sehen, ob Jim tatsächlich zu den Missionaren geht. Eigentlich könnten wir ihn brauchen, denn drei Matrosen auf zwei Captains, das ist ein sauschlechtes Verhältnis.«

Barrows lachte. »Von uns Captains wird immer einer mitarbeiten, nicht wahr, Captain Wally?«

Dieser grunzte nur, da er genau wusste, dass er nach Barrows' Plan derjenige sein sollte, der Matrosenarbeit leisten musste. Wäre die Hiva Oa nur ein wenig größer gewesen und in der Lage, die stürmische See bei einer Umrundung von Kap Hoorn zu überstehen, hätte er Barrows beseitigt und wäre mit dem Schiff in die Heimat zurückgekehrt. So blieb ihnen nichts anderes übrig, als das Schiff in einem der Häfen von Niederländisch-Indien oder den spanischen Kolonien, die man die Philippinen nannte, zu verkaufen.

Vorher mussten sie den Kahn aber erst einmal haben, dachte er und wandte sich seiner Truppe zu. »Wir sollten aufbrechen, bevor die Madame oben erwacht!«

»Ein ausgezeichneter Gedanke!«, lobte ihn Barrows und übernahm die Spitze.

In dem Augenblick wünschte Wally, Ruth Mensing würde sie mit einer Pistole in der Hand empfangen und diesen angeberischen Kerl über den Haufen schießen, bevor sie selbst überwältigt wurde.

Während sie raschen Schrittes auf den Hügel zugingen, drehte Wally sich um, um nach James zu schauen. Der war aber schon so weit auf das Missionsdorf zugegangen, dass er ihn nicht mehr sehen konnte. Daher richtete er seine Gedanken auf den bevorstehenden Angriff.

Die Bande hatte Glück. Ein möglicher Überfall war von Ruth für die letzte Stunde vor Sonnenaufgang erwartet worden. Nun stand die Sonne bereits am Himmel, und die Insel erwachte. Ein Angriff um diese Zeit erschien Ruth kaum wahrscheinlich. Daher achtete sie nicht so auf ihre Umgebung, wie es nötig gewesen wäre.

Die Schnur, die Tahitoa über den Weg gespannt hatte, war bei Licht nutzlos. Barrows entdeckte sie und wies seine Begleiter an, vorsichtig darüber zu steigen. »Damit will die Madame anscheinend verhindern, dass des Nachts böse Buben unbemerkt zu ihr hochsteigen können«, sagte er grinsend und zauberte eine kleine Pistole aus seiner Rocktasche. Sie hatte bis zum Vorabend dem Maat eines der Walfangschiffe gehört, der sich in der Nacht allerdings so betrunken hatte, dass es ein Leichtes gewesen war, ihm die Waffe zu entwenden. Barrows konnte damit zwar nur einmal schießen, wollte die Waffe aber ohnehin nicht benützen, sondern nur damit drohen.

Die fünf Männer umgingen Tahitoas Heim und waren fast schon bei Ruths Haus, als Aipua einen Teil der Mattenwand öffnete und die Kerle entdeckte. Sie wollte schreien, um Ruth zu warnen, hatte dann aber Angst, dass die Männer dann hierherkommen würden. Mit einer Pistole und einer Muskete, die Tahitoa hier aufbewahrte, war er den Schurken jedoch unterlegen. Daher packte sie die Leine, die er zu Ruths Haus gespannt hatte, und zog heftig daran.

Nun wurde auch ihr Mann wach und sprang auf. »Was ist los?«

»Die bösen Männer sind fast schon bei Ruhutia!«, erklärte Aipua aufgeregt.

Tahitoa stieß einen üblen Fluch aus, den er von einem englischen Seemann gelernt hatte, und packte seine Waffen.

»Sei vorsichtig!«, flehte seine Frau.

Er nickte und eilte los.

Das leichte Klingen des Gongs, den Tahitoa zu einer Alarmanlage umgebaut hatte, ließ Ruth aufspringen. Sie schnappte sich eine Pistole und spähte nach draußen. Vier Männer kamen auf ihr Haus zu, an der Spitze Wally, der mit einem Messer in der Hand das letzte Stück im Laufschritt zurücklegte.

»Maire! Vaimiti! Nehmt die Musketen!«, befahl Ruth.

Sie hielt nach Jan Ausschau und sah, dass der Junge sich bei Maire befand.

»Gib gut auf ihn acht«, forderte sie diese auf und stellte sich so, dass sie die Tür im Auge behielt.

Wally trat darauf zu, riss sie auf – und sah Ruths Pistole auf sich gerichtet. Kurz dachte er daran, dass Barrows vorhin noch vor ihm gewesen war und sich von ihm hatte überholen lassen. Jetzt stand er der Frau gegenüber, der er vor fast drei Jahren die schlimmste Niederlage seines Lebens zu verdanken hatte. Seine Chancen waren noch schlechter als damals, denn sie hielt eine Pistole in der Hand und er nur das Messer. Selbst wenn er damit nach ihr warf, würde ihre Kugel schneller sein. Er wollte zurückweichen, als seine Männer herankamen und ihn in den Raum hineindrängten. Angesichts der Pistole in Ruths Hand blieben auch sie stehen.

»Scheißdreck!«, fluchte Henry, und er spürte einen Juckreiz am Rücken, wo ihn damals Ruths Kugel getroffen hatte.

»Höre mir gut zu! Du hast nur eine Kugel in deiner Pistole und kannst uns damit nicht alle erschießen. Triffst du einen von uns, werden es dir die anderen heimzahlen«, drohte Wally.

»Ich bin nicht allein«, antwortete Ruth und trat einen Schritt beiseite, damit die Kerle auch die Musketen in Maires und Vaimitis Händen sehen konnten.

Wally bekam es mit der Angst zu tun und verfluchte Barrows, der ihn zu diesem hirnlosen Angriff überredet hatte. Auf diese kurze Entfernung konnten die drei Frauen nicht fehlschießen.

Als auch noch Tahitoa hereinkam und seine Muskete auf ihn richtete, begann Wally zu zittern. Nur der Starke gewinnt, war stets seine Devise gewesen, und auf einmal fühlte er sich fürchterlich schwach.

»Nichts für ungut, Lady! Wir wollen nichts von Ihnen«, stammelte er.

»Ach nein? Dann ist das hier wohl ein Höflichkeitsbesuch!«, spottete Ruth. »Mister! Sie und Ihre Spießgesellen, ihr seid in mein

Haus eingedrungen, und ich habe jedes Recht der Welt, euch zu erschießen!«

Noch während sie es sagte, fragte Ruth sich, ob sie dies mit ihrem Gewissen würde vereinbaren können. Wenn sie Wally und seine Kerle jedoch laufen ließ, würden diese für immer eine Gefahr für sie sein.

4.

Bis zu Tahitoas Haus hatte Barrows die Führung übernommen, sich dann aber geschickt hinter Wally und die anderen zurückfallen lassen. Während diese frontal auf Ruths Haus zustürmten, hatte er einen Bogen geschlagen und näherte sich dem Haus von hinten. Es war zwar eine mühsame Kletterei, aber er überwand die dicht bewachsenen Felsen ebenso wie den Mattenzaun, der den Weg zu Ruths Freiluftbadezimmer vor fremden Blicken schützte, und schlich zur Hintertür. Dort blieb er stehen und lauschte.

Wallys Sturmangriff war offenbar gescheitert, so, wie er es erwartet hatte, und der Walfänger stand ebenso wie die anderen Männer vor den Mündungen mehrerer Pistolen und Musketen. Nun sagte er auch noch, dass er doch gar nichts von Ruth gewollt habe. Noch ein paar Augenblicke, dachte Barrows, und dieser Feigling wird die Frau auch noch um Gnade anwinseln.

Er öffnete die Tür einen Spalt. Ruth, Maire und Vaimiti standen mit dem Rücken zu ihm, und Tahitoas Aufmerksamkeit war auf Wally gerichtet. Diese Unachtsamkeit nicht auszunützen, wäre fahrlässig, fand Barrows und drang vorsichtig in das Haus ein. Mit zwei raschen Schritten war er bei Maire, stieß sie beiseite und packte den Jungen, der sich an sie klammerte. Bevor Ruth und die Ihren begriffen, was geschah, riss er Jan von ihr weg und richtete seine Pistole auf ihn. »Ich glaube, jetzt sind die Karten neu verteilt, und es wäre an der Zeit, die Waffen zu strecken«, sagte er höhnisch und drückte die Mündung der Pistole gegen den Kopf des Jungen.

Ruth stand wie zur Salzsäule erstarrt. Sie hatte sich übertölpeln lassen wie eine Närrin. Tausend Gedanken schossen ihr durch den Kopf, doch kein einziger war geeignet, ihr in dieser Situation zu helfen.

»Was wollen Sie von mir?«, fragte sie Barrows und ignorierte Wally völlig.

»Wir wollen dein Geld, dein Schiff und dich samt dem Jungen als Geisel, damit wir nicht verfolgt werden«, sagte Barrows, bevor Wally den Mund aufmachen konnte.

Wally war im ersten Moment erleichtert, weil sich die Situation zu ihren Gunsten gewandelt hatte. Gleichzeitig aber wusste er, dass Barrows damit seinen Anspruch auf die Führerschaft untermauert hatte, so dass er ihn nur noch mit einem satten Messerstich aufhalten konnte. Das aber hatte Zeit, bis hier alles erledigt war.

»Legt die Waffen nieder! Du auch!« Barrows redete Ruth extra wie eine Magd an, um ihr zu zeigen, dass er hier das Sagen hatte und sie zu gehorchen hatte.

Wally steckte sein Messer weg und streckte die Hand aus. »Die Pistole her!«, forderte er Ruth auf.

»Und du reichst mir deine Muskete, aber brav mit dem Kolben voraus, Nigger!« Henry grinste nicht weniger breit als sein Captain.

Tahitoa sah Ruth an, die verzweifelt nach einer Möglichkeit suchte, zumindest Jan zu retten. »Also gut, Sie haben gewonnen! Ich bin bereit, auf Ihre Forderungen einzugehen, aber nur unter einer Bedingung: Mein Sohn bleibt hier!«

Sie wusste nicht, was mit ihr passieren würde, war sich aber sicher, dass Tahitoa und Aipua sich Jans annehmen und ihn so erziehen würden, dass weder sein Vater noch sie sich seiner schämen mussten.

Barrows nickte. »Also gut, so machen wir es! Der Bengel kann hierbleiben«, behauptete er, sagte sich aber gleichzeitig, dass er sich ja nicht an diese Abmachung halten musste.

Niemand von ihnen ahnte, dass James Hutton sich bei der ersten Gelegenheit in die Büsche geschlagen hatte und auf das Haus zueilte. Um von den Schurken nicht bemerkt zu werden, musste er den normalen Weg meiden und rannte zunächst durch einen Kokoshain. Später kämpfte er sich durch dschungelartiges Gebüsch und erreichte schließlich den Hügel von der anderen Seite. Gerade als er ihn hinaufsteigen wollte, sah er, wie Barrows über den Zaun stieg, mit dem Ruth ihren Badeplatz abgesperrt hatte.

Voller Angst, zu spät zu kommen, hetzte James trotz aller Hindernisse den Hügel hinauf, überwand den Zaun an derselben Stelle wie Barrows und war an der hinteren Tür, als dieser gerade Ruth versprach, den Jungen zurückzulassen, wenn sie auf seine Bedingungen einging.

Da Wally Ruth und Tahitoa aufforderte, ihnen die Waffen zu übergeben, blieb James keine Zeit, einen Plan auszudenken. Er schlich gebückt durch die Tür, bis er direkt hinter Barrows stand. Blitzschnell packte er den Lauf der Pistole und riss ihn hoch.

Im Reflex zog Barrows den Stecher durch. Der Schuss knallte, doch die Kugel schlug harmlos in einen der Balken, die das Dach stützten. Einen Augenblick später traf James' Faust Barrows mit der Wucht eines Vorschlaghammers.

Tahitoa erkannte als Erster, dass sich das Blatt gewendet hatte. Da er seine Muskete am Lauf hielt, konnte er nicht schießen. Stattdessen schwang er sie wie eine Keule und traf Henrys Kopf. Das Geräusch der berstenden Schädelknochen klang kurz durch den Raum. Nur einen Augenblick später schoss Ruth auf Wally. Noch während dieser mit einem keuchenden Laut zu Boden stürzte, begriffen die beiden letzten Matrosen, dass die nächsten Kugeln sie treffen würden, und rannten, vor Angst schreiend, davon.

Maire eilte mit ihrer Muskete zur Tür, legte die Waffe an und feuerte. Die Kugel pfiff weit über den beiden Fliehenden durch die Luft. Dafür aber taumelte Maire unter dem Rückstoß und saß dann verdattert auf dem Mattenboden.

Wäre die Situation nicht so ernst gewesen, hätte Ruth schallend gelacht. So aber ließ sie die Pistole fallen und eilte zu ihrem Sohn. »Ist dir auch nichts geschehen, mein Liebling?«, fragte sie besorgt.

Jan schüttelte den Kopf, klammerte sich aber an sie, während sie sich zu James umdrehte, der nicht wusste, was er sagen sollte.

»Ich glaube, Sie sind zur rechten Zeit erschienen, Leutnant Hutton!«

»Es war sehr mutig von Ihnen, dem Schurken die Waffe zu entreißen! Er hätte Sie treffen können«, warf Tahitoa ein.

»So gefährlich war es nicht. Sobald die Waffe vom Kopf des Kindes weg war, bestand kaum mehr Gefahr, dass jemand verletzt werden könnte«, wehrte James das Lob ab.

Ruth musterte ihn durchdringend. »Auf jeden Fall haben Sie uns sehr geholfen! Ich weiß nicht, was geschehen wäre, wenn diese Schurken erfolgreich geblieben wären.«

James hatte Wallys und Barrows' Drohungen gegen Ruth teilweise gehört, behielt sie aber für sich. Stattdessen wies er auf Barrows, der sich langsam regte.

»Ich finde, den sollten wir fesseln und den hiesigen Behörden übergeben! Was ist mit den beiden anderen?«

»Der da ist tot«, erklärte Tahitoa mit Blick auf Henry. »Ich habe ihm den Schädel eingeschlagen und glaube nicht, dass Gott mich dafür strafen wird. Es war ein übler Schuft!«

»Er war noch übler, als du denkst, denn er gehörte zu den dreien, die mir auf Hiva Oa Gewalt antun wollten. Nun ist er seinen beiden Kumpanen in die Hölle gefolgt!« Auch wenn sie ein Menschenleben im Allgemeinen für wertvoll hielt, bedauerte Ruth Henrys Tod nicht.

»Der hier steht auch nicht mehr auf!« Aipua war nachgekommen und streckte Wallys Leichnam die Zunge heraus, bevor sie verächtlich auf ihn spuckte. »Du hättest ihn schon damals auf Hiva Oa erschießen sollen, dann hätten wir jetzt nicht noch einmal Ärger mit ihm gehabt«, tadelte sie Ruth.

»Das wäre mir nicht recht gewesen. Immerhin hat Wally mich von der Koralleninsel gerettet, auf die es mich verschlagen hatte«, sagte James verlegen.

»Wie kamen Sie auf eine Koralleninsel? Das Letzte, was ich über Sie hörte, war, dass Sie auf See über Bord gegangen sein sollen«, fragte Ruth.

James half Vaimiti, Barrows zu fesseln, bevor er Antwort gab. »Das stimmt, doch ich konnte mich auf ein Atoll retten und fristete dort etliche Monate mein Leben mit Kokosnüssen und rohem Fisch. Daher war ich Wally überaus dankbar, als sein Schiff an der Insel vorbeikam und ich an Bord der Newport gehen konnte. Ich gebe allerdings zu, dass ich mir einen anderen Captain und ein anderes Schiff gewünscht hätte. So aber war ich an ihn gefesselt, wie ich zuvor an Captain Smyth gefesselt war.«

Ein Schatten zog über James' Gesicht und verriet Ruth, dass mehr hinter dieser Sache stecken musste. Im Augenblick aber war dies nicht wichtig, und so forderte sie Tahitoa auf, dafür zu sorgen, dass die beiden Toten aus dem Haus geschafft und Reverend Wiggles übergeben wurden, damit dieser sie begraben lassen konnte. Es würde den beiden Schurken zwar nicht den Eintritt ins Himmelreich bringen, doch sie musste sich nicht weiter um sie kümmern. Ein wenig wunderte sie sich, weshalb sich ihr Gewissen kaum rührte, obwohl sie Wally erschossen hatte. Der Schurke hatte das Leben ihres Sohnes bedroht, und sie würde jeden, der dies tat, niederschießen. Mochte Gott es ihr später aufrechnen, doch um Jan zu retten, würde sie selbst in die Hölle gehen.

5.

Ruth lagen tausend Dinge auf der Zunge, die sie James Hutton am liebsten gefragt hätte. Im Augenblick aber galt es, die Situation zu bewältigen, die durch den Überfall der Schurken entstanden war. Nur kurze Zeit, nachdem die Schüsse gefallen waren, stürmte Lu Po mit einer vorsintflutlich aussehenden Schrotpistole herein, gefolgt von Hopkins, der sich bei ihm einquartiert hatte. Auch er hielt seine Pistole in der Hand. Als er die beiden Toten und den gefesselten Barrows sah, fielen ihm fast die Augen aus dem Kopf.

»Teufel auch, was ist denn hier geschehen?«, rief er verblüfft.

»Diese feinen Herrschaften wollten mich ausrauben, entführen und mein Schiff stehlen!«, antwortete Ruth herb. »Hätte Mr Hutton nicht zu meinen Gunsten eingegriffen, wäre es ihnen gelungen.«

»Hutton? Ich dachte, er heißt Hansen«, sagte Hopkins mit einem fragenden Blick auf James.

Dieser wusste nicht, was er darauf sagen sollte. Dann aber dachte er, dass Captain Smyth seinem Auftraggeber Bartlett gewiss seinen Tod gemeldet hatte. Außerdem gab es auch andere Leute, die so hießen. »Mein Name ist Hutton«, sagte er. »Warum Captain Wally mich als Hansen in die Besatzungsliste eingetragen hat, weiß ich nicht.«

Ruth spürte erneut, dass mehr dahinterstecken musste, doch das musste warten. »Zwei Kerle sind entkommen. Man sollte sie suchen.«

Lu Po nickte eifrig. »Ich werde das sofort veranlassen! Was für elende Schurken! Gaben vor, schiffbrüchige Seeleute zu sein. Dabei hatten sie Mord und Totschlag im Sinn.«

Für Ruth war klar, dass Wally sie nicht nur ermordet hätte. Dafür war seine Rachsucht zu groß gewesen. Sie mochte gar nicht daran denken, was er Jan und ihr alles hätte antun können, und war James unendlich dankbar, dass er ihr geholfen hatte. Sie begriff aber auch, dass James dem Walfänger von vorneherein misstraut hatte, sonst hätte er auf dessen Schiff keinen falschen Namen angegeben.

Lu Po verließ das Haus und eilte zur Handelsstation. Von dort schickte er einen Tahitianer los, um sowohl Reverend Wiggles wie auch den Würdenträgern der Königin von dem Überfall zu berichten. Anschließend sorgte er dafür, dass die Leichen aus Ruths Haus geholt und in die Missionssiedlung gebracht wurden.

Mittlerweile war Charles Barrows wieder zur Besinnung gekommen und begriff mit erschreckender Deutlichkeit, dass er kurz davorstand, am Galgen zu enden.

»Madam, können wir nicht wie vernünftige Menschen miteinander reden?«, sagte er zu Ruth.

»Was gibt es da zu reden?«, fragte diese scharf. »Ihr habt mich überfallen, um mich zu berauben, zu entführen und mein Schiff zu stehlen!«

»Madam, Sie sollten mich nicht über denselben Kamm scheren wie diesen Schurken Wally und seine Helfershelfer. Es war deren Idee, Sie zu überfallen. Zu meiner Schande muss ich gestehen, dass ich zu schwach war, sie daran zu hindern. Ich habe nur mitgemacht, um notfalls auf Ihrer Seite einzugreifen«, erklärte Barrows.

Ruth lachte bitter und wies auf Jan, der auf Aipuas Schoß saß und mit Bananen und anderen Früchten gefüttert wurde, damit er den Schrecken des Überfalls überwand.

»Wie sehr Sie mir helfen wollten, habe ich gesehen, als Sie meinen Sohn packten und mich mit ihm erpressen wollten. Sie sind ein Schurke, Barrows, und werden als solcher Ihre Strafe erhalten.«

»Madam, jetzt seien Sie nicht so hart! Es ist Ihnen doch alles zum Guten ausgeschlagen«, rief Barrows.

»Nicht Ihretwegen!«, antwortete Ruth, während James sich mit der Rechten nachdenklich übers Gesicht strich.

»Barrows? Captain Barrows? Bevor wir damals mit Ihnen und Ihrem Ehemann in die Südsee aufgebrochen sind, war in einem

Bericht von einem Captain Barrows die Rede. Es hieß, er wäre ein Pirat und treibe in der Karibischen See sein Unwesen.«

»Wir sind hier in der Südsee und die halbe Welt von der Karibik entfernt. Wie könnte ich da dieser Barrows sein!«, rief Barrows zu schrill, um Ruth und James überzeugen zu können.

»Wir sollten ihn der nächsten englischen Fregatte übergeben, die hier vor Anker geht. Wenn sie nach England zurückkehrt, wird man dort rasch herausfinden, ob das hier der Captain Barrows aus der Karibik ist«, schlug James vor.

»Dieser Barrows bin ich nicht. Wenn Sie mich jetzt einem englischen Schiff übergeben, kostet es mich mehrere Jahre meines Lebens, bis sich herausgestellt hat, dass ich unschuldig bin. Das wollen Sie doch gewiss nicht auf Ihr Gewissen laden!« Barrows sah Ruth flehentlich an.

Ruth musterte ihn mit einem verächtlichen Blick. »Sie kennen doch das Sprichwort: ›Mitgegangen, mitgefangen, mitgehangen‹. Daran hätten Sie denken sollen, bevor Sie sich auf Captain Wally eingelassen haben. Jetzt ist es zu spät!«

»Ich konnte diese Schurken zwar kaum belauschen, bin mir aber trotzdem sicher, dass Barrows der Anstifter für den Überfall war«, warf James ein.

»Du bist ein elender Kerl, weil du deinen eigenen Kapitän verraten hast!«, schrie Barrows ihn voller Angst und Wut an.

»Was heißt hier verraten?«, antwortete James scheinbar ruhig und gelassen. »Ihr wolltet mich in die Missionssiedlung schicken und in der Zwischenzeit Mistress Mensing und ihr Schiff entführen. Ich hätte euren Plänen nach hier zurückbleiben müssen und wäre als angeblicher Komplize gefangen und bestraft worden. Wer ist also der Verräter?«

»Mr Hutton spricht mir aus der Seele!«, erklärte Ruth. »Der Verrat lag auf eurer Seite. Captain Wally und dieser Schurke haben bereits dafür bezahlt. Nun wird man auch Ihnen die Rechnung präsentieren. Sie können sicher sein, dass der Strick, an dem man Sie aufhängen wird, bereits gedreht worden ist.«

Voller Angst flehte Barrows um Gnade. Von einer Frau, deren Sohn er bedroht hatte, konnte er jedoch keine erwarten, und ebenso wenig von dem Mann, den Wally und er auf Tahiti hatten zurücklassen wollen.

Kurz darauf traten mehrere Tahitianer mit Musketen in den Händen ins Haus. Ihnen folgte Ari'iheiva. Dieser hatte gehört, es habe hier Tote gegeben, und bereits darauf gehofft, Tahitoa könnte zu ihnen zählen. Nun aber sah er den verhassten jungen Mann gesund und munter im Raum stehen und musste sich anhören, dass dieser sich bei der Verteidigung seiner Herrin ausgezeichnet hatte.

Als Berater der Königin war Ari'iheiva der ranghöchste Tahitianer, der hier erschienen war, und übernahm daher das Kommando. Er hörte sich die Berichte an und erklärte Barrows schließlich zu seinem Gefangenen.

James riet ihm, den Mann an den Kommandanten des nächsten englischen Kriegsschiffes zu übergeben, wenn man ihn hier auf Tahiti nicht hängen wollte. Ari'iheiva nickte, dabei überlegte er längst, wie er Tahitoa schaden könnte. »Du hast diesen Matrosen mit dem Musketenkolben erschlagen. Das war unzweifelhaft Mord. Du hättest ihn, da du im Besitz der Waffe warst, auch gefangen nehmen können«, erklärte er und sah ganz so aus, als wolle er den jungen Mann ebenfalls von den Soldaten der Königin festnehmen lassen.

Glühend vor Zorn, trat Ruth auf ihn zu. »Diese Schurken haben uns überfallen und bedroht! Es war unser Recht, uns zur Wehr zu setzen. Sollten Sie versuchen, Tahitoa daraus einen Strick zu drehen, bekommen Sie es mit mir zu tun!«

Ari'iheiva sah in ihre blitzenden Augen und begriff, dass es keine leere Drohung war. Wenn sie zur Königin ging und sich über ihn beschwerte, würde es ihm schaden. Unter Aimatas Beratern gab es nicht wenige, die ihm mit Begeisterung ein Bein stellen würden. Ihn packte die Wut, doch er wusste, dass er sich beherrschen musste. Es wunderten sich bereits zu viele darüber, weshalb sein Hass auf Tahitoa im Lauf der Jahre immer größer geworden war. Immerhin hatte er seine Tochter Manahere trotz deren kurzer Liebschaft mit ihm gut nach Raiatea verheiraten können.

Der Häuptling auf Raiatea mochte als gleichrangiger Ehemann für Manahere gelten, doch er hätte für seine Tochter weitaus höher greifen wollen. König Pomare II. hatte sich für sie interessiert und wäre bereit gewesen, sie zu heiraten. Zwar konnten die Mädchen der niederen Volksschichten ihrer Lust folgen und sich Liebhaber nehmen. Die Tochter eines hohen Häuptlings hatte jedoch keusch zu bleiben. So war es seit Anbeginn der Zeiten, und die Missionare um Mr Wiggles predigten dies mittlerweile für alle jungen Frauen. Doch ausgerechnet Manahere hatte durch ihre heimliche Beziehung mit Tahitoa dagegen verstoßen, so dass der König sich beleidigt von ihr abgewandt hatte.

Aus Rache hatte Ari'iheiva dafür gesorgt, dass Tahitoa zum Ausgestoßenen wurde, und seine Tochter so gut verheiratet, wie es nur ging. Nach König Pomares II. Tod war er für dessen kleinen Sohn einer der wichtigsten Männer auf Tahiti gewesen und hatte gehofft, seinen Einfluss weiter ausbauen zu können. Doch der Tod des kindlichen Königs hatte ihm einen dicken Strich durch die Rechnung gemacht, wie die Engländer um Reverend Wiggles herum es ausdrückten. Aimata Pomare IV. war kein Kind mehr und lebenslustig genug, um sich den strengen Vorschriften der Missionare entziehen zu wollen. Da er als Reverend Wiggles' Vertrauter galt, war er zu einem nachrangigen Berater zurückgestuft worden, und das war allein Tahitoas Schuld. Denn hätte Pomare II. damals seine Tochter geheiratet und diese einen Sohn geboren, so wäre der Junge Aimata in der Thronfolge vorgezogen worden und er selbst als Regent der mächtigste Mann auf Tahiti und den Inseln.

Bei dieser Vorstellung konnte Ari'iheiva seine Wut kaum mehr beherrschen. Er wusste jedoch selbst, dass der Grund für seinen Hass auf Tahitoa geheim bleiben musste. Erführen Aimatas Speichellecker davon, würden sie alles daransetzen, um ihn endgültig zu stürzen. Eine Anklage wegen Hochverrats gegen die Königin war das Geringste, was er zu erwarten hatte. Wahrscheinlicher erschien ihm noch, dass man ihm einige kräftige Männer schickte, die ihm im Auftrag Aimatas mit ihren Keulen den Schädel einschlugen.

Seinen Hass auf Tahitoa konnte er trotzdem nicht überwinden. Jedes Mal, wenn dieser Tahiti verlassen hatte, war seine Hoffnung gewesen, ihm würde etwas zustoßen. Der Kerl war jedoch stets heil zurückgekehrt und galt nun als einer der Vertrauten von Ruth, die durch ihre Stellung als Herrin des Handelspostens sogar für ihn unangreifbar war.

Daher sah Ari'iheiva sich gezwungen, scheinbar nachzugeben und sich eine andere Möglichkeit zu suchen, um Tahitoa vernichten zu können. Wenn dabei auch die Witwe starb, würde es, so viel wusste er von Mildred Wiggles, den Reverend und die anderen Missionare nicht betrüben.

Mit einer ärgerlichen Bewegung zeigte er auf Barrows. »Dieser Mann ist unser Gefangener!«, erklärte er noch einmal und befahl den Männern der Königin, den Mann wegzubringen.

»Geben Sie gut auf ihn acht! Sollte er Ihnen entkommen und ich ihn doch noch erschießen müssen, werde ich mich bei Ihrer Majestät über Sie beschweren!«, warnte ihn Ruth, die durch sein wechselndes Mienenspiel misstrauisch geworden war.

»Er wird mir nicht entkommen«, antwortete Ari'iheiva beleidigt und verließ das Haus. Die Bewaffneten folgten ihm und schleiften den gefesselten Barrows mit sich.

»Endlich haben wir Ruhe«, sagte Ruth erleichtert, sah dann Reverend Wiggles, dessen Frau und Hiram Perell den Hügel heraufkommen und seufzte. »Zumindest hatte ich es gehofft!«

6.

»Ich hörte, es gab einen Überfall«, hub Wiggles an, während Perell auf Ruth zueilte und ihre rechte Hand ergriff.

»Ihnen ist doch hoffentlich nichts zugestoßen?«

»Danke der Nachfrage! Ich fühle mich so wohl, wie ich es nach einem so schändlichen Überfall sein kann«, antwortete Ruth, während Mildred Wiggles sie mit einem Blick bedachte, der selbst einen Basilisken vor Neid hätte erblassen lassen.

Diese hätte der Schlange am Busen, wie sie Ruth insgeheim nannte, eine Kugel in den Kopf gewünscht. Damit hätten sich ihre Hoffnungen, den wohlhabenden Mr Perell für ihre Heather zu gewinnen, bald erfüllen können. Doch solange diese durchtriebene Witwe lebte, würde Hiram Perell ihrer Tochter kaum mehr als höfliche Aufmerksamkeit zuteilwerden lassen.

»Ich hörte auf dem Weg hierher nur Gerüchte, aus denen ich mir nichts zusammenreimen konnte«, erklärte Wiggles und forderte Ruth auf, einen Bericht über den Anschlag auf sie zu erstatten.

Ruth tat es in knappen Worten, stellte dabei James und Tahitoa als ihre und Jans Retter heraus und schloss mit den Worten, dass zwei der Schurken tot seien, zwei geflohen und ein weiterer von Ari'iheiva als Gefangener fortgebracht worden sei.

»Das war doch gewiss alles sehr aufregend und gefährlich?«, fragte Mildred Wiggles mit gespielter Anteilnahme.

»Das war es im Nachhinein betrachtet gewiss. Während es geschieht, hat man keine Zeit, sich Gedanken darüber zu machen«, antwortete Ruth kühl.

»Haben Sie diesen Schurken wirklich selbst erschossen?«, fragte Hiram Perell mit einem gewissen Grausen, da ihm dies sehr unweiblich erschien.

»Es ging um meinen Sohn! Da wird jede Mutter zur Löwin!«

Mistress Wiggles wandte sich James zu. »Gehörten Sie nicht auch zur Mannschaft dieses Captain Wally?«, fragte sie und verriet damit, dass sie auch ihre Zuträger besaß, obwohl es keine offensichtliche Verbindung zwischen der Mission und der Handelsstation gab.

»Ich war einige Wochen auf seinem Schiff, doch gab er mir deutlich zu verstehen, dass ich hier auf Tahiti meiner eigenen Wege gehen solle«, antwortete James.

»Du bist doch nur ein schlichter Matrose. Wie bist du auf den Gedanken gekommen, hier einzugreifen?«, fragte Hiram Perell von oben herab.

»Ich bekam mit, dass Captain Barrows etwas gegen Mistress Mensing plante, und beschloss, die Dame zu warnen. Bedauerlicherweise waren die Schurken schneller als ich, da ich einen Umweg machen musste, um nicht von ihnen gesehen zu werden!« James antwortete freundlich, während Ruth Perells Verhalten als unverschämt empfand.

Dieser legte auch sogleich nach: »Sie sehen, Mistress Mensing, wie rasch etwas geschehen kann, wenn man wie Sie allein und als Witwe lebt. Sie benötigen unbedingt einen Ehemann, der Sie beschützt!«

Mildred Wiggles schnaubte empört, während ihr Mann bereit war, den aussichtsreichen Freier für seine Tochter aufzugeben, wenn es im Gegenzug gelang, Ruth Mensing endlich an die Leine zu legen. Sie handelte viel zu eigenmächtig und konnte, wenn sie mit ihren hochfliegenden Plänen scheiterte, der Mission großen Schaden zufügen.

Ruth fühlte sich von Perells Vorstoß überrumpelt, war sie doch gedanklich ganz mit dem Überfall beschäftigt. Nun fragte sie sich, was ein Hiram Perell hätte besser machen können als sie oder James Hutton, und sagte für sich: nichts! Vermutlich, dachte sie bitter, wäre er beim ersten Anzeichen von Gefahr geflohen. Selbst wenn sie je eine zweite Ehe in Betracht ziehen sollte, was ihr ohnehin höchst unwahrscheinlich erschien, würde es gewiss kein Mann wie Hiram Perell sein.

»Ich glaube, die größte Gefahr ist ausgestanden. Captain Wally und ein Matrose sind tot, Captain Barrows gefangen, und die beiden geflohenen Matrosen werden auch nicht weit kommen«, sagte sie ausweichend und hob Jan auf den Arm. »Es ist alles gut, mein Kleiner«, sagte sie zärtlich und machte damit klar, dass Hiram Perell an diesem Tag keine Antwort von ihr erhalten würde.

James amüsierte sich im Hintergrund darüber, wie sehr sich wieder einmal bewahrheitete, dass Kleider Leute machten. Die Wiggles hatten ihn ebenso wie Ari'iheiva bereits mehrfach gesehen, doch niemand hatte in ihm Leutnant James Hutton erkannt, sondern sie hielten ihn wie Hiram Perell für einen einfachen Matrosen.

»Da der Überfall im Haus keine Unordnung hervorgerufen hat, kann ich die Herrschaften zu einer Tasse Tee einladen. Oder ist Ihnen dies noch zu früh?«, fragte Ruth.

Mittlerweile war der halbe Vormittag vergangen, und Wiggles verspürte durchaus Appetit auf Tee und ein Stück Kuchen. Seine Frau hingegen erwürgte Ruth in Gedanken. Immerhin hatte diese ihr mit Mary ihre beste Köchin und Kuchenbäckerin abspenstig gemacht, so dass die Kuchen, die sie ihren Freundinnen nun auftischen musste, weitaus schlechter schmeckten als früher. Sie war deshalb bereits von Harriet Baker verspottet worden. Da der Weg von der Missionssiedlung hierher für die Damen zu Fuß zu weit war, ließen sie sich einmal in der Woche mit Kanus hierherbringen, um an Ruths Teenachmittag teilzunehmen. Harriet Baker ließ es sich nicht nehmen, dabei jedes Mal zu erklären, dass die Kuchen bei Ruth Mensing fast noch besser schmeckten als früher bei ihrer lieben Freundin Mildred Wiggles. Diese saß mit Groll im Herzen dabei und wünschte sowohl Ruth wie auch Mistress Baker auf eine möglichst üble Kannibaleninsel.

Wie Reverend Wiggles war auch Hiram Perell für eine Tasse Tee empfänglich. Ihm missfiel allerdings, dass auch diesem schmutzigen Matrosen eine Tasse serviert wurde. Obwohl der Mann seinem geringen Stand gehorchend wenig sagte, so empfand er es doch als störend, mit einem solchen Subjekt am Tisch sitzen zu müssen. Er missachtete James daher auf empörende Weise, ergriff immer wieder das Wort und berichtete, dass sein Bruder für ihn, wenn er nach fünf oder sechs Jahren als Missionar in die Heimat zurückkehrte, eine passable Pfarrstelle besorgen würde.

»Das ist dann keine Stelle für einen Hilfspriester, dessen Gehalt nicht einmal ausreicht, damit er sich einen angemessenen Talar leisten kann! Es wird sich um eine bedeutende Pfarre handeln, die mit einer entsprechenden Pfründe ausgestattet ist. Auch habe ich von einem Onkel ein passables Erbe zu erwarten. Wenn ich einmal heirate, wird meine Gattin nur aus gebührender Bescheidenheit auf Seidenkleider verzichten müssen, und nicht, weil ich ihr keine kaufen könnte«, erklärte er großspurig.

»Ich trage gerne Kleider aus Seide«, antwortete Ruth lächelnd. »Für dieses Klima sind sie weitaus besser geeignet als solche aus Leinen, Baumwolle oder gar Wolle.«

»Das mag stimmen, doch sollte eine Frau in diesen Breiten sich nicht so echauffieren, dass sie in Hitze gerät!«

Erst als Mildred Wiggles sich räusperte, begriff Perell, dass seine Worte zweideutig aufgefasst werden konnten. Er erklärte rasch, dass er damit meine, die Frau oder Tochter eines Missionars solle bei den hier herrschenden Temperaturen am besten unter einem Sonnendach bleiben und auf anstrengende Spaziergänge verzichten.

»Eine Frau, die diese Bedingungen erfüllen kann, mag sich glücklich schätzen, doch gibt es auch Frauen, deren Aufgaben es erfordern, das Haus zu verlassen und längere Wege zurückzulegen.« Ruth lächelte bei ihren Worten, denn sie waren ein Stich gegen Perells steife Meinung, dass eine Frau nur dann eine Dame war, wenn sie sich weder die Hände durch Arbeit schmutzig machte noch andere Dinge erledigte, die seiner Meinung nach ein Mann besser vollbringen könnte. Dazu zählte auch die Führung einer Handelsstation.

Ruth hatte jedoch weder Lust, die Hände in den Schoß zu legen, noch sich von einem Mann, der weniger als sie davon verstand, Vorschriften machen zu lassen. Zudem trug sie es Wiggles immer noch nach, dass er zwei Jahre lang versäumt hatte, Kontakt zu Hinrich und ihr auf Hiva Oa aufzunehmen. Vielleicht wäre es ihnen dann gelungen, das Verhängnis aufzuhalten. So aber war ihr Mann erschlagen worden, und sie hatte seinen Leib nur unter großen Gefahren davor retten können, von den Eingeborenen verspeist zu werden.

Daher war sie froh, als Mistress Wiggles ihren Mann und Perell zum Aufbruch mahnte, nachdem diese zwei große Stück Kuchen gegessen und drei Tassen Tee dazu getrunken hatten.

7.

Wie auch Ruth schlug James insgeheim drei Kreuze, als der Missionar samt Frau und Gehilfen das Haus verlassen hatte, obwohl er keine Vorstellung hatte, was er nun tun sollte. Die zwanzig Dollar in seiner Tasche würden nicht weit reichen, wenn er davon leben musste. Daher brauchte er dringend eine Arbeit, die ihn ernährte. Seine Rachepläne gegen Bartlett, Smyth und Simmons stellte er vorerst zurück.

Doch wie sollte er es anfangen?, fragte er sich. Auch wenn die Mission bereits europäische Seeleute für ihre Schiffe engagiert hatte und der eine oder andere frühere Steuermann sich nun stolz Kapitän nennen konnte, würde man ihn mit Sicherheit nicht nehmen. Dafür hatten Mildred Wiggles und Hiram Perell ihn zu sehr fühlen lassen, dass er niemand war, den sie länger um sich sehen wollten. Ihm blieb daher nur, Ruth zu fragen, ob sie ihm Arbeit verschaffen konnte, und das zu tun, fiel ihm schwer.

Ruth hatte sich eine Weile mit ihrem Sohn beschäftigt. Nun blickte sie auf und musterte James. »Verzeihen Sie, wenn ich Ihnen nicht die Aufmerksamkeit zukommen ließ, die Ihnen als unserem Retter gebührt!«

»Sie brauchen sich nicht zu entschuldigen, Mistress Mensing. Es war mir eine Ehre. Sie sollten meine Tat nicht zu hoch bewerten. Ich hatte einfach Glück!«

»Sagt Lucky Jim Hutton!«

Ruth lächelte ihn so freundlich an, dass es James warm uns Herz wurde. Sie war eine Frau, wie man sie sich nur wünschen konnte. Dabei fiel ihm ein, dass man sie hier eine Witwe nannte. Er hätte gerne gefragt, was mit ihrem Mann geschehen war, fürchtete aber, sie damit zu verletzen.

»Ich wundere mich ein wenig, Sie hier auf Tahiti wiederzufinden«, sagte er in der Hoffnung, sie werde ein wenig über sich erzählen.

»Das Schicksal wollte es so!«, antwortete Ruth herb, ohne weiter darauf einzugehen. »So, wie das Schicksal es wollte, dass Sie zur richtigen Zeit in diesem Haus erschienen sind, um diesen Schurken das Handwerk zu legen.«

»In dieser Hinsicht haben Sie nicht weniger geleistet als ich«, wehrte James ab. »Allein wäre ich niemals mit diesen fünf Verbrechern fertiggeworden. Es waren Ihre Kugel und Mr Tahitoas Muskete, die den Überfall entschieden.«

»Das konnten wir aber nur, weil Sie uns die Gelegenheit dazu verschafft haben.« Ruths Stimme warnte James davor, zu bescheiden zu sein. Ohne sein Eingreifen hätten Barrows und Wally sie als Gefangene auf ihr eigenes Schiff geschleppt und wären damit geflohen. Damit hatte sie James ihr Leben und das ihres Sohnes zu verdanken. Ebenso hatte er den Verlust ihres Schiffes verhindert, so dass sie ihre Pläne fortführen konnte. Sie musterte ihn und fand ihn trotz seiner abgerissenen Kleidung und seines Stoppelbarts ansprechend.

»Ich würde gerne mehr über Sie erfahren«, sagte sie. »Ich kenne Sie als Leutnant und ersten Offizier Seiner Majestät Fregatte Hesione. Mr Lu Po nannte Sie hingegen einen abgebrannten Matrosen aus Captain Wallys Mannschaft. Wer sind Sie nun wirklich?«

»Ich war beides.« James lächelte traurig. »Meine Zeit als englischer Seeoffizier endete, als ich über Bord ging. Danach war ich eine Art Robinson Crusoe – allerdings weitaus schlechter dran als dieser – und zuletzt Matrose auf dem Walfänger Newport aus Nantucket unter dem Kommando von Captain Rave Wally.«

»Sie könnten jederzeit zur englischen Marine zurückkehren. Vielleicht kommen Sie dann auf ein Schiff mit einem besseren Kapitän, als Gervase Smyth es ist«, sagte Ruth nachdenklich.

»Ich habe meine Gründe, dies nicht zu tun«, wehrte James ab.

»Der Grund heißt gewiss Bartlett. Sie fühlen sich ihm so, wie es jetzt steht, nicht gewachsen.«

Ruth hatte damit ins Schwarze getroffen. Und da James sie nicht belügen wollte, nickte er. »Um gegen Zechariah Bartlett vorgehen zu können, bräuchte ich zwei Dinge, nämlich Geld und Macht. Zurzeit habe ich gerade einmal zwanzig Dollar, die mir ein norwegischer Walfangkapitän geschenkt hat. Mir gehören nicht einmal die Hosen und das Hemd, die ich trage. Die habe ich aus der Kleiderkammer der Newport erhalten, als sie mich aus dem Meer gefischt hatten.«

»Ich dachte, das Schiff hätte Sie von einer Insel weggeholt?«, fragte Ruth verwundert.

»Die Newport segelte daran vorbei, und da ich nicht in der Lage war, ein Signalfeuer zu entzünden, blieb mir nichts anderes übrig, als das Schiff schwimmend zu erreichen. Es gelang mir um Haaresbreite!«, antwortete James.

Ruth spürte, dass es um Leben und Tod gegangen sein musste. Sie schwieg eine Weile, während ein Gedanke in ihr Gestalt annahm. »Was wollen Sie jetzt tun, da Sie nicht zur Royal Navy zurückkehren wollen und nur zwanzig Dollar in der Tasche haben?«

»Ich werde wohl zusehen müssen, wie ich die nächsten Wochen durchkomme, und kann nur hoffen, auf einem der Walfänger anheuern zu können, wenn diese wieder auf Fangfahrt gehen. Einige von ihnen folgen den Walen bis in nördliche Breiten. Zwar ist der Fang dort nicht so ergiebig, doch nicht jeder Kapitän will ein, zwei Monate lang vor einer Insel liegen und sich im Nichtstun üben.«

»Nichtstun würde ich es nicht nennen. Sie reparieren in der Zeit ihre Schiffe, sortieren ihre Ladung und besorgen sich Vorräte für die langen Monate, die sie anschließend auf See verbringen wollen«, antwortete Ruth.

»Sie wissen mehr über den Walfang als ich«, sagte James staunend.

»Mr Lu Po rüstet in meinem Namen Walfänger aus und hat mir einiges darüber erzählt«, antwortete Ruth, die längst begriffen hatte, dass James zu stolz war, um sie anzubetteln.

Männer waren in der Hinsicht dumm, dachte sie. Eher geht der eine oder andere zugrunde, als sich das zu leisten, was sie eine Schwäche nannten.

»Ich hätte einen Posten zu vergeben, für den ich einen Mann wie Sie brauchen könnte«, sagte sie daher ohne Umschweife.

James sah sie hoffnungsvoll an. »Wirklich?« Er war notfalls bereit, als Lu Pos Untergebener im Laden zu arbeiten, nur um nicht vom Betteln leben zu müssen.

»Sie haben mein Schiff gesehen, die Hiva Oa«, fuhr Ruth fort. »Sie soll Handel zwischen den Inseln betreiben, aber auch gelegentlich nach Niederländisch-Indien oder China segeln, um von dort Waren zu besorgen. Mir fehlt nur noch der Kapitän dafür.«

»Aber es heißt, Mr Tahitoa wäre der Kapitän?«, fragte James verwundert.

»Ich habe ihn dazu ernannt, um einige zu täuschen, da ich das Schiff im Notfall selbst geführt hätte. Ich wäre jedoch sehr froh, es nicht tun zu müssen.« Ruth lächelte, doch ihr Blick lag prüfend auf James.

Dieser blickte, da Maire einen Teil der Mattenwände abgenommen hatte, auf die Hiva Oa hinab. Es wäre sein erstes eigenes Kommando, dachte er, und er sehnte sich förmlich danach, auf dem Achterdeck zu stehen und die schwellenden Segel über sich zu sehen.

»Es wäre mir eine Ehre, Mistress Mensing!«, sagte er leise.

»Dann soll es so sein. Maire, hole bitte Lu Po und Tahitoa!«

»Sehr wohl, Madam!« Maire knickste und ging.

Kurze Zeit darauf traten Tahitoa und Lu Po ein. Ersterer grinste breit, denn er hatte James auf der Hesione als ausgezeichneten Seeoffizier kennengelernt und glaubte zu wissen, warum Ruth sie rufen ließ. Lu Po hatte in der Vergangenheit mehrfach mit James wegen der Vorräte für die Hesione verhandelt und ihn im Gegensatz zu Wiggles und einigen anderen wiedererkannt. Deswegen ahnte auch er, was kommen würde, behielt aber als Sohn seines Volkes eine unbeteiligte Miene bei.

»Sie wünschen, Madam?«, fragte er mit einer Verbeugung, die er sich Europäern gegenüber angewöhnt hatte. Auf diese Weise hielten sie ihn meist für dümmer, als er war, und er konnte sie daher beim Handeln überlisten, wobei er niemanden ernsthaft betrog.

Dies wusste auch Ruth. Handel bedeutete auch für sie, Gewinn zu machen, und solange man dabei ehrlich blieb, war dies in Ordnung. Nun wies sie auf James. »Wir haben mit Mr Hutton den Kapitän unserer Hiva Oa. Im Gegensatz zu mir ist er in der Lage, China auf Anhieb zu finden.«

»Das ist sehr gut!«, sagte Lu Po voller Hoffnung, seine Heimat in absehbarer Zeit wiederzusehen, um sie dann wohl endgültig zu verlassen.

»Ich hoffe, Sie sind damit einverstanden, Mr Tahitoa?«, wandte James sich an diesen.

Tahitoas Grinsen wurde womöglich noch breiter. »Nichts ist mir lieber, Captain Sir! Ich weiß, dass Madam Ruhutia die Fahrt bewältigen könnte. Doch sie hat hier viele Aufgaben zu erfüllen. Zudem müsste sie sich während dieser Fahrt von Ianoa trennen, und das würde den beiden großen Schmerz bereiten.«

»Wir würden ihn überstehen!«, warf Ruth ein, obwohl sie sehr froh war, auf Tahiti bei ihrem Sohn bleiben zu können. »Aber in einem haben Sie recht, Mr Tahitoa. Da Mr Lu Po mit nach China fahren wird, muss jemand hierbleiben und den Laden überwachen. Zwar haben wir einheimische Helfer, doch einer muss das Steuer in der Hand halten, und das kann nur ich.«

»Wollen Sie sich wirklich hinter den Ladentisch stellen?«, fragte James.

Ruth sah ihn mit einem spöttischen Blick an. »Wer behauptet, Arbeit würde schänden, ist ein Narr! Meine Großmutter und meine Mutter haben sich nie gescheut, selbst mit zuzugreifen, und letztens habe ich von einem englischen Seeoffizier gehört, der sich nicht zu schade war, nach einem Unglück als einfacher Matrose auf einem Walfänger anzuheuern.«

James musste lachen. Als er sich wieder beruhigt hatte, sah er Ruth fröhlich grinsend an. »Diese Breitseite war gut gezielt, Mistress Mensing, und ich entschuldige mich für meine unbedachten Worte!«

»Sie seien Ihnen verziehen, Mr Hutton. Gehen Sie jetzt mit Mr Lu Po. Einer seiner vielen Bekannten auf Tahiti soll Ihnen neue Hosen und einen Rock anmessen, damit Sie wieder wie ein Seeoffizier aussehen, und nicht mehr wie der Matrose eines Walfangschiffs.«

8.

Etwa zur gleichen Zeit wurde Captain Barrows in einen Käfig aus festen Bambusstangen gesteckt. Die Stäbe standen weit genug auseinander, so dass man ihm etwas zu essen reichen konnte. Um sich zwischen den Stangen hindurchzwängen zu können, hätte er jedoch mindestens zwei Dutzend Pfund abspecken müssen.

Dafür würde ihm die Zeit ohnehin nicht bleiben, denn die englische Fregatte wurde in etwa zwei Wochen zurückerwartet. Übergab man ihn dem Kapitän dieses Schiffes, würde dieser ihn im Kielraum in Eisen legen lassen und erst in England wieder herausholen. Dort würde man herausfinden, dass er der Captain Barrows war, der jahrelang als Pirat in der Karibik sein Unwesen getrieben hatte, und danach würde das Urteil über ihn feststehen. Sie würden ihm einen Strick um den Hals legen, ihn an einer Rah aufhängen und anschließend seinen Leichnam den Haien zum Fraß vorwerfen.

Während Charles Barrows sein Schicksal verfluchte, gingen Ari'iheivas Gedanken ihre eigenen Wege. In seinen Augen war es zu ärgerlich, dass es Barrows und Wally nicht gelungen war, Ruth und – noch wichtiger – Tahitoa umzubringen. Nun galt dieser Schurke auch noch als Held. Die Zeit, in der eine Geste seinerseits genügt hatte, um Tahitoa den Zutritt zum Palast zu verweigern, war nun endgültig vorbei.

»Was für eine Schmach!«, murmelte Ari'iheiva und musterte den gefangenen Barrows. Der Mann war ein Schurke und hatte den Tod verdient. Doch möglicherweise konnte er ihm als Werkzeug für seine Rache dienen, und vielleicht sogar für mehr. Vorerst aber wollte er Barrows in Angst und Schrecken halten, damit dieser ihm später umso eifriger diente. Ari'iheiva ging es nicht nur darum, Tahitoa und das freche Weibsstück, das ihn schützte, zu bestrafen. Dieser Barrows war, wie sein Vorgehen gezeigt hatte, ein kluger, aber auch skrupelloser Mann. Dagegen waren die beiden geflohenen Matrosen, die inzwischen eingefangen und ebenfalls in Bambuskäfige gesperrt worden waren, stockdumme Kerle, die ihm nichts nützen würden. Bei Barrows war das anders. Zum ersten Mal sah er sich wieder im Vorteil gegenüber seinem Konkurrenten. Er musste diesen jedoch mit Bedacht ausspielen. Daher blieben die beiden Matrosen in ihren Bambuskäfigen, um später den Engländern ausgeliefert zu werden. Captain Barrows aber würde er auf eines der Schiffe schaffen lassen, die zur Mission gehörten, und zum Motu Maumaia bringen, einer kleinen Insel, die ihm persönlich gehörte.

Barrows hatte Angst, als sein Käfig geöffnet wurde und mehrere kräftige Tahitianer ihn in die Mitte nahmen. Beim Anblick des Schiffes befürchtete er, auf schnellstem Weg zur englischen Fregatte gebracht zu werden. Erst als nach Tahiti auch Moorea und Huahine hinter ihm zurückblieben, atmete er ein wenig auf. Angespannt hielt er Augen und Ohren offen. Ihn wunderte, dass die Besatzung zum größten Teil aus weißen Matrosen bestand. Es handelte sich um Walfänger, die ihren harten Broterwerb zugunsten eines ungefährlicheren Postens auf den Schiffen der Missionare aufgegeben hatten. Einer war sogar mit einer Tahitianerin verheiratet und hatte vor, sich dauerhaft hier anzusiedeln.

Barrows hörte genau hin, wenn die Männer sich unterhielten. Von dem verheirateten Matrosen und den beiden Mischlingen an Bord hatte er wenig zu erwarten. Den anderen weißen Matrosen hingegen gefiel es gar nicht, dass sie jetzt mit Ari'iheiva einem »Nigger« – wie sie es nannten – gehorchen mussten, und keinem weißen Missionar.

»He, Freund! Kannst du nicht einen Becher Rum für einen Mann besorgen, der schon halb verdurstet ist?«, sprach Barrows auf gut Glück einen dieser Männer an.

Der musterte ihn misstrauisch und trat dann näher. »Hast wohl Lust auf einen guten Schluck, was? Das kannst du vergessen. Dieses Schiff ist so trocken wie die Hölle, denn laut dem Reverend ist der Alkohol des Teufels, und vor diesem will er uns bewahren.«

Barrows ahnte, dass der Mann selbst gerne einen Schluck getrunken hätte. In jedem Fall schien er weder von den Insulanern noch von den Missionaren viel zu halten. Barrows wollte das ausnützen und fing geschickt ein Gespräch mit dem Mann an.

Längst hatte er auch das Schiff begutachtet. Es war um einiges kleiner als Ruths Gaffelschoner, benötigte aber die gleiche Menge an Besatzung, da die Handhabung schwieriger schien als bei der Hiva Oa. Doch er war ein Mann, der Schiffe zu führen verstand. Er brauchte nur noch Männer, die unter ihm zu dienen bereit waren, und – zuallererst – seine Freiheit.

Auf dieser Fahrt war noch nicht an Flucht zu denken. Allerdings gewann er mit dem Matrosen Jack einen Freund, der es für eine Schande hielt, wie die Eingeborenen einen braven, weißen Schiffskapitän behandelten. Auch versprach er Barrows, mit ein paar Kameraden zu reden, die genauso dachten wie er.

Nach ein paar Tagen erreichten sie Motu Maumaia. Das Inselchen war nicht größer als das, auf dem James Hutton etliche Monate hatte ausharren müssen. Da es keine Süßwasserquelle gab, musste Trinkwasser von der nahen Insel Tahaa gebracht werden. Außer den Männern, die ihn bewachen sollten, lebten noch zwei Frauen auf dem Eiland, die kochten und das Haus besorgten. Im Grunde wäre es für Barrows ein Leichtes gewesen, ins Wasser zu steigen und zur Hauptinsel hinüberzuschwimmen.

Er ließ diesen Gedanken jedoch fallen, als an sein rechtes Fußgelenk eine Kette mit einer achtpfündigen Kanonenkugel befestigt wurde. Vorerst blieb ihm wohl nichts anderes übrig, als sich in sein Schicksal zu fügen und zu hoffen, dass irgendwann einmal seine Stunde käme.

Barrows fragte sich von Tag zu Tag mehr, weshalb Ari'iheiva ihn hierher hatte bringen lassen. Zwar war er gefangen, erhielt aber gut und reichlich zu essen und konnte sich auf der kleinen Insel frei bewegen. Von einem früheren Aufenthalt in der Südsee wusste er, dass es hier noch viele Menschenfresser gab, und auf Tahiti war es vor einer Generation nicht anders gewesen. Konnte es sein, dass Ari'iheiva auf Tahiti zwar den überzeugten Christen spielte, aber hier, fern der Hauptinsel, noch diese alte Tradition pflegte? Der Gedanke brachte ihn dazu, sich bei der nächsten Mahlzeit zurückzuhalten. Der Frau, die ihm die Mahlzeiten vorsetzte, schien dies nicht zu gefallen, denn sie drängte ihn, mehr zu essen, und gab ihm dabei das Gefühl, als wolle sie ihn mästen.

Anders als Barrows blieben die verbliebenen Matrosen von Wallys Schiff auf Tahiti und wurden der englischen Fregatte bei deren Rückkehr als Piraten aus Captain Barrows' Mannschaft übergeben. Um Ruth und Tahitoa, aber auch seine Konkurrenten um die Macht zu täuschen, tat Ari'iheiva so, als hätte er auch Barrows den Engländern überlassen.

Die beiden Matrosen wurden in den Kielraum der Fregatte gesperrt und blieben dort, bis das Schiff abgelöst wurde und nach England segelte. Dort würde man ihnen Monate später den Prozess machen. Ihren Beteuerungen, keine Piraten, sondern Besatzungsmitglieder des amerikanischen Walfangschiffes Newport gewesen zu sein, würde kein Glaube geschenkt werden, und so endeten sie am Galgen von Tyburn.

Daher sah keiner der Männer, die vor Jahren unter Captain Raphael Wally von Nantucket aus aufgebrochen waren, um Wale zu jagen, die Heimat wieder. Da die Newport nicht zurückkehrte, wurde sie aus der Schiffsliste gestrichen und für die Besatzung in der Kirche gebetet. Doch bald vergaß man dort das unglückliche Schiff, denn der Walfang ging weiter. Jeder wusste, dass er gefährlich war und das eine oder andere Schiff nicht zurückkehren würde.

9.

Der Sturm blies in Orkanstärke, und die Matrosen der Namasket aus New Bedford hatten ihre liebe Not, das Segel zu bergen, bevor es vom Sturm zerfetzt werden konnte. Jeder Mann wurde gebraucht, und so hatte auch David Simonsen mit auf den Mast steigen müssen. Wie alle anderen stand er auf dem unter der Rah angebrachten Pferd und zerrte am Segel. Da es an einer Seite bereits gelöst worden war, flatterte es im Wind, und es war fast unmöglich, es heranzuziehen.

David biss die Zähne zusammen, um das Seine beizutragen, so wie Captain Queek es von seinen Männern forderte. Der Kapitän hatte bereits mehrere Matrosen nach unten geschickt, um den Ruderbalken mit zusätzlichen Tauen zu bändigen, da das Ruder mit der Steueranlage allein nicht mehr zu halten war.

Obwohl David wusste, dass der Kapitän alles tat, um das Schiff heil um Kap Hoorn zu segeln, waren Wind und Wellen seit Wochen ihr Feind. Dies war ihr letzter Versuch. Wenn dieser ebenfalls misslang, würden sie umkehren und auf den Falklands überwintern müssen, um es im nächsten südlichen Frühling erneut zu versuchen.

»Wir werden eher an den Klippen zerschellen«, murmelte der Junge. Wenn es ihnen nicht gelang, das Segel rechtzeitig zu bergen, war dies die wahrscheinlichste Möglichkeit.

»Gleich haben wir es!«, hörte er durch den Sturm hindurch den Matrosen neben sich rufen.

Noch einmal setzte David seine gesamte Kraft ein, bekam das Segelende zu fassen und band es rasch fest. Fast augenblicklich wanderten die steinernen Zähne der Klippen, die das Schiff mit dem Untergang bedroht hatten, nach Steuerbord, und alle Männer atmeten auf. Das Schiff gehorchte nun wieder dem Ruder und schlug, vom letzten Sturmsegel gezogen, den Kurs ein, der es auf die offene See hinausführte.

Endlich konnten die Matrosen die Rah verlassen und nach unten steigen. David war einer der Letzten, doch als er endlich an Deck stand, klopften ihm etliche der erfahrenen Seeleute auf die Schulter.

»Gut gemacht, Junge!«, lobte ihn Steuermann Asher.

»Ohne Davy hätten wir es nicht geschafft«, meinte ein anderer Matrose.

»Das hätten wir wahrlich nicht!«

»Ich habe doch nur getan, was getan werden musste«, antwortete David.

»Und das wie ein vollwertiger Mann und nicht wie ein Knabe«, sagte Moses, der Schiffskoch, und klopfte ihm ebenfalls auf die Schulter. Er zwinkerte David zu. »Ich kann bei dem Seegang zwar kein Feuer in der Kombüse anschüren, aber ich habe unten noch ein Fässchen mit Keksen. Du hast dir ein paar davon verdient, und es wird sie dir auch keiner neiden.«

»Wirklich nicht, Bürschchen! Lass sie dir schmecken«, rief der Steuermann und trat neben den Kapitän. »Das muss dem Jungen erst einmal einer nachmachen! Beherzt wie ein Großer – und ebenso fleißig!«

»Das ist gutes Seemannsblut, Mr Asher. Sein Vater ist Jakob Simonsen, von dem Sie gewiss schon gehört haben. Der Großvater, Simon Simonsen, war ebenfalls ein Seemann von echtem Schrot und Korn. Sie kennen doch den Namen Bartlett?«

»Meinen Sie den großen Londoner Reeder, Captain?«, fragte Asher.

Ismael Queek nickte. »Ebenden! Es heißt, Simon Simonsen soll Sam Bartlett, den Vater des Reeders, wegen irgendeiner Sache mit einem einzigen Fausthieb zu Boden geschmettert haben. Sam Bartlett hat es später nie gewagt, von Simon Simonsen Revanche für diesen Fausthieb zu fordern. Sie können sich also vorstellen, was für ein Mann das gewesen sein muss. Sein Enkel scheint ganz nach ihm zu kommen.«

»Sie glauben also die Geschichte, dass der Junge der Sohn dieses Hamburger Reeders ist?« Asher war verwundert, da Queek dies bisher verneint hatte.

Nun aber nickte der Captain. »Ja, inzwischen bin ich davon überzeugt, denn ich habe den Jungen beobachtet. Er ist gebildeter, als es ein gewöhnlicher Schiffsjunge sein kann, hat gute Manieren und gibt den anderen gegenüber nicht damit an, etwas Besseres als sie sein zu wollen. Dafür versteht er einiges von Schiffen und bringt Vorschläge sachlich fundiert vor. Nein, Mr Asher, das ist kein dahergelaufener Bengel, sondern ein Junge aus einer guten Schifferfamilie. Der weiß, was er will. Und hole es der Teufel. Wenn der bei uns an Bord der Namasket bleiben würde, wäre er mit zwanzig Steuermann und keine drei Jahre später Kapitän!«

10.

Während Ruth und Jan auf Tahiti einer großen Gefahr entgangen waren und David sich die Achtung Captain Queeks auf der Namasket errang, herrschte im Haus Simonsen in Hamburg Trübsal. War bereits die Angst um den verschollenen Vater und um David quälend, bereitete der fortschreitende geistige Verfall der Mutter den daheimgebliebenen Jeremias, Esther und Anna große Sorgen.

Auch an diesem Tag waren die beiden Mädchen wieder in das Kontor des Bruders geflohen und lauschten zitternd dem Schreien und Toben, das aus Frieda Simonsens Zimmern zu ihnen drang.

»So schlimm wie heute war es noch nie«, sagte Anna mit bleichen Lippen.

»Dabei schien es Mama, als wir gestern Nachmittag von dem Besuch bei Mathias Mensing zurückgekehrt sind, besser zu gehen«, warf Esther ein. »Er hat einen Brief seines Bruders …«

»Unseres Schwagers!«, korrigierte Anna sie, da Ruth mit Hinrich Mensing verheiratet war.

»Er hat einen Brief unseres Schwagers erhalten. Diesem und Ruth gefällt es sehr auf ihrer Insel. Hinrich schrieb, am liebsten würden sie für immer dort bleiben. Auch Ruth hat ein paar Zeilen daruntergesetzt und lässt uns Grüße ausrichten«, fuhr Esther fort.

»Das hat Mama gestern Abend erzählt. Deshalb überrascht ihr heutiger Anfall umso mehr.« Jeremias hob unschlüssig die Schultern.

»Wir werden wohl wieder den Arzt rufen müssen«, schlug Anna vor.

»Dieser sagte letztens, dass er mit seinem Latein am Ende wäre«, wandte Jeremias traurig ein.

Esther seufzte leise. »Auch der vorige Arzt konnte Mama nicht helfen. Dabei war sie da noch weitaus ruhiger als jetzt. Wenn ich nur wüsste, was wir tun sollten.«

»Da müsste schon Vater oder wenigstens David zur Tür hereinkommen!« Anna wischte sich eine Träne aus den Augen, denn die Nachricht, dass die Scharhörn mit ihrem Bruder an Bord bei einem Hurrikan untergegangen war, hatte die Krankheit ihrer Mutter noch verschlimmert.

»Ich bete zu Gott, dem Herrn, dass er gnädig mit uns ist und wir sowohl Vater wie auch David wiedersehen«, sagte Jeremias leise und zwang sich dann ein verkrampftes Lächeln auf. »Trösten wir uns damit, dass wenigstens Ruth ein gutes Leben hat.«

»Wir haben unseren Brief an sie Herrn Mensing gegeben. Er hat versprochen, ihn umgehend nach England zu schicken, damit er von dort in die Südsee gebracht werden kann. Wer weiß, vielleicht schreibt Ruth in ihrem Antwortbrief, dass Vater ihre Insel erreicht hat!« Esther erflehte sich dies von ganzem Herzen. Doch sie wusste ebenso wie Jeremias und Anna, dass ihnen nicht mehr als bloße Hoffnung blieb.

SECHSTER TEIL

DIE FORDERUNG DER MISSIONARE

1.

James Hutton hielt das Steuerrad der Hiva Oa fest in der Hand. Von Ruth hatte er gehört, wie schwer sie sich bei ihrer ersten Ausfahrt aus der Lagune getan hatte. Angeblich war es ihr nur mit viel Glück gelungen, doch er hielt es für wahrscheinlicher, dass sie es durch blitzschnelles Erkennen der Situation und folgerichtiges Handeln bewältigt hatte. Welch kluge Frau sie war, bewies auch ihr Vorschlag, ein größeres Ruderblatt für das Schiff fertigen zu lassen. Doch da hatte er eingegriffen. Wurde das Ruderblatt zu groß, ließ sich das Steuerrad nur noch schwer bedienen. Nun war das neue Ruderblatt kaum größer als das alte, aber anders geformt, so dass es fast wie ein spitzwinkliges Dreieck nach hinten ragte und die Kiellinie des Schiffes verlängerte, ohne dass es sich schlechter handhaben ließ.

Wie sehr sich der Umbau gelohnt hatte, zeigte sich, als die Hiva Oa dem Ruder gehorchend ihren Bug auf die Einfahrt richtete. Kurz darauf hatten sie diese passiert und schlugen nun einen Kurs ein, der sie sowohl von Tahiti wie auch von ihrer Nachbarinsel Moorea fortbrachte.

»Sehen Sie, wie gut das Mädchen gehorcht?«, fragte James Ruth zufrieden.

Diese hielt den kleinen Jan auf dem Arm, denn sie hatte Angst, er könnte sonst herumlaufen und in Gefahr geraten. Auf eine längere Reise wollte sie ihn nicht mitnehmen, doch für diese Probefahrt, die James vorgeschlagen hatte, um die Hiva Oa besser kennenzulernen, hatte sie dem Jungen den Wunsch nicht abschlagen wollen. Ihr war es sogar gelungen, Aipua dazu zu bewegen, mit ihnen zu kommen. Sie hatte ihr erklärt, dass nur die Kanus ihres Volkes für sie tapu wären, nicht aber die auf Tahiti und gewiss nicht dieses Schiff, das zwar den Namen von Aipuas Heimatinsel trug, sonst aber nichts mit dieser gemeinsam hatte. Allerdings war ihre Dienerin derzeit nicht in der Lage, sich um Jan zu kümmern, denn sie kämpfte mit ihren Ängsten. Ruth hoffte, dass sich diese legen würden, denn es gab einiges mit James zu besprechen. Außerdem wurde ihr der Junge auf die Dauer zu schwer.

»Sie sagen, Sie hätten das Schiff selbst geplant?«, fragte James.

Ruth nickte. »Es gab niemanden, der es für mich getan hätte. Haben Sie Fehler daran entdeckt?«

»Nur ein paar Kleinigkeiten, die man leicht beheben kann. So würde ich den Fockmast verlängern, um ein weiteres Segel anbringen zu können. Das Schiff würde damit noch besser vor dem Ruder laufen. Für eine so lange Strecke wie nach China wäre dies von Vorteil. Aber noch einmal zu Ihren Plänen: Die können Sie sich nicht einfach nur ausgedacht haben!«

»Habe ich doch!«, antwortete Ruth beleidigt, weil James ihr dies nicht zuzutrauen schien.

»Haben Sie vielleicht den Bauplan eines der Missionsschiffe in die Hand bekommen und ihn vergrößert?« Noch während er es sagte, fand James, dass es eine dumme Bemerkung war, da die Hiva Oa sich in einigen Dingen grundlegend von jenen Schiffen unterschied. »Entschuldigen Sie, ich wollte Sie nicht kränken. Aber es erscheint mir unwahrscheinlich, dass eine Frau aus dem Nichts heraus ein Schiff wie dieses erbauen lassen kann.«

»Es war auch nicht aus dem Nichts heraus«, antwortete Ruth. »Da mein Bruder Jeremias – mein älterer Bruder, denn David ist um einiges jünger als ich – allein schlecht lernen konnte, habe ich ihm geholfen. Wir haben gemeinsam die Tonnage von Schiffen berechnet, Schiffspläne abgezeichnet und auf Anweisung unseres Vaters auch eigene Pläne entworfen. Es waren natürlich andere als für die Hiva Oa. Da ich mich an diese erinnern konnte, war es für mich zwar nicht einfach, dieses Schiff zu entwerfen, aber ich habe es, abgesehen von ein paar Fehlern, die Sie aufgezeigt haben, geschafft.«

»Jetzt machen Sie mir das bitte nicht zum Vorwurf, denn es waren keine Fehler, sondern Dinge, die man erst bei der Erprobung eines Schiffes erkennt. Bei Gott, ich kenne nur wenige Schiffsbauleute, die frei aus der Hand einen anderen Schiffstyp entwerfen können als den, den sie gelernt haben. Sie aber haben hier ein relativ kleines, sehr wendiges Flachbodenschiff gebaut, das für die Fahrten zwischen diesen Inseln wie geschaffen ist. Auch ist die Hiva Oa seefest genug, um längere Strecken zurückzulegen, und ich würde mir bei normalen Wetterbedingungen sogar zutrauen, sie um Kap Hoorn zu segeln.«

Ruth spürte, dass James' Lob ernst gemeint war, und legte ihre Stacheln wieder an. Sie hatte über den Plänen der Hiva Oa etlichen Schweiß vergossen und freute sich nun, dass ihre Arbeit anerkannt wurde.

Unterdessen änderte James den Kurs leicht, befahl den Matrosen, die Segel etwas anders zu trimmen, und nickte zufrieden, als das Schiff noch mehr Fahrt aufnahm. Schließlich wandte er sich wieder Ruth zu. »Wenn Sie nichts dagegen haben, würde ich unsere Probefahrt etwas ausdehnen, um zu sehen, wie sich die Hiva Oa beim Kreuzen gegen den Wind bewährt.«

Ruth wechselte einen Blick mit Tahitoa, der für die Vorräte gesorgt hatte, und sah diesen nicken.

»Also gut!«, sagte sie. »Länger als zwei oder drei Tage sollten wir jedoch nicht unterwegs sein, und ich will mich auch nicht zu weit von den Inseln entfernen.«

»Das will ich auch nicht«, antwortete James lächelnd. »Wenn Sie gestatten, würde ich gerne um Moorea und Tahiti herumsegeln. Danach müsste ich das Schiff gut genug kennen, um die Fahrt nach China antreten zu können.«

»Mr Lu Po würde es freuen«, sagte Ruth.

»Warum nennen Sie Lu Po Mister und tun es, wenn andere Europäer dabei sind, auch bei Tahitoa?«, fragte James verwundert.

»Eben weil die Europäer es nicht tun, sondern die beiden wie Knechte oder gar Wilde behandeln, die weit unter ihnen stehen!«, antwortete Ruth. »Dabei ist Lu Po ein Geschäftsmann, wie man nur selten einen findet, und Tahitoa nicht nur ein treuer, sondern auch kluger Mann. Ich kann es kaum aushalten, dass Leute wie Captain Wally seinesgleichen Nigger nennen.«

»Es tut mir leid! Ich wollte weder Ihnen Vorhaltungen machen noch Tahitoa oder Lu Po beleidigen«, rief James erschrocken.

»Wenn man wie ich gut zwei Jahre als einzige Weiße unter Einheimischen gelebt hat, lernt man, den Wert eines Menschen nach seinem Herzen und nicht nach seiner Hautfarbe zu bemessen«, sagte Ruth freundlich, aber bestimmt.

»Das ist auch der einzige Maßstab, den man einem Menschen anlegen sollte«, gab James zu. »Allerdings halten sich selbst Leute, die sonst guten Willens sind, nicht immer daran. Das sehen Sie an Reverend Wiggles. Er ist gewiss ein ehrenhafter Mann, der Gutes tun will. Dennoch ist er mit argem Dünkel behaftet.«

»Lassen Sie uns hier mehr über das Schiff sprechen und weniger über Menschen. Fehler am Schiff können wir beheben, die Fehler von Menschen entziehen sich jedoch unserer Macht.« Ruth lächelte, doch es lag ein bitterer Klang in ihren Worten. Ihr Hinrich war gewiss ein ehrenhafter Mann gewesen und voll guten Willens. Doch auch er war gescheitert, weil Wunsch und Wirklichkeit zuletzt unvereinbar geworden waren.

»Wir sollten wirklich über etwas anderes reden«, wiederholte sie leise und wies auf die kleine Windfahne am Hauptmast. »Wir werden in der Passage zwischen Moorea und Maiao in kurzen Schlägen kreuzen müssen, um hindurchzukommen.«

»Dabei kann die Hiva Oa beweisen, wie gut sie ist«, antwortete James.

»Oder der Mann am Steuer!«, stichelte Ruth und fand dann, dass diese Bemerkung unnötig gewesen war. »Es tut mir leid! Ich wollte Ihre Fähigkeiten nicht in Zweifel ziehen.«

»Sie würden nur Ihre eigenen Fähigkeiten in Zweifel ziehen, denn ich werde das Steuer bald Ihnen überlassen, um frei an Bord umhergehen und mich umsehen zu können. Ich muss wissen, wie das Schiff im Wasser liegt und wie es sich bei Richtungsänderungen benimmt.«

»Dann beten Sie, dass meine Fähigkeiten ausreichen, uns nicht auf ein Korallenriff zu setzen«, sagte Ruth und lachte, um zu zeigen, dass sie sich durchaus in der Lage fühlte, die Hiva Oa bei den jetzigen Wetterbedingungen sicher durch diese Passage zu steuern.

2.

Die Nacht zog auf mit einer sanften Brise, die die Hiva Oa angenehm dahintreiben ließ. Ruth blickte zum Firmament auf und erinnerte sich daran, wie sie oft mit Hinrich zusammen die Sterne betrachtet hatte. Damals auf Hiva Oa war sie glücklich gewesen, doch auch jetzt erfüllte dieser Anblick sie mit Freude. Sie sah zu Aipua, die beim Hauptmast ihre Schlafmatte ausgerollt hatte und dort mit Jan in den Armen tief schlief. Tahitoa stand in der Nähe und wirkte in der Dunkelheit noch größer, als er sowieso schon war. Es schien, als bewachte er den Schlaf seiner Frau und des kleinen Jan.

Nun suchte Ruths Blick James. Er hatte in den letzten Stunden vor Sonnenuntergang das Schiff von vorne bis hinten überprüft. Dabei war er auch nach unten gestiegen, um zu sehen, wie dicht die Kalfaterung der Hiva Oa war, und hatte sich hinterher zufrieden geäußert. Nun stand er am Bug und blickte nach vorne. Ruth hätte sich gewünscht, seine Gedanken zu kennen. Dachte er wirklich nur an das Schiff oder auch an Zechariah Bartlett, der alles getan haben musste, um ihn als Erben des Earls of Huttonsfield zu beseitigen?

Zwar hatte James nichts dergleichen angedeutet. Doch in ihren Augen war dies die einzige Erklärung dafür, warum er England mied. Er hatte zwar nichts davon gesagt, wie er über Bord gegangen war, doch Ruth konnte sich nicht vorstellen, dass das ein Unfall gewesen war. Sie hatte den Hass wahrgenommen, mit dem Captain Smyth ihn verfolgt hatte. Auch wenn dieser seinen Neffen Trevor Simmons zu gerne auf James' Posten an Bord gesehen hätte, war dies kaum Grund genug, jemanden umzubringen. Also musste mehr hinter dieser Angelegenheit stecken. Sie erinnerte sich an das Schiff unter Bartletts Flagge, das vor Monaten in Tahiti eingetroffen war. Es hatte Simmons gebracht, damit dieser wieder an Bord der Hesione gehen hatte können. Ruth war sicher, dass Simmons in Bartletts Auftrag gekommen war, um James zu ermorden.

Irgendwann würde James gewiss darüber reden. Nun aber richtete Ruth ihre Sinne wieder auf das Schiff und spürte eine leichte Quersee, die sie dazu brachte, das Ruder leicht anders zu legen.

Die Hiva Oa lief gut, und Ruth glaubte nun zu verstehen, warum Männer ihre Familien verließen, um zur See zu fahren. Bei einigen mochte es nur Broterwerb sein, doch viele verfielen dem Reiz der See und folgten ihrem Ruf. Auch ihr Vater gehörte dazu. Obwohl er ein behagliches Heim sein Eigen nannte, fuhr er von Zeit zu Zeit auf einem seiner Schiffe zu fremden Häfen und hatte vor ihrer Abfahrt sogar spaßhaft gesagt, er wolle sie mit seinem neuesten Schiff in der Südsee besuchen. Er war jedoch nicht gekommen, und das bedauerte sie ein wenig.

Ein Schatten, der auf sie zukam, beendete ihren gedanklichen Ausflug. Tahitoa war neben sie getreten. »Sie haben jetzt lange genug am Ruder gestanden, Madam. Lassen Sie es mich übernehmen.«

Ruth zögerte. Es war ein berauschendes Gefühl, mit dem Steuer förmlich das ganze Schiff in den Händen zu halten. Auch fühlte sie sich nicht müde.

»Sie sollten Tahitoas Vorschlag annehmen!« James war ebenfalls neben sie getreten und unterstützte ihren Diener und Vertrauten. Widerstrebend trat sie zur Seite und machte Tahitoa Platz.

»Was ist, Captain? Segeln wir weiter auf altem Kurs?«, fragte Tahitoa James.

»Das tun wir! Die See vor uns ist frei. Es drohen weder Riffe noch Untiefen, und so kann unser Mädchen so schnell laufen, wie es mag. Wenn die Sonne aufgeht, werden wir den Kurs ändern. Dann kann die Hiva Oa beweisen, wie gut sie gegen den Wind zu kreuzen vermag!« James atmete tief durch und zeigte zum Niedergang. »Sie sollten in Ihre Kajüte gehen und sich schlafen legen, Mistress Mensing.«

Ruth schüttelte den Kopf. »Bei dem herrlichen Sternenzelt würde ich mich dort eingesperrt fühlen. Daher werde ich mir eine Matte holen und mich neben Aipua legen – und neben Jan!«

»In jedem Fall sollten Sie ein wenig ruhen, da Sie mich um acht Glasen ablösen müssen. Tahitoa und ich könnten zwar länger am Steuer stehen, doch ich will eine gewisse Routine einhalten.«

»Sagt der Seeoffizier Seiner Majestät, des Königs von England«, meinte Ruth mit einem leisen Lachen.

»Disziplin ist nicht die schlechteste Tugend, die ein Mensch besitzen kann«, konterte James gelassen und sah ihr nach, als sie nach unten stieg, um sich eine Matte zu holen.

Wenige Minuten später lag sie neben Aipua und berührte ihren Sohn sanft mit der Hand, um ihn nicht zu wecken.

»Sie ist eine Frau mit einem großen Herzen«, sagte Tahitoa leise zu James. »Die Hanatea auf Hiva Oa sprachen ihr sehr viel Mana zu. Einige Frauen meinten sogar, ihre geistige Kraft würde die ihres Mannes übertreffen. Dabei war Hiniriki ein Mann, wie man ihn nicht unter tausend findet.«

»Ich würde gerne mehr über Mistress Mensings Leben auf Hiva Oa erfahren«, sagte James.

»Wenn wir nach China fahren, haben wir genug Zeit zum Reden«, erklärte Tahitoa.

Mehrere Sternschnuppen zogen ihre glühende Bahn über den nächtlichen Himmel. Es war ein Bild voller Schönheit, dem sich auch James nicht entziehen konnte.

Nun stellte er Tahitoa die Frage, die ihn schon seit Tagen bewegte. »Sie, Ihre Frau und die anderen im Haushalt nennen Mistress Mensing Ruhutia und ihren verstorbenen Ehemann Hiniriki. Mich aber nennen Sie James. Warum machen Sie diesen Unterschied?«

»Ruhutia und Hiniriki waren damals, als ich ihnen diese Namen gab, zu einem Stamm unterwegs, dem die englische Sprache fremd war. Daher brauchten die beiden einen Namen, den die Hanatea auch aussprechen konnten«, antwortete Tahitoa.

»Und wie würden die Hanatea mich nennen?«

»Te'ema!« Tahitoa lachte leise, und nach kurzem Zögern stimmte James mit ein. Dann wurde er wieder ernst und sah Tahitoa an, der im Licht der einzigen an Deck brennenden Laterne wie eine Statue aus Bronze erschien.

»Es wäre mir eine Ehre, wenn Sie mich Te'ema nennen würden, Mr Tahitoa, und eine noch größere, wenn Sie mich als Freund ansehen und auch so ansprechen würden.«

»Sie sind anders als die anderen Paratane mit Reverend Wiggles an der Spitze, Mr Hutton. Diese werden sich das Maul zerreißen, wenn ich Sie meinen Freund Te'ema nenne. Immerhin halten die Engländer sich für etwas Besseres. Ob sie es sind, sei dahingestellt. Eines aber weiß ich: Männer wie Sie sind es!«

»Ich bin nicht besser und nicht schlechter als jeder Mann und am wenigsten als Sie. Schlagen Sie ein?« James streckte dem Tahitianer die Hand hin. Dieser hielt das Ruder mit einer Hand fest und reichte die andere James.

»Alle Menschen sind gleich!«, sagte er lächelnd. »Nur Ruhutia steht über allen. Sie ist, wie schon Aitu'ha'anui, der Priester der Hanatea, sagte, eine Frau mit einem besonders großen Mana.«

»Sie ist eine bewundernswerte Frau! Umso bedauerlicher ist es, dass sie so jung Witwe geworden ist.« James hoffte, von Tahitoa mehr über Ruth zu erfahren. Zu neugierig erscheinen wollte er jedoch nicht.

Tahitoa fand, dass sein neuer Freund mehr über ihre Herrin erfahren sollte. Auch war es eine wundervolle Nacht. Von Moorea her trug der Wind Musik und Gesang zu ihnen her, und es herrschte eine Stimmung, wie sie friedlicher nicht sein konnte.

»Ja, Ruhutia ist eine besondere Frau«, begann er seine Erzählung. Sie wurde um einiges länger und farbenreicher, als wenn Ruth selbst über ihr Leben auf Hiva Oa berichtet hätte.

Auch wenn James annahm, dass wohl kaum mehr als die Hälfte dieser Erzählung der Realität entsprach, so war Ruth tatsächlich eine Frau, von denen es selbst unter hunderttausend höchstens eine gab. Von ihrem Kampf gegen Wallys Walfänger hatte er bereits von Craven gehört. Bei dessen Darstellung hatte es sich so angehört, als hätte sie an der Spitze einer ganzen Schar wild entschlossener einheimischer Krieger gestanden. Allein die Tatsache, dass sie nur eine Handvoll Knaben und mehrere Dutzend Frauen angeführt hatte, ließ sie unendlich mutig und entschlossen erscheinen.

Daher wunderte er sich auch nicht, dass sie den Leichnam ihres Mannes unter größter Gefahr davor gerettet hatte, zum Festmahl der

Insulaner zu werden. Jede schwächere Frau wäre daran verzweifelt, und viele, die es versucht hätten, wären gescheitert. Sie aber war mit dem Toten, ihrem Sohn und ihrem Dienerpaar glücklich entkommen und hatte sich dabei auch der Verfolgung durch den feindlichen Stamm entzogen, den sie zusammen mit ihrem Mann besiegt hatte.

Er musste lachen.

»Was haben Sie?«, fragte Tahitoa verwundert.

»Ich dachte gerade an Reverend Wiggles und Mr Perell. Wie können diese Narren nur glauben, Mistress Mensing an die Kandare nehmen und beherrschen zu können? Sie hat mehr Mut und Durchsetzungskraft als sämtliche Missionare zusammen!«

Nun musste auch Tahitoa lachen, verstummte aber, als er sah, dass Ruth sich unruhig bewegte. »Wir sollten leiser sein, sonst wacht Madam auf und glaubt, sie müsse das Steuer übernehmen. Dabei habe ich gerade einmal die Hälfte meiner Wache hinter mir, und Sie kommen noch vor ihr an die Reihe!«

»Das ist ein guter Gedanke! Wir können uns aber weiter unterhalten. Was ist mit diesem Ari'iheiva? Als er Captain Barrows als Gefangenen wegführte, hatte ich fast den Eindruck, als würde er es bedauern, dass der Überfall misslungen ist.«

»Das hat mehr mit mir zu tun als mit Ruhutia«, antwortete Tahitoa und berichtete James, wie er noch als halber Knabe von Ari'iheivas Tochter Manahere dazu gebracht worden war, mit ihr die Einsamkeit hinter den Büschen zu suchen.

»Sie ist sehr schön, und ich war entsprechend stolz, weil sie als Mädchen aus hoher Familie es mit mir tun wollte. Dumm, wie ich war, habe ich nicht daran gedacht, dass sie eine Ariki rahi war und als solche ihre Jungfräulichkeit bis zur Hochzeit hätte bewahren sollen. Sie ist zwar dennoch noch gut verheiratet worden, trotzdem verfolgt mich der Hass ihres Vaters bis heute.«

»Ihr Tahitianer seid ein seltsames Volk. Selbst jetzt, da die Missionare euch den christlichen Glauben gebracht haben, finden viele Frauen nichts dabei, sich dem ersten Matrosen hinzugeben, der ihnen begegnet. Gleichzeitig aber sollen eure Häuptlingstöchter keusch wie Vestalinnen bleiben.«

»Vestalinnen kenne ich nicht«, antwortete Tahitoa. »Aber die Frauen und Mädchen, die freundlich zu Fremden sind, stammen aus dem einfachen Volk, während die Häuptlingssippen stolz auf ihre Abkunft von Göttern und ihre lange Ahnenreihe sind und sich nicht mit Menschen mischen wollen, die ihre Vorväter und -mütter nicht bis ins zwanzigste Glied zurück aufsagen können.«

Es war ein übertriebener Stolz auf die Abkunft, die auch beim europäischen Adel verbreitet war. Dort musste ein Stallknecht oder Tanzlehrer, der der Tochter des Hauses zu nahe getreten war, damit rechnen, hart bestraft zu werden. James gab dann die eine oder andere Anekdote zum Besten, die er in Europa aufgeschnappt hatte. Als er schließlich Tahitoa ablöste, tat er es mit dem Gefühl, in diesem einen Freund gefunden zu haben, und nahm sich vor, sich dieser Freundschaft würdig zu erweisen.

3.

Auch wenn sich James Hutton über Wiggles und die anderen Missionare wunderte, so hatten diese ihre Absicht, Ruths Pläne zu beschneiden und sie ihrer Kontrolle zu unterstellen, noch lange nicht aufgegeben. Etwa zu der Zeit, in der die Hiva Oa Moorea umrundet hatte und auf Südostkurs ging, um auch Tahiti zu umsegeln, versammelte Reverend Wiggles seine Getreuen um sich. Außer Justin Baker waren Hiram Perell, Archibald Collins sowie zwei weitere Missionare anwesend. Dazu kamen Mildred Wiggles und ihre Tochter Heather sowie Bakers Ehefrau Harriet und seine Tochter Abigail.

Mildred Wiggles hatte ihrer Dienerin Sally befohlen, für Tee und Kuchen zu sorgen. Die junge Tahitianerin tat es gemeinsam mit zwei Helferinnen, wurde aber gerügt, weil der Kuchen den Ansprüchen ihrer Herrin nicht gerecht wurde. Seit Mistress Wiggles Mary aus dem Haus gejagt und diese die Frechheit begangen hatte, nicht winselnd zurückzukriechen und sie anzuflehen, sie doch wieder aufzunehmen, wurden die besten Teekuchen in Ruths Haus gebacken. Einige fanden zwar, dass Sally sich in den letzten Wochen verbessert hatte. Mildred Wiggles trauerte jedoch immer noch Mary nach und ließ ihre schlechte Laune an den Dienerinnen aus, die ihr verblieben waren.

»Ich bedauere, dass ich Ihnen nur einen so schlechten Kuchen vorsetzen kann. Doch seit dieses Miststück Mary böswillig unser Haus verlassen hat, finde ich kein Niggerweib mehr, das das Kuchenbacken auch nur ansatzweise begreift«, rief Mistress Wiggles verärgert aus und erntete ein mahnendes Räuspern ihres Mannes.

»Dies ist nicht die Sprache, meine Liebe, die der Ehefrau eines christlichen Missionars angemessen ist«, sagte er.

»Schuld daran ist nur diese elende Ausländerin, von der ihr euch alle habt an der Nase herumführen lassen. Es hieß, die Frau solle die Handelsstation nur dem Namen nach führen, um ein Einkommen für sich und ihren Sohn zu erwirtschaften. Stattdessen hat sie dort die Macht an sich gerissen und Entscheidungen getroffen, die man nur bedauern kann«, konterte Mildred Wiggles. Sie überging dabei großzügig, dass sie selbst dafür gesorgt hatte, Ruth die Handelsstation aufzuhalsen. Hatte sie doch gehofft, dass diese hinter dem Ladentisch oder gar der Schanktheke stehend ihre Reputation verlor, so dass Hiram Perell jedes Interesse an ihr verlieren würde.

Es war jedoch anders gekommen. Das aber lastete sie nicht sich selbst an, sondern ihrem Ehemann, der Ruth Mensing nicht ihre Grenzen aufgezeigt hatte. Am ärgerlichsten fand sie, dass er auch noch Hiram Perell dazu anstiftete, der jungen Witwe weiterhin den Hof zu machen. Dabei würde dieser, wenn er nach fünf Jahren als Missionar in die Heimat zurückkehrte, nicht nur eine angesehene Pfarre als Pfründe erhalten, sondern auch noch von einem Onkel eine ansehnliche Summe erben.

»Bitte, meine Liebe!« Reverend Wiggles ärgerte sich über seine Frau, die ihn als vertrauensseligen Narren hinstellte. In der Missionssiedlung wurde bereits kolportiert, dass etliche seiner Entscheidungen nicht von ihm, sondern von seiner Frau getroffen worden waren.

»Diese Witwe … äh, Frau Mensing ist eine Ausländerin und entspricht als solche … hmmm … nicht unserer gehobenen, englischen Lebensart«, warf Heather Wiggles ein. Sie nahm es Ruth übel, dass Hiram Perell ihr gerade noch die Beachtung schenkte, zu der die Höflichkeit ihn zwang. Dabei war diese Witwe gewiss nicht die Frau, die einem Geistlichen angemessen war, während sie diesen Ansprüchen voll und ganz entsprach.

»Ich muss Heather zustimmen!«, erklärte Harriet Baker. »Engländer sind Engländer und Ausländer nun einmal Ausländer. Nur wenige von diesen entsprechen unserer feinen Lebensart. Vor allem diese Deutschen sind ein derbes, lärmendes Volk von schlechter Moral.«

»So würde ich das bei Mistress Mensing nicht sehen. Sie ist weder derb noch lärmend, und ihre Moral ist untadelig«, rief Hiram Perell, der sich sofort zu Ruths Verteidiger aufschwang.

Die Blicke, mit denen die beiden Mütter und deren Töchter ihn maßen, hätten selbst einen mutigeren Mann als ihn erbleichen lassen. In ihren Augen war Ruth ein Hindernis für ihre eigenen Pläne. Sowohl Harriet Baker wie auch Mildred Wiggles hofften immer noch, Hiram Perell als Schwiegersohn zu gewinnen. Die Handelsstation war für sie von nebensächlicher Bedeutung.

Das sah Reverend Wiggles naturgemäß völlig anders. Die Station versorgte die hier lebenden Europäer mit heimischen Gütern und brachte zudem eine willkommene Einnahme, die wiederum der Missionierung der Heiden zugutekam. Ruths Pläne kosteten jedoch Geld, und so befürchtete er, dass der Zufluss in die Missionskasse bald versickern würde. Um das zu verhindern, mussten der Witwe Zügel angelegt werden. Am liebsten hätte er die Berater der Königin aufgefordert, sie wieder abzusetzen. Damit aber hätte er sich bis auf die Knochen blamiert, schließlich war sie auf sein Bestreben hin auf diesen Posten gesetzt worden.

»Wir sollten alle persönlichen Empfindungen und Gefühle hintanstellen, sondern uns mit Verstand und Klugheit überlegen, wie wir jeglichen Schaden von unserem Missionswerk fernhalten können«, sagte er in pathetischem Tonfall.

Da hob Archibald Collins die Hand. »Verzeihen Sie, Reverend! Obwohl ich noch nicht lange auf Tahiti weile, kann ich mich daran erinnern, dass zu Lebzeiten von Mr Landers Klagen aufkamen, er würde den Handelsposten schlecht führen. Es war, wenn ich mich recht erinnere, sogar die Rede davon, dass Sie selbst ihn aufgefordert haben sollen, ein Schiff bauen zu lassen, das es der Mission ermöglicht, Huahine und Bora Bora nicht nur durch die beschwerliche Fahrt auf einem dem Wind und den Wellen ausgelieferten Eingeborenenkanu zurückzulegen. Nachdem Mr Landers nicht darauf eingegangen war, haben Sie die Krone Tahitis gebeten, für die Mission Schiffe bauen zu lassen, wie es dann auch geschah. Weshalb also tadeln Sie Mistress Mensing, wenn sie das in die Tat umsetzt, was Sie von ihrem Vorgänger verlangt haben?«

»Sie haben den Grund selbst genannt, Mr Collins«, antwortete Wiggles mit einer gewissen Überheblichkeit. »Die Mission verfügt nun über eigene Schiffe und ist nicht darauf angewiesen, dass ihr die Handelsstation eines zur Verfügung stellt. Mit diesen Schiffen sind wir in der Lage, alle unsere Missionen auf den Inseln zu versorgen, und können in einem gewissen Rahmen sogar Güter transportieren. Für unsere Zwecke ist dies genug. Ein richtiger

Handel mit diesen Inseln ist völlig sinnlos. Man könnte nur Kokosnüsse von einer zur anderen schaffen. Doch dort gibt es bereits genug davon!«

»Das mag alles so sein, wie Sie es sagen. Doch könnte ein Schiff wie die Hiva Oa nicht auch fernere Gestade anlaufen und von dort Waren holen?«, wandte Collins ein.

»Wollen Sie etwa Kokosnüsse von Tonga oder Samoa hierherbringen lassen, Mr Collins?«, antwortete Wiggles mit kaum verhohlenem Spott. »Für unsere Versorgung mit heimischen Gütern reicht das Schiff, das unsere Missionsgesellschaft regelmäßig aus London zu uns schickt. Außerdem bringen Ihrer Majestät Fregatten, wenn die Ablösung erscheint, ebenfalls Waren aus England mit.«

Da er auf diese Weise gemaßregelt worden war, schwieg Collins nun, schüttelte aber insgeheim den Kopf über seinen Vorgesetzten. So regelmäßig, wie dieser behauptete, erschienen die Schiffe der Missionsgesellschaft wahrlich nicht. Da vergingen schon einmal zwei oder drei Jahre, bis das nächste vor Tahiti Anker warf. Auch war ein großer Teil der Fracht für die Königin und ihren Hofstaat gedacht. Ebenso galt dies für jene Güter, die von den Kriegsschiffen transportiert wurden. Er war jedoch ein nachrangiges Mitglied der Missionsgesellschaft und musste tun, was Wiggles von ihm verlangte. Bei dem Gedanken fühlte Collins Neid auf Perell, der bei seinem Vorgesetzten weitaus besser angesehen war als er, nur weil dieser reiche Verwandte hatte und nach seiner Rückkehr nach England auf deren Unterstützung hoffen konnte.

Das Gespräch wurde unterdessen fortgesetzt, doch es drehte sich im Kreis. Vor ein paar Jahren wäre es noch möglich gewesen, Ruth Mensing abzulösen. Seit jedoch Aimata Königin geworden war, war der Einfluss der Missionare auf deren Berater spürbar geringer geworden. Wer wie Ari'iheiva offensichtlich aufseiten der Mission stand, wurde von der jungen Königin weit weniger geschätzt.

»Die einzige Möglichkeit, die ich sehe, ist, Mistress Mensing davon zu überzeugen, dass sie es ihrem Ansehen und auch ihrem Sohn schuldet, bald eine neue Ehe mit einem ehrenwerten Mann einzugehen«, erklärte Wiggles nach einer Weile.

Mildred Wiggles schnaubte. »Ich gebe zu bedenken, dass die Witwe Mensing sehr wenig Sympathie für Mr Perell erkennen lässt! Man sollte sich vielleicht auf einen anderen Plan einigen.«

»Wenn ich einen wüsste, täte ich es«, antwortete ihr Mann schroff. Er hatte nicht vergessen, dass er Ruth Mensing auf Anraten seiner Frau hin den Posten als Leiterin der Handelsstation verschafft hatte. Mittlerweile wusste er auch, dass sie ihm dies nicht aus Menschenfreundlichkeit geraten hatte, sondern um die Witwe aus der Missionssiedlung zu entfernen, damit sie keine Konkurrenz für ihre Tochter mehr war. Hiram Perell hatte sich aber trotzdem nicht um Heather bemüht, sondern versuchte immer noch, Ruth Mensing von seinen Vorzügen zu überzeugen.

Wiggles' Blick fiel auf Collins. Während Perell mit seiner hageren Gestalt wenig hermachte, war Collins ein gut gestalteter junger Mann mit angenehmen Manieren. Ihm war eher zuzutrauen, Ruth Mensings Herz zu erobern. Doch Collins hielt sich von dieser fern.

»Sobald Mistress Mensing von ihrem Ausflug mit dem Schiff zurückgekommen ist, werde ich sie aufsuchen und mit ihr sprechen. Mr Collins, Sie werden mich begleiten.«

»Aber Sir, ich …« Collins brach ab, um Wiggles nicht mit Widerspruch zu verärgern. Auch hielt er es für an der Zeit, die Witwe an seine Existenz zu erinnern. Anders, als Wiggles annahm, hatte er durchaus ein Interesse an Ruth Mensing. Nur wollte er nicht so plump vorgehen wie Perell, der sich für sein Gefühl viel zu wichtig nahm. Geld und eine Pfründe ersetzten keine guten Manieren. Eine Witwe bereits wenige Tage nach dem Tod des Gatten aufzufordern, ihn zu heiraten, war für Collins der Ausdruck schlechten Benehmens. Er hatte warten wollen, bis sich der erste Schmerz über den Verlust des Ehemanns gelegt hatte, um sie dann vorsichtig zu umwerben. Da Reverend Wiggles ihn nun aufforderte, mit ihm zu kommen, mochte das ein guter Anfang werden.

»Ich werde Sie selbstverständlich begleiten, Reverend«, sagte er daher mit einer leichten Verbeugung.

»Ich komme auch mit«, erklärte Perell entschlossen.

Wiggles wollte es ihm schon verbieten, sagte sich dann aber, dass Ruth Mensing somit zwei Bewerber zur Auswahl hatte und sich aussuchen konnte, für wen sie mehr Sympathie empfand.

»Ich freue mich über Ihre Begleitung, Mr Perell, und ebenso über die von Mr Collins. Für ihn wird es ein Genuss sein. Er war noch nicht in Mistress Mensings Haus zu Gast und weiß nicht, welch herrliche Kuchen sie ihren Gästen auftischen lassen kann.« Diesen Stich musste Wiggles seiner Frau versetzen.

4.

Ohne zu ahnen, welche Pläne hinter ihrem Rücken geschmiedet wurden, stand Ruth am Steuer der Hiva Oa und fühlte sich so frei wie lange nicht. Jan wanderte auf dem Deck umher und hatte, wie James lächelnd erklärte, bereits jetzt Seemannsbeine. Daher hatte Aipua viel zu tun, den kleinen Treibauf im Auge zu behalten. Zum Glück waren das Schanzkleid und die Reling des Schiffes so hoch, dass keine große Gefahr bestand. Auch hatte man die beiden Luken, die in den Innenraum des Schiffes führten, geschlossen, so dass der Junge vor einem tiefen Sturz sicher war. Trotzdem war es Ruth lieber, wenn er in ihrem Sichtfeld blieb.

James trat neben sie und blickte auf Tahitis Küste, die nah an Backbord langsam vorüberzog. »Verzeihen Sie, Madam, wollen Sie in die Tutataroa-Passage einlaufen?«

Ruth sah ihn erstaunt an. »Nein, wieso fragen Sie?«

»Weil Sie zu eng am Land segeln. Sie sollten stets genug Wasser zwischen dem Ufer und dem Schiff lassen, wenn Sie nicht vor Anker gehen wollen. Falls der Wind abreißt, sind Sie sonst zu nahe an den Klippen und könnten von den Wellen auf diese zugetrieben werden.«

»Verzeihen Sie! Ich wollte die Hiva Oa nicht in Gefahr bringen!«, rief Ruth erschrocken und änderte den Kurs.

James nickte zufrieden, da sie das Steuerrad nicht ruckhaft drehte. Zwar kamen sie auf diese Weise langsamer vom Land frei, doch die Segel fingen weiterhin den Wind ein, und sie liefen nicht Gefahr, an Fahrt zu verlieren.

»Sehr gut!«, lobte er. »Sehen Sie zu, dass wir zehn Seemeilen Abstand gewinnen und das Kliff von Te Pari ohne Probleme umfahren können.«

»Aye, aye, Captain!«, antwortete Ruth und richtete den Bug der Hiva Oa noch etwas weiter aufs Meer hinaus. Aus einer Laune heraus sah sie James an. »Soll ich dann auch unsere Position bestimmen, damit ich sicher sein kann, dass ich genau zehn Seemeilen vor Te Pari segle?«

»Ein guter Steuermann muss das schätzen können, Mistress Mensing!« James klang streng, doch ein Funkeln in seinen Augen bewies Ruth, dass es als Scherz gedacht war.

»Dann hoffe ich, die zehn Seemeilen auch richtig schätzen zu können, Captain Hutton, damit wir Te Pari nicht im Abstand von neun oder elf Seemeilen passieren«, antwortete sie scheinbar ernsthaft.

»Es spielt keine so große Rolle, ob es nun neun, zehn oder elf Seemeilen sind«, erklärte James. »Es gibt jedoch Passagen, bei denen es nicht auf Meilen, ja nicht einmal auf eine Kabellänge ankommt, sondern auf wenige Yards. Dort zu steuern, würde ich mir selbst nicht zutrauen.«

»Sie werden es sich im Notfall zutrauen müssen, denn einen besseren Steuermann und Schiffer als Sie habe ich nicht!« Ruth lächelte, um den Worten die Schärfe zu nehmen.

Auch James lächelte, wurde aber rasch ernst. »Ich hoffe und bete, dass ich Sie nicht enttäuschen werde. Es ist ein weiter Weg bis China, und wir werden nur an wenigen Inseln anlegen können.«

»Aber es ist zu schaffen?«

James nickte. »Mit diesem Schiff, ja. Mit den kleineren Schiffen der Missionsstation würde ich es nur im Notfall wagen. Diese sind bei Weitem nicht so seetüchtig wie das hier. Allerdings verfügten die Herren Wiggles und Company nicht über einen so hervorragenden Schiffsbauer wie Sie.«

»Jetzt schmeicheln Sie mir!«, wehrte Ruth ab.

»Das tue ich nicht! Zwar habe ich noch keines der Missionsschiffe gefahren, sie mir aber angesehen. Sie taugen gerade so viel, dass sie bei gutem Wetter zwischen den Inseln herumfahren können. Allerdings sollte man bei einem aufziehenden Sturm rasch eine sichere Bucht oder Lagune anlaufen. Mit der Hiva Oa würde ich es wagen, einen Sturm abzureiten.«

»Ich hoffe, dass dies nie der Fall sein wird«, sagte Ruth und maß mit raschem Blick die Entfernung zum Ufer. »Sind Sie mit dem Abstand zu Te Pari zufrieden, Captain Hutton, oder muss ich noch ein paar Yard landab steuern?«

James schüttelte den Kopf. »Der Kurs liegt richtig an! Wir werden ihn noch eine Weile beibehalten und dann in Richtung Norden abdrehen. Wenn der Wind so bleibt, könnten wir noch vor der Abenddämmerung die Heimat erreichen.«

»Heimat?« Ruths Lippen zuckten schmerzhaft. Heimat war für sie Hamburg, und sie hoffte, die Stadt wiederzusehen, sobald Jan alt genug für diese lange, anstrengende Reise sein würde. Auch für James war Tahiti gewiss nicht die Heimat. Die lag in England, wo er unter besseren Voraussetzungen bereits Earl of Huttonsfield hätte sein können. Sie vertrieb diesen Gedanken jedoch und richtete ihr Augenmerk wieder auf die See. »Für den Augenblick ist es unsere Heimat! Nur sollten wir nie vergessen, wo wir herkommen, und alles tun, um den Ort, an dem wir aufgewachsen sind, wiederzusehen.«

James lächelte traurig. »Bei Ihnen geht es leicht, denn Sie haben Ihre Familie, die Sie und Ihren Sohn mit weit geöffneten Armen empfangen wird! Ich hingegen könnte höchstens in das kleine Dorf zurückkehren und den Besitz besuchen, auf dem mein Vater Stallmeister war. Er hätte sich gewiss gewünscht, dass ich einmal in seine Fußstapfen trete. Lord Humphrey hat mich jedoch zur Marine gesteckt, und so ist ein Pferd für mich das Seil, auf dem ich stehe, wenn ich hoch auf dem Mast die Segel berge.«

»Sie sind doch ein enger Verwandter des alten Earls. Wie kommt es, dass er so wenig Familiensinn zeigt?«, fragte Ruth.

»Mein Großvater und Lord Humphrey waren Brüder, doch zumindest mein Großonkel führte sich wenig brüderlich auf. Beider Vater hatte auf großem Fuß gelebt und viele Schulden hinterlassen, und als Titelerbe musste Lord Humphrey diese übernehmen. Meinem Großvater blieb nur, sich bei einem Nachbarn als Stallmeister zu verdingen. Dies kränkte Lord Humphrey, denn seiner Ansicht nach hätte Großvater seine Pferde züchten sollen – und zwar ohne Lohn.« James lachte auf und fuhr fort: »Lord Humphrey heiratete eine reiche Erbin …«

»Deren Geld er wohl durchbrachte, da er seine Tochter mit einem bürgerlichen Handelsherrn wie Zechariah Bartlett verheiraten musste, um wieder zu einem Vermögen zu kommen«, unterbrach Ruth ihn.

»So muss es gewesen sein. Großvater jedenfalls blieb Stallmeister bei diesem Nachbarn und heiratete eine von dessen Verwandten. Großmutter war zwar keine Erbin, dafür aber eine herzensgute Frau.« James lächelte versonnen, denn er hatte diese Frau in seinen ersten zehn Lebensjahren noch erlebt. Für Augenblicke dachte er an jene Zeit, in der der Schatten der Bartletts noch nicht über seiner Familie gelegen hatte. Dann sprach er weiter: »Nach

Großvaters Tod folgte Vater ihm als Stallmeister nach. Er blieb längere Zeit unverheiratet, bis er meine Mutter traf. Ich habe sie nie kennengelernt, denn sie starb bei meiner Geburt. Sie soll schön und sanft gewesen sein und aus guter, wenn auch nicht allzu hoher Familie stammen. Nach ihrem Tod nahm Vater sich keine Frau mehr. Er begann zu trinken, und nur sein Geschick bei der Zucht von Pferden bewahrte ihn davor, entlassen zu werden.

Als dann Lord Humphreys Sohn Anthony starb, schien sich unser Schicksal zu wenden, denn Vater war der nächste männliche Verwandte des Earls und damit dessen Erbe. Allerdings vergaß er dabei völlig die komplizierte Erbregelung, die der erste Earl eingeführt hatte. Als dieser zum Earl erhoben worden war, hatte er nur eine Tochter. Sein nächster männlicher Verwandter war ein entfernter Vetter, mit dem er im Streit lag und den er unter keinen Umständen als Earl of Huttonsfield sehen wollte. Zwar hoffte er noch auf einen Sohn, wollte aber jeden Zugriff seines Vetters auf den Titel verhindern. Daher erwirkte er von King Edward II. das Recht, dass der Titel und der Besitz der Earls von Huttonsfield auch in weiblicher Linie weitergegeben werden darf. Da er nur seinen Verwandten ausschließen wollte, setzte er folgende Einschränkung hinzu: Die weibliche Erbfolge sollte nur in Kraft treten, wenn es keinen Sohn des Erblassers, keinen Bruder, keinen Neffen und keinen Großneffen gibt. Weiter entfernte männliche Verwandte wurden vom Erbe ausgeschlossen.« James musste lachen. »Fragen Sie mich nicht, wie mein Urahne auf diese seltsame Konstruktion kam. Er muss sehr exzentrisch gewesen sein. Jedenfalls betraf diese Regelung ihn nicht, denn ihm wurde noch ein später Sohn geboren, der ihm als zweiter Earl nachfolgte.«

»Das hört sich verwirrend an«, fand Ruth.

»Da diese Regelung im Lauf der Jahrhunderte nie gebraucht wurde, geriet sie in Vergessenheit. Ich stieß nur durch Zufall darauf. Oder, besser gesagt, Lord Buxton, der Schwager von Admiral

Fitzwilliam, dem ich im Grunde meinen Leutnantsrang zu verdanken habe, tat es. Er wollte ein Buch über die ungewöhnlichsten Erbregeln des englischen Hochadels schreiben und stieß dabei auf diesen Passus im Hausgesetz der Earls of Huttonsfield.«

»Bartlett muss ihn ebenfalls kennen«, schloss Ruth aufgrund des Mordanschlags auf James.

Dieser nickte. »Das nehme ich auch an. Trotzdem glaube ich nicht, dass Lord Hutton oder Zechariah Bartlett beim Ableben meines Vaters nachgeholfen haben. Laut unserem Arzt starb er eines natürlichen Todes.«

»Danach waren Sie als Großneffe des alten Earls der letzte männliche Erbe«, sagte Ruth nachdenklich. »Und da kam Bartlett wohl der Gedanke, dass nur noch Sie zwischen Lady Ellinor und deren Nachfolge als Tochter ihres Vaters stehen, und wollte Sie aus dem Weg räumen!«

»Was ihm bis jetzt nicht gelungen ist!« James verzog das Gesicht, bevor er weitersprach. »Jedenfalls schickte Lord Humphrey mich nach dem Tod meines Vaters nicht nach Eton und später nach Oxford, wie es seinem Nachfolger angemessen gewesen wäre, sondern zu Captain Smyth auf dessen Schiff. Und dort habe ich einiges erlebt!«

»Das ist eine traurige Geschichte«, sagte Ruth, während sie den Kurswechsel einleitete.

»Was danach kam, war Lucky Jim«, meinte James mit einem verbissenen Grinsen. »Im Nachhinein weiß ich, dass Smyth alles Mögliche getan hat, um mir zu einem verfrühten Eintritt ins Himmelreich zu verhelfen. Zu seinem Pech aber kam ich aus jeder noch so brenzligen Sache heil heraus und erhielt schon bald diesen Beinamen.«

»Der, wenn ich alles so bedenke, wohl berechtigt ist!«, fand Ruth. »Es muss schlimm für Sie gewesen sein, immer wieder dem Tod ins Auge blicken zu müssen.«

»Damals wusste ich es nicht besser, sondern dachte, es gehöre zum Leben eines Seeoffiziers. Es störte mich auch nicht, dass ich, anstatt studieren zu können, zur See fahren musste. Das haben etliche Lords und andere hohe Herren getan. Ich führte ein Leben voller Abenteuer, und ich kann nicht behaupten, dass ich es verabscheut hätte.«

»Auf jeden Fall sind Sie ein ausgezeichneter Seefahrer geworden – und für mich ein großer Gewinn«, antwortete Ruth mit einem anerkennenden Lächeln.

»Ich will hoffen, dass Sie dies auch noch nach meiner Rückkehr aus China sagen. Doch nun sollten Sie zwei Strich nach Steuerbord halten. Sonst kommen Sie der Küste wieder zu nahe!«

Trotz seines Ausflugs in seine Vergangenheit hatte James ihren Kurs im Auge behalten und nickte zufrieden, als Ruth seine Anweisung befolgte.

5.

Die Hiva Oa kehrte unversehrt nach Tahiti zurück, und dort machten Ruth und James sich sofort daran, die kleinen Mängel, die sie unterwegs ausgemacht hatten, ausbessern zu lassen. Der Fockmast erhielt eine Verlängerung, die Besangaffel wurde etwas verkleinert, damit das Schiff nicht zu sehr über das Heck drehte, und alle Helfer packten mit an, um die große Chinafahrt vorzubereiten.

Doch bevor die Hiva Oa aufbrechen konnte, erfolgte ein Angriff von anderer Seite. Ruth hatte gerade mit James über kleinere Umbauten im Schiffsinnern gesprochen, als Maire hereinkam. »Verzeihung, Madam, doch ich habe gesehen, dass Reverend Wiggles, Mr Perell und Mr Collins eben mit einem Kanu zu unserer Anlegestelle gebracht worden sind. Ich schätze, sie werden gleich hier sein.«

»Bereite bitte Tee und Kuchen vor«, bat Ruth sie. Dabei hätte sie diesen Gästen lieber fauliges Wasser und madigen Schiffszwieback vorgesetzt. Wiggles' Versuche, ihr in die Leitung der Handelsstation hineinzureden, ärgerten sie ebenso wie Perells drängendes Werben, sie solle seine Frau werden.

»Darf ich mich entschuldigen?«, fragte James.

Da Wiggles sich diesmal auch noch von Archibald Collins begleiten ließ, wäre Ruth über seine Unterstützung froh gewesen. Andererseits musste sie auf ihren Ruf achten, denn Mildred Wiggles gab sich alle Mühe, sie in den Schmutz zu ziehen.

Daher nickte sie. »Sehen Sie zu, dass die Arbeiten an der Hiva Oa rasch vorangehen. Ich will, dass Sie so bald wie möglich aufbrechen. Nur wenn der Gewinn der Fahrt so ausfällt, wie ich es mir erhoffe, kann ich mich der Missionarsmeute auf Dauer erwehren.«

»An mir soll es nicht liegen!«, versprach James. »Es kommt darauf an, ob unser Lu Po mit seinen Landsleuten ins Geschäft kommt.«

»Er ist überzeugt davon. Doch nun auf Wiedersehen!« Ruth lächelte ihm noch einmal zu und wappnete sich für den angekündigten Besuch.

Auf dem Weg nach unten kamen James Wiggles und seine beiden Begleiter entgegen. Auch wenn er nicht mehr die abgetragenen Kleider aus der Kleiderkiste der Newport trug, sondern eine von einer einheimischen Frau genähte Hose und ein Hemd, war er für die drei Herren noch immer ein einfacher Matrose und kein Gentleman. Als er freundlich grüßte, antwortete Wiggles knapp, Collins mit einem kurzen Nicken und Percll gar nicht.

Die Missionare erreichten Ruths Haus und wurden von Maire eingelassen. Bei ihrem Anblick verzog Wiggles das Gesicht. Die junge Tahitianerin war eine exzellente Köchin, und so schmerzte ihn ihr Verlust kaum weniger als seine Frau.

»Ich wünsche den Herren einen schönen guten Tag!« Ruth empfing ihre Gäste an der Tür und ging ihnen voraus in den Raum, in dem sie zu speisen pflegte. Tassen und Teller standen bereit, und so erhielten die Herren umgehend Tee und Kuchen.

Schon nach dem ersten Bissen fand Collins, dass er vielleicht doch öfter hätte kommen sollen. Zwar wurde er bei den Familien in der europäischen Siedlung reihum eingeladen, doch so gut wie hier schmeckte es nirgends. Auch erschien ihm Ruths Heim für hiesige Verhältnisse regelrecht feudal. Königin Aimata bewohnte zwar ein größeres Gebäude, aber darin lebten auch weitaus mehr Leute. Als er Ruth musterte, fand er, dass sie alle anderen weißen Frauen auf der Insel weit in den Schatten stellte. Zudem konnte sie mit ihrem schön gezeichneten Gesicht und der rotblonden Fülle ihres Haares direkt als Engländerin gelten.

Als Engländer war er ja selbst ein Nachkomme der alten Angelsachsen, die einst aus Ruth Mensings Heimat auf die Britische Insel gekommen waren. Sie selbst stammte von jenen Sachsen ab, die in der Heimat geblieben waren. Seiner Schlussfolgerung nach waren sie also vom selben Geblüt, und es konnte nur missgünstigen Menschen wie Mistress Wiggles einfallen, sie als Ausländerin zu verunglimpfen.

Auch Perell sagte sich, dass Ruth auf der Insel nicht ihresgleichen fand. Allerdings war für seinen Geschmack ihr Gesicht etwas zu sehr von der Sonne gebräunt. Eine Engländerin, die etwas auf sich hielt, sollte alles tun, um ihren milchig weißen Teint zu erhalten. Sobald sie verheiratet waren, würde er sie diesbezüglich zu mehr Achtsamkeit anhalten müssen.

Während die Gedanken seiner Begleiter sich um Ruth und deren Aussehen drehten, überlegte Wiggles, wie er beginnen sollte, damit sie seine helfend entgegengestreckte Hand nicht ausschlug. »Ich hoffe, Sie befinden sich wohl, Mistress Mensing?«

»Danke der Nachfrage! Ich kann nicht klagen.«

»Es muss für eine Frau wie Sie doch schwer sein, als Witwe allein in der Fremde zu leben. Dieser ruchlose Überfall zum Beispiel. Sie und Ihr Sohn hätten getötet werden können«, sagte Perell, um ihre Aufmerksamkeit auf sich zu lenken.

»Durch Gottes Gnade ist dies nicht geschehen!«, antwortete Ruth lächelnd, doch ihr Blick blieb kalt.

Längst hatte sie Wiggles' Absicht erkannt, ihr einen seiner unverheirateten Missionare als zweiten Ehemann aufdrängen zu wollen. Nun wusste sie nicht, ob sie sich über die Hartnäckigkeit, mit der er dieses Ziel verfolgte, ärgern oder lieber amüsieren sollte.

»Es ist trotzdem nicht richtig, dass Sie hier ohne männlichen Schutz und Halt bleiben«, sagte Wiggles drängend.

»Ganz ohne männlichen Schutz befinde ich mich nicht«, antwortete Ruth mit einem feinen Lächeln. »Sie vergessen meinen Sohn! Er weiß auf mich achtzugeben.«

»Der ist doch noch ein kleines Kind!«, rief Perell, der sich nicht ernst genommen fühlte.

»Er ist das liebste Vermächtnis, das mir mein Gatte hinterlassen hat, und es macht mich glücklich, nur für ihn da zu sein!« Nun wurde Ruth doch etwas deutlicher. Da sie jedoch die Dickfelligkeit ihrer Gäste kannte, wappnete sie sich für die nächste Attacke.

»Es geht nicht nur um Sie selbst. Denken Sie an Ihren Sohn! Er braucht einen Vater, der ihm als Vorbild dient und der ihn lehrt, was er wissen muss, um sein Leben meistern zu können.«

»So klein, wie Jan ist, werden wohl noch einige Jahre vergehen, bis er ein männliches Vorbild vermisst.«

Nun lächelte Ruth nicht mehr. In ihren Augen waren Tahitoa und James Männer, nach denen ihr Sohn sich richten sollte, und nicht Reverend Wiggles mit einer Sittenstrenge, die flexibel genug war, um primitiveren Geistern das Vergnügen in Schenken und Bordellen zu gönnen, wenn dies nur weit genug entfernt von seinem Heim geschah. Perell mit seinem Hochmut und Collins mit seiner so offen vor sich hergetragenen Bescheidenheit waren ebenfalls keine Menschen, denen sie Jans Erziehung überlassen wollte.

»In wenigen Monaten ist die Zeit des Trauerns für Sie vorbei«, sagte Collins, um sich in Erinnerung zu bringen.

»Wann die Zeit der Trauer für mich vorbei ist, bestimme ich immer noch selbst und kein Eintrag im Kalender!« Ruth wusste, dass sie sich auf dünnes Eis begab, wenn sie es sich mit den Missionaren verdarb. Da diese aber nicht begreifen wollten, wo bei ihr die Grenzen lagen, war sie notfalls auch dazu bereit. Dann allerdings, sagte sie sich, würde die Hiva Oa mit allen Schätzen Chinas zurückkehren müssen, damit sie ihre bisher aufgelaufenen Schulden bezahlen und sich auf Dauer gegen Wiggles und dessen Vasallen behaupten konnte.

»Wir wollen Sie nicht bedrängen!«, rief Wiggles, obwohl die Männer das Gegenteil taten. »Es geht uns nur darum, Ihnen das Leben zu erleichtern. Es ist nicht der Wille Gottes, dass Frauen ihr eigenes Geld verdienen …«

»Weshalb haben Sie mir dann die Handelsstation übergeben lassen?«, unterbrach Ruth ihn mit einer gewissen Schärfe.

»Es sollte ein Ehrentitel sein, um Ihren Unterhalt zu sichern, und nicht mit einer wirklichen Aufgabe verbunden sein.« Wiggles wusste natürlich, dass seine Frau es anders geplant hatte. Für ihn ging es jetzt darum, zu retten, was noch zu retten war. »Der Bau Ihres Schiffes hat hohe Kosten verursacht, die Sie niemals werden abzahlen können. Aus diesem Grund sind wir bereit, Ihr Schiff für die Mission zu übernehmen, obwohl wir eigene Schiffe besitzen und eigentlich kein weiteres brauchen. Sie sind damit jedoch Ihrer finanziellen Sorgen ledig, und wir werden alles dafür tun, dass Sie und Ihr Sohn die nächsten Jahre unbeschwert auf Tahiti verbringen können.«

Dies würde heißen, einen von Wiggles' Trabanten zu heiraten und hinterher unter der Fuchtel seiner Frau zu stehen, dachte Ruth. Mehr denn je war ihre Freiheit für sie wichtig. Die aber würde sie nur bewahren können, wenn sie auf eigenen Füßen stand. Notfalls musste sie Hinrichs Geld, das sie von Hiva Oa gerettet hatte, für ihre Ziele einsetzen. Die Summe deckte zwar nicht ihre gesamten Schulden ab, würde ihr aber Zeit verschaffen, bis James und Lu Po mit guter Ware aus China zurückkehrten. Es war eine riskante Sache, doch sie war die Tochter und Enkelin von Männern, die der See ihren Lebensunterhalt abgerungen hatten, und würde sich ihrer als würdig erweisen.

»Ich danke Ihnen für Ihr hochherziges Angebot, doch als Witwe eines Missionars kann ich es nicht annehmen. Es würde mich in der Seele quälen, wenn Geld, das für die Missionierung armer Heiden vorgesehen ist, verwendet würde, um meine finanziellen Verpflichtungen zu decken. Zudem erwarte ich, dass mein Vater auf meinen Brief hin, den ich der Hesione anvertraut habe, ein eigenes Schiff schickt, das mit Waren und Geld nach Tahiti fährt. Sobald dieses ankommt, kann ich nicht nur meine Schulden bezahlen, sondern der London Missionary Society eine großzügige Spende zukommen lassen.«

»Welche Ware sollte so ein Schiff mit nach Europa nehmen, Kokosnüsse vielleicht?«, fuhr Wiggles auf und zeigte Ruth damit, dass er nicht das Geringste vom Handel verstand. Da Kokosnüsse die lange Fahrt unbeschadet überstehen und in Hamburg als fremdländische Frucht teuer verkauft werden konnten, würden sie sich als Fracht durchaus lohnen. Zudem gab es noch andere Waren, die sich für den Handel nach Europa eigneten, wie ihre Perlen zum Beispiel. Die gingen jedoch Wiggles und seine Leute nicht das Geringste an. Ihr aber verliehen sie die Sicherheit, die sie brauchte, um ein eigenständiges Leben zu führen.

»Sie sehen, Reverend, dass Ihr großzügiges Angebot nicht nötig ist. In spätestens einem halben Jahr wird ein Schiff meines Vaters hier vor Anker gehen und mich von allen Sorgen befreien«, sagte sie freundlich, leerte ihre Teetasse und überreichte sie Maire zum

Spülen. Es war das Zeichen für ihre Gäste, dass sie deren Besuch als beendet ansah.

Wiggles stand mit einem Grummeln im Bauch auf. Erneut hatte er gegen die Witwe den Kürzeren gezogen und musste zusehen, wie sie mit ihren Plänen ins Verderben rannte. Oder auch nicht. Wenn tatsächlich ein Schiff aus ihrer Heimat kam und Waren brachte, die das Interesse der Königin und ihres Hofstaats erregten, würde ihr Einfluss auf dieser Insel in einer Weise wachsen, dass sie seinen eigenen übertraf. Auch wenn es menschlich verachtenswert war, so konnte er nur hoffen, dass das erhoffte Schiff ausblieb und Ruth Mensing mit ihren Plänen scheiterte.

Mit diesem Gedanken verabschiedete er sich von Ruth und machte sich auf den Heimweg, nicht ohne seine beiden Begleiter zu tadeln, die sich bei diesem Gespräch nicht als die Unterstützung erwiesen hatten, die er sich erhofft hatte.

6.

Wiggles, Perell und Collins saßen kaum in dem Kanu, das sie zur Anlegestelle der Missionssiedlung bringen sollte, da meldete Maire Lu Po an. Dieser wirkte besorgt, grüßte aber höflich. »Ich wünsche Ihnen einen wunderschönen Tag, Madam! Ich hoffe, er bleibt auch so schön.«

»Das will ich ebenfalls hoffen, Mr Lu Po«, antwortete Ruth freundlich.

»Wenn ich recht gesehen habe, war Mr Reverend Wiggles bei Ihnen, und ebenso die Mister Collins und Perell. Ist es unbescheiden zu fragen, ob diese Sie aufgefordert haben, ihnen die Hiva Oa gegen die Bezahlung Ihrer Schulden zu überlassen?«

Ruth spürte die Angst des Mannes, sie könnte den Missionaren nachgegeben haben, und hob begütigend die Hand. »Es ist nicht unbescheiden, sondern sogar Ihr Recht, zu fragen, Mr Lu Po. Immerhin sind Sie mein Angestellter, und was ich mit der Handelsstation mache, berührt auch Sie. Ja, Mr Wiggles machte mir dieses großherzige Angebot.«

»Und? Haben Sie ...« Lu Po brach ab und sah Ruth forschend an.

»Ich habe abgelehnt«, antwortete sie. »Nun kommt es darauf an, ob Sie recht behalten und wir in China Waren erstehen können, die uns hier auf Tahiti Gewinn versprechen.«

»Hat Mr Reverend Wiggles damit gedroht, dafür zu sorgen, dass Sie das Holz, das für den Bau des Schiffes gebraucht worden ist, der Krone Tahitis innerhalb kürzester Zeit zurückzahlen müssen?«, fragte Lu Po weiter.

Ruth schüttelte den Kopf. »Das hat er wohl nicht gewagt!«

»Sie müssen damit rechnen, dass er die Berater der Königin dazu drängt, es zu tun«, sagte Lu Po angespannt. »Aus diesem Grund wünsche ich mir, Ihnen folgendes Angebot machen zu dürfen: Ich habe in den sechs Jahren, die ich unter Mr Landers gearbeitet habe, eine kleine Summe erspart. Ich wollte mir dafür, so sich die Gelegenheit bietet, eine Braut aus meiner Heimat kommen lassen. Doch um die Handelsstation vor dem Zugriff der Missionare zu retten, bin ich gerne bereit, Ihnen dieses Geld zur Verfügung zu stellen, und zwar ohne Zinsen!« Lu Po trug dieses Angebot nicht ohne Schmerzen vor. Für ihn war es jedoch existenziell, dass Ruth die Handelsstation behielt, denn sonst würde er sich möglicherweise wieder einem Säufer wie Landers unterordnen müssen, der seine Vorschläge, wie der Handel gesteigert werden könnte, als dummes Zeug abtat.

Ruth dachte nach. »Ihr Angebot ist dankenswert, doch ich werde es ebenso wenig annehmen wie das von Reverend Wiggles. Ich besitze selbst ein wenig Geld, mit dem ich eine gewisse Vorauszahlung leisten könnte. Den Rest der Schulden wird man mir wohl stunden, da das Geld sonst verloren wäre.«

Über Lu Pos sonst so unbewegtes Gesicht huschte ein Lächeln. »Madam sind eine Frau wie meine Großmutter. Wie sagte sie immer: Wenn der Wind zu scharf weht, muss man sich biegen, wenn man nicht brechen will. Ich bin erfreut zu hören, dass Madam sich gegen die Forderung von Mr Reverend Wiggles entschieden hat. Er ist gewiss ein ehrenwerter Mann mit vielen Talenten. Bedauerlicherweise zählt das Gefühl für den Handel nicht dazu. Obwohl er hätte sehen müssen, dass Mr Landers für den Posten, auf den er ihn gesetzt hat, vollkommen ungeeignet war, hat er diesen dort belassen und es mir damit schwer gemacht, den Laden zu führen.«

Er verstummte kurz und wies durch die von Maire geöffnete Wand auf die Walfangschiffe, die dort vor Anker lagen. »Wir könnten viel mehr bei der Versorgung der Walfänger verdienen, wenn wir die entsprechenden Waren hätten«, erklärte er. »Mr Reverend Wiggles ist jedoch der Meinung, dass es genug wäre, wenn alle paar Jahre ein Schiff im Auftrag seiner Missionsgesellschaft hier erscheint und die Fregatten, die sich hier ablösen, ein paar Sachen aus England mitbringen. Vor zehn Jahren mochte dies noch gereicht haben. Mittlerweile leben jedoch weitaus mehr Missionare hier, und sie haben ihre Familien nachgeholt. Auch sind die Geschenke für die Königin und deren Hofstaat immer üppiger geworden. Dies alles benötigt Schiffsraum, der für den Transport der von der Handelsstation benötigten Waren fehlt.«

Es war eine lange Rede, und wegen des singenden Tonfalls, in dem Lu Po sprach, musste Ruth sich anstrengen, um alles zu verstehen. Sie begriff jedoch, worum es ihm im Kern ging. Irgendwann würde die Fracht der Missionsschiffe und der Fregatten vollständig an die Missionare und den königlichen Hof gehen. Wenn dies geschah, konnte sie den Matrosen im Laden nicht einmal mehr eine Stange Kautabak verkaufen.

»Zu Hause hieß es immer, die Engländer seien gewiefte Händler. Reverend Wiggles ist hier wohl aus der Art geschlagen«, sagte Ruth und bat Maire, auch für Lu Po Tee und Kuchen zu bringen.

»Sie sind sehr freundlich«, sagte er und nahm die Tasse entgegen, die Maire ihm reichte. Wenn er zu den Engländern gerufen wurde, boten diese ihm nicht einmal ein Glas Wasser an, während Ruth ihn nicht anders behandelte als ihre übrigen Gäste.

Er trank einen Schluck Tee und schüttelte dann den Kopf. »Können Sie mir sagen, Madam, warum Tee zuerst von China nach England gebracht werden muss, bevor er nach Tahiti gelangt? Außerdem ist es nicht der beste Tee, den man in meiner Heimat bekommen kann.«

»Besseren habe ich nicht«, sagte Ruth.

»Es sollte kein Vorwurf sein. Ich bin jedoch der Ansicht, dass wir ertragreichere Geschäfte machen, wenn wir aus England Waren holen, die es nur dort gibt, und uns andere Waren aus den von uns erreichbaren Häfen besorgen. Dazu gehören neben Tee auch Messer, Teller, Kochtöpfe, Tuche und viele andere Dinge, die wir mit Gewinn weiterverkaufen könnten.«

»Haben wir denn genug Kunden? Die Tahitianer führen ein einfaches Leben«, wandte Ruth ein. Sie hatte sich zwar für die Fahrt nach China entschlossen, wollte von dort aber nur Waren holen lassen, die hier gefragt waren und die vor allem die Walfänger brauchten.

»Auch wer ein einfaches Leben führt, hat nichts gegen einen Kochtopf oder Kessel einzuwenden, und auch nichts gegen ein scharfes Messer oder ein Beil aus Stahl.«

Lu Pos Worte erinnerten Ruth daran, dass sie in glücklichen Zeiten auf Hiva Oa daran gedacht hatte, genau diese Dinge bringen zu lassen, sobald sich die Gelegenheit dazu geboten hätte.

»Entschuldigen Sie! Sie haben vollkommen recht, Mr Lu Po. Fast hätte ich mich von Reverend Wiggles' Ansichten drausbringen lassen. Wir werden den Handel in die Höhe bringen und gutes Geld verdienen!«

»Sehr gutes Geld, zumal wir jetzt in Mr Leutnant Hutton den Mann haben, der die Hiva Oa überall hinsteuern kann!«

»Sie haben Mr Hutton erkannt?«, fragte Ruth verwundert.

Lu Po nickte eifrig. »Die Engländer sehen nur auf den Rock, ein Sohn der Han aber auf das Gesicht!«

»Lassen Sie das nur nicht Reverend Wiggles hören!«, sagte Ruth lachend, wurde aber rasch ernst. »Um auf Mr Hutton Bezug zu nehmen: Er soll nicht überall hinsegeln, sondern zu jenem kleinen chinesischen Hafen, den Sie mir empfohlen haben.«

»Das ist meine Heimatstadt An Tsing!«, erklärte Lu Po. »Dort sind nur wenige Beamte Seiner Himmlischen Majestät zu finden, und so müssen wir nur wenige bestechen, um Handel treiben zu können.«

»Wird dies teuer kommen?«, fragte Ruth besorgt.

Lu Po wehrte lächelnd ab. »Nicht schlimm, Madam! Ich kenne jemanden, der jemanden kennt, der uns günstige Bedingungen verschaffen kann.«

»Trotzdem müssen wir vorbereitet sein! Einen Augenblick!« Ruth verließ das Zimmer und betrat den Raum, in dem sie schlief. Dort holte sie das ihr verbliebene Geld aus einer Truhe und zählte etwa die Hälfte davon ab. Einen Teil steckte sie wieder zurück, den anderen brachte sie zu Lu Po. »Ich will nicht, dass Sie und Mr Hutton zu wenig Geld haben, um einkaufen zu können«, sagte sie und schob ihm die Summe zu. »Ich vertraue Ihnen, so dass wir diese Angelegenheit nicht schriftlich festlegen müssen.«

Lu Po erinnerte sich daran, wie sie Captain Wally erschossen hatte, und fand, dass es keine gute Sache wäre, sie betrügen zu wollen. Da er dies ohnehin nicht vorhatte, holte er Papier, Pinsel und Tuscheschale aus einer Tasche heraus, zählte die Münzen und schrieb auf, was sie etwa wert sein mochten.

Ruth sah zu, wie er seltsame Zeichen untereinanderschrieb, von denen keines dem anderen glich, und fand diese Art des Schreibens sehr verwirrend.

Dann fiel ihr noch etwas ein. »Erlauben Sie mir eine Frage, Mr Lu Po?«

»Aber selbstverständlich, Madam.«

»Zu Hause in Hamburg haben wir Teller und Schüsseln aus chinesischem Porzellan. Die darauf gemalten Frauen tragen bunte Kleidung und die Männer einen langen, mantelartigen Rock. Sie hingegen begnügen sich mit einer schlichten, blauen Hose und einer ebensolchen Jacke.«

»Bunte Kleidung tragen nur reiche Leute. Arme wie ich hingegen sind mit dem zufrieden, was sie haben.«

Lu Po lächelte, doch Ruth war sich sicher, dass auch er danach strebte, einmal bessere Kleidung tragen zu können.

7.

Lu Po lenkte seine Schritte zur Hiva Oa. Für die kleinen Umbauten, die James veranlasst hatte, hatte man das Boot nicht mehr an Land ziehen müssen. Lu Po schaute sich um, bis er James entdeckte, und sprach ihn an. »Einen schönen guten Tag, Captain Sir.«

James wandte sich ihm lächelnd zu. »Mr Lu Po! Auch Ihnen einen guten Tag.«

»Ich sehe, das Schiff ist bald so weit, dass wir in See stechen können.«

»In zwei Wochen, so hoffe ich, können wir ablegen.« James klang zufrieden. Die Handwerker arbeiteten gut und waren bereit, auf ihre Entlohnung zu warten. Er hatte trotzdem die zwanzig Dollar, die er besessen hatte, unter ihnen aufgeteilt, damit sie im Laden einkaufen konnten. Noch immer waren die Menschen hier mit wenig zufrieden. Die Gier nach Reichtum, die wie drückender Nebel über Europa lag, hatte auf diesen Inseln noch nicht Einzug gehalten.

»Ich habe in den letzten Monaten ein wenig Ware zusammengetragen, von der ich glaube, sie mit Gewinn in An Tsing verkaufen zu können. Geben Sie mir bitte rechtzeitig Bescheid, damit ich sie verladen kann«, bat Lu Po.

»Wie viele Tage werden Sie dafür benötigen?«, fragte James.

»Nur zwei, höchstens drei«, erklärte Lu Po und wies auf den Niedergang. »Ist es erlaubt, nach unten zu gehen?«

James lachte. »Selbstverständlich, Mr Lu Po! Es ist auch besser, wenn Sie sich daran gewöhnen, wie Sie den Niedergang auf- und absteigen sollen. Auf hoher See ist es bei starkem Wellenschlag nicht leicht, dabei heile Knochen zu behalten.«

»Ich danke Ihnen für Ihren Rat und werde ihn beherzigen.« Lu Po nickte James dankbar zu und folgte ihm nach unten.

Wegen der langen Reise, die auch durch Stürme führen konnte, war es für die Besatzung nicht möglich, an Deck zu schlafen. James hatte daher mehrere Kojen für die Männer einbauen lassen. Die Heckkajüte war geteilt worden, so dass eine Hälfte ihm und die andere Lu Po zur Verfügung stand. Dieser wirkte zunächst verwundert, nickte dann aber anerkennend.

»Wir werden nicht viel Platz an Bord haben. Die Hiva Oa ist eben ein kleines Schiff«, sagte James.

»Oh, Platz ist genug, Captain Sir! Ihre Kabine hätte ruhig etwas größer sein können. Immerhin bin ich kleiner als Sie und brauchte daher weniger Platz.« Lu Pos Lächeln war das eines Mannes, der nicht mit seiner Größe haderte, auch wenn er im Vergleich mit dem um einen Kopf größeren James und gegen den hochgewachsenen, breitschultrigen Tahitoa wie ein Zwerg wirken mochte. Er kam mit beiden Männern gut zurecht und freute sich darauf, seine Heimat in ihrer Gesellschaft aufzusuchen.

Unterdessen erklärte James bedauernd, dass sie wegen der Kojen für die Mannschaft den Laderaum hatten verkleinern müssen.

»Das ist nicht so schlimm, Captain Sir. Für die erste Fahrt reicht der Frachtraum vollkommen aus. Da fällt mir etwas ein: Mir wurde von der Krone Tahitis die Erlaubnis erteilt, mehrere Huren und Arbeiter aus An Tsing mitzubringen. Wäre es möglich, auch für diese zwei kleine Räume abzutrennen? Sie müssen nicht groß sein, nur so, dass jeweils drei oder vier Leute darin schlafen können.«

Als James auf seine Worte hin ein Drittel des restlichen Laderaums abmaß, wedelte Lu Po abwehrend mit den Händen. »Die Hälfte davon reicht vollkommen aus, Captain Sir. Wir brauchen den Rest für die Fracht!«

»Dann liegen Ihre Leute aber wie Heringe in einem Fass zusammen«, gab James zu bedenken.

Lu Po vollzog eine beschwichtigende Geste. »Die Söhne der Han sind es gewohnt, einander nahe zu sein.«

»Hoffentlich auch die Töchter!«

James wunderte sich insgeheim, dass Lu Po sein Volk die Söhne der Han nannte, während alle Welt es als Chinesen kannte. Angesichts der Vorstellung, welche Lu Po von der Unterbringung seiner Landsleute hatte, fand er, dass die Enge, die er einmal auf einem Sklavenschiff erlebt hatte, das die Hesione abgefangen hatte, kaum schlimmer gewesen war als das, was sein Begleiter plante. Selbst den zwei oder drei Frauen, die Lu Po mitbringen wollte, würde nicht der geringste Freiraum bleiben.

»Es sind Ihre Leute, Mr Lu Po. Wenn diese jemanden dafür hängen wollen, sollen sie sich an Sie wenden«, meinte er zuletzt.

Lu Pos Miene blieb unbeweglich. Insgeheim amüsierte er sich jedoch über den jungen Engländer, der seinen eigenen Vorstellungen folgte und nicht verstehen konnte, dass andere Menschen dies nicht taten. Trotzdem fand er James bei Weitem nicht so schlimm wie die Missionare, die ihn mit abwertenden Bezeichnungen wie

»Schlitzauge« und »Gelbgesicht« bedachten und dabei ganz die Lehre ihrer Religion vergaßen, die besagte, dass alle Menschen Nachkommen Adams und Evas seien. Damit aber müssten sie ungeachtet ihrer Hautfarbe und ihrer Herkunft vom selben Wert sein. Den aber sprachen die Missionare sowohl den Tahitianern selbst wie auch ihm und seinen Landsleuten ab.

8.

Ruth saß auf der Terrasse, den kleinen Jan auf dem Schoß, und sah im Westen die Sonne hinter Moorea versinken. Es war ein stimmungsvoller Abend, der sie an die Sonnenuntergänge auf Hiva Oa erinnerte, die sie mit Hinrich zusammen erlebt hatte. Damals hatte ihr Mann noch Vertrauen in seine Fähigkeit gesetzt, die Hanatea und danach die Stämme der gesamten Insel zu bekehren. Doch nun war er tot und sie auf sich allein gestellt. Dazu befand sie sich in einem steten Kampf mit den Missionaren, die hier auf Tahiti das Sagen hatten. Unter dem Kindkönig Pomare III. hätte sie Wiggles' Forderungen wohl nachgeben müssen. Königin Aimata versuchte jedoch, sich der rigiden Strenge der Missionare zu entziehen. Obwohl sie in einem kühlen, protestantischen Umfeld aufgewachsen war, empfand Ruth die Einschränkungen, denen Wiggles und seine Mitstreiter die Eingeborenen unterwerfen wollten, als maßlos übertrieben.

Selbst auf sie wurde Druck ausgeübt, weil sie als verwitwete Frau auf der Insel lebte, ohne sich unter den Schutz einer neuen Ehe zu stellen. Dabei war eine zweite Heirat das Letzte, was sie sich wünschte. Auch wenn Hinrich ihr ein guter Mann gewesen war, so hatte er ihr doch Einschränkungen auferlegt, die nicht nötig gewesen wären. Das Kind, das sie nicht zuletzt deswegen verloren hatte, kam ihr in den Sinn, und sie drückte Jan an sich, um den blonden Lockenschopf zu küssen.

Er hätte ein Brüderchen haben können, doch Gott hatte es nicht gewollt. Was will Gott eigentlich?, fragte sie sich. Er hatte die Menschen geschaffen und ihnen einen freien Geist verliehen. Weshalb also maßten sich Leute an, über andere zu bestimmen und ihnen vorzuschreiben, was sie zu sagen, ja sogar zu denken hatten?

Ruth wusste, dass sie sich nicht in solchen Überlegungen verlieren durfte. Das Leben war dazu da, dass man es bewältigte, und nicht, dass man Hirngespinsten nachhing. Sie streichelte die Wange ihres Sohnes und blickte hinaus auf das Meer, das nun rasch dunkler wurde. Einige Augenblicke lang stachen die Felsnadeln des Mouaputa und des Tohiea auf Moorea noch rot umkränzt in die Höhe, dann erlosch auch drüben das Feuer des Himmels.

Vaimiti brachte einen Lampion und zündete die Kerze darin an. Die Lampions stammten aus China, hatten aber, um hierherzugelangen, den weiten Weg bis England und zurück antreten müssen. Mit ihrer Hiva Oa würde dies anders werden, dachte sie. Mochte Reverend Wiggles ruhig behaupten, man könne von hier aus nur Kokosnüsse verschiffen, so würde sie ihn eines Besseren belehren.

»Wünschen Sie noch etwas, Madam, oder kann ich Maire sagen, dass wir den Abendbrottisch decken können?«, fragte Vaimiti.

Auch dass Maire im Haushalt der Wiggles ihren tahitianischen Namen nicht hatte benützen dürfen, war eine dieser Einschränkungen, die Ruth für unsinnig hielt. In ihrer Heimat wurden immer noch Namen verwendet, die aus Zeiten stammten, bevor das Christentum Einzug gehalten hatte. Warum also mussten hier die alten Namen verboten werden?

»Du wälzt wieder zu schwere Gedanken, Ruhutia!«, klang Aipuas Stimme tadelnd auf. »Es ist ein schöner Abend, es gibt gutes Essen, was willst du mehr?« Dabei dachte sie, dass es ihrer Freundin guttäte, wieder einmal in den Armen eines Mannes zu liegen. Zu lange darauf zu verzichten, machte bitter. Sagen durfte sie dies Ruth jedoch noch nicht. Diese hatte eine Zeitspanne für die Trauer um Hinrich festgelegt, die abgewartet werden musste. Danach aber würde sie dafür sorgen, dass Ruths Gedanken sich aus der Gefangenschaft der Vergangenheit befreiten. Sonst war die Gefahr zu groß, dass sie ihren toten Ehemann so überhöhte, dass sich kein anderer Mann mehr mit ihm messen konnte. Dabei gab es durchaus einen Mann, dem Ruth eine gewisse Sympathie entgegenbrachte und der sie liebte. Zwar versuchte James Hutton, dies zu verbergen, doch Aipua wusste zu beobachten.

»Dann nimm Ianoa, du Quälgeist!«, sagte Ruth lachend.

Der Kleine streckte die Arme nach Aipua aus und ließ sich ins Haus tragen. Ruth folgte etwas langsamer und fand den Tisch für mehr als zwei Personen gedeckt.

»Habe ich etwa vergessen, dass ich jemanden zu Gast geladen habe?«, fragte sie Maire.

Diese schüttelte lachend den Kopf. »Das haben Sie nicht, Madam! Aber da die letzten Arbeiten an der Hiva Oa abgeschlossen worden sind und das Schiff nun auch vollständig beladen ist, dachte ich, es wäre schön, wenn Sie Captain James, Tahitoa und Lu Po bei sich am Tisch sähen. Sie haben einmal erzählt, dass dies bei Ihrer Familie vor jeder Ausfahrt der Fall gewesen wäre.«

»Du hast recht!«, rief Ruth. »Ich schäme mich, dass ich das ganz vergessen habe. Aber dann müssen auch die anderen, die mitfahren, dabei sein! So ist es Sitte.«

»Die kommen gleich. Ihnen wird auf der Terrasse serviert. Vaimiti bringt zwei weitere Lampions nach draußen, damit sie genug Licht haben. Bevor Sie schimpfen: Die Männer wollen es so! Sie sind es nicht gewohnt, auf Stühlen zu sitzen.«

»Dann sage ihnen, dass ich mich zumindest für einen Teil des Essens zu ihnen setzen werde«, wies Ruth Maire an und wartete gespannt darauf, wer als Erster eintreffen würde.

Es war Tahitoa. Zur Feier des Tages hatte er ein neues Lendentuch umgebunden und sich einen Blütenkranz auf den Kopf gesetzt. Er grüßte Ruth fröhlich, schwang dann Jan durch die Luft und lachte mit diesem um die Wette.

Wenig später kam James herein. Ruth hatte ihm erlaubt, sich auf ihre Kosten neu einzukleiden. Um dieses Privileg nicht zu sehr zu strapazieren, hatte er sich lediglich ein paar einfache Hosen, Hemden und Jacken nähen lassen. Als Ruth ihn so sah, hob sie missbilligend die rechte Augenbraue. »Ich muss Sie tadeln, Mr Hutton! Als Kapitän meines Schiffes haben Sie etwas darzustellen. Sie sehen jedoch aus wie ein schlichter Mann vor dem Mast, der es mit etwas Mühe zum Maat gebracht hat.«

James atmete tief durch und fand, dass sie recht und er die Sparsamkeit übertrieben hatte. »Es tut mir leid! Ich hätte daran denken müssen, mir einen Staatsrock anfertigen zu lassen. Ich hoffe, Sie sehen es mir nach.«

Lu Po hob die Hand. »Keine Sorge, Madam, ich vermag Captain Sir James aus seiner Verlegenheit zu befreien! Ein Kapitän, dem es in der Schenke zu heiß war, hatte sich dort seines Rockes entledigt und vergessen, ihn mitzunehmen. Da sein Schiff am nächsten Morgen auslaufen musste, war es mir nicht mehr möglich, ihm den Rock zukommen zu lassen. Jetzt eignet er sich gut, Captain Sir James' Bedeutung herauszustellen!«

»Was täte ich nur ohne Sie, Mr Lu Po?«, antwortete Ruth mit zuckenden Lippen, während James sich schämte. Er hätte daran denken müssen, dass er in einem fremden Hafen nicht wie ein x-beliebiger Matrose aussehen durfte, sondern als Kapitän auftreten musste.

»Ich danke Ihnen, Mr Lu Po, und hoffe, es Ihnen einmal vergelten zu können«, brachte er mühsam hervor.

»Nichts zu danken! Wir brauchen einen großen Kapitän«, antwortete Lu Po.

»Wenn es um Größe geht, sollte Tahitoa diesen Posten übernehmen. Er ist, wie alle bezeugen, doch noch eine Handspanne größer als Mr Hutton«, sagte Ruth belustigt.

»Mr Tahitoa wird auch so Aufsehen erregen.« Lu Po neigte den Kopf in Richtung des Tahitianers, damit dieser seine Bemerkung nicht übel nahm.

Tahitoa lachte jedoch nur und bewunderte die kulinarischen Köstlichkeiten, die aufgetischt wurden. Es gab Fisch, Schweinefleisch, ein gebratenes Huhn, alle Arten von Gemüse, die hier wuchsen, und viele Früchte.

»Wenn das Essen so schmeckt, wie es aussieht, wundert es mich nicht, dass Mr Reverend Wiggles und dessen Ehefrau Sie, Madam, im Gegensatz zu ihren Lehren in die Hölle wünschen. Mit Maire haben die Wiggles eine Köchin verloren, die auf Tahiti ihresgleichen sucht«, sagte er und streckte die Rechte aus, um sich das erste Stück Schweinebraten zu nehmen.

Lu Po verneigte sich unterdessen vor Ruth. »Wenn es erlaubt ist, eine Bitte zu äußern, würde ich es gerne tun.«

»Es sei Ihnen erlaubt, Mr Lu Po!«, antwortete Ruth freundlich.

»Es wäre mir eine große Freude, wenn Sie, Madam, und auch Captain Hutton mich mit Mr Lu ansprechen würden. Po ist mein Vorname und laut Mistress Wiggles auch nicht sehr vornehm!«

»Nun gut, Mr Lu P… Lu. Ich hoffe, Sie verzeihen mir, wenn ich mich manchmal vertue.«

Ruth nickte ihm zu und ging nach draußen, um die Matrosen der Hiva Oa zu begrüßen. Dabei dachte sie daran, wie oft ihre Großmutter und ihre Mutter dies getan hatten. Nicht immer waren alle wiedergekehrt. Sie wünschte, dass es diesmal so wäre. Darum bat sie Gott, bevor sie sich setzte und mit den Männern zusammen zu essen begann. Später würde sie ins Haus zurückkehren, um noch ein paar Dinge mit James, Tahitoa und Lu Po zu besprechen. Wenn dann am nächsten Morgen die Sonne aufstieg, würde die Hiva Oa ablegen und ihre lange Fahrt beginnen. Was danach kam, lag wahrlich in Gottes Hand.

9.

Reverend Wiggles sah von einem erhöhten Standpunkt aus, wie die Hiva Oa die Lagune verließ. Die Fahne des Königreichs Tahiti wehte am Mast und darunter eine, deren eingesticktes Zeichen an einen Tiki erinnerte. Ruth hatte sich für dieses Symbol entschieden, da es auf allen Inseln dieser Weltgegend bekannt war. Wiggles empfand das Schiff und dieses heidnische Bild als schmähliche Niederlage. Es war ihm nicht gelungen, die Witwe in ihren wahnsinnigen Plänen zu stoppen. Wenn dieses Schiff nun unterging, würden Königin Aimatas Berater die Summe, die für den Bau gestundet worden war, von ihm und den anderen Missionaren einfordern. Dies war allein Ruth Mensings Schuld, weil sie sich seinem überlegenen Verstand nicht hatte beugen wollen. Dabei hatte Gott Adam nach seinem Vorbild geschaffen und diesem Eva als gehorsame Gefährtin beigesellt. Noch während ihm dies durch den Kopf ging, fiel ihm ein, dass Eva doch nicht so gehorsam gewesen war, wie sie hätte sein sollen, denn sie hatte die Menschen das Paradies gekostet. Nun bestand die Gefahr, dass Evas Nachfolgerin Ruth sie ihr ganz eigenes Paradies kostete.

Mühsam schüttelte er diesen Gedanken ab und richtete sein Augenmerk wieder auf das Schiff, das bei gutem Wind einen Kurs einschlug, der es in ausreichendem Abstand an Moorea vorbeiführte. Ein Mann mit größerer nautischer Erfahrung als er hätte die gute Seemannschaft erkannt, mit der die Hiva Oa geführt wurde. Wiggles hingegen sah in dem Boot nur ein unnützes Ding, dessen Bau der Missionsarbeit Schaden zufügen konnte. Dies war selbst bei einem glücklichen Ausgang dieser Reise zu befürchten. Wenn der Hofstaat der Königin und die Häuptlinge der Inseln nicht mehr auf die Geschenke angewiesen waren, die ihnen aus England gebracht wurden, verringerte es seinen Einfluss auf die Königin genauso, als wenn das Schiff scheitern und man ihn für diesen Verlust verantwortlich machen würde.

»Ich habe der Witwe ehrlichen Herzens die Hand gereicht, doch sie schlug sie von Satan verblendet aus«, murmelte er und drehte sich um, um den Heimweg anzutreten. Unterwegs besann er sich jedoch anders und schritt auf den Palast der Königin zu. Kurz vorher bog er ab und erreichte bald darauf ein großes Haus, dessen kunstvoll geflochtene Mattenwand anzeigte, dass hier ein mächtiger Mann wohnte.

Ein baumlanger Tahitianer sah ihn kommen und eilte los, um ihn anzukündigen. Als Wiggles die Tür erreichte, kam ihm bereits der Hausherr entgegen.

»Ich grüße Sie!«

Es klang in Wiggles' Ohren fremdartig, doch Ari'iheiva hatte in den letzten drei Jahren gewisse Fortschritte beim Erlernen der englischen Sprache gemacht, so dass er ihn trotzdem verstand.

»Ich danke Ihnen, Herr Minister!« Wiggles neigte kurz den Kopf, um dem Tahitianer vorzuspiegeln, dass er ihn als Gentleman ansah, auch wenn er ihn für einen bemalten Wilden hielt.

»Darf ich Ihnen eine Erfrischung reichen lassen?« Ari'iheiva war oft genug in den Häusern der Missionare gewesen und hatte sich ein paar europäische Umgangsformen angeeignet. Außerdem zählte Gastfreundschaft zu den Grundzügen seiner Kultur, und dies hieß für ihn, mehr auftragen zu lassen als warmes Graswasser, wie er Tee nannte, und seltsam schmeckenden Kuchen.

Wiggles wurde daher ein volles Mahl gereicht, das drei Männer satt gemacht hätte. Er nahm eine Kleinigkeit zu sich, um seinen Gastgeber nicht zu beleidigen, und kam dann auf sein Anliegen zu sprechen. »Sie haben das Schiff gesehen, das Tahiti verlassen hat?«

»Der Satan möge es packen und unter Wasser ziehen!«, rief Ari'iheiva voller Hass.

Auch wenn Tahitoa diesmal nicht der Kapitän war, so würde es ihm großes Ansehen bringen, wenn er mit der Hiva Oa zurückkehrte. In früheren Zeiten hätte er danach von seinem Häuptling und den Priestern die Erlaubnis erhalten, sich ein neues Tatau schlagen zu lassen. Dies auch jetzt noch zu tun, hatten die Missionare verboten. Dafür würde ihn die Königin empfangen und ihm eine Auszeichnung verleihen.

»Den Namen des Bösen will ich aus Ihrem Mund nicht hören, Mr Ari'iheiva!«, mahnte Wiggles, obwohl er mit seinem Gastgeber einer Meinung war. »Mögen das Schiff und seine Besatzung heil zurückkommen. Was dann kommt, muss jedoch in unserem Sinne sein. Die Ladung ist der Mission zu übergeben, und Mistress Mensing muss die Leitung der Handelsstation entzogen werden.«

Ari'iheiva schnaubte leise. Vor etlichen Monaten hatte Wiggles ihn gedrängt, diesen Posten der Frau zu übertragen, die er nun wieder abgesetzt sehen wollte. Die Zeit, in der er so etwas ohne Rücksprache mit anderen Beratern der Königin hätte veranlassen können, war jedoch vorbei. Um sich deswegen vor Wiggles nicht bloßzustellen, schüttelte er den Kopf. »Eine Absetzung von Mistress Wiggles ist derzeit unmöglich. Sie hat Schulden bei der Krone, und sie würde danach ablehnen, diese zu bezahlen.«

»Die Mission ist bereit, diese Schulden zu übernehmen«, bot Wiggles an.

Erneut schüttelte Ari'iheiva den Kopf. »Die Königin hat sie eingesetzt und wird sie nicht ohne triftigen Grund absetzen. Sie ist im Gegenteil sogar entzückt, dass Mistress Mensing dieses Schiff hat bauen lassen, und will damit auch einmal nach Bora Bora segeln.«

»Die Mission wäre bereit, Ihrer Majestät dieses Schiff als Staatsschiff zu überlassen.« In Wiggles' Augen war es die einzige Möglichkeit, wie das Schiff verwendet werden konnte. Er selbst und seine Mitstreiter in Christo brauchten es nicht. Wenn es ihm jedoch half, sich die Gunst der Königin zu bewahren, zog er einen großen Vorteil aus diesem Geschenk.

Ari'iheiva überlegte. Der Königin vorzuschlagen, die Frau abzusetzen, die er selbst für diesen Posten vorgeschlagen hatte, würde sein Ansehen weiter verringern. Doch wenn Wiggles sich nun enttäuscht von ihm abwandte und sich einen Fürsprecher bei der Königin suchte, würde er, obwohl er als Ariki rahi aus einer angesehenen Häuptlingsfamilie stammte, Gefahr laufen, von einem Nichts wie Tahitoa an Bedeutung übertroffen zu werden.

»Niemals!«, stieß er hasserfüllt aus.

»Aber warum nicht?«, fragte Wiggles verständnislos.

Ari'iheiva hatte sich wieder gefangen und sah ihn mit einem seltsamen Lächeln an. »Was Sie sich wünschen, muss auf einem anderen Weg geschehen! Doch bis es dazu kommt, wird es dauern. Kümmern Sie sich um Ihre Mission, predigen Sie in der Kirche und lehren Sie die Kinder. Um die Frau, die nicht mehr das sein soll, was sie ist, werde ich mich kümmern!«

Und um Tahitoa, setzte Ari'iheiva für sich hinzu. Falls der Kerl überhaupt zurückkam, schränkte er ein. Sollte Tahitoa in der Ferne verderben, hatte er ebenso seine Rache, wie wenn dieser hier auf Tahiti sterben würde. Was Ruth Mensing betraf, so hatte sie seinen Feind in ihre Dienste genommen und sich damit ihm entgegengestellt. Dies erforderte Strafe, aber eine andere, als Wiggles vorzuschweben schien. Er dachte an Captain Barrows, der nicht das Schicksal seiner Kumpane hatte erleiden müssen, die im Kielraum der Fregatte Penelope darauf warteten, nach England gebracht zu werden. Ari'iheiva hatte ihn zum Motu Maumaia bringen lassen. Dort sollte dieser bleiben, bis die Zeit reif war, mit ihm über gewisse Pläne zu sprechen.

»Ich werde eines Ihrer Schiffe brauchen, Reverend, denn ich muss in nächster Zeit mehrfach zu anderen Inseln übersetzen.«

»Sie können selbstverständlich über eines der Schiffe verfügen.«

Ari'iheiva hätte zwar auch das Doppelrumpfkanu nehmen können, mit dem er wichtigen Besuchern der Insel entgegenfuhr und sie begrüßte. Dessen Besatzung bestand jedoch aus Einheimischen, die jede Fahrt und jede Handlung an seine Widersacher weitermelden konnten, die nur darauf lauerten, ihn zu stürzen. Ein Schiff mit einer europäischen Besatzung fiel zwar ebenso auf wie ein Doppelrumpfboot, doch keiner der Matrosen war mit jenen Männern bekannt, die ihm schaden wollten.

»Dann soll es so sein«, antwortete er dem Missionar. »Es wird alles so geschehen, dass Sie und die Mission zufrieden sind!«

Und ich werde meine Rache bekommen, setzte er für sich hinzu und stellte sich vor, dass Tahitoa und diese Missionarswitwe tot zu seinen Füßen liegen würden.

SIEBTER TEIL

HANDELSGESCHÄFTE

1.

Lu Po trat neben James, der die Hiva Oa mit hoher Konzentration zwischen den Inseln hindurchsteuerte, und spürte, wie ihm die Augen feucht wurden. Vor zehn Jahren war er von dieser Küste aus aufgebrochen, um in der Ferne sein Glück zu suchen. Er war zunächst Captain's Boy gewesen, der dem Diener des Kapitäns hatte zuarbeiten müssen, und später Koch. Als solcher war er auf Tahiti von Landers eingestellt worden. Da sein Vorgesetzter mehr dem Rum als der Arbeit zugeneigt gewesen war, hatte sich sein Aufgabenfeld schon bald auf den Laden der Handelsstation erweitert. Er hätte daher nach Landers' Tod die Station selbst führen können, doch die Engländer auf Tahiti wollten einen »Gelben« wie ihn nicht auf diesem Posten dulden. Die neue Leiterin der Handelsstation hielt dagegen viel von seinen Fähigkeiten und nahm seine Ratschläge zumeist an.

Ruth Mensing hatte es ihm zudem ermöglicht, in seine Heimatstadt An Tsing zurückzukehren. Zwar war er in der Fremde nicht reich geworden, hatte sich aber eine kleine Summe erspart, mit der er seiner Familie ein besseres Leben verschaffen wollte. Damit, so sagte er sich, hatten sich die zehn Jahre gelohnt, in denen er sich vor weißen Männern und Frauen hatte verbeugen müssen. In seiner Heimat hätte er Räuber oder Beamter werden müssen, um zu Wohlstand zu gelangen. Ersteres entsprach nicht seinem Sinn für Gerechtigkeit, und der Aufstieg zu einem Beamten war für einen

Mann wie ihn, der aus den untersten Schichten stammte, unmöglich.

»Wie fühlen Sie sich, Mr Lu, wieder nach Hause zu kommen?«, fragte James.

Lu Pos sonst unbewegtes Gesicht leuchtete erwartungsfroh auf. »Wenn noch alles so ist, wie es war, als ich die Heimat verließ, werden wir heute Nachmittag vor An Tsing Anker werfen.«

»Das war nicht die Antwort auf meine Frage, obwohl mich dies natürlich auch interessiert.«

»Ich spüre die Verbindung mit der gelben Erde, doch sie ist weniger geworden als in früherer Zeit. Für Männer wie mich gibt es dort keine Zukunft, es sei denn als Kuli eines reichen Mannes, der mich jederzeit verprügeln und dann, wenn er mich nicht mehr braucht, aus dem Haus treiben kann. Die Zeiten sind schlecht geworden in China, Mr Hutton. Das Volk hungert, der Kaiser erfüllt seine Pflichten gegenüber dem Himmel nicht, und seine Beamten sind grausam und gierig. Daher werde ich die Gedenktafel meiner Ahnen nach Tahiti bringen und sie bitten, mir diesen Schritt zu verzeihen.«

James wusste zu wenig über die Kultur in China, um darauf etwas Sinnvolles antworten zu können. Auch durfte er sich nun nicht ablenken lassen, da die Hiva Oa gerade eine Klippe passierte. Erst als diese hinter ihnen lag, wandte er sich wieder Lu Po zu. »Ich bin noch nie in China gewesen, Mr Lu, und muss mich daher voll und ganz auf Ihren Rat verlassen. Doch eines haben unsere Aufenthalte auf Samoa und Fidschi gezeigt: Es ist ein Handel in diesen Breiten möglich. Dies sollten wir Mistress Mensing bei unserer Rückkehr berichten.«

»Das werden wir, Mr Hutton! Handel bedeutet Geld, Geld bedeutet Reichtum, und Reichtum bedeutet Zufriedenheit.«

James teilte diese Philosophie nicht, sagte sich aber, dass ein gewisser Besitz in jedem Fall besser war als kein Besitz. Wenn die Lage hier in der Gegend wirklich so prekär war, wie Lu Po es beschrieb, begriff er, warum dieser nicht mehr dort leben wollte. Doch Lu Po war nicht derjenige, der ihm am Herzen lag. Zwar hatte dieser die Reise vorgeschlagen, aber Ruth Mensing dafür mit hohen Gewinnen geködert, und die wollte er sehen. Sollte es keine geben, würde Lu Po es bedauern, die schöne Witwe belogen zu haben.

Lu Po spürte eine gewisse Veränderung in James' Verhalten, gab aber nichts darauf. Den Menschen des Westens fehlte die nötige Selbstbeherrschung, sie ließen sich zu sehr von ihren Gefühlen leiten. Im Leben war es jedoch wichtig, dem Verstand zu folgen, sich nicht von jedem Erfolg übermäßig begeistern und von einem Misserfolg nicht in Verzweiflung stürzen zu lassen. Gleichgültig, wie viele Schläge einem das Leben auch versetzte: Man musste wieder aufstehen und seinen Weg fortsetzen. Das war etwas, das James Hutton zumindest im Augenblick nicht befolgte. An seiner Stelle wäre Lu Po nach England gereist, um das Erbe, das ihm zustand, auch zu fordern.

Da es nichts brachte, sich den Kopf über die Probleme anderer zu zerbrechen, wies er auf eine schmale Einfahrt zwischen dem Festland und einer Insel. »Wir müssen diese Passage hinter uns bringen! Seien Sie vorsichtig, Mr Hutton. Es gibt dort gefährliche Untiefen.«

James winkte Tahitoa zu sich. »Haben Sie gehört, Mr Tahitoa? Hier gibt es Untiefen. Schicken Sie einen Mann in den Ausguck und lassen Sie einen Zweiten das Lot werfen! Halten Sie selbst die Augen offen!«

»Aye, aye, Captain Sir!«, antwortete Tahitoa und rief dem Jüngsten der Besatzung zu, ins Krähennest zu steigen. Er selbst ging nach vorne zum Bug und warf das Lot. Näherten sie sich einer Untiefe, warnte er James mit Handzeichen.

Mit der Hesione hätte James diese Passage nicht durchfahren mögen, denn die Fregatte wäre unweigerlich aufgelaufen. Wie er an den Wracks sah, die zwischen den Klippen lagen, war dies nicht wenigen passiert. Nun verstand er, weshalb Lu Po ihm geraten hatte, bei Flut hier einzutreffen. Da der Boden der Hiva Oa so flach war, hätten sie es womöglich auch bei Ebbe bewältigt, hätten aber auf eine Sandbank auflaufen können und warten müssen, bis die steigende Flut das Schiff wieder flottmachte.

James war zweimal zu einer krassen Kursänderung gezwungen, bei der die Mannschaft an den Segeln das Äußerste geben musste. Ohne den Einbau des neuen Ruders hätten sie es vermutlich nicht bewältigt.

»Nun, Mr Lu, wie geht es weiter?«, fragte er, als die Insel hinter ihnen zurückblieb und sie in eine nicht allzu große Bucht einliefen. Es war kein guter Hafen, denn die kleine Insel bot nur wenig Schutz vor der offenen See. Auf der anderen Seite der Insel wäre die Passage viermal so breit gewesen wie hier, doch mehrere Sandbänke hätten die Durchfahrt noch schwieriger gemacht. Ganz gewiss war dies keiner der Häfen, aus denen englische Schiffe Tee holten, damit die Damen in England am Nachmittag ein Tässchen davon schlürfen konnten.

Auch die Stadt, der sie sich näherten, wirkte nicht gerade imposant. Sie wurde von einer brüchigen Mauer eingefasst, auf der sogar Büsche und Bäume wuchsen. Von der Stadt selbst waren nur Dächer zu sehen, die in der Mitte von einem seltsamen Turm überragt wurden, der so aussah, als hätte man vier kleine Häuser übereinandergestellt und bei drei von ihnen den oberen Teil des Dachs abgeschnitten, so dass nur jene Teile vorhanden waren, die seitlich über die Gebäude hinausragten.

»Das ist der Pagodenturm«, erklärte Lu Po. »Wenn daran nichts repariert worden ist, sollten Sie lieber nicht hinaufsteigen. Es ist schon einmal jemand durchgebrochen.«

Während Tahitoa interessiert zu der Stadt hinüberschaute, die immerhin die größte Siedlung war, die er je zu Gesicht bekommen hatte, blickte James auf die Berge, die sich dahinter erhoben und nicht so aussahen, als könnte es dort brauchbare Straßen geben. Trotzdem lag fast ein Dutzend Schiffe im Hafen, einige davon sogar größer als die Hiva Oa. Dazu kamen noch eine Fülle von Sampans und kleineren Schiffen, die gerade noch dafür geeignet schienen, sich an Küsten entlangzutasten.

»Dschunken und Praus, aber kein einziges europäisches Schiff«, murmelte James, während Lu Po ihm Anweisungen gab, wie er in den Hafen einlaufen konnte und wo er ankern sollte. »Das sieht mir eher wie der Sammelplatz von Piraten aus als wie ein Handelshafen«, setzte er zweifelnd hinzu.

Lu Po hob beschwichtigend die Hand. »Keine Sorge, Mr Hutton! Wir bekommen hier alles, was wir brauchen. An Tsing ist keine große Stadt, doch so, wie sie liegt, war sie immer dem Meer zugewandt. Von hier segelten bereits Schiffe los, als dies in großen Hafenstädten noch verboten war.«

James begriff sofort, was er damit meinte. »Also doch ein Schmugglernest! Nun, ich will hoffen, dass wir nicht in den Regen und von dort in die Traufe geraten. Wir sollten auf alle Fälle unsere Waffen bereithalten. Ich traue den Brüdern auf den anderen Schiffen nicht!«

»Das sollten Sie auch nicht. Doch glaube ich, dass wir mögliche Schwierigkeiten rasch überwinden können.« Lu Pos Miene wirkte wie meistens unbewegt, doch seine Augen blitzten. Er deutete auf einen Anlegesteg, der krumm und schief in die Bucht hineinragte. »Ich glaube, es ist besser, nicht zu ankern, sondern dort anzulegen! Platz ist genug!«

Für einen Chinesen vielleicht, dachte James, da bereits zwei Dschunken und eine Prau an dem Steg lagen. Dazwischen noch Platz zu finden, ohne eines der Schiffe zu rammen, erforderte höchste Seemannschaft.

James rief seine Befehle und sah zufrieden, wie die Tahitianer sie befolgten. Einer von ihnen stand bereits mit dem Tau parat, um das Boot am Steg zu befestigen.

»Achtung, seid bereit! Gleich greift das Ruder nicht mehr«, rief James und war froh, dass die Männer, die Tahitoa für sie angeheuert hatte, der englischen Sprache mächtig waren.

Der Tahitianer sprang, schlang das Tau um den Pfosten und zog es stramm. Durch die Hiva Oa ging ein leichter Ruck, dann schwang sie mit dem Bug sanft gegen den Steg. Der kurze Bugspriet schwebte einen Augenblick lang über dem Heck der Prau, aber dann wurden die Taue festgemacht, und die Hiva Oa lag frei an der Pier.

James atmete erleichtert durch und sah sich zu Lu Po um. »Wie ist es mit dem Hafenamt und Zollbeamten?«

»Wenn es noch so ist wie vor zehn Jahren, müssen Sie sich deswegen keine Sorgen machen. Doch nun sollten Sie und ich das Schiff verlassen. Mr Tahitoa soll sich bereithalten, um uns auf einen Wink hin zu folgen«, antwortete Lu Po und stieg etwas steifbeinig auf den Steg.

Von der Prau löste sich ein großer, wuchtiger Mann, kam näher und baute sich vor ihm auf. Was er sagte, konnte James nicht verstehen, auch nicht Lu Pos Antwort. Dieser forderte ihn auf, zu ihm zu kommen. Als er vor dem stiernackigen Kerl stand, bemerkte James, dass er den Mann um zwei Zoll überragte. Allerdings war der andere gut doppelt so breit wie er.

Der Mann sagte erneut etwas, und diesmal übersetzte Lu Po. »Der ehrenwerte Yao Chung sagt, wir hätten hier nichts verloren. Er sagt auch, wenn wir hier Handel treiben wollen, würde er uns zu Mus zerquetschen.« Dann blinzelte er James kurz zu. »Es wäre nun vielleicht an der Zeit, Mr Tahitoa zu uns zu bitten.«

Tahitoa hörte seinen Namen und verließ das Schiff. Als er vor Yao Chung stand, schluckte dieser. Tahitoa war noch ein ordentliches Stück größer als er, aber schlanker und geschmeidiger, während Yao Chung sich nur auf seine Kraft verlassen konnte.

»Soll ich dem ehrenwerten Mr Yao sagen, dass unser Freund Tahitoa heute noch nichts zu Mittag gegessen hat und ihn als hübschen Braten ansehen würde?«, fragte Lu Po und redete dann in seiner Sprache auf Yao Chung ein, ohne auf James' oder Tahitoas Zustimmung zu warten.

Das Gesicht des Mannes lief dunkel an, und er streckte Tahitoa beide Fäuste entgegen. Was er voller Wut brüllte, übersetzte Lu Po nicht, sondern erklärte, dass es zu unflätig sei. »Allerdings will der ehrenwerte Herr Yao gegen Tahitoa kämpfen. Er ist sehr stark!«

Ein wenig Zweifel schwang in seiner Stimme mit, weil Tahitoa womöglich doch kein so großer Kämpfer sein könnte, wie er es hoffte. Doch der Tahitianer hatte sowohl auf seiner Heimatinsel wie auch auf Hiva Oa mit Freunden gerungen und sich zudem auf einem englischen Schiff durchsetzen müssen.

Als Yao Chungs Faust auf ihn zuschoss, wich er blitzschnell aus, glitt dann auf den Gegner zu, umfasste dessen Oberkörper und blockierte die Arme. Yao Chung versuchte sich verzweifelt zu befreien, doch gegen die Kraft des tahitianischen Hünen kam er nicht an.

»Soll ich ihn jetzt ins Wasser schmeißen, oder reicht es, wenn ich ihn auf den Steg schmettere?«, fragte Tahitoa so gemütlich, als würde er nur einen Freund umarmen.

»Letzteres bitte nicht! Der Steg sieht nicht sehr stabil aus«, mahnte James.

Tahitoa machte eine ruckartige Bewegung, und Yao Chung flog wie eine Kanonenkugel durch die Luft. Augenblicke später klatschte er ins Wasser und kam prustend wieder hoch. Lu Po trat an den Rand des Stegs und sah freundlich zu ihm hinab. »Darf ich den ehrenwerten Yao Chung nun fragen, ob wir das Recht besitzen, hier Handel treiben zu dürfen?«, fragte er höflich.

Yao Chung prustete erneut und sah dann Tahitoa neben Lu Po treten. Im Vergleich zu diesem wirkte der Tahitianer wie ein Riese.

»Ich warte auf Antwort!« Diesmal klang Lu Po nicht mehr ganz so freundlich.

»Ihr könnt hier Handel treiben!«, antwortete Yao Chung, während er auf den Steg kletterte. Dort trat er neben Tahitoa.

»Dich müssen sie als Kind reichlich gefüttert haben«, meinte er mit einem schiefen Blick.

Lu Po übersetzte und brachte Tahitoa damit zum Grinsen.

»Sag ihm, wir sind zu Hause sechs Brüder. Ich bin der Kleinste«, flunkerte er.

»Fünf Brüder, die noch größer sind? Das gibt es nicht!«, platzte Yao Chung heraus, als Lu Po ihm dieses erklärte.

»Der ehrenwerte Yao Chung sollte es glauben! Ich habe auf der großen Insel des ehrenwerten Tahitoa Männer gesehen, die ihn noch um Haupteslänge überragen. In seiner Heimat ist er fast ein Zwerg.«

Yao Chung schwankte, ob er Lu Pos Bericht Glauben schenken sollte. Da sah er drei der tahitianischen Besatzungsmitglieder der Hiva Oa auf den Steg treten. Zwei waren etwa so groß wie Tahitoa, und einer mochte sogar ein bis zwei Fingerbreit größer sein. Da nickte er. »Ich glaube dir! Das muss ja eine Insel von Riesen sein.«

»Man nennt sie Tahiti, und das heißt die Insel der Riesen«, antwortete Lu Po freundlich und stellte dann in seiner Heimatsprache einige Fragen bezüglich einiger Männer, die er früher gekannt hatte. Erst als er Antwort erhalten hatte, wandte er sich wieder James und Tahitoa zu.

»Der Hafenbeamte ist noch derselbe wie zu der Zeit, als ich An Tsing verließ. Vielleicht gibt er sich mit ein paar Silbermünzen zufrieden. Er wird nämlich nicht gut bezahlt und muss daher sehen, wie er Weib und Kinder durchbringt.«

»Ich hoffe doch, dass sich der Handel hier lohnt«, sagte James misstrauisch.

Lu Po lächelte nur und riet, dass sie nun zu dritt weitergehen sollten. »Auch wenn Yao Chung ein ehrenwerter Mann ist, so sind andere dies nicht. Es darf niemand auf das Schiff, bis ich es erlaube. Habt ihr das verstanden?«

Die drei Tahitianer nickten und stiegen zurück an Bord. Dort gesellten sie sich zu ihren Kameraden, die nach Yao Chungs Auftauchen kurze, kunstvoll geschnitzte Keulen zur Hand genommen hatten und diese auch sehen ließen.

Mit Riesen vom selben Schlag wie dem, der Yao Chung ins Wasser geworfen hatte, wollte sich keiner anlegen, und so ließ man das Schiff in Ruhe. James überlegte, ob auch er zurückbleiben sollte. Als Kapitän war es jedoch seine Aufgabe, den Hafenbeamten Rede und Antwort zu stehen. Daher prüfte er die beiden Pistolen, die er bei sich trug, und folgte Lu Po zum Ufer.

Tahitoa ließ sich von einem seiner Freunde eine fast mannslange Streitkeule reichen, die mit den größten Haizähnen besetzt war, die Lu Po und die anderen Männer im Hafen je gesehen hatten.

»Man sollte diese Waffe nicht unterschätzen!«, übersetzte Lu Po auf Tahitoas Bitten hin. »Ich habe auf einer der Inseln einen Mann gekannt, der mit so einer Keule einem ausgewachsenen Eber mit einem einzigen Hieb den Kopf abgeschlagen hat.«

So ganz schien Yao Chung es nicht glauben zu wollen. Als er jedoch mit dem rechten Daumen über einen der Haizähne fuhr, starrte er danach mit großen Augen auf den blutenden Schnitt, den er sich zugezogen hatte.

Auf festem Boden angelangt, sah Lu Po sich suchend um. Doch da eilte bereits ein untersetzter Mann, der in einer Art blauem Kaftan steckte, auf ihn zu und wies empört auf die Hiva Oa. »Wie kannst du es wagen, ein Schiff dieser langnasigen Fremdlinge hierherzubringen? Ich werde euch alle verhaften und dem höchst ehrenwerten Beamten Hung übergeben!«

»Wir sind hier, um in An Tsing Handel zu treiben«, erklärte Lu Po, erntete dafür aber nur Beschimpfungen, die er nicht übersetzte.

»Haben Sie keine Sorge!«, versuchte er James zu beruhigen. »Der Beamte Di plustert sich nur auf, damit er ein höheres Bestechungsgeld bekommt.«

»Viel Geld haben wir nicht bei uns«, sagte James.

»Fünf oder zehn Dollar werden reichen. Er ist ein nachrangiger Untergebener des Präfekten. An Tsing ist zu unbedeutend, um einen höheren Beamten hierherzuschicken. Der Mann hier soll Steuern eintreiben und Bestechungsgelder entgegennehmen. Vier von fünf Teilen muss er dem ehrenwerten Beamten Hung abtreten, der einen Teil für sich behält und den Rest dem Präfekten übergibt.«

»Gibt er wirklich alles ab, oder verschwindet mehr in seiner Tasche?«, fragte James.

»Herr Di kann vielleicht die eine oder andere Kleinigkeit für sich abzweigen, aber im Großen und Ganzen hält er sich an seine Befehle. Er weiß, dass der ehrenwerte Hung Spione in der Stadt besitzt, die ihn beobachten.«

Nach dieser Erklärung bot Lu Po dem Beamten fünf Dollar an. Dieser musterte die fremden Münzen zuerst misstrauisch, steckte sie danach ein und funkelte Lu Po zornig an. »Wie kannst du es wagen, den ehrenwerten Hung mit ein paar lumpigen Käsch abspeisen zu wollen. Gib mir zehn Mal so viel, dann kannst du hier Handel treiben!«

»Soll ich ihn auch ins Wasser werfen?«, fragte Tahitoa, nachdem Lu Po übersetzt hatte.

Dieser wehrte mit beiden Armen wedelnd ab. »Das wäre das Schlimmste, was wir tun könnten. Es käme unweigerlich dem Beamten Hung zu Ohren, dieser würde es dem Präfekten mitteilen und der eine Dschunke mit Soldaten schicken. Danach würde Mistress Mensing höchstwahrscheinlich vergebens auf uns warten.«

»Und was tun wir jetzt?«, wollte James wissen.

»Wir befolgen einen Ratschlag der Engländer auf Tahiti. ›Abwarten und Tee trinken‹!«

»Gegen eine Tasse Tee hätte ich nichts einzuwenden! Sollen wir den Beamten dazu einladen?« James hoffte, damit die Sache klären zu können. Ein paar Dollar konnten sie dem Mann noch zustecken. Mehr war allerdings nicht drin, da sie genug Geld zurückhalten mussten, um Waren kaufen zu können. Ob es Lu Po gelingen würde, die Dinge, die sie in Tahiti an Bord genommen hatten, zu verkaufen, bezweifelte er angesichts der offensichtlichen Armut in dieser Stadt.

Lu Po reichte dem Beamten weitere fünf Dollar, weckte damit aber nur dessen Gier nach mehr.

»Entweder bekommt er nicht genug Lohn, da er so auf Geld aus ist, oder aber der ehrenwerte Hung verlangt mehr von ihm, als er heranschaffen kann«, sagte Lu Po verärgert.

Der Beamte schimpfte weiter und sagte dabei etwas, das Lu Po Zahnschmerzen zu bereiten schien.

Bevor er jedoch etwas antworten konnte, mischte sich eine alte Frau ein, die so winzig war, dass sie James kaum bis zur Brust reichte. Sie wirkte mager, regelrecht ausgetrocknet, und ihr Gesicht bestand aus unzähligen Fältchen und Falten. Ihre dunklen Augen blitzten jedoch, und sie hob ihren Gehstock, als wolle sie den Beamten damit schlagen.

James und Tahitoa verstanden nicht das Geringste, während Lu Po unsicher zu grinsen begann.

»Du unguter Mensch!«, schrie die Alte den Beamten an. »Du bist die gleiche gierige Ratte wie dein Vorgesetzter Hung. Wie kannst du es wagen, meinen Enkel Po, einen Sohn dieser Stadt, so zu behandeln, als wäre er ein völlig Fremder? Wenn Po hier Handel treiben will, ist es sein vom Himmel gegebenes Recht, auch ohne dass die Ratte Hung sich daran mästen darf – und du noch viel weniger! Gib ihm sofort die Taels zurück, die du ihm abgepresst hast, oder ich werde deiner Großmutter erzählen, was für einen Schuft ihr Sohn in die Welt gesetzt hat.«

»Jetzt höre mal, du alte Hexe …«, begann der Beamte, als sich plötzlich sechs und dann sieben Männer um die Greisin sammelten.

»Du wagst es, unsere ehrwürdige Großmutter eine Hexe zu nennen? Das ist eine solche Bosheit, die wir nicht hinnehmen können. Wir werden eine Eingabe bei dem ehrenwerten Magister Hung machen, damit er einen würdigeren Mann nach An Tsing schickt, der die Stadt mit Verstand leiten kann und ihm nicht die Hälfte der Abgaben unterschlägt«, rief einer von ihnen zornig.

»Mutter Lu hat ja recht! Po ist einer von uns, und wir halten immer zusammen!«, erklärte ein Zweiter.

Immer mehr Menschen strömten zusammen, und selbst James und Tahitoa, die kein Wort verstanden, begriffen, wie aufgebracht die Menge war. In einer reicheren und besser verwalteten Stadt hätte der Beamte seine Büttel geholt, um die Protestierenden im Zaum zu halten. Hier aber musste der Beamte damit rechnen, dass seine Männer sich sofort verdrückten, wenn es zu Gewalttätigkeiten kam. Daher hob er abwehrend beide Arme.

»Jetzt seid doch ruhig, Leute! Ich habe Lu Po nicht erkannt, sonst hätte ich ihn freundlich gegrüßt und nur eine geringe Steuer von ihm gefordert. Geht jetzt wieder eurer Wege.«

Ein paar sahen so aus, als wollten sie es trotzdem auf eine Schlägerei ankommen lassen. Andere aber redeten mäßigend auf sie ein. Ein besonders aufsässiger Kerl wurde fortgezerrt. James hörte von irgendwoher das Geräusch mehrerer klatschender Schläge, dann blickte er wieder auf den Beamten, der Lu Po nun freundlich ansprach und dann gravitätisch davonschritt. Die zehn Dollar blieben jedoch in der Ärmeltasche seines blauen Überrocks. Noch während der ersten Schritte fand der Mann, dass es nur Unruhe bringen würde, wenn er seinem Vorgesetzten einen Teil der fremdländischen Münzen schickte, und beschloss, sie für sich zu behalten.

2.

Der Empfang in An Tsing war ganz anders, als James es von europäischen oder amerikanischen Häfen gewohnt war. Während er noch hinter dem Beamten hersah, trat die alte Lu An auf ihren Enkel zu und versetzte ihm eine schallende Ohrfeige. »Die hast du dir verdient, weil du unserem ehrenwerten Beamten Di nicht gleich gesagt hast, wer du bist. So musste er dich wie einen lumpigen Ausländer behandeln!«

Lu Po stand da, legte die rechte Hand auf die Linke und neigte dann den Kopf. »Die alte Drachenfrau hat recht! Ich hätte Herrn Di gleich sagen müssen, wer ich bin.«

Es hätte zwar nicht viel gebracht, dachte er, da Di trotzdem gierig Geld gefordert hätte, doch der eigenen Großmutter widersprach man nicht. Er kniete sich auf den nicht gerade sauberen Boden und berührte mit der Stirn den Boden vor den Füßen der alten Frau. Er blieb so lange in dieser Stellung, bis sie ihm durch einen Laut das Zeichen gab, sich zu erheben.

Lu An musterte ihn, reichte ihm dann ein Tuch, damit er die schmutzig gewordene Stirn säubern konnte, und schüttelte den Kopf. »Du bist lange ausgeblieben, Po! So lange, dass Männer, die dich als Knaben kannten, nicht wussten, ob du es bist oder nicht.«

»Aber nun, Großmutter, bin ich wieder zurück«, sagte Lu Po.

»Reich scheinst du in der Zwischenzeit nicht geworden zu sein«, kommentierte einer seiner Brüder mit einer gewissen Enttäuschung.

»Yao Chungs Herr ist reich, weil er mit seiner Dschunke Waren von hier nach dort und von dort nach hier bringt. Trotzdem kann er es sich nicht leisten, Di zu verärgern, da dieser ihm mithilfe seines Vorgesetzten Hung die Essstäbchen wegnehmen könnte«, antwortete Lu Po lächelnd.

»Und was ist mit dir, Po? Bist du so reich geworden, wie du damals gesagt hast, als du auf dieses amerikanische Schiff gegangen bist?«, fragte ein anderer aus seiner Sippe.

Lu Po musterte das gute Dutzend Männer, die alle Brüder, Vettern und Onkel von ihm waren, und schüttelte zu deren Enttäuschung den Kopf. »Das waren die Träume eines Knaben. Ich kann euch aber etwas anderes bieten, nämlich eine Arbeit, die uns alle ernährt und die uns im Lauf der Zeit wohlhabend machen wird.

Ich habe das Recht erhalten, einige Männer als Helfer auf die Insel mitnehmen zu können, auf der ich lebe. Wenn wir es geschickt anfangen, können wir sogar noch ein paar Frauen mitnehmen.«

Lu An schüttelte erstaunt den Kopf. »Die willst du einfach nach Hainan oder auf eine andere Insel verpflanzen?«

»Die Insel heißt Tahiti und zählt nicht zum Reich der Mitte«, erklärte Lu Po.

Die meisten Mienen wurden abweisend. Zwar gab es Menschen, die es in die Ferne zog. Sie aber hatten hier ihre Heimat, und das sollte so bleiben. Lu An hingegen überlegte. In An Tsing war es nicht leicht, eine so große Familie auf ehrliche Art und Weise durchzubringen. Ihre Söhne und Enkel mussten Kuliarbeit leisten, und man hatte ihr bereits Angebote für ihre hübscheste Enkelin gemacht. Die kamen allerdings nicht von einem Mann, der das Mädchen heiraten wollte, sondern von den Besitzerinnen zweier Blumen- und Weidenhäuser in dieser Stadt. Als Hure aber wollte Lu An ihre Enkelin nicht sehen. Lieber, so sagte sie sich, stieg sie auf dieses seltsame Schiff und fuhr mit ihrem Enkel Po in die Ferne.

Sie warf einen schiefen Blick auf James und Tahitoa. »Wer sind diese beiden Fremdländer?«

»Das, ehrenwerte Mutter meines Vaters, sind Captain James, der Kommandant unseres Schiffes, und Captain Tahitoa, sein Stellvertreter. Sie werden uns nach Tahiti bringen«, antwortete Lu Po mit getragener Stimme, damit seine Großmutter die Bedeutung dieser beiden Männer begriff.

»Gibt es dort viele unseres Volkes?«, fragte Lu An weiter.

Ihr Enkel schüttelte den Kopf. »Nein, ehrenwerte Großmutter. Bis jetzt bin ich der Einzige dort. Wenn wir einmal wohlhabend sind, können wir andere nachholen.«

Dies, so fand Lu An, war ein guter Ansatz. Sie überblickte die Schar ihrer Nachkömmlinge und erweiterte sie im Geist um jene jungen Frauen, die sie als mögliche Ehefrauen zweier Enkel ins Auge gefasst hatte, sowie um einen Jüngling, der sich um ihre jüngste Enkelin beworben hatte, und musterte Lu Po noch einmal.

»Du wirst bald dreißig Sommer gesehen haben und solltest daran denken, dass es deine Pflicht als ältester Sohn meines ältesten Sohnes ist, die Ahnentafel der Lu einmal an deinen ältesten Sohn weitergeben zu können.«

»Dieser Pflicht werde ich mich nicht entziehen, Großmutter. Ich bitte dich daher, ein Mädchen auszusuchen, das sich für mich als Ehefrau eignet, und eine Vermittlerin zu deren Familie zu schicken.«

»Eine Vermittlerin gleich?«, rief Lu An aus. »Das heißt, du hast doch etwas Geld gespart!«

»Ein wenig, Ehrwürdige! Es wäre mir eine Freude, dir die Summe geben zu können, die du brauchst, um eine Braut für mich zu finden und alles für unsere Reise vorzubereiten. Wir werden sehr viel mitnehmen müssen, denn die Dinge, die für uns nötig sind, gibt es auf Tahiti nicht. Dann will ich Waren kaufen, die wir auf den Inseln mit gutem Gewinn weiterverkaufen können. Auch brauche ich zwei oder drei Freudenmädchen für ein Bordell.«

Bei den ersten Sätzen Lu Pos hatte seine Großmutter zustimmend genickt. Nun aber fuhr sie ihn zornig an. »Ich werde niemals Weiber mit lockerer Moral in meiner Nähe dulden! Du solltest dich schämen, so etwas von mir zu fordern.«

»Das Bordell gehört mir, und ich habe versprochen, zwei oder drei Huren von hier mitzubringen«, erklärte Lu Po.

Der Kopf der Alten ruckte hoch. »Du bist der Besitzer eines Hauses der Blumen und Weiden? Das ist etwas anderes! Ich werde dafür sorgen, dass wir zwei oder drei Mädchen kaufen können. Du hast hoffentlich genug Geld?«

»Es sollten erfahrene Huren sein, da sie vor allem fremdländischen Seeleuten zur Verfügung stehen müssen«, antwortete Lu Po.

Seine Großmutter beschloss, eine Nachbarin zu fragen, die mit den Besitzerinnen mehrerer Bordelle bekannt war. Es gab immer wieder Huren, die ihre Herrin so verärgerten, dass diese froh war, sie für billiges Geld loszuwerden. Gleichzeitig schlugen ihre Gedanken ganz eigene Wege ein, die sie zuerst erschreckten, ihr dann nach und nach immer erstrebenswerter erschienen.

Währenddessen begrüßte Lu Po einige alte Freunde und stellte ihnen James und Tahitoa vor. Ein paar Männer hatten bereits Engländer gesehen, so dass sie James nur einen beiläufigen Blick schenkten. Den tahitianischen Hünen Tahitoa bestaunten jedoch alle. Einige von ihnen hatten beobachtet, wie er mit Yao Chung den stärksten Mann der Stadt innerhalb kürzester Zeit besiegt hatte.

Ein besser gekleideter Mann schob sich nun durch die Menge. Er trug einen grünen Kaftan und hatte eine grüne Kappe aufgesetzt. Ein langer Zopf reichte ihm fast bis zur Gürtellinie. »Du kannst diesem Mann sagen, dass der ehrenwerte Herr Ling ihm den Posten seines ersten Leibwächters anbietet, Lu-Ratte«, sprach er Lu Po überheblich an.

»Wenn der ehrenwerte Herr es wünscht«, antwortete Lu Po und erklärte Tahitoa, dass der Schiffseigner und Schmuggler Ling ihn in seine Dienste nehmen wolle.

»Das ist nicht möglich, da ich bereits in anderen Diensten stehe«, erwiderte Tahitoa, der den Mann im grünen Kaftan zwar nicht verstanden hatte, ihm aber den verächtlichen Tonfall übel nahm.

»Der ehrenwerte und unbesiegbare Tahitoa bedauert, Herrn Ling diesen Gefallen nicht tun zu können, doch er ist der Untergebene einer sehr hochgestellten Persönlichkeit und kann dieser nicht den Dienst aufsagen«, antwortete Lu Po dem Grünen.

Dieser schnaubte ärgerlich. »Herr Ling ist der mächtigste Mann in dieser Stadt!«

»Und unsere Herrin die mächtigste Frau von tausend Inseln!« Lu Po lächelte freundlich, dabei genoss er diesen Auftritt. Als Knabe und Jüngling hatte er immer wieder vor dem Schmuggler Ling kuschen müssen. Diese Zeit war nun vorbei.

»Ich werde es dem ehrenwerten Herrn Ling sagen, dass ihr ihn vor den Kopf gestoßen habt«, drohte der Grüne.

»Ich werde dem ehrenwerten Beamten Di den Rat geben, den ehrenwerten Magister Hung um Soldaten zu bitten und damit Herrn Lings Haus durchsuchen zu lassen. Es mag sein, dass dieser in all den Jahren zu wenig Steuern bezahlt hat und daher in seinen Kellern mehr Schnüre mit aufgereihten Ch'ien zu finden sind, als er haben dürfte.«

Vor zehn Jahren hätte diese Drohung Lu Po eine Messerklinge zwischen den Rippen eingebracht. Nun aber wusste der Grüne nicht, welche Machtmittel diesem und vor allem den fremden Seeleuten zur Verfügung standen. Daher wandte er sich mit einer wenig höflichen Bemerkung ab und eilte davon.

Lu Po sah ihm nach und stieß leise einen englischen Fluch aus. »Diese Stadt könnte gedeihen und wohlhabend sein, wenn es keine solchen Kreaturen wie Ling und den Beamten Di geben würde. Ling ist ein Gauner, und Di fürchtet ihn. Allerdings weiß Ling, dass er Di füttern muss. Solange dieser die Münzen an seinen Geldschnüren klingen hört, wird er Ling keine Steine in den Weg legen. Diejenigen, die dies versuchen, werden von Männern wie Yao Chung aufgesucht. Danach verbeugen sie sich gleich zweimal, wenn sie den Namen Ling hören, oder ihre Nachkommen brennen Räucherstäbchen vor ihren Gräbern ab.«

»Diese Stadt scheint mir ein arges Schmugglernest zu sein«, meinte James.

»Das ist es auch, Captain Sir. Die Leute hier treiben Handel mit Annam und anderen Ländern des Südens, doch sie landen meist in kleinen Buchten, die niemand überwacht, oder zerstreuen die

Bedenken der Zollbeamten mit ein paar Münzen. Wirklich reich ist auf diese Methode niemand geworden – außer Herrn Ling.«

Es klang bedauernd, und James begriff, dass die Lu-Sippe gerne eine ähnlich bedeutende Rolle gespielt hätte. Dafür aber war sie von Anfang an zu arm und zu ehrlich gewesen. Den Verstand dafür, es Ling gleichzutun, besaß Lu Po. James hielt ihn aber nicht für skrupellos genug, sich auf die gleiche Weise durchzusetzen wie dieser. Außerdem fehlte der Lu-Familie jemand, der es mit einem Mann wie Yao Chung aufnehmen und die Leute in Angst und Schrecken versetzen konnte.

»Mit wem müssen wir handeln, Mr Lu, etwa mit diesem Ling?«, fragte er.

Lu Po winkte ab. »Den Handel übernehme ich, Captain Sir. Sie müssen sich damit nicht belasten. Sorgen Sie dafür, dass das Schiff jederzeit auslaufen kann. Sollte wirklich eine Patrouillendschunke des Präfekten hier auftauchen, darf diese nur noch unser Heck zu sehen bekommen.«

»Ich werde nicht ohne eine entsprechende Ladung von hier aufbrechen, Mr Lu«, antwortete James störrisch.

»Keine Sorge, Captain Sir! Ich werde mich darum kümmern, dass unsere Ladung rasch gelöscht wird, und ebenso rasch für neue Ladung sorgen. Nun aber will ich Sie und Mr Tahitoa der Obhut meines jüngeren Onkels Lu Yang überlassen. Er betreibt eine kleine Garküche und ist sehr erfreut, Sie beide bewirten zu können.«

»Ich hoffe nicht, dass Sie in der Zwischenzeit mit dem Schiff auslaufen«, meinte James halb im Spaß, aber auch verärgert über die Tatsache, dass er keine andere Rolle spielen sollte als die des Mannes, der die Hiva Oa hierhergebracht hatte und auch wieder hinausbringen würde.

3.

Auch wenn der Aufenthalt in An Tsing sich anders anließ, als James es erwartet hatte, so fand er an Lu Yangs Kochkünsten nichts auszusetzen. Zuerst brachte dieser eine große Schüssel weißen Reis, dann etliche kleine Schüsseln mit Fleisch- und Fischsorten und unterschiedlichen Soßen sowie ein Getränk, das ein wenig an Wein, aber auch an Pflaumen erinnerte.

»Was halten Sie von China, Captain?«, fragte Tahitoa, als die Schüsseln leer und ihre Mägen voll waren.

»Bis jetzt habe ich nur diese eine Stadt gesehen.«

»Für meinen Geschmack sind hier zu viele Menschen«, sagte Tahitoa. »Zudem sind die Häuser eingesperrt, und es gibt keinen einzigen Baum oder sonst einen grünen Fleck hier.«

»Eingesperrt?«, rief James verwundert und begriff dann, dass sein Freund damit die Stadtmauer meinte. Was grüne Flecken betraf, so waren diese auch in europäischen Städten Mangelware. Nicht jede Stadt konnte sich wie London mehrere große Parks leisten. Er hatte einmal den Hyde Park besucht, war aber von der Masse an Fahrzeugen, Reitern und Fußgängern abgeschreckt worden. In der Hinsicht konnte er Tahitoa verstehen. Männer wie sie, die das weite Meer um sich gewohnt waren, fühlten sich in einer Umgebung wie hier und wohl auch in London nicht wohl.

»Ja, mein Freund, diese Stadt ist eingesperrt, einesteils vom Meer, dann von den Bergen, die sich dahinter erstrecken, und von ihrer Mauer. Diese brauchen sie oder, besser gesagt, haben sie gebraucht, um Feinde fernzuhalten. Heutzutage ist sie gegen einen energisch angreifenden Feind nicht mehr zu halten.«

»Tausend Krieger, die von Matahi von den Hanatea angeführt werden, würden diese Stadt mit nicht mehr als einer Haizahnkeule in der Hand innerhalb einer Stunde erobern«, erklärte Tahitoa mit einer gewissen Verachtung.

»Uns stehen aber keine tausend solcher Krieger zur Verfügung«, antwortete James, während ihnen der Sohn ihres Wirts zwei kleine Porzellanbecherchen hinstellte, aus denen es scharf roch.

»Das ist sozusagen der Abschiedstrunk. Auf Ihr Wohl, Mr Tahitoa. Danach kehren wir zum Schiff zurück!« James nahm den Becher, stieß mit Tahitoa an und nahm einen kleinen Schluck. Es brannte ihm förmlich den Gaumen weg. Während ihm die Augen tränten, sah er doch, dass es seinem Freund nicht anders erging.

»Bei Gott, was ist das für ein Teufelszeug?«, stöhnte er.

»Ich würde es für Höllenfeuer halten, in das die Vulkangöttin Pere gepisst hat, damit es noch heißer wird«, antwortete Tahitoa so heiser, dass er kaum zu verstehen war.

Beide nutzten einen Augenblick, in dem keiner hersah, um den Rest des Getränks wegzuschütten. Danach winkte James den Wirt heran und versuchte, diesem zu erklären, dass er die Zeche von seinem Neffen verlangen sollte, da weder er noch Tahitoa auch nur eine einzige Münze bei sich trugen.

Lu Yang hörte ihm aufmerksam zu, so dass James glaubte, er würde ihn verstehen, und nickte auch bei der Erwähnung des Namens Lu Po mehrmals. Als James und Tahitoa gehen wollten, kam ihnen Lu Yangs Sohn mit Lu Po entgegen.

»Was gibt es, Captain Sir? Was kann ich für Sie tun?«, fragte Lu Po freundlich.

»Gut, dass Sie kommen. Sie werden uns aushelfen müssen. Wir haben nämlich kein Geld und müssen den Wirt bezahlen!«, erklärte ihm James.

Sofort sprach Lu Po ein paar scharfe Worte in seiner Sprache zu seinem Onkel. Dieser wehrte empört ab, und nach einem kurzen Palaver wurde klar, dass Lu Yang geglaubt hatte, seine beiden fremdländischen Gäste hätten verlangt, dass Lu Po zu ihnen gebracht werde. Dieser hatte es versäumt, James und Tahitoa zu erklären, dass sie seine Gäste oder, besser gesagt, die Gäste seiner

Sippe wären, und entschuldigte sich jetzt sowohl bei seinem Onkel wie auch bei seinen beiden Schiffskameraden.

»Mein Onkel hat gefragt, ob es euch auch geschmeckt hat?«, setzte er hinzu.

James nickte und sah dann Tahitoa an. Auch dieser nickte. »Es war sehr gut, bis auf diesen einen letzten Schnaps.«

»Das war gewiss ›Himmelsfeuer‹ nach dem speziellen Rezept meines Großvaters«, erklärte Lu Po und konnte sich trotz der anerzogenen Selbstbeherrschung das Lächeln kaum verkneifen. Er hatte oft genug erlebt, wie Männer, von denen es hieß, sie wären hart wie Feuerstein, nach dem Genuss des »Himmelsfeuers« wie kleine Kinder geweint hatten.

»Himmelsfeuer nennen die das? Für was ich das halte, habe ich vorhin schon gesagt«, stöhnte Tahitoa.

Auch James schüttelte sich. Da er aber seinen Gastgeber nicht beleidigen wollte, sagte er nichts weiter, sondern wollte von Lu Po wissen, was sie jetzt tun sollten.

Dieser wirkte auf einmal sehr ernst. »Es wäre mir lieb, wenn Sie beide von ab jetzt an Bord bleiben würden. Mein ehrenwerter Onkel wird Ihnen und der Mannschaft das Essen bringen, so dass sie die Hiva Oa nicht mehr verlassen müssen. Halten Sie Pistolen und Musketen schussbereit, und nach Möglichkeit auch die Kanone!« Bei der Kanone handelte es sich um einen alten Sechspfünder, den Landers als Pfand für eine Proviantlieferung erhalten hatte. Er hatte geglaubt, damit ein gutes Geschäft zu machen. Die Besitzer der Kanone hatten jedoch beschlossen, sie nicht mehr auszulösen, da es sie billiger kam, zu Hause eine gleichwertige Kanone von einem abgewrackten Schiff zu kaufen.

Nun stellte dieses Ding das Rückgrat ihrer Verteidigung dar. Ling und Yao Chung, deren Schiff über ein Dutzend Kanonen weitaus schwereren Kalibers verfügte, hätten darüber schallend gelacht. James war jedoch Marineoffizier und wusste, wie eine solche Waffe am besten eingesetzt werden konnte. Da Lu Pos Worte auf einen möglichen Angriff hindeuteten, fragte er nach. »Sie befürchten Schwierigkeiten, Mr Lu?«

»Onkel Yang und Großmutter glauben, dass Herr Ling das, was heute geschehen ist, nicht auf sich beruhen lassen wird. Wenn ein Schiff mit weniger als einem Dutzend Matrosen erscheint, von denen einer den stärksten Mann Lings mit Leichtigkeit besiegt und dann hier in seinem eigenen Reich Handel betreibt, so muss er etwas dagegen tun. Er verliert sonst sein Ansehen, und das bedeutet, dass andere ihn herausfordern könnten, um seine Stellung in An Tsing einzunehmen.«

»Wie viel Mann kann dieser Ling auf die Beine bringen?«, fragte James.

»Er hat die Besatzung seiner großen Dschunke und der Prau sowie seine Leibwache. Das sind zusammen über einhundert Mann«, berichtete Lu Po.

»Sie wären uns damit mehr als zehnfach überlegen!«

»Captain Wally und seine Schurken waren Madam und ihren jugendlichen Helfern auch etliche Male überlegen. Sie hat sie aber trotzdem besiegt«, wandte Tahitoa ein. »Beim Angriff der Hanamate und Hakeani auf die Hanatea war es ähnlich. Hier hat Madams Ehemann die Feinde mit seinen Zauberwaffen vertrieben.«

James hatte sich mittlerweile mehrfach berichten lassen, wie diese Kämpfe abgelaufen waren. Sie hatten zwar keine Raketen, doch das Pulver, das sie mit sich führten, reichte für mehrere Handgranaten aus. Ihm fiel noch etwas ein: »Sie werden Mr Tahitoa und mir, wenn wir zur Hiva Oa zurückkehren, Lings große Dschunke zeigen«, sagte James zu Lu Po und wandte sich dann Tahitoa zu. »Sie, Mr Tahitoa, sollten sich die Position der Dschunke gut merken.«

Tahitoa grinste erwartungsvoll. »Gehen wir!«, sagte er und kam James damit um ein, zwei Augenblicke zuvor.

4.

Als James und Tahitoa zum Schiff zurückkehrten, war dort noch alles in Ordnung. Allerdings fielen ihnen in der Nähe herumlungernde Männer auf, die die Hiva Oa nicht aus den Augen ließen.

»Zwei Mann bleiben als Wache an Deck! Die anderen sollen mit nach unten kommen«, befahl James und stieg in das Schiffsinnere.

Mit den Mitteln, die einer Fregatte wie der Hesione zur Verfügung standen, hätte er einem möglichen Angriff zuversichtlich entgegengesehen. Sie aber verfügten nur über beschränkte Möglichkeiten, und er musste gut abwägen, wie er sie einsetzen konnte. Die Sorge wegen ihres geringen Vorrats an Schießpulver konnte Lu Po ihnen nehmen. Zwei seiner Vettern brachten im Lauf des Tages mehrere kleine Fässer mit feinkörnigem Pulver sowie einen Packen mit einem guten Dutzend Raketen.

James starrte die Dinger, die gerade einmal so lang waren wie sein Unterarm, misstrauisch an. Die Überbringer konnten ihm mangels Kenntnis der jeweils anderen Sprache nichts dazu sagen. Dies übernahm Lu Po, als er, von drei Verwandten begleitet, am Abend zu ihnen kam und mehrere Bündel mit Schwertern und Speeren brachte.

»Das sind keine Waffen für unsere tahitianischen Freunde«, wandte James ein.

»Die sind für mich und meine Sippe. Wir wollen unseren Handel durchführen und werden uns von Herrn Ling nicht daran hindern lassen«, antwortete Lu Po entschlossen.

James zählte die Schwerter und sagte sich, dass zehn Helfer in ihrer Lage die Waage etwas weniger zugunsten ihrer Feinde neigen würden, und nickte. »Also gut! Wann, glauben Sie, werden Lings Männer angreifen?«

»Übermorgen bei Sonnenaufgang!«

»Woher wissen Sie das so genau?«, fragte James erstaunt.

Über Lu Pos Gesicht huschte ein Lächeln. »Einer von Herrn Lings Männern erzählte es einem anderen, und mein jüngerer Bruder konnte es mithören.«

»Finden Sie das nicht seltsam, Mr Lu, dass die beiden Kerle sich ausgerechnet in der Nähe Ihres Bruders darüber unterhalten haben?«, fragte James.

Lu Po nickte. »Deshalb haben wir die Schwerter auch schon heute gebracht. Tatsächlich halte ich es für wahrscheinlich, dass Herrn Lings Männer noch vor diesem Morgengrauen angreifen werden.«

»Dann haben wir noch einiges zu tun! Mr Tahitoa, Sie sind doch ein sehr guter Schwimmer. Trauen Sie sich zu, in der Nacht zu Lings Dschunke hinüberzuschwimmen, dort eine Sprengladung anzubringen und diese zu zünden? Sie müssten das ganze Zeug auf einem kleinen Floß mitnehmen. Außerdem muss es gut eingepackt werden, damit es nicht nass wird.«

Tahitoa überlegte kurz und nickte. »Das müsste ich schaffen!«

Lu sah die beiden entgeistert an. »Sie wollen sich nicht nur verteidigen, sondern auch selbst angreifen?«

»Bei uns gibt es ein Sprichwort: Angriff ist die beste Verteidigung!«, antwortete James und machte sich ans Werk.

Da sie genug Pulver hatten, fühlte er wieder die Zuversicht, die ihn als Lucky Jim ausgezeichnet hatte. Lu musste noch ein paar Pfund Nägel sowie einige alte Krüge besorgen, aus denen sie primitive Handgranaten anfertigten. Den meisten Aufwand trieb James jedoch mit der Sprengladung für die Dschunke. Diese durfte unter keinen Umständen nass werden, ebenso wenig die Lunte. Diese musste zudem lange genug brennen, damit Tahitoa Zeit genug hatte, um von der Dschunke wegzukommen.

Die Arbeit dauerte bis in die Nacht hinein. James erklärte Tahitoa, was dieser alles beachten sollte, und stellte dann zusammen mit ihm den Verteidigungsplan auf. Um nicht überrannt zu werden, mussten sie hinter einer notdürftig errichteten Barrikade aus

Fässern und Säcken an Deck bleiben. Die Musketen und Pistolen waren bereit und der Sechspfünder mit Nägeln und kleinen Eisenstücken geladen. Dazu kamen fünf Handgranaten, die James selbst zünden wollte, sowie Lu Pos Feuerwerksraketen. James entschied sich, auch sie als Waffen einzusetzen, und ließ eine primitive Abschussvorrichtung bauen, von der die Raketen fast waagrecht abgeschossen werden konnten.

Nun konnten sie nichts anderes tun als warten. Das kleine Floß mit Tahitoas Sprengladung durfte erst im letzten Moment ins Wasser gesetzt werden. Dann aber hieß es, rasch zu handeln. Tahitoa hatte sich im letzten Licht des Tages die Lage von Lings großer Dschunke eingeprägt, denn er fürchtete, sie in tiefster Dunkelheit finden zu müssen. Doch dieses Problem löste sich schnell, denn Lings Männer entzündeten auf der Dschunke einen roten Lampion.

»Zwei von uns halten jeweils Wache, und wir lösen uns alle vier Glasen ab«, erklärte James. Damit die Sanduhr abgelesen und umgedreht werden konnte, musste auf dem Achterdeck des Schiffes ein kleiner Lampion entzündet werden. James sorgte jedoch dafür, dass von außen weder die heimlich errichtete Barrikade noch die an Deck befindlichen Männer zu sehen waren.

Während James, Tahitoa und sechs Tahitianer ein wenig Schlaf suchten, blieben zwei Männer wach und gaben sich völlig arglos. Von Lu Po und der versprochenen Unterstützung durch dessen Familie war nicht das Geringste zu sehen. Erst als James und Tahitoa gegen Morgen die letzte Wache übernahmen, sahen sie auf dem Steg einen huschenden Schatten. Bevor James die Pistole anschlagen konnte, klang ein leiser Ruf auf Englisch auf. »Ich bin es, Lu Po!«

»Komm an Bord!«, befahl James ebenso leise. Er wartete mit der Pistole im Anschlag, bis der Mann bei ihm war, und nickte zufrieden, als er Lu Po erkannte. »Gut! Bist du allein?«

Lu Po schüttelte den Kopf. »Fünf Vettern und zwei Onkel sind bei mir. Meinen jüngeren Bruder hat die Großmutter nicht gehen lassen, da sie befürchtete, wir könnten beide umkommen. Wir haben allerdings keine Zeit zum Reden. In weniger als einer Stunde wird Lings Bande hier sein. Yao Chung hat sechzig Männer zusammengeholt. Sie wollen euch in einem Ansturm überwältigen!«

»Das werden sie sein lassen«, erwiderte James leise und gab Tahitoa ein Zeichen. »Ich glaube, es ist so weit! Gehen Sie ins Wasser. Wir lassen das kleine Floß zu Ihnen hinab, dann können Sie damit zu Lings Dschunke schwimmen. Zünden Sie die Lunte, sobald der erste Schuss abgefeuert wurde.«

Tahitoa nickte, glitt flink wie ein Aal ins Wasser und wartete, bis ihm das Floß zugereicht wurde. Danach schwamm er so rasch los, dass James ihm am liebsten nachgerufen hätte, vorsichtiger zu sein. Tahitoa gab jedoch gut auf die Sprengladung und die Lunte acht. Es war keine helle Nacht, und daher war er froh um den roten Lampion auf Lings Dschunke.

Kurz darauf suchte er Deckung unter dem leicht überhängenden Heck. Als er um die Ecke spähte, sah er, wie eine Reihe von Männern das Schiff verließen und in Richtung der Hiva Oa strebten.

Tahitoa wünschte sich, seine Freunde durch einen Ruf oder einen Pfiff warnen zu können. Dann aber dachte er, dass James Wache hielt und mittlerweile alle anderen geweckt haben dürfte. Sobald der erste Schuss fiel, musste er die Lunte entzünden. In der Dunkelheit war es nicht leicht, eine passende Stelle zu finden. Er klemmte sein Messer zwischen zwei Planken, band das Floß daran und wartete. Dabei wagte er es, die zusammengesteckten Kokosschalen, die den glimmenden Zunder enthielten, zu öffnen und diesen anzublasen. Von einem Nebenschiff aus hätte vielleicht jemand kurz seinen Schatten sehen können. Es blieb jedoch alles ruhig, und so wartete Tahitoa auf den ersten Schuss.

5.

James prüfte, ob die Tahitianer und Lu Pos Verwandte in sicherer Deckung lagen, und versuchte dann, die Dunkelheit mit seinen Blicken zu durchdringen. Ihm fiel auf, dass Lu Po in eine ganz andere Richtung schaute als die, aus der er die Feinde vermutete.

»Was ist los?«, fragte er leise.

»Einer meiner Vettern hält dort Wache und gibt Signal, wenn unsere Feinde kommen«, antwortete Lu Po. Nur wenig später stieß er James an und zeigte auf ein kaum wahrnehmbares Licht auf der verfallenen Stadtmauer.

»Sie kommen!«

James packte seine Pistole und befahl seinen Männern, sich auf den Angriff vorzubereiten. Unten im Schiffsbauch bliesen zwei von Lu Pos Vettern die Lunten an, um sie nach oben reichen zu können. Lu Po nahm die Zündschnüre der Raketen in eine Hand und griff mit der anderen nach unten. Sofort reichte ihm ein Vetter die Lunte.

»Jetzt kommt endlich!«, flüsterte James angespannt, da im Osten bereits der erste Schein der Morgendämmerung aufstieg. Im selben Augenblick riss Lu Po die Lunte hoch und brannte die Zündschnüre der Raketen an. Die ersten Raketen sausten auf den Steg zu und schlugen in eine geballte Gruppe von Männern ein, die eben auf die Hiva Oa steigen wollten. Es krachte, als das erste Feuerwerk losbrannte, und Lings Männer standen voll im Licht.

Yao Chung schrie einen Befehl und sprang an Bord. Mehrere folgten ihm, behinderten sich aber gegenseitig, während zwischen ihnen immer noch Feuerwerksraketen explodierten.

James sah Yao Chung mit hocherhobenem Schwert auf sich zukommen, legte blitzschnell auf ihn an und schoss. Noch während Yao Chung wie von einem Hammer getroffen zu Boden stürzte, entzündete Tahitoa die Lunte der Sprengladung und schwamm davon, so schnell er konnte.

Unterdessen hatte James seine Pistolen abgeschossen. Nun entriss er Lu Po die Lunte, brannte mit ihr die Zündschnur einer der primitiven Handgranaten an und warf diese auf den Steg, auf dem immer noch die meisten von Lings Männern standen.

Die Handgranate explodierte, und das Schreien der Verletzten hallte über den Hafen. Nur Augenblicke später gab es einen zweiten, noch viel lauteren Knall ein Stück von der Hiva Oa entfernt. Noch bevor die Männer begriffen, was geschehen war, sahen sie, dass Lings große Dschunke über das Heck zu sinken begann.

James schleuderte die zweite Handgranate und Lu Po die nächste. Eine explodierte inmitten von Lings Männern, die es bereits an Bord der Hiva Oa geschafft hatten. Noch waren die Verluste der Feinde nicht so groß, dass sie die Verteidiger nicht doch noch hätten niederkämpfen können.

Da aber klang ein Schreckensruf auf. »Der Drache des Südens sinkt!«

Der Teil der Angreifer, der zur Besatzung der Dschunke gehörte, machte entsetzt kehrt und eilte zu dem Schiff. Als ihre Kumpane das sahen, verloren sie den Mut und flüchteten. Die Tahitianer schrien Beleidigungen hinter ihnen her, dann wandte Lu Po sich James zu. »Was für ein Sieg!«, rief er und wies auf die auf dem Schiff liegenden Feinde. Einige waren tot, viele verwundet und ein paar einfach nur vor Schreck wie erstarrt.

»Damit haben sie nicht gerechnet«, antwortete James zufrieden.

Es war ihnen gelungen, sich und ihr Schiff zu verteidigen, und das ohne eigene Verluste. Bei dem Gedanken blickte er aufs Wasser. Hoffentlich ist Tahitoa nichts zugestoßen, dachte er. Der Tahitianer hatte mit seiner Aktion großen Mut bewiesen und sie dadurch gerettet.

Da tauchte Tahitoa aus dem Wasser auf und kletterte an Bord. Er grinste übers ganze Gesicht. »Das war ein passabler Streich, Mr Hutton. Die Kerle sind zu ihrem Schiff zurückgerannt, doch ich glaube nicht, dass sie dort noch viel retten können. Die Dschunke ist gesunken wie ein Stein.«

»Sie haben ausgezeichnete Arbeit geleistet, Mr Tahitoa«, lobte er den Tahitianer und drückte ihm die Hand. Dasselbe tat er dann auch bei Lu. »Auch Sie haben ausgezeichnete Arbeit geleistet, Mr Lu. Ihr Vorschlag, die Feuerwerksraketen als Geschosse zu verwenden, war Gold wert.«

»Dasselbe können wir auch von Ihnen sagen, Captain Sir! Ihre Sprengladung und die Handgranaten waren exzellent! Wir mussten nicht einmal die Kanone abschießen.«

Lu Po zeigte mehr Gefühle, als sie es von ihm kannten, denn er hatte einen harten und blutigen Kampf erwartet und keinen so eindeutigen Sieg. An der Hiva Oa waren keine Schäden zu erkennen. Der Landesteg aber war durch die Handgranaten stark in Mitleidenschaft gezogen worden. Zudem war keiner von ihnen verletzt, lediglich ein Tahitianer hatte von dem Eisenteil einer Handgranate eine Streifwunde davongetragen.

Nun, da alles ruhig geworden war, wagten sich die ersten Stadtbewohner näher und sahen staunend und mit einem gewissen Grausen auf die herumliegenden Schurken. Lu Po übersetzte nur einen Teil dessen, was er hörte, doch zeigten sich die Leute seinen Worten zufolge von ihrer Kampfkraft beeindruckt.

Plötzlich grinste er. »Das wird Herrn Ling gar nicht gefallen. Einige Schmuggler, die ihm Abgaben zahlen mussten, damit er sie in Ruhe ließ, meinten eben, nun, da er mit Yao Chung seinen stärksten Kämpfer und sehr viele Männer verloren hat, hätte er nicht mehr das Recht, der mächtigste Mann in der Stadt zu sein. Wir sollten zusehen, dass wir unseren Handel abschließen und von hier verschwinden. Sonst werden wir noch in die Kämpfe verwickelt, die hier bald ausbrechen werden.«

»Sie sagten, der Handel wäre Ihre Sache«, sagte James mit einer gewissen Anspannung.

»Ich werde auch dafür sorgen, dass es – wie sagt ihr Engländer immer? – hurtig geht!«, erwiderte Lu Po.

Er zeigte auf den Beamten Di, der mit zwei Bütteln herankam. Dieser starrte verblüfft auf die Toten und Verwundeten, um die sich noch niemand gekümmert hatte, und stieg vorsichtig auf die Hiva Oa.

»Ihr habt heute Nacht für einen großen Aufruhr gesorgt. Dafür müsst ihr Strafe zahlen«, erklärte er schroff.

»Sie befinden sich in einem Irrtum, hochgeachteter Herr Beamter Di! Nicht wir haben diesen Aufruhr verursacht, sondern die Männer dieses elenden und ehrlosen Banditen Ling, die uns mitten in der Nacht haben angreifen und umbringen wollen.«

Angesichts der Schurken, die ihre Waffen selbst im Tod noch umklammert hielten, konnte Di diesen Einspruch nicht missachten. Er erklärte daher mit verzogener Miene, dass er eine Untersuchung veranlassen würde, um die Schuldigen an dieser nächtlichen Ruhestörung zu ermitteln.

»Immerhin ist Herrn Lings Drache des Südens gesunken!«, setzte er hinzu, da er hoffte, Lu Po, James und den anderen eine Mitschuld nachweisen zu können, um ihnen seine Niederlage vom Vortag heimzahlen zu können.

Lu wies mit einer ausgreifenden Geste zur Stadt. »Ich würde mich nie erfrechen, einem ehrenwerten Herrn wie Ihnen einen Ratschlag zu erteilen. Doch wäre es nicht an der Zeit, genug Männer um sich zu sammeln und zum Haus des Schurken Ling zu ziehen, um von diesem eine Strafe für sein aufrührerisches Verhalten zu verlangen? Es ist nämlich möglich, dass einige der Männer, die in vergangenen Zeiten Schwierigkeiten mit dem Schurken Ling hatten, dessen Niederlage ausnutzen könnten, um sich seinen Besitz anzueignen.«

Lu Pos im sanften Ton vorgetragene Worte fielen auf fruchtbaren Boden. Nach dieser Nacht würde Lings Herrschaft in der Stadt zu Ende sein. Doch wenn er unterging und seine Feinde seinen Besitz unter sich aufteilten, wollte Di nicht leer ausgehen. Der Beamte befahl daher einem seiner Untergebenen, so viele Männer zusammenzurufen, wie es nur ging, und sie zu Lings Haus zu führen. Danach verließ er die Hiva Oa ohne Gruß und ging gemessenen Schrittes davon.

Mehrere Männer, die, wie Lu Po erklärte, auch gerne in Lings Geldtruhe greifen wollten, eilten zu ihm hin und redeten eifrig auf ihn ein.

»Der ehrenwerte Herr Di wird sehr viele Männer um sich sammeln und Lings Haus stürmen können. Dessen Vermögen wird dabei stark aufgeteilt werden, so dass sich so rasch kein anderer zum mächtigsten Mann der Stadt aufschwingen kann. Damit wird wohl auch hier wieder das Gesetz einziehen und der Handel in Schwung kommen.«

»Wenn ich mir diesen Di ansehe, glaube ich kaum, dass seine Ansichten von Gesetz und Ordnung sich mit den meinen decken«, antwortete James mit einem gewissen Spott und wies auf die noch immer unversorgten Verletzten. »Jemand sollte sich um sie kümmern und die Toten wegräumen! Außerdem sollte der Steg repariert werden. In diesem Zustand würde er zusammenbrechen, wenn ein Mann, der einen Sack auf dem Rücken trägt, ihn benutzt.«

»Das wird gleich geschehen!«, versprach Lu und befahl seinen Vettern, sich an die Arbeit zu machen.

Die Männer der Lu-Sippe verbanden die Verwundeten und schafften die Toten fort. James sah, dass dabei Geldschnüre und -beutel in ihre Taschen wanderten. Doch er vergönnte ihnen die kleine Beute, denn er selbst hatte nicht die Mittel, sie zu belohnen.

6.

Es gab an diesem Tag einen weiteren großen Tumult, aber diesmal in dem Stadtviertel, in dem Lings Haus lag. Die Hiva Oa und ihre Mannschaft wurden von niemandem mehr behelligt. Daher verbrachten James und die Tahitianer ihre Zeit damit, die Nägel und den Eisenschrott aufzusammeln, die auf dem Deck des Schiffes herumlagen. Ein paar Stücke mussten sie mit Zangen aus den Decksplanken und der Reling herausziehen. Sie fanden jedoch keine Schäden, die Reparaturen nach sich gezogen hätten.

Während dieser Zeit kam Lu Po mehrmals mit Leuten an Bord, verschwand mit ihnen im Laderaum und pries ihnen dort seine Fracht an. Mehrfach schüttelten die Interessenten den Kopf und gingen. Mit einem Mann aber wurde er handelseinig, und so wurden doch die meisten Fässer und Säcke von Bord geschafft. Dafür füllten andere Kisten, Fässer und Säcke langsam den Laderaum, und James' Hoffnung wuchs, dass Lu Po ausgezeichnete Geschäfte gemacht hatte.

Mehrfach winkte Lu Po auch Tahitoa oder einen der anderen Tahitianer zu sich, wies auf deren glatte, glänzende Haut und ihren dichten, schwarzen Haarschopf, ohne dass James verstand, was er dabei sagte. Seiner Miene nach war er sehr zufrieden. Er zeigte seinen Geschäftspartnern auch einige der schön geschnitzten Keulen aus Holz, die die Tahitianer bei sich hatten, und verkaufte jene unbearbeiteten Holzblöcke, die er als Handelsware mitgenommen hatte.

Im Gegenzug zu den kleinen Fässchen Noni-Öl, den größeren mit Kokosöl, dem feinen Holz zum Schnitzen und anderen Kleinigkeiten, die er verkaufte, kamen Porzellan und Eisenwaren an Bord, die auf Tahiti und den Inseln sehr begehrt waren. Lu Po tauschte auch etliche Ballen Tuch und sogar zwei mit Seide ein. Zwar wurde der Laderaum nicht ganz voll, doch James schätzte, dass sie allein mit dieser Fahrt mehrere Tausend Dollar Gewinn machen würden. Ruth Mensing würde sämtliche Schulden bezahlen können und sogar genug Geld übrig haben, um die Handelsstation weiter ausbauen zu können.

»Madam wird zufrieden sein«, meinte Tahitoa, als er ihm dies sagte.

»Das hoffe ich! Allerdings ist das nur zum Teil unser Verdienst, sondern der von Lu Po«, antwortete James.

»Es ist auch unser Verdienst! Ohne unser Schiff hätte er nicht hierher zurückkommen können. Außerdem haben wir den Angriff von Lings Leuten zurückgeschlagen«, rückte Tahitoa die Tatsachen zurecht.

James nickte lachend. »So ist es! Nur sollte Mr Lu mit seinen Geschäften bald abschließen. Morgen herrscht Springflut, und da kämen wir am besten aus diesem Hafen heraus!« James wollte An Tsing so schnell wie möglich verlassen. Noch war nicht entschieden, wer hier zum Schluss das Sagen hatte, und es war zu befürchten, dass es hier zu harten Kämpfen kommen würde.

Als James Lu Po darauf ansprach, erklärte dieser zufrieden, dass seine Geschäftsverhandlungen beendet seien. »Es werden heute noch ein paar Dinge gebracht. Damit können wir morgen so, wie Sie es sagen, in See stechen«, setzte er hinzu.

»Dann sollten die Leute, die Sie von hier mitnehmen wollen, heute Abend an Bord kommen«, erklärte James.

»Wann wollen Sie die Segel setzen?«, fragte Lu Po mit einer gewissen Anspannung.

»Eine Stunde nach Sonnenaufgang. Da hat die Flut ihren Scheitelpunkt erreicht, und wir können die Bucht mit ablaufender Flut verlassen!«

»Eine Stunde nach Sonnenaufgang? Sehr gut, Captain Sir. Meine Leute werden bei Sonnenaufgang an Bord kommen, wenn es recht ist. Sie wollen die letzte Nacht in ihrer Heimat noch in ihren eigenen Betten schlafen!«, antwortete Lu Po.

James überlegte kurz und nickte. »Also gut! Wenn sie allerdings zu spät kommen, bleiben sie hier, denn ich werde nicht warten.«

Dabei sagte er sich, dass es auf eine halbe Stunde nicht ankam. Eine größere Verzögerung konnte er sich jedoch nicht leisten, da er sich sonst seinen Weg wieder mühsam zwischen den Klippen würde suchen müssen.

Lu Po versprach hoch und heilig, dass alle rechtzeitig hier sein würden, und begab sich wieder in die Stadt.

Im Lauf des Tages kontrollierte James noch einmal das gesamte Schiff. Im Laderaum befahl er, ein paar Sachen anders zu verstauen und andere fester zu verzurren. Oben an Deck zog er noch ein Eisenteil aus den Decksplanken und sah nach, ob die Masten und die Beseglung bei den Explosionen der Handgranaten Schäden erlitten hatten. Zu seiner Erleichterung war dies nicht der Fall.

Für den Abend bestimmte er Dreierwachen, da er dem Frieden in der Stadt nicht traute, und legte sich mit der Hoffnung zum Schlafen nieder, morgen um dieselbe Zeit wieder die Weite des Meeres um sich zu spüren.

7.

James hatte die letzte Wache für sich bestimmt und war daher auf den Beinen, als es auf dem Steg mit einem Mal lebendig wurde. Als Erstes sah er Lu Po, bei dem er diesmal Gefühle wie Hoffnung, aber auch eine gewisse Sorge zu erkennen glaubte.

»Guten Morgen, Mr Lu! Gut, dass Sie früh genug da sind. Ich wäre ungern ohne Sie nach Tahiti zurückgekehrt«, witzelte James.

»Ich will auf Tahiti ein reicher Mann werden«, sagte Lu Po. »Hier in der Heimat meiner Ahnen kann ich das nicht.«

»Dann hoffe ich, dass die Arbeiter und die paar Huren, die Sie hier holen sollen, gleich kommen. Die Sonne geht auf, und wir müssen die Vorbereitungen zum Auslaufen treffen.« Noch während James es sagte, tauchte eine schiere Menschenmenge auf, und alle enterten die Hiva Oa.

James sah Lu Pos Großmutter Lu An, seinen Onkel Lu Yang samt Söhnen, Töchtern und Ehefrau, seinen jüngeren Bruder Lu Wei sowie die gesamte Schar an Vettern und Frauen, die zu diesen gehörten. Drei weitere Frauen hielten sich etwas abseits und schienen nicht gerade begeistert zu sein, auf dieses Schiff steigen zu müssen.

»Was hat das zu bedeuten, Mr Lu?«, rief James ärgerlich. »Ihr Auftrag war, vier bis fünf Helfer für die Handelsstation samt Gasthaus und Ihr Bordell sowie zwei bis drei Huren mitzubringen. Das sind maximal acht Leute! Es war aber nie die Rede davon, halb An Tsing mitzunehmen!«

Lu Po sah ihn bittend an. »Wir können meine Sippe doch nicht hierlassen, Captain Sir! Die Leute werden sich daran erinnern, dass ich es war, der diesen Aufruhr verursacht hat, und so mancher sich deswegen an meinen Verwandten rächen wollen. Das wäre aber ein schlechter Lohn für all die Dienste, die ich, aber auch meine Sippe Ihnen geleistet haben.«

James sah zu Tahitoa hinüber. Dieser grinste nur. Er verstand Lu Po und war gutmütig genug, um dessen Verwandte mitzunehmen.

Auch James wollte diese Leute nicht einem unbestimmten Schicksal überlassen, fluchte aber zunächst kräftig und wandte sich mit einer heftigen Bewegung Lu Po zu.

»Also gut! Allerdings werden Sie das auf Tahiti erklären müssen. Ich wasche meine Hände in Unschuld. Sorgen Sie jetzt dafür, dass Ihre Leute irgendwie unterkommen, und sagen Sie ihnen, dass jeder, der uns bei unserer Arbeit im Weg umgeht, unweigerlich über Bord fliegt. Wie steht es übrigens mit Vorräten? Haben Ihre Leute genug dabei? Wir haben nicht genug Nahrung für so viele Leute an Bord!«

Lu Po nickte eifrig. »Doch, doch, Captain Sir! Wir haben Reis dabei, eingelegte Eier, einige Enten und andere Dinge mehr!«

»Auch Wasser?«

Diesmal schüttelte Lu Po den Kopf.

»Verdammt! Dann werden wir rationieren müssen. Sagen Sie das Ihren Leuten. Ach ja, noch etwas: Müssen wir uns hier bei einem Hafenbeamten abmelden, oder können wir einfach so lossegeln?«

»Der ehrenwerte Beamte Di ist derzeit viel zu beschäftigt, um sich um eine so nebensächliche Sache kümmern zu können«, erklärte Lu Po und rief seinen Verwandten etwas zu. Nun stiegen auch die Letzten an Bord.

James sah, dass ein paar von ihnen Käfige mit Hühnern mitführten. Einer hatte ein junges Schwein bei sich, und jeder trug einen Riesenpacken Gepäck. »Mr Lu, Sie haben genau eine halbe Stunde, dann ist hier aufgeräumt. Was dann noch an Deck herumliegt …«

»… fliegt über Bord! Ich weiß, Captain Sir!« Lu Po war erleichtert und tat daher alles, um Mr Hutton zufriedenzustellen. Sämtliches Gepäck wurde nach unten geschafft, ebenso die Hühner und das Schwein.

»Sie sorgen dafür, dass hier alles sauber bleibt, Mr Lu«, befahl James, um zu verhindern, dass der Kot der Tiere und der Urin des Schweines sich ungehemmt ausbreiten konnten. »Das gilt für alle«, setzte er hinzu, als sich ein kleines Kind in eine Ecke hockte und seinem Gesichtsausdruck nach kräftig drückte. »Die Frauen und Kinder können den Abtritt im Heck benützen, die Männer haben sich oben an die Reling zu stellen, und zwar an der windabgewandten Seite. Sagen Sie ihnen das. Jeder, der dagegen verstößt …«

»… wird ins Meer geworfen«, setzte Lu Po mit so todernster Miene hinzu, dass James sich fragte, ob er ihm wirklich zutraute, so etwas zu tun.

Danach hatte James an anderes zu denken als an Lu Pos Sippe. Auf seinen Befehl hin wurden die Leinen, die das Schiff mit dem Steg verbanden, gelöst und das Vorsegel aufgezogen. Bei leichter Brise verließ die Hiva Oa langsam den Hafen. Nur wenig später setzte der Ebbstrom ein und zog das Schiff mit sich. James stand am Steuerruder und Tahitoa vorne am Bug, um ihn auf Hindernisse aufmerksam zu machen. Ein Tahitianer kletterte in den Mastkorb, um nach Klippen und Untiefen Ausschau zu halten.

James brauchte seine ganze Kraft, um die Hiva Oa auf Kurs zu halten. Da Springflut herrschte, schwamm das Schiff über Hindernisse hinweg, denen es beim Einlaufen in den Hafen hatte ausweichen müssen, und erreichte ohne Probleme die offene See. James atmete auf. Auch wenn er solche Manöver gewohnt war, konnte immer etwas Unvorhergesehenes passieren. Er richtete den Kurs der Hiva Oa nach dem Kompass ein und ließ sich einige Zeit später von Tahitoa ablösen.

»Halten Sie den Kurs, bis ich wiederkomme, es sei denn, Ihnen gerät eine Meerjungfrau in den Weg. Um die schlagen Sie einen Bogen! Wir haben bereits zu viele Leute an Bord und brauchen keine weiteren«, sagte er zu ihm und brachte ihn damit zum Lachen.

Als James nach unten stieg, erwartete er, im Laderaum ein Chaos vorzufinden. Lu Pos Verwandte hatten sich unterdessen niedergelassen, nahmen dabei aber weitaus weniger Platz ein, als er befürchtet hatte. Seine wie auch Tahitoas Kajüte und auch die Unterkünfte der Matrosen waren frei geblieben. Eben ließ ein Huhn etwas fallen. Sofort eilte ein vielleicht achtjähriges Mädchen hin, um es wegzumachen und die Stelle mit Wasser zu säubern.

»Sage ihnen, sie sollen dafür Meerwasser nehmen. Das Trinkwasser ist dafür zu wertvoll«, sagte James zu Lu Po.

Dieser redete eifrig auf seine Sippe ein und begleitete seine Worte mit heftigen Gesten. Sofort packte sein jüngerer Bruder einen Eimer und sauste nach oben.

»Hoffentlich denkt er daran, eine Leine an den Henkel des Eimers zu binden. Sonst tut er sich schwer, Wasser aus dem Meer zu schöpfen«, meinte James halb im Spaß. Er war noch nicht fertig, da folgte Lu Po bereits seinem Bruder.

James nahm die Gelegenheit wahr, sich seine Passagiere genauer anzusehen. Er zählte fünfundzwanzig Männer und Frauen. Dazu kam eine Reihe Kinder vom Säugling bis hin zu Halbwüchsigen, die Gesichter zogen, als hätte man sie mit Ketten an ihren Plätzen festgebunden. James glaubte gerne, dass diese Bande am liebsten das ganze Schiff untersuchen würde. Seine scherzhaft gemeinte Drohung, Störenfriede über Bord zu werfen, war von Lu Po jedoch so weitergegeben worden, als wäre ihm vollkommen ernst damit. Dies und auch eine gewisse Furcht vor den in ihren Augen riesenhaften Tahitianern ließ die Auswanderer alles vermeiden, was den langnasigen Kapitän verärgern könnte. Immerhin sollten Europäer rüde Kerle sein, die keine Manieren hatten, und – das war wohl das Schlimmste – sie sprachen kein Wort der einzig vernünftigen Sprache dieser Welt!

Einige aus der Sippe hätten sich trotz Lu Pos Drängen geweigert, auf ein Schiff mit einer rein europäischen Besatzung zu steigen. Die Angst, umgebracht oder versklavt zu werden, wäre zu groß gewesen. Die Anwesenheit dieser ruhigen, gelassen wirkenden Kolosse aus Tahiti beruhigte sie jedoch.

Wenig später kam Lu Po samt Bruder und dem an einer Leine hängenden Eimer zurück. Während einige nach schmutzigen Flecken Ausschau hielten, die beseitigt werden mussten, bevor der Langnasenkapitän diese entdeckte, erklärte Lu Po, dass er nun seinen Verwandten den Gebrauch des Bordabtritts erklären würde. Seine Großmutter war schließlich bereit, es als Erste zu versuchen. Als sie zurückkam, war sie zufrieden und erklärte ihrer Tochter, zwei Schwiegertöchtern und den jüngeren Frauen und Mädchen, wie dies zu handhaben war.

James begriff, dass er die Leute sich selbst überlassen konnte, und stieg nach oben. Lu Po kam ihm nach.

»Steht es wegen des Trinkwassers wirklich so schlimm?«, fragte er besorgt.

»Wir haben die Vorräte für zwanzig Leute berechnet. Jetzt sind wir mehr als doppelt so viele. Also rechnen Sie sich aus, wie weit wir noch kommen«, antwortete James. »Wir werden unterwegs Wasser aufnehmen müssen. Ich hoffe aber, dass dies erst auf Tonga oder Samoa der Fall sein wird. Wenn wir dort Anker werfen, werden wir einen Teil unserer Waren verkaufen oder gegen etwas anderes eintauschen müssen.«

»Keine Sorge! Wir haben genug an Bord, was wir den Menschen dort anbieten können«, antwortete Lu Po aufatmend.

»Dann ist es gut! Sagen Sie Ihren Leuten, sie sollen sich ruhig verhalten und uns bei der Schiffsführung nicht stören«, sagte James, der in Gedanken bereits den Kurs nach Samoa bestimmte.

»Ich habe erklärt, dass jeder, der den Schiffsablauf stört, über Bord muss, und zwar ungeachtet, ob Mann, Frau oder Kind. Nun passen alle auf, dass keiner es tut«, berichtete Lu Po mit ernster Miene.

»Sie haben mich damit aber in ein ziemlich schlechtes Licht gerückt«, stöhnte James in komischer Verzweiflung.

»Meine Leute sind es gewohnt, dass jene, die über ihnen stehen, streng sind – und oft auch ungerecht. Ich habe Sie, Captain Sir, als streng, aber gerecht beschrieben. Jeder, der den Schiffsalltag nicht stört, wird nach Tahiti mitgenommen, wer ihn stört, muss auf ein rasches Ende durch einen Hai hoffen – oder eben ertrinken!«

Wie so oft gelang es James nicht, zu erkennen, ob Lu Po dies ernst oder scherzhaft meinte. Manchmal hatte er den Eindruck, als fehle diesem jeder Sinn für Humor, dann aber hatte er ihn doch gelegentlich fröhlich lachen gesehen.

8.

Während die Hiva Oa die Meere durchpflügte und einen Zwischenaufenthalt auf Samoa einlegte, durchlitt Ruth auf Tahiti tausend Höllenqualen. Es war Wiggles und seinen Missionaren gelungen, einige von Königin Aimatas Beratern davon zu überzeugen, bei ihr die Schulden einzufordern, die sie der Krone schuldete. Zunächst hatte sie dies noch durch eine Audienz bei der Königin verhindern können. Aimata war jedoch jung und zu gerne bereit, ihren Höflingen freie Hand zu lassen, wenn diese sie bedrängten. So stand Ruth an diesem Tag erneut vor dem Königspalast und wartete darauf, zur Königin geführt zu werden.

Musik und Gesang drangen nach draußen, und durch die offene Wand konnte sie erkennen, dass Aimatas Aufmerksamkeit einer Gruppe aus Bora Bora galt, die ihr zu Ehren tanzte und sang. Andere Angelegenheiten, darunter auch die ihre, mussten hintanstehen.

Es waren sanftere Tänze als auf Hiva Oa. Der Haka, der sie dort immer ein wenig erschreckt hatte, fehlte ganz. Hier wurde von Liebe gesungen, von Sehnsucht und von Glück. Es war auch ein Zeichen dafür, dass Aimata ihr Reich nicht als Marionette der Missionare beherrschen wollte, sondern die Traditionen ihres Volkes gegen den Willen von Wiggles und seinen Missionaren in Ehren hielt.

Endlich war es so weit. Der Haushofmeister der Königin trat auf Ruth zu und forderte sie auf, mitzukommen. Auf der anderen Seite verließen die Tänzer und Tänzerinnen den Saal. Es waren schlanke, hochgewachsene Gestalten, wie Ruth sie auch auf Hiva Oa gesehen hatte. Einen Unterschied gab es jedoch: Die Frauen und ihre Partner waren nicht in Tapamatten gehüllt, sondern in Baumwolle. Zwar endeten die Lendentücher der Tänzerinnen knapp über den Knien, doch waren ihre Brüste bedeckt. Zu sehr wagte Aimata es doch nicht, die englischen Missionare herauszufordern. Auch trugen die männlichen Mitglieder der Gruppe kein einziges Tatau. Früher hatte Ruth sich an diesen gestört, doch nun schien es ihr, als fehlte den Tänzern und Sängern etwas.

Ruth verscheuchte diesen Gedanken, trat auf die Königin zu und versank in einem tiefen Knicks. Aimata war wie meistens in einem Gemisch aus europäischer und einheimischer Tracht gekleidet. So reichte ihr dunkles Kleid bis zu den Fesseln und schloss oben züchtig um den Hals. Darüber war jedoch ein Stück Tapamatte gewickelt, und zusätzlich zu der europäischen Schärpe in Rot trug sie den traditionellen Federgürtel in der gleichen Farbe, den bereits ihr Großvater Pomare I. als Herrschaftssymbol verwendet hatte. Ein mit Blumen geschmücktes Diadem und eine mehrreihige Kette aus dunklen Perlen vervollständigten ihre Erscheinung.

»Meine liebe Mistress Mensing! Wir sind sehr erfreut, Sie zu sehen!«, grüßte Aimata freundlich.

»Ich hoffe, Eure Majestät befinden sich wohl«, antwortete Ruth und erntete ein Lachen dafür.

»Wir fühlen uns sehr wohl!« Aimata winkte einem ihrer Diener, einen Stuhl für Ruth zu bringen.

Für Ruth war es ein Zeichen, dass die Königin ihr immer noch gewogen war.

»Wir hoffen, Sie befinden sich auch wohl«, fuhr Aimata fort.

»Bedauerlicherweise nicht!«, antwortete Ruth geradeheraus. »Es geht wieder um diese leidige Sache. Man fordert Geld von mir, das ich derzeit jedoch nicht besitze. Eure Majestät haben mir erlaubt, eine Handelsfahrt nach China durchführen zu lassen. Dafür musste ich Kosten aufbringen, die mir bis zu der Rückkehr meines Schiffes gestundet worden sind. Vor drei Wochen wurde das Geld schon einmal unerwartet zurückgefordert. Eure Majestät waren damals so freundlich, dies zu unterbinden. Doch heute Morgen wurde ich erneut aufgefordert, diese Summe umgehend zu bezahlen. Das kann ich jedoch erst, wenn die Hiva Oa zurückgekehrt ist. Vorher ist es mir unmöglich!«

Ruth betete darum, dass die Königin ihr die gewünschte Frist genehmigte. Nur so konnte sie sich gegen Wiggles durchsetzen, der die Handelsstation unbedingt unter seine Herrschaft bringen wollte. So hatte er ihr bereits zu verstehen gegeben, dass ihre Schulden bei der Krone allesamt von der Mission bezahlt würden, wenn sie auf seine Forderungen einging. In diesem Fall aber würden die tahitianischen Handwerker, die die Hiva Oa erbaut hatten, leer ausgehen, und das wollte sie unter keinen Umständen. Auch ließ ihr Stolz es nicht zu, sich einer solchen Erpressung geschlagen zu geben.

Königin Aimata hatte sich von Ari'iheiva überreden lassen, von Ruth das Geld erneut vor der Zeit zurückzufordern, und damit ihr früheres Versprechen an Ruth gebrochen. Nun ärgerte sie sich über den Höfling. Er mochte ihrem Vater ein guter Berater gewesen sein, doch mittlerweile rückten seine Vorschläge sie in ein schlechtes Licht. Für eine Königin war dies unwürdig.

Um nicht zu viel Zeit auf diese Sache zu verschwenden, winkte sie ihren Haushofmeister zu sich. »Ich habe beschlossen, Mistress Mensing so viel Zeit zu gewähren, wie sie benötigt, um den Kredit der Krone begleichen zu können. Teile dies Ari'iheiva mit, damit er sich daran hält!«

Damit, so sagte sie sich, hatte sie das Ihre getan. Sie unterhielt sich noch ein paar Minuten mit Ruth, entließ diese dann mit einem gnädigen Nicken und befahl, die Sänger und Tänzer aus Bora Bora zurückzuholen, damit sie sich an deren Gesang und Tanz erfreuen konnte.

Ruth verließ den Palast mit dem Wissen, dass ihr auch damit höchstens eine Galgenfrist gewährt worden war. Wiggles würde trotzdem darauf drängen, ihr die Leitung der Handelsstation abzunehmen, und auf Aimatas Standfestigkeit konnte sie sich nicht verlassen. Ihre Gegner konnten dies allerdings auch nicht, und so würde sie im Notfall noch einmal eine Fristverlängerung erreichen können. Sollte James Hutton nicht bis spätestens Ende des nächsten Monats aus China zurückgekehrt sein, sah sie dennoch schwarz.

In dem Moment entdeckte sie Ari'iheiva ganz in ihrer Nähe und las auf seinem Gesicht puren Hass. Dabei war sie sich keiner Schuld bewusst. Was hatte sie ihm getan? Auch ihre Vertrauten begriffen es nicht. Maire, die ihn früher oft in Reverend Wiggles' Haus hatte ein und aus gehen sehen, konnte sich nur vorstellen, dass er sich das Wohlwollen der Missionare erhalten wollte, da er mittlerweile im Ranggefüge des Hofstaats einen geringeren Rang einnahm als zu Zeiten der Könige Pomare II. und Pomare III. Mit einem ähnlichen Hass verfolgte Ari'iheiva auch Tahitoa. Das konnte ebenfalls niemand verstehen. Einige Leute schrieben es einem gewissen Altersstarrsinn zu. Für Ruth war diese Erklärung zu einfach.

Sie ließ sich von einem Kanu zur Anlegestelle der Handelsstation bringen und stieg zu ihrem Haus hoch. Über Collins hatte Wiggles ihr angeboten, sie könne hier wohnen bleiben, auch wenn sie das Privileg der Handelsstation verlor, und Maire hatte von ihren Freundinnen erfahren, dass Mistress Wiggles hinter diesem Vorschlag steckte. Diese wollte sie nicht in der Missionssiedlung haben. Dafür war ihre Angst zu groß, Mr Perell würde Ruth dort öfter sehen und erneut um sie werben. Noch immer hatte Mildred Wiggles die Hoffnung nicht aufgegeben, ihn für ihre Heather zu gewinnen. Ruth wünschte ihr dafür Glück, denn Hiram Perell war der Letzte, den sie als Ehemann in Erwägung ziehen würde. Eher würde sie noch Archibald Collins nehmen. Da schob sich Lucky Jims fröhliches, sonnengebräuntes Gesicht in ihre Gedanken, und sie beschloss, diese Überlegungen abzubrechen.

Zu Hause angekommen, nahm Ruth ihren Sohn auf den Arm und setzte sich mit ihm auf einen Stuhl. Aipua musterte sie besorgt. »Hat die Königin deiner Bitte nachgegeben?«

»Für diesmal ja! Aber wer weiß, wie lange das anhält. Wiggles wird so schnell nicht aufgeben.« Ruth fauchte leise, denn sie verachtete Reverend Wiggles' Haltung, ihr zum einen den besorgten Pfarrer vorzuspielen und sie hinterrücks von ihrem Posten als Leiterin der Handelsstation absetzen lassen zu wollen. »Es wäre an der Zeit, dass die Hiva Oa zurückkommt. Lange genug dafür ist sie weg«, setzte sie leise hinzu.

»Ich werde mich auch freuen, wenn Tahitoa wieder hier ist«, sagte Aipua sehnsüchtig.

Ruth umarmte sie, ohne Jan loszulassen, und bat sie, ihren Sohn zu übernehmen.

Vaimiti brachte zuerst Jan den Brei aus gekochtem Gemüse und dann den Tee und ein Stück Kuchen für Ruth. Obwohl Maire sich Mühe beim Backen gegeben hatte, schmeckte Ruth nicht, was sie aß. Dafür war ihre Anspannung einfach zu groß. Sie hätte es sich leicht machen und sich Wiggles' Willen beugen können. Es wäre jedoch immer ein Gefühl der Niederlage zurückgeblieben, und ein oder eine Simonsen hatte noch nie aufgegeben.

Nachdem Jan satt war, wollte er zu ihr. Ruth streckte schon die Arme aus, um ihren Sohn entgegenzunehmen, da stürzte Vaimiti aufgeregt herein. »Ein Schiff kommt! Es könnte die Hiva Oa sein!«

»Die Hiva Oa?«

Ruth sprang auf und eilte auf die Terrasse. Aipua kam ihr nach, den Jungen auf dem rechten Arm, während sie in der linken Hand das Fernrohr trug und es Ruth reichte. Diese nahm es aus dem Futteral, zog es aus und richtete es auf das Schiff. Schon mit bloßem Auge hatte sie die für ihr Schiff typischen Gaffelsegel gesehen. Als sie jetzt James Hutton am Steuer und neben ihm Tahitoa und Lu Po erkannte, wurde es Gewissheit. Ihr Schiff war zurückgekehrt!

»In weniger als einer Stunde werden sie anlegen. Wir sollten dort sein!«, rief Ruth Aipua zu.

Diese lächelte erleichtert. »Damit musst du dir in nächster Zeit weniger Sorgen machen.«

»Hoffen wir es!«, antwortete Ruth und musste sich beherrschen, um nicht sofort zum Anlegesteg zu eilen. Dies hatte jedoch wirklich Zeit, bis die Hiva Oa in die Lagune einlief.

9.

Tahitoas fröhliches Winken und James Huttons zufriedene Miene bewiesen Ruth, dass die Fahrt ein Erfolg geworden sein musste. James steuerte die Hiva Oa geschickt auf den Landesteg zu und brachte sie dort fast auf Anhieb zum Stehen. Leinen wurden geworfen und Taue festgemacht, dann stieg Ruth auf das Schiff.

»Willkommen zu Hause!«, rief sie den Matrosen zu und wandte sich an James. »Nun, Mr Hutton, was haben Sie zu berichten?«

»Es war eine gute Fahrt, Madam. Wir hatten nur einen kurzen Zwischenfall mit ein paar bösen Buben, was aber sehr schlecht für diese ausgegangen ist. Was die Ladung betrifft, so ist Mr Lu mehr damit vertraut als ich. Wir haben auf dem Rückweg vor Savaii geankert …«

»Savaii? Wo ist das?«, unterbrach Ruth ihn verwundert.

»Eine der Samoainseln! Wir haben dort ein Viertel unserer Ladung verkauft. Die Kasse mit dem Erlös hat Mr Lu in Verwahrung. Wir haben gute amerikanische Silberdollars erhalten, die sich dort seit Jahren angesammelt hatten. Wir sollten unsere Handelsfahrten bis dorthin ausdehnen. Mr Lu meint, es würde sich lohnen.«

»So ist es!« Lu Po schaltete sich in das Gespräch ein. »Wir haben auf Samoa genug Geld erlöst, so dass Sie Ihre Schulden bei der Krone von Tahiti begleichen können. Wahrscheinlich bleibt sogar etwas übrig. Dazu haben wir sehr viele schöne Waren aus An Tsing mitgebracht. Damit können wir den Handel so ausbauen, wie ich es Mr Landers vorgeschlagen habe. In zwei, drei Jahren werden Sie sehr reich sein, Madam, und ich hoffe, ich auch!«

Lu Po lächelte, dennoch meinte Ruth eine gewisse Unsicherheit zu spüren. Auch James wirkte nun besorgt, während Tahitoa sich hinter einem breiten Grinsen verschanzte.

»Gibt es noch etwas, das ich wissen sollte?«, fragte sie.

»Nun ja, Mr Lu hatte den Auftrag, mehrere chinesische Arbeiter und Huren mitzubringen. Er hat dies auf seine ganz eigene Weise erledigt«, erklärte James und wies auf Lu Pos Verwandte, die nun über beide Niedergänge heraufströmten, um ihre neue Heimat in Augenschein zu nehmen.

Ruth zählte bis zwanzig, dann gab sie auf. Kurz dachte sie daran, dass Wiggles und Ari'iheiva versuchen würden, ihr daraus einen Strick zu drehen. Diese Menschen waren jedoch nun einmal hier, und sie wieder fortzuschaffen, hätte nur unnötige Kosten verursacht.

»Es liegt in Ihrer Verantwortung, Mr Lu. Sorgen Sie dafür, dass diese Leute irgendwo unterkommen, und setzen Sie sie zur Arbeit ein.«

»Das werde ich, Madam«, antwortete Lu Po erleichtert, weil Ruth die Anwesenheit seiner Familie hinnahm, ohne mit der Wimper zu zucken.

Ruth hingegen dachte bereits über die Ausrede nach, die sie Königin Aimata nennen würde, wenn diese sie wegen der vielen Chinesen befragte. Die Handelsstation brauchte jedoch Arbeiter, und da die Frauen der Lu-Sippe so aussahen, als könnten sie anpacken, würde sie deren Anwesenheit damit erklären, dass für die Handelsstation auch Wäscherinnen und Näherinnen benötigt würden. Ein schönes Seidenkleid als Geschenk für Aimata würde das Seine dazu tun, die Angriffe ihrer Gegner ins Leere laufen zu lassen.

ACHTER TEIL

DER PREIS DES VERRATS

1.

Ari'iheiva blickte zornig auf das Schiff, das eben entladen wurde, und drehte sich dann zu Reverend Wiggles um, der mit säuerlicher Miene hinter ihm stand.

»Heute Vormittag hat Mistress Mensing ihre Schulden bei der Krone Tahitis bis auf den letzten Cent zurückgezahlt. Die Königin war davon sehr angetan. Sie will mit dem Geld Feste feiern.«

»Sie sollte lieber Kirchen davon bauen lassen! Die Bewohner dieser Inseln haben es nötig. Der Geist des Christentums hat noch nicht alle Herzen erfasst«, antwortete Wiggles giftig und ballte kurz die Faust in Richtung der Handelsstation. »Diese Frau hat es gewagt, ungläubige Chinesen auf die Insel zu holen, die ihrem Konfuzius niemals entsagen werden. Man sollte sie mitsamt diesem Gesindel ins Meer treiben!«

Über Ari'iheivas Gesicht zuckte ein höhnischer Ausdruck. »Soviel ich weiß, haben Sie Lu Po gestattet, Arbeiter und Huren aus China mitzubringen.«

»Sind die chinesischen Weiber alles Huren?«, fragte Wiggles aufgebracht. »Sind es die kleinen Mädchen? Sind die Knaben alle Arbeiter? Nein, sage ich! Diese Mensing hat ganze Familien hierherbringen lassen, um durch deren Hände Arbeit reich zu werden und uns, die wir dem Herrn Jesus Christus dienen, an Bedeutung zu übertreffen. Es war ein Fehler von uns, zuzulassen, dass ihr Ehemann hier im Pazifik missionieren konnte. Seine Majestät,

King George, hat unserer Missionsgesellschaft dieses Privileg übertragen.«

»Das Privileg, hier auf Tahiti zu predigen, kann nur Königin Aimata Pomare IV. verleihen!« Auch wenn Ari'iheiva auf Aimata zornig war, wollte er nicht zulassen, dass ein fremder König über die Enkelin des Reichseiners Pomare I. gesetzt wurde.

Wiggles begriff in diesem Moment, dass Ari'iheiva ihn nicht mehr in dem Maße unterstützen würde wie bisher, und ärgerte sich noch mehr über Ruth Mensing. Zwar würde die Mission ihre bisherigen Privilegien behaupten können. Der Handel, der unter Landers noch recht schwach gewesen war, würde jedoch zunehmen und, da er das Geld brachte, das Aimata und ihr Hofstaat auszugeben gewillt waren, auch an politischer Bedeutung gewinnen. Landers hatte er kontrollieren können. Bei Ruth Mensing sah die Sache anders aus. Sie war viel zu störrisch für ein Weib und verfügte über einen, wie Wiggles zugeben musste, beinahe männlichen Verstand.

»Die Königin hat Mistress Mensing heute Mittag zum Mahl geladen und sie dabei sehr bevorzugt«, erklärte Ari'iheiva weiter.

Auch er verfügte noch über das Recht, im Beisein der Königin speisen zu dürfen. Wenn einer der Missionare an den Mahlzeiten teilnahm, mussten ein Tisch und Stühle aufgestellt werden. Dies hatte die Königin auch Ruth angeboten, doch sie hatte darauf verzichtet. Ari'iheivas Hoffnung, sie könnte sich nur auf einer Matte sitzend blamieren, hatte sich rasch verflüchtigt, denn Ruth Mensing hatte sich gerade so benommen, wie es einer Dame aus tahitianischem Adel zukommen würde. Der Grund war wohl, dass sie sich in den gut zwei Jahren, die sie auf Hiva Oa verbracht hatte, an die Sitten der hier lebenden Völker hatte gewöhnen können.

»Wir haben verloren …«, stöhnte Wiggles enttäuscht.

Ihr Engländer vielleicht, aber ich nicht, dachte Ari'iheiva und hatte dabei Charles Barrows im Sinn, der auf seiner Insel gefangen saß. Er hatte Tahitoas Rückkehr abgewartet, um seine Pläne in die Tat umzusetzen. Allerdings war das nichts, was Wiggles etwas anging. Daher verabschiedete er sich von diesem und wanderte zu der Bucht, in der die Schiffe der Mission vor Anker lagen. Eines fehlte, denn es brachte die Bakers nach Huahine, wo der Missionar den Bau einer neuen Kirche überwachen sollte. Eines lag für die übrigen Missionare bereit, und das dritte hatte Wiggles ihm zur Verfügung gestellt. Seit einiger Zeit hatte Ari'iheiva darauf geachtet, auch die letzten Matrosen mit familiären Verbindungen auf Tahiti auszutauschen, so dass das Schiff eine rein europäische Mannschaft aufwies. Es waren nur sechs Mann, und zwei davon stammten aus den Neuenglandstaaten. Aber es waren Männer, von denen Ari'iheiva glaubte, sich auf sie verlassen zu können.

Er stieg an Bord und trat auf Hale, den Captain des Schiffes, zu. »Ich will zur Motu Maumaia segeln. Sorge dafür, dass wir so rasch auslaufen können, wie es geht!«

»Aye, aye, Sir!«, antwortete Hale und salutierte übertrieben. Es war als Spott für den eingeborenen »Nigger« gedacht, wie er Ari'iheiva insgeheim nannte. Auch bei den übrigen fünf Männern war der Tahitianer nicht beliebt. Immerhin hielt dieser einen ehrlichen amerikanischen Captain gefangen, der nicht mehr hatte tun wollen, als an einem weißen Weibsstück und einigen Einheimischen Vergeltung zu üben, weil diese seine Männer überfallen und einige davon getötet hatten.

Hale hatte vor ein paar Wochen Proviant zum Motu Maumaia gebracht und dabei die Gelegenheit genutzt, länger mit Captain Barrows zu sprechen. Seitdem war ihm Ari'iheiva regelrecht verhasst. Weiße Männer mussten gegen dieses Eingeborenengesindel zusammenhalten, sagte er sich. Barrows hatte gebeten, ihm bei der Flucht zu helfen. Dazu waren er und seine Männer bereit. Zwar konnten sie Barrows nicht nach Tahiti oder eine davon abhängige Insel bringen, doch Samoa oder Tonga waren nicht weit und wurden immer wieder von europäischen und amerikanischen Schiffen angelaufen. Von dort konnten sie nach Tahiti zurücksegeln und ihren Dienst bei der Mission wieder aufnehmen.

Ari'iheivas Gedanken gingen in eine ganz andere Richtung. Für ihn war Captain Barrows ein übler Kerl, den er jedes Verbrechens für fähig hielt. Das wollte er für seine Pläne ausnützen, daher blieb er an Bord, während die Matrosen sich mit einem gewissen Widerwillen daranmachten, das Schiff zum Auslaufen bereit zu machen.

2.

Das Schiff war um einiges kleiner als die Hiva Oa, aber durch seine vergleichsweise größere Segelfläche schneller. Doch es war auch anfälliger für Querseen und konnte bei überraschenden Böen und Windwechseln schlecht auf Kurs gehalten werden. Seine Besatzung kam jedoch gut mit seinen Eigenarten zurecht, und so dauerte die Fahrt nach Motu Maumaia nicht länger als zwei Tage. Sie hätten die Insel einige Stunden früher erreicht, mussten aber auf die Flut warten, um die schmale Passage im Korallenriff benutzen zu können. Neben den sechs Mann der Besatzung und Ari'iheiva befanden sich zwei Leibwächter des Adeligen an Bord. Es waren große, kräftige Männer, von denen jeder mit einer Pistole, einem Säbel und einem Speer bewaffnet war. Obwohl sie für sich blieben, bedachten die Matrosen sie mit misstrauischen Blicken. Für diese waren sie Wilde, denen man nicht trauen konnte. Ebenso wenig trauten sie Ari'iheiva und ärgerten sich, weil Wiggles sie diesem unterstellt hatte. Obwohl die Insel schön und ihre Arbeit im Vergleich zu anderen Schiffen leicht war, hofften sie doch, bald wieder in zivilisiertere Gegenden zu gelangen, in denen Männer wie sie nicht scheel angesehen wurden, wenn sie mal einen über den Durst tranken oder zu den Huren ins Bordell gingen.

Ari'iheiva hatte also ausgerechnet jene weißen Matrosen zu sich geholt, die ihn und alle Eingeborenen verachteten und sich vorgenommen hatten, Captain Barrows zu helfen. Sie ließen sich jedoch nichts anmerken und versahen ihren Dienst so zuverlässig, dass das Schiff am zweiten Abend am Anlegesteg des Motu Maumaia festgemacht werden konnte. Die Männer, die Ari'iheiva hier zurückgelassen hatte, um Barrows zu bewachen, begrüßten sie fröhlich, es gab gutes Essen, und sie konnten sich auf der Insel frei bewegen.

Ein Stück vom Anlegesteg entfernt traf Captain Hale auf Barrows. Dieser weilte bereits seit etlichen Wochen auf dieser Insel und hoffte verzweifelt darauf, von hier zu entkommen.

»Einen schönen guten Abend, Captain Barrows. Wie geht es Ihnen?«, fragte er.

»Ich könnte sagen: gut, denn ich habe ein Dach über dem Kopf, kann mich auf dieser Insel frei bewegen und bekomme viel und gut zu essen. Doch gerade Letzteres bereitet mir Sorgen.«

»Wie dieses?«

Barrows verzog das Gesicht. »Dieser Ari'iheiva ist ein Wilder und hat in seiner Jugend sicher den einen oder anderen Menschen gefressen! Jetzt habe ich Angst, er könnte mich auf diese abgelegene Insel gebracht haben, damit ich gemästet werde, so dass er mich als Hauptgang zu einem Festmahl einladen kann.« Er lachte unfroh und blickte dann aufs Meer hinaus. »Ich fühle mich hier wie eine Pute, die geschlachtet werden und als Weihnachtsbraten enden soll.«

Hale dachte unwillkürlich an seine Heimat, den Schnee, durch den er im Winter als Kind gelaufen war, an den Duft des Weihnachtspunsches und an die Lieder in der Kirche, die von der Geburt Christi kündeten. Zwar feierte man auch hier Weihnachten, doch kam unter der tropischen Sonne und unter Palmen nie die festliche Stimmung auf wie einst bei Schnee und mit dem an den Türrahmen gehängten Mistelzweig.

Mit einem leisen Seufzer wandte er sich an Barrows. »Wir werden nicht zulassen, dass dieser Wilde Sie umbringt und frisst!«

»Das ist löblich!«, antwortete Barrows. »Doch wie wollt ihr das verhindern? Ihr seid nur zu sechst, und Ari'iheiva hat bereits hier auf der Insel mehr Männer um sich. Wenn ihm einfällt, mich hier auf der Stelle zu verspeisen, könnt ihr nichts dagegen tun, sondern müsst froh sein, wenn ihr nicht mit eingeladen werdet.«

»Dieses Schwein sollte es wagen!«, fuhr Hale auf.

»Mit Sprüchen allein kommen wir nicht weiter«, drängte Barrows. »Uns muss etwas einfallen, wie wir diese lieblichen Gestade hinter uns lassen können.«

»Wenn das so einfach wäre! Wir müssen damit rechnen, dass die beiden anderen Schiffe der Mission uns verfolgen – oder gar das größere Schiff der Handelsstation.«

»Könnt ihr das nicht an euch bringen?«, fragte Barrows, da die Hiva Oa sich perfekt für seine Zwecke eignete.

»Ich glaube nicht, dass es klappen würde«, dämpfte Hale seine Hoffnungen. »Die Hiva Oa wird gut bewacht, seit Captain Wally sie damals hat stehlen wollen.«

»Wally war ein Idiot!«, rief Barrows wütend aus. »Er wollte das Weibsstück unbedingt umbringen und hat sich dabei so dämlich angestellt, dass sie ihm das Lebenslicht ausblasen konnte. Er hätte meinen Vorschlag annehmen und das Schiff holen sollen. Durch seine Dummheit ist alles schiefgegangen, und ich muss befürchten, von den Wilden wie ein Schwein geschlachtet und auf den Bratspieß gesteckt zu werden.« Barrows hatte gehört, dass Ruth Mensings Ehemann auf einer der Inseln von den Eingeborenen gefressen worden sein sollte. Seit Ari'iheiva ihn auf diese Insel gebracht hatte, schüttelte ihn die Angst davor, auf die gleiche Weise zu enden.

3.

Ari'iheiva hegte jedoch ganz andere Pläne. Wenn er seinen Einfluss nicht ganz verlieren wollte, musste er handeln, und dabei seine Rache an Tahitoa und Ruth vollstrecken.

Sein Blick schweifte prüfend über seine Insel. Sie war so klein, dass er sie in einer guten Viertelstunde umrunden konnte. Als Königin Aimatas Vater Pomare II. sie ihm geschenkt hatte, hatte er noch damit rechnen können, einmal in dessen Namen über eine der großen Inseln herrschen zu können. Es war jedoch alles anders gekommen.

Das Abendessen wurde ihm auf der Terrasse vor seinem Haus aufgetragen. Während des Essens überlegte er, ob er Barrows dazuholen sollte. Dann aber schüttelte er den Kopf. Mit dem Kerl würde er erst sprechen, wenn sie mit dem Schiff nach Tahiti zurücksegelten. Obwohl er seinen Landsleuten, die ihm hier dienten, vertraute, konnte sich dennoch ein Verräter darunter befinden. Ganz sicher konnte er sich nur seiner beiden Leibwächter sein. Auf seinen Befehl hin würden diese auch losziehen, um Tahitoa und Ruth Mensing zu töten. Doch das wäre sein Ende. Seine Gegner am Hof der Königin würden die Gelegenheit nutzen, ihn zum Tode verurteilen zu lassen.

Bitterer Hass stieg in ihm auf. Er würde den Mord an Ruth Mensing und Tahitoa von Barrows ausführen lassen, aber erst, wenn einige andere Dinge in seinem Sinne geregelt waren.

Er schluckte den letzten Bissen und schaute aufs Meer. Mit einem Mal haderte er damit, dass Häuptling Pomare sich zum Beherrscher von Tahiti hatte aufschwingen können. Sein Vater war ebenfalls einer der Häuptlinge gewesen, hatte sich aber Pomare unterwerfen müssen. Wäre er zielstrebiger gewesen, hätte er die Europäer für sich gewinnen und selbst König werden können. Die Vorstellung, nun selbst statt Aimata Pomare IV. auf dem Thron sitzen zu können, schien ihm nun schmerzhafter als der Verlust der Regentschaft für einen möglichen Sohn von Pomare II. mit seiner Tochter Manahere.

Ari'iheiva verspürte nur noch Zorn und Enttäuschung, weil ihm das Leben nicht das gegeben hatte, auf das er Anspruch zu haben glaubte. Noch aber fühlte er sich nicht zu alt, um sich Ziele setzen zu können. Wenn er rasch und mit der notwendigen Härte vorging, konnte er sich gegen seine Widersacher durchsetzen und Königin Aimata dazu bringen, ihn zu heiraten. Er würde dadurch zwar nicht selbst König sein, aber da sie nicht das geringste Interesse an Politik zeigte, konnte er die Geschicke Tahitis und der unterworfenen Inseln so lenken, wie es ihm am besten dünkte.

Es war Verrat, ja, schlimmer noch: Rebellion. Ari'iheiva sagte sich jedoch, dass das Reich einen starken Regenten brauchte. Es war daher regelrecht seine Pflicht, der Heimat diesen Dienst zu erweisen.

In den nächsten Stunden entwarf Ari'iheiva einen Plan, wie er sich seiner Widersacher entledigen konnte. Nun würde es sich auszahlen, dass er nur europäische Matrosen angeheuert hatte. Diese kannten keine Verpflichtung der Pomare-Dynastie gegenüber, sondern nur die zu den Missionaren, und diese Männer standen auf seiner Seite. In seine Pläne einweihen wollte er sie jedoch nicht. Zuvor musste er die Macht über Tahiti erringen und festigen.

Ein Stück von ihm entfernt begann eine der beiden Frauen, die für die Männer auf der Insel kochten, zu singen. Ihre Stimme war wunderschön, und so lauschte Ari'iheiva ihr mit einem nachdenklichen Lächeln. Gesang und Tanz taten der Seele gut, fand er, doch durfte man es nicht so übertreiben wie Königin Aimata. Wenn diese ein Fest feierte, und das geschah viel zu oft, war sie für nichts anderes mehr ansprechbar.

Es wurde Zeit, dass Aimata Zügel angelegt wurden, sagte er sich. Als seine Ehefrau hatte sie sich mit dem Titel zu begnügen, während er die Macht in ihrem Namen ausübte. So bald wie möglich sollte sie ihm einen Sohn gebären, der ihr dann als König nachfolgte und die Dynastie der Pomare durch die der Manaheiva ablöste.

Mit diesem Gedanken begab sich Ari'iheiva zur Ruhe und träumte davon, dass Reverend Wiggles ihm den roten Federgürtel der Herrschaft umlegte und ihn zum König krönte.

4.

Während Ari'iheiva angenehm träumte, schlief Barrows in dieser Nacht schlecht. Wenn er einmal kurz wegdämmerte, überfielen ihn sofort Albträume, in denen er geschlachtet und sein Fleisch auf dem Grill geröstet wurde. Am Morgen stand er wie zerschlagen auf und ging zum Meer, um ein wenig in der Lagune zu schwimmen. Mittlerweile hatte man ihm die Kette mit der Kanonenkugel abgenommen, so dass er wenigstens baden gehen konnte. Einen Augenblick überlegte er, ob er es doch wagen sollte, schwimmend zu fliehen.

Als er in die Wellen stieg, entdeckte er zwei Wächter in der Nähe, die ihn nicht aus den Augen ließen. Es waren kräftige Männer und geschickte Schwimmer, denen er niemals entkommen konnte. Und nicht nur diese hinderten ihn an der Flucht. Vielmehr waren es die Haie, die in der Lagune kreisten. Sie waren zwar nicht viel länger als ein Mensch, hatten aber scharfe Zähne und einen kräftigen Appetit.

Auch deshalb blieb er nahe am Ufer. Selbst hier war es besser, die Augen offen zu halten. Tatsächlich war er nun froh um die beiden Wachen, die vom Ufer aus einen besseren Überblick hatten als er und ihn durch Rufe warnten, wenn ein Hai ihm nahe kam.

Wäre die Angst, getötet und gefressen zu werden, nicht gewesen, hätte er hier ein angenehmes Leben führen können, schoss es ihm durch den Kopf. Er musste sich keine Sorgen um Essen und Unterkunft machen. Auch gab es keine englischen Seeoffiziere, die ihr Logbuch mit dem Eintrag schmücken wollten, den gefürchteten Piraten Captain Charles Barrows gefangen zu haben. Er fragte sich, ob er den englischen Seeoffizier nicht doch dem Schicksal, gefressen zu werden, vorziehen würde, auch wenn am Ende der Strang auf ihn warten mochte. Immerhin würde er ein christliches Begräbnis erhalten, während er als Opfer von Kannibalen sein Ende als Kot in einem Abtritt fände.

Von diesem Gedanken gepeinigt, kehrte er ans Ufer zurück und zog sich an. Als er über die winzige Insel spazierte, kam einer der europäischen Matrosen auf ihn zu.

»Ich soll Ihnen von Captain Hale ausrichten, dass Ari'iheiva bereits morgen früh nach Tahiti aufbrechen will. Er will Sie mitnehmen, denn wir sollen für Sie ein Quartier im Kielraum einrichten. Er hat den Befehl gegeben, dass niemand Sie sehen soll und keiner von uns über Sie sprechen darf.«

Es klang besorgt. Die Matrosen kannten Ari'iheiva nicht gut genug, um zu wissen, dass dessen christliche Gesinnung tiefer Wurzeln geschlagen hatte als bei den meisten seines Volkes und er niemals das Fleisch eines anderen Menschen essen würde. Auch wussten sie nichts von seinen hochfliegenden Plänen. In ihren Augen war er ein Wilder, der seinen Launen und Gelüsten gehorchte.

Da auch Barrows dieser Meinung war, durchlebte er erneut eine sehr schlechte Nacht.

Am nächsten Morgen ließ Ari'iheiva ihn an Bord bringen und unten im Kielraum einschließen. Kurzerhand befahl er noch einem weiteren Leibwächter, mit ihm zu kommen. So segelte das kleine Schiff mit sieben Europäern und Nordamerikanern sowie vier Tahitianern los. Ari'iheivas Ziel war Tahiti, aber nicht die Siedlung der Königin, sondern jene Gegend, über die sein Vater einst als Häuptling geherrscht hatte. Dort wollte er Krieger rekrutieren, um endgültig die Macht auf Tahiti zu übernehmen. Außerdem sollte Barrows von dort aus aufbrechen, um ein Ende mit seinen Feinden, vor allem auch mit Ruth Mensing und Tahitoa zu machen.

Ari'iheiva wunderte sich selbst, wie wenig ihm seine Rache an dem einstigen Liebhaber seiner Tochter jetzt noch bedeutete. Mittlerweile sah er sich in Zukunft mächtiger, als er je gewesen war und er nach einer Heirat Pomares II. mit seiner Tochter hätte werden können. Womöglich hätte dieser mit Manahere keine Kinder gezeugt – oder nur ein Mädchen, das in der Thronfolge hinter Aimata gestanden hätte.

An diesem Morgen war Ari'iheiva mit seinen Handlungen und Plänen sehr zufrieden. Sobald Barrows seine ärgsten Feinde beseitigt hatte, würde er mit seiner neuen Garde den Schutz der Königin übernehmen und diese von jeder Machtausübung fernhalten.

Er ahnte nicht, dass in diesem Moment einer der weißen Matrosen nach unten stieg und die Luke zum Kielraum öffnete. »Captain Barrows, ich bin's«, sagte er leise.

»Du, Jack? Gott sei Dank, ich dachte schon, es wäre einer der Wilden, um mich abzumurksen und für das Festmahl auszuweiden«, antwortete Barrows erleichtert und fasste nach Jacks Hand. »Ihr müsst mir helfen! Wir dürfen Tahiti nicht erreichen. Sonst bringen sie mich um und fressen mich!« Kurz überlegte er, dass es für Ari'iheiva eigentlich leichter gewesen wäre, sein Menschenfressermahl auf seiner kleinen Insel durchzuführen. Vermutlich wollte dieser ihn zusammen mit seinen Freunden verzehren. Und da war es leichter, ihn nach Tahiti zu schaffen, als all die Teilnehmer an diesem entsetzlichen Festmahl auf die Motu Maumaia zu bringen.

Barrows brachte Jack in eine gewisse Bedrängnis. Zwar hatten Hale und er versprochen, ihn zu befreien, dies aber heimlich auf Tahiti erledigen wollen.

»Wenn wir das unterwegs tun, müssten wir Ari'iheiva und seine Leibwache beseitigen«, wandte er ein.

»Wollt ihr mich lieber von den Eingeborenen hier fressen lassen?«, fragte Barrows wütend.

»Nein, natürlich nicht.«

»Dann müssen wir rasch handeln. Ich habe gesehen, dass mehr Vorräte an Bord gebracht wurden, als für eine Fahrt nach Tahiti notwendig wären«, fuhr Barrows fort. »Das ist unsere Chance. Sobald die Eingeborenen schlafen, schlagen wir zu.«

»Einer der Leibwächter bleibt sicher wach. Das war schon während der Herfahrt so«, antwortete der Matrose.

»Wir sind sieben zu allem entschlossene Kerle. Sobald der Wächter erledigt ist, sind wir mehr als zwei gegen einen, und die schlafen auch noch. Das geht so glatt wie Maiskolbenessen!« Barrows grinste verzerrt und packte Jack erneut. »Ihr wollt doch nicht etwa kneifen und mich von diesen Wilden fressen lassen?«

»Vielleicht will Ari'iheiva Sie gar nicht aufessen. Er hat nichts in dieser Richtung verlauten lassen.«

»Das wird er euch als Weiße gerade auf die Nase binden. Warum, meinst du, hat er die beiden Nigger vom Schiff holen und durch zwei von euch ersetzen lassen? Die anderen waren Männer der Mission. Auf die konnte er sich nicht verlassen, denn sie hätten sein Vorhaben sofort diesem Wickling – oder wie er heißt – gesteckt!«

Barrows war kurz davor, hysterisch zu werden. Schnell drängte er sich an Jack vorbei und kletterte nach oben in den Laderaum. Der Matrose streckte schon die Hand aus, um ihn aufzuhalten, da sah er Captain Hale auf sie zukommen. Dieser musterte Barrows verärgert. »Sie sollten unten bleiben, bis wir Sie holen. Wenn einer der Eingeborenen Sie sieht, schöpft er Verdacht!«, schalt er Barrows leise, da Ari'iheiva sich hinten in seiner Kabine aufhielt und zwei seiner Leibwächter vor seiner Tür Posten bezogen hatten.

Barrows graute davor, noch einmal im Kielraum eingesperrt zu werden, und er schüttelte den Kopf. »Ich verstecke mich im Mannschaftsquartier, bis es so weit ist. Ihr anderen solltet dafür sorgen, dass wir nicht zu schnell fahren. Wir dürfen nicht zu nahe an Tahiti sein, wenn wir das Schiff übernehmen.«

»Wir übernehmen es nicht, sondern behalten es. Immerhin bin ich der Captain!« Es war eine Warnung an Barrows, nicht die Führung des Schiffes zu fordern. Hale war zwar bereit, ihn zu befreien, sich ihm unterordnen aber wollte er nicht.

Barrows begriff, dass er sich auf einem verdammt schmalen Grat bewegte. Er brauchte die Hilfe der anderen, denn ohne sie war er verloren. »Natürlich sind und bleiben Sie der Captain!«, sagte er zu Hale, denn in diesem Augenblick ging es ihm nur darum, dem Tahitianer zu entkommen.

»Ich bringe Cap… äh Mr Barrows in mein Quartier. Dort kann er bleiben, bis es Nacht ist. Sobald die Kanaken schlafen, murksen wir sie ab«, sagte Jack und forderte Barrows auf, mit ihm zu kommen.

5.

Mit strahlender Sternenpracht zog die Nacht auf. Der Mond erschien als Sichel fast genau über dem Zenit, und durch die Nacht klang Gesang von einer nahen Insel bis zu ihnen her. Ari'iheiva hatte zu Abend gegessen und zog sich in seine Kajüte zurück. Sofort breitete einer seiner Leibwächter die Schlafmatte vor seiner Tür aus und legte sich dorthin. Ein zweiter Leibwächter wählte als Schlafplatz das Deck, während der dritte vorerst Wache halten und in vier Stunden einen seiner Kameraden als Ablösung wecken sollte.

Von den Matrosen blieben zwei offiziell wach, die anderen gaben vor, sich zum Schlafen in ihr Quartier zurückzuziehen. Auch

Captain Hale ging in seine Kajüte. Dort wartete er mit pochendem Herzen auf den Augenblick, in dem es den Tahitianern an den Kragen gehen sollte.

Unterdessen erklärte Barrows den fünf Matrosen, wie sie vorgehen sollten. »Welche Waffen habt ihr?«, fragte er.

»Jeder von uns hat ein Messer«, berichtete Jack.

»Und sonst?«

»Der Captain hat eine Pistole. Außerdem sind drei Musketen an Bord.«

Für einen Kampf auf dem Schiff waren Musketen zu sperrig. Trotzdem überlegte Barrows, sie holen zu lassen. Wenn es ihnen nicht gelang, Ari'iheivas Leibwächter zu überraschen, konnten sie sie damit niederschießen. Aber wenn ein Tahitianer bemerkte, dass sie sich die Musketen besorgten, würde er die anderen warnen, und sie hatten dann vier mit Pistolen bewaffnete Insulaner gegen sich.

Barrows haderte mit der Tatsache, dass er, Jack und die anderen Weißen nur mit Messern bewaffnet gegen Pistolen tragende Eingeborene kämpfen mussten. Eigentlich hätte es umgekehrt sein müssen. Aufgeben aber durften sie nicht, wenn er nicht auf Ari'iheivas Teller enden wollte.

»Wir gehen nach Plan vor«, erklärte er und bemühte sich, zuversichtlich zu klingen.

»Und der wäre?«, wollte Jack wissen.

»Du wirst nach hinten gehen und so tun, als wolltest du den Abtritt benützen. Wenn der Leibwächter vor Ari'iheivas Tür noch schläft, stichst du ihn ab. Für den Fall, dass er wach sein sollte, verwickelst du ihn in ein Gespräch. Ich schleiche mich von hinten an und sorge für den Rest. Aber dafür brauche ich ein Messer.«

Sofort zogen drei der Matrosen ihre Messer aus den Scheiden und reichten sie ihm hin. Besonders mutig sind die Kerle ja nicht, dachte Barrows verächtlich. Sobald der Kampf einmal begonnen hatte, würden sie ihren Mann stehen müssen. Keiner von ihnen konnte riskieren, dass die Befreiungsaktion scheiterte, denn die Rache der eingeborenen Sieger würde fürchterlich sein.

Um ihnen keine Zeit zu geben, es sich anders zu überlegen, sah er Jack auffordernd an. »Du solltest jetzt gehen!«

»Wäre es nicht besser, wir warten, bis der Captain gekommen ist?«, wandte einer der Matrosen ein.

»Der muss in seiner Kajüte bleiben, bis wir die Sache begonnen haben. Sonst würden die Nigger misstrauisch werden.« Barrows versetzte Jack einen Klaps. »Also los jetzt!«

Dieser atmete einmal kurz durch, prüfte, ob sein Messer im Gürtel steckte, und verließ den Raum.

»Wenn nur alles gut geht«, murmelte einer. Es war leicht gewesen, über ihr Vorhaben zu reden, doch nun kam es den Matrosen so vor, als würden sie eine Meuterei beginnen.

Barrows wartete einen Augenblick, bevor er Jack folgte. Im mittleren Teil dieses Decks war es stockdunkel, und so musste er sich heckwärts tasten und verlor Zeit. Jack ist das sicher nicht anders ergangen, dachte er und hörte auch schon dessen Stimme. Wie es aussah, sprach der Matrose gerade den Wächter an.

Nun beeilte Barrows sich und kam gut bis zum Heck. Doch gerade, als er das Messer hob, um den ahnungslosen Tahitianer niederzustechen, öffnete Hale die Tür. Er hatte Jacks Stimme gehört und glaubte, es würde losgehen.

Der Tahitianer hörte ihn und drehte sich um. Zwar sah er Barrows nur als einen zuckenden Schatten, erkannte aber das Messer in dessen Hand und zog die Pistole. Für einen Augenblick sah Barrows dem Tod ins Auge. Dann aber reagierte Jack, packte sein Messer und stieß es dem Mann in den Rücken.

Der Wächter öffnete den Mund zum Schrei, brachte aber nur ein ersticktes Stöhnen heraus. Dann sank er langsam nieder und blieb auf dem Gang liegen.

»Gut gemacht!«, lobte Barrows den Matrosen und bückte sich, um dem Tahitianer die Pistole abzunehmen. Aber noch war Leben in dem Mann. Er krümmte den Finger, zog den Abzugshahn durch, und ein Schuss hallte misstönend durch das Schiff.

Einen Herzschlag lang standen die Verschwörer wie erstarrt. Dann wies Barrows auf die Tür von Ari'iheivas Kajüte. »Jetzt müssen wir ihn fertigmachen!«

Noch während Barrows sprach, wollte Hale die Tür öffnen. Doch die war verschlossen.

»Scheiße!«, schrie er. »Dann nach oben zu den anderen!«

Da krachte an Deck ein Schuss. Hale und Jack stürmten nach oben. Barrows folgte ihnen, so schnell er konnte, trat aber auf dem Niedergang fehl und stürzte hinab. Sein rechtes Bein brach mit einem hässlichen Geräusch, und er begriff voller Entsetzen, dass er so gut wie hilflos war. Unterdessen eilten Hale und Jack nach oben. Die drei Matrosen kamen hinterher, und zuletzt kroch auch Barrows, das gebrochene Bein nach sich ziehend, an Deck.

Das Licht des Mondes reichte gerade aus, um das Deck überblicken zu können. Den Rudergänger schien es erwischt zu haben, denn das Steuerrad drehte sich frei. Auf das Achterdeck zu standen Ari'iheivas zwei verbliebene Leibwächter und wehrten sich wie Bären, die von Wölfen angegriffen wurden, gegen Jack und die anderen Weißen.

Barrows wünschte sich eine Pistole, um eingreifen zu können. Da zog Hale die seine und schoss einen der Tahitianer nieder. Fast im Gegenzug traf der Säbel des anderen Tahitianers einen Matrosen.

Hale wollte wütend auf den Tahitianer losgehen. Da wechselte dieser den Säbel in die Linke, zog die Pistole hervor und feuerte auf den Kapitän. Hale brach zusammen, und Barrows begriff entsetzt, dass damit bereits die Hälfte seiner Verbündeten tot oder verwundet waren.

Der Kampf ging weiter. Jack hatte den Säbel des toten Leibwächters gepackt und griff den zweiten Tahitianer von hinten an. Er traf ihn auch, doch bevor der Mann niedersank, erwischte er einen zweiten Matrosen.

»Verfluchte Scheiße!«, schrie Jack voller Grauen und Wut.

Für den Augenblick hatte er ebenso wie sein überlebender Kamerad Ari'iheiva vollkommen vergessen. Auch Barrows dachte nicht mehr an den tahitianischen Würdenträger, als dieser den Niedergang heraufkam. In der einen Hand hielt er seine Pistole, in der anderen den Säbel des toten Leibwächters. Voller Hass streckte er den beiden Matrosen die Zunge heraus und verfluchte ihre Ahnen. In seiner Jugend war er ein großer Krieger gewesen und empfand auch jetzt keine Angst. Anders war es bei seinen Gegnern. Diese starrten ihn an, und keiner wagte es, als Erster auf ihn loszugehen.

»Ihr seid Würmer, elende Würmer, die der Rote Oro unter den nackten Sohlen zerquetschen soll!«, schrie Ari'iheiva, der in diesem Moment alle Lehren der christlichen Missionare vergessen hatte und sich wieder auf seine alten Götter besann.

Weiter fluchend, hob er seine Pistole und feuerte. Jack stürzte schreiend aufs Deck. Barrows zitterte vor Angst und Anspannung und vergaß darüber sogar den Schmerz in seinem gebrochenen Bein. Mühsam stemmte er sich mit einem Bein hoch, zog sein Messer und warf es auf Ari'iheiva. Er traf den Tahitianer in den Rücken. Dieser blieb wie erstarrt stehen und wankte ein wenig.

Der letzte Matrose wollte dies ausnützen und griff mit dem Säbel eines Leibwächters an. Doch selbst verwundet war Ari'iheiva noch gefährlich. Es gelang ihm zwar nicht ganz, dem Säbel auszuweichen. Seine eigene Klinge traf jedoch besser und tötete den Mann.

Einen Augenblick lang blieb Ari'iheiva schwankend stehen. Dann drehte er sich mühsam zu Barrows um.

»Warum hast du das getan, weißer Mann? Ich war dabei, dir ein Angebot zu machen, durch das du frei und reich geworden wärst!«

»Wie dieses?«, fragte Barrows verständnislos.

»Du hättest für mich ein paar Leute töten sollen. Einem Tahitianer konnte ich hier nicht trauen, und auch nicht den Engländern und anderen Weißen, die sich auf Tahiti aufhalten. Du wärst der richtige Mann gewesen.«

»Vielleicht kommen wir doch noch ins Geschäft«, rief Barrows mit erwachter Hoffnung. »Wenn ich Sie verbinde und Sie mein Bein schienen, werden wir durchkommen, und ich tue alles, was Sie von mir verlangen!«

»Dafür ist es zu spät!«, antwortete Ari'iheiva mit matter Stimme. »Ich höre bereits die Rufe meiner Ahnen, die auf mich warten und mir zürnen, weil ich ihren Sitten und den Göttern untreu geworden bin.«

»Sie dürfen sich nicht aufgeben!«, beschwor Barrows ihn. »Wenn wir uns gegenseitig helfen, schaffen wir es. So schwer sind Sie gewiss nicht verletzt, und mein Bein wird auch wieder heilen.«

Er erhielt keine Antwort.

»Sage etwas, du verdammter Wilder«, schrie er verzweifelt. In dem Augenblick brach Ari'iheiva zusammen und blieb starr und steif auf dem Deck liegen.

Es dauerte Minuten, bis Barrows begriff, dass der Mann tot war. Nun packte ihn die Verzweiflung mit eisigen Krallen. Er versuchte, einen klaren Kopf zu bekommen, und sagte sich, dass vielleicht noch einer der Matrosen lebte. Er ließ sich wieder auf den Boden sinken und kroch zu Jack. Selbst das schwache Licht des Mondes reichte aus, um zu erkennen, dass dieser seinen letzten Atemzug getan hatte. Ebenso war es bei Captain Hale. Von den übrigen Weißen lebte nur noch einer, doch seine Verletzungen waren so schwer, dass er den Morgen nicht mehr erleben würde.

In Panik und Todesangst war Barrows bereit, sich sogar mit einem Tahitianer zusammenzutun. Die beiden Eingeborenen an

Deck waren jedoch mausetot. Ob der, den sie vor Ari'iheivas Kajüte niedergemacht hatten, noch lebte, wusste er nicht. Um sich Klarheit zu verschaffen, kroch er zum Niedergang und quälte sich mit seinem gebrochenen Bein hinab. Doch auch dieser Mann hatte sich bereits zu seinen Ahnen versammelt.

Barrows lehnte sich gegen eine Wand und weinte wie ein Kind. Nach einer Weile suchte er nach etwas, mit dem er sein Bein schienen konnte, damit es nicht bei jeder Bewegung schmerzte, als würde es mit einer glühenden Zange zusammengedrückt. Es wurde eine Arbeit, die er nicht einmal seinem Todfeind gewünscht hätte. Noch bevor er damit fertig war, fiel er in Ohnmacht.

Als er erwachte, war es heller Tag. Sein Bein pochte, als würde jemand mit einem Schmiedehammer draufschlagen, und war grotesk angeschwollen. Da er nicht unter Deck bleiben wollte, kämpfte er sich wieder nach oben. Vielleicht hatte er Glück und das Schiff wurde auf eine der Inseln zugetrieben und er von Eingeborenen in Kanus gerettet. Zwar wusste er nicht, wie er diesen das Massaker an Bord erklären sollte, doch irgendetwas würde ihm schon einfallen.

Als er das Achterdeck erreichte und sich umsah, war weit und breit keine Insel zu sehen. Nur ganz in der Ferne entdeckte er einen Schatten, der auf ein Eiland hinwies. Doch als er zu den Segeln aufschaute, stellte er fest, dass der Wind ihn von dieser Insel forttrug.

»Ich muss ans Steuerruder«, stöhnte er, kroch hin und zog sich daran hoch. Doch als er das Schiff auf einen anderen Kurs zwingen wollte, schüttelte es sich unwillig. Barrows hätte gegen den Wind ankreuzen müssen. Es gab jedoch niemanden mehr an Bord, der die Segel entsprechend hätte trimmen können.

Barrows gab auf und überließ das Schiff dem Wind. Es gab noch andere Inseln in der Südsee, und mit etwas Glück erreichte er eine davon. Das war vielleicht sogar besser, als wenn er nach Tahiti oder eine der Inseln gelangen würde, auf der man Ari'iheiva kannte.

Der Tag verging, und das Pochen im Bein wurde immer schlimmer. Barrows fiel mehrfach in Ohnmacht und wachte jedes Mal schwächer auf als zuvor. Durst quälte ihn, doch war er zu schwach, um noch einmal nach unten zum Wasserfass kriechen zu können. Nach einer Weile begann er zu fantasieren und sah die Menschen vor sich, die er in seinen Jahren als Pirat überfallen und ermordet hatte. Ihre Gesichter waren höhnisch verzogen, und er hörte ihre Stimmen, mit denen sie ihm sein Schicksal vergönnten.

»Geht weg! Verschwindet!«, krächzte er und fiel erneut in Ohnmacht.

Als er dann erwachte, fühlte er sich so schwach, dass er kaum die Augen öffnen konnte. Es war noch immer oder schon wieder Tag. Er hätte nicht zu sagen vermocht, wie lange er bewusstlos gewesen war. Dafür hörte er das Rauschen einer starken Brandung, das für sein Gefühl immer näher kam. Barrows quälte sich hoch und starrte nach vorne. Es war keine Insel, sondern ein Korallenriff, und das Schiff steuerte, von dem Wind in seinen Segeln getrieben, genau darauf zu.

Einen Augenblick lang empfand er Schrecken. Dann lachte er kraftlos. Er war ein Seemann und hatte stets damit rechnen müssen, einmal auf See zu bleiben. In seinem jetzigen Zustand war es eine Erlösung. Er wollte jedoch aufrecht sterben, mit dem Steuerruder in der Hand. Es dauerte unendlich lange, bis er sich daran hochgezogen hatte. Dann aber sah er das Riff direkt vor sich und steuerte mit einem letzten, verzweifelten Lachen genau darauf zu. Er hörte noch, wie die Planken und Spanten des Schiffes krachend barsten, dann war es vorbei.

6.

Mildred Wiggles musterte ihre Gastgeberin mit unverhohlenem Neid. Auch wenn die Lehren ihrer Kirche jeglichen Aufwand an Kleidung und Schmuck tadelten, so musste sie doch zugeben, dass das tiefviolette Seidenkleid Ruth Mensing ausgezeichnet stand. Ebenso verhielt es sich mit der dreifachen Kette aus Perlen in Grau- und Silbertönen. Auch wenn es sich um unregelmäßig geformte Barockperlen handelte, besaßen sie in England einen Wert, der sie wünschen ließ, die Kette würde ihr gehören. Weitere Perlen und wunderschöne kleine Perlmuttscheiben bildeten die Armreifen um Ruths Handgelenke, und Mistress Wiggles entdeckte sogar farblich aufeinander abgestimmte Perlen als Applikation auf dem Brustteil des Kleides. Besser hätte die junge Witwe ihren Stand als erfolgreiche Händlerin nicht zeigen können, fuhr es ihr durch den Kopf.

Ruth spürte ihren Neid, auch wenn Mildred Wiggles diesen zu verbergen versuchte. Deren Tochter Heather kämpfte ebenfalls mit Neidgefühlen, obwohl sie Keuschheit und Bescheidenheit bereits mit der Muttermilch hatte einsaugen müssen. Wie ihre Mutter war jedoch auch sie irdischen Dingen mehr zugetan, als der Vater ahnte.

Auch die anderen Frauen, die zur Teestunde gekommen waren, fanden, dass Ruth ein zu großes Haus führte und sich nicht so kleidete, wie es der Witwe eines Missionars zukam. Zwar trug sie Trauerfarben, aber das Kleid bestand aus Seide, und da waren diese Perlen, mit denen sie sich behängte. Dabei schrieb die Missionsgesellschaft schlichte und keusche Kleidung vor und verbot allen Schmuck, da er die Herzen der Frauen verführen und Gott erzürnen würde.

Diese Bedenken schien Ruth Mensing nicht zu teilen, denn sie trat auf wie eine große Dame. So nannte es eine der Missionarsfrauen, als sie sich nach gebührender Zeit von Ruth verabschiedet hatten. Mildred Wiggles fauchte und drehte sich noch einmal um, bevor sie die Stelle erreicht hatten, an der die Kanus lagen, die sie zur Missionssiedlung zurückbringen würden. Von hier unten wirkte das Haus fast noch imposanter, als wenn man direkt davorstand.

»Es ist ein Verstoß gegen Gottes Gebot der Bescheidenheit, so zu bauen und sich so zu kleiden wie diese … diese Perlenprinzessin!«, stieß sie erregt hervor.

»Ich wollte, ich wäre auch so eine Perlenprinzessin«, sagte Susan Peabody seufzend. Sie war erst vor Kurzem mit ihrem Mann nach Tahiti gekommen und begegnete Ruth noch sehr unvoreingenommen.

Für diesen Ausspruch fing sie sich einen tadelnden Blick von Mistress Wiggles ein, während eine andere Frau angesichts des schön gelegenen Hauses ebenfalls seufzte. »Ruth Mensing wohnt wirklich in einem Palast. Ich glaube, nur die Halle der Königin ist größer. Sie kann sich daher mit Fug und Recht wie eine Prinzessin fühlen, sei es mit Perlen oder ohne! Dazu ist ihr Tee ausgezeichnet – und die Kuchen erst, die sie auftischen lässt! Einfach köstlich!«

Letzteres war ein Stich gegen Mildred Wiggles, die es noch immer nicht verwunden hatte, dass ihre einstige Köchin Mary jetzt unter ihrem tahitianischen Namen Maire für Ruth kochte und buk.

Mildred Wiggles wusste genau, dass ihr einige Frauen diese Niederlage gönnten. Auch wenn sie sich Mühe gab, bescheiden zu wirken, so ließ sie sich doch gelegentlich anmerken, dass sie sich für etwas Besseres hielt als die anderen. Der Dämpfer, den Ruth ihr versetzt hatte, geschah ihr nach Ansicht ihrer Nachbarinnen daher recht. In ihr Gespräch verwickelt, bemerkten die Missionarsfrauen und Heather Wiggles nicht, dass Lu Po in ihrer Nähe stand und das nicht gerade leise geführte Gespräch gehört hatte.

Während sich die Frauen in die Kanus setzten und ihre tahitianischen Bootsführer die Paddel zur Hand nahmen, sah Ruth ihnen von oben zu. Sie hielt sich nicht für nachtragend, doch sie hatte sich zu oft über Mildred Wiggles geärgert, um ihr verzeihen zu können.

Während der Zeit, in der Reverend Wiggles versucht hatte, ihr die Leitung des Handelspostens wieder aus den Händen zu nehmen, hatten sich weder Mildred Wiggles noch eine der anderen Missionarsfrauen bei ihr sehen lassen. Nun aber, da die Hiva Oa mit reicher Fracht zurückgekehrt war und sie nicht nur sämtliche Schulden hatte bezahlen können, sondern auch genug Geld für weiteren Handel besaß, tauchten sie wieder auf, so als wäre nichts geschehen.

»Du solltest dich nicht über diese Weiber ärgern! Sie sind nicht besser oder schlechter als andere. Aber sie leiden an dem, was ihre Männer von ihnen fordern. Sie sollen schlichte Baumwollkleider tragen, sich nicht mit Schmuck behängen, ja sich nicht einmal Blumen ins Haar stecken oder als Strauß in ihre Häuser stellen. Vielleicht wärst du wie sie, wenn du so leben müsstest!«, mahnte Aipua ihre Freundin. Sie wusste, dass Ruth sich manchmal zu sehr in eine Sache verbiss. So hatte sie Jan recht früh abgestillt, um selbst nach China segeln zu können, wenn sich niemand anderes gefunden hätte. Zum Glück gedieh der Junge prächtig, sonst würde Ruth sich deswegen schuldig fühlen.

»Du hast wahrscheinlich recht, Aipua. Trotzdem gibt es Unterschiede. Harriet Baker wünschte sich Perell ebenfalls als Schwiegersohn, doch hat sie nie solche Intrigen gesponnen wie Mildred Wiggles.«

»Mistress Wigile hat dafür gesorgt, dass Mistress Bekes Ehemann als Missionar nach Huahine geschickt worden ist und Frau und Tochter mitgenommen hat. So kann Ebigeli ihrer Hesa nicht mehr Konkurrenz machen!« Obwohl Aipua mittlerweile recht gut

Englisch und etwas weniger gut Deutsch beherrschte, sprach sie Namen immer noch nach der Art ihres Volkes aus. So wurde aus Wiggles Wigile, aus Baker Beke, aus Abigail Ebigeli und aus Heather Hesa.

»Sie ist ein intrigantes Weibsstück, und ich werde vor ihr auf der Hut sein«, erklärte Ruth und sagte sich, dass Mildred Wiggles nur ja nicht versuchen sollte, ihr noch einmal an den Karren zu fahren.

7.

Kurze Zeit später meldete Vaimiti Lu Po an. Dieser trat ein und verbeugte sich tief vor Ruth.

»Was soll das, Mr Lu? Ich bin doch nicht die Königin«, sagte Ruth.

Über Lu Pos Gesicht huschte ein Lächeln. »Die Königin sind Sie zwar nicht, aber laut Mistress Wiggles die Perlenprinzessin.«

»Wie kommt sie denn darauf?«, fragte Ruth verwundert.

Lu Po wies auf die Perlenketten um ihren Hals und die Handgelenke. »Wenn Sie in einen Spiegel schauen, werden Sie es erkennen.«

Ruth sah an sich hinab und lachte leise. »Ach deswegen. Ist die Dame etwa neidisch auf meine Perlen?«

»Ich fürchte, Mistress Wiggles ist auf vieles neidisch, was Sie besitzen, Madam.«

»Das glaube ich auch! Wenn ich an die Blicke denke, mit denen sie mein Haus betrachtet, könnte man meinen, dass sie es am liebsten in die Tasche stecken und mitnehmen würde«, spottete Ruth.

»So ist es wohl!« Lu Po sah auf die Lagune, auf der Mistress Wiggles und ihre Begleiterinnen heimwärts gepaddelt wurden, und wandte sich dann wieder Ruth zu. »Der Name Perlenprinzessin passt zu Ihnen, Madam. Auch ist er für mich der Übergang zu etwas, das ich mit Ihnen besprechen will. Ich habe ein Säckchen Perlen in An Tsing verkauft und gutes Geld dafür erhalten. Auch bei der nächsten Fahrt dorthin will ich Perlen mitnehmen. Natürlich nicht die schönen großen, wie Königin Aimata sie trägt und von denen auch Sie etliche besitzen, sondern solche, wie Sie sie eben tragen. Daher wollte ich Sie fragen, ob Sie bei Königin Aimata nicht andeuten könnten, dass sie Waren, die sie bei uns kaufen lässt, nicht nur mit Silbermünzen bezahlen kann, sondern auch mit Perlen? Sie erhält viele davon als Geschenke der Inselhäuptlinge, und andere zählen zu den Abgaben, die von den einzelnen Stämmen entrichtet werden. Daher besitzt sie sehr viele dieser Perlen, ohne auch nur einen Teil davon verwenden zu können. Sie wird entzückt sein, ihre Einkäufe auf so billige Art begleichen zu können.«

»Diese Perlen sind sehr wertvoll«, wandte Ruth ein.

»In China und in Europa«, erklärte Lu Po. »Hier auf Tahiti gelten sie als schöner Schmuck, doch niemand würde tausend Dollar oder mehr für eine Perlenkette wie die Ihre bezahlen.«

»Ich will die Menschen trotzdem nicht betrügen!« Ruth klang scharf, denn sie hatte erlebt, wie Weiße mit den Einheimischen handelten. Auch wenn sie Gewinn erzielen wollte, so sollte dies auf ehrliche Art und Weise geschehen. Es war das eine, Perlen als Geschenk von Freundinnen zu erhalten, wie es auf Hiva Oa geschehen war, oder auf Tahiti jemanden vorsätzlich übers Ohr balbieren zu wollen.

Lu Po begriff, worum es ihr ging, und schüttelte den Kopf. »Wir zahlen einen guten Preis für die Perlen, zumindest für tahitianische Verhältnisse. Es ist nicht unsere Schuld, dass die Perlen in fernen Ländern zehnmal so viel wert sind.«

Ruth war die Tochter eines Reeders und Überseekaufmanns, der Sachen dort erwarb, wo sie noch billig waren, um durch die

Differenz zum Verkaufspreis zu verdienen. Daher nickte sie. »Also gut! Aber ich werde die Augen offen halten. Ein Geschäft wie ein Nagel gegen eine Perle wird es bei uns nicht geben.«

»Das wäre auch nicht gut«, antwortete Lu Po. »Irgendwann würden die Menschen hier erfahren, dass sie betrogen worden sind, und danach wäre es nicht nur mit solchen Geschäften, sondern mit dem Handel allgemein vorbei. Das aber ist weder in Ihrem noch in meinem Sinn.«

»Das wollte ich hören«, meinte Ruth und fragte ihn, ob er eine Tasse Tee wolle.

»Da es guter Tee aus meiner Heimat ist, gerne!« Lu Po setzte sich nach ihrer Aufforderung an den Tisch, während Vaimiti ihm eine Tasse einschenkte. Maire brachte Kuchen, und seine Nichte Lu Yi, die nun ebenfalls zu Ruths Bediensteten zählte, winkte ihm von der Tür aus scheu zu.

Lu Po hob grüßend die Hand und sah dann Ruth an. »Ich kann es mir nicht leisten, die Tahitianer gegen mich aufzubringen. Meine Verwandten und ich wollen hierbleiben und es zu Wohlstand bringen. Würden wir die Tahitianer betrügen, liefen wir Gefahr, von hier vertrieben zu werden. Zurück nach An Tsing will keiner von uns, auch meine Großmutter nicht.«

Ihm war anzumerken, dass er es ernst meinte, fand Ruth und sprach mit ihm angeregt über ihre weiteren geschäftlichen Pläne.

Nach einer Weile meldete Vaimiti James Hutton. Dieser kam mit Jan auf einem Arm herein und hielt in der anderen Hand ein Schiffchen, das er geschnitzt und mit Mast und Segel versehen hatte.

»Einen schönen guten Tag, Madam, Mr Lu!«, grüßte er.

»Guten Tag, Mr Hutton! Wo haben Sie denn Jan aufgetrieben?«, fragte Ruth, da Aipua den Jungen sonst nie aus den Augen ließ.

»Wir waren am Strand und haben seine Ruhutia vom Stapel gelassen«, berichtete James lächelnd.

»Und wo war Aipua?«

»Die hat uns vom Ufer aus zugesehen! Sie sagte mir auch, dass ich mir keine Sorgen machen müsse, weil der Kleine ausgezeichnet schwimmen kann. Und das tat er auch. Er war schneller bei seinem Schiffchen, um es zurückzuholen, als ich.«

Ruth lächelte und sagte sich, dass sie James ihren Sohn anvertrauen konnte. Es war wichtig, dass er nicht nur von Frauen erzogen wurde, sondern auch ein männliches Vorbild bekam. Sie lächelte ihm dankbar zu, nahm dann den Jungen in Empfang und setzte sich mit ihm an den Tisch, wo sie ihn mit kleinen Kuchenstücken verwöhnte.

»Ich bin ein guter Captain, sagt Captain Lucky!« Es war der erste vollständige Satz, den sie von ihrem Sohn hörte, und ihre Augen leuchteten voller Freude. Es war ein so wundervoller Anblick, dass es James bis ins Herz traf. Er liebte diese Frau, wie er noch nie einen Menschen geliebt hatte, und wünschte sich, ihr dies auch sagen zu können. Er stand jedoch als Kapitän in ihren Diensten, und sie trauerte immer noch um ihren Mann. Es wäre daher ungehörig gewesen, sie zu bedrängen.

Ruth setzte unterdessen das Gespräch mit Lu Po über ihre nächsten geschäftlichen Aktionen fort und bezog nun auch James ein. Immerhin brachte er mit dem Schiff, das er führte, die Waren, die sie verkaufen konnten.

»Mr Lu will, dass Sie in einigen Monaten erneut nach An Tsing aufbrechen. Diesmal aber werden Sie dort die Hiva Oa vollladen und keine Chinesen mitbringen!« In Ruths Stimme schwang eine Warnung mit, die weniger James als Lu Po galt. Es war ihr gelungen, von Königin Aimata die Erlaubnis für Lus Sippe zu erlangen, auf Tahiti bleiben zu dürfen. Ein zweites Mal würde sie diese nicht bekommen – oder nur gegen sehr viele Geschenke.

»Wir brauchen vielleicht noch ein, zwei Kulis«, wandte Lu Po ein.

»Dann bringen aber Sie die Königin dazu, dies zu gestatten!«

Lu Po nickte zu Ruths Bemerkung, sagte sich aber, dass Aimata Pomare IV. nicht jeden seines Volkes, der hier lebte, zählen würde. Da fielen zwei oder drei Männer mehr nicht auf.

James schlug vor, eine Handelsfahrt zu den Atollen nordöstlich von Tahiti zu unternehmen.

»Sie meinen die Tuamotu-Inseln?«, fragte Ruth abwehrend. »Diesen Vorschlag hat Mr Lu bereits vor einiger Zeit gemacht. Allerdings sollen dort die übelsten Menschenfresser der ganzen Südsee leben.«

»Ich bin trotzdem der Ansicht, dass man mit ihnen handeln kann. Noch als Midshipman auf der Hesione habe ich dort zweimal in Captain Smyths Auftrag Frischwasser und Proviant eingehandelt. Es ist alles gut gegangen, und einige werden sich an mich erinnern.« James klang entschlossen, doch auf sein Gesicht trat ein harter Zug. Mittlerweile war ihm bewusst, dass Captain Gervase Smyth ihn nur deshalb auf alle möglichen gefährlichen Vorhaben geschickt hatte, damit er dabei umkommen sollte. Er war jedoch allen Gefahren glücklich entronnen und hatte sich dafür den Spitznamen Lucky Jim eingehandelt. Selbst jetzt hielt sein sprichwörtliches Glück noch an. Er hatte den Mordanschlag überlebt, den Captain Smyth mit seinem Neffen Simmons zusammen durchgeführt hatte, und führte nun sein eigenes Schiff im Auftrag der schönsten und liebenswertesten Frau, die er sich vorstellen konnte.

»Ich stimme Captain Hutton zu!« Lu Pos Worte beendeten James' gedanklichen Ausflug, und so legte er Ruth die Gründe dar, die ihn zu diesem Vorschlag bewegten. Den wichtigsten hielt er bis zuletzt zurück. »In den Lagunen der Tuamotu-Atolle werden die schönsten schwarzen Perlen der gesamten Südsee gefunden«, erklärte er und legte Ruth eine makellose Perle hin.

Diese nahm sie in die Hand und betrachtete sie staunend. »Wie sind Sie an diese gekommen?«, fragte sie.

»Ich bin mit Tahitoa zusammen mit einem Kanu die Küste von Tahiti abgefahren. In einem Dorf sind wir auf ein Boot aus Fakarava gestoßen. Einer der Männer bot mir diese Perle für eine Muskete an. Er gab sich schließlich mit drei Messern zufrieden.«

James' Bericht zeigte Ruth, dass ihre beiden Getreuen mit ihrem Kanu Handel in abgelegenen Dörfern betrieben hatten, bei denen es zu mühselig gewesen wäre, sie mit der Hiva Oa anzulaufen. Auch wenn dieser Handel nicht viel einbrachte, so war es doch wichtig, ihn durchzuführen. Er gab den Menschen der Inseln das Gefühl, dass sie beachtet und damit auch geachtet wurden.

»Das haben Sie und Mr Tahitoa gut gemacht. Wir sollten uns überlegen, solche Handelsfahrten öfter zu planen. Ein Kanu dürfte dafür zu klein sein und die Hiva Oa zu groß. Vielleicht können wir uns eines der Schiffe der Mission leihen! Für einen gewissen Anteil ist Reverend Wiggles sicher dazu bereit.«

Zu ihrer Überraschung schüttelte James Hutton den Kopf. »Reverend Wiggles ist derzeit kaum in der Lage, ein Schiff zu verleihen.«

»Weshalb?«

»Haben Sie es noch nicht gehört? Eines der Schiffe hat sich bei einem Sturm bei Tahaa vom Anker losgerissen und ist auf das Riff gelaufen. Es sieht nicht so aus, als könnte es geborgen und repariert werden«, erklärte Lu Po.

»Ein Sturm?«, rief Ruth erstaunt. »Wir haben doch auf Tahiti nichts von einem Sturm bemerkt.«

»Es war ein lokal begrenztes Unwetter. Das Schiff war zudem schlecht verankert und hat sich losgerissen. Eine Ankerwache war nicht an Bord, und so ist es passiert«, berichtete Lu Po.

»Das ist noch nicht alles«, setzte James hinzu. »Ein zweites Missionsschiff wird vermisst. Sie haben es Ari'iheiva geliehen, und er soll damit letzte Woche nach Motu Maumaia gesegelt sein. Seitdem hat man nichts mehr von ihm gehört.«

»Das besagt nichts. Er kann noch woanders hingesegelt sein«, antwortete Ruth und wollte James die Perle zurückreichen.

»Aber die gehört Ihnen«, sagte er und schob ihre Hand zurück.

Er hätte sie nicht berühren sollen. Es war wie ein Funke, der von ihr auf ihn übersprang und sein Herz in Brand setzte. Sei vorsichtig, mahnte er sich. Sie ist als Witwe noch in der Trauerzeit und zudem eine stolze Frau. Was könnte ich ihr bieten außer meinem Spitznamen Lucky Jim?

Ruth betrachtete zuerst James, dann die Perle. »Ich danke Ihnen, Mr Hutton! Sie werden mir aber erlauben, Ihnen für dieses ertragreiche Geschäft eine gewisse Prämie auszahlen zu lassen.« Damit, so sagte sie sich, würde James Hutton endlich ein wenig eigenes Geld zur Verfügung haben. Sie hatte ihm zwar schon eine gewisse Summe für die Chinafahrt gegeben. Diese aber hatte er dazu verwendet, sich endlich richtig auszustatten und sich ein Häuschen in der Nähe der Handelsstation errichten zu lassen.

»Das ist nicht nötig«, wehrte James ab.

»Ein Sohn der Han würde so etwas nie sagen«, mischte sich Lu Po ein. »Jede Tat ist ihres Lohnes wert, und diese Perle ist wunderschön. Es würde mich wundern, wenn Madam sie nicht verkaufen, sondern für sich behalten würde.«

»Wenn das so ist, nehmen Sie die Perle bitte als Geschenk«, rief James.

»Was die Perle wiederum nicht sein kann, da die Messer, gegen die sie eingetauscht wurde, von Madam bezahlt wurden. Sie könnten ihr höchstens die Prämie schenken, die sie Ihnen zahlen will, doch das wäre nicht gut«, erklärte Lu Po.

»Und warum?«, fragten Ruth und James gleichzeitig.

»Weil die Prämie, die Madam Mensing Ihnen zahlen will, ihre Freude über die wunderschöne Perle ausdrückt. Gleichzeitig ist sie eine Anerkennung dafür, dass Sie diese Perle erstanden und sie ihr gebracht haben. Es steht Ihnen frei, Madam, einmal ein Gegengeschenk dafür zu überreichen.«

Noch während er es sagte, dachte Lu Po, dass Europäer seltsame Leute waren, die nur ihren Launen und nicht den Lehren der irdischen Harmonie folgten.

»Mr Lu hat recht! Ich hätte nichts gegen ein paar Schillinge in der Tasche. Sie müssen mir aber erlauben, dass ich einen Teil der Prämie an Sie zurückgebe, und zwar als meinen Anteil an einem Handelssegler von der Größe, wie ich ihn mir für den Küstenhandel vorstellte.«

James erinnerte Ruth bei diesen Worten an einen jungen, bettelnden Hund. Sie schämte sich dieses Vergleichs, doch als sie in seine Augen sah, spürte sie, dass sie seinen Stolz nicht verletzen durfte. Es war das Einzige, was ihm von seinem früheren Leben geblieben war.

»Ich nehme Ihr Angebot an, Mr Hutton«, sagte sie lächelnd. »Aber nicht für einen Küstenhüpfer, der die hiesigen Inseln anfährt, sondern für ein großes Schiff, das auch in der Lage sein wird, Kap Hoorn zu kreuzen und Europa zu erreichen!«

»Sie haben große Pläne!«, rief Lu Po bewundernd, während James Ruth mit einer Miene ansah, die jeder Frau, die nicht um ihren Gatten trauerte, bewiesen hätte, wie sehr er sie verehrte.

Noch bemerkte Ruth es nicht, doch Aipua, der es in ihrer zweiten Schwangerschaft besser ging als bei ihrer ersten, fiel es umso mehr auf, und sie sagte sich, dass hier wohl beide einen Anstoß brauchten. Ruth, um zu erkennen, dass aus ihrer Sympathie für James durchaus Liebe werden konnte, und dieser, damit er Mut fasste und ihr seine Liebe gestand. Noch war es nicht so weit, doch wenn die Zeit dafür reif war, wollte sie notfalls nachhelfen.

8.

Die Zeit verging, auf Tahiti ebenso wie an anderen Orten. Während Ruths Trauerzeit um Hinrich zu Ende ging, legte der Schiffsbauer Fara in der kleinen Werft bei der Handelsstation das große Schiff auf Kiel. James Hutton segelte zusammen mit Lu Po ein zweites Mal nach An Tsing, diesmal aber ohne Tahitoa, der mit einem größeren Kanu den Handel zwischen den Inseln weiterführte.

In London hingegen stieg der Reeder Zechariah Bartlett vor einem düsteren Haus in einer gerade noch akzeptablen Straße aus seiner Kutsche und starrte missmutig auf das Emailleschild neben der Tür. »Halverstock und Primrose – Anwaltskanzlei« stand da zu lesen.

Was für eine Unverschämtheit von Halverstock, ihn hierher zu zitieren, anstatt ihn in seinem eigenen Haus aufzusuchen, dachte Bartlett verärgert, als er den Türklopfer betätigte. Einige Minuten vergingen, dann öffnete ein schlaksiger junger Mann mit Nickelbrille die Tür.

»Sie wünschen, Sir?«, fragte er, da er Bartlett seiner Kleidung wegen für einen wohlhabenden Landedelmann hielt.

»Ich habe eine Unterredung mit Mr Halverstock!« Nach der Behandlung, die er von dieser Anwaltskreatur erlebt hatte, machte es Bartlett doppeltes Vergnügen, diesen aufgeblasenen Menschen als schlichten Mister bezeichnen zu können.

»Ihr Name, Sir?«, bat der Jüngling.

»Bartlett, Zechariah Bartlett«, antwortete der Besucher und nahm zufrieden wahr, dass sein Name Eindruck machte.

»Sehr wohl, Sir! Treten Sie bitte ein. Darf ich Ihnen eine Erfrischung reichen, bis Sir James bereit ist, Sie zu empfangen?«

Bei dem Vornamen James zuckte Bartlett zusammen. So hatte auch der ernsthafteste Konkurrent seiner Frau um den Grafentitel der Huttons geheißen. Doch nun war die Gefahr gebannt, dass James Edward Hutton je wiederkehren würde. Seiner Majestät Fregatte Hesione war vor einer Woche eingelaufen und hatte die Nachricht mitgebracht, dass der junge Mann während einer Nachtwache über Bord gegangen und nicht mehr aufgefunden worden sei.

»Bringen Sie mir einen Sherry!«, forderte Bartlett den Anwaltsgehilfen auf, nachdem dieser ihn in eine schlicht eingerichtete Kammer geführt hatte. Beherrscht wurde der Raum von zwei großen Bücherschränken, die mit Werken über Rechtsprechung gefüllt waren. In einer Ecke bemerkte er mehrere Romane, darunter Walter Scotts *Ivanhoe* und Jonathan Swifts *Gulliver*. Sie waren wohl zur Unterhaltung für Besucher gedacht, denen James Halverstock sich nicht umgehend widmen konnte oder wollte.

Wenig später erhielt Bartlett ein großes Glas mit einem passablen Sherry und blickte dann auf seine Taschenuhr. Länger als fünf Minuten, sagte er sich, sollte Halverstock ihn nicht warten lassen. Er würde ihm sonst ein paar deutliche Worte sagen. Immerhin war er der Ehemann der neuen Countess of Huttonsfield. Ein Freund mit guten Beziehungen zur Krone hatte bereits angedeutet, dass Seine Majestät erwäge, ihn in den Adelsstand zu erheben.

Aus einer Laune heraus zählte Bartlett die Titel auf, die sein Sohn und dessen Nachfolger tragen würden. Da war als Erstes der Earl of Huttonsfield, dann Viscount Broulie, Baron Hutton, Baron Bartlett und schließlich noch Baronet Hutton.

Es war, als hätte Halverstock exakt abgewartet, bis sein Gast sein Glas leer getrunken hatte. In diesem Augenblick nämlich erschien der Anwaltsgehilfe und bat Bartlett, ihm zu folgen. Dieser tat es mit dem Wunsch, dem Anwalt deutlich sagen zu können, wie unverschämt er es fand, ebenso empfangen zu werden wie der Letzte von dessen Klienten.

Halverstocks Büro war groß und wurde an den Wänden von wuchtigen, dunkel gebeizten Bücherschränken eingefasst. Zwischen den beiden Fenstern stand ein riesiger Schreibtisch, hinter dem der Anwalt wie ein König thronte. Nun stand er auf und kam Bartlett entgegen, während sein Gehilfe einen von drei Stühlen, die in der Ecke standen, herbeibrachte. Er hatte eine gepolsterte Sitzfläche. Außerdem gab es noch einen schlichten Stuhl aus Holz sowie einen Sessel mit gepolstertem Sitz, gepolsterter Rückenlehne und gepolsterten Armlehnen. Da die Stühle den Besuchern offenbar nach ihrer Bedeutung zur Verfügung gestellt wurden und Bartletts Stuhl nur der mittlere war, ärgerte er sich unwillkürlich darüber.

»Guten Tag, Mr Halverstock! Oder muss ich Sir James sagen?«, grüßte er mit einer gewissen Giftigkeit.

»Sir allein reicht«, antwortete Halverstock gelassen. »Doch lassen Sie mich nun auch Sie begrüßen, Mr Bartlett!«

Der Tonfall des Anwalts zeigte, dass er als Nachkomme eines alten, wenn auch unbedeutenden Adelsgeschlechts den reichen Emporkömmling, dessen Vater zudem ein Kolonist aus Neuengland gewesen war, nicht für gleichwertig hielt.

In Bartlett kochte es. Aber noch brauchte er diesen Mann, da dieser als Nachlassverwalter für seinen verstorbenen Schwiegervater Sir Humphrey eingesetzt worden war.

»Ich korrespondiere mit Handelsherren aus der ganzen Welt und komme dabei sehr gut zurecht. Allerdings muss ich sagen, dass ich aus dem Brief, den Sie, Sir, gestern an mich geschrieben haben, nicht schlau geworden bin. Es war mir zu viel von Paragrafen und Präzedenzfällen die Rede.«

Halverstock beugte sich vor und fragte lächelnd, was Bartlett denn nicht begreife.

»Da war von Wartefristen die Rede, die eingehalten werden müssten, fehlenden Unterlagen und dergleichen. Dabei ist die Sache klar und deutlich. James Hutton, der Vetter meiner Gattin und erster Anwärter auf den Titel vor ihr, ist in der Südsee ertrunken. Damit ist meine Ehefrau als Countess of Huttonsfield die Nachfolgerin ihres Vaters!« Bartletts Stimme klang scharf, denn er war die Hinhaltetaktik, der Halverstock sich befleißigte, von Herzen leid.

»Noch steht es nicht fest, ob Lord James tatsächlich verstorben ist«, wandte Halverstock ein.

Es riss Bartlett beinahe von seinem Sitz. »Ihnen wurde der entsprechende Eintrag in Captain Smyths Logbuch vorgelegt, in dem dieser James Huttons Ende bekundet hat!«

»Genau das wurde darin nicht bekundet. Captain Smyth hat nur geschrieben, dass Lord James über Bord gegangen sei. Davon, dass er oder ein Offizier dessen Leiche gesehen hätte, war im Logbuch nicht die Rede«, konterte der Anwalt gelassen.

»Verdammt, das ist doch Paragrafenreiterei!«, schrie Bartlett ihn an. »James Hutton ist ertrunken oder von einem Hai gefressen worden. Das muss jedem klar denkenden Menschen bewusst sein.«

James Halverstock verdiente ein hübsches Sümmchen als Nachlassverwalter des Earls of Huttonsfield. Bei einem offiziellen Beweis für James Huttons Tod hätte er dieses Amt jedoch ohne Bedauern niedergelegt, doch den gab es nicht. Daher schüttelte er den Kopf. »Sie müssen mich verstehen, Mr Bartlett! Wenn jemand über Bord gegangen ist, bedeutet dies nicht zwangsläufig, dass er tot ist. Lord James könnte von einem anderen Schiff gerettet worden sein, oder von Eingeborenen …«

»Die hätten ihn eher aufgefressen«, unterbrach Bartlett ihn rüde.

»Die Eingeborenen könnten ihn aber auch am Leben gelassen haben, und er wäre weiterhin der Earl of Huttonsfield!« Halverstock hatte zu oft aufgebrachte Klienten oder Gegner seiner Klienten erlebt, um sich durch Bartlett aus der Ruhe bringen zu lassen.

»Da Lord James' Tod nicht offiziell beurkundet ist, ist es mir nicht möglich, den Nachlass seines Vorgängers, Lord Humphrey, für eine weitere Nachfolgerin freizugeben. Ich bin vom Gesetz her verpflichtet, abzuwarten, bis Lord James' Tod unwiderruflich feststeht.«

»Ich werde den Haifisch, der ihn gefressen hat, wohl kaum zur Unterschrift unter ein entsprechendes Dokument bewegen können«, schäumte Bartlett auf.

»Nichtsdestotrotz muss ich auf den gesetzlichen Weg bestehen, und der bedeutet, dass die vorgeschriebene Frist eingehalten werden muss, bevor Lord James offiziell für tot erklärt werden kann!« Halverstock blieb ruhig, aber in der Sache hart.

»Welche Frist?«, fragte Bartlett mühsam beherrscht.

»Fünf Jahre, vielleicht auch zehn, da es sich hier um den Erbfall eines Earls handelt.«

»Das ist eine Unverschämtheit!« Bartlett hätte diesen verfluchten Anwalt am liebsten erwürgt. Seit sein Schwiegervater gestorben war, hatte er mit Halverstock nichts anderes als Schwierigkeiten.

»Selbst dann kann eine Verleihung des Titels nur unter Vorbehalt erfolgen«, fuhr Halverstock ungerührt fort. »Es ist nämlich immer noch möglich, dass Lord James zurückkehrt.«

»So eine Regelung ist ein Freibrief für jeden Schurken und Hochstapler, sich für James Hutton auszugeben. Ich sehe mich schon mehr vor Gericht als in meinem Kontor«, rief Bartlett empört.

»Machen Sie sich in der Beziehung keine Sorge. Sollte Lord James zurückkehren, so müssen zwei Lords der Admiralität, die ihn persönlich kennen, sowie zwei Männer seiner ehemaligen Mannschaft eidlich bekunden, dass er die Person ist, für die er sich ausgibt! Sollte Lord James keinen Anspruch auf Huttonsfield erheben, ein möglicher Sohn dies hingegen später tun, so muss dieser hieb- und stichfeste Beweise in Form von Urkunden vorlegen, die besagen, dass er der echte Viscount Broulie ist.«

Halverstocks Erläuterungen reizten Bartlett bis aufs Blut. Der Geschäftsmann in ihm erkannte jedoch mit einem Rest an Selbstbeherrschung, dass er gegen den Anwalt nicht ankam. Dieser wusste das Gesetz und entsprechende Präzedenzfälle in seinem Rücken und konnte sich jederzeit darauf berufen.

Mit wutrotem Gesicht erhob er sich. »Ich werde die Angelegenheit meinen Anwälten übergeben!«

»Das sei Ihnen unbenommen. Sie können jedoch versichert sein, dass diese das englische Erbrecht nicht so ausführlich studiert haben wie ich.«

Es war ein weiterer Stich, den Halverstock dem Reeder versetzte. Bartlett war in seinen Augen ein aufgeblasener Emporkömmling, dessen Vater genug Geld besessen hatte, um für seinen Sohn die Tochter eines Earls einzukaufen. Die Manieren, die dazugehörten, waren jedoch nicht käuflich zu erwerben gewesen.

»Auf Wiedersehen! Notfalls vor Gericht!« Mit den Worten verabschiedete Bartlett sich und verließ die Anwaltskanzlei.

Als er auf der Straße in seinen Wagen stieg, sagte er sich, dass er mit solchen Nachrichten besser nicht zu Frau und Sohn zurückkommen sollte. Ellinor hatte ihm bereits mehrfach deutlich gemacht, dass er in ihren Augen ein jämmerlicher Wurm war, der sich von Halverstock an der Nase herumführen ließ, anstatt diesem mit der Reitpeitsche beizubringen, wie die Sache zu regeln sei. Bei irgendeinem Winkeladvokaten hätte er es wahrscheinlich auch getan, doch Halverstocks Verbindungen reichten bis in höchste Kreise hinein, und wenn er sich den Mann zum Feind machte, dürfte dies weniger Halverstock als ihm selbst schaden.

Ans Aufgeben dachte Bartlett jedoch nicht. Mit einer entschlossenen Bewegung klopfte er mit seinem Spazierstock gegen das Kutschendach.

Sofort öffnete der Kutscher die kleine Klappe hinter dem Kutschbock. »Sie wünschen, Sir?«, fragte er.

»Fahr mich zu Lord Maine«, befahl Bartlett.

Auch wenn Halverstock sich hinter seinen Paragrafen versteckte, so war er selbst nicht ohne Freunde, die ihm helfen konnten.

9.

Einige Tage später starrte Ruths Schwager Mathias Mensing auf den Packen Briefe, die ihm sein Londoner Onkel Zechariah Bartlett hatte zukommen lassen. Die ältesten stammten noch aus der Zeit, in der Hinrich und Ruth in die Südsee gesegelt waren. Er nahm den Umschlag mit der typischen Handschrift seines Bruders heraus und erbrach das Wachssiegel. Als er zu lesen begann, verzog er spöttisch den Mund. Hinrich bat ihn nämlich, ihrer Großmutter Mina seinen Gruß und seine aufrichtige Hoffnung zu übermitteln, dass sie sich von ihrer Krankheit erhole.

»Die Alte liegt schon seit über einem Jahr auf dem Friedhof«, murmelte er und las weiter.

Hinrich berichtete von ihrem Aufenthalt auf Tahiti und davon, dass sie die Insel Dominica erreicht hätten. Die Eingeborenen dort hätten ihn mit offenen Armen empfangen und seien bereit, sich Gottes Herde anzuschließen.

»Pfaffengeschwätz!«, sagte er verächtlich und blätterte die Briefe weiter durch. Ein paar stammten von Ruth und waren an ihre Familie gerichtet. Diese sonderte er aus, um sie später zu lesen. Von seinem Bruder war kein weiterer Brief darunter. Stattdessen entdeckte er einen Brief, der an ihn selbst gerichtet war und unzweifelhaft von seiner Schwägerin stammte. Als er diesen öffnete, teilte sie ihm darin mit, dass sein Bruder Hinrich verstorben sei und sie ihn auf der Insel Mohotani begraben habe.

Hinrich war tot! Mathias jubelte innerlich, denn damit war er der alleinige Besitzer der Reederei und des Handelshauses Mensing. Zwei Zeilen später fluchte er jedoch, denn nach Ruths Worten hatte diese Hinrich einen Sohn geboren, der auf den Namen Johannes getauft worden war, aber Jan genannt wurde.

»Der Teufel soll den Bengel samt seiner Mutter holen!«, sagte er erregt und war im nächsten Augenblick froh, dass keiner seiner Bediensteten im Raum war, der es hätte hören können. Angespannt las er weiter. Wie es aussah, wollte seine Schwägerin mit dem Jungen auf Tahiti bleiben, bis dieser groß und kräftig genug war, die lange Seereise in die Heimat zu überstehen.

Dies bescherte ihm eine gewisse Frist, die er ausnutzen konnte. Mathias überlegte, wie es ihm gelingen konnte, sich Ruths und seines Neffen zu entledigen. Am besten war es, wenn er ein Schiff hinschickte, mit Männern, die bereit waren, ihn von den beiden zu erlösen. Bislang hatte er jedoch aus dem Hintergrund gewirkt und die Schmutzarbeit seinem Onkel in London überlassen. Davon wollte er auch jetzt nicht abgehen.

»Ruth und ihr Balg haben noch Zeit«, sagte er leise und machte sich daran, ihre Briefe an ihre Verwandten zu lesen. Sie besagten nichts Neues, waren aber mit mehr Gefühl geschrieben worden als jener an ihn. Sie schien ihre Eltern und ihre Geschwister wirklich zu lieben. Mathias verzog erneut den Mund. Er hatte seinen Bruder gehasst, soweit er zurückdenken konnte, und seine stille Mutter und die Großmutter verachtet. Zuletzt hatte er auch seinen Vater nicht mehr ernst nehmen können. Die einzigen Verwandten, denen er je Achtung entgegengebracht hatte, waren seine Großväter Jörgen Mensing und Samuel Bartlett sowie dessen Sohn Zechariah.

Erstaunt bemerkte er, dass er auch für seine Schwägerin eine gewisse Achtung empfand. Es musste ihr nach Hinrichs Tod schwergefallen sein, sich in der Südsee zu behaupten. Trotzdem hatte sie einen Handelsposten übernommen, um den Lebensunterhalt für sich und ihren Sohn zu bestreiten. Besonders erfolgreich schien sie dabei jedoch nicht zu sein, denn sie bat ihren Vater um Geld.

Ihr Vater! Mathias lachte. Jakob Simonsen hatte vor der Küste Chiles als Fischfutter geendet. Mittlerweile war er sicher, dass auch Ruths jüngerer Bruder David sein Ende gefunden hatte. Der Junge war einem Sturm in der Karibischen See zum Opfer gefallen. Damit blieb mit Jeremias nur noch ein Simonsen, den es zu beseitigen galt. Auch in dem Fall würde er nach bewährter Methode auf seinen Onkel in London zurückgreifen. Mit Frieda Simonsen und deren halbwüchsigen Zwillingstöchtern fertigzuwerden, wäre danach ein Kinderspiel. Sobald das geschehen war, wollte er auch Ruth und seinen Neffen aus der Welt schaffen. Einen Augenblick überlegte er, ob er seine Schwägerin nicht leben lassen und heiraten sollte. Er hatte sie bereits begehrt, bevor sie seinem Bruder das Jawort gegeben hatte. Nun würde niemand etwas dagegen sagen, wenn er ihr die Ehe antrug.

Es gab jedoch einen kräftigen Haken an der Sache, und der hieß Johannes oder Jan. Er wollte einen eigenen Sohn als seinen Nachfolger, und nicht den seines Bruders. Jan auszuschließen ging jedoch nicht, da dieser als Hinrichs Sohn den gleichen Anteil an der Reederei Mensing besaß wie er. Außerdem wäre Ruth, wenn alle anderen Simonsens beseitigt waren, die Erbin von deren Reederei. Mit diesem Besitz im Rücken würde Jan Mensing der große Mann in seiner Reederei werden und seine eigenen Söhne nur eine Nebenrolle spielen.

»Das darf nicht geschehen!«, sagte er leise und verhängte damit über Ruth und deren Sohn endgültig das Todesurteil.

Vollstrecken lassen würde er es jedoch erst später. Er stand auf, nahm mehrere Stapel Papier aus dem Schrank und suchte, bis er ein Blatt der Art fand, die die Simonsens verwendeten. Bei der

Auswahl der Tinte ging er ebenfalls sorgfältig vor und legte sich zusätzlich mehrere beschriebene Blätter als Vorbilder zurecht.

Auf einem anderen Blatt übte er Jakob Simonsens Handschrift, bis er sicher war, sie so nachahmen zu können, dass Ruth keinen Verdacht schöpfte, und begann zu schreiben.

»Geliebte Tochter, es betrübt mich sehr, zu erfahren, dass dein geliebter und von mir über alle Maßen geschätzter Ehemann den Tod gefunden hat. Fühle dich tausend Mal umarmt und getröstet. Was deine Pläne betrifft, mit deinem Sohn, unserem Enkel, so lange auf Tahiti zu bleiben, bis dieser alt und kräftig genug für die lange und gefahrvolle Reise in die Heimat ist, so muss ich dir zustimmen, auch wenn es mich betrübt, mein Enkelkind noch etliche Jahre lang nicht in meinen Armen halten zu dürfen.

Sorge dich nicht, denn ich werde in ein paar Jahren unseren guten Kapitän Klemme in die Südsee schicken, damit er dich und den kleinen Jan heimholt. Fremden Schiffern traue ich nicht. Vielleicht komme ich sogar mit, falls deine Mutter mir für diese Zeit Urlaub gewährt!«

Mathias setzte noch ein paar nichtssagende Sätze hinzu und unterschrieb mit »Dein dich liebender Vater«. Danach faltete er ihn zusammen und versiegelte ihn.

»Ein ziemlich langer Brief für einen Toten«, spottete er und machte sich daran, einen Brief von Ruths Mutter zu fälschen. Nach ein paar Zeilen merkte er, dass er die rührselige und sprunghafte Art von Frieda Simonsen kopierte, die sie unter der Wirkung des von ihm beigebrachten Giftes zeigte. Da diese aber nicht das Geringste mit der Frau gemeinsam hatte, die Ruth als Mutter kannte, verbrannte er den Bogen Papier und nahm einen neuen zur Hand. Diesmal bemühte er sich, Friedas liebevollen, aber klaren Ton zu treffen, und war am Ende damit zufrieden. Ein kürzerer, angeblich von Ruths Bruder Jeremias stammender Brief folgte, dann machte er sich daran, selbst an seine Schwägerin zu schreiben. Er musste sich dabei zusammennehmen, um seine wahren Gefühle zu verbergen und den tief betrübten Bruder zu spielen.

Schließlich war er auch damit fertig und überlegte, ob er den Packen Briefe nun selbst nach London bringen oder ihn seinem Onkel schicken sollte. Er entschied sich für Letzteres, da wichtige Geschäfte anstanden, während die Briefe so rasch wie möglich in London ankommen sollten. Laut der Nachricht seines Onkels sollte schon bald eine weitere Fregatte in die Südsee aufbrechen, und er wollte, dass die Schreiben mit an Bord waren.

10.

Der von Mathias Mensing für tot gehaltene David Simonsen stand im Mastkorb des Walfängers Namasket aus New Bedford und hielt angestrengt Ausschau nach dem Wal, den sie vor einer guten Viertelstunde entdeckt hatten. Er befand sich allein an Bord, denn alle anderen waren mit den Walbooten unterwegs, um den Wal harpunieren zu können, sobald er sich sehen ließ. Es war nicht der erste Wal, den sie auf dieser Fangfahrt jagten, zwei hatten sie bereits erlegt.

Das Abschlachten dieser großen, herrlichen Geschöpfe Gottes stieß David ab. Für die anderen Männer an Bord hingegen war die Jagd auf die Wale ihr Beruf, dem sie mit der gleichen Beflissenheit nachgingen, wie ein Bäcker sein Brot buk oder ein Schneider seine Kleider nähte.

Im Augenblick wünschte David Captain Queek und seinen anderen Schiffskameraden einen möglichst großen Erfolg, damit die Namasket bald in die Heimat zurückkehren konnte. Er selbst würde, wenn er das Schiff in New Bedford verließ, wohl nie mehr auf einem Walfangschiff mitfahren, denn er war einfach nicht zum Metzger geboren.

Einen Augenblick lang dachte er daran, dass seine Schwester nur wenige Tausend Meilen von ihm entfernt auf der Insel Dominica lebte. Er hatte es Captain Queek gesagt, doch für diesen war die Fahrt dorthin zu weit. Wenn ihre Tran- und Walratfässer voll waren, wollte er nach Tahiti segeln und dort Vorräte für die Heimreise aufnehmen. Nun fragte David sich, ob er auf Tahiti abmustern und versuchen sollte, auf eigene Faust zu seiner Schwester zu gelangen. Eine gewisse Abenteuerlust verlockte ihn dazu, es zu tun. Dann aber dachte er an seine Lieben zu Hause, die nun schon so viele Monate nichts mehr von ihm gehört hatten und die er, wenn er nach New Bedford mitkam, weitaus eher wiedersehen würde.

Trotz der Gedanken, die ihm durch den Kopf schossen, vergaß David seinen Auftrag nicht und blickte forschend auf das Meer hinaus. Die vier Walboote der Namasket lagen auf der Lauer. Nun musste nur noch der Wal auftauchen. David ertappte sich dabei, wie er hoffte, dieser könnte Lunte gerochen und sich aus dem Staub gemacht haben. Der Vergleich amüsierte ihn. Sie befanden sich inmitten des südlichen Pazifischen Ozeans, und die nächste Insel war mehr als hundert Meilen weg. Hier konnte weder eine Lunte brennen, noch gab es Staub.

»Siehst du was, Jüngelchen?«, hörte er Captain Queeks Stimme.

David wollte schon »Nein!« rufen, da entdeckte er ein Stück von den Walbooten entfernt einen riesigen, dunklen Leib, der aus den Tiefen des Meeres heraufkam und eine Fontäne aus verbrauchter Atemluft und Wasser ausstieß.

»Wal! Da bläst er!«, schrie er und zeigte in die Richtung. Während die Walboote, von hastigen Ruderschlägen angetrieben, auf den Wal zustrebten, fühlte David sich als Teil der Mannschaft und wünschte seinen Kameraden Glück bei der Jagd.

NEUNTER TEIL

DIE LAUNEN DES SCHICKSALS

1.

Ruth musterte ihre Besucherin mit einer gewissen Verwunderung, denn die junge Frau hatte sich nicht mit einem Kanu zu ihrem Haus bringen lassen, sondern war zu Fuß von der Missionssiedlung zu ihr gekommen. Sie musste sich noch vor dem Morgengrauen auf den Weg zu ihr gemacht haben. Warum?

»Guten Tag, Mistress Mensing!«, grüßte die Besucherin verlegen.

»Guten Tag, Mistress Peabody! Was führt Sie zu so früher Stunde hierher?«, antwortete Ruth.

Die Missionarsfrau wand sich ein wenig. »Nun, ich wollte nicht von Mistress Wiggles gesehen werden. Es geht nämlich um sie oder, besser gesagt, deren Ehemann. Wissen Sie, mein Mann ist nach Tahiti gekommen, um die Mission auf Maupiti zu leiten.«

»Maupiti ist eine der kleineren Inseln. Die Menschen dort sind ursprünglicher als hier auf Tahiti.« In Ruths Stimme schwang eine Warnung mit, sich nicht auf deren Friedfertigkeit zu verlassen. »Doch was hat das mit Reverend Wiggles und seiner Frau zu tun?«, fragte sie dann.

»Es heißt, Reverend Wiggles soll abgelöst werden!«

»Was sagen Sie da?«, rief Ruth überrascht.

Susan Peabody nickte. »Die London Missionary Society will einen neuen Missionsleiter einsetzen. Die Herren in London sind mit Reverend Wiggles' Erfolgen nicht zufrieden und sagen – aber das bleibt bitte unter uns! –, dass er die Bekehrung der Eingeborenen nicht mit dem Nachdruck betreibe, der nötig wäre. Auch unternähme er nichts dagegen, dass die Eingeborenen viele ihrer verderblichen Sitten weiter befolgen, anstatt Gott die nötige Ehrfurcht zu erweisen.«

Dass die Frau eine Plaudertasche war, wusste Ruth schon von früheren Besuchen Susan Peabodys. Auch hielt sie die leitenden Herren der Missionsgesellschaft in London für Narren, die keine Ahnung von den Völkern dieser Weltgegend hatten, aber diesen ihre enge Weltsicht aufdrängen wollten. Ruth befürchtete Aufstände und Rebellionen auf den Inseln, wenn die Missionare zu radikal vorgingen. Ein neuer Leiter der Mission würde zu neuen Kämpfen führen, dabei hatte sie gehofft, endlich Frieden zu haben.

Ihre Besucherin rückte angespannt auf ihrem Stuhl hin und her. »Das aber war nicht allein der Grund meines Erscheinens, Mistress Mensing. Es ist so, dass man in London vergessen hat, eine unserer Reisekisten einzuladen. Jetzt befinde ich mich in großer Verlegenheit. Da mein Mann und ich schon bald nach Maupiti weiterreisen sollen, muss ich in aller Eile die Dinge besorgen, die mir fehlen. Daher wollte ich Sie bitten, mir dabei zu helfen.«

Ruth wies auf das neue Gebäude der Handelsstation, das Lu Po und sie vor Kurzem hatten errichten lassen. »Ich bin sicher, dass Sie dort zumindest einige der Sachen kaufen können.«

Susan Peabody schien sich innerlich zu winden. »Ich habe gehört, dass der Laden gut bestückt sein soll. Aber es ist für eine Frau ungehörig, dorthin zu gehen. Immerhin sollen dort üble Burschen aus und ein gehen, denen man nicht begegnen will.«

Dünkelhaft ist sie also auch noch, dachte Ruth. Oder hatten die anderen Missionarsfrauen ihr dies eingeredet? Diese mieden den Laden ebenfalls und schickten, wenn sie tatsächlich einmal etwas brauchten, ihr einheimisches Dienstpersonal vor.

»Es würde mich freuen, wenn Sie mir helfen könnten, Mistress Mensing. Die Handelsstation ist doch Ihr Eigentum«, flehte ihre Besucherin.

»Sie meinen, ich soll für Sie hingehen und die Dinge holen, die Sie benötigen?«, fragte Ruth mit leisem Spott.

Sofort schüttelte die Besucherin den Kopf. »Das würde ich niemals von Ihnen verlangen! Ich dachte eher daran, dass Sie eine Auswahl der Sachen hierherbringen lassen, damit ich mir etwas davon aussuchen kann.«

Ruth setzte zu den Charakterzügen, die Mistress Peabody auszeichneten, auch noch ein gerütteltes Maß an Unverschämtheit hinzu, musste sich aber dennoch das Lachen verkneifen.

»Gesetzt den Fall, ich würde dies tun, so gewiss nicht vor dem Frühstück. Darf ich Sie dazu einladen?«

Susan Peabody nickte verschämt und bekannte, dass sie wegen der Dringlichkeit dieser Sache nicht dazu gekommen sei, etwas zu sich zu nehmen.

»Auch war es ein langer Weg hierher, und ich bin ganz verschwitzt!«, setzte sie seufzend hinzu.

Man riecht es, dachte Ruth und schüttelte den Kopf über diese Frauen, die in diesem heißen Klima nicht auf eine sorgfältige Körperpflege achteten.

»Ich hätte nicht gedacht, dass es hier so heiß sein könnte. So ist es bei uns in Somerset nicht einmal im Hochsommer«, fuhr Susan Peabody seufzend fort.

»Man sollte sich hier ausreichend waschen. Das ist vor allem für uns Frauen wichtig«, erklärte Ruth.

»Ist das nicht ungehörig?«, fragte Susan Peabody.

»Tut man es nicht, entwickelt man eine äußerst unangenehme Ausdünstung! Wir Frauen können dadurch sogar krank werden«, erklärte Ruth mit einem Lächeln, das nur jene, die sie nicht kannten, freundlich nennen würden.

»Krank werden? Oh Gott, und das auf dieser Insel, auf der es keinen Arzt gibt!«, rief Susan Peabody erschrocken.

Einer der Missionare war als Mediziner vorgebildet, hatte das meiste aber über dem Studium der Bibel wieder vergessen. Ruth wäre im Ernstfall lieber zu einem einheimischen Heiler gegangen als zu diesem Mann. Für die Damen aus England war dies jedoch undenkbar.

»Ich wasche mich jeden Tag. Wenn Sie mein Badezimmer sehen wollen?«

Susan Peabody nickte. »Ja, gerne!« Sie wunderte sich, als Ruth sie hinten aus dem Haus durch eine Tür in dessen rückwärtiger Umzäunung führte und ein Stück den Hügel hinabging. Dort gab es einen hohen Zaun aus Bastmatten, hinter dem ein Bächlein die Felsen herabsprang und einen kleinen Wasserfall bildete. Daneben stand ein mit einheimischen Mustern geschmückter Tisch. Sogar eine Stange und ein Brett für die Kleidungsstücke waren vorhanden, und ein Stück weiter stand ein großer Trog, der über ein Rohr von der Quelle immer frisch befüllt wurde.

»Wenn Sie wollen, können Sie hier baden«, bot Ruth ihrer Besucherin an.

»Aber das geht doch nicht!«, antwortete diese mit einem sehnsüchtigen Blick auf den Wasserfall.

»Warum nicht? Sie sind hier vor fremden Blicken sicher, und in meinem Haushalt leben, von meinem Sohn abgesehen, nur weibliche Bedienstete. Männer betreten es nur nach Aufforderung.«

»Aber Sie und Ihre Dienerinnen …«, stammelte Susan Peabody.

»Ich werde jetzt wieder nach oben gehen, die Tür schließen und verhindern, dass Ihnen meine Dienerinnen zusehen«, versprach Ruth und kehrte ins Haus zurück. Als sie die Tür schloss, sah sie die junge Engländerin unschlüssig neben dem Wasserfall stehen und zuckte mit den Achseln. Wenn Mistress Peabody zu schamhaft war, sich unter freiem Himmel zu waschen, konnte sie ihr auch nicht helfen.

»Soll sie doch meinetwegen stinken wie ein Iltis. Das muss nicht ich, sondern ihr Mann ertragen«, sagte sie leise, aber Aipua hörte es trotzdem.

»Wer stinkt?«, fragte diese belustigt, während sie Jan eine Banane schälte.

»Eine der Engländerinnen! Da sie stark riecht, habe ich ihr angeboten, sich bei mir zu waschen. Wenn sie es nicht tut, ist es ihre Sache.«

Aipua trat zur Wand und spähte durch einen Spalt nach unten. »Sie zieht sich gerade aus, blickt sich dabei aber immer wieder um, ob nicht doch eine Neugiersnase in der Nähe ist, um ihr etwas abzuschauen.« Sie erinnerte sich noch gut daran, dass sich Ruth, als sie vor nun fast vier Jahren nach Hiva Oa gekommen war, kaum anders benommen hatte als diese Engländerin. Sie hatte sich selbst vor Frauen nicht nackt zeigen wollen, sich aber mit der Zeit ein wenig angepasst. Die Frauen der hiesigen Missionare waren dazu nicht bereit. Oder lag es an deren Ehemännern? Auch Ruths Mann Hinrich hatte immer wieder Einspruch erhoben, wenn seine Frau etwas tun wollte, was in seinen Augen ungehörig gewesen war.

»Was wollte die Frau eigentlich?«, fragte Aipua und wandte sich wieder Ruth zu.

»Ich soll ihr zu einigen Waren verhelfen, die in England vergessen worden sind«, antwortete Ruth.

»Aber dafür muss sie doch nur in den Laden gehen«, rief Aipua kopfschüttelnd.

»Dort würden zu viele wüste Kerle herumlaufen. Diesen zu begegnen wäre äußerst unschicklich!«

Aipua musste schallend lachen. »Und? Was willst du tun?«, fragte sie, nachdem sie sich etwas beruhigt hatte.

»Ich werde Mr Lu Wei bitten, dass er eine gewisse Auswahl an Waren heraufbringt, und Mistress Peabody zum Tee einladen.

Dann kann sie aussuchen, was sie braucht, und uns sagen, was noch fehlt, so dass wir es ihr besorgen können.«

»Sie sollte auf jeden Fall sehr viel Seife kaufen. Sie stinkt wirklich wie ein … wie nanntest du das Tier?«, fragte Aipua und brachte damit auch Ruth zum Lachen.

2.

Susan Peabody ging auf Ruths Vorschlag ein, sich die Waren vorführen zu lassen, bat aber, es erst am Abend zu tun, und fragte dann scheu, ob sie ein paar Freundinnen mitbringen dürfe.

»Das können Sie gerne«, antwortete Ruth und fand, nachdem die junge Frau gegangen war, dass nicht nur diese selbst, sondern auch ihre Kleider eine Wäsche dringend nötig hatten.

»Außerdem trägt sie viel zu dicke Stoffe«, setzte sie angesichts ihrer eigenen Erfahrungen hinzu.

Aipua nickte. Es hatte damals eines harten Kampfes bedurft, Hinrich Mensing davon zu überzeugen, dass er Ruth erlaubte, leichtere Kleider zu tragen. Ihre Freundin hatte damals das Kind verloren, mit dem sie schwanger gegangen war. Zwar mochte auch die Aufregung über den nur mit Mühe abgewehrten Überfall der Walfänger unter Rave Wally eine Rolle gespielt haben, doch die zu warmen und engen Kleider waren gewiss auch ein Grund gewesen.

Ruth rief ihren Sohn zu sich, der bereitwillig auf ihren Schoß kam und sich von ihr eine Frucht schälen ließ. Jan war ein hübsches Kind mit Haaren, deren Blond einen leichten Kupferschimmer aufwies. Dazu hatte er graue Augen und ein Gesicht wie ein Engel. Meistens benahm er sich auch so, aber er konnte ziemlich zornig werden. Zu Ruths Verwunderung wurde Jan aber sofort ruhiger, wenn James Hutton anwesend war und missbilligend die Augenbrauen hob.

Sie war froh, dass Lucky Jim einen positiven Einfluss auf den Jungen ausübte. Von ihr, Aipua und den anderen Frauen im Haushalt wurde Jan arg verwöhnt. Derzeit befand James Hutton sich in ihrem Auftrag wieder einmal in China, um zusammen mit Lu Po frische Waren zu besorgen. Auch wenn sie sich an das fremdartige Aussehen einiger Dinge gewöhnen musste, so leisteten diese ihr doch gute Dienste.

An Susan Peabody erinnerte Ruth sich erst wieder im Lauf des Nachmittags. Sie schickte Lu Yi zu ihrem Onkel Lu Wei, der in Abwesenheit seines Bruders den Laden führte, um ihn zu bitten, die gewünschten Waren zu ihr heraufzubringen. Maire forderte sie auf, einen Kuchen zu backen, und überlegte dabei, wie viele Begleiterinnen Mistress Peabody mitbringen würde.

»Mach genug! Den Rest können wir morgen essen«, rief sie ihrer Dienerin noch nach, dann nahm sie ihr Rechnungsbuch zur Hand und trug einige neue Posten ein. Als sie den Gewinn für den letzten Monat ausrechnete, war sie mit dem Ergebnis sehr zufrieden. Wie es aussah, konnte sie das große Schiff weiterbauen lassen, ohne ihre anderen Pläne beschneiden zu müssen. Wenn dann James und Lu Po mit vollem Laderaum aus China zurückkehrten, würden die Einnahmen in den nächsten Monaten die jetzigen noch um ein ganzes Stück übertreffen.

3.

Der Abend kam, ohne dass Mistress Peabody oder eine andere Missionarsfrau sich sehen ließ. Ruth glaubte bereits, man hätte sie versetzt, und ärgerte sich. Immerhin hatte Lu Wei sich große Mühe gegeben, eine reichhaltige Auswahl aller möglichen Haushaltsgegenstände zu ihr zu schaffen. Vaimiti schien ihm auch von dem streng riechenden Kleid der jungen Engländerin berichtet zu haben, denn Lu Wei fragte, ob sie bei der Handelsstation nicht auch eine Wäscherei einrichten sollten. Es brächte den Frauen der Familie eine Arbeit und damit auch eine Einnahmequelle. Er sprach zwar zunächst von den Matrosen, deren Kleidung vom Salzwasser steif war. Ruth begriff aber, dass er auch die Europäer auf der Insel als mögliche Kunden sah.

Da ihre Bilanz so positiv ausgefallen war, erlaubte sie es ihm unter der Voraussetzung, dass auch ihre Sachen gewaschen wurden. Insgeheim amüsierte sie sich. Lu Po war der Herr im Laden und Besitzer des Matrosenbordells. Da wollte sein Bruder wohl wenigstens der Leiter der Wäscherei werden.

Vorerst aber, dachte sie, würde er alles, was er hatte heraufbringen lassen, wieder nach unten schaffen müssen. Da stupste Aipua sie an.

»Schau dort, Ruhutia!«, rief sie und wies auf mehrere Kanus, die auf den Anleger zuhielten.

Im Licht der Fackeln sahen sie die Tahitianer, die die Boote steuerten, sowie eine Gruppe europäischer Frauen, die eben von den Kanus auf den Anlegesteg traten.

»Bei Gott, das ist fast die Hälfte der Frauen aus der Mission. Wenn die alle zu uns wollen, hoffe ich nur, dass unser Kuchen ausreicht«, stieß Ruth in komischem Entsetzen hervor.

»Notfalls werden wir die Stücke eben kleiner machen«, erwiderte Aipua mit einem spöttischen Lächeln.

Nun zuckten auch Ruths Lippen, denn sie erinnerte sich an einen Spruch aus ihrer Heimat Hamburg: »Fünf wurden geladen, zehn sind gekommen – tut Wasser zur Suppe, heißt alle willkommen!« Bei einer Suppe mochte das gehen, doch bei einem Kuchen war dies unmöglich.

»Besorgt noch Früchte!«, forderte sie Vaimiti und Maire auf. »Diese Frauen sollen nicht erzählen, Ruth Mensing wäre so geizig, ihren Gästen nur winzige Stücke Kuchen anzubieten.«

»Sie brauchen sich nicht zu sorgen, Madam, der Kuchen wird reichen!«

Maire lächelte beruhigend, denn eine ihrer Freundinnen, die im Haus der Wiggles als Hausangestellte arbeitete, hatte von dem Komplott gehört und ihren jüngeren Bruder geschickt, um sie zu warnen. Daher hatte sie genügend Kuchen gebacken, um für diese Attacke gerüstet zu sein.

Während Maire, Vaimiti und Lu Yi, die neben den beiden hochgewachsenen Tahitianerinnen wie eine Wachtel neben Haushühnern wirkte, den Tisch deckten und Stühle hereintrugen, beobachtete Ruth, wie die Frauen den Hügel heraufkamen.

Schon bald drang aufgeregtes Schnattern an ihr Ohr. Ruth wunderte sich, so munter und ausgelassen hatte sie die Ehefrauen der Missionare noch nie erlebt.

Wenig später kam Susan Peabody herein. »Guten Abend, Mistress Mensing! Verzeihen Sie, dass wir so spät kommen, doch wir wollten unseren Ehemännern und den Kindern, so eine von uns welche hat, noch das Dinner vorsetzen«, sagte sie mit einem verlegenen Lächeln.

»Das ist doch selbstverständlich!« Auch Ruth lächelte, obwohl sie insgeheim über die Missionarsfrauen spottete. Diese waren so in ihren englischen Sitten und Gebräuchen verhaftet, dass sie an Weihnachten am liebsten in Wollmäntel gehüllt in die Kirche gehen würden, da um diese Zeit in ihrer Heimat kaltes Wetter herrschte.

»Setzen Sie sich!«, forderte sie die Frauen auf, die nun hereinströmten. »Darf ich Ihnen Tee vorsetzen, oder ziehen Sie den Saft frisch ausgepresster Früchte vor?«

»Wir wählen Tee, wenn es genehm ist«, antwortete eine der Frauen, die bereits mehrfach bei ihr zu Besuch gewesen war.

»Gerne!«, sagte Ruth und gab Lu Yi einen Wink.

Diese kam sofort mit einer großen Kanne herbei und goss ein. Danach verschwand sie wieder, während Maire reichlich Kuchen auftischte. Die Damen tranken Tee und verspeisten ihre Kuchenstücke, bis kein Krümel mehr übrig war. Dabei waren sie, wie sie berichteten, erst vor Kurzem vom Abendessen aufgestanden. Zunächst drehte sich das Gespräch um allerlei Banalitäten. Dann schob Susan Peabody ihren Teller zurück und sah Ruth fragend an. »Erinnern Sie sich an meine Bitte, mir ein paar Sachen aus dem Laden holen zu lassen?«

»Selbstverständlich! Wenn Sie so gut wären, sich in das Nebenzimmer zu begeben. Dort liegt alles bereit.« Ruth amüsierte sich insgeheim. Am Morgen hatte Mistress Peabody noch so getan, als wäre alles ein Geheimnis, das niemand erfahren dürfte. Doch wie es aussah, hatte sie ihren Mund den anderen Missionarsfrauen gegenüber doch nicht halten können.

Ruth stand auf und ging voraus. Die gesamte Schar folgte ihr. Zuerst blickten die Frauen verwirrt auf die für sie fremdartig wirkenden Waren. Dann entdeckte eine von ihnen Porzellanteller und -tassen und stieß einen Freudenruf aus. Sogleich aber nahm ihr Gesicht einen besorgten Ausdruck an.

»Die sind doch gewiss sehr teuer?«

»Den Preis kann ich Ihnen leider nicht nennen. Da müsste Lu Yi ihren Onkel holen. Er kann es Ihnen sagen«, antwortete Ruth.

»Wissen Sie, ob diese Messer gut schneiden?«, wollte eine andere Frau wissen.

»Ist das hier echte Seide? Sie fühlt sich herrlich an. Oh wie schade, dass mein Ehemann mir niemals erlauben würde, sie zu tragen.« Der Ausruf dieser Frau zeigte Ruth, dass nicht alle in der Missionarssiedlung weltlichen Dingen so abhold waren, wie ihre Religion es von ihnen verlangte.

»Seide ist hier bei diesem Klima sehr angenehm zu tragen«, antwortete Ruth. »Natürlich muss man darauf achten, dass der Schnitt schicklich ist. Allerdings kann man auch Kleider aus Baumwolle wählen.«

»Wie es uns zukommt«, erklärte eine der älteren Frauen tadelnd.

»Auch ich trage sie immer wieder!«, gab Ruth zu. »Für meine Leibwäsche nehme ich jedoch Seide. Sie ist nicht so erstickend wie Baumwolle, Leinen oder gar richtige Wolle. Zu Beginn meiner Zeit auf Hiva Oa trug ich Hemden aus Leinen und Wolle und wurde darin krank.« Sie wollte nicht berichten, dass sie damals ihr Kind vor der Zeit verloren hatte, sondern lenkte das Gespräch auf die Haushaltsgegenstände und bat Lu Yi, ihren Onkel zu holen, damit dieser die Preise nennen konnte.

Dies geschah dann auch. Zwar war Lu Weis Englisch schlechter als das seiner Nichte, doch das Mädchen konnte recht gut übersetzen. Die meisten Frauen konnten kaum glauben, wie billig die Waren im Vergleich zu denen waren, die aus England herangeschafft wurden. Susan Peabody wurde von einem wahren Kaufrausch erfasst. Und auch die anderen kauften kräftig ein. Zuletzt war alles, was Lu Wei gebracht hatte, weg, und er musste einigen der Damen versprechen, ihre Wünsche aus seinem Magazin zu erfüllen. Er bot ihnen an, dass seine Vettern die Sachen liefern würden, und verabschiedete sich äußerst zufrieden.

Auch Ruth freute sich über den Erfolg ihrer kleinen Verkaufsveranstaltung und bot den Damen ein Gläschen chinesischen Pflaumenwein an. Nun war Alkohol den Missionaren ein Gräuel. Doch nur die Frau, die sich zuvor bereits gegen Seide ausgesprochen hatte, lehnte den Wein ab. Sofort waren drei ihrer Gefährtinnen bei ihr.

»Du musst mittrinken, Margery, sonst haben wir Angst, du könntest uns an unsere Männer verraten«, drängte eine von ihnen.

»Ja, bitte, Margery! Lass uns jetzt nicht im Stich! Immerhin haben wir dich mitgenommen, so dass du ein wunderschönes chinesisches Service erstehen konntest.«

Schließlich ließ die Frau sich überreden, und sie probierten alle von dem Pflaumenwein. »Aber ihr trinkt alle nur ein Glas«, erklärte Margery mit mahnend erhobenem Zeigefinger.

»Das tun wir!« Die Frauen tranken und fanden das Getränk zwar seltsam, aber durchaus wohlschmeckend.

Eine der Jüngeren zupfte Ruth am Ärmel. »Mistress Peabody sagte, sie konnte sich bei Ihnen waschen. Ich würde dies auch gerne etwas ausgiebiger tun, doch zu Hause geht es schlecht. Es kann jederzeit jemand kommen, und dann ist da auch noch das Personal.«

Ruth kannte die Häuser der Missionare. Diese waren zwar groß, doch Badezimmer wie in England gab es in ihnen nicht. So blieb den Frauen nur eine Schüssel Wasser, mit dem sie sich in ihren Schlafzimmern waschen konnten. Im kühleren Klima Englands hätte dies vielleicht gereicht, doch hier auf Tahiti musste man der Körperpflege mehr Aufmerksamkeit widmen. Eine der Damen klagte auch über die ständig scheinende Sonne, die dazu führte, dass ihre Haut Falten bekam.

Ruth riet ihr, ihre Haut mit Noni-Öl einzureiben, und führte ihr dieses vor. Obwohl die Frauen teilweise schon Jahre auf der Insel lebten, hatten sie sich von einheimischen Salben und Ölen ferngehalten. Nun versammelten sie sich um Ruth, um auch selbst zu probieren. Ein paar von ihnen wollten Ruths Freiluftbad sehen.

Daher wies Ruth Lu Yi an, einen Lampion bei dem kleinen Wasserfall zu entzünden. Einige Frauen folgten ihr sofort. Es dauerte nur wenige Augenblicke, so berichtete Vaimiti später, dass zwei von ihnen sich ausgezogen hätten, um sich nackt unter den Wasserfall zu stellen. Ein paar der Frauen waren darüber schockiert. Die meisten aber sehnten sich nach einem kühlen Bad und drängten ebenfalls nach unten. Wie schon zuvor mit dem Pflaumenwein wurden die Widerstrebenden gedrängt, ebenfalls zu baden, damit alle bei der Sache mitgemacht hatten und keine die anderen verraten konnte.

Ruth unterhielt sich unterdessen mit Aipua und ihren Dienerinnen und verkniff sich dabei, über ihre Gäste zu spotten, konnten diese doch nichts dafür, dass sie so geworden waren, wie sie auftraten.

4.

Susan Peabody und ihre Begleiterinnen schieden bester Laune von Ruth und gingen zum Anlegesteg hinab. Es war eine wunderschöne Nacht mit einer strahlenden Mondsichel am Himmel und einem funkelnden Sternenhimmel, zu dem sie andächtig aufschauten.

»So wie die Perlenprinzessin würde ich auch gerne leben«, sagte eine von ihnen seufzend, und diesmal klang es nicht so abfällig wie bei Mildred Wiggles, sondern durchaus anerkennend.

»Mistress Wiggles ist eine dumme Kuh, es sich mit ihr verdorben zu haben«, wandte die Frau hinter ihr ein.

»So etwas sagt man nicht über eine ehrengeachtete Frau«, wies Margery Longfellow, die Älteste in der Runde, sie zurecht.

Eine Dritte wies auf die Handelsstation, vor deren Eingang zwei Fackeln brannten. »Schade, dass wir diese nicht aufsuchen können.«

»Warum sollten wir es nicht tun?«

»Wollt ihr etwa ungewaschenen und nach Teer und Tran stinkenden Walfängern begegnen, die euch in den Hintern kneifen?«, fragte Mistress Longfellow scharf.

Ein paar kicherten, weil die Stofffülle, die eine Frau an besagter Stelle trug, zu dick war, um sie kneifen zu können. Ihnen war jedoch klar, dass es für eine Dame undenkbar war, einen Laden zu betreten, in dem, wie Reverend Wiggles es so treffend ausdrückte, Sünder und gar Söhne des Satans verkehrten.

Eine der Frauen warf einen Blick auf ein etwas abseits stehendes Haus, dessen Eingang ebenfalls von Fackeln erhellt wurde. »Ist das dort dieses entsetzliche Haus der Sünde, das unser ehrenwerter Reverend in jeder seiner Predigten verdammt?«

Margery Longfellow sah ebenfalls hin und nickte voller Abscheu. »Das muss es wohl sein!«

»Ich kann nicht begreifen, wie Männer dorthin gehen und mit den sündhaften Weibern dort das tun, was laut Gott, unserem Herrn, nur einem Ehemann mit seinem angetrauten Weibe erlaubt ist«, sagte Susan Peabody schaudernd.

»Ich würde es mir gerne näher ansehen, um diesen ehrlosen Kerlen ins Gesicht schleudern zu können, was ich von ihnen halte!«, stieß eine ihrer Gefährtinnen zornig aus.

Sie waren sich einig in ihrem Ekel vor diesem Haus und vor den Männern, die darin verkehrten. Eine erinnerte sich daran, dass ihre Mutter erklärt hatte, man müsse den Männern solche Handlungen nachsehen, da diese einen stärkeren Drang zum Geschlechtsverkehr verspürten als Frauen. Erst später hatte sie erfahren, dass die Mutter da nicht zuletzt von ihrem Ehemann gesprochen hatte. Aus diesen Erfahrungen heraus hatte sie nicht den Landedelmann geheiratet, den ihre Eltern gerne als Schwiegersohn gesehen hätten, sondern einen jungen Prediger, der als Missionar in die Südsee hatte gehen wollen.

»Schwache Männer mögen der Verlockung solcher Etablissements erliegen, doch unsere Männer sind stark im Glauben und dadurch gegen jegliche Versuchung gefeit«, erklärte sie.

Da schnaubte eine der Frauen. »Seht doch den Mann dort, der eben auf dieses Haus zugeht. Das kann doch nicht der ehrenwerte Mr Perell sein?«

Nun sahen alle hin. Ein hochgewachsener, sehr hagerer Mann in europäischer Kleidung trat auf das Bordell zu und huschte rasch durch die Eingangstür.

Margery Longfellow schüttelte den Kopf. »Das war gewiss nicht Mr Perell.«

»Es war aber sein Gang! Ich kenne keinen anderen Mann, der beim Gehen so mit den Gliedern schlenkert wie er«, wandte eine der jüngeren Frauen ein.

»Ich meine auch, dass es Mr Perell sein könnte.«

Die Gruppe blieb stehen und starrte das Freudenhaus an.

»Was machen wir jetzt?«, fragte eine. »Gehen wir weiter, oder warten wir, um uns Gewissheit zu verschaffen, ob das tatsächlich Mr Perell war?«

»Ich bin für warten«, erklärte Margery Longfellow, und die anderen stimmten ihr zu.

Susan Peabody wies auf ein Gebüsch, das noch etwas näher am Bordell lag. »Wir sollten uns dort verbergen, damit man uns nicht sieht! Leuchte uns!«

Der Befehl galt Lu Yi, die Ruth mit einem Lampion mitgeschickt hatte, damit sie ihnen den Weg zeigen konnte. Das junge Mädchen hatte in dem knappen Jahr, das sie bereits auf Tahiti weilte, genug Englisch gelernt, um zu verstehen, wovon die Frauen sprachen. Sie gehorchte daher ohne Widerspruch und hängte den Lampion so auf, dass sein Schein vom Bordell aus nicht zu sehen war.

Die Frauen warteten längere Zeit, und Mistress Longfellow musste ihre Gefährtinnen mehrfach auffordern, nicht so laut zu reden. »Das Haus der Sünde ist recht nah, und ihr wollt doch nicht, dass wir bemerkt werden. Was meint ihr, was das für einen Aufruhr gäbe!«

»Jedenfalls keinen so großen, wie wenn dieser Mann tatsächlich Hiram Perell ist, den laut Mildred Wiggles alle Vorzüge des Charakters auszeichnen«, murmelte eine der Frauen, und ein paar andere kicherten dazu.

5.

Hiram Perell schämte sich, doch er kam nicht gegen seine Natur an. Sein Drang, einer Frau beizuwohnen, war zu groß, um durch Gebet und Fasten beherrscht werden zu können. Als er das erste Mal heimlich und des Nachts hierhergeschlichen war, hatte er noch gehofft, es bei dem einen Mal belassen zu können. Doch seit die junge Chinesin unter ihm gelegen hatte und er fast schmerzhaft zur Erfüllung gekommen war, musste er hierher zurückkommen.

Sein Verstand sagte ihm, dass er so bald wie möglich heiraten sollte, um sich nicht weiterhin durch eine solche Sünde zu beschmutzen. Doch es gab nur zwei weibliche Wesen, die derzeit für ihn als Ehefrauen in Frage kamen. Da war zum einen Heather Wiggles. Zwar war sie gut erzogen, aber sie reizte ihn so gar nicht. Abigail Baker hätte er ihr vorgezogen, denn diese entsprach sehr viel mehr den Vorstellungen, die ein junger Geistlicher wie er für eine Ehefrau hegte. Leider befand Abigail sich jedoch bei ihrem Vater und ihrer Mutter auf Huahine. Perell schätzte, dass Mistress Wiggles ihren Mann dazu gebracht hatte, Baker dorthin zu schicken, um dessen Tochter als Konkurrentin für ihre Heather zu entfernen.

Die Hoffnung, Ruth Mensing für sich zu gewinnen, hatte er aufgegeben. Dabei war sie die einzige Frau, bei der er glaubte, die Chinesin vergessen zu können. Es war gewiss nicht seine Schuld, dass Ruth ihn ablehnte, sondern die von Mistress Wiggles und deren Intrigen.

Mit diesem Gedanken betrat er das Kämmerchen, das Lu Po für Männer hatte einrichten lassen, die nicht gesehen werden wollten, und nahm das Glas Pflaumenwein entgegen, das ein chinesischer Diener ihm reichte.

»Pfirsichblüte wird gleich zu Ihnen kommen«, sagte der Mann im kaum verständlichen Englisch und ließ Perell dann allein.

Dieser kämpfte mit sich, ob er nicht doch besser wieder gehen und daheim im Gebet bereuen sollte. Ein kleines Teufelchen in seinem Kopf meinte jedoch, dass es aufrichtiger sei, nach der Sünde zu bereuen. Augenblicke später schlüpfte die Hure herein und vollzog vor ihm den Kotau. Das war eine Ehrengeste, die er von einer europäischen Frau niemals bekommen würde, dachte er und blickte auf den schwarzen Schopf mit dem kunstvoll aufgesteckten Haar nieder.

Pfirsichblüte war eine Schönheit, ein wenig exotisch und voller Hingabe und Zärtlichkeit. Als sie sich jetzt erhob, strich sie ihm sanft mit den Fingern der rechten Hand über die Wange, während sie mit der Linken eine kleine, wohlgeformte Brust entblößte.

In dem Augenblick war bei Hiram Perell jegliche Vorsicht vergessen. Er griff nach der Frau, schob seine Hände unter ihr Kleid und spürte sein Verlangen nach ihr wie einen Sturm, dem nichts und niemand widerstehen konnte.

Die Hure spottete in Gedanken über den jungen Mann, der sich in seiner eiligen Art um das Vergnügen einer gemeinsam verbrachten Nacht brachte, sagte sich aber, dass er gut zahlte, und ließ ihm daher seinen Willen. Ihre Kleidung fiel, ebenso seine Hose, und dann lag sie mit gespreizten Beinen auf dem niedrigen Bett, während er sich keuchend auf sie wälzte und ungeschickt in sie eindrang. In der Hinsicht war es ganz gut, dass er rasch zum Ende kam, dachte sie und fragte sich, weshalb die weißen Männer keine Rücksicht auf sie und ihre Gefährtinnen nahmen.

Perell sank stöhnend auf sie nieder. Da er sie mit seinem Gewicht arg niederdrückte, stemmte Pfirsichblüte den Oberkörper mit den Unterarmen ab und flüsterte ihm jene Worte ins Ohr, die alle ihre Kunden hören wollten, auch wenn sie schamlos gelogen waren. Jeder von ihnen wollte der Beste im Bett gewesen sein, und da sie meist gut zahlten, wenn sie ihnen dies bestätigte, war es leicht verdientes Geld, jeden den stärksten Hengst zu nennen, der sie je bestiegen hatte.

Auch jetzt behauptete sie das und setzte in ihrer Muttersprache einige Worte hinzu, mit denen sie über die Schnelligkeit spottete, mit der er zum Samenerguss kam. Das war ihre Rache für den beschämenden Dienst, den sie diesen ungehobelten weißen Männern erweisen musste.

Perell zog sich rasch an, warf mehrere Münzen auf das Bett und verließ fluchtartig das Bordell. Er hatte erneut gesündigt und währenddessen nicht einmal daran gedacht, dass es eine Sünde war.

Während Pfirsichblüte zufrieden das Geld zählte, starrten die hinter dem Gebüsch versteckten Missionarsfrauen voller Verachtung auf den jungen Mann, der so hastig aus dem Bordell kam, dass er fast über die eigenen Füße stolperte. Nun waren sie nahe genug, um erkennen zu können, dass es sich unzweifelhaft um Hiram Perell handelte, den Mildred Wiggles ihnen allen als die Krone der Männer hingestellt hatte.

»Na warte!«, stieß Margery Longfellow mit heimlichem Triumph hervor. »Die gute Mildred wird morgen von mir einiges zu hören bekommen.«

»Aber wie wollen Sie es ihr sagen, ohne zu bekennen, dass wir nahe genug an diesem ekligen Haus waren, um dies entdecken zu können?«, fragte Susan Peabody.

Mistress Longfellow war sich sicher, dass ihr etwas einfallen würde, und dann sollten Mildred Wiggles, die sich als die moralische Instanz der gesamten Missionsgemeinde aufgespielt hatte, ohne diesem Anspruch auch nur im Geringsten gerecht zu werden, die Augen übergehen.

6.

Während sich auf Tahiti die eine oder andere Gewitterwolke zusammenbraute, sonnte sich Tausende Meilen entfernt Zechariah Bartlett im höchsten Glück. Durch seine Beziehungen war es ihm gelungen, den Nachlassverwalter seines Schwiegervaters auszumanövrieren. Auf höchste Anordnung hatte dieser seinen Posten aufgeben und zulassen müssen, dass Bartletts Ehefrau Ellinor zur Countess of Huttonsfield ernannt worden war. Ihr Sohn Anthony konnte sich nun endlich mit dem ersehnten Titel eines Viscount Broulie schmücken, und ihn selbst hatte man in den Rang eines Baron Bartlett erhoben.

Damit hatte das lange Streben um Aufstieg und Anerkennung, das schon sein Vater begonnen hatte, endlich Früchte getragen, und aus der wohlhabenden, allerdings bedeutungslosen Familie Bartlett waren die Bartletts of Huttonsfield geworden.

»Nur noch eine gute Meile, dann sind wir zu Hause«, sagte er zufrieden zu seiner Frau.

Diese verzog das Gesicht. »Ich habe von einer Freundin gehört, dass diese Anwaltskreatur nicht aufgeben will, sondern immer noch versucht, uns Steine in den Weg zu rollen.«

»Wie sollte ihm das gelingen?«, wandte ihr Sohn fröhlich ein. »Sie haben den Grafentitel aus eigenem Recht, ich bin Viscount Broulie, und Vater wurde zum Baron gemacht. Das sind Tatsachen, gegen die auch Halverstock nichts einwenden kann.«

»Ich sehe es genauso wie Anthony! James Hutton ist im Pazifischen Ozean ertrunken und somit mausetot. Halverstock kann uns also nicht länger ärgern. Ich werde ihm auf die Schulter klopfen und sagen, gut gemacht, alter Junge, aber jetzt habe ich das Sagen«, erklärte Zechariah Bartlett und lachte schallend.

Indigniert verzog Lady Ellinor das Gesicht. »Verzeihen Sie, wenn ich einen Einwand erhebe«, sagte sie mit tadelnder Stimme. »Das Sagen, wie Sie es nennen, werde ich als Countess aus eigenem Recht ausüben.« Sie hätte froh sein müssen, endlich ihr Ziel erreicht zu haben. Trotzdem spürte sie einen unangenehmen Druck in der Brust. Mehr als zehn Jahre lang hatte sie damit gehadert, dass mit James Hutton ein Vetter zweiten Grades als Nachfolger ihres Vaters gegolten hatte und nicht sie als dessen Tochter. Sie hatte es sogar als klugen Schachzug angesehen, als ihr Vater den Jungen mit vierzehn Jahren zur Marine gesteckt hatte. Dort gab es viele Gefahren und Krankheiten. Mittlerweile wusste sie, dass ihr

Ehemann dies ihrem Vater geraten hatte, und dieser hatte es nicht dem Schicksal überlassen wollen, ob James Hutton sein Erbe würde antreten können oder vorher starb.

Nun, da sie sich am Ziel ihrer Wünsche sah, hatte sie völlig verdrängt, dass sie mit den Plänen ihres Vaters und ihres Ehemannes lange Zeit einverstanden gewesen war und niemals Einwände erhoben hatte. Im Gegenteil, eine Zeit lang hatte sie ihren Mann sogar angefeuert, dem lästigen Erben ein Ende zu bereiten.

Nun war James Hutton tot. Und obwohl sie aus seinem Tod Nutzen zog, fühlte sie sich bedrückt, denn man hatte den jungen Mann, in dessen Adern das Blut ihrer Familie geflossen war, auf Anweisung ihres Ehemanns umgebracht. Diese Tat lag wie ein Schatten auf ihr und ihrer Erbfolge, und sie wusste nicht, ob sie je Befriedigung darin finden würde, die Herrin auf Huttonsfield zu sein, wie sie es sich immer vorgestellt hatte. Mit ihrem Ehemann konnte sie nicht über diese Gefühle reden, und noch weniger mit ihrem Sohn. Anthony hatte seit Jahren danach gestrebt, Viscount Broulie und damit Erbanwärter des Titels Earl zu werden, und würde mit einem Lachen über ihre Bedenken hinweggehen.

Während sie sich Huttonsfield Castle näherten, dachte Lady Ellinor, dass sie sich, wäre sie ihrem Stand gemäß verheiratet worden, mit James Hutton als Nachfolger ihres Vaters abgefunden und sogar verwandtschaftliche Beziehungen zu ihm gepflegt hätte. Anstatt sie jedoch mit einem Mann aus höheren Adelskreisen zu verheiraten, hatte ihr Vater sie an Samuel Bartlett verkauft, damit dieser sie mit seinem Sohn hatte verheiraten können.

»Diesmal kommen wir mit einer wappengeschmückten Kutsche!«, rief Zechariah Bartlett stolz. Das Wappen der Huttons hatte er um ein Feld erweitern lassen. Es zeigte nun zusätzlich ein Schiff als Symbol seines neuen Titels als Baron Bartlett. Bartlett of Huttonsfield, so würde der Titelträger ab seinem Sohn heißen. Eigentlich ab seiner Frau, denn diese war schließlich mit ihm verheiratet. Bartlett beschloss, darauf zu dringen, dass sie sich auch so nannte.

Gerade, als er diesen Entschluss fasste, rollte die Kutsche in den Schlosshof und hielt vor dem Haupteingang an. Sofort sprang einer der beiden Lakaien vom Kutschkasten, öffnete den Schlag und klappte die Stufen herab.

Kaum standen sie auf festem Boden, wies Anthony auf eine Kutsche, die nach ihnen vor dem Schloss hielt. »Wenn das nicht Halverstocks Karre ist, soll mich bei der nächsten Fuchsjagd der Fuchs beißen!«

Nun drehte sich auch Bartlett zu dem Wagen um. Eben stieg der Anwalt aus, der wie immer in dunkles Tuch gekleidet war. Auch Bartlett trug einen Gehrock ähnlicher Farbe, während Anthony einen hellblauen mit weiten Schößen gewählt hatte und einen immens hohen Zylinderhut sowie eine lachsfarbige Hose mit Fußstegen trug. Lady Ellinor hatte sich für einen Mantel mit Schultercape und Puffärmeln entschieden, dessen Farbe an dunklen Flieder erinnerte. Ihre Hände steckten in einem gleichfarbigen Muff, und auf dem Kopf saß ein Hut mit einer Seidenkrempe und einem Besatz aus Straußenfedern.

Halverstock kam mit einem verkniffen wirkenden Lächeln auf die Bartletts zu. Vor Ellinor deutete er eine Verbeugung an. »Mylady, Lord Anthony, Sir Zechariah«, grüßte er.

Von Bartlett kam ein leises Schnauben. Deutlicher hätte der Anwalt nicht demonstrieren können, dass er im Ranggefüge des Vereinigten Königreichs hinter seiner Frau und seinem Sohn stand, obwohl er das Oberhaupt der Familie war.

»Guten Tag, Sir!«, antwortete er und gab sich keine Mühe, seine Abneigung gegenüber Halverstock zu verbergen.

»Ich heiße Sie, Mylady, auf Huttonsfield Castle willkommen!«, fuhr der Anwalt fort, ohne Bartlett auch nur zu beachten. Er nahm es diesem Krämer übel, dass dieser gegen alle Regeln für seine

Ehefrau den Titel eingefordert hatte, obwohl James Huttons Tod noch nicht offiziell bestätigt worden war.

»Und mich heißen Sie nicht willkommen?«, fragte Anthony beißend.

»Ich heiße auch Sie willkommen, Lord Anthony, und auch Sie, Sir!« Diesmal gönnte Halverstock Zechariah Bartlett einen kurzen Blick und wies dann auf das Schlossportal. »Sie werden sich nach dieser Reise gewiss frisch machen wollen. Ich erwarte Sie in einer Stunde in der Bibliothek, um die letzten Formalitäten zu erledigen.« Halverstock neigte den Kopf vor Lady Ellinor und trat dann zurück, um dieser den Vortritt zu lassen.

Anstatt einzutreten, sah diese ihn fragend an. »Wissen Sie, ob meine Zofe bereits eingetroffen ist?«

»Da ich, wie Sie gesehen haben, nach Ihnen eingetroffen bin, entzieht sich dies bedauerlicherweise meiner Kenntnis. Sie sollten Mistress Dobbs fragen. Sie wird Ihnen sicher Auskunft geben können.«

Halverstock hatte sich mit seiner Niederlage noch nicht abgefunden. Da er aus einem adeligen Haus stammte, fand er, dass Zechariah Bartlett so ziemlich alles fehlte, was einen Gentleman von Rang auszeichnete. In einer Zeit aber, in der sogar Krämer und Schiffer in hohe Ämter aufsteigen konnten, musste man selbst solchen Parvenüs mit Höflichkeit begegnen.

Lady Ellinor setzte sich in Bewegung und schwebte wie eine fliederfarbene Wolke auf das Portal zu. Eigentlich, so sagte sie sich, hätte das Personal vor der Tür stehen und auf sie warten müssen. Allerdings war ihre Ankunft unangemeldet erfolgt, und so konnte sie den Bediensteten keinen Vorwurf machen.

Ihre Zufriedenheit wuchs, als sie eintrat und sah, wie die Mamsell und der Haushofmeister in aller Eile das Hausgesinde zum Empfang aufstellten. Mistress Dobbs, die Mamsell, knickste vor ihr. »Seien Sie uns tausendmal willkommen, Mylady!«

»Ist meine Zofe bereits eingetroffen?«, fragte Lady Ellinor, anstatt auf die Begrüßung zu antworten.

»Nein, Mylady. In dem Fall hätten alle vor dem Schloss gestanden, um Sie gebührend zu empfangen.«

Lady Ellinor hatte dies bereits befürchtet. Sie drängte ihren Ärger zurück, der auch ein wenig dem schlechten Gewissen wegen James Hutton geschuldet war, und nickte der Mamsell gnädig zu. »Dobbs, sorgen Sie dafür, dass mir ein Zimmermädchen zur Verfügung steht, bis meine Zofe erschienen ist. Außerdem erwarte ich Gäste, die möglicherweise bereits heute Abend erscheinen werden.«

»Gäste?«, rief Bartlett verwundert. »Weshalb weiß ich davon nichts?«

»Weil ich es nicht für nötig erachtet habe, es Ihnen mitzuteilen. Doch um Ihre Neugier zu befriedigen: Es handelt sich um meine Freundin Lady Warren und ihre Tochter Persephone.«

Nach diesen Worten setzte Lady Ellinor sich in Bewegung, um ihre Gemächer aufzusuchen. Ein adrettes Mädchen von etwa sechzehn Jahren eilte auf einen Wink von Mistress Dobbs hinter ihr her.

»Wenn die Zofe meiner Frau noch nicht eingetroffen ist, dürfte mein Kammerdiener ebenfalls abwesend sein«, sagte Bartlett mürrisch.

Sofort bot die Mamsell ihm einen Lakaien als Unterstützung an, was Bartlett mit einem Brummen akzeptierte.

Anthony forderte ebenfalls jemanden, der ihm beim Umziehen helfen sollte. Nachdem Mistress Dobbs zwei junge Diener für diese Aufgaben bestimmt hatte, suchten die beiden Herren die Zimmer auf, die für sie bereitstanden. In dieser Beziehung erlebte Bartlett ebenfalls eine Niederlage, denn die für den Titelträger bestimmten Räumlichkeiten waren von seiner Frau bereits brieflich für seinen Sohn bestimmt worden, so dass er sich mit den Zimmern begnügen musste, die früher der Erbe des jeweiligen Hausherrn bewohnt hatte.

7.

Es verging etwas mehr als eine Stunde, bis sich die Mitglieder der Familie in der Bibliothek einfanden. Dort erwartete sie der Anwalt neben einem Tisch, auf den er mehrere Bogen Papier gelegt hatte, begrüßte die drei mit unterschiedlich tiefem Kopfneigen.

Erneut ärgerte Bartlett sich darüber, dass Halverstock seiner Frau und seinem Sohn mehr Achtung entgegenbrachte als ihm. »Also, was gibt es noch zu besprechen?«, fragte er, um die Sache abzukürzen.

Halverstock wartete, bis sie auf den großen, mit dunklem Leder bezogenen Sesseln Platz genommen hatten, und setzte sich auf einen Stuhl. Anschließend ergriff er das erste Blatt Papier.

»Als Erstes muss ich Ihnen mitteilen, Mylady, dass die Übertragung des Titels unter Vorbehalt erfolgt ist.«

»Was soll das schon wieder heißen?«, fuhr Bartlett auf.

»Dies bedeutet, Mylady«, wandte Halverstock sich an Bartletts Ehefrau, »dass Sie des Titels in dem Augenblick verlustig gehen, in dem sich herausstellt, dass Lord Hutton wider Erwarten am Leben ist und Anspruch auf sein Erbe erhebt.«

»Das ist doch Unsinn!«, rief Bartlett ärgerlich. »James Hutton ist so tot, wie ein Mann, der inmitten des Ozeans über Bord gegangen ist, nur sein kann. Dies haben Captain Gervase Smyth und Leutnant Trevor Simmons bezeugt.«

»Die Aussagen von Captain Smyth und seinem Neffen wurden zu Protokoll genommen. Ebenso wurden andere Besatzungsmitglieder Seiner britischen Majestät Fregatte Hesione befragt. Sowohl der Schiffsarzt Merrick, der Schiffszimmermann wie auch andere Männer erklärten, dass Lord Hutton allezeit ein vom Glück begünstigter Mensch gewesen sei und sie sich nicht wundern würden, wenn er überlebt hätte.« Halverstock glaubte zwar selbst nicht daran, dass James Hutton zurückkehren könnte, doch es verschaffte ihm eine gewisse Befriedigung, Bartlett diesen Stich zu versetzen.

»Jetzt erregen Sie sich nicht, Herr Vater!«, mischte sich Anthony ein. »Vetter James kann nicht überlebt haben. Dies hat Captain Smyth anschaulich dargelegt. Er wird daher auch nicht erscheinen, um irgendwelche Ansprüche zu stellen.«

»Ich habe wenig Lust, andauernd vor Gericht gehen und die Ansprüche irgendwelcher Halunken zurückweisen zu müssen, die von sich behaupten, James Hutton zu sein!«, fuhr Bartlett auf.

»Ich sagte Ihnen bereits, dass jeder, der erklärt, Lord Hutton zu sein, zuerst zweifelsfrei als dieser erkannt werden muss, bevor er Ansprüche erheben kann.«

Halverstock klang kühl, und er wünschte sich für einen Augenblick, der Totgeglaubte würde tatsächlich erscheinen.

»Da James Edward Hutton kein zweiter Christus ist und daher nicht von den Toten auferstehen wird, ist es unnötig, sich über diese Angelegenheit zu echauffieren«, warf Lady Ellinor kühl ein. Sie wollte dieses Thema beenden, um nicht andauernd darüber nachdenken zu müssen, auf welche Weise sie die neue Herrin auf Huttonsfield Castle geworden war.

Halverstock teilte diese Ansicht und erklärte, dass er noch einmal seine Inventarliste des Schlosses abgleichen würde, bevor er das Schloss wieder verließ.

»Auch wenn die Möglichkeit gering sein dürfte, Lord Hutton könnte doch noch am Leben sein, ist es meine Pflicht, die Vorschriften einzuhalten«, sagte er.

»Tun Sie das!«, antwortete Lady Ellinor und überlegte sich, ob sie ihn einladen sollte, über Nacht auf Huttonsfield zu bleiben. Da aber ihr Ehemann beim Dinner gewiss mit ihm aneinandergeraten würde, unterließ sie es, auch wenn Halverstock nach wenigen Meilen Unterkunft in einem Gasthaus würde nehmen müssen.

Der Anwalt hatte nichts anderes erwartet und bereits in einer angenehmen Herberge ein Zimmer für sich und ein weiteres für seinen Kutscher und seinen Diener bestellt. Nun stand er auf und sah die Liste durch, die er von der Bibliothek gemacht hatte.

Lady Ellinor zog sich zurück, während ihr Mann nach einem Diener klingelte und ein Glas Sherry forderte. Auch Anthony wollte eines und sah grinsend zu, wie Halverstock Gegenstand um Gegenstand prüfte und sich Notizen machte.

»Wenn Sie jedes einzelne Buch aufschreiben wollen, sind Sie morgen noch dabei«, spottete der junge Bartlett.

Halverstock wandte sich mit einem kalten Blick zu ihm um. »Dies ist unnötig, Lord Broulie, da es bereits eine Liste der hier vorhandenen Werke gibt und keine Lücken in den Buchreihen zu erkennen sind.«

Wortlos fuhr er mit seiner Bestandsaufnahme fort, während es Anthony bald zu langweilig wurde. »Ich werde in den Stall gehen und nachsehen, welche Pferde Großvater uns hinterlassen hat.«

»Huttonsfield Castle war einmal bekannt für seine ausgezeichnete Rennpferdezucht. Doch nach dem Tod Ihres Vorgängers als Viscount Broulie hat Lord Humphrey die Zucht aufgegeben und die meisten Pferde verkauft. Sie werden von Glück sagen können, wenn Sie in den Ställen ein Tier finden, das Ihren Ansprüchen genügt«, erklärte Halverstock und fand, dass Lord Broulie zwar nicht so schlimm war wie sein Vater, aber doch weit davon entfernt, ihm zu gefallen.

8.

Als Halverstock kurz vor dem Abend aufbrach, hatte Zechariah Bartlett endlich das Gefühl, sein Ziel erreicht zu haben. Eine Rückkehr von James Hutton war nach allem, was er von Captain Smyth gehört hatte, ausgeschlossen, und andere Ansprüche standen im Rang hinter denen seiner Frau und seines Sohnes. Daher ging er mit stolzgeschwellter Brust durch das Schloss und sagte sich bei jedem Raum, dass es nun sein Eigentum wäre. Zwar trug seine Frau den Titel, doch als ihr Ehemann war er der Vorstand der Familie und damit der Herr.

Als sie am Abend das Dinner einnahmen, konnte er sich endlich auf den Platz des Hausherrn setzen, den er so lange begehrt hatte. Anthony zog zwar eine schiefe Miene, weil er der Ansicht war, als Viscount Broulie das höhere Anrecht zu besitzen, doch ein mahnendes Hüsteln der Mutter hieß ihn, sich mit dem Stuhl zur Rechten seines Vaters zu begnügen. Lady Ellinor saß diesem gegenüber am anderen Ende der Tafel. Da diese nun in ihrer kleinsten Form für zwanzig Gäste aufgestellt war, konnte keine Konversation in Gang kommen. Sie aßen daher schweigend und trafen sich später im Salon.

Nun blickte Lady Ellinor ihren Mann und ihren Sohn streng an. »Ich wünsche, an diesem Ort kein schlechtes Wort über meinen unglücklichen Vetter zu hören. Haben Sie verstanden, Baron Bartlett?«

Zwar war die Warnung auch für ihren Sohn gedacht, doch ging es Bartletts Frau vor allem darum, dass niemals über die Umstände von James Huttons Tod geredet wurde. Zwar kannten die Bediensteten sie noch als Tochter des verstorbenen Earls, doch diese fühlten sich weniger ihrer Person als vielmehr dem jeweiligen Titelträger verpflichtet. Wenn nur ein Diener oder eine Dienerin hörte, wie ihr Mann sich brüstete, ihren Vetter beseitigt zu haben, gäbe es Gerede, das ihnen unter Umständen schwer schaden konnte.

Längst wünschte sie sich, es hätte einen anderen Weg gegeben, an den Titel zu gelangen. Vielleicht wäre es möglich gewesen, James Hutton mit einer gewissen Summe zum Verzicht zu bewegen. All diese Überlegungen waren jedoch müßig. Ihr Vetter war tot, und sie würde den Rest ihres Lebens mit dem Gefühl leben müssen, eine Mörderin zu sein oder zumindest die Frau eines Mörders.

Ihr Sohn war weniger in die Intrigen gegen James Hutton eingeweiht als sie und sah dessen Tod durch Ertrinken als gnädigen

Wink des Schicksals an, der ihm den Titel eines Viscount Broulie eingebracht hatte und ihn auf Dauer zu einem Earl of Huttonsfield machen würde. Er trank ein Glas Whisky und sah seine Mutter neugierig an.

»Sie haben heute Nachmittag erwähnt, Sie hätten Gäste eingeladen, liebste Mama?«

»Das stimmt!«, antwortete Lady Ellinor. »Wie schon gesagt, meine Freundin Lucinda Warren und ihre Tochter Lady Persephone werden kommen. Lucinda war bis zu dessen Tod mit Lord Warren verheiratet und ist mit vielen Adelshäusern in England verwandt. Ihr Vermögen ist ordentlich, aber nicht ausreichend, um ihrer Tochter eine hohe Mitgift überschreiben zu können. Titelerbe wurde ein Neffe ihres Gatten, der seinerseits ein halbes Dutzend Töchter zu versorgen hat und daher nur wenig für Lady Persephone tun kann.«

Während Anthony nicht zu verstehen schien, was sie damit andeuten wollte, begriff ihr Mann es auf Anhieb.

»Sie glauben, Lady Persephone wäre die richtige Ehefrau für unseren Sohn?«

Lady Ellinor nickte. »Die Warrens führen ihren Stammbaum auf Baron Jean de Warren zurück, der mit Wilhelm dem Eroberer bei Hastings gekämpft hat. Es ist eines der ältesten Adelshäuser Englands und damit geeignet, das Wappenschild der Huttons …«

»Bartletts«, unterbrach ihr Mann sie.

»… der Huttons aufzufrischen«, erklärte Lady Ellinor und wandte sich ihrem Sohn zu. »Ich erwarte, dass du dich von deiner besten Seite zeigst und Lady Persephone auf das Artigste umwirbst.«

Anthony starrte sie einen Augenblick lang verwirrt an und musste dann lachen. »Verzeihen Sie, Mama, wollen Sie mir eine Braut zuführen wie einem Hengst die Stute?«

»Ich wünsche solch ungehörige Bemerkungen in meinem Haus nicht zu hören!«, tadelte die Mutter ihn. »Du bist alt genug, um zu heiraten, und du musst bei der Auswahl deiner Braut mit äußerster Akkuratesse vorgehen. Sie muss aus bestem Haus und von altem Adel sein, um den Geruch des Krämers, der von Vaterseite her an dir haftet, verdecken zu können.«

»Ich habe hier wohl überhaupt nichts zu sagen?«, fuhr Bartlett auf, den der »Krämer«, als den seine Frau ihn eben bezeichnet hatte, zutiefst kränkte.

»Sie vergessen, mein Herr Gemahl, dass ich Titelträgerin aus eigenem Recht und damit das Oberhaupt der Familie bin«, erwiderte seine Frau. »Es bleibt Ihnen unbenommen, weiterhin Ihr Haus in London zu bewohnen und Ihren Geschäften nachzugehen! Anthony und ich werden auf Huttonsfield Castle bleiben und während der Saison in London Hutton House bewohnen.«

Diese Worte trafen Bartlett ins Mark. Er hatte alles darangesetzt, um in der Gesellschaft aufzusteigen, doch nun sagte seine Frau ihm ins Gesicht, dass er hier im Grunde nichts verloren habe. Auch bestimmte sie über seinen Kopf hinweg eine Braut für ihren Sohn und wollte zudem in London nicht in seinem Haus wohnen, sondern im Stadthaus ihrer Familie, das kleiner war als sein eigenes, auch wenn es in einem der besten Viertel der Stadt lag.

Der Verstand sagte ihm jedoch, dass er tatsächlich nach London zurückkehren musste, wenn er seine Geschäfte nicht einem Verwalter überlassen wollte. Dieser würde gewiss in seine eigene Tasche wirtschaften, und das durfte er nicht zulassen.

»Sie werden sicher erlauben, dass ich noch eine oder zwei Wochen hierbleibe«, antwortete er beißend.

»Dies sei Ihnen unbenommen! Auch wünsche ich, dass Sie zu Festlichkeiten wie der Hochzeit unseres Sohnes hier erscheinen, und ebenso zu den Empfängen in Hutton House.«

Lady Ellinor wusste, dass sie ihrem Mann in gewisser Weise entgegenkommen musste. Eines aber war für sie unabdingbar: Es würde keine eheliche Gemeinschaft mehr zwischen ihnen geben. Der Gedanke, die Hände eines Mörders würden ihren Leib berühren und das Recht ausüben, das ihm als Ehemann zustand, war so schrecklich für sie, dass sie notfalls bereit war, auf eine Scheidung zu drängen, auch wenn eine solche den finanziellen Spielraum für ihren Sohn und sie stark einengen würde.

Bartlett begriff, dass seine Frau ihm nur eine nebensächliche Rolle zugedacht hatte, doch bevor er dagegen aufbegehren konnte, meldete ein Diener, dass eine Kutsche vorgefahren wäre.

»Das wird Lady Lucinda sein«, rief Lady Ellinor erfreut.

Sie irrte sich, denn es handelte sich um die Kalesche mit ihrer Zofe und den Kammerdienern ihres Mannes und ihres Sohnes. Deren Kutscher hatte den Weg abkürzen wollen, um schneller hier zu sein, war aber in einen Graben gefahren, und es war ein Rad gebrochen. Um die Fahrt fortsetzen zu können, hatten sie einen Stellmacher suchen und das Rad reparieren lassen müssen. Daher kamen sie erst zu so später Stunde an und mussten sich von Zechariah Bartlett einiges anhören. Dieser war froh, endlich ein Opfer für seinen Zorn zu haben, während seine Frau nur den Kopf schüttelte und sich sagte, dass er wahrlich nur ein Krämer aus dem Pöbel war, daran würde auch der verliehene Titel eines Barons nichts ändern.

9.

Der ersehnte Besuch erschien erst im Lauf des folgenden Tages. Lord Warren, der Vetter und Titelerbe von Lady Lucindas Gatten, hatte es sich nicht nehmen lassen, der Witwe seines Vorgängers und deren Tochter das Geleit zu geben. Nun blickte er neidisch auf das Schloss und wünschte sich für wenigstens eine seiner Töchter einen Bewerber, der in der Lage war, die Zimmer seines eigenen Schlosses mit Goldtapeten auszustatten.

Er begrüßte Bartlett jedoch freundlich und gab diesem das Gefühl, im Kreis des Adels willkommen zu sein. Warren lenkte bald das Gespräch darauf, er habe gehört, der Stall auf Huttonsfield Castle wäre nicht mehr so gut bestückt wie in früheren Zeiten, und erwähnte wie beiläufig, dass er mehrere prächtige vierjährige Hengste und zwei Stuten zu verkaufen hätte.

Ebenfalls nur ein Krämer, wenn auch von Adel, dachte Bartlett, erklärte sich aber bereit, sich die Pferde anzusehen.

Unterdessen umarmte Lady Ellinor ihre Freundin und deren Tochter und fand, dass Lucinda Warren für ihr Alter verboten gut aussah. Ihre Freundin war noch ebenso schlank wie in ihrer Jugend und hatte ein hübsches Gesicht mit glatter Haut. Dazu wies ihr brünettes Haar keine einzige graue Strähne auf. Sie selbst musste nur in den Spiegel schauen, um zu erkennen, dass ihr Körperbau schwerfällig geworden war und ihr Gesicht harte, fast männliche Züge aufwies. Zwar war sie nie eine Schönheit gewesen, hatte sich aber in der Jugend einer passablen Figur rühmen können. Die Ehe mit Zechariah Bartlett hatte ihr auch in dieser Beziehung einen Stempel aufgedrückt.

Die Frau eines skrupellosen Mörders! Kaum hatte sie dies gedacht, befürchtete Lady Ellinor, es laut ausgesprochen zu haben. Da jedoch das Lächeln auf den Lippen ihrer Freundin keiner schockierten Miene wich, hatte sie sich wohl beherrscht. Sie bat Lucinda Warren und Persephone, ihr zu folgen, und ärgerte sich dabei über ihren Sohn, der die Begrüßung der Gäste geschwänzt hatte.

Anthony Bartlett stand derweil an einem Fenster im ersten Stock und musterte die ihm zugedachte Braut. Sie war ein hübsches Ding, nicht allzu groß, zierlich und mit einem sanften Gesicht. Wenn ihr Gemüt dem Aussehen entsprach, schien sie die richtige Frau für ihn zu sein. Im Grunde brauchte er sie in erster Linie, um seinen Stammbaum zu veredeln, und damit sie ihm zu gegebener Zeit einen Sohn und Erben gebar. Was sonstige Vergnügungen betraf, so gab es für einen Gentleman mit Geld in London genug Möglichkeiten, diesen nachzugehen.

Mit diesem Gedanken stieg er in die Empfangshalle hinab und erreichte diese just in dem Augenblick, in dem auch seine Mutter und deren Gäste eintraten.

»Verzeihen Sie, Frau Mama, dass ich erst jetzt erscheine, doch ist mir die Ankunft Lady Warrens und Lady Persephones über meinen Studien ganz entgangen.« Er verbeugte sich so vor den beiden Damen, dass seine Mutter nicht das Geringste daran auszusetzen hatte.

»Darf ich vorstellen? Mein Sohn, Lord Broulie – meine liebste Freundin Lady Lucinda Warren und deren Tochter, Lady Persephone.«

Letztere wagte einen scheuen Blick auf Anthony. Er hatte die hochgewachsene und breitschultrige Gestalt seines Großvaters Samuel geerbt, ebenso dessen markant männliches Gesicht. Für eine junge Frau, deren Auswahl an Verehrern gering war, schien er der ideale Bräutigam zu sein, denn er war reich, Erbe eines Grafentitels und zudem gut aussehend. Außerdem zeigte er bei der Begrüßung ausgezeichnete Manieren.

»Sehr erfreut, Sie kennenzulernen, Lord Broulie«, grüßte Lucinda, während ihre Tochter knickste und hoffte, dass sie dem jungen Mann gefiel.

»Ich bin ebenfalls sehr erfreut, Sie und Ihre reizende Tochter kennenzulernen!« Anthony verbeugte sich noch einmal.

Lady Ellinor wies nach draußen, wo ihr Mann und Lord Warren eben auf die Ställe zugingen. »Du solltest deinem Vater bei seinen Gesprächen mit Lord Warren beistehen, denn du verstehst doch mehr von Pferden als er.«

»Selbstverständlich, Mama! Erlauben Sie mir, dass ich mich verabschiede?« Anthony verbeugte sich ein drittes Mal und verließ das Schloss, um dem Vater und dessen Gast zu folgen.

Lady Ellinor wandte sich unterdessen an ihre Freundin. »Sie und Ihre Tochter werden sich gewiss frisch machen wollen. Dobbs wird Sie in Ihre Zimmer führen und dafür sorgen, dass Ihnen Mädchen zur Verfügung stehen.«

»Meine Zofe und Lord Warrens Kammerdiener werden bald erscheinen«, erklärte Lady Warren, nahm aber gerne die Hilfe an.

Nach einer guten Stunde trafen sich die Damen in Lady Ellinors Salon. Ihre Gäste hatten sich umgezogen und boten einen adretten Anblick. Lady Ellinor war von Persephones Erscheinung sehr angetan. Die junge Frau war hübsch, ein wenig schüchtern und offensichtlich gerne bereit, ihrem Sohn die Hand zum Ehebund zu reichen.

Lady Warren kam dann auch rasch zum Thema. »Ich bin sehr erfreut, liebste Freundin, dass Sie nun doch das Erbe Ihres Herrn Vaters antreten können. In unserem Lande ist dies nur wenigen Frauen vergönnt.«

»Mir wurde dies nur durch den tragischen Tod meines Vetters, Lord Hutton, ermöglicht. Ich wollte, es wäre anders gekommen!« Lady Ellinor meinte damit ihr gesamtes Leben einschließlich ihrer Ehe mit Zechariah Bartlett. Ihre Besucherinnen sahen es jedoch als Trauer um einen geliebten Verwandten an. Lady Warren war daher sehr bemüht, sie zu trösten.

»Leider hatte ich nicht die Ehre, Lord Hutton kennenzulernen. Es hieß, er habe sich nach dem Tod seines Vaters für eine Karriere in der Marine entschieden, die einen so großen Anteil hat am Sieg über das korsische Ungeheuer.«

Da Lady Ellinor wusste, dass James Hutton nicht aus freien Stücken in die Royal Navy eingetreten war, sondern ihr Vater ihn dazu gezwungen hatte, antwortete sie nichts darauf, sondern lenkte das Thema auf die Tochter ihrer Freundin.

»Wie ich sehe, ist Lady Persephone nicht nur ein äußerst hübsches, sondern auch ein sehr wohlerzogenes Mädchen. Auch hat sie bereits einen tiefen Eindruck auf meinen Sohn gemacht. Ich hoffe, dass Lady Persephone ebenfalls Gefallen an ihm gefunden hat.«

»Das hat sie gewiss!«, erklärte Lady Warren resolut, während ihre Tochter errötete.

»Ihr Sohn ist ein sehr eleganter Herr«, sagte Persephone leise.

»Er wird dir ein guter Gatte sein, mein Kind!« Lady Warren tätschelte die rechte Hand ihrer Tochter und wandte sich wieder an ihre Gastgeberin. »Es ist betrüblich, dass mein Gemahl von uns gegangen ist, bevor er für eine passende Ausstattung unserer Tochter hat sorgen können. Ich will nichts gegen den jetzigen Lord Warren sagen, denn er hat eine zahlreiche Schar an Nachkommen. Trotzdem hätte es ihm gut angestanden, auch für Persephone eine Mitgift bereitzustellen. Immerhin wurde er nur deshalb Lord Warren, weil sie kein Sohn, sondern nur eine Tochter meines verstorbenen Ehemanns ist.«

Lady Warren seufzte und hob mit einer bedauernden Geste die Hände. »Auch sind die ehewilligen Herren von Stand zu kritisieren, die nur auf die Mitgift ihrer Bräute achten und nicht auf ein angenehmes Erscheinungsbild, eine gute Erziehung und entsprechende Abkunft. Sie verheiraten sich eher mit Händlertöchtern, wenn diese auf eine volle Geldtruhe pochen können. Aber wem sage ich das! Sie, liebste Freundin, waren ja auch das Opfer solcher Machenschaften.«

Bei diesen Worten nickte Lady Ellinor. Ohne Mitgift und von nur durchschnittlichem Aussehen, hatte es ihr als junges Mädchen an Bewerbern gefehlt. Sie hätte vielleicht einen Landedelmann für sich gewinnen können, doch ihrem Vater war das Gold der Bartletts wichtiger gewesen als ihr Glück.

Bei ihrem Sohn und Lady Persephone würde es anders sein. Sie hatte Anthony dem Stand gemäß erzogen, den er einmal einnehmen würde. Daher passte die junge Dame als Tochter eines Earls sehr gut zu ihm. Immerhin zählten die Warrens zu den ältesten Adelsfamilien, und Anthonys Heirat mit Persephone würde dafür sorgen, dass die Mesalliance, die sie mit Zechariah Bartlett hatte eingehen müssen, nicht mehr ins Gewicht fiel.

»Mein Sohn hat bislang mit einer Ehe gezögert, da ihm dies noch nicht nötig erschien. Da nun jedoch der Titel an mich gekommen ist, halte ich es für wichtig, dass er so bald wie möglich vor den Traualtar tritt und die Linie fortgeführt werden kann. Wenn Sie, liebste Freundin, damit einverstanden sind, gönnen wir den beiden jungen Leuten zwei Tage, in denen sie sich kennenlernen können. Danach geben wir die Anzeige in der Gazette auf, dass Lord Broulie die Verlobung mit Lady Persephone Warren eingegangen ist, und setzen den Tag der Trauung fest«, schlug sie vor.

Lady Warren nickte beifällig und lächelte ihrer Tochter zu. »Damit, mein Kind, ist dein Glück begründet. Lord Broulie scheint mir ein sehr angenehmer junger Mann zu sein und wird zu gegebener Zeit den Titel eines Earls of Huttonsfield tragen. Besser könntest du es nicht treffen!«

»Ja, Mama!«, antwortete die junge Dame. Sie war sehr erleichtert, weil sie trotz mehrerer heiratsfähiger Cousinen, die noch dazu Töchter des Titelträgers waren, eine so vorteilhafte Ehe würde eingehen können.

10.

Zuerst war es nur ein Gerücht. Schon bald aber erfuhr Ruth auf Tahiti von ihrem Hauspersonal verlässlich, dass in der Missionssiedlung große Unruhe herrschte. Maire, die sich früher genug über ihre ehemalige Herrin geärgert hatte, berichtete schadenfroh, dass Reverend Wiggles nun einen sehr schweren Stand habe.

»Mistress Peabody sagte doch, dass die London Missionary Society einen neuen Missionsleiter nach Tahiti schicken wolle. Daher glaubten alle, dass sie noch ein gutes Jahr Zeit hätten, bis es so weit wäre. Die Herren der Society in London haben jedoch heimlich den Missionar George Pritchard zum neuen Leiter der hiesigen Mission ernannt, und dieser fordert Wiggles nun auf, Tahiti mit dem nächsten Schiff zu verlassen. Er wirft ihm eine Menge Verfehlungen vor, darunter auch, dass er Ihnen die Handelsstation überlassen und den Bau des Bordells erlaubt hat. Nach dem Gesetz des Königreichs Tahiti müssten die Weiber, aber auch die Männer, die in diesem Haus der Sünde Unzucht treiben, streng bestraft werden.«

»Wie es aussieht, will sich dieser Mr Pritchard eine Menge Unannehmlichkeiten einhandeln«, antwortete Ruth verärgert. Sie kannte Pritchard und dessen Ehefrau bisher nur vom Sehen, denn Eliza Pritchard gehörte nicht zu dem Kreis um Mildred Wiggles, der gelegentlich zu ihr zu Besuch kam.

»Ich glaube nicht, dass Mr Pritchard Sie verärgern will, Madam. Er weiß, dass Sie mit Königin Aimata befreundet sind und zudem der Handel darunter leiden wird, wenn er Ihnen die Handelsstation abnehmen lässt. Die Adeligen von Tahiti und den anderen Inseln haben sich daran gewöhnt, von Ihnen gute Ware zu bekommen, die teilweise besser ist als das, was aus England gebracht wird. Pritchard kann sich diese nicht zum Feind machen.«

»Männer, die denken, von Gott gesandt zu sein, glauben, sie können alles tun, was sie wollen!« Nicht zum ersten Mal sehnte sie James Huttons Rückkehr herbei. Dieser war Engländer wie Pritchard und zudem Seeoffizier. Mit ihm an ihrer Seite hätte sie gegen den Missionar gewiss einen besseren Stand als allein. Ihr Ärger wuchs, weil sie gehofft hatte, das Zerwürfnis mit der Missionssiedlung habe sich gelegt. Doch wenn es sein musste, würde sie sich auch gegen George Pritchard durchsetzen.

Aipua nahm Ruths zornblitzende Augen wahr und fasste nach deren Arm. »Ich würde an deiner Stelle noch nichts tun, sondern erst einmal abwarten, was Piri'ari unternimmt.«

Bei der Umsetzung von Pritchards Namen musste Ruth lachen. Ihr Unmut sank ein wenig, und sie nickte Aipua zu. »Du hast recht! Lassen wir die Bewohner der Missionssiedlung erst einmal in ihrem eigenen Saft schmoren. Allerdings werde ich die Königin aufsuchen und ein paar kleine Geschenke überbringen, damit die Freundschaft zu ihr erhalten bleibt.«

Aimata Pomares IV. Gunst war Ruths stärkste Waffe. Nur sie allein konnte ihr die Waren liefern, die die Königin begehrte. Dass fromme Worte dagegen aufkamen, bezweifelte sie. Aimata war jung und lebenslustig und gewiss keine, die ihr Leben in schlichter Kleidung und im Gebet verbringen wollte. Schon Wiggles war es nicht gelungen, sie seinem Einfluss zu unterwerfen. Warum also sollte es George Pritchard schaffen?

Um jedoch keine böse Überraschung zu erleben, wandte sie sich an Maire. »Glaubst du, du könntest von deinen Freundinnen in der Missionssiedlung mehr erfahren?«

»Selbstverständlich!«, antwortete die junge Tahitianerin fröhlich. »Sally berichtet mir alles, was sie bei den Wiggles erfährt, und von Lucy bekomme ich brühwarm erzählt, was in Mr Pritchards Haus vorgeht.«

»Das ist sehr gut!«, lobte Ruth sie. »Sage deinen Freundinnen, dass sie dafür eine Belohnung erhalten.«

»Die brauchen sie nicht. Sie tun es gerne!« Maire lachte und setzte hinzu, dass Pritchards Ausfälle gegen das Bordell einen besonderen Grund haben müssten. »Hina, die bei den Peabodys arbeitet, hat so etwas gehört. Worum es aber wirklich geht, hat sie bislang aber nicht herausgefunden.«

»Deine Freundinnen sollen vorsichtig sein. Nicht, dass man sie bestraft!«, warnte Ruth.

Maire schüttelte lachend den Kopf. »Sally, Lucy und Hina können sich doch nicht die Ohren zuhalten, wenn in ihrer Gegenwart geredet wird.«

Nun musste auch Ruth lachen. Die Bewohner der Missionssiedlung schienen ihr Dienstpersonal für Einrichtungsgegenstände wie Schränke, Tische und Stühle zu halten, anstatt zu begreifen, dass es Menschen waren, die hören und sehen konnten, was um sie herum geschah. Ihr konnte es recht sein, dann dadurch wurde sie gewarnt, wenn in der Missionssiedlung etwas gegen sie beschlossen wurde.

11.

Auf den Besuch, der am nächsten Tag erschien, war Ruth trotzdem nicht vorbereitet, denn sie sah Pritchard auf ihr Haus zukommen. Er war ebenso groß und hager wie Wiggles und trug eine ernste, grimmig wirkende Miene zur Schau. Trotz der Wärme hatte er sich in einen langen, schwarzen Gehrock geworfen. In der rechten Hand hielt er einen Spazierstock, die Linke hatte er in die Tasche seines Rocks gesteckt. Auf dem Kopf saß ein schlichter Hut, und es hätte Ruth nicht gewundert, wenn er unter seinem Hemd ein Kruzifix an einer Kette aus Holzperlen getragen hätte.

»Was sollen wir tun?«, fragte Lu Yi.

»Geh zu Maire und sage ihr, sie soll Tee aufgießen und nachsehen, ob noch Kuchen da ist.«

Es erschien Ruth das Beste, so zu tun, als wäre es ein alltäglicher Besuch. Daher wies sie Vaimiti an, den Gast an der Tür zu begrüßen und hereinzuführen.

Als Pritchard eintrat, blieb er kurz stehen und musterte das Haus und seine Besitzerin.

»Guten Tag, Mistress Mensing! Verzeihen Sie mir mein Eindringen«, begann er steif.

»Seien Sie mir willkommen, Mr Pritchard, oder muss ich Reverend zu Ihnen sagen?« Ruth lächelte freundlich, schätzte Pritchard aber ihrerseits ab. Sie erinnerte sich daran, ihn bereits bei ihrem ersten Aufenthalt auf Tahiti gesehen zu haben. Damals hatte er dem Kindkönig Teri'itaria Pomare III. Hinrichs und ihre Worte übersetzt. Daran hätte ich denken müssen, sagte sie sich. Ein Missionar, der sich die Mühe macht, die Sprache der Eingeborenen zu erlernen, konnte entweder von seiner Mission im tiefsten Herzen überzeugt oder sehr ehrgeizig sein. Bei Pritchard traf wohl beides zu.

»Ich hoffe, Sie gewähren mir ein wenig Zeit für ein Gespräch?«, fragte er.

Ruth nickte und wies auf einen Stuhl. »Das ist doch selbstverständlich, Reverend! Setzen Sie sich bitte.«

Auf ihre Worte hin trat Pritchard zu dem Stuhl, wartete aber, bis sie sich gesetzt hatte, und nahm dann erst Platz.

»Verzeihen Sie, wenn ich ein paar persönliche Worte an Sie richte«, begann er und musterte sie erneut. »Sie sind die Witwe des Hamburger Missionars Henry Mensing, der im Auftrag der Society for the Propagation of the Gospel in Foreign Parts die Bewohner der Insel Dominica oder Hiva Oa, wie sie hier genannt wird, bekehren sollte.«

»So ist es«, antwortete Ruth.

»Ich fand es seltsam, dass diese Missionsgesellschaft in der Südsee in Konkurrenz zu unserer London Missionary Society getreten ist, und habe eine entsprechende Frage an die Oberhäupter unserer Gesellschaft in London geschickt. Die Antwort ist mit dem letzten Schiff gekommen. Laut diesem Brief soll ein gutes Jahr vor Ihrer Ankunft und der Ihres Mannes auf Tahiti eine Anfrage an unsere Missionsgesellschaft ergangen sein, ob sie einen noch ungenannten Geistlichen als Missionar auf eine der Marquesas-Inseln entsenden könnten. Da es sich um einen Ausländer handeln sollte, lehnten die verantwortlichen Herren unserer Gesellschaft dies ab.

Nun aber kam heraus, dass daraufhin jemand an die Society for the Propagation of the Gospel in Foreign Parts herangetreten ist und ihnen eine gewisse Summe als Spende angeboten hat, wenn sie es einem jungen Missionar gestatten, in ihrem Namen auf einer Insel der Marquesas zu missionieren. Obwohl die entscheidenden Herren wenig über diese Weltgegend wussten, sind sie darauf eingegangen, zumal für den Transport des jungen Missionars gesorgt werden sollte. Sie haben diesem ein gewisses Salär ausgeschrieben, das bislang aber noch nicht abgerufen worden ist. Ihnen werden daher nach Ihrer Rückkehr nach London mehrere Hundert Pfund zur Verfügung stehen. Die entscheidenden Herren der Society for the Propagation of the Gospel in Foreign Parts haben erklärt, sie hätten niemals zugestimmt, wäre ihnen bewusst gewesen, dass die Bewohner dieser Inseln wilde Kannibalen seien.«

Ruth hörte mit wachsender Erregung zu und wusste kaum, was sie denken sollte. Derjenige, der Hinrich die Missionsstelle auf den Marquesen besorgt hatte, konnte nur dessen Onkel Zechariah Bartlett gewesen sein. Doch warum hatte er ihren Mann unbedingt auf eine Insel der Marquesas-Gruppe schicken wollen? Wahrscheinlich wusste er nicht, wie gefährlich es dort für Missionare werden konnte. Doch ein Teil in ihr glaubte das nicht. Es war ein unbestimmtes Gefühl, das auch mit der ungebührlichen Eile zu tun hatte, mit der Hinrich und sie hatten aufbrechen müssen.

»Ich danke Ihnen für diese Auskunft, Reverend!«, antwortete sie mit beherrschter Stimme. »Sie sind jedoch sicher nicht nur deswegen zu mir gekommen, um mir dies zu berichten.«

»Dies entspricht der Wahrheit«, sagte Pritchard. »Ich sehe mich bemüßigt, der Misswirtschaft, die unter Mr Wiggles in unserer Mission Einzug gehalten hat, ein Ende zu setzen. Dies betrifft einige Entscheidungen, die er getroffen hat und unter denen auch Sie zu leiden hatten.«

»Wenn Sie damit auf die Handelsstation anspielen wollen, so kann ich Ihnen sagen, dass sie bei mir in den besten Händen ist!« Ruth klang immer noch freundlich, aber mit einem leicht scharfen Unterton.

»Es war ein großer Fehler von Mr Wiggles, die Handelsstation so lange in der Hand eines unfähigen Säufers wie Landers zu belassen. Es hätte gewiss bessere Männer für diesen Posten gegeben. Doch wie es auch immer sei, die Entscheidung ist gefallen. Sie werden die Handelsstation weiterführen, bis Sie diese in die Hände eines Nachfolgers legen. Anders ist es jedoch mit diesem Haus der Sünde! Es muss geschlossen werden.«

»Verzeihen Sie, Reverend, aber damit habe ich nichts zu tun. Als Reverend Wiggles dieses Thema auf den Tisch brachte, habe ich mich strikt geweigert, darauf einzugehen. Er hat danach Mr Lu beauftragt, dieses ›Haus der Sünde‹ einzurichten, um die Seeleute von den ehrbaren Frauen und Mädchen dieser Inseln fernzuhalten.« Diesmal schwang wenig Freundlichkeit in Ruths Stimme mit.

George Pritchard atmete mehrmals tief durch und schien mit sich zu ringen. Er war schon etliche Jahre auf Tahiti und wusste, dass die Frauen der Insel sich damals ohne Scham mit fremden Matrosen eingelassen hatten. Es hatte seine Vorgänger einen großen Kampf gekostet, diese Unsitte auszurotten. Trotzdem hatten sie nicht verhindern können, dass immer noch Frauen zu den Schiffen schwammen, um sich dort mit den Matrosen der Unzucht hinzugeben. Um dies zu beenden, hatte Wiggles die Einrichtung des Bordells erlaubt. Eigentlich war er gekommen, um dessen Schließung durchzusetzen. Tahiti lebte jedoch davon, Schiffe, vor allem Walfänger, mit Vorräten auszurüsten. Dies zu beenden, hätte dem Handel einen schweren Schlag verpasst und den Hof Königin Aimatas wie auch der Mission der Geldmittel beraubt, die sie dringend benötigten.

Daher rang Pritchard sich zu einem Kompromiss durch. »Dieser Chinese Lupo – es heißt, er hätte Huren aus seiner Heimat geholt, alles Heiden wie er selbst. Stimmt das?«

»Dies ist der Fall«, antwortete Ruth.

»Wo kann ich mit diesem Chinesen sprechen, ohne dieses entsetzliche Haus betreten zu müssen?«, fragte Pritchard weiter.

»Derzeit gar nicht, denn er ist mit meinem Schoner Hiva Oa nach China aufgebrochen, um dort Waren einzukaufen. Neben seinem Bordell führt er in meinem Auftrag noch das Ladengeschäft.«

Eigentlich war Lu Po mehr, nämlich ihr direkter Stellvertreter für alles, was den Handel betraf. Dies einem Engländer wie Pritchard mitzuteilen, hielt Ruth jedoch für unklug. Diese verachteten Chinesen zu sehr, um einem solchen einen so hohen Posten zu gönnen.

»Können Sie, wenn dieser Lupo zurückkehrt, ihm ausrichten, dass er sein Haus der Sünde weiterführen kann, aber mit folgenden Einschränkungen: Er darf nur heidnische Weiber anbieten, und diese wie auch er haben sich jeder heidnischen Betätigung, die unseren Herrn Jesus Christus erzürnen würde, zu enthalten.«

Die Bedingungen waren etwas strenger als jene, die Wiggles verlangt hatte. Da Ruth das Bordell jedoch missfiel, hatte sie nichts dagegen.

»Ich werde es ihm mitteilen und ihm ans Herz legen, dass er alles genau einhalten soll.«

Pritchard war jedoch noch nicht am Ende. »Es gibt noch einen Punkt, und zwar den Zehnten, den Sie als Leiterin des Handelspostens der Missionsstation bezahlen müssen. Es mag sein, dass Mr Wiggles diesen in den nächsten Tagen von Ihnen fordert. Sie werden ihm das Geld verweigern, denn er ist von den bestimmenden Herren unserer Gesellschaft als Leiter unserer Mission auf Tahiti abberufen worden und hat keinen Anspruch mehr auf dieses Geld.«

Ruth begriff, dass Pritchard Angst hatte, sie könnte die recht ansehnliche Summe, die mittlerweile zusammengekommen war, seinem Vorgänger übergeben und dieser sie mit in die Heimat nehmen, um ein von der Missionary Society unabhängiges Leben beginnen zu können. Zwar traute sie es Wiggles selbst nicht zu, vermutete aber, dass dessen Frau ihn unter Umständen dazu zwingen könnte.

»Um Ihnen in dieser Angelegenheit willfahren zu können, benötige ich eine offizielle Bestätigung, dass Reverend Wiggles als Leiter der Mission abgesetzt worden ist und Sie an seiner statt eingesetzt worden sind. Außerdem wäre es mir angenehm, wenn Sie mir die Anweisung, das Geld für die Mission zurückzuhalten, schriftlich geben könnten.«

Pritchards verkniffener Miene nach war es nicht gerade das, was er hatte hören wollen, dachte Ruth. Da er jedoch auf alle möglichen Vorschriften pochte, konnte sie das auch. Sie wollte außerdem sicherstellen, dass ihre Unabhängigkeit als Leiterin der Handelsstation von ihm nicht angetastet würde. Wiggles hatte dies, gedrängt von seiner Ehefrau, immer wieder versucht. Diesen Kampf wollte sie nicht mehr führen müssen.

Pritchard überlegte kurz und nickte. »Suchen Sie mich heute Nachmittag auf, dann werde ich alles in diesem Sinne regeln. Seien Sie sich bewusst, dass Sie Mr Wiggles nicht die geringste Rücksichtnahme schulden. Immerhin ließ er sich von seinem Weib dazu überreden, Sie mit dem Handelsposten zu betrauen. Das Weib glaubte nämlich, Sie auf diese Weise zur Hurenwirtin und damit zu einer Person zwielichtigen Ansehens machen zu können. Sie waren jedoch zu klug, um in diese plumpe Falle zu gehen.«

Täuschte Ruth sich, oder schwang doch ein gewisser Respekt in George Pritchards Stimme mit? Sie war sich nicht sicher. Eines aber erkannte sie deutlich: Er war nicht gekommen, um sich gegen sie zu stellen, sondern bot ihr stattdessen ein Bündnis an. Wie viel es wert war, würde sich zeigen.

»Ich werde kommen!«, versprach sie und erwartete, er werde sich nun verabschieden.

Zwar stand er auf, nachdem er seine Teetasse leer getrunken und das Stück Kuchen verspeist hatte, blieb aber auf dem Weg zur Tür noch einmal stehen.

»Sie müssen sich keine Sorgen mehr machen, dass Hiram Perell Ihnen noch einmal zu nahe treten könnte. Er wurde aus der Missionsgesellschaft ausgeschlossen und wird Tahiti mit dem nächsten Schiff verlassen, das die Anker lichtet.«

Diese Auskunft verwunderte Ruth, weil Hiram Perell wegen seiner Herkunft und seiner engen Beziehung zu Reverend Wiggles als dessen möglicher Nachfolger gehandelt worden war. Da Pritchard ihn auf diese unübliche Weise fortschickte, musste er etwas getan haben, was diesen bis zum Äußersten erzürnte. Was es war, würde sie von Maire erfahren, deren Freundschaft zu den Angestellten in der Missionsstation sich schon mehrmals als hilfreich erwiesen hatte.

Nun aber verabschiedete sie Pritchard und saß dann lange da und dachte nach. Doch der einzige Weg, der ihr sinnvoll erschien, war, so weiterzumachen wie bisher.

12.

Ab diesem Tag bekam Ruth Reverend Wiggles, dessen Ehefrau Mildred und beider Tochter Heather nicht mehr zu Gesicht. Von Maire erfuhr sie, dass diese gemeinsam mit Hiram Perell das erste Schiff bestiegen hatten, um zu einem Hafen zu gelangen, wo man eine Schiffspassage nach England finden konnte. Dabei hatte Wiggles großzügig in die Missionskasse gegriffen, um das ihm angeblich zustehende Reisegeld zu erhalten. Pritchard und den zurückbleibenden Missionaren fehlte nun diese Summe.

Es war dem neuen Missionsleiter sichtlich peinlich, Ruth deswegen um eine Vorauszahlung auf die Summe zu bitten, die die Handelsstation regelmäßig als Zehnten abliefern musste. Sie gab ihm das Geld jedoch gerne, da sie sich ihn dadurch verpflichten wollte. Weitaus wichtiger als Pritchard und sein abgesetzter Vorgänger war jedoch die Tatsache, dass wenige Tage später die Hiva Oa einlief und an ihrem gewohnten Liegeplatz festmachte.

Ruth hätte beinahe ihre tintengetränkte Feder fallen lassen, um so rasch wie möglich zum Anlegesteg zu kommen. Näher war es jedoch für Aipua und Jan, die in der Nähe schwimmen gewesen waren. Nun wetzte der Kleine so rasch zum Schiff, dass die mittlerweile hochschwangere Aipua ihm nicht mehr zu folgen vermochte.

Noch bevor Ruth rufen konnte, dass ihr Sohn vorsichtig sein sollte, schwang James sich über die Reling und fing den kleinen Ausreißer auf. Der Junge schlang fröhlich die Arme um ihn und begann zu jauchzen, als James ihn durch die Luft schwang und dann an sich drückte.

Aipua sagte sich, dass dies ein Anblick war, dem auch Jans Mutter sich nicht würde entziehen können. James Hutton liebte den Jungen, weil er ein Teil von Ruth war, und würde ihm der Vater sein, der Hinrich vielleicht hätte werden können. Sie wartete, bis ihre Freundin zu ihr aufgeschlossen hatte, und fasste sie unter.

»Es ist schön, dass die Hiva Oa wieder hier ist, und auch Captain James Hutton!«

»Das ist es!«, antwortete Ruth, und Aipua bemerkte eine leichte Röte auf ihren Wangen.

Aipua lächelte sanft. Ruth war eine gesunde, junge Frau und James Hutton ein äußerst gut aussehender Mann. Sie fand erneut, dass die beiden wunderbar zusammenpassten. Dies Ruth begreiflich zu machen, war eine Aufgabe, die noch auf sie wartete.

Unterdessen trat Ruth auf James zu und zerzauste Jans blonden Schopf.

»Das nächste Mal läufst du Aipua nicht mehr davon, sonst setzt es was, mein Lieber!«, drohte sie dem Jungen eher scherzhaft.

Lächelnd stieg sie auf die Hiva Oa und sah sich um. Die tahitianischen Matrosen jubelten ihr zu, während die Chinesen an Bord sich zurückhielten. Lu Po hatte zwei seiner Neffen mitgenommen. Jetzt zählte sie außer den dreien sechs weitere Söhne der Han, und von einem Niedergang aus spähten mindestens drei Frauen vorsichtig heraus. Er hatte erneut Menschen aus seiner Heimat mitgebracht. Darüber würde sie mit ihm reden müssen, und auch über die neue Lage, die durch den Wechsel in der Leitung der Missionsstation entstanden war. Nun aber wollte sie sich erst einmal freuen, dass ihr Schiff unversehrt zurückgekehrt war, und drehte sich lächelnd zu James um, der mit Jan auf dem Arm hinter ihr stand.

»Sie hatten hoffentlich eine gute Fahrt, Lucky Jim?«

»Die hatten wir!«, antwortete James und sah sie so bewundernd an, dass Aipua kurz davor war, Beifall zu klatschen. Irgendwann würde ihre Freundin merken, dass der richtige Mann an ihrer Seite mehr wert war als die Fracht sämtlicher Schiffe der Welt.

ZEHNTER TEIL

EINE INFAME FALLE

1.

Fern von Tahiti betrachtete Ruths Schwager Mathias Mensing scheinbar mitfühlend deren Mutter. Frieda Simonsen klagte, dass die Neuwerk mit ihrem Ehemann Jakob seit viel zu langer Zeit überfällig sei. Mensing senkte kurz den Kopf, um sich nicht durch seine Miene zu verraten. Schließlich hatte er die Falle entworfen, in der sich Jakob Simonsen gefangen hatte. Dieser war bereits seit vielen Monaten tot. Zudem setzte Mensing alles daran, dessen Frau schleichend zu vergiften.

In dem Konfekt, das er ihr vorsetzen ließ, befand sich auch an diesem Tag wieder jenes südamerikanische Gift, das ihren Verstand zerrütten sollte. Mittlerweile war Frieda Simonsen auf dem besten Weg, verrückt zu werden.

»Es ist alles so schrecklich!«, klagte sie. »Mein Mann kehrt nicht zurück, das Schiff mit meinem geliebten Sohn David hat seinen Bestimmungshafen nie erreicht, und von Ruth haben wir seit fast fünf Jahren keine Nachricht erhalten. Ich habe Jeremias auf Knien angefleht, nach ihnen zu suchen, doch er tut nichts, rein gar nichts!«

Frieda Simonsen brach in Tränen aus, während ihr ältester Sohn hilflos danebenstand und auf Mensing so verzweifelt wirkte, dass er an sich halten musste, um nicht zu lachen.

»Mutter, du weißt, dass ich alle Hamburger Kapitäne, die nach Argentinien oder Chile ausgelaufen sind, gebeten habe, nach der

Neuwerk und Vater zu fragen! Mehr konnte ich nicht tun. Einer muss ja die Reederei führen!«

»Das könnte doch auch ich!«, fuhr seine Mutter ihn an.

Erneut kämpfte Mathias Mensing mit einem Lachreiz. Die Frau war mittlerweile so verdreht, dass sie zwei und zwei nicht mehr zusammenzählen konnte, geschweige denn eine Reederei wie die der Simonsens leiten. Auch wenn diese mit der Neuwerk und der für die Karibik bestimmten Scharhörn zwei Schiffe verloren hatte, stand sie noch immer auf einem festen Fundament. Das allerdings würde sich rasch ändern, wenn Jeremias Hamburg verließ, um sich auf die vergebliche Suche nach seinem Vater zu begeben.

Mensing würde also rasch handeln müssen, wenn er nicht wollte, dass die Reederei Simonsen bankrottging. Er wollte sie schließlich mit seiner eigenen Reederei vereinen, um zu den größten Reedern von Hamburg aufschließen zu können. Dafür musste er nun noch mehr ins Risiko gehen.

»Liebste Frau Simonsen, erregen Sie sich bitte nicht! Es wird sich gewiss alles in Wohlgefallen auflösen«, sagte er.

»Das wird es nicht!«, jammerte seine Besucherin. »Mein Mann wollte schon vor Monaten zurück sein, und Davids Schiff wird ebenfalls vermisst. Ich weiß nicht mehr, was ich tun soll. Mein ältester Sohn lässt mich vollkommen im Stich. Ihm ist es sogar lieber, wenn mein Mann nicht mehr zurückkehrt. Er hat sich mit diesem nie gut verstanden und kann nun die Herrschaft über die Reederei an sich reißen.«

»Mama, bitte!« Jeremias wurde nun doch etwas scharf. Die Zeit, in der sein Vater und er nicht miteinander zurechtgekommen waren, lag bereits etliche Jahre zurück, und seither war ihr Verhältnis immer gut gewesen.

»Es ist doch wahr!«, greinte seine Mutter.

Mathias Mensing beschloss, den nächsten Zug zu wagen. »Liebste Frau Simonsen, wenn Sie es wünschen, werde ich meinem Onkel

Zechariah Bartlett schreiben, dass er so gut sein soll, Informationen über die beiden vermissten Schiffe einzuholen.« Diesmal schwang ein gewisser Ärger in seiner Stimme mit, denn Bartlett hatte ihn nicht zur Hochzeit seines Vetters Anthony mit Lady Persephone Warren eingeladen. Er hatte lediglich einen Brief mit dieser Nachricht erhalten und den Hinweis, dass Lady Persephone einem der ältesten Adelshäuser Englands entstamme. Er verbannte diesen Gedanken aus seinem Kopf und legte nach: »Wissen Sie was, liebste Frau Mensing? Ich werde nach London fahren, um mit meinem Oheim persönlich zu sprechen. Für Sie würde ich auch in die Karibische See fahren, um dort nach Ihrem Sohn David zu suchen. Nur …« Er seufzte und hob bedauernd die Hände. »Ich habe niemanden, der mich hier in Hamburg vertreten kann. Eine Reise nach London kann ich mir noch abringen, mehr aber geht beim besten Willen nicht!« Mensing warf einen kurzen Blick auf Jeremias. Dieser schien kurz davor, den Köder zu schlucken.

»Liebste Mama, um deinen Kummer zu mindern, werde ich in die Karibik aufbrechen. Herr Mensing, Sie sind hoffentlich bereit, meine Mutter bei der Führung unserer Reederei zu unterstützen? Immerhin ist meine Schwester Ruth Ihre Schwägerin und Ihr Bruder Hinrich durch sie ein Miteigentümer unserer Reederei.«

Mathias Mensing hätte sich selbst auf die Schulter klopfen können. Endlich hatte er Jeremias genau dort, wo er ihn haben wollte. »Ich werde Ihrer Frau Mutter selbstverständlich nach Kräften beistehen! Doch Sie sollten, bevor Sie in die Karibik segeln, zuerst meinen Onkel aufsuchen. London ist der wichtigste Hafen der Welt, und dort können Sie die neuesten Nachrichten und Informationen erhalten. Vielleicht ist Mr Zechariah Bartlett bereits in der Lage, Ihnen Auskunft zu geben, die Ihnen eine Reise zu den Antillen erspart.«

Mathias nannte Bartlett nur Mister, obwohl dieser zum Baron ernannt worden war und Anspruch darauf hatte, als Sir Zechariah bezeichnet zu werden. Das war seine kleine Rache für die Nichteinladung zu Anthonys Hochzeit. Wenn er seinen Onkel in London aufsuchte, würde er jedoch dessen Titel verwenden, um diesem zu schmeicheln. Da sein Vetter Anthony als Lord Broulie und zukünftiger Earl of Huttonsfield gewiss nicht die Absicht hatte, sich um die Belange der Reederei und des Handelshauses Bartlett zu kümmern, brauchte er jemanden, der es für ihn führte. Dafür aber, sagte Mathias, kam nur einer in Frage, und das war er.

In seiner Fantasie malte Mathias sich bereits das Namensschild der neuen Reederei Bartlett & Mensing aus, während er Jeremias Ratschläge für die Reise nach London und weiter in die Karibik erteilte.

»Noch etwas!«, sagte er, als Jeremias sich verabschieden wollte. »Bevor Sie aufbrechen, kommen Sie noch einmal zu mir. Ich will Ihnen ein Empfehlungsschreiben für meinen Oheim mitgeben und ihn darin bitten, Sie mit aller Kraft zu unterstützen.«

»Sie sind ein guter Mensch!«, rief Frieda unter Tränen. »Es wäre schlimm, wenn wir Sie nicht hätten.«

Mathias lächelte scheinbar freundlich und reichte ihr und Jeremias die Hand. »Sie werden sehen, es wird alles gut!«, sagte er zu Ruths Mutter und brachte sie in eigener Person zur Tür.

Dort wandte er sich noch einmal an Jeremias. »Ich wünsche Ihnen alles Glück der Welt und werde beten, dass Sie mit guten Nachrichten zurückkehren. Es würde Ihre Mutter sehr beruhigen!«

»Das hoffe ich auch!«, antwortete Jeremias und sagte sich, dass es auch ihm guttun würde, für ein paar Monate in der Ferne zu weilen. Wenigstens in dieser Zeit würde er den ewigen Vorwürfen seiner Mutter entgehen, nicht ausreichend nach Vater und Bruder zu suchen. Dabei hatte er alles getan, was in seiner Macht stand, und gleichzeitig die Reederei so weitergeführt, dass sein Vater nach dessen Rückkehr mit ihm zufrieden sein konnte.

In düsteren Stunden bezweifelte Jeremias, dass er seinen Vater und auch David und Ruth jemals wiedersehen würde. Ebenso wie Mathias Mensing hatte auch er von dem verheerenden Hurrikan gehört, der die Karibische See just zu dem Zeitpunkt heimgesucht hatte, als die Scharhörn mit seinem Bruder dort gewesen war. Auch von Ruth hätte längst eine Nachricht eintreffen müssen. Vor einiger Zeit hatte er erfahren, dass die Insel Dominica, auf der sein Schwager die Einheimischen hatte bekehren wollen, von schrecklichen Kannibalen bewohnt wurde. Das hatte er der Mutter und seinen jüngeren Schwestern gegenüber verschwiegen, um sie nicht noch mehr zu ängstigen.

»Ich muss nach David suchen – und auch nach Vater und nach Ruth«, murmelte er und fragte sich, mit welchem seiner Schiffe er aufbrechen konnte. Die Auswahl war gering. Die großen Schiffe waren alle unterwegs, und den kleineren, die die Küsten der Nord- und der Ostsee befuhren, konnte er eine so lange Reise nicht zumuten.

Um nicht von seiner Mutter beschuldigt zu werden, erneut Ausflüchte zu bringen, wandte er sich noch einmal an Ruths Schwager. »Was meinen Sie, Herr Mensing? Kann ich in London ein Schiff finden, das mich in die Karibische See mitnimmt? In dem Fall würde ich mit der Mellum nach London segeln, da sie Waren an Bord hat, die für dort bestimmt sind.«

»Selbst bei der Suche nach seinem Vater denkt er nur an seinen Verdienst!«, giftete seine Mutter.

Mathias Mensing konnte sein Glück nicht fassen. Damit begab Jeremias Simonsen sich vollständig in seine Gewalt oder, besser gesagt, in die seines Onkels Zechariah Bartlett. Dieser würde bei einer solchen Gelegenheit nicht lange fackeln. Daher nickte er sofort. »London ist voller Schiffe, die nach Kuba, Santo Domingo, Mexiko und zu anderen Häfen segeln. Ich werde meinen Onkel bitten, Ihnen die beste Möglichkeit für Ihre Unternehmung zu besorgen.«

Erleichtert ergriff Jeremias noch einmal seine Hand. »Ich danke Ihnen von ganzem Herzen! Auf diese Weise komme ich rasch voran und vermag meiner Mutter hoffentlich bald gute Nachrichten zu überbringen.«

»Wenn Herr Mensing etwas in die Hand nimmt, dann hat es Hand und Fuß!«, sagte seine Mutter und stieg in die Sänfte, die im Hof von Mensings Anwesen auf sie wartete.

Während die Träger die Sänfte aufhoben und nach draußen trugen, ging Jeremias in Gedanken versunken hinter ihnen her. Es tat weh, von der Mutter so behandelt zu werden. Dabei war sie früher ganz anders gewesen. Aber seit sein Vater in die Südsee aufgebrochen war, hatte sie sich immer mehr geändert und behandelte ihn mittlerweile fast wie einen Feind. Selbst Esther und Anna mussten einiges von ihr erdulden. Langsam glaubte auch er, was hinter ihrem Rücken erzählt wurde: Frieda Simonsen war dabei, verrückt zu werden.

Das darf nicht sein, sagte er sich. Er würde alles tun, damit seine Mutter wieder ihren Frieden fand.

Hinter ihm rieb Mathias Mensing sich zufrieden die Hände. Seine Pläne gediehen, und schon bald würde er den endgültigen Sieg über die Simonsens errungen haben.

2.

Die Mellum war ein kleines, altes Schiff und nur noch deshalb im Dienst, weil die Neuwerk und die Scharhörn nicht mehr zur Verfügung standen. Seine Lehrzeit als Seemann hatte Jeremias auf den größeren Schiffen der Reederei verbracht. Dennoch überkam ihn ein vertrautes Gefühl, als er auf den verblichenen Deckplanken stand, und er begriff, weshalb sein Vater nach Jahren an Land doch wieder mit der Neuwerk aufgebrochen war, um mit ihr die Welt zu umsegeln. Sein Ziel aber war erst einmal London. Dort hoffte er, von Zechariah Bartlett Unterstützung bei der Suche nach seinen Angehörigen zu erhalten.

Zwar genoss der Name Bartlett in seiner Familie nicht den besten Ruf, aber das waren andere Zeiten gewesen. Nun war mit Hinrich ein halber Bartlett von Mutterseite sein Schwager, zudem hatte Hinrichs Bruder Mathias ihm ein Schreiben für Zechariah Bartlett mitgegeben, damit dieser ihn freundlich empfangen solle.

Als die Mellum mit ablaufender Flut die Elbe hinabglitt, dachte Jeremias daran, wie oft sein Vater, sein Großvater und viele seiner Ahnen diesen Strom befahren hatten, um Waren nach Hamburg oder von dort wegzubringen. Damals waren die Zeiten noch anders gewesen. Mittlerweile waren sein Vater und er keine Kapitäne kleiner Handelsschiffe mehr wie ihre Vorfahren, sondern Reeder mit einer ganzen Reihe von Schiffen, die von zuverlässigen Kapitänen geführt wurden. Der Kapitän der Mellum gehörte dazu. Wie sein Schiff war auch er alt, dafür aber kannte er jede Sandbank in der Elbe. Der Mann war wortkarg und schien Jeremias noch als Frischling anzusehen, der erst einmal trocken hinter den Ohren werden musste.

Jeremias nahm ihm das nicht übel. Immerhin war er fast vierzig Jahre jünger als der Kapitän und konnte noch viel von ihm lernen. Trotzdem war er froh, als die Mellum endlich die Nordsee durchmessen hatte und in den großen Trichter der Themsemündung einlief. Dort wünschte er sich, er könnte selbst am Steuer stehen und die Befehle geben, wie der alte Seebär es tat. Der dachte jedoch nicht daran, einen anderen ans Ruder zu lassen, und dirigierte seine Mannschaft mit der Pfeife im Mund, dass es eine wahre Freude war.

In London verließ Jeremias die Mellum, die nun ihre Ladung löschen und neue aufnehmen würde, und begab sich zu Zechariah Bartletts Haus. Mathias Mensing hatte ihn gewarnt, dass dieser sich auf seinem Landsitz Huttonsfield Castle aufhalten könnte. Umso erleichterter war er, als er den Türklopfer anschlug und von dem Diener, der ihm öffnete, hörte, dass sein Herr anwesend sei.

»Würden Sie mich bitte bei ihm melden? Mein Name ist Simonsen, und ich überbringe einen Brief von Mathias Mensing«, erklärte Jeremias.

Der Diener brauchte einen Augenblick, um den auf Deutsch genannten Namen mit Mathew Mensing, dem Neffen seines Herrn, zusammenzubringen. Dann forderte er Jeremias auf, einzutreten und im Vorraum zu warten, bis Sir Zechariah entschieden hatte, ob er ihn empfangen würde.

Während Jeremias wie auf glühenden Kohlen auf die Rückkehr des Dieners wartete, klopfte der an Bartletts Tür.

»Eintreten!«, klang es harsch zurück.

»Verzeihen Sie, Sir, doch ein Mr Seamanson wünscht, Ihnen seine Aufwartung zu machen. Er behauptet, eine Botschaft von Eurer Lordschaft Neffen aus Hamburg bei sich zu haben.«

Hatte der Name Seamanson Bartlett zunächst nichts gesagt, so kniff er nun die Augen zusammen. »Simonsen!« Er sagte es auf Deutsch, so wie er es von Mathias Mensing gehört hatte.

»Derselbige, Sir«, sagte der Diener und wartete auf den Befehl, diesen entweder zu seinem Herrn zu bringen oder ihn wieder fortzuschicken.

Bartlett entschied sich jedoch anders. »Führen Sie den Mann in den Captain's Room, Polliver, und bitten Sie ihn, Ihnen den Brief zu übergeben. Diesen bringen Sie dann zu mir und bieten Mr Simonsen eine Erfrischung an.«

»Sehr wohl, Sir, Eure Lordschaft!« Der Diener verbeugte sich und stolzierte gravitätisch davon.

Bartlett hätte ihm am liebsten in den Hintern getreten, damit er sich etwas sputete. Doch seit King George IV. ihn mit dem Baronstitel ausgezeichnet hatte, traten seine Bediensteten auf, als hätte man sie selbst in den Adelsstand erhoben.

Er dauerte daher seine Zeit, bis Polliver mit einem dünnen Päckchen zurückkehrte, das in geteerte Leinwand eingeschlagen war. Um einen Tadel zu vermeiden, überreichte der Diener Bartlett neben dem Brief auch ein Federmesser, mit dem dieser den Umschlag aufschneiden konnte.

»Wünschen Eure Lordschaft noch etwas?«, fragte Polliver.

Bartlett schüttelte den Kopf. »Nein, Sie können gehen!«

Dabei juckte es ihm erneut in der Fußspitze, und er hoffte, dass die Dienerschaft möglichst bald wieder so arbeiten würde wie vor seiner Erhebung in den Adelsstand. Er wartete, bis Polliver den Raum verlassen hatte, und schlitzte dann die Leinwandumhüllung auf.

Während er den Brief las, wanderten seine Augenbrauen nach oben, und er schüttelte zuletzt den Kopf. Was sein Neffe da verlangte, war unmöglich. Er konnte einen Besucher, den mehrere seiner Bediensteten und Nachbarn gesehen hatten, nicht einfach umbringen und die Leiche heimlich wegschaffen lassen.

Warum nicht?, fragte der Teil in ihm, der an den Simonsens Rache für eine vor langer Zeit erfolgte Demütigung seines Vaters üben wollte. Die Vorsicht behielt jedoch die Oberhand. Bislang waren die Taten, die er veranlasst hatte, in fernen Weltgegenden geschehen. Hier in England war es weitaus schwieriger, so etwas unbemerkt zu tun. Selbst wenn es ihm gelang, Jeremias Simonsen zu töten, musste der Leichnam so versteckt werden, dass niemand ihn fand.

In diesen Minuten wünschte Zechariah Bartlett sich den kalten Sinn seines Vaters. Samuel Bartlett hätte nicht gezögert, sondern den letzten Simonsen ungesäumt den Fischen zum Fraß vorgeworfen. Er jedoch lebte in einer anderen Zeit und zählte zudem zum Adel. Wenn aufkam, dass er einen jungen Hamburger Reeder umgebracht hatte, würde es einen Skandal geben, der ihn alles kosten konnte, was er sich mühsam aufgebaut hatte.

Da er im Augenblick keine Entscheidung wagte, betätigte er den Klingelzug und läutete seinen Diener herbei. »Gehen Sie zu dem Besucher, Polliver, und sagen Sie ihm, dass ich ihn heute nicht empfangen kann, da ich gleich das Haus verlassen muss. Führen Sie ihn in eines der Gästezimmer. Ich werde morgen mit ihm sprechen. Er soll sich als mein Gast fühlen.«

Bis dorthin wird mir hoffentlich einfallen, wie ich dieses Problem aus der Welt schaffen kann, fuhr es ihm durch den Kopf. Er ärgerte sich über seinen Neffen, der ihn zum Handlanger für seine Verbrechen machte. War die Rache für einen Faustschlag, den sein Vater vom Großvater dieses jungen Mannes erhalten hatte, dies wert?, fragte etwas in ihm. Gleichzeitig aber begriff er, dass er sich für den Rest seines Lebens als Feigling fühlen würde, wenn er diese Sache nicht zu Ende brachte.

3.

Um sich nicht einer Lüge zeihen zu lassen, verließ Bartlett wenig später das Haus und suchte einen Herrn der Admiralität auf, der ihm bereits zu ertragreichen Geschäften mit der Royal Navy verholfen hatte. Zu seiner Verwunderung traf er dort Captain Gervase Smyth in voller Uniform an. Dabei hatte dieser ihm erklärt, er wolle in den Ruhestand treten.

Bartletts Gesicht verriet einen kurzen Moment des Ärgers. »Sie sind in London?«, fragte er. »Dabei dachte ich, Sie wollten Ihren Ruhestand in Cornwall oder Wales genießen!«

Da Smyth zu viel wusste, hatte er ihm zu einem Ruhesitz möglichst weit entfernt von London und Huttonsfield geraten. Stattdessen befand Smyth sich hier und trat auf, als befände er sich noch im aktiven Dienst.

Smyth lachte hart auf, bevor er Antwort gab. »Ich kam her, um meinen Abschied einzureichen. Da fiel den Herren der Admiralität ein, dass der Captain eines Gefangenenschiffs für Australien ins Wasser gefallen ist, ohne rechtzeitig wieder herauszukommen. Der gute Mann hatte etwas zu tief in seinen Rumbecher geschaut. Und da die Admiralität keinen Captain hat, der ihn ersetzen kann, haben sie mich gefragt, ob ich nicht noch eine Fahrt lang Dienst tun will. Ich soll die Darling nach Sydney bringen und wieder zurück. Da ich eine genügend lange Zeit als Vollkapitän gefahren bin, will man mich noch einmal befördern und als Admiral in den Ruhestand schicken. Mein Neffe Simmons, der mich als erster Offizier begleiten wird, soll nach unserer Rückkehr zum Commander befördert werden. Man hat ihn wieder in Ehren bei der Royal Navy aufgenommen, da er sich nach Leutnant Huttons bedauerlichem Ableben als dessen Ersatz bestens bewährt hat.«

Bartlett wurde ruhiger. Wenn Smyth nach Australien segelte, konnte er ihm während dieser Zeit in England keine Schwierigkeiten bereiten. »Das nenne ich ein gutes Geschäft, für eine einzige Seereise zum Admiral befördert zu werden, ohne dass Sie je Ihre Flagge auf einem Schiff hissen werden«, antwortete er gönnerhaft.

»Einmal werde ich die Flagge hissen können, aber sie wird am selben Tag wieder eingeholt!«, erklärte Smyth mit einem fröhlichen Grinsen.

»Welche Fracht haben Sie an Bord? Sie sagten etwas von einem Gefangenenschiff?«, fragte Bartlett, dessen Gedanken mit einem Mal einen ganz bestimmten Weg einschlugen.

»Das stimmt, Sir … ich meine natürlich, Lord Bartlett«, erklärte Smyth beflissen. »Es sind zweihundert Verbannte, Verbrecher, Iren, Rebellen und anderes Gesindel, die man zu lebenslanger Zwangsarbeit in Australien verurteilt hat. Das Urteil ist viel zu milde für dieses Pack. Man hätte alle aufhängen sollen!«

»Dann würden Sie aber nicht Admiral werden«, wandte Bartlett ein.

»Da haben Sie recht, Mylord! Es ist wirklich besser, diese Schurken und die Handvoll Weiber arbeiten sich in Australien die Buckel krumm, als hier in London sanft im Winde zu baumeln. Die Darling ist ein gutes Schiff. Früher war sie ein Linienschiff mit vierundsiebzig Kanonen. Jetzt sind nur noch ein gutes Dutzend Rohre an Bord, da der Platz für unsere Sträflinge gebraucht wird.

Übermorgen wird man noch ein paar Schurken an Bord bringen, und dann werde ich zum letzten Mal in unserem schönen England den Befehl zum Ankerlichten erteilen. Wenn ich zurückkomme und den Anker fallen lasse, tue ich es bereits als Admiral.«

Bartlett fand Smyth arg redselig und sagte sich, dass er nicht darauf hoffen durfte, dass dieser für immer den Mund hielt, es sei denn, er würde selbst dafür sorgen. Das aber hatte noch Zeit. Nun musste erst einmal Jeremias Simonsen für die Welt verschwinden. Er legte Smyth eine Hand auf die Schulter und zog ihn näher zu sich heran. »Haben Sie auf Ihrem Schiff noch Platz für einen weiteren Passagier?«, fragte er leise.

Smyth schüttelte verwundert den Kopf. »Sie sind schon der Zweite, der mich das fragt, Mylord. Dem anderen Herrn war es zweihundert gute Sovereigns wert, dass ein halbwüchsiger Bengel, der ihm nicht passte, nach Australien verschickt wird. Ich habe das Bürschlein auf der Liste der Sträflinge eingetragen und kann das noch ein weiteres Mal tun.«

Geldgieriger Halunke, dachte Bartlett. Der Vorteil einer solchen Vereinbarung überwog jedoch die paar Münzen, die er Smyth würde in den Rachen stopfen müssen. Mit dieser Methode wurde er Jeremias Simonsen los, und es gab auch keine Leiche, die durch Zufall gefunden werden konnte. Er musste daran denken, dass sein Vater auf Bitten von Jörgen Mensing einen Mann auf ähnliche Weise hatte verschwinden lassen. Lukas Thadde war für die im Kampf gegen Napoleon überstrapazierte Royal Navy zwangsrekrutiert worden. Für Jörgen Mensing war es kein gutes Geschäft gewesen, denn Thadde war es später gelungen, ihn mit einem Kanonenschuss zu töten.

Dann aber machte Bartlett eine wegwerfende Handbewegung. In Sydney würde niemand einem angeblich von einem Gericht in London zu lebenslanger Zwangsarbeit verurteilten Sträfling glauben, ein reicher Reeder aus Hamburg zu sein. Und zurückkommen würde der junge Mann von dort auch nicht, wenn er es denn überhaupt erreichte. Die Quartiere auf den Gefangenenschiffen waren dunkle, stinkende Löcher, in denen so mancher unterwegs krepierte.

Dieser Gedanke gab den Ausschlag. »Kommen Sie morgen zu mir, Captain … äh, Admiral Smyth. Ich glaube, wir haben etwas zu besprechen!«

»Mit dem größten Vergnügen, Mylord!« Smyth grinste. Er hatte bereits ein hübsches Sümmchen von Bartlett erhalten, und es sah ganz so aus, als wenn diese Sovereigns Zuwachs bekämen.

4.

Bartlett lud Jeremias am nächsten Morgen zum Frühstück ein und behandelte ihn wie einen geehrten Gast. Die Erfahrung vieler Jahre verhinderte, dass er sich verriet, als Jeremias berichtete, dass sein Vater bereits vor mehreren Jahren mit der Neuwerk in die Südsee aufgebrochen sei, sie aber seitdem nichts mehr von ihm gehört hatten.

Wie hätten sie es auch, dachte Bartlett, da Captain Smyth Jakob Simonsen in seinem Auftrag den Garaus gemacht und das Schiff an einen südamerikanischen Reeder verkauft hatte.

»Die Südsee ist groß! Captain Smyth, der mich heute Nachmittag besuchen kommt, ist erst vor wenigen Wochen von dort zurückgekehrt. Wer weiß, vielleicht hat er etwas von Ihrem Vater gehört«, sagte er und sah, wie sich die besorgte Miene seines Gastes aufhellte.

»Dafür wäre ich Ihnen sehr verbunden, Euer Lordschaft!« Von einem Diener hatte Jeremias erfahren, dass Mathias Mensings Onkel in den Adelsstand erhoben worden war, und bemühte sich daher, den Fauxpas, den er am Vortag begangen hatte, indem er nach Mr Bartlett gefragt hatte, vergessen zu machen.

»Das wird sich einrichten lassen«, versprach Bartlett. »Ich muss nur vorher etwas mit ihm besprechen und werde Sie hinzuholen lassen.«

»Dafür wäre ich Ihnen dankbar!« Jeremias wusste, wie groß der Pazifische Ozean sein musste und dass es höchst unwahrscheinlich war, wenn sich dort zwei Schiffe begegneten. Er hoffte dennoch, dass Captain Smyth ihm Auskunft über seinen Vater geben konnte. Und wenn nicht über diesen, dann gewiss über Ruth, dachte er. Immerhin war Smyth der Kapitän gewesen, der Ruth und Hinrich zu ihrer Insel in der Südsee gebracht hatte.

Entsprechend aufgeregt wartete Jeremias auf Smyths Erscheinen und musste sich zurückhalten, als dieser in Bartletts Kontor geführt wurde.

Bartlett kannte Smyths Vorlieben, und so wartete ein großes Glas Cognac auf diesen. Auch stellte sein Diener Polliver einen Stuhl für den Captain bereit, bevor er mit einer Verbeugung den Raum verließ.

»Haben Sie den jungen Mann draußen im Vorraum gesehen?«, fragte Bartlett unvermittelt.

Smyth trank rasch einen Schluck Cognac. »Ja, das habe ich! Scheint ein Geschäftsfreund von Ihnen zu sein.«

»So würde ich es nicht nennen. Er behauptet, der Sohn jenes Reeders zu sein, dessen Schiff Sie im Pazifik abgefangen haben. Ich halte ihn jedoch für einen Hochstapler und finde den Namen John Jones für ihn am besten geeignet.«

Smyth begriff, dass der adrett gekleidete Jüngling derjenige war, dem Bartlett eine Reise nach Australien wünschte. »Da darf er seine jetzige Kleidung aber nicht anbehalten«, sagte er nachdenklich.

»Dem lässt sich abhelfen. Sie müssen ihn nur von hier holen und heimlich auf Ihr Schiff schaffen! Das können Sie doch, oder?«

Smyth überlegte kurz und nickte dann. »Das lässt sich einrichten, Mylord! Der Mann sollte nicht wach sein.«

»Ich habe ein Mittel, das dies verhindert! Kommen Sie morgen kurz vor Sonnenuntergang mit einer Kutsche und bringen Sie ihn zur Themse und von dort mit einem Boot auf Ihr Schiff.«

»Das ist nicht so einfach! Es sind bereits etliche Matrosen an Bord, und ich will nicht, dass die etwas mitbekommen«, wandte Smyth ein.

»Und wie haben Sie den anderen Burschen an Bord gebracht?«

»In einem Salzfleischfass. Er war klein genug, um hineinzupassen!« Smyth grinste, als wäre es ein besonders guter Scherz gewesen.

Nun war Jeremias zwar schlank, aber in ein Salzfleischfass passte er trotzdem nicht hinein. Bartlett wusste jedoch auch hier Rat. »Lassen Sie ihn in einer Seekiste an Bord schaffen. Das fällt am wenigsten auf. Ich werde Ihnen eine zur Verfügung stellen.«

»Dann sollte es nicht zu spät sein«, erklärte Smyth. »Ich komme eine Stunde vor Sonnenuntergang. Dann kann die Seekiste noch bei Tageslicht an Bord gebracht werden. Das fällt weniger auf.«

»Wie Sie wünschen! Nun werden wir den jungen Mann zu uns rufen lassen. Erzählen Sie ihm, Sie hätten seinen Vater auf Tahiti getroffen, und dieser habe sich wohl befunden. Sein Schiff hat durch einen Sturm jedoch arg gelitten, und es wird noch einige Zeit dauern, bis es repariert ist«, erklärte Bartlett.

»Und was ist, wenn er mich fragt, ob sein Vater mir Briefe mitgegeben hat? In einem solchen Fall hätte dieser es getan«, unterbrach Smyth Bartletts Rede.

»Die sind bei der Übergabe ins Wasser gefallen, und es war keine Zeit mehr, sie neu zu schreiben. Sie haben mich aufgesucht, damit ich Ihre mündliche Botschaft an meinen Neffen in Hamburg weitergeben kann.«

Bartlett hatte nicht die Absicht, sich Smyths Einwände länger anzuhören, da dieser sie nur vorbrachte, um den Preis für die Entführung in die Höhe zu treiben. Beinahe wünschte er sich, Smyth würde ebenfalls in Australien bleiben. Doch den Gefallen würde ihm dieser Mann nicht tun. Bis Smyth und dessen Neffe nach England zurückkehrten, musste er einen Plan haben, wie er weiter mit ihnen verfahren sollte.

Da dies jedoch Zeit hatte, betätigte Bartlett den Klingelzug und befahl Polliver, Jeremias Simonsen in den Raum zu bringen. Kurz darauf trat Ruths Bruder ein und sah Smyth hoffnungsvoll an. »Ich wünsche Ihnen einen guten Tag, Sir! Ich weiß nicht, ob Lord Bartlett bereits mit Ihnen gesprochen hat …«

»Sie meinen wegen Ihres Vaters!«, unterbrach Smyth ihn. »Ich habe Jakob Simonsen auf Tahiti getroffen. Er kam genau an dem Tag an, an dem ich die Insel verlassen habe. Sein Schiff hatte im Sturm große Schäden erlitten, so dass er wohl noch einige Zeit auf Tahiti bleiben muss. Ich wollte, ich könnte Ihnen den Brief übergeben, den er geschrieben hat. Aber der Eingeborene, der ihn an Bord bringen sollte, ließ ihn ins Wasser fallen. Wäre der Bursche nicht gleich weggepaddelt, hätte ich ihm dafür zehn oder zwanzig mit der Neunschwänzigen aufzählen lassen.«

Smyth redete ohne Punkt und Komma, doch für Jeremias war wichtig, dass sein Vater noch am Leben war, auch wenn es dauern würde, bis er wieder in diese Breiten kam.

»Das erleichtert mich!«, rief er. »Ich wünschte, ich könnte gleich nach Hause segeln und dies meiner Mutter berichten. Es würde sie sehr beruhigen.«

Er überlegte kurz und sah dann Bartlett bittend an. »Ich will nicht warten, bis die Mellum ihre Ladung gelöscht hat und neu beladen wurde. Wenn Sie, Sir, ein Schiff wissen, das früher nach Hamburg segelt, würde ich mich freuen, wenn Sie dem Kapitän eine Botschaft von mir mitgeben könnten. Ich muss leider weiter in die Karibik fahren.«

»Haben Sie bereits eine Passage?«, fragte Smyth.

Jeremias schüttelte den Kopf. »Bis jetzt noch nicht!«

»Das trifft sich gut, denn ich werde übermorgen mit meinem Schiff dorthin aufbrechen. Wenn Sie mitzukommen wünschen, würde ich Sie morgen Nachmittag abholen lassen«, bot Smyth eifrig an.

»Ich danke Ihnen sehr, Sir!«, rief Jeremias und fragte nach seiner Schwester.

»Der geht es bestens! Ich habe kurz vor meiner Rückkehr nach England noch einmal die Insel aufgesucht, auf der ihr Ehemann missioniert, und dort bereits eine gefestigte christliche Gemeinde vorgefunden. Das habe ich auch Ihrem Vater mitgeteilt. Sobald sein Schiff wieder seetauglich ist, will er dorthin segeln. Es wird daher noch ein wenig dauern, bis Sie ihn wiedersehen werden«, log Smyth.

Jeremias fiel ein Stein vom Herzen, als er hörte, dass es seinem Vater und der Schwester wohl erging. Damit, sagte er sich, würde sich seine Mutter doch ein wenig beruhigen. Jetzt ging es noch um David, und da hatte er das Glück, mit Captain Smyth ins Karibische Meer segeln zu können.

Nun stellte er Smyth noch mehrere Fragen nach seinem Vater und Ruth. Bevor der Captain sich selbst widersprechen konnte, griff Bartlett ein und bat Jeremias, ihn wieder mit diesem allein zu lassen.

»Auch wenn es sich um ein Schiff der Royal Navy handelt, so ist Captain Smyth an einigen Orten in meinem Sinne tätig. Immerhin zähle ich zu den bedeutendsten Lieferanten der Navy«, setzte er mit einem freundlichen Lächeln hinzu.

Kaum hatte Jeremias den Raum verlassen, funkelte Bartlett Smyth zornig an. »Wollen Sie den Burschen vielleicht so an Bord Ihrer Darling bringen? Ich dachte, wir hätten uns auf eine Seekiste geeinigt!«

»In die kommt er auch!«, antwortete Smyth glucksend. »Aber war es nicht eine glorreiche Idee, ihm weiszumachen, ich würde in die Karibik segeln?«

»Es war überflüssig!«, sagte Bartlett, doch Smyth lachte nur.

»Ich dachte, ich tue Ihnen einen Gefallen, weil dieses Bürschchen sich dann nicht einen anderen Schiffer sucht und dieser sich wundert, weshalb er nicht an Bord kommt.«

Bartlett musste sich eingestehen, dass Smyth, obwohl er ein Säufer vor dem Herrn war, immer noch genug Verstand besaß.

Vielleicht sogar zu viel, dachte er, da Smyth sich dadurch zu einer Zecke entwickeln konnte, die statt Blut Geld aus ihm heraussaugen wollte. Noch aber war er nützlich, und so klopfte er ihm scheinbar anerkennend auf die Schulter. »Das haben Sie gut gemacht! Wenn Sie aus Australien zurückkehren, steht in Cornwall ein hübsches Häuschen für Sie bereit. Auch als Admiral werden Sie sich seiner nicht schämen müssen.«

Für Smyth hieß dies, dass Bartlett ihm dieses Haus bezahlte, und das gefiel ihm. Bartlett hingegen fand, dass er in einem Haus, das er selbst kaufte und einrichten ließ, am besten für einen Unfall sorgen konnte, der ihn von Smyth befreite.

»Laden Sie doch Ihren Neffen ein, ein paar Wochen bei Ihnen zu verbringen«, schlug er Smyth vor und sah bereits die Zeitungsartikel vor sich, die berichteten, dass der ehrenwerte Admiral Gervase Smyth und dessen Neffe Commander Trevor Simmons durch den Brand ihres Hauses ums Leben gekommen seien.

Bartlett verbarg diesen Gedanken tief in sich und besprach mit Smyth, wie sie Jeremias Simonsen am besten betäuben und auf Seiner Majestät Schiff Darling bringen konnten.

5.

Das Abendessen nahm Bartlett gemeinsam mit Jeremias ein. Dabei verwickelte er den jungen Mann in ein Gespräch über dessen Heimatstadt Hamburg und lenkte es so, dass er viel über seinen Neffen Mathias Mensing erfuhr. Für Jeremias war dieser nicht nur ein angeheirateter Verwandter, sondern ein Partner, der derzeit seiner Mutter half, die Reederei zu führen.

Gegen seinen Willen begann Bartlett, seinen Neffen zu bewundern. Ihm selbst ging es darum, einen vor über sechzig Jahren verabreichten Faustschlag heimzuzahlen, ohne dass er dabei auf einen Gewinn spekulierte. Doch Mathias Mensing schien bei allem, was er anfasste, darauf zu achten, dass es Gewinn abwarf. Er hatte den eigenen Bruder aus dem Weg schaffen lassen, um das Erbe nicht mit ihm teilen zu müssen, und dann Jakob Simonsen. Nun war er dabei, auch Jeremias zu beseitigen. Da Jeremias' jüngerer Bruder David nach einem Hurrikan in der Karibischen See vermisst wurde und höchstwahrscheinlich tot war, bestand die Familie Simonsen nur noch aus der Mutter und ihren drei Töchtern. Die Älteste von ihnen weilte in der Südsee und war wahrscheinlich längst in den Mägen der dortigen Kannibalen verschwunden. Es war offensichtlich, dass Mathias nach der Reederei Simonsen griff, um sie mit seiner eigenen zu vereinigen. Sobald seinem Neffen dies gelungen war, war dieser groß genug, um selbst ihm Konkurrenz machen zu können.

Keine Konkurrenz, korrigierte Bartlett sich. Denn eines war ihm nun klar geworden: Der gute Mathias war darauf aus, sein Nachfolger in einer Großreederei Bartlett & Mensing zu werden. Über die notwendigen Fähigkeiten dazu verfügte er zweifellos. Mathias war kaltblütig und skrupellos und von äußerst scharfem Verstand. Sollte er tatsächlich einmal die vereinigten Reedereien führen, würden die Bartletts auf Huttonsfield nur noch Anteilseigner sein und nichts mehr entscheiden können.

Zechariah Bartlett fühlte sich jung genug, um seine Reederei und sein Handelshaus noch Jahrzehnte beherrschen zu können. Außerdem konnte sein Sohn den Titel des Earls of Huttonsfield nur seinem Ältesten hinterlassen. Er würde daher einen nachgeborenen Enkel zu sich holen und diesen zu seinem Nachfolger erziehen. Für einen Mathias Mensing war hier in London kein Platz.

Während Bartlett sich Gedanken über die Zukunft machte, genoss Jeremias die Gastfreundschaft in dessen Haus, las in nautischen Büchern, die es in Hamburg nicht gab, und bewunderte die Schiffsmodelle, Bilder und Artefakte aus aller Welt, die die Bartletts angeschafft hatten, um Gäste wie ihn zu beeindrucken. Vor allem war er froh, der sich von Tag zu Tag steigernden Zanksucht seiner Mutter fürs Erste entronnen zu sein.

»Mathias ist ein sehr guter Geschäftsmann«, sagte Bartlett beim Essen zu ihm. Anders als sein Sohn und seine Bediensteten verwendete er die deutsche Form des Vornamens und nicht die englische Version Mathew.

»Ich bin froh um seine Unterstützung«, gab Jeremias zu. »Mathias will bald heiraten, zumindest hat er das letztens gesagt. Er schwankt zwischen einer Sölter oder einer Godehard.«

»Er wird wohl die heiraten, die ihm die höhere Mitgift einbringt«, meinte Bartlett spöttisch.

»Das wäre Heidrun Sölter. Allerdings soll deren Großvater gegen eine Heirat mit Mathias sein. Es gab wohl einmal Streit zwischen diesem und Mathias' Vater.«

»Eine von beiden Jungfrauen wird es wohl werden«, meinte Bartlett und ließ sich von Jeremias über Hamburg berichten.

Bartlett hatte bislang den Handel mit und über Hamburg seinem Neffen überlassen. Nun überlegte er, ob er selbst dort eine Niederlassung gründen sollte. Die Stadt verfügte mit der Elbe und deren Nebenflüssen über ein enormes Hinterland, und er würde dort gutes Geld verdienen können. Der Gedanke an seinen Neffen, der dann mit Sicherheit seine Geschäfte zu einem nicht geringen Teil nach London verlagern würde, ließ ihn davon zunächst absehen, denn hier konnte Mathias ihm gefährlich werden. Wie weit dieser Mann zu gehen bereit war, hatte er mehrfach bewiesen.

Nach dem Essen setzten Bartlett und Jeremias sich im Captain's Room zusammen. Bartlett erklärte seinem Gast etliche Schiffsmodelle und Bilder und zeigte ihm einige der exotischen Schätze, die teilweise noch sein Vater mitgebracht hatte.

Erst als Jeremias Anstalten machte, zu Bett zu gehen, kam Bartlett auf Jeremias' Pläne zurück, in die Karibische See zu reisen.

»Wie steht es mit Ihrem Gepäck? Haben Sie eine passende Seekiste dabei?«

Jeremias nickte. »Sie befindet sich noch auf der Mellum. In Ihr Haus bin ich nur mit einem Koffer gekommen.«

»Dann werde ich die Kiste morgen früh holen lassen. Geben Sie Polliver ein Schreiben, damit Ihr Kapitän sie ihm übergibt«, sagte Bartlett und war froh, dass ihm dies noch eingefallen war. Es wäre aufgefallen, wenn Jeremias Simonsen angeblich nach Kuba oder Santo Domingo weitergereist wäre, ohne seine Seekiste mitzunehmen.

6.

Am nächsten Tag versorgte Bartlett Jeremias mit einigen Unterlagen über die Karibikinseln, um ihn im Haus zu halten. Er selbst verließ es kurz, um geschäftliche Termine wahrzunehmen, kehrte aber rechtzeitig zurück, um Smyth und Simmons zu empfangen.

Jeremias war im Haus geblieben und schlug sich mit trüben Gedanken herum. Den Berichten zufolge, die er von Bartlett erhalten hatte, musste der Hurrikan, in den die Scharhörn höchstwahrscheinlich geraten war, fürchterlich gewesen sein. Zwar konnte er bei seiner Rückkehr nach Hamburg gute Nachrichten über seinen Vater überbringen. Dass ihm dies auch bei David gelingen würde, bezweifelte er. Wäre sein Bruder mit dem Leben davongekommen, hätte er gewiss die Möglichkeit gefunden, wenigstens eine Nachricht zu schicken.

Selten hatte er seine Seekiste mit größerem Widerwillen gepackt wie für diese Reise. Er dachte jedoch nicht daran, aufzugeben und nach Hause zurückzukehren, denn er hoffte, seine Mutter würde es leichter aufnehmen, wenn er ihr eine verlässliche Nachricht von Davids Tod brachte, als wenn sie weiterhin im Ungewissen blieb.

Als Smyth und Simmons auf ihn zutraten, grüßte Jeremias sie freundlich, wunderte sich aber, weil diese keine Matrosen bei sich hatten, die seine Seekiste tragen konnten.

»Die Kerle warten an der Pier auf uns. Hier laden Lord Bartletts Diener sie auf«, antwortete Smyth auf Jeremias' Frage und nahm das Glas in die Hand, welches Bartlett ihm reichte. Simmons erhielt ebenfalls eines und schließlich auch Jeremias.

»Erheben wir uns zum Toast auf den König!«, sagte Bartlett und stand auf.

Die Männer folgten seinem Beispiel, und die beiden Seeoffiziere nahmen Haltung an.

»Auf Seine Majestät King George!«, rief Smyth und trank sein Glas in einem Zug leer.

Auch Jeremias tat es, um seinen Gastgeber nicht zu beleidigen, spürte aber einen seltsamen Nachgeschmack auf der Zunge. Wahrscheinlich hat die Spülmagd das Glas nicht richtig ausgespült, so dass noch Rückstände von Essig daran hafteten, dachte er und schob das Glas weg, um es nicht noch einmal benutzen zu müssen.

»Wann werden wir an Bord gehen?«, fragte er Smyth.

Dieser zog seine Taschenuhr heraus und warf einen Blick darauf. »Schon bald!« Dabei beobachtete er Jeremias aufmerksam.

Dieser kniff die Augen zusammen, denn er spürte auf einmal eine eigenartige Leere im Kopf. Gleichzeitig schien die Welt sich um ihn zu drehen.

Was ist mit mir?, dachte er noch, dann kippte er aus dem Sessel und fiel zu Boden.

»So mag ich es!«, sagte Smyth zufrieden. »Jetzt müssen nur noch ein paar Diener seine Schiffstruhe ausleeren und ihn stattdessen hineinlegen.«

Bartlett schüttelte spöttisch den Kopf. »Es darf kein Diener mitbekommen, was hier geschieht. Daher werden Sie und Ihr Neffe dies übernehmen.«

»Sollen wir die Truhe dann etwa auch noch in den Hof tragen?«, fragte Simmons verärgert.

»Das können die Diener tun! Aber erst, wenn hier alles so aussieht, wie es sein soll.«

Smyth kannte Zechariah Bartlett lange genug, um zu wissen, wann er diesem zu gehorchen hatte. Außerdem war es natürlich klüger, wenn nur möglichst wenige begriffen, dass sich die Zahl seiner Sträflinge erneut um einen vermehrte.

»Komm, Trevor! Je eher wir uns daranmachen, umso eher werden wir fertig.«

Trotz dieser Worte überließ er Simmons die meiste Arbeit. Als Jeremias in der Seekiste lag und diese fest verschlossen war, schenkte Bartlett jedem eigenhändig noch einen Cognac ein und klingelte anschließend nach seinem Diener.

»Polliver, lassen Sie diese Truhe in den Hof schaffen. Sie wird später abgeholt«, befahl er und wandte sich wieder seinen Gästen zu.

Polliver verneigte sich vor seinem Herrn und verließ den Raum, um wenig später mit zwei Knechten zurückzukehren. Die beiden packten die Griffe der Kiste und hoben sie auf.

»Bei Gott, was ist darin geladen, etwa Ziegelsteine?«, stieß einer von ihnen hervor.

»Macht, dass ihr das Ding nach unten bringt!«, befahl Polliver verärgert. Früher hatte er selbst mit angepackt, doch seit sein Herr zum Baron erhoben worden war, hielt er dies für unter seiner Würde.

Die Knechte transportierten die Kiste stöhnend weg. Als auch Polliver verschwunden war, atmete Bartlett unwillkürlich auf.

»Bisher ist es gut gegangen! Sorgen Sie dafür, dass es so bleibt.«

»Machen Sie sich keine Sorgen, Mylord! Sie werden diesen Mann niemals wiedersehen und auch nie wieder etwas von ihm hören.« Smyth grinste und äugte auf die Cognacflasche. Zu seiner Enttäuschung achtete Bartlett jedoch nicht darauf.

»Ich habe befohlen, dass die Kiste in einer halben Stunde zur Themse gebracht wird. Ein Mietboot wird sie dann zur Darling bringen. Seien Sie an Bord, wenn sie eintrifft«, mahnte Bartlett und verabschiedete Smyth.

Später am Abend erwähnte er gegenüber mehreren Dienern, dass Jeremias Simonsen Passage auf einem Schiff genommen hätte, das für Kuba bestimmt war, und das Haus bereits verlassen habe. Danach ließ er sich einen Cognac einschenken und trank ihn vor dem Bild seines Vaters, der nun endlich seine Rache an den Simonsens gefunden hatte.

7.

Bartletts Plan ging auf. Die Seekiste wurde auf die Darling geschafft und dort an Deck abgestellt. Smyth warf einen scheinbar beiläufigen Blick darauf und befahl, sie in den Kielraum zu bringen, da er die Truhe im Augenblick nicht benötigte. Anschließend suchte er zusammen mit seinem Neffen seine Kajüte auf und wies seinen Diener Benson an, zwei große Becher mit Rum zu füllen.

Nachdem Smyth ausgetrunken hatte, holte er eine Liste aus einem Schrank, legte sie auf den Tisch und nahm Feder und Tinte zur Hand. Wenig später hatte sich die Zahl der Sträflinge um einen gewissen John Jones vermehrt. Da die Liste mit den gut zweihundert Namen von verschiedenen Männern erstellt worden war, fielen weder dieser Name noch der über ihm verzeichnete Tom Butcher auf.

»Mr Simmons, wenn wir mit allem fertig sind, werden Sie Mr Torbyn darüber informieren, dass ein weiterer übler Schurke angekommen ist und zu Tom Butcher gesperrt wurde. Sollen die beiden sich gegenseitig ihre Märchen erzählen, wer sie wunder was sind. Hauptsache, sie stören unsere anderen Passagiere nicht!«

Smyth lachte meckernd, legte die Liste zurück und trat auf die Tür zu. »Lassen Sie uns die Angelegenheit zu Ende bringen. Benson, Sie kommen mit!«

Der Diener machte eine besorgte Miene, folgte aber Smyth und Simmons bis in den Kielraum des Schiffes.

Die Seekiste stand am vereinbarten Platz. Smyth öffnete sie und schob die Hemden, die sie über Jeremias gelegt hatten, beiseite.

»Die Hemden sind von guter Qualität, und sie werden mir passen. Benson, bringen Sie die Kleidungsstücke nach oben in meine Kajüte, ebenso alles, was ich sonst noch gebrauchen kann.«

»Ein paar Sachen würden mir auch gefallen«, wandte Simmons ein.

»Wir werden uns alles gerecht teilen«, versprach sein Onkel und nickte Benson zu.

Dieser wusste, dass sieben von zehn Teilen in Smyths Kajüte wandern würden und der Rest in Leutnant Simmons Quartier. Nun forderte Smyth seinen Diener und seinen Neffen auf, Jeremias aus der Kiste zu heben und ins untere Kanonendeck der Darling zu tragen. Er ging ihnen mit einer Lampe voraus.

Oben hielt Smyth kurz an, um zu schauen, ob sich jemand in diesem Teil des Schiffes aufhielt. Da dies nicht der Fall war, winkte er seinen Komplizen, ihm zu folgen. Augenblicke später öffnete er die Tür einer winzigen Kammer, die erst vor Kurzem in dieses Deck eingebaut worden war. Im Licht der Lampe war die feuchte Bordwand zu sehen sowie ein Junge mit schlecht gestutztem Haar, der höchstens vierzehn Jahre zählen konnte.

Das Bürschlein musste geschlafen haben, denn es fuhr mit einem leisen Schrei hoch.

»Halt dein Maul, sonst setzt es was!«, fuhr Smyth den Jungen an.

Sichtlich in Panik, wich dieser bis zur Bordwand zurück, ohne darauf zu achten, dass die Fetzen, die er trug, dort nass wurden. Nun war zu erkennen, dass er um den rechten Fuß eine eiserne

Schelle trug, die mit einer etwa anderthalb Yards langen Kette an einem Balken befestigt war.

Obwohl er sichtlich verängstigt war, beobachtete er aufmerksam, wie Simmons und Benson einen jungen Mann in guter Kleidung hereintrugen und auf den Boden legten. Danach zogen sie diesen bis auf die Haut aus und streiften ihm eine zerrissene Hose und ein speckiges Hemd über.

»So sieht er schon besser aus!«, spottete Simmons. »Wie lange, meinen Sie, wird er noch bewusstlos sein, Sir?«

»Ich schätze nicht, dass er vor morgen früh aufwachen wird. Dann sind wir bereits unterwegs!« Smyth forderte Simmons auf, Jeremias anzuketten und die Schraube der Fußschelle fest zuzudrehen. »Schlagen Sie danach ein paarmal mit dem Hammer darauf, damit der Schurke die Schraube nicht lösen kann«, setzte er hinzu und musterte seine beiden speziellen Gefangenen mit einem zufriedenen Blick.

Die beiden brachten ihm gutes Geld ein, das ihm seinen Ruhestand versüßen würde. Verrat musste er keinen befürchten. Simmons war sein Neffe und Benson sein Diener und ihm damit zu Treue verpflichtet. Torbyn, sein zweiter Leutnant, der die Sträflinge beaufsichtigte, würde nur auf die Liste schauen, die er ihm übergab, und den Vermerk lesen, dass diese beiden Schurken von den anderen Gefangenen getrennt verwahrt werden mussten.

Simmons legte Jeremias die Kette an und zerrte kurz daran. »Wenn der Kerl sich jetzt noch befreien kann, können Sie mich auf eine Müllschute versetzen lassen, Sir«, meinte er selbstzufrieden. Er wandte sich dem Kleinen zu, der als Tom Butcher in der Liste stand. »Du solltest dich bei uns bedanken, weil wir dafür gesorgt haben, dass du während unserer langen Reise nach Australien Gesellschaft bekommen hast.«

Da er keine Antwort erhielt, versetzte er dem Jungen einen Fußtritt. Unterdessen befahl Smyth seinem Diener, Jeremias' Kleidung wegzubringen, und trat zur Tür. Dort drehte er sich noch einmal um. »Hast du dein Dinner bereits bekommen?«, fragte er den Jungen spöttisch.

»Ja, Sir!« Tom Butchers Stimme klang dünn und furchtsam.

Smyth winkte Simmons zu sich. »Warten Sie mit der Meldung an Mr Torbyn bis morgen, Mr Simmons. Sagen Sie ihm, der Bursche wurde während der Nacht gebracht. Was er ausgefressen hat, wissen wir nicht. Wahrscheinlich Mord, Notzucht, Sodomie oder dergleichen.«

Danach verließ er den Raum. Simmons folgte ihm auf dem Fuß, während Benson Jeremias' Sachen zusammenraffte und zu einem Bündel verschnürte.

Der Junge sah ihm wortlos dabei zu. Erst als auch Benson verschwunden war, löste er sich von der Bordwand und schob Jeremias mit ziemlichem Kraftaufwand so weit zur Seite, dass auch er ein trockenes Plätzchen in der Kammer fand. Der Raum war jedoch so klein, dass sie fast Leib an Leib nebeneinanderliegen mussten.

8.

Der junge Mann, der in Tom Butchers winzige Kammer gebracht worden war, lag völlig regungslos. Hätte sich nicht seine Brust leicht gehoben und gesenkt, hätte Tom ihn für tot gehalten. Ein paarmal fasste er ihn sogar vorsichtig an, um sich zu überzeugen, dass er noch lebte.

Gegen Morgen wurde die Tür des Verschlags geöffnet, und Torbyn, der für die Sträflinge verantwortliche zweite Offizier, steckte den Kopf herein.

»Das ist also der Neue«, sagte er mit krächzender Stimme. »Viel macht der nicht her!«

»Nicht, dass er hier stirbt!«, rief Tom besorgt.

»Wäre um Gelichter wie deines- und seinesgleichen nicht schade! Ihr solltet froh sein, dass man euch nicht gehängt hat. So bleibt ihr wenigstens am Leben.«

»Was für ein Leben?«, fragte Tom bitter. »Wir werden unserer Heimat entrissen, sind hier angekettet wie Vieh, und auf uns wartet härteste Arbeit – und die Peitsche, wenn wir nicht das tun, was man von uns verlangt.«

»Ich fange gleich an zu weinen!«, höhnte Torbyn. »Was von dir zu halten ist, sieht man ja schon daran, dass du in deinem Alter bereits zur Strafarbeit in Australien verurteilt worden bist.«

Ein schmerzhafter Zug huschte über das Gesicht des Jungen. Doch er sagte nichts, sondern nahm die Schale mit dem undefinierbaren Brei entgegen, den ein Matrose ihm reichte.

»Der dort«, Torbyn wies auf Jeremias, »braucht noch nichts.«

»Ihr werdet ihm doch hoffentlich Wasser hierlassen?«, flehte Tom aus Angst, seine winzige Wasserration mit dem Neuen teilen zu müssen.

Statt einer Antwort stellte ein Matrose einen Krug hin, der etwas mehr Wasser enthielt, als Tom in den letzten Tagen bekommen hatte.

»Das wird wohl reichen«, meinte der Mann und hob dann den Deckel des hölzernen Eimers auf, der in der Ecke stand. »Du hast brav hineingemacht. Das ist auch besser so, sonst würdest du in deinem eigenen Dreck liegen, und ich müsste deine Luxuskabine mit einem kräftigen Schwall kalten Meerwassers ausspülen!«

»Sorge dafür, dass der Kerl den Eimer auch benützt. Sonst setzt es was!«, sagte Torbyn noch, dann verließen er und seine Untergebenen die Kammer.

Tom sah ihnen mit angeekelter Miene nach und merkte erst dann, dass die Männer keine Becher für ihn und den Neuen zurückgelassen hatten. Daher würden sie beide aus dem Krug trinken müssen. Er nahm den Krug, setzte ihn an die Lippen und begann durstig zu trinken. Plötzlich ließ er den Krug sinken und maß den Rest. Er hatte fast seine ganze Ration auf einmal verschlungen. Dabei hatte der Tag erst begonnen, und er würde vor dem Abend nichts mehr bekommen.

»Es ist eine Schande!«, flüsterte er, während ihm die Tränen über die Wangen liefen. »Wir sind noch im Hafen, und es gibt an Land genug Wasser. Doch diese Kerle sind einfach zu faul, ein Fass mehr davon an Bord zu bringen.«

Danach war es eine Weile still. Mit einem Mal begann der Neue, sich zu regen. Er stöhnte, stieß mit den Beinen um sich und traf Toms Fuß.

»Gib doch acht!«, schimpfte der Junge, begriff aber rasch, dass sein Mitgefangener noch zu benebelt war, um seine Umgebung wahrzunehmen. Plötzlich begann er zu würgen, und Tom befürchtete, dass er auf dem Rücken liegend am eigenen Erbrochenen ersticken würde. Er packte ihn rasch und drehte ihn mühsam gegen die Wand.

Kaum war das getan, da wand sich der junge Mann in heftigen Krämpfen und erbrach grünen Schleim.

»Dich hat es ja ganz schön erwischt!«, sagte Tom mehr zu sich selbst und hielt Jeremias fest, als dieser sich drehen wollte.

»Es sieht zwar nicht so aus, als wenn du viel im Magen hättest, aber was drin ist, reicht aus, um dich zu ersticken, wenn es in die Luftröhre gerät«, setzte Tom sein Selbstgespräch fort.

Nach einer Weile hörte der Mann auf zu würgen, und so wollte Tom sich seiner Morgenmahlzeit zuwenden. Es stank in der Kammer jedoch so nach Erbrochenem, dass ihm selbst übel wurde. Verärgert schob er die Holzschüssel zur Seite und setzte sich so, dass er mit dem Rücken an der Zwischenwand lehnte und seinen Schicksalsgefährten betrachten konnte.

Obwohl kaum Tageslicht durch die Ritzen in der Stückpforte fiel, um die man die kleine Kammer errichtet hatte, fand er, dass der Neue zwar blass war, aber ein angenehmes Gesicht hatte. Wie ein Mörder, Vergewaltiger oder Sodomit sah er nicht aus, dachte Tom. Er schätzte, dass er einen Kopf größer war als er.

Da er erlebt hatte, wie man dem Neuen die guten Kleider ausgezogen hatte, seufzte Tom. »Der ist anscheinend auch einem Schurkenstück zum Opfer gefallen – genau wie ich!«

Kurze Zeit später erwachte der junge Mann aus seiner Bewusstlosigkeit und starrte verwirrt um sich. »Oh Gott, was ist los?«

Er sagte es in einer Sprache, die Tom nicht verstand. Der Mann war also ein Ausländer. Der Gedanke, die ganze Reise mit jemandem zusammengepfercht zu sein, der seine Muttersprache nicht verstand, bedrückte den Jungen. Dann aber sagte er sich, dass ihnen die Seereise in Gefangenschaft vielleicht leichter fallen würde, wenn sie einander die jeweils andere Sprache lehrten. Lieber allerdings, so fand er, wäre er allein geblieben.

Wenig später würgte der Fremde erneut und wollte sich zunächst in Toms Richtung beugen. Dieser versetzte ihm einen Stoß.

»Wenn du schon erbrechen musst, dann tu es nicht auf meinen Platz, sondern gegen die Wand«, schalt der Junge.

Bis jetzt war Jeremias in einem wilden Albtraum gefangen gewesen, in dem er auf dem letzten Schiff der Simonsen-Reederei von einer ganzen Horde Piraten angegriffen worden war. Nun fand er sich in einer Umgebung wieder, die er liebend gern gegen die in seinem Albtraum eingetauscht hätte.

Er steckte zusammen mit einer weiteren Person in einer winzigen Kammer, ohne den Hauch einer Ahnung, wie er hierhergekommen sein konnte. Als er das rechte Bein bewegte, klirrte eine Kette. Diese war auf der einen Seite an einem Balken und auf der anderen mit einer eisernen Schelle an seinem Fußgelenk befestigt. Der Verschlag war kahl, und Licht trat nur durch die Schlitze einer Stückpforte herein. Es reichte aber aus, so dass er den Burschen, der sich verängstigt in die andere Ecke drückte, mustern konnte.

Jeremias schätzte dessen Alter auf dreizehn, vierzehn Jahre. Das Haar war brünett und das Gesicht schmutzig. Bekleidet war der Junge mit wadenlangen Hosen, einem hüftlangen Hemd und einer Weste, die so aussahen, als hätte man sie nach Jahrzehnten aus einem Schlammloch geholt und dem Bürschlein angezogen.

Augenblicke später begriff Jeremias, dass er nicht über das Aussehen des anderen spotten sollte. Er steckte nämlich in ähnlichen Kleidern und hatte sich zudem mit seinem eigenen Erbrochenen beschmutzt.

»Wo bin ich, und was ist geschehen?«, fragte er und verwendete nun die englische Sprache, da der Junge ihn in dieser angesprochen hatte.

»Was geschehen ist, kann ich dir leider nicht sagen. Wo du dich befindest, hingegen sehr wohl. Du bist im unteren Kanonendeck Seiner Majestät Schiff Darling, das für mein Gefühl seinen Namen zu Unrecht trägt. Es handelt sich nämlich um ein für den Sträflingstransport umgebautes ehemaliges Linienschiff der Royal Navy. Ich kann dir auch sagen, wo unsere Reise hingehen soll, nämlich nach Australien. Wir sind zu lebenslanger Zwangsarbeit dort verurteilt.«

»Das darf doch nicht wahr sein!«, rief Jeremias entsetzt und hoffte, noch immer zu schlafen und von einem entsetzlichen Albtraum gequält zu werden.

Er zwickte sich und schloss die Augen. Doch als er sie wieder öffnete, befand er sich immer noch in dem Verschlag, der kaum genug Platz für ihn und den Jungen bot. Außerdem spürte er an den Bewegungen seiner Umgebung, dass er sich auf einem Schiff befand, das nicht allzu schnell auf relativ ruhigem Wasser segelte.

Es muss die Themsemündung sein, durchfuhr es ihn. Die Frage jedoch, wie er auf dieses Schiff gekommen war und weshalb er hier wie ein Ochse im Stall angekettet war, konnte ihm im Augenblick niemand beantworten.

9.

Ruth musterte die Damengesellschaft, die sich bei ihr eingefunden hatte, mit einer gewissen Belustigung. Vor wenigen Monaten hatten die meisten der Frauen noch Mistress Wiggles nach dem Mund geredet. Da diese nun mit ihrem Mann zusammen Tahiti verlassen hatte, ließen sie kein gutes Haar mehr an ihr. Eine einzige Frau beteiligte sich nicht an der bissigen Kritik. Doch Ruth war sicher, dass Eliza Pritchard das Gerede genoss. Immerhin hatte Wiggles ihren Mann mehrere Jahre lang von allen verantwortungsvollen Posten in der Missionsstation ferngehalten. Mittlerweile war Pritchard Wiggles als deren Leiter nachgefolgt und konnte endlich so schalten und walten, wie er es für richtig hielt.

Zwar hatte Ruth Mildred Wiggles als hinterhältig und gemein erlebt, dennoch hielt sie die vollständige Verdammung, die dieser hier widerfuhr, für übertrieben. Ihrer Meinung nach wollten die Damen sich damit bei Eliza Pritchard einschmeicheln, denn nachdem deren Mann die Führung der Missionare auf Tahiti übernommen hatte, war sie die natürliche Anführerin der europäischen Frauen auf der Insel. Ruth selbst berührte dies wenig, denn sie führte ihr eigenes Leben. Für Susan Peabody und für Harriet Baker, die mit ihrem Mann vor Kurzem von Huahine zurückgekehrt war, war es jedoch wichtig, sich mit Mistress Pritchard gut zu stellen.

Mit dieser Frau war ein anderer Geist eingezogen. Hatte Mildred Wiggles die Zügel zuletzt ein wenig schleifen lassen, zog Eliza Pritchard diese wieder an. Nun wurde nicht mehr über seidene Unterwäsche gesprochen, und es wagte auch keine der Besucherinnen mehr, Ruths »Badezimmer« zu benutzen, so wie es gegen Ende von Mildred Wiggles' Herrschaft mehrfach geschehen war. Die Frauen saßen aufrecht auf ihren Stühlen, hielten ihre Teetassen in der Hand und genossen Maires Kuchen.

Das wöchentliche Teekränzchen bei Ruth war ebenso zur Tradition geworden wie die Zusammenkünfte in Reverend Pritchards Haus, an denen auch Ruth zumindest jedes zweite Mal teilzunehmen versuchte. Auf die Weise erfuhr sie, was in der Missionsstation geredet wurde. Darüber hinaus erfuhr sie eine Menge über Maires und Vaimitis Freundinnen Sally, Lucy und Hina, die bei Missionarsfamilien angestellt waren, Letztere sogar bei den Pritchards selbst.

Da für Pritchard der Handel wichtig war, konnte Ruth ohne Sorge weiterarbeiten. Ab und an wurde sie sogar gebeten, Transporte für die Missionsstation zu übernehmen, da diese nur noch über ein kleines Schiff verfügte. Eines der früheren drei war bei Sturm auf einem Riff gescheitert, und von dem, das dem tahitianischen Adeligen Ari'iheiva geliehen worden war, hatte man nie mehr etwas gehört.

Während Ruth dem Geplauder der Frauen lauschte und gleichzeitig ihre Gedanken wandern ließ, trat James ein. Er trug eine leichte, dem Klima angemessene Uniform und hielt seinen Hut in der Hand.

»Verzeihen Sie, Mistress Mensing, wenn ich in Ihre Teegesellschaft hereinplatze. Mr Tahitoa schlägt jedoch vor, dass wir den guten Wind ausnützen und bereits heute nach Bora Bora aufbrechen sollen, anstatt bis morgen zu warten. Die Tahuata ist beladen und die Mannschaft vollständig an Bord. Wir warten nur noch auf Ihre Erlaubnis.«

»Die hiermit erteilt ist, Captain Sir! Segeln Sie mit Gott«, antwortete Ruth.

»Ich danke Ihnen, Madam!« James neigte den Kopf und verließ den Raum wieder. Die Blicke der Damen folgten ihm.

»Was für ein eleganter Herr! Man merkt sofort, dass er Engländer ist und aus einer guten Familie stammt«, rief Susan Peabody aus.

»Wäre er kein Seemann, sondern ein Missionar unserer Gesellschaft, würde ich alles daransetzen, um ihn als Ehemann für meine Abigail zu gewinnen!«, rief Harriet Baker und erweckte dabei den Eindruck, als wünschte sie sich, zwanzig Jahre jünger zu sein und sich ohne den Zwang ihrer Glaubensgemeinschaft für einen Mann wie James entscheiden zu können.

Als selbst Margery Longfellow für James schwärmte, ließ Eliza Pritchard ein mahnendes Hüsteln hören.

Ruth empfand Ärger über die Frauen, die alle verheiratet waren und einer strengen christlichen Glaubensgemeinschaft angehörten, aber so aussahen, als würden sie James jederzeit ins nächste Gebüsch folgen. Dabei verspürte sie eine Sehnsucht in sich, die sie nicht einzuordnen vermochte.

Etwas abseits von der Teegesellschaft saß Aipua und kümmerte sich um Jan, der fasziniert ihren vorgewölbten Leib betrachtete. In weniger als einem Monat würde ihr Kind zur Welt kommen, und sie betete, dass es leben und gesund sein würde. Nun beobachtete sie Ruth, erahnte die Eifersucht, die diese erfasst hatte, und lächelte in sich hinein.

Da ihr verschiedene Überlegungen durch den Kopf schossen, wie sie Ruth zu neuem Glück verhelfen konnte, setzte Aipua den Jungen ab und trat zum Fenster. Unten in dem kleinen Hafen wurde die Tahuata zum Auslaufen vorbereitet. Sie sah ihren Mann auf Deck stehen und ebenso James, der eben an Bord stieg und seine Befehle erteilte. Plötzlich blickte dieser zum Haus hoch, und trotz der Entfernung erkannte sie die Sehnsucht auf seinem Gesicht. Aipua lächelte erneut. Alles lief so, wie sie es erwartet hatte. Nun bedurfte es nur noch eines kleinen Anstoßes, und sowohl Ruth wie auch James würden erkennen, dass Liebe nicht nur im Herzen bewahrt, sondern auch gelebt werden sollte.

Der Ursprung des polynesischen Volkes wird in Südchina und Taiwan vermutet. Bereits in vorchristlicher Zeit machten sie sich in Richtung Südosten auf den Weg. Sei es, dass sie von stärkeren Völkern verdrängt wurden, sei es, dass sie selbst auf die Suche nach einer neuen Heimat gingen. Sie waren damals schon geschickte Seefahrer, die aller Wahrscheinlichkeit nach über die Philippinen und Neuguinea bis nach Tonga und Samoa kamen. Noch vor der Zeitenwende wurden dann auch die Inseln um Tahiti erreicht und besiedelt.

In den nächsten Jahrhunderten breiteten sich die Polynesier von Tahiti und den umliegenden Inseln weit aus und besiedelten die Marquesas-Inseln und von dort aus Hawaii. Auch die Ahnen der Rapa Nui auf der Osterinsel sollen von den Marquesas und speziell von Hiva Oa gekommen sein.

Die größte Bedeutung erzielten jedoch nicht die großen Inseln wie Tahiti oder die doch zu abgelegenen Hawaii-Inseln, sondern die kleinere Insel Raiatea nordwestlich von Tahiti. Raiatea wurde das religiöse Zentrum eines großen Teils der Polynesier, und den dort lebenden Priestern gelang es sogar, dass diese Insel als Urheimat des Volkes angesehen wurde.

Um 1300 n. Chr. erreichten die Polynesier auch Neuseeland und besiedelten es. Polynesische Seefahrer gelangten bis an die Küsten Südamerikas und kehrten von dort mit Feldfrüchten zurück, die Thor Heyerdahl vermuten ließ, die Polynesier wären von dort aus eingewandert. Dass dies möglich gewesen sein könnte, versuchte er mit seinem Balsafloß Kon Tiki zu beweisen.

Polynesier landeten auch an der Westküste Nordamerikas. Dies war auf jeden Fall vor Kolumbus' Fahrt mit der Santa Maria, vielleicht auch sogar vor Leif Erikson.

Irgendwann setzten die geografische Weite der See und der Mangel an geeigneten Inseln der Ausbreitung der Polynesier ein

Ende. Die einzelnen Stämme bewohnten entweder kleine Atolle oder die schmalen Täler gebirgiger Vulkaninseln. Ohne die großen Seefahrten und die Auswanderung einzelner Stammesteile wuchs die Bevölkerung, und das Land wurde knapp. Das führte auf vielen Inseln zu Stammeskriegen um die Ressourcen. Dazu kam der Glaube an die geistige Kraft belebter und unbelebter Dinge, die man erwerben und steigern konnte, indem man sie entweder besaß oder aß. Bei Fischen und Haustieren war dies kein Problem. Die größte geistige Kraft wurde jedoch den Menschen zugeschrieben, und wer einen hochrangigen Feind fangen und verspeisen konnte, erhöhte sein Mana, wie diese Kraft genannt wurde, um einen großen Anteil.

Auf Raiatea versuchte man, dieser Entwicklung gegenzusteuern, indem der Bund der Arioi gegründet wurde, der sowohl die Überbevölkerung in Bahnen lenken wie auch die Stammeskämpfe verhindern sollte. Da Raiatea noch immer das kulturelle Zentrum der Polynesier war, waren die Arioi zunächst erfolgreich.

Irgendwann kamen die Europäer und mit diesen Krankheiten, gegen die die Bewohner der Inseln keine Abwehrkräfte besaßen, und die Bevölkerung schrumpfte. Gleichzeitig brachten die Europäer den Alkohol und das Christentum. Ersterer wurde gerne, Zweites weniger gerne angenommen.

Die europäischen Seeleute wurden auf Tahiti freundlich empfangen und konnten dort ihre Vorräte auffrischen. Der Häuptling Tu Tina-Mate von Pare Arue erkannte die Chance, die ihm die Europäer boten, und verbündete sich mit ihnen. So kämpften jene Meuterer der Bounty, die nicht mit Christian Fletcher nach Pitcairn gefahren waren, für ihn gegen benachbarte Stämme. Als dann Ende des achtzehnten Jahrhunderts die Missionare auf Tahiti erschienen, wandten diese sich an Tu Tina-Mate als den mächtigsten Häuptling der Insel. Dieses Bündnis verschaffte dem Häuptling weitere Musketen, so dass er sich in der Folge König von Tahiti nennen konnte und nun die Nebeninseln unterwarf. Der meiste Widerstand wurde ihm auf Raiatea geleistet, dem Zentrum des alten Glaubens.

Als König Pomare, wie Tu Tina-Mate sich mittlerweile nannte, starb und sein Sohn als Pomare II. den Thron bestieg, kam es kurzzeitig zu einer Renaissance des alten polynesischen Glaubens. Kurz darauf aber erhob Pomare II. das Christentum zur Staatsreligion und setzte es rigoros durch. Pomare II. starb früh, nicht zuletzt durch zu großen Alkoholkonsum, und sein Sohn Teri'itaria wurde als kleines Kind zum König ernannt. Die Regentschaft übten Verwandte und die englischen Missionare aus. Pomare III. starb jedoch nach wenigen Jahren, und seine Nachfolgerin wurde seine ältere Schwester, die als Aimata Vahine Pomare IV. den Thron bestieg. Auch sie stand zunächst unter der Vormundschaft von Verwandten und Missionaren. In späteren Zeiten verließ sie Tahiti, um auf Bora Bora ein freieres Leben führen zu können.

Doch auch Aimata konnte nicht verhindern, dass Frankreich die Inseln im Jahr 1842 besetzte. Bis zu ihrem Tod im Jahre 1877 regierte sie Tahiti und die Inseln als französisches Protektorat. Ihr Sohn Pomare V. wurde wenige Jahre später von Frankreich abgesetzt und Tahiti eine Kolonie.

Iny und Elmar Lorentz

Acht Glasen – jeweils Beginn und Ende einer vierstündigen Wache an Bord, alle vier Glasen bedeutet alle zwei Stunden
Annam – heute ein Teil Vietnams
Ariki – Adel auf Tahiti
Ariki rahi – Hochadel auf Tahiti
Batavia – heute Djakarta
Blumen- und Weidenhäuser – Bezeichnung für Bordell im alten China
Ch'ien – chinesische Bronzemünze (Käsch, engl. cash)
Dschunke – chinesisches Segelschiff ohne Kielkonstruktion
Guinea – englische Goldmünze, hier als Synonym für den Sovereign verwendet
Haka – kriegerischer Tanz, der außer auf Neuseeland auch auf den Marquesas-Inseln üblich ist
Hanatea – Bucht und Tal auf Hiva Oa
Hiro – Gott des Regens, der Diebe und der Seeleute
Jakobsleiter – Strickleiter mit hölzernen Sprossen
Kopra – das getrocknete Fruchtfleisch der Kokosnüsse
Krähennest – Mastkorb für den Ausguck
Mana – geistige Kraft, die alles belebt und die man durch gewisse Taten erwerben und steigern kann. Im Extremfall durch das Verspeisen eines hochrangigen Feindes, dem ein großes Mana nachgesagt wird
Mann vor dem Mast – Matrose
Metua Vahine – Mutter
Midshipman – Seekadett, Offiziersanwärter
Niederländisch-Indien – heutiges Indonesien
Ohivaoa (Dominica) – damals gebräuchlicher Name für Hiva Oa
Oro – auch der Rote Oro, Kriegsgott der Polynesier
Paratane – Engländer

Prau – kleines Frachtsegelschiff in Südostasien
Priem – Portion Kautabak
Sampan – flaches Ruder- oder Segelboot
Smutje – Schiffskoch
Sovereign – englische Goldmünze, Nachfolger der Guinea
Tael – chinesische Rechnungseinheit zu 1000 Ch'ien (Käsch)
Tampen – Tauende
Tangaroa – Meeresgott
Tapa – weiches Mattengeflecht aus Baumrinde, das anstelle von Tuch als Kleidung verwendet wird
Tapu – strenges Gebot
Tatau – Tätowierung
Tiki – polynesische Statuen aus Stein und Holz
Vahine – Frau

PERSONEN

Ruths Familie:

Mensing, Ruth, geb. *Simonsen*
Mensing, Hinrich (†) – Ruths getöteter Ehemann
Mensing, Johannes (Jan) – Ruths Sohn
Simonsen, Jakob (†) – Ruths ermordeter Vater
Simonsen, Frieda – Ruths Mutter
Jeremias – Ruths älterer Bruder
David – Ruths jüngerer Bruder
Anna – Ruths jüngere Schwester
Esther – Annas Zwillingsschwester

Die Familien Bartlett, Mensing und Hutton:

Hutton, Lord Humphrey (+) – verstorbener Earl of Huttonsfield
Bartlett, Ellinor – Lord Humphreys Tochter
Bartlett, Zechariah – Handelsherr in London, Ellinors Ehemann
Bartlett, Anthony – Zechariahs und Ellinors Sohn
Mensing, Mathias – Zechariah Bartletts Neffe, Reeder in Hamburg
Hutton, James Edward – Humphrey Huttons Großneffe
Warren, Lucinda – Ellinor Bartletts Freundin
Warren, Persephone – Lucinda Warrens Tochter
Lord Warren – Vetter von Lucinda Warrens Ehemann und Erbe dessen Titels und Besitzes

Polynesien:

Aipua – Ruths Vertraute und Tahitoas Ehefrau
Ari'iheiva – Adeliger am Hof von Aimata Vahine Pomare IV.
Baker, Justin – Missionar

Baker, Abigail – Tochter der Bakers
Baker, Harriet – Missionarsfrau
Barrows, Charles – Schiffskapitän
Collins, Archibald – junger Missionar
Di – Beamter in An Tsing
Fara – Schiffsbauer auf Tahiti
Hale – Kapitän in Diensten der Missionsstation
Hopkins – Schankwirt auf der Eisinsel
Hung – Beamter in An Tsing
Jack – Matrose auf einem Schiff der Mission
Landers (†) – früherer Leiter der Handelsstation auf Tahiti
Ling – Schmugglerkönig in An Tsing
Longfellow, Margery – Missionarsfrau auf Tahiti
Lu An – Lu Pos Großmutter
Lu Po – Landers' chinesischer Gehilfe
Lu Wei – Lu Pos jüngerer Bruder
Lu Yang – Lu Pos jüngerer Onkel
Lu Yi – Lu Pos Nichte
Mary (Maire) – Dienerin der Wiggles
Perell, Hiram – junger Missionar
Peabody – Missionar
Peabody, Susan – Peabodys Ehefrau
Sally – Dienerin der Wiggles
Tahitoa (Thaddäus) – Ruths polynesischer Diener
Vaimiti – Ruths Zofe
Wiggles – Missionar
Wiggles, Heather – Tochter der Wiggles
Wiggles, Mildred – Missionarsfrau
Yao Chung – chinesischer Schmuggler in Lings Diensten

Die Besatzung der HMS Hesione:

Smyth, Gervase – Kapitän der HMS Hesione
Merrick – Schiffsarzt der HMS Hesione
Simmons, Trevor – Midshipman, Captain Smyths Neffe
Naybs – Midshipman
Railey – Midshipman
Cribbic – Schiffszimmermann
Benson – Smyths Diener
Hicks, Braxton, Bolten – Matrosen

Männer auf der Darling:

Torbyn – Aufseher der Sträflinge
Butcher, Tom – jugendlicher Sträfling

Die Besatzung des Walfängers Newport aus Nantucket:

Wally, Rave – Kapitän
Henry – Matrose
Pete – Matrose
Thoulder – Steuermann
Craven – der verkrüppelte Harpunier
Hansen, Jim – James Huttons Deckname auf der Newport

Die Besatzung der Namasket:

Queek, Ismael – Kapitän der Namasket
Asher – Steuermann der Namasket
Moses – Koch der Namasket

Weitere Personen:

Dobbs – Mamsell auf Huttonsfield Castle
Halverstock, James – Anwalt, Nachlassverwalter
Polliver – Diener bei Bartlett

Geschichtliche Personen:

Aimata Vahine Pomare IV. (1813–1877) – Königin von Tahiti und den Inseln
Pritchard, George (1796–1883) – Leiter der Mission auf Tahiti
Pritchard, Eliza – George Pritchards Ehefrau